UM
TOQUE
DE
CAOS

Também de Scarlett St. Clair

SÉRIE HADES & PERSÉFONE

Vol. 1: *Um toque de escuridão*
Vol. 2: *Um jogo do destino*
Vol. 3: *Um toque de ruína*
Vol. 4: *Um jogo de retaliação*
Vol. 5: *Um toque de malícia*
Vol. 6: *Um jogo de deuses*
Vol. 7: *Um toque de caos*

SCARLETT ST. CLAIR

UM TOQUE DE CAOS

Tradução
MARINA CASTRO

Copyright © 2024 by Scarlett St. Clair

Publicado por Companhia das Letras em associação com Sourcebooks USA.

Grafia atualizada segundo o Acordo Ortográfico da Língua Portuguesa de 1990, que entrou em vigor no Brasil em 2009.

No trecho de *Odisseia*, canto 22, citado na abertura da parte 1, foi utilizada a tradução de Frederico Lourenço publicada pela Penguin-Companhia, em 2013.

No trecho de *Ilíada*, citado na abertura da parte 2, foi utilizada a tradução de Frederico Lourenço publicada pela Penguin-Companhia, em 2013.

No trecho de *Metamorfoses*, livro III, citado na abertura da parte 3, foi utilizada a tradução de Rodrigo Tadeu Gonçalves, publicada pela Penguin-Companhia, em 2023.

TÍTULO ORIGINAL   A Touch of Chaos

CAPA   Regina Wamba

FOTO DE CAPA   dottedyeti/Adobe Stock, Victor/Adobe Stock, kopikoo/Adobe Stock, kopikoo/Adobe Stock, nadezhda F/Shutterstock, Anna_blossom/Shutterstock

ADAPTAÇÃO DE CAPA   BR75 | Danielle Fróes

PRODUÇÃO EDITORIAL   BR75 texto | design | produção

Dados Internacionais de Catalogação na Publicação (CIP)
(Câmara Brasileira do Livro, SP, Brasil)

Clair, Scarlett St.
    Um toque de caos / Scarlett St. Clair; tradução Marina Castro. — São Paulo: Bloom Brasil, 2025. — (Hades & Perséfone; 7)

    Título original: A touch of chaos
    ISBN 978-65-83127-12-9

    1. Ficção norte-americana I. Título. II. Série.

25-271743   CDD-813

Índices para catálogo sistemático:
1. Ficção: Literatura norte-americana 813

Cibele Maria Dias — Bibliotecária — CRB-8/9427

Todos os direitos desta edição reservados à
EDITORA SCHWARCZ S.A.
Rua Bandeira Paulista, 702, cj. 32
04532-002 – São Paulo – SP
Telefone: (11) 3707-3500
facebook.com/editorabloombrasil
instagram.com/editorabloombrasil
tiktok.com/@editorabloombrasil
threads.net/editorabloombrasil

Tudo o que é bom acaba.

AVISO DE GATILHO

Este livro contém cenas que fazem referência a suicídio e cenas que retratam violência sexual, incluindo consentimento dúbio e agressão sexual.

Este livro contém referências específicas a suicídio e a agressão sexual nos capítulos 32 e 37, e no capítulo 11 há uma cena com consentimento dúbio.

Essas cenas não são detalhadas nem explícitas, mas, por favor, tenha cautela ao ler ou pule essas partes para proteger sua saúde mental.

Se você ou alguém que você conhece está pensando em suicídio, por favor, ligue para o Centro de Valorização da Vida (cvv), no número 188, ou visite o site cvv.org.br.

Você é uma sobrevivente? Precisa de assistência ou apoio? Ligue 180 e/ou acesse os serviços da Rede de Atendimento à Mulher no site www.gov.br/mulheres/pt-br/ligue-180.

PARTE I

Nem mesmo assim eu reteria as mãos do morticínio, até que todos vós pretendentes pagásseis o preço da transgressão.

— Homero, *Odisseia*

1

PERSÉFONE

Os ouvidos de Perséfone zumbiam, e o Submundo tremia violentamente sob seus pés.

Ela ainda estava perturbada pelas palavras de Hécate.

Esse é o som de Teseu libertando os titãs.

Teseu, filho de Poseidon, um semideus que ela encontrara de passagem apenas uma vez, tinha conseguido acabar com sua vida em questão de horas. Tudo havia começado com o rapto de Sibila e Harmonia, e só piorava. Agora Zofie e Deméter estavam mortas, o Elmo das Trevas tinha sumido e Hades estava desparecido.

Perséfone nem tinha certeza de que "desaparecido" era a palavra certa, mas o fato era que não o via desde que o deixara em seu escritório no Alexandria Tower, preso pela magia dela. A expressão de Hades enquanto a observava sair ainda a assombrava, mas Perséfone não tivera escolha. Ele não a teria deixado ir, e ela não ia permitir que Hades enfrentasse uma eternidade de punição por não conceder um favor.

Mas alguma coisa estava errada, porque Hades não fora atrás dela e não estava ali naquele momento, enquanto o reino deles era destruído.

Outro tremor sacudiu o Submundo, e Perséfone olhou para Hécate, parada diante dela, com os olhos sombrios e a expressão esgotada.

— Precisamos ir — disse Hécate.

— Ir? — repetiu Perséfone.

— Precisamos parar os titãs. O máximo que conseguirmos.

Perséfone continuou olhando para ela. A própria Deusa da Bruxaria era uma titânide. Talvez fosse capaz de lutar contra os antigos deuses, mas Perséfone só agora tinha conseguido enfrentar sua mãe olimpiana.

— Hécate, eu não consigo... — começou ela, balançando a cabeça, mas Hécate segurou seu rosto.

— Consegue, sim — disse, olhando diretamente para a alma de Perséfone. — Você precisa.

Você não tem escolha.

Perséfone ouviu o que Hécate não disse, e sabia que a deusa estava certa. Aquilo ia além de proteger o reino.

Tratava-se de proteger o mundo.

Ela afastou as dúvidas, sentindo aumentar sua determinação de provar que era digna da coroa e do título que havia recebido.

— Ah, minha querida — disse Hécate, tirando as mãos do rosto da deusa e entrelaçando os dedos aos dela. — Não é questão de ser digna.

Foi tudo o que ela disse antes de sua magia se intensificar em uma explosão poderosa e teleportá-las para o Campo de Asfódelos. Mesmo com toda a destruição que testemunhara ao enfrentar os olimpianos nos arredores de Tebas, Perséfone não fora capaz de mensurar o que os titãs poderiam fazer com seu reino, mas a realidade era devastadora.

Antes, as montanhas do Tártaro tinham subidas e descidas íngremes como as ondas de um mar revolto. Apesar de seu uso e do horror que elas continham, eram belas — uma sombra escura e irregular contra o horizonte pálido.

Agora estavam quase planas, como se tivessem sido esmagadas sob os pés de um gigante, e o céu, rachado, uma ferida raivosa aberta para o mundo lá em cima.

Alguma coisa já tinha fugido do Submundo.

O chão tremeu e uma gigantesca mão irrompeu das profundezas do Tártaro, fazendo uma explosão de pedras voar pelos ares. A cabeça de um titã emergiu da prisão, e ele soltou um berro estrondoso. O som foi tão ensurdecedor quanto destrutivo, estilhaçando picos próximos como se não passassem de vidro.

Perséfone se lembrou do que Hades dissera a respeito dos titãs. Como não estavam mortos, apenas confinados, eles mantinham todos os seus poderes.

— Jápeto — disse Hécate, a voz quase um silvo. — É irmão de Cronos e o Deus da Imortalidade. — Hécate encarou Perséfone. — Deixa ele comigo. Você precisa vedar o céu.

Perséfone assentiu, embora sua mente estivesse embaralhada tentando entender o que exatamente aquilo significava. Ela ainda não fizera uso da magia que ganhara ao se casar com Hades.

Hécate se teleportou primeiro e apareceu no ar acima da cabeça de Jápeto. De repente, havia três dela, todas ao redor do Deus da Imortalidade, e de suas mãos surgiram chamas pretas que ela canalizou na direção do titã em um jorro ardente. O rugido de raiva de Jápeto ao ser atingido pela magia fez o ar vibrar.

Com o titã distraído, Perséfone invocou a escuridão dentro de si, chamando os sentimentos que haviam alimentado sua destruição do Submundo quando ela vira Hades e Leuce na Floresta do Desespero. A lembrança a deixou tensa e sensível. Embora o que ela tinha visto não fosse real, as emoções ainda a fizeram estremecer ao atravessá-la. A partir dessa angústia, seu poder floresceu, uma força que invocava as raízes do Mundo

Superior acima dela. Elas desceram pelo céu escurecido como serpentes se entrelaçando, fechando o abismo aberto.

Uma sensação de alívio a inundou, e sua atenção se voltou para Hécate, que continuava lutando com Jápeto. Agora Perséfone podia se concentrar em prender o titã na prisão montanhosa, mas algo duro a atingiu, e ela saiu voando. Quando aterrissou, rolou até a margem de Asfódelos, onde o campo se precipitava num vale.

Com dificuldade, Perséfone respirou fundo, apesar de seus pulmões parecerem petrificados, e ficou de quatro, cara a cara com um monstro: uma criatura com três cabeças, uma de leão, uma de cabra e uma de cobra.

O leão rugiu na cara dela, afastando os lábios dos dentes afiados. A cabra abriu a boca e soprou um fogo tóxico que inflamou o ar. A cobra avançou rapidamente, mas não estava perto o bastante para atacá-la com as presas venenosas.

A criatura era uma quimera, uma mistura aleatória de animais, todos perigosos em alguma medida, e tinha escapado do Tártaro.

— *Merda*.

O monstro investiu contra Perséfone, e ela recuou, esquecendo quão perto estava da beira do vale. Caiu, rolando pelo morro até atingir a terra dura coberta de grama.

A deusa se teleportou e conseguiu cair de bunda no fundo do vale. Ergueu os olhos para a quimera, com raiva, mas quando o monstro rugiu, ela ficou surpresa ao ouvir outro rugido atrás de si. Quando se virou, Perséfone viu outra quimera chegando. E outras duas ainda surgiram, uma de cada lado da fera.

Perséfone recuou quando uma sombra passou sobre sua cabeça. A primeira quimera tinha pulado do penhasco e se juntado ao bando, tomando lentamente o pouco espaço que lhe restava.

— Por que tem tantas de vocês? — murmurou Perséfone, frustrada, olhando de uma criatura a outra, avaliando a situação.

De repente, uma grande romã atingiu a cabeça de cabra que se projetava das costas de uma das quimeras. O monstro virou, cuspindo fogo com um berro furioso, e incendiou a criatura ao lado. Um guincho horrível escapou de sua boca, e ela despencou no chão, rolando na grama espessa, mas as chamas só pareciam se espalhar.

Mais romãs se seguiram à primeira, chovendo sobre os monstros. Quando eles se viraram para encarar seus novos inimigos, Perséfone viu que as almas tinham se juntado numa enorme multidão. A primeira fileira era composta por mulheres e idosos com cestas de frutas. Yuri estava entre eles, e, embora Perséfone tenha sentido um calor no peito ao avistar seu povo, sua satisfação logo se transformou em terror quando a quimera partiu na direção deles.

Ela não tinha ideia do que aconteceria com os mortos se tivessem que encarar uma ameaça em seu reino, mas não queria descobrir.

Enquanto observava, entretanto, a segunda fileira de almas avançou — homens e mulheres armados. Ian era o líder e gritou ordens à medida que a quimera se aproximava.

— Ataquem os pescoços! — disse ele. — As gargantas são feitas de fogo e vão derreter as armas e fazê-las engasgar até a morte.

Enquanto três das quimeras investiam contra as almas reunidas, uma se virou para Perséfone. O leão mostrou os dentes, e os olhos da cabra ficaram vermelhos com o fogo. A cobra tomou impulso, preparando-se para atacar. Perséfone foi recuando enquanto a criatura dava um passo predatório atrás do outro em sua direção e, quando o monstro estava prestes a atacar, com as amplas mandíbulas das três cabeças se deslocando, ela se teleportou. Pretendia invocar sua magia, aprisionar a fera num emaranhado de espinhos, mas, assim que apareceu atrás da quimera, uma criatura enorme atingiu o monstro. Perséfone levou um momento para se dar conta do que tinha atacado: um cão de três cabeças.

Não qualquer cão de três cabeças: Cérbero, Tifão e Ortros.

Ela nunca os vira nessa forma única, mas Hades já a havia mencionado. *Cérbero é um monstro*, ele dissera. *Não um animal*.

Às vezes Cérbero existia como um, às vezes como três, e parecia ter triplicado de tamanho, assomando sobre ela ao jogar a quimera no ar. O monstro aterrissou um pouco à frente e não se mexeu mais. Cérbero se virou para Perséfone, balançando o grande corpo ao avistá-la.

— Cérbero...

As palavras da deusa foram interrompidas quando um estalo agudo atraiu sua atenção para o horizonte montanhoso, onde Hécate ainda lutava contra Jápeto. O titã tinha conseguido enfiar as mãos enormes entre as raízes poderosas que Perséfone invocara para vedar o céu e, com um puxão rápido, elas se romperam. Gritos aterrorizados irromperam das almas reunidas no campo quando começaram a chover lascas de madeira sobre o Submundo.

Mais montanhas cederam sob o impacto das raízes que caíam. Um gemido agudo e raivoso se seguiu, e sete cabeças de serpente emergiram das profundezas do Tártaro, em ruínas. O sangue de Perséfone gelou quando ela reconheceu a estrutura bulbosa da Hidra.

— Porra!

Se antes ela tivera um pingo de controle sobre essa situação, agora não tinha nada.

— Parece que você está em apuros, hein, Sefy.

Perséfone olhou para a esquerda, onde Hermes havia se manifestado em toda a sua glória dourada, ainda usando a armadura do encontro com os olimpianos. Ela o perdera de vista no campo de batalha, mas ele fora um dos primeiros a apoiá-la contra Zeus — ele e Apolo.

O aroma familiar do louro terroso atraiu a atenção de Perséfone, e ela se virou e viu o Deus da Música parado à sua direita. Ele parecia estoico e calmo e abriu um sorrisinho.

— E aí, Sef — disse ele.

A deusa sorriu de volta.

— E aí, Apolo.

— Grossa — disse Hermes. — Você não me cumprimentou.

— Oi, Hermes — disse Perséfone, olhando para ele.

Ele bufou, debochado.

— Não significa nada se eu tenho que comentar.

Perséfone sorriu e começou a chorar ao mesmo tempo, tomada pela gratidão que sentia pela presença deles.

— Não chora, Sefy — disse Hermes. — Eu só estava brincando.

— Ela não tá chorando por causa da sua brincadeira idiota — comentou Apolo, irritado.

— Ah, é? Você conhece ela tão bem assim?

— Ele não tá errado, Hermes — respondeu a deusa, enxugando as lágrimas depressa. — Eu só... estou muito feliz que vocês dois estão aqui.

A expressão de Hermes suavizou, mas a atenção deles voltou para o Tártaro quando a Hidra rugiu e se jogou do pico onde estava, aterrissando na Floresta do Desespero. Árvores se partiram sob seu corpo gigantesco como se não passassem de gravetos. As cabeças do monstro chicoteavam, atirando a peçonha para todo lado. O líquido se espalhou sobre o Submundo como uma chuva mortal, queimando e escurecendo o que quer que tocasse, incluindo uma quimera, cujo gemido pavoroso preencheu o ar enquanto o veneno a queimava até a morte.

Ao mesmo tempo, Jápeto tinha progredido na tentativa de se soltar, e agora sua cabeça inteira estava exposta, até os ombros largos. Seu rosto era magro, e os olhos, fundos e coléricos, faiscando como se estivessem cheios de fogo. Ele parecia mau e cruel, e, embora Perséfone não esperasse nada diferente do titã que passara séculos aprisionado, ser confrontada com a força mordaz de sua fúria era outra coisa.

Perséfone sentiu a magia ancestral de Hécate a envolver, como se a deusa estivesse extraindo energia de todas as coisas no Submundo. A sensação fez os pelos de seus braços e de sua nuca se arrepiarem, e sua língua secar. Então Hécate soltou seu poder em uma grande explosão. Jápeto cedeu sob o peso dela, batendo a cabeça contra as montanhas, mas Perséfone sabia que não era o suficiente.

— Precisamos levá-los de volta pro Tártaro — disse Perséfone.

— A gente cuida disso — respondeu Hermes. — Se concentra naquele buraco gigante no céu.

Eles devem ter sentido a dúvida dela, porque Apolo acrescentou:

— Você consegue, Sef. Você é a Rainha do Submundo.

— A primeira e única — completou Hermes. — Que a gente saiba.

Perséfone e Apolo olharam feio para ele.

— Estou *brincando* — reclamou Hermes.

Apolo suspirou e deu alguns passos para a frente. Seu arco se materializou em suas mãos, a aljava nas costas.

— Vamos, Hermes.

O Deus das Travessuras deu um passo, depois se virou para olhar para Perséfone.

— Se for de alguma ajuda, não tem mais ninguém.

Ela sabia o que ele queria dizer. Ninguém que conseguiria aprisionar os titãs ou conter os monstros no Tártaro. Ninguém que conseguiria consertar o céu partido.

Aquele era um poder concedido ao Rei e à Rainha do Submundo.

Era ou Hades ou ela, e Hades não estava ali.

A ausência dele fez o peito de Perséfone doer, mesmo sabendo que não era hora de se angustiar pensando no que teria acontecido com o deus desde que ela o vira pela última vez. Primeiro ela precisava lidar com a situação que enfrentava, e quanto mais rápido conseguisse conter essa ameaça, mais rápido poderia encontrar o marido.

As asas de Hermes se abriram atrás dele, e ele se atirou no ar antes de disparar através do reino na direção da Hidra, com Apolo logo atrás.

Perséfone se teleportou para o limite do Campo de Asfódelos. Sozinha, ela parou um instante para observar o caos.

Sempre estivera ciente das próprias fraquezas, mas nunca tanto quanto neste momento. As montanhas do Tártaro não passavam de pilhas de escombros, a beleza da magia de Hades estava desfigurada por trechos de terra chamuscada e fumegante criados pelo veneno da Hidra, o ar cheirava a carne queimada, e, em meio a tudo isso, as almas continuavam lutando contra as quimeras. Hermes brandia a espada dourada contra a Hidra enquanto Apolo enviava raios de luz ofuscante para cauterizar as feridas e impedir que as cabeças se regenerassem. Jápeto continuava a fazer o Submundo balançar, lutando sob a magia de Hécate.

Perséfone respirou fundo e fechou os olhos. Ao fazê-lo, sentiu o mundo ao seu redor se acalmar. Nada se infiltrava em seu espaço, exceto sua raiva, sua dor, sua preocupação. Seus ouvidos zumbiam com os sentimentos, seu coração batia com eles, e ela os usou para se alimentar da parte mais sombria de sua magia. Era a parte dela que doía, a parte que estava furiosa, a parte que já não acreditava que o mundo era inteiramente bom.

— *Você é minha esposa e minha rainha.*

A voz de Hades ecoou na mente da deusa, fazendo arrepios percorrerem seu corpo e embalando seu coração. O som trouxe lágrimas aos olhos dela e fez seu peito se apertar, tirando-lhe o fôlego.

— *Você é tudo que me torna bom* — disse ele. — *E eu sou tudo que te torna terrível.*

A deusa engoliu o nó que se formara em sua garganta. Antes, teria rejeitado essas palavras, mas agora entendia o poder de causar medo.

E ela queria causar pavor.

— *Cadê você?* — perguntou Perséfone, desesperada para que Hades se manifestasse ao seu lado, onde era o lugar dele, mas quanto mais tempo ficava sozinha, mais sombria sua energia se tornava.

— *Esperando para te conduzir pela escuridão se você me levar para a luz.*

O coração dela parecia um peso no peito.

— Eu preciso de você — sussurrou ela.

— *Você me tem* — respondeu ele. — *Não existe um ponto onde você termina ou eu começo. Me usa, meu bem, como você faz para o prazer. Há poder nessa dor.*

E havia *dor*.

Ela irradiava através de Perséfone, um sofrimento que chegava até os ossos e que se tornara parte dela a tal ponto que quase parecia normal. A deusa não se lembrava mais de quem era antes de a dor oca do luto esculpir um posto em seu coração.

— *Você é mais agora que eu não estou mais aqui* — disse Lexa.

Perséfone apertou os olhos ao ouvir as palavras cruéis de sua melhor amiga, mesmo sabendo que eram verdadeiras. Era estranho que a vida concedesse poder diante da perda, e mais estranho ainda que a pessoa que mais ficaria orgulhosa dela já não estivesse ali para ver aquilo.

— *Eu conheço a sua verdade* — disse Lexa. — *Não preciso testemunhá-la.*

Nesse momento, algo atravessou Perséfone, uma dor tão profunda que ela não conseguiu contê-la, e, quando abriu os olhos, sua visão estava aguçada pelo brilho deles. Seu poder esperou, obedecendo à sua vontade, uma chama contornando seu corpo. Por um instante, tudo ficou imóvel, e ela sentiu a presença de Hades como se ele tivesse surgido atrás dela e enlaçado sua cintura com um braço possessivo.

— *Alimenta isso* — ordenou ele, e, sentindo seu hálito quente no ouvido, ela gritou.

A angústia dela se transformou numa coisa real e viva enquanto seu poder se acumulava ao seu redor, inundando o Submundo, escurecendo o céu. Sombras voaram das palmas das mãos de Perséfone, transformando-se em lanças sólidas, empalando as quimeras e a Hidra. Uma cacofonia de gritos estridentes e rugidos de dor encheu o ar, e o som estimulou a deusa, fazendo-a cavar mais fundo, até a terra começar a tremer e o chão debaixo da Hidra e das montanhas do Tártaro se tornar escuro e líquido. Grossos tentáculos irromperam do lago, agarrando os pés grandes e cheios de garras da Hidra e o que restava das cabeças, arrastando o monstro para as profundezas até seus gritos silenciarem de repente.

A magia de Perséfone também se ergueu ao redor de Jápeto, na forma de ondas escuras, auxiliada por Hécate, cujo poder foi levando o titã cada vez mais para dentro de sua cela nas montanhas, mesmo que ele resistisse, com os braços estendidos, tentando alcançar o céu ainda aberto. A escuridão de Perséfone continuou a subir, embaraçando os cabelos dele e cegando seus olhos, derramando-se dentro de sua boca aberta. O gigante gemeu de raiva até sua garganta se encher e ele não conseguir mais falar, e, depois de cobri-lo, a magia endureceu, e as montanhas do Tártaro brilharam como obsidiana cintilante contra o horizonte escuro.

Do pico mais alto, que era a ponta da mão de Jápeto, agora congelado em pedra dura, a magia de Perséfone continuou a trabalhar, consertando o céu quebrado, e, quando terminou, a deusa abaixou as mãos e a magia recuou, ricocheteando através dela. Ela estremeceu, mas permaneceu de pé. Sentiu uma coisa molhada no rosto e, ao tocar a boca, encontrou sangue.

Perséfone franziu a testa.

— Sefy, você foi incrível! — exclamou Hermes, aparecendo diante dela e lhe dando um abraço apertado.

Apesar de a armadura dele espetar seu corpo, ela recebeu o abraço de bom grado.

Quando Hermes a colocou no chão, Perséfone se viu diante de Apolo, Hécate e Cérbero, ainda na forma de um grande monstro de três cabeças. Ele se aproximou devagar e acariciou a mão dela com delicadeza, as três mandíbulas pingando saliva e sangue.

A deusa não se importou e fez carinho em cada uma das cabeças mesmo assim.

— Bons meninos — disse ela. — Vocês são muito bonzinhos.

No prado lá embaixo, as almas comemoraram. O entusiasmo delas normalmente aqueceria o coração de Perséfone, mas, em vez disso, ela se encheu de temor.

Será que a magia dela aguentaria? Será que ela conseguiria protegê-las?

Perséfone desviou o olhar para o horizonte e para a estranha torre que agora ligava as montanhas do Tártaro ao céu. Ela não tinha ideia de como a criara, mas sabia o que tinha alimentado sua magia. Ainda sentia aquelas emoções ecoando dentro de si.

— Gostei — disse Hermes. — É arte. A gente pode chamar de... *O acerto de contas de Jápeto.*

Perséfone achou que parecia mais uma cicatriz, uma mancha no reino de Hades, mas talvez ele a consertasse quando voltasse para casa.

Um nó espesso se formou na garganta da deusa, e ela não conseguiu engolir. Virou-se para olhar para todos, inspecionando cada rosto como se um deles pudesse ter a resposta para sua maior pergunta.

— Cadê o Hades? — questionou ela.

2

HADES

A queimação nos pulsos o acordou. A dor de cabeça que parecia partir seu crânio fazia com que fosse quase impossível abrir os olhos, mas ele tentou, gemendo, os pensamentos se estilhaçando como cacos de vidro. Hades não tinha condições de recolher os pedacinhos, de lembrar como tinha ido parar lá, então se concentrou na dor no corpo — o metal penetrando a pele nua dos pulsos, o modo como suas unhas perfuravam as palmas das mãos, a maneira como seus dedos latejavam, fechados sobre si mesmos, em vez de ao redor do anel de Perséfone.

O anel. Tinha sumido.

A histeria cresceu dentro de Hades, uma aflição que fez com que tentasse se soltar das algemas, e por fim abriu os olhos e descobriu que estava preso em uma cela pequena e escura. Pendurado no teto, o corpo envolvido na mesma rede pesada que o derrubara na prisão do Minotauro, percebeu que não estava sozinho.

Encarou a escuridão, inquieto, consciente de que a magia que existia ali era a sua, mesmo que parecesse estrangeira, provavelmente porque, por mais que tentasse, não conseguia invocá-la.

— Eu sei que você está aí — disse Hades.

Sua língua parecia maior do que a boca.

No instante seguinte, Teseu apareceu, tirando o Elmo das Trevas da cabeça. Ele embalou a arma no braço, dando um sorrisinho.

— Teseu — vociferou Hades, mas sua voz soou fraca até para si mesmo.

Estava tão cansado e cheio de dor que não conseguia falar como queria; caso contrário, estaria furioso.

— Eu pretendia fazer uma entrada mais dramática — disse o semideus, os olhos cor de água-marinha faiscando. Hades odiava aqueles olhos, tão parecidos com os de Poseidon. — Mas você sempre foi um estraga-prazeres.

O pavor tomou conta de Hades, embora o deus tenha se esforçado para não demonstrar nem um pingo de medo. Odiava até mesmo sentir a ameaça de tal emoção na presença de Teseu, mas precisava saber como o semideus pegara seu elmo.

— Como você conseguiu isso?

— Sua esposa me levou direto até ele — respondeu Teseu. — Eu te falei que só precisava pegar ela emprestada.

Hades tinha muitas perguntas, mas fez a mais urgente.

— Cadê ela?

— Preciso confessar que a perdi de vista — disse Teseu, leviano, como se não tivesse estado de posse da coisa que Hades mais amava nesse mundo.

O deus se atirou para a frente. Queria agarrar o pescoço de Teseu e apertar até sentir os ossos dele se partirem sob suas mãos, mas o peso da rede tornava o movimento quase impossível. Em vez disso, era como se ele mesmo estivesse sufocando. Seu peito se erguia com dificuldade enquanto se esforçava para recuperar o fôlego.

Teseu deu uma risadinha e Hades o fulminou com o olhar, com os olhos lacrimejando pelo esforço. Nunca se sentira tão fraco. Na verdade, nunca tinha *estado* tão fraco.

— Da última vez que a vi, ela estava lutando com a mãe no Submundo. Quem será que venceu?

— Eu vou te matar, Teseu — afirmou Hades. — É um juramento.

— Não tenho dúvidas de que você vai tentar, mas acho que vai ser meio difícil, considerando seu estado atual.

A fúria de Hades se acendeu, incendiando-o por inteiro, mas ele não podia fazer nada — nem se mexer nem invocar seu poder.

Ser mortal, pensou ele, *deve ser assim*. Era terrível.

Teseu deu um sorrisinho e ergueu o elmo, observando-o.

— Essa arma é intrigante — disse ele. — Com ela foi fácil demais entrar no Tártaro.

— Parece que você quer se gabar, Teseu — comentou Hades, fulminando-o com o olhar. — Então por que não acaba logo com isso?

— Não estou me gabando, nem um pouco — respondeu Teseu. — Estou te fazendo uma gentileza.

— Invadindo meu reino?

— Te contando que libertei seu pai do Tártaro.

— Meu pai? — repetiu Hades, sem conseguir esconder a surpresa.

Não saberia descrever exatamente como se sentia, apenas que a notícia o deixara entorpecido. Se tivesse energia para se mexer, a notícia teria feito com que ele parasse na hora.

Seu pai, Cronos, Deus do Tempo, estava livre, vagando pelo Mundo Superior depois de quase cinco milênios preso. Cronos, o homem que invejara o governo do próprio pai e o derrotara com uma foice que ressurgira recentemente no mercado clandestino. O homem que temera tanto o levante predestinado dos filhos que os engolira inteiros assim que nasceram.

Fora Zeus que os libertara daquela horrenda prisão escura, e quando emergiram, eles já eram adultos cheios de ira. Mesmo agora Hades conseguia se lembrar de como se sentira, como a raiva se movera por seu corpo, como a vingança tomara sua mente, alimentara cada pensamento. Depois que conseguiram derrubar os titãs, aqueles sentimentos o seguiram, contaminando cada detalhe de seu reinado e governo.

Não parecia ter sido tanto tempo atrás.

— Não sei quem mais conseguiu fugir com ele — disse Teseu. — Devo confessar que precisei sair, mas com certeza vamos descobrir nos próximos dias.

— Seu *imbecil* — respondeu Hades em voz baixa, morrendo de ódio. — Você tem noção do que fez?

Cronos não estivera dormindo pelos últimos cinco mil anos, mas passara todo esse tempo no Tártaro consciente e planejando se vingar, exatamente como Hades estava fazendo agora. Ele se preocupava com o que o pai faria primeiro com essa liberdade. Pensou na mãe, Reia.

Reia, que enganara Cronos fazendo-o engolir uma pedra para que Zeus pudesse viver e derrubá-lo.

Seria ela que receberia a ira de Cronos primeiro. Hades tinha certeza.

— Fala sério, Hades — disse Teseu. — Nós dois sabemos que eu não tomo decisões precipitadas. Passei um tempo pensando nisso.

— E o que exatamente você pensou? Que libertaria meu pai do Tártaro e ele ficaria tão em dívida com você que se juntaria à sua causa?

— Não tenho nenhuma ilusão desse tipo — respondeu Teseu. — Mas vou usá-lo assim como imagino que ele vai me usar.

— Usar você? — perguntou Hades. — E o que é que você tem a oferecer?

Teseu sorriu. Era um sorriso perturbador, de tão genuíno.

— Em primeiro lugar — disse ele —, eu tenho você.

Hades o encarou por um instante.

— E vai fazer o quê? Me oferecer como sacrifício?

— Bom, sim — respondeu Teseu. — Cronos vai precisar de oferendas para alimentar seu poder e sua força. E quem melhor do que o próprio filho usurpador?

— Seu pai também foi um usurpador. Você vai sacrificá-lo?

— Se for necessário — admitiu Teseu.

Hades não ficou surpreso com a resposta do semideus. Além disso, sua honestidade era um indício de que ele acreditava que Hades jamais deixaria essa prisão.

— E o que vai acontecer quando vocês dois decidirem que o outro precisa morrer? — perguntou ele.

— Nesse caso, acho que é bom que eu esteja predestinado a derrubar os deuses — respondeu Teseu.

Hades sabia que o semideus estava se referindo à profecia do ofiotauro, uma criatura meio touro, meio serpente cuja morte garantia a vitória contra os deuses.

Fora Teseu que matara o monstro, e ele presumia que isso significasse que derrubaria os olimpianos, mas a profecia nunca especificara como se daria a vitória, nem quem venceria.

A arrogância do semideus seria sua ruína, mas Hades não ia discutir. Teseu que enfrentasse as consequências de sua soberba, como inevitavelmente acontecia com todos.

— Você nem é invencível. Acha que consegue derrotar os deuses?

Talvez não devesse ter dito aquilo, mas Hades queria que Teseu soubesse que ele conhecia sua maior fraqueza: não conseguir se curar como os outros deuses. Dionísio descobrira isso quando estava preso na ilha de Trinácia. Hades queria mais do que tudo poder ele mesmo colocar essa história à prova, e um dia, em breve, o faria.

Teseu fechou a cara, e um mal que Hades nunca vira antes espreitou por trás de seus olhos. O semideus largou o elmo e sacou uma faca. Hades mal viu a lâmina cintilante antes de Teseu enfiá-la na lateral de seu corpo. Por um instante, seus pulmões pareceram petrificados, e ele não conseguiu respirar.

Teseu ergueu a cabeça para encarar Hades, murmurando.

— Talvez você possa me contar como é isso — disse ele, girando a lâmina antes de arrancá-la do corpo de Hades.

Hades cerrou os dentes contra a dor, que era aguda e quase elétrica, e irradiava para baixo. Ele se recusou a emitir qualquer som, a deixar que o semideus soubesse como estava sofrendo.

Teseu ergueu a faca entre eles, manchada com o sangue do deus. Hades reconheceu a foice de seu pai. Parte dela, pelo menos. A ponta estava faltando, e havia sido encontrada no cadáver de Adônis depois que ele fora atacado nas imediações da La Rose. Ele fora a primeira vítima da campanha de Teseu contra os olimpianos, um sacrifício feito para antagonizar Afrodite. Depois, Hades descobriria que a Deusa do Amor fora escolhida como alvo por Deméter por causa de sua influência sobre o relacionamento dele com Perséfone. Fora esse o preço dela em troca do uso de sua magia e de suas relíquias.

— Ora, ora, veja só — disse Teseu. — Você sangra como eu sangro. — Ele deu um passo para trás, como se quisesse admirar o próprio trabalho. — Seria bom você lembrar que, debaixo dessa rede, você é mortal.

Hades nunca estivera mais ciente disso do que naquele momento, enquanto lutava para respirar, o peito subia e descia depressa. Ele sentia frio, a pele estava úmida.

— Você acha que consegue transformar todos nós em mortais?

— Acho — respondeu Teseu. — Com a mesma facilidade com que posso me tornar invencível.

O semideus não explicou o que queria dizer, mas Hades conseguia adivinhar. Havia poucas maneiras de se tornar invencível nesse mundo.

Uma era através de Zeus, que, como Rei dos Deuses, podia conceder a invencibilidade. Outra era comer uma maçã dourada do Jardim das Hespérides, o pomar de Hera, e como os dois haviam formado uma espécie de aliança, Hades imaginava que esse seria o caminho que o semideus escolheria.

Teseu embainhou a faca ensanguentada, depois pegou o Elmo das Trevas antes de enfiar a mão no bolso para tirar de lá algo pequeno e prateado. O coração de Hades se apertou ao avistar o objeto.

— É um anel lindo — comentou Teseu, segurando-o entre o polegar e o indicador, girando a joia de modo que, mesmo sob aquela luz fraca, as pedras cintilassem. Hades ficou observando, com um frio na barriga a cada movimento. — Quem poderia imaginar que seria sua perdição?

Teseu estava errado.

Aquele anel era a esperança de Hades, mesmo que não pudesse segurá-lo, mesmo que estivesse nas mãos de seu inimigo.

— Perséfone virá — afirmou Hades, cheio de certeza.

Sua voz estava baixa, os olhos pesados.

— Eu sei — disse Teseu, fechando os dedos em torno do anel.

Ele falou com uma alegria pavorosa que deixou Hades enjoado, embora talvez só estivesse sentindo o peso da rede e de seu ferimento.

— Ela será sua ruína — disse Hades para o semideus, sentindo o peito comprimir com a verdade daquelas palavras.

Você queimaria o mundo por mim? Deixa que eu destruo tudo para você, ela dissera, logo antes de arrasar seu reino em nome de um amor que achava ter perdido.

Teseu considerava o amor deles uma fraqueza, mas logo descobriria o tamanho de seu erro.

3

PERSÉFONE

— Cadê meu marido? — perguntou Perséfone.

Hermes e Apolo se entreolharam, preocupados, mas ninguém disse nada.

Quanto mais o silêncio continuava, mais desesperada Perséfone ficava.

— Hécate? — Perséfone olhou para a deusa tripla, cujo semblante perturbado não ajudou a aplacar sua preocupação. Ela deu um passo na direção de Hécate. — Você consegue rastreá-lo — disse ela, sentindo a esperança aumentar, mas uma expressão estranha tomou o rosto de Hécate, uma expressão estranha e aterrorizante que instantaneamente a fez sentir um pavor intenso.

Hécate balançou a cabeça.

— Eu tentei, Perséfone.

— Não tentou — rebateu Perséfone. — Quando?

Ela se recusava a acreditar, mas sabia que havia algo errado. Sempre tivera a capacidade de sentir a magia de Hades, mas até essa sensação tinha sumido, e o vazio a fez estremecer.

— Perséfone — começou Hermes, dando um passo na direção dela.

— Não encosta em mim — retrucou ela, irritada, olhando feio para ele, para todos eles.

Não queria o consolo deles. Não queria pena.

Essas emoções tornavam aquilo real.

Os olhos dela se encheram de lágrimas.

Perséfone tinha passado a esperar certas verdades: que a aurora chegaria e a noite cairia, que a vida precedia a morte e a esperança vinha depois do desespero. Tinha passado a esperar que Hades estivesse sempre ao seu lado, e a ausência dele agora fazia o mundo parecer errado.

— Eu quero meu marido — disse a deusa, e um grito brutal escapou de sua garganta.

Perséfone cobriu a boca como se quisesse conter o grito, depois desapareceu, teleportando-se para seu escritório no Alexandria Tower, onde deixara Hades emaranhado em uma teia feita com sua magia. A evidência de sua escolha permanecia ali: o chão deformado, os galhos partidos. Ela já sabia que ele não estaria ali. Sabia que sua magia só era forte o suficiente para contê-lo por pouco tempo. Ainda assim, tinha se agarrado a uma pontinha de esperança equivocada.

A deusa se ajoelhou no chão quebrado e tocou os galhos escuros e rompidos. Quando estendeu a mão, ela se lembrou do que faltava ali.

Uma explosão da magia cálida de Hermes a alertou para o fato de que já não estava sozinha.

— Teseu levou meu anel — disse Perséfone.

— Então podemos imaginar o que aconteceu — respondeu ele.

Hades conseguia rastrear o anel e devia tê-lo usado para localizar Perséfone, mas onde estaria agora, e será que conseguiriam rastreá-lo?

— Eu não devia ter ido embora sem ele — falou Perséfone.

Ela deveria ter chamado Hades enquanto esperava no hotel com Harmonia e Sibila, que estava ferida, mas tivera medo demais das consequências. E, mesmo naquele momento, será que teria feito diferença? A deusa não fazia ideia de quando exatamente ele fora enganado e levado para o caminho errado.

— Você fez o que era necessário — afirmou Hermes.

— Mas e se não fosse? — perguntou Perséfone, mas não importava quanto refletisse, ainda sentia que não tivera escolha.

Havia ameaças demais em jogo, como a justiça divina e o bem-estar de Sibila, mas agora Perséfone só conseguia se perguntar se tinha condenado Hades a algum outro destino terrível.

— Não importa — disse Hermes. — O que está feito está feito.

Ela sabia que ele estava certo. A única opção era seguir em frente.

Perséfone se levantou, depois se virou para olhar para o deus que havia se tornado um de seus amigos mais próximos.

— Encontre o meu marido, Hermes. Faça o que for necessário.

Ele a observou por um instante, seu belo rosto de algum jeito suave e severo ao mesmo tempo.

— Você sabe o que está pedindo, Sefy?

Ela se aproximou, sustentando o olhar dourado do deus.

— Eu quero sangue, Hermes. Vou encher rios inteiros de sangue até ele ser encontrado.

Teseu logo descobriria que tinha brincado com fogo.

Hermes sorriu.

— Eu gosto da Sefy vingativa — disse ele. — Ela é assustadora.

Perséfone desviou o olhar para o brilho avermelhado logo atrás da porta. Saiu do escritório e adentrou a área de espera, que tinha vista para Nova Atenas.

A luz queimava o horizonte, e Perséfone pensou que se assemelhava muito ao fogo. Ela nunca imaginara ver o sol como ameaça, mas hoje o amanhecer parecia a aurora de um mundo novo e terrível.

A ironia era que ninguém mais saberia dos horrores de sua noite.

Hoje, mortais acordariam e veriam que a neve tinha parado de cair, que as nuvens que carregaram o céu por semanas haviam se dissipado. A imprensa divulgaria notícias a respeito de como a ira dos olimpianos havia acabado e presumiria que fora a batalha nos arredores de Tebas que colocara um fim na tempestade de Deméter.

— É errado eu estar com raiva por eles não saberem o terror que vivemos essa noite?

— Não — respondeu Hermes. — Mas acho que não é isso que está te deixando com raiva agora.

Perséfone virou a cabeça para o lado, mas Hermes ainda estava um ou dois passos atrás dela.

— O que você sabe sobre minha raiva?

— Você não gosta quando as crenças são alimentadas por inverdades. Você considera uma injustiça — disse ele.

Ele não estava errado.

Era por isso que Teseu e sua organização de semideuses e mortais Ímpios a irritavam tanto, e Helena, sua assistente antes tão leal, só tinha ajudado a perpetuar essas mentiras com artigos de jornal. E o que tornava os textos dela tão críveis era o fato de estarem ancorados no mínimo de verdade.

— Teseu diria que isso é poder — comentou a deusa.

— E é mesmo — concordou Hermes. — Mas há poder em muitas coisas.

Perséfone ficou calada e tocou o vidro frio com os dedos, traçando o contorno do *skyline* de Nova Atenas.

— Eles acham que eu menti — disse ela.

Logo antes de tudo dar uma guinada para pior — antes de Sibila desaparecer e da avalanche e da batalha que se seguiu, antes de Teseu trocar seu favor pela cooperação dela —, Helena tinha decidido revelar o segredo da divindade de Perséfone e acusá-la de enganar a Nova Grécia.

Em muitos sentidos, o *timing* dela fora impecável. Ela sabia que o mundo tinha passado a admirar e criticar Perséfone, tanto por escrever artigos controversos a respeito dos deuses quanto por atrair a atenção do notoriamente recluso Deus dos Mortos.

De certo modo, Perséfone havia conquistado uma parcela do público mortal que se enxergava nela.

Agora eles provavelmente se sentiam traídos.

— Então conta a verdade — sugeriu Hermes.

Perséfone levantou a cabeça, olhando para o Deus das Travessuras no reflexo da janela.

— Será que vai ser o suficiente?

— Vai ter que ser — respondeu ele. — É tudo que você pode oferecer.

Parecia tão bobo se preocupar com o que as pessoas achavam depois de tudo o que havia acontecido nas últimas vinte e quatro horas, mas, para os mortais, o mundo ainda era reconhecível. Eles exigiriam respostas para as acusações que Helena havia feito, sem saber da agonia de Perséfone, da ausência de Hades, do terrorismo de Teseu.

A deusa ficou calada por um instante, depois se virou e encarou Hermes.

— Convoque Elias — ordenou ela. — Temos trabalho a fazer.

Antes de começar, porém, ela precisava ver Sibila e Harmonia.

Perséfone voltou para o Submundo e encontrou suas amigas na suíte da rainha. Harmonia estava dormindo na cama, enquanto Sibila estava deitada ao seu lado, totalmente acordada, observando-a como se temesse que a namorada pudesse parar de respirar se não permanecesse alerta.

Perséfone conhecia esse terror.

Quando a deusa entrou, Sibila ergueu os olhos e sussurrou seu nome, levantando-se e correndo até ela. O oráculo começou a chorar ao envolver o pescoço de Perséfone com os braços.

— Sinto muito, Sibila — disse Perséfone, baixinho, para não perturbar Harmonia, que continuava imóvel.

Sibila se afastou só um pouquinho e encontrou o olhar de Perséfone. Seus olhos estavam vermelhos, e lágrimas escorriam pelo rosto.

— Não foi culpa sua — ela conseguiu dizer, com um suspiro trêmulo.

Mas Perséfone se sentia responsável. Era difícil não se sentir culpada, considerando que Teseu escolhera Sibila como alvo por causa de sua amizade com a deusa.

Perséfone soltou um suspiro.

— O que aconteceu?

Sibila engoliu em seco, pousando o olhar em Harmonia. Por fora, ela parecia quase totalmente curada. Era evidente que Sibila ou Hécate tinham feito o possível para limpar a sujeira e o sangue seco de seu rosto, embora ele continuasse emaranhado no cabelo claro da deusa.

— Eles vieram à noite, em silêncio. Acho que não esperavam que qualquer uma de nós acordasse assim que apareceram, mas acordamos. Eu estava sonhando com morte, e Harmonia sentiu a magia deles.

— Então eram semideuses?

— Só dois — respondeu Sibila. — Devem ter aberto a porta do apartamento para o resto dos homens depois de se teleportarem lá pra dentro.

— Quantos eram no total? — perguntou Perséfone.

Sibila balançou a cabeça, encolhendo os ombros.

— Não tenho certeza. Cinco ou seis.

Cinco ou seis homens só para capturar Sibila. Perséfone ficara sabendo, por meio de Teseu, que eles não esperavam que Harmonia estivesse no apartamento, e foi por causa da resistência que ofereceu que a deusa ficou tão ferida.

— Eles vieram pra machucar, Perséfone — disse Sibila. — Não só eu, mas também você.

Perséfone sabia, e aquilo a deixava enjoada. Era difícil imaginar que, enquanto ela caminhava até o altar em direção ao amor de sua vida, suas amigas estavam sofrendo nas mãos de um semideus insano.

— Você viu a Helena? — perguntou ela.

Estava perguntando porque queria saber até que ponto sua ex-amiga tinha se envolvido com Teseu. Que planos ela o estaria ajudando a executar, e será que sentia alguma coisa ao vê-las sofrer?

Em certa medida, Perséfone culpava a si mesma. Fora ela que encorajara Helena a se aproximar da Tríade quando a mortal manifestara interesse em escrever a respeito da organização, embora agora estivesse evidente o tipo de pessoa que ela era. A mulher não tinha nenhum senso real de lealdade para com nada, exceto si mesma.

— Não — sussurrou Sibila.

Perséfone apertou o maxilar. Tivera vontade de se vingar poucas vezes na vida, e essa era uma delas. Considerando o que estava sentindo agora — a raiva que fervilhava dentro dela —, não sabia dizer o que faria quando visse Helena de novo, mas a realidade era que ela já tinha ultrapassado um limite. Tinha matado a mãe, mesmo que não fosse sua intenção.

Será que mataria Helena se tivesse a chance?

— Ela não está se curando — disse Sibila, depois de um instante de silêncio.

Perséfone virou a cabeça depressa.

— Como assim?

— Hécate disse que a coisa que usaram para esfaqueá-la está impedindo que ela se cure. Quando perguntei por que, ela disse que não sabia.

Perséfone sentiu um frio na barriga.

Hécate sempre sabia.

— E você? — perguntou Perséfone, baixando o olhar para a mão de Sibila, que tinha sido firmemente enfaixada depois que dois de seus dedos foram cortados por Teseu.

O semideus a mutilara sem hesitar, o que demonstrava quão perigoso ele era.

— Eu vou me curar — respondeu Sibila, depois fez uma pausa. — Hécate disse que dava pra *restaurar* meus dedos, mas eu recusei.

Os olhos de Perséfone se encheram de lágrimas e ela engoliu em seco, tentando acabar com o nó na garganta.

— Sinto muito mesmo, Sibila.

— Não precisa se desculpar, Perséfone — declarou Sibila. — É difícil saber que o mal existe no mundo até ele te encontrar.

Perséfone se lembrava de quando achava que conhecia o mal, quando sua mãe a convencera de que era a escuridão de Hades que contaminava o mundo lá em cima, influenciando todos os terrores, pragas e pecados.

Mas o mal não tinha efeito nenhum sem um mestre, e nas últimas horas ela conhecera o verdadeiro mal. Não se parecia com seu marido, nem com sua mãe. Não era escuridão, nem morte.

Era o prazer que Teseu obtinha da crueldade, e ela odiava como isso tinha invadido sua vida e logo invadiria o mundo.

— Vamos descobrir um jeito de curar a Harmonia, Sibila. Eu prometo — disse ela.

Sibila sorriu.

— Eu sei que vão.

E, mesmo tendo prometido aquilo, Perséfone gostaria de ter a mesma certeza que Sibila.

Deixou as amigas descansarem, ainda preocupada. Era provável que Harmonia tivesse sido esfaqueada com uma lâmina molhada com veneno da Hidra. Hades dissera que isso retardava a cura, e feridas demais podiam matar um deus, como foi o caso de Tique.

Talvez Harmonia só precisasse de mais tempo para se recuperar antes de se curar.

Ou talvez isso não passasse de pura ilusão.

O temor tomou conta de Perséfone enquanto ia até o escritório de Hades. Uma parte dela torcia para encontrá-lo ali, esperando, sentado à mesa ou talvez de pé perto do fogo, mas, quando abriu a porta, encontrou seus amigos: Hermes e Elias, Caronte e Tânatos, Apolo e Hécate.

Por mais que os amasse, eles não eram Hades.

— Me contem dos que fugiram — pediu ela, sentindo o temor aumentar no peito.

Houve um instante de silêncio pesado.

— Foram poucos, milady — respondeu Tânatos. — Mas, entre eles, Cronos.

Cronos era o Deus do Tempo, mas especificamente tinha influência sobre sua natureza destrutiva. Perséfone não sabia o que aquilo significava para o mundo lá em cima, mas se preocuparia com isso mais tarde. Nesse momento, precisavam se planejar para as ameaças presentes.

— E os outros?

A deusa percebeu que Tânatos pareceu hesitar antes de responder.

— Os outros são meu irmão e Prometeu.

Perséfone ergueu as sobrancelhas com a notícia, embora não pudesse dizer que estava surpresa que Hipnos tivesse aproveitado a oportunidade para escapar do Submundo. Ela só conhecera o Deus do Sono recentemente, e ele deixara claro que não vivia ali por escolha; havia sido relegado à escuridão do Submundo por Hera, que o culpava por suas tentativas fracassadas de derrubar Zeus.

— Todos os outros que fugiram do Tártaro foram capturados — disse Caronte. — Muitos deles nem chegaram a passar do Estige.

A deusa não se surpreendeu. Só era possível atravessar o rio de barco. Ela descobrira isso da pior maneira quando tentara cruzá-lo a nado na primeira vez que se aventurara no Submundo. Os mortos que viviam ali a tinham arrastado para as profundezas escuras. Se não fosse por Hermes, ela teria se afogado.

Perséfone olhou para Hécate, que era quem conhecia melhor os titãs.

— O que significa o fato de Cronos e Prometeu terem fugido?

— Cronos é um deus vingativo, mas não vai agir depressa — respondeu Hécate. — Ele precisa de adoradores para ser efetivo, e sabe disso. Prometeu é basicamente inofensivo. A verdadeira preocupação é como os olimpianos vão reagir quando ficarem sabendo da fuga.

Perséfone imaginava que não reagiriam bem. Embora alguns tivessem lutado ao lado dela e de Hades, outros ficaram contra, ainda que ela achasse que nem todos tinham as mesmas motivações. Alguns, como Ares, só procuravam batalhas para satisfazer sua sede de sangue.

Zeus, por outro lado, quisera pôr fim à profecia de seu oráculo. Pirra havia dito que a união de Perséfone e Hades produziria um deus mais poderoso do que o próprio Zeus. Apesar de o Deus dos Céus ter conseguido evitar profecias semelhantes no passado, Perséfone agora se perguntava se ele não tinha entendido errado dessa vez. Será que era Cronos que estava destinado a se tornar mais poderoso do que Zeus em seu retorno ao mundo, e sua ira seria um produto do aprisionamento no Tártaro?

— Quanto tempo nós temos? — perguntou Perséfone.

— Se eu tivesse que chutar, diria que Teseu vai tentar usar Hades como isca para atrair Cronos para fora do esconderijo — disse Hécate. — Quanto antes o encontrarmos, melhor.

O coração de Perséfone se encheu de pavor. Não queria pensar no que aquilo significava para Hades.

— Teseu está com meu anel — disse ela. — Você consegue rastreá-lo?

— Vou tentar — afirmou Hécate.

Faça mais do que tentar, Perséfone queria dizer, mas sabia que Hécate só estava sendo cautelosa. A deusa não queria prometer demais, uma vez que já não tinha conseguido sentir a magia de Hades.

Perséfone olhou para os outros.

— Enquanto isso, quero os homens do Teseu — declarou ela. — Vou torturar um por um até alguém nos contar onde o Hades está.

— Deixa com a gente, Sef — disse Apolo.

— Vamos trazê-lo para casa, milady — completou Elias.

A deusa engoliu em seco com força, os olhos se enchendo de lágrimas.

— Promete pra mim — disse ela, com a voz trêmula.

— Hades é meu rei e a senhora é minha rainha — declarou Elias. — Vou até os confins da terra para trazê-lo de volta para a senhora... para todos nós.

— Só uma dúvida — começou Hermes, sacando a espada, com uma expressão ameaçadora no rosto. — Você quer eles vivos ou mortos?

— Deixe que escolham o próprio destino — respondeu ela. — De todo modo, eles virão até mim.

Essas palavras pareciam percorrer todo seu corpo. Eram parecidas com as que Hades tinha dito para ela na noite em que se conheceram.

Meu bem, eu ganho de qualquer maneira.

Dessa vez, ela estremeceu.

Hermes sorriu.

— Pode deixar, Rainha.

Todos saíram, exceto Hécate, que se aproximou e tomou as mãos de Perséfone.

— Você vai descansar, minha querida? — perguntou ela.

Perséfone não tinha certeza de que conseguiria. Nem queria encarar o quarto deles, enfrentar uma noite sem Hades.

— Eu acho... que devia ir ver minha mãe — respondeu ela.

— Tem certeza?

Parecia a melhor alternativa. Se ficasse sozinha, seus pensamentos entrariam num ciclo infinito, fazendo-a lembrar de todas as maneiras que tinha falhado e de tudo o que deveria ter feito diferente: não apenas para salvar Hades, mas também sua mãe.

Ela havia matado Deméter.

Nem conseguia lembrar como tinha acontecido. Só se lembrava de como se sentira: irritada e desesperada para acabar com o ataque de sua mãe ao mundo.

Mas nenhuma dessas coisas era desculpa para um *assassinato*.

Nem parecia real, e Perséfone ainda não sabia ao certo como iria viver com algo tão terrível, mas talvez ver Deméter no Submundo ajudasse.

— Vou vê-la agora.

Hécate assentiu, solene, e Perséfone teve a sensação de que a deusa não discutiu porque sabia o que ela estava pensando.

Ela deixou que Hécate a teleportasse.

Perséfone não tinha pensado em onde no Submundo sua mãe poderia acabar parando. Quando Tique morrera, Hades lhe explicara que os deuses chegavam até ele impotentes, e ele costumava lhes dar uma tarefa em algum ponto de seus domínios, baseada nos desafios deles em vida.

Tique sempre quisera ser mãe, então havia se tornado cuidadora no Jardim das Crianças. Deméter também tivera esse desejo, mas lhe conceder um posto ao lado de Tique parecia uma recompensa grande demais por tudo que ela tinha feito. Ainda assim, Perséfone também não sabia bem se queria que a mãe enfrentasse uma sentença no Tártaro, mas talvez aquilo tivesse mais a ver com a culpa que sentia por ser responsável por sua morte.

Decidiu que se prepararia para isso, mas, quando se materializaram, ela e Hécate se viram na grama dourada dos Campos Elísios. Perséfone olhou para Hécate, depois para a terra vasta e ampla, pontilhada por árvores exuberantes. Ali, o céu era de um azul brilhante. As almas espalhadas pela planície estavam vestidas de branco e vagavam em uma existência quase sem objetivo, sem nenhuma lembrança da vida que haviam levado no Mundo Superior.

— *É necessário* — dissera Tânatos — *para curar a alma.*

Perséfone descobrira exatamente o que isso queria dizer quando Lexa fora para o Submundo. Tivera sorte de vê-la logo depois de ela ter atravessado o Estige e valorizava muito os poucos minutos que passara com sua melhor amiga antes que ela bebesse do Lete e se tornasse outra pessoa.

— Hécate — sussurrou Perséfone, a garganta tomada por uma emoção que não estava esperando. — Por que estamos nos Campos Elísios?

Ela perguntou, mas já sabia a resposta.

— Existem traumas com os quais as almas não conseguem viver — respondeu Hécate. — Até na morte, até os deuses.

Lágrimas desceram pelo rosto de Perséfone. Ela não conseguiu pará--las, nem decidir o que significavam.

— Com o que ela não conseguiu viver? — perguntou Perséfone, sentindo o gosto de sal nos lábios.

A versão da mãe que ela havia confrontado no Museu da Grécia Antiga não tinha nenhum remorso pelo mal que havia causado. Não ligava que sua tempestade tivesse matado milhares, não ligava que sua magia fosse responsável pela morte de Tique.

— *Vou despedaçar esse mundo ao seu redor* — ela tinha dito.

Hécate não respondeu, mas Perséfone achava que nem precisava mesmo. O que qualquer uma delas tivesse a dizer a respeito da vida que Deméter levara era irrelevante. O fato era que os juízes reconheceram que a alma dela havia murchado sob a culpa de suas decisões.

Perséfone não tinha certeza do motivo, mas saber disso era ainda mais doloroso. Mostrava quão perdida Deméter havia ficado.

Será que o descontrole dela tinha começado com o estupro de Poseidon? Uma parte de Perséfone queria saber, queria vingança pela mãe que tinha perdido e por aquela em que Deméter tinha se transformado.

— Não vai te fazer nenhum bem procurar respostas sobre como sua mãe viveu — disse Hécate.

— Como você sabe? — perguntou Perséfone.

Não era comum que ela questionasse a Deusa da Bruxaria, mas, nesse tópico, ela o fez.

— Porque você já sabe tudo o que tem pra saber — respondeu Hécate. — À medida que a alma dela for se curando, a sua também vai. Talvez aí você passe a entender, ou pelo menos aceitar.

— Cadê ela? — perguntou Perséfone, olhando para a planície dourada.

Mais uma vez, Hécate não disse nada, mas não precisava, porque Perséfone tinha encontrado a mãe. Reconheceu o cabelo longo e liso, da cor da grama dourada a seus pés. A deusa parecia pequena e frágil, tendo perdido a sua imponência.

Perséfone se afastou de Hécate e foi até ela. Manteve distância, traçando um amplo círculo ao redor da mãe até conseguir ver seu rosto. Foi a primeira vez que viu Deméter sem aquele brilho crítico no olhar, sem a dureza que esculpia em suas feições uma severa máscara de desprezo.

O olhar de Deméter parou em Perséfone. Seus lábios macios se ergueram em um sorriso gentil. Apesar disso, o calor não chegou aos olhos, que antes passavam de castanhos a verdes e depois dourados à medida que ela atravessava vários níveis de raiva. Agora eram apenas de um amarelo pálido, da cor do trigo, e não mostravam nenhum reconhecimento.

— Olá — disse ela, com delicadeza.

Perséfone tentou pigarrear antes de falar, mas sua voz saiu rouca mesmo assim.

— Oi — respondeu ela.

— Você é a senhora desse reino? — perguntou Deméter.

— Sou — disse Perséfone. — Como você sabia?

Uma ruga se formou entre as sobrancelhas de Deméter.

— Não sei — respondeu ela, depois desviou o olhar para o campo. Quando voltou a falar, havia um toque de admiração em sua voz: — É bem calmo aqui.

Talvez de um jeito egoísta, Perséfone desejou sentir o mesmo.

De repente, ela deixou os Campos Elísios e se viu no ambiente sombrio de seu quarto com Hades. Não havia fogo na lareira para aquecer o ar ou acabar com a escuridão, e, naquele quarto frio e sem vida, desabou no chão e chorou de soluçar.

4

HADES

Hades acordou com uma queimação intensa na lateral do corpo. Urrou de dor e abriu os olhos bem a tempo de ver Teseu retirar dois dedos da ferida que causara nele com a foice de Cronos.

— Que bom — disse Teseu. — Você acordou.

Hades cerrou os dentes, lançando um olhar feroz para o semideus, com os olhos lacrimejando. Queria falar, amaldiçoá-lo, mas suas palavras estavam presas na garganta, apertada de dor.

— Sinto muito — disse o semideus, baixando o olhar para os dois dedos ensanguentados. — Mas você não acordou quando eu te chamei.

Foi só quando Teseu ficou de pé que Hades percebeu que estava em uma posição diferente daquela em que tinha adormecido. Já não estava pendurado em correntes, mas sentado no chão. A gigantesca rede que envolvera seu corpo tinha sumido, substituída por uma que lembrava mais uma camisa. Apesar da diferença, Hades ainda sentia o peso dela e a estranha maneira como parecia sugar sua energia: como se tivesse dentes que abocanhavam sua alma.

— Vamos, olimpiano — disse Teseu. — Você precisa ganhar o pão.

Hades teve que resistir ao instinto de permanecer onde estava. Não gostava de receber ordens, principalmente de um semideus arrogante, mas não podia negar que estava curioso sobre onde estava exatamente, e queria aproveitar qualquer oportunidade de observar e traçar um plano para escapar.

Ele se levantou, embora seus braços e pernas tremessem.

Teseu não o levou logo para fora da cela. Em vez disso, ficou observando o deus, com os olhos críticos queimando seu corpo.

— Me admirando, Teseu? — rosnou Hades, ofegante.

— Sim — respondeu o semideus, depois encarou Hades. — Você já se sentiu tão fraco antes?

Hades fez uma careta, e Teseu deu um pequeno sorriso antes de se virar para abrir uma porta quase invisível.

— Até você precisa admitir que está impressionado com a nossa tecnologia, né? — disse Teseu, adentrando uma passagem estreita que não era mais iluminada do que a cela de Hades.

Hades sentiu a poeira no ar, e um cheiro de mofo tomou seus sentidos, penetrando até o fundo da garganta, tornando ainda mais difícil a respiração debaixo da rede.

— Sua? — rebateu Hades. — Parece trabalho do Hefesto, e tem cheiro da magia da Deméter.

— O que é a tecnologia senão a evolução de algo que já existe? — disse Teseu.

— Não sabia que você era um intelectual — murmurou Hades.

Teria falado mais alto, mas o tom de sua voz estava afetado pela intensidade da dor nos pulmões, e ele preferiu economizar suas forças.

— Tem muita coisa que você não sabe sobre mim, tio.

Hades estremeceu com o uso do título familiar, mesmo sabendo que Teseu só o usara para zombar dele. Não sentia nenhuma ligação com o semideus, nem uma gota de afeto por ele, mas não disse nada, em vez disso, se concentrou nos arredores.

Estavam em um corredor comprido e Hades só conseguia enxergar alguns palmos à sua frente, não importava para que lado olhasse. Uma luz alaranjada e opaca pairava como névoa no ar, criando bolsões de escuridão. O chão era arenoso e as paredes feitas de pedras lisas, empilhadas até o alto na escuridão. O mais óbvio, entretanto, era o frio. Hades reconheceu o modo como se agarrava à sua pele e penetrava até o osso.

Ele estava no labirinto onde tinha lutado com o Minotauro.

— Dédalo era um gênio, não? — comentou Teseu.

— Ele era um homem que provou sua utilidade — respondeu Hades, seguindo Teseu a distância.

Certamente, naquela época, Dédalo era considerado um dos inventores mais brilhantes do mundo. Fora encarregado pelo Rei Minos de construir esse labirinto como uma prisão para o Minotauro, uma criatura metade touro, metade humana que sua esposa, Pasífae, dera à luz. Uma criatura que só existia porque ele também havia construído uma vaca de madeira que permitia que ela mantivesse relações sexuais com um touro que Poseidon a condenara a desejar.

— Ele enxergou a oportunidade — disse Teseu. — Até você precisa respeitar isso.

— Não preciso, não — respondeu Hades.

Dédalo era um narcisista que havia tentado assassinar o próprio sobrinho quando ficou evidente que a genialidade dele ameaçava a sua.

Teseu riu.

— Ah, Hades, eu tenho até medo de saber o que você acha de mim.

— Você sabe o que eu acho de você — disse Hades.

O semideus não respondeu, e Hades ficou feliz pelo silêncio. Odiava falar em qualquer circunstância, mas, nesse momento, era exaustivo. Enquanto seguia Teseu, flexionou as mãos e percebeu que conseguia movimentar os braços. A rede, que pendia pesada contra seu peito, suas costas

36

e sua barriga, parecia não restringir seus braços, e, mesmo sabendo que era impossível escapar dela sem ajuda, mesmo assim tentou.

Teseu riu, mas, quando Hades ergueu os olhos, o semideus ainda estava olhando para a frente, percorrendo os corredores do labirinto com facilidade.

— Você só vai ficar exausto tentando removê-la — disse Teseu. — É melhor economizar as forças. Vai precisar.

Hades lançou um olhar fulminante para a parte de trás da cabeça de Teseu, imaginando como seria esmagá-la com uma pedra.

Após a morte de Tique, Hades fora procurar Hefesto para descobrir mais a respeito de sua criação, sabendo que a rede era uma grande ameaça para os deuses, dada sua capacidade de imobilizar e sufocar o poder deles. Hades pedira ao Deus do Fogo para forjar uma arma que pudesse cortá-la, mas não tinha conseguido obter tal arma antes de ser capturado.

O fato de ter caído numa armadilha assim o deixava irritado. Não tinha pensado duas vezes ao sair em busca de Perséfone, em busca do anel que agora estava em posse de Teseu. Tentou senti-lo, as energias familiares das pedras que escolhera para representar a deusa e seu futuro juntos, mas tudo o que sentiu foi o frio do labirinto, que conseguia ficar cada vez mais desnorteante, quanto mais tempo passavam nele, alternando entre andar por longos trechos e uma série de curvas fechadas por passagens mais curtas.

Hades se perguntou o que estaria conduzindo Teseu através do labirinto. O semideus andava com determinação, virando de um lado para o outro por muitos e variados corredores. Era possível que ele tivesse memorizado a rota; com certeza era psicótico o bastante para isso.

Por fim, chegaram a uma parte do labirinto que estava em ruínas, com paredes quebradas e derrubadas pelo tempo.

— Parte do labirinto original — disse Teseu. Mesmo em mau estado, sua grandeza era evidente. — Eu pretendia terminá-lo antes de você chegar, mas, na verdade, acho que faz muito mais sentido que você mesmo complete a prisão na qual está confinado.

O olhar de Hades passou para o semideus.

— E como você sugere que eu faça isso? — perguntou ele.

— Providenciei todas as ferramentas — respondeu Teseu.

Hades ficou olhando para ele. Sabia que o semideus estava ignorando o óbvio de propósito: a rede que envolvia seu corpo o deixava fraco.

— E por que você quer que eu faça isso? — perguntou Hades. — Pra poder assistir?

— O que mais você vai fazer enquanto espera pra ser resgatado? — zombou Teseu. — Ficar morrendo de saudade da sua esposa?

Hades cerrou os dentes com tanta força que os músculos em seu pescoço doeram. Depois de um instante, relaxou, inclinando a cabeça para o lado.

— Se dê um pouco mais de crédito, Teseu. Suas ações já te garantiram um papel principal nos meus pensamentos.

— Que honra — comentou Teseu, depois olhou para os materiais espalhados a seus pés. — Acho que é bom você já começar. Me disseram que a cura de um tijolo de barro leva dias. — Começou a se virar, mas parou. — Vou arrancar uma pedra do anel da sua amante cada vez que você parar. E quando não tiver mais pedras, vou esmagá-las até virarem pó e fazer você engolir a seco.

O semideus saiu, desaparecendo na escuridão, e Hades ficou sozinho. Por mais que reconhecesse que Hefesto poderia fazer outros anéis, a ideia de aquele que estava em posse de Teseu ser destruído por ele parecia o mesmo que deixar o semideus vencer.

Esse pensamento incentivou Hades a começar.

Olhou os materiais que havia recebido: uma tina de água, um feixe de trigo, um balde e uma caixa de madeira que serviria de molde para os tijolos. Não havia nada com que cortar o trigo, o que significava que não havia nada que ele pudesse usar como arma.

Tudo teria que ser feito com suas próprias mãos.

Hades reconhecia a futilidade de seu trabalho. Não se tratava de terminar a parede, claro. O objetivo era humilhá-lo, embora Hades não precisasse daquilo para se sentir humilhado. Já estava sofrendo com a culpa desde o instante em que Perséfone passara pela porta com Teseu no Alexandria Tower.

Jamais devia ter concordado com o pedido do semideus por um favor, mas fora a única recompensa que Teseu aceitara pela captura de Sísifo e a devolução de uma relíquia que o mortal havia roubado. Para ser justo, não era um pedido indevido, considerando que Sísifo estava usando a relíquia para roubar vidas de mortais, e embora Hades tivesse imaginado que Teseu usaria o favor para propósitos nefastos, não estava esperando que o usasse para separá-lo de Perséfone.

E para quê? Ele ainda não entendia por completo o que acontecera em sua ausência, mas sabia que Teseu tinha conseguido entrar no Submundo, que agora estava em posse do Elmo das Trevas e que também tinha libertado Cronos do Tártaro. E, apesar de não saber o que aquilo significava para o futuro da Nova Grécia, Hades sabia que conseguiria lidar com qualquer coisa desde que Perséfone estivesse bem.

Eu estou bem.

A voz dela foi tão clara que o coração de Hades disparou e ele se virou, achando que ela estaria logo ali ao seu lado, mas não encontrou nada além de poeira rodopiando na escuridão nebulosa.

Era ridículo esperar que ela estivesse ali, idiotice ficar decepcionado por não estar, mas ele não conseguiu evitar o impacto do sentimento, mais pesado do que a rede.

Hades cerrou os dentes, uma onda quente de frustração tomou conta dele. Não ficaria surpreso se descobrisse que Teseu havia conjurado algum tipo de ilusão só para ter a satisfação de cumprir sua ameaça.

Com o sussurro das palavras de Perséfone ainda fresco na mente, Hades varreu os destroços da parede para o balde que Teseu deixara ali para usar na mistura dos tijolos.

Quando terminou, se abaixou e enfiou os dedos na terra arenosa. O solo ali o fazia lembrar do lodo fino e acinzentado no Submundo, e quando a sujeira se alojou sob suas unhas, o deus pensou em como Perséfone se ajoelhara no pedaço de terra árida que ele lhe dera em seu jardim. A deusa estava irritada com ele por prendê-la em um contrato, e ficou mais brava ainda quando descobriu a beleza de seu reino. Mesmo que não fosse real, a ilusão só serviu para lembrá-la de sua incapacidade de invocar e sentir a própria magia.

Quando Perséfone ficara de pé, Hades a beijara pela primeira vez. Ele se lembrava da sensação dela contra o próprio corpo, de como a deusa tinha gosto de vinho e cheiro de rosas. Tinha se perdido na perfeição dela assim como se perdia em sua lembrança agora.

— Que delícia encontrar o Deus dos Mortos de joelhos.

Era a voz de Perséfone, e isso deixou Hades tenso. Sabia que era um truque, conjurado por Teseu para torturá-lo. Ignorou as palavras, o modo como elas tomaram conta dele e fizeram seu peito doer. Concentrou-se com mais determinação na tarefa, colocando a areia no balde para misturar com a água e o trigo, mas de repente captou algo com a visão periférica — o esvoaçar de um vestido branco — e, quando olhou, se viu ajoelhado aos pés de Perséfone.

Ficou olhando para ela, prendendo a respiração. A deusa estava mais linda do que nunca, com os cachos dourados selvagens derramados sobre os ombros e sardas pontilhando a pele etérea. Hades queria beijar cada uma delas.

— Você não é real — disse ele.

Ela riu, franzindo as sobrancelhas só um pouquinho.

— Eu sou real — disse Perséfone, dando um passo à frente. Hades sentia o ar se movendo com ela. — Me toca.

Ele desviou os olhos, que pararam nas ruínas do labirinto.

O que quer que fosse aquilo, doía mais do que a ferida na lateral de seu corpo.

— Hades — Perséfone sussurrou seu nome de novo, e, quando ele olhou, ela ainda estava ali, embora parecesse que estava em outra dimensão.

Uma luz por trás dela formava um halo em torno de seu corpo, como se o sol brilhasse a partir dali.

— Isso é cruel — disse ele, ainda ajoelhado, se recusando a olhar para o rosto dela.

Em vez disso, ficou olhando para o vestido esvoaçante. O tecido era fino e branco, com fios de ouro.

— Você não me quer? — sussurrou a deusa.

Hades fechou os olhos ao sentir a mágoa na voz dela. Quando voltou a abri-los, esperava estar sozinho no labirinto, mas ela continuava ali. Estendeu a mão e tocou o vestido, beliscando o tecido. Era macio e real.

Como?

Hades ergueu os olhos para ela, que tinha a preocupação estampada no rosto bonito.

— Perséfone — disse ele, meio incrédulo.

Já não conseguia se conter. Ficou de pé, beijando-a e agarrando a parte de trás de sua cabeça. A outra mão apertava a parte inferior das costas da deusa, os dedos bem separados, segurando-a tão firme quanto conseguia.

Hades se afastou da boca de Perséfone e apoiou a testa na dela.

— Eu não sei se você é real — disse ele.

— Isso importa, se estamos juntos? — perguntou a deusa.

Sua voz saiu baixa e penetrou a pele dele, fazendo-o estremecer.

Perséfone espalmou as mãos no peito de Hades, pele com pele, e sua magia desfez a rede e a camisa do deus. Talvez fosse mais um sonho do que um truque.

— Melhor — murmurou Perséfone, alisando-o com as mãos.

Hades segurou os pulsos da deusa e beijou as palmas de suas mãos.

Perséfone fechou os dedos.

— Me deixa tocar você — pediu ela.

Seus olhos brilharam, assumindo uma ferocidade que perfurou o coração do deus. Não é que ele não quisesse que ela o tocasse, mas já estava com medo de acordar sozinho.

Perséfone segurou seu rosto.

— Viva nesse instante comigo.

Era só o que Hades queria. Que Perséfone ocupasse cada segundo de cada dia, que vivesse em todas as partes de sua mente, que nunca saísse de perto dele. Ela era o amanhecer do seu mundo, o calor que carregava no coração, a luz que o fazia continuar olhando para o futuro.

Ele a beijou de novo e a pegou no colo. Teria suspirado com o peso de Perséfone em seus braços, mas enfiou a língua na boca da deusa, gemendo com a maneira como o gosto dela fazia seu corpo enrijecer. Com os braços de Perséfone envolvendo seu pescoço, ele agarrou o quadril dela, esfregando a ereção na maciez entre suas coxas.

Porra, ela era tão gostosa e *real*.

Perséfone se contorceu nos braços de Hades e ele a colocou no chão. Estava completamente no agora, graças à magia dela, seu pau duro entre os dois. Ela o tocou, os dedos provocando as veias que pulsavam com o sangue dele. Hades sentia o rugido do desejo nos ouvidos.

— Você vai deixar eu te dar prazer? — perguntou ela.

Ela não precisava de permissão, mas ele gostou de como a deusa pediu. A voz de Perséfone estava baixa e rouca, os olhos brilhando de tesão.

— Se você quiser — respondeu Hades, no mesmo tom, resistindo ao instinto primitivo de enfiar os dedos nos cabelos de Perséfone quando ela se ajoelhou à sua frente.

— Eu quero — sussurrou ela, o hálito no pau dele.

Os músculos de Hades se contraíram, e ele ficou mais duro quando ela o lambeu. A ponta da língua da deusa percorreu cada veia de seu pau e a borda macia da coroa antes de estimular a cabeça com movimentos generosos. Ele respirou fundo algumas vezes, aproveitando o prazer que tomava conta de todo o seu corpo.

Então Perséfone o chupou, a mão subindo e descendo por seu pau. Hades gemeu, o peito se apertando a tal ponto que não conseguia inspirar. Achou que ia gozar, sentia o corpo chegando às alturas, só acariciando a beira do clímax.

Hades alisou o cabelo de Perséfone com a mão, e ela olhou para o deus quando o pau dele deslizou para fora de sua boca, vermelho, molhado e pulsando.

— Me deixa gozar dentro de você — disse ele.

Os olhos dela brilharam.

— Se você quiser — respondeu ela.

— Ah, eu quero — rosnou ele, puxando-a para cima.

O deus a beijou de novo, percorrendo o maxilar e o pescoço dela com a boca, os dentes raspando, parando para chupar sua pele. Perséfone se agarrou a ele, cravando os dedos em seus ombros. Ele gostou da sensação afiada das unhas da deusa, que fazia aquilo tudo parecer ainda mais real. Ainda não tinha certeza do que estava acontecendo, mas já não se importava.

Empurrou as alças do vestido dela para baixo, expondo seus seios, depois a barriga e o quadril. Foi descendo e beijando o corpo de Perséfone, alisando a pele com as mãos. Passou um tempo provocando as coxas dela e enterrando o rosto entre suas pernas, lambendo o clitóris inchado até ela enfiar os dedos em seu cabelo. Hades subiu pelo corpo de Perséfone antes de pegá-la no colo de novo, a buceta quente e molhada da deusa pousando em seu pau duro, os seios pressionados contra seu peito.

Presos nessa tensão, eles se olharam nos olhos.

— Estou com saudade de você — disse ela.

Os dedos de Perséfone dançaram pelos lábios de Hades antes que ela o beijasse. Ele preferia essa distração à dor em seu peito, e a carregou até o que acreditava ser a parte mais alta da parede do labirinto, mas quando foi deitá-la ali, descobriu que tinham caído num mar de seda preta.

— É um sonho — murmurou ele.

— Então é um bom sonho — sussurrou ela.

Hades a beijou e desceu devagar por seu corpo, aproveitando para provocar e tocar. Ela se contorceu, apertando as coxas, e quando o deus por fim pressionou o calor dela contra sua boca, encontrou o êxtase.

5

PERSÉFONE

— Isso — Perséfone gemeu quando a boca de Hades encostou nela.

Seu corpo inteiro parecia nu e aberto, um nervo inteiro exposto ao prazer do toque de Hades. Ela mal conseguia conter seu desejo pelo deus. A sensação tomava conta dela, apertando seus músculos enquanto Hades passava a língua em seu clitóris.

Perséfone respirou fundo, o prazer já irradiando através de seu corpo, mas então ele abriu sua buceta macia e inchada com os dedos, e ela mal conseguiu conter o alívio ao sentir uma parte dele dentro de si.

— Isso — repetiu a deusa, olhando para Hades entre suas pernas. Ele ficou olhando de volta para ela ao tomar seu clitóris de novo, chupando suavemente. — Porra.

Perséfone deixou a cabeça cair sobre o travesseiro. A cada lambida, ela ficava mais excitada, e o prazer que percorria seu corpo crescia em intensidade.

— Por favor — implorou ela, mesmo sem ter certeza do que estava pedindo.

Ela queria gozar, sentir seu corpo inteiro se tensionar com o prazer do alívio. Era viciada nisso e no jeito como Hades a levava cada vez mais perto do clímax.

Hades deu um puxão suave em seu clitóris ao soltá-la.

— O que você quer, meu bem? — perguntou ele, a voz num sussurro sombrio que a fez estremecer apesar do suor que brotava em sua pele.

Ela estava quente e úmida.

— Mais — disse ela.

Perséfone precisava dele rápido e devagar, precisava que ele fosse mais fundo, e ele foi, acariciando um ponto dentro dela que gerava tantas sensações que ela pensou que ia morrer a qualquer momento. E foi o que fez. O prazer a atravessou como um raio, apoderando-se de cada músculo. A deusa se dobrou para a frente, o corpo se dobrando enquanto o orgasmo a atingia, saindo dela em um gemido profundo e gutural.

Foi assim que ela acordou, com o som do próprio clímax, as mãos entre as pernas e nenhum sinal de Hades.

Perséfone sentiu uma onda quente de vergonha, e o calor que avivara seu corpo desapareceu. Com frio, ela abraçou os joelhos junto ao peito.

Pelo amor dos deuses, tinha parecido tão real. Ela sentira o peso dele sobre si. Sentia o gosto dele na língua, e seus lábios estavam inchados pelo beijo. Agora que estava acordada, aquele anseio prazeroso em seu âmago tinha se tornado algo nauseante.

Parecia errado ficar excitada na ausência de Hades, mesmo que seus sentimentos tivessem sido inflamados pelo papel dele em seu sonho. A pior parte, porém, era acordar sem ele.

Era um pesadelo.

Perséfone se levantou da cama e vestiu o robe antes de sair para a sacada na escuridão. Lá fora, o Submundo parecia diferente. Ela ainda não havia identificado a fonte. Seria a união deles, a ausência de Hades ou a violação de Teseu contra o reino que causara a mudança? De todo modo, aquilo a deixava tensa. Ela sentia que, a qualquer momento, algo poderia explodir; que a magia que invocara para aprisionar Jápeto ia se estilhaçar e o titã terminaria de arrasar seu mundo.

Porque isso era tudo que lhe restava: isso e a esperança de encontrar Hades antes que Teseu o entregasse a Cronos.

Ela apoiou a cabeça sobre as mãos, apoiadas na grade da sacada, lágrimas ardiam no fundo da garganta, mas se recusou a chorar, piscando os olhos furiosamente até a vontade passar. Quando isso aconteceu, a deusa levantou a cabeça e percebeu um brilho alaranjado vindo de longe.

Endireitou o corpo.

Estranho, ela pensou, e se teleportou para além dos jardins do palácio, onde notou uma fogueira no Campo de Asfódelos. A princípio, foi tomada pelo pânico e se teleportou de novo, depressa, para o vale lá embaixo, então percebeu que as almas estavam reunidas ao redor do fogo, usando-o para iluminação. Algumas estavam curvadas esculpindo arcos, outras costuravam tiras de couro em armaduras, e outras, ainda, afiavam lâminas.

Perséfone voltou sua atenção para a rua principal no centro do Asfódelos, percebendo que todos os lampiões estavam acesos, deixando o céu nebuloso e alaranjado. As almas que não estavam trabalhando perto do fogo faziam reparos em suas casas, consertando os danos causados pela ruptura do Tártaro.

— Lady Perséfone!

Ela se virou na direção do som de seu nome.

— Yuri! — exclamou Perséfone, indo até a jovem alma e lhe dando um abraço apertado. Não a via desde o ataque da quimera, e ainda precisava agradecê-la por distrair o monstro. — Você está bem? — perguntou a deusa ao se afastar, observando a alma, sem saber o que ela havia enfrentado enquanto a batalha continuava.

Yuri pareceu intrigada pela pergunta.

— Sim, milady — disse ela. — E a senhora?

Perséfone abriu a boca para responder, mas ainda não tinha palavras para descrever o que exatamente estava sentindo. Em vez disso, olhou para as chamas ardentes no campo além do Asfódelos.

— O que está acontecendo? Por que vocês estão todos aqui?

As almas na verdade não precisavam dormir, mas em geral mantinham as rotinas de quando eram vivas.

— Estamos nos preparando pra guerra — respondeu Yuri, e embora Perséfone estivesse vendo, ainda não entendia direito. — Depois do que aconteceu, achamos melhor.

A culpa fez o peito da deusa se apertar. Era impossível não pensar que as almas tinham decidido fazer isso em parte porque ela não fora capaz de protegê-las.

Se Hades estivesse ali, tudo teria sido diferente, embora ela soubesse que não estava sendo totalmente justa consigo mesma. Ela, Hécate, Hermes e Apolo tinham feito tudo o que podiam para defender o Submundo das ameaças que Teseu havia libertado, e as almas tinham ajudado. Elas provavelmente só queriam estar mais preparadas para o próximo ataque.

— O próximo ataque — disse a deusa em voz baixa enquanto olhava para o Tártaro.

— O que aconteceu, Perséfone? — perguntou Yuri, mas Perséfone não estava pronta para responder, porque isso significava revisitar o terror que tinha enfrentado ao longo das últimas vinte e quatro horas.

Levou um instante para encontrar o olhar arregalado da alma. Quando falou, sua voz estava carregada de pesar.

— Eu mesma ainda estou tentando entender.

O som de um martelo atingindo metal ecoou de repente através do Asfódelos, e o foco de Perséfone passou para a forja externa de Ian. Ela conhecera Ian quando ele lhe presenteara com uma coroa, um presente das almas. Mais tarde a deusa descobriria que ele fora assassinado por suas habilidades e pelo favor que Ártemis lhe concedera. Qualquer arma que o homem construía garantia que seu portador não pudesse ser derrotado.

Diversas almas trabalhavam com ele, algumas forjando armas, outras moldando metal para fazer escudos e armaduras.

A grande questão daqueles que viviam no Asfódelos era que suas habilidades correspondiam ao século em que haviam vivido. Alguns tinham trabalhado com madeira e couro, outros com ferro e aço, mas não importava sua especialidade, eles compartilhavam uma coisa: a capacidade de se preparar para a guerra.

A humanidade era imutável, e isso nunca fora tão aparente para Perséfone quanto agora.

Ela inspecionava as almas reunidas ali quando seus olhos pararam em uma mulher com uma trança comprida.

Perséfone franziu as sobrancelhas, e seu coração disparou.

Deu um passo à frente.

— Zofie?

A mulher ergueu os olhos do trabalho e se virou para olhar para Perséfone, que não conseguiu segurar as lágrimas. Ela tinha visto a amazona morrer, apunhalada no coração. Tinha gritado tão alto que o som continuava ecoando em seus ouvidos. Tudo tinha acontecido muito rápido.

— Milady — disse Zofie, com um sorriso se espalhando pelo rosto.

Ela fez uma reverência tão profunda que quase tocou o chão.

— Zofie — repetiu Perséfone, cruzando a curta distância até ela e abraçando-a com força quando ela se endireitou. — Zofie, eu sinto muito.

A amazona segurou os ombros dela ao se afastar.

— Não se desculpe, minha rainha. A senhora me deu honra na morte.

Honra.

Era o que ela procurava como égide de Perséfone, embora a deusa ainda não soubesse o que causara tanta vergonha à amazona em meio ao seu povo. No fim, entretanto, não importava, porque Zofie tinha encontrado a paz do jeito que precisava.

Quem sabe Perséfone pudesse encontrar a mesma paz, ainda que não tivesse certeza de que algo fosse capaz de remediar o horror de observá-la morrer, nem mesmo ver a amazona tão feliz na morte.

Por cima do ombro de Zofie, Perséfone viu Ian, parado ali com as outras almas reunidas atrás de si. Nas mãos, ele trazia uma lâmina.

— Ian — disse ela.

— Minha rainha — respondeu ele, fazendo uma reverência. — Permita que eu lhe presenteie com esta adaga.

Perséfone olhou para a arma, guardada em uma bainha decorada com o mesmo padrão floral que adornava a coroa que ele fizera para ela: rosas e lírios, narcisos e anêmonas. Elas também subiam pelo punho, coroado com um pedaço de obsidiana preta no topo.

Quando a pegou em mãos, as joias escuras que ele colocara em meio às flores cintilaram sob a luz do fogo.

— Ian — repetiu Perséfone, dessa vez num sussurro.

— É um símbolo da sua força — disse ele. — A lâmina é como a senhora, indestrutível.

Perséfone o encarou e mais uma vez sentiu os olhos arderem em lágrimas. Não se sentia indestrutível, mas significava muito que seu povo achasse que sim.

A deusa segurou a adaga junto ao peito.

— Obrigada — agradeceu ela, sem conseguir dizer mais nada, e quando olhou para além do ferreiro e ao redor, notou que mais almas tinham se reunido em torno da forja.

— Salve a Rainha Perséfone!

Ela não soube ao certo quem disse isso, mas as almas responderam com gritos animados, e então se ajoelharam, e Perséfone se viu no centro da adoração delas, tomada da emoção.

Perséfone passou mais algumas horas com as almas enquanto elas continuavam a se preparar para a batalha. Por mais que desejasse que não fosse preciso, achava que era necessário, depois do que ocorrera com Teseu. Ele tinha a posse do Elmo das Trevas, o que significava que podia voltar ao Submundo a qualquer momento, sem ser visto. Será que decidiria que soltar Cronos no mundo mortal não era suficiente? Será que buscaria libertar mais titãs ou outros monstros das profundezas do Tártaro? Perséfone precisava esperar que sua magia aguentasse, que Hécate conseguisse proteger as fronteiras até o retorno de Hades.

A dor atingiu seu peito, repentina e aguda, antes de permanecer como um aperto intenso e constante. O sentimento a acompanhava desde que deixara Hades no Alexandria Tower e só piorara depois de seu sonho. Ela estava cansada daquilo.

Seus olhos pousaram na adaga que Ian havia lhe dado, que estava sobre a mesa de Hades. Ao voltar para o castelo, ela fora até o escritório dele, a parte do palácio que mais parecia um refúgio. Ainda parecia que ele estava ali. Ainda tinha o cheiro dele. Ela podia fingir que ele só tinha ido cuidar de algum negócio.

A magia de Hermes perfumou o ar, e o deus se manifestou perto da porta. Ele tinha se trocado desde a batalha e agora vestia roupas bem mais casuais: um par de calças cáqui e uma camisa de botões branca.

— Oi, Sefy — disse ele, com a voz baixa e um pouco melancólica.

— Alguma notícia? — perguntou ela.

— Não sobre o Hades — respondeu ele.

O coração dela ficou apertado, embora já estivesse esperando por isso.

— Eu vim repassar um convite da Hipólita, Rainha das Amazonas. Ela solicitou sua presença no funeral da Zofie.

Funeral.

Não seria a primeira vez que ela participava de um funeral depois de ter recebido uma amiga no Submundo, mas ainda temia a ideia.

— Quando? — perguntou Perséfone.

— Ela vai ser velada esta noite — respondeu Hermes, com delicadeza.

Perséfone engoliu em seco e desviou o olhar para as janelas.

— Eu sei que sou a Rainha do Submundo, mas ainda não sou uma Deusa da Morte — disse ela. — Não sei como me conformar com o fato de ter visto a Zofie morrer.

— Você não apenas a viu morrer, Perséfone — disse Hermes. — Você a viu sendo assassinada.

Tinha acontecido tão rápido. Zofie os encontrara e, assim que entrou no quarto do hotel, Teseu cravou uma lâmina em seu peito. Perséfone jamais esqueceria como ela arregalou os olhos ou como desabou no chão. Jamais esqueceria como havia gritado, ou que o berro lhe machucara a garganta. Jamais esqueceria como Teseu a fizera passar por cima do corpo de Zofie e deixá-la ali para morrer sozinha.

Não importava que a amazona estivesse satisfeita. Perséfone vivia com aquele horror e não podia deixar de se perguntar quem mais, entre seus amigos, seria vítima de Teseu.

— Você vai comigo? — perguntou ela.

— Claro — respondeu Hermes. — Todo mundo vai, Sefy.

Quando Hermes saiu, Perséfone se dirigiu à suíte da rainha, ansiosa por notícias de Harmonia. Chegando lá, encontrou Sibila sentada na cama ao lado da deusa.

— Como ela está? — perguntou Perséfone, indo até a cabeceira.

— Hécate disse que ela está com febre — respondeu Sibila.

— Isso é normal pra uma deusa?

— Ela não falou que era ruim — disse o oráculo, depois olhou para Perséfone. — Talvez o corpo dela se cure.

Perséfone ficou observando o rosto de Harmonia, pálido e corado ao mesmo tempo. Por mais que quisesse acreditar que era possível que Harmonia se curasse sem magia, não estava muito esperançosa. Dependia da quantidade de veneno de Hidra que penetrara em suas veias.

E se Harmonia não aguentasse?

Perséfone cerrou o maxilar e afastou esses pensamentos.

Perder Harmonia não era uma opção.

— Alguma novidade do Hades? — perguntou Sibila.

Perséfone engoliu um nó grosso e azedo na garganta.

— Nada ainda — respondeu ela.

— Ele vai ficar bem, Perséfone — afirmou Sibila, num sussurro baixinho.

— Você sabe disso ou só espera que sim?

— Eu sei o que vi antes — disse Sibila. — Quando era o oráculo do Apolo.

Quando Perséfone conhecera Sibila, ela estava no último semestre da faculdade na Universidade de Nova Atenas. Na época, já tinha despertado o interesse de Apolo e estava pronta para iniciar uma carreira promissora como oráculo do deus, mas ele a demitira depois de ela recusar seus avanços. Fora uma atitude que Perséfone condenara publicamente, enfrentando uma reação negativa do povo. Apolo, por mais falho que fosse, era um queridinho do público, embora agora, nem era preciso dizer, o Deus da Música também tivesse se tornado um queridinho de Perséfone.

— E o que você vê agora? — perguntou Perséfone.

— Não tenho um canal divino.

— Isso significa que você não tem visões?

— Não posso garantir exatidão sem um canal divino — explicou Sibila.

— Você gostaria de um?

As duas ficaram em silêncio. Perséfone ficou olhando para Sibila, que estava atordoada.

— Não sei se um dia construirão templos em meu nome ou se adoradores virão até mim em busca da minha sabedoria, mas preciso travar uma guerra com Helena e Teseu na imprensa e preciso de alguém de confiança ao meu lado.

Perséfone ainda não lera nenhuma notícia, não vira o que o mundo estava dizendo a seu respeito — a deusa que se fingira de mortal —, mas sabia que Hermes estava certo. A única coisa que podia fazer era contar a verdade, e começaria com Sibila.

— Perséfone — sussurrou Sibila.

A deusa não conseguiu identificar o tom da voz do oráculo ou a expressão em seu rosto. Será que ela diria não? Ela parecia ter perdido por completo o interesse na posição depois de sua experiência com Apolo.

Sibila pegou as mãos de Perséfone e as apertou.

— Seria uma honra ser seu oráculo.

Perséfone chegou aos portões de Terme com Hécate à esquerda, Hermes à direita e Elias atrás de si. Todos usavam vestes brancas, a cor do luto: *um brilho que levaria as almas para a escuridão.* Pelo menos aquela era a crença corrente entre os vivos, embora Zofie não precisasse de ajuda para encontrar o Submundo. Ainda assim, Perséfone temia os ritos funerários. De certo modo, era como ter que enfrentar a morte de Zofie de novo.

Assim que apareceram, duas guardas paradas de cada lado do portão se ajoelharam, levando as lanças aos seios. A armadura de bronze que usavam cintilava, inflamada como as bacias ardentes que as ladeavam. Perséfone sentia o calor do fogo, mas estremeceu como se dedos frios estivessem roçando sua pele.

Um movimento na entrada cheia de sombras chamou sua atenção, e da escuridão surgiu Hipólita. Ela usava uma roupa escura e estava coberta de ouro: um cinto que envolvia a cintura, braceletes nos pulsos e braços, brincos compridos que caíam sobre os ombros, uma coroa apoiada na testa. O cabelo estava preso, embora alguns cachos escapassem, envolvendo seu rosto severo, mas belo.

49

Hécate, Hermes e Elias se ajoelharam, enquanto Perséfone permaneceu de pé. Parecia estranho, mas era o que Hécate a orientara a fazer.

— *Rainhas não se ajoelham diante de rainhas* — explicou ela.

— *Então o que eu faço?* — perguntou Perséfone.

— *O que Hipólita fizer* — respondeu Hécate.

Perséfone sustentou o olhar caído da rainha, os olhos da cor de prehnita.

— Perséfone, Deusa da Primavera, filha de Deméter, esposa de Hades — disse Hipólita, e sua voz exigiu atenção, ainda que não fosse dura. — Bem-vinda a Terme.

Então inclinou a cabeça, e Perséfone fez o mesmo.

— Agradecemos o convite, Rainha Hipólita — disse Perséfone.

A rainha guerreira sorriu discretamente, depois deu um passo para o lado.

— Caminhe ao meu lado, Rainha dos Mortos.

Quando Perséfone se juntou a ela, Hipólita se virou, e os portões rangeram ao se abrir, revelando a cidade, iluminada pela luz âmbar das tochas ardendo na noite. Apesar da escuridão, o terreno exuberante da fortaleza amazônica era evidente. Grandes árvores pontilhavam a paisagem, brotando em meio a casas cobertas de videiras em flor e jardins repletos de flores perfumadas.

— Eu não esperava me sentir tão em casa no seu reino — comentou Perséfone.

Até o cheiro era o mesmo da primavera: doce, com um toque de amargor.

Hipólita sorriu.

— Até as guerreiras podem apreciar coisas bonitas, Lady Perséfone.

Podem mesmo?, ela queria perguntar. *Se dão tanto valor à honra?*

Mas isso seria um insulto, e ela estava ali por Zofie, que, apesar de ter sido tão ferida pelo seu próprio povo, acreditava piamente na necessidade de redenção. Perséfone não arruinaria aquilo com sua raiva. Além disso, fora o exílio de Zofie que a levara para Perséfone.

E também a levara às portas da morte.

Perséfone não conseguiu impedir a dor que consumiu seu peito ao ser mais uma vez lembrada de que testemunhara o assassinato de Zofie. Aquilo criara uma escuridão dentro dela, algo diferente do que havia crescido depois da morte de Lexa.

Ela temia o que a escuridão a fazia sentir, o modo como a transformara.

A deusa se perguntava se Hades reconheceria aquela parte ferida e seca dentro dela. Se pareceria familiar porque ele já havia testemunhado horrores semelhantes.

Essa ideia foi substituída por um tipo diferente de dor, um anseio que ela sentia nas profundezas da alma. Prendeu a respiração, na esperança de sufocar todas as emoções que haviam surgido em seu interior, e olhou para os pés. O grupo andava por um caminho de terra ladeado de folhagens, e ao roçar a barra das vestes de Perséfone, as folhas pareciam ficar mais altas e espessas.

— Você é mesmo uma Deusa da Primavera — disse Hipólita.

O tom de sua voz denotava certa surpresa.

Relutante, Perséfone olhou para ela, torcendo para ter conseguido controlar suas emoções o suficiente.

— Você tinha dúvida? — perguntou ela.

— Novos deuses são uma raridade hoje em dia — respondeu Hipólita.

Perséfone deveria ter se dado conta que algumas pessoas poderiam ser céticas em relação à sua divindade. O mundo nem sempre via com bons olhos novos deuses puro-sangue. Tinha sido assim quando Dionísio nascera. Ele precisara lutar para ser considerado Divino, e suas batalhas haviam sido sangrentas. Mas Perséfone não tinha interesse em se provar — nem para o mundo, nem para os olimpianos, nem para Hipólita.

— É curioso que a morte tenha escolhido a vida como noiva — comentou Hipólita. — É como o sol se apaixonar pela lua.

— Um não existe sem o outro — respondeu Perséfone. — Assim como a honra não existe sem a vergonha.

A rainha deu um sorriso irônico, e Perséfone sentiu nas costas uma tensão que sabia ser uma reação de Hécate à sua indelicadeza.

— Verdade, Rainha Perséfone — concordou Hipólita. — Mas acho que não se trata de um ou de outro, e sim do meio-termo.

Continuaram percorrendo o caminho em silêncio, até que Hermes soltou um grito súbito e estridente. Logo estavam rodeados por amazonas, as armas a postos. Perséfone e Hipólita giraram na direção do deus e viram que ele estava com os punhos cerrados abaixo do queixo e uma perna levantada.

Hécate e Elias também o encararam.

Hermes pareceu levar um instante para se dar conta do que havia feito, e então abriu um sorriso tímido e envergonhado.

— Tinha um bicho — explicou ele. — Bem grande.

Algumas amazonas soltaram risadinhas.

Hermes lançou um olhar furioso a elas, depois se virou para Hécate e Elias.

— Digam que vocês também viram.

Os dois sacudiram a cabeça, achando graça.

Hipólita revirou os olhos.

— Homens — debochou ela, dando as costas ao Deus da Trapaça.

Perséfone ergueu a sobrancelha para Hermes, que fez um *era enorme* com a boca antes de dar mais um tapa em outro inseto invisível.

Continuaram percorrendo o caminho até o centro da cidade ficar visível. Ao avistar o pátio rebaixado, Perséfone parou. Uma pira de madeira aguardava, e em cada canto do que se tornaria a cama infernal de Zofie havia uma tocha ardente, as chamas dançando na escuridão suave.

Ver aquilo fez Perséfone se encher de temor. Quantos queimariam como Zofie e Tique?

— Essa é a natureza da batalha, Lady Perséfone — declarou Hipólita.

Era estranho ouvir a rainha amazona falar de modo tão impassível a respeito da morte de uma de suas súditas, mesmo uma que fora exilada, mas Perséfone percebia que a maior honra para esse povo era morrer em batalha, morrer por uma causa.

— Eu não sabia que alguém tinha declarado guerra — disse Perséfone.

Olhando em retrospecto agora, percebia que a guerra havia começado assim que Adônis morrera.

— É culpa do seu marido — respondeu Hipólita. — Ele está lutando desde o começo.

Perséfone a encarou, as sobrancelhas franzidas, mas a rainha não se explicou.

Em vez disso, deu um passo à frente.

— Venham.

Perséfone seguiu a rainha por um caminho sinuoso até uma casa coberta de hera. Brotos de crocos cor-de-rosa, íris roxas e narcisos amarelos cobriam o gramado, levando a uma porta aberta através da qual Perséfone viu a forma sem vida de Zofie.

Hipólita entrou sem hesitar, mas os passos de Perséfone foram desacelerando à medida que ela cruzava a soleira e adentrava a casa da morte, que estava quente e cheirava a cera, provavelmente por causa do óleo que ungia o corpo de Zofie.

Vestida de branco, a amazona repousava em uma mesa alta, com as mãos sobre a barriga, os dedos fechados ao redor do cabo de sua espada comprida. Seu cabelo escuro estava trançado, e na cabeça havia uma coroa de folhas douradas.

Ela estava linda, cintilando sob a luz do fogo.

— Você sofre tão profundamente, Lady Perséfone — disse a Rainha Hipólita. — Já não acolheu Zofie no Submundo?

— Sim — respondeu Perséfone, dando um pequeno sorriso, relembrando a primeira vez que vira a égide. — Mas algum dia a promessa de rever alguém já aliviou a tristeza do luto?

A rainha não disse nada, mas Perséfone não esperava que ela entendesse, assim como Hades não tinha entendido seu medo de perder Lexa. Lamentar a morte de alguém não dizia respeito apenas à pessoa. Tratava-se do mundo que se criava ao redor dela, e, quando a pessoa deixava de existir, o mesmo acontecia com esse mundo.

Hécate, Hermes e Elias se aproximaram, cada um se despedindo à sua maneira: Hécate com uma oração e Hermes com um beijo na bochecha de Zofie. Quem mais surpreendeu Perséfone foi Elias, que não teve pressa, mantendo o rosto a centímetros de distância da amazona enquanto sussurrava palavras que a deusa não ouviu antes de colar os lábios aos dela.

Quando ele se endireitou, encarou Perséfone com olhos vermelhos antes de se afastar, abrindo espaço para ela.

Ao se aproximar, Perséfone olhou o rosto sereno de Zofie; embora ela estivesse linda, a deusa só conseguia enxergar sua aparência na morte: atordoada pela dor da espada de Teseu. Tocou o cabelo da amazona e se inclinou sobre ela.

— Você serviu com muita honra, Zofie — sussurrou a deusa, depois beijou a testa da amiga.

Quando endireitou o corpo, Hipólita estava parada diante dela segurando um cinto largo de couro.

— Lorde Hades prometeu devolver Zofie quando ela nos trouxesse honra — disse Hipólita. — Em troca, eu concordei em emprestar meu cinto a ele.

Perséfone ergueu as sobrancelhas, surpresa. Hades nunca lhe contara como havia conhecido Zofie, e agora ela se perguntava por que ele teria pedido o cinto, embora não fosse incomum para o deus colecionar armas ou relíquias.

A rainha amazona estendeu as mãos, com o cinto apoiado nas palmas.

— Este é o Cinturão de Hipólita, um presente do meu pai, Ares, símbolo do meu domínio sobre as amazonas. Qualquer mortal que fizer uso dele obterá força imortal.

Perséfone olhou para o cinto, depois para Hipólita, e sacudiu a cabeça.

— Não posso aceitar — disse ela.

A deusa não entendia o acordo que Hades fizera com a rainha, mas parecia errado aceitar um item assim sem ele.

— Você precisa — insistiu Hipólita. — Não é um presente. É um símbolo da promessa que fiz, e eu não quebro promessas.

Perséfone não podia argumentar contra aquilo, nem queria. Aceitou o cinturão e se surpreendeu ao ver como era leve e macio. Assim que terminou a transação, Hipólita falou.

— Chegou a hora.

A dor de Perséfone voltou quando seis amazonas se aproximaram. Ela se afastou, seguindo Hipólita para fora da casa, acompanhada de Hécate, Hermes e Elias. Quando saíram, viu que as amazonas flanqueavam o caminho que haviam percorrido. Algumas carregavam tochas, outras seguravam armas, e quando Zofie foi retirada da casa, começaram a cantar uma melodia marcante. O som os seguiu quando Hipólita liderou a procissão rumo ao pátio, onde as mulheres de Terme continuaram sua canção enquanto batiam as lanças ou espadas nos escudos, golpeavam o peito com punhos cerrados ou rasgavam as roupas em luto.

Elas não pararam, nem quando Zofie foi colocada sobre a pira e as amazonas que carregavam tochas lançaram-nas aos pés da fogueira, nem mesmo quando as chamas se levantaram e incendiaram o vestido de Zofie, depois sua carne, enchendo o ar de um odor metálico que permaneceu no fundo da garganta de Perséfone. Seus olhos se encheram de lágrimas, e ela não sabia se era por causa da fumaça ou da dor que pesava em seu corpo.

Então Hécate pegou a mão dela.

— Não segure as lágrimas, minha querida — disse ela. — Deixe que elas deem vida.

A princípio, Perséfone não entendeu, mas então sentiu algo roçar a barra de seu vestido e, quando olhou, viu que havia flores a seus pés, com pétalas tão brancas que brilhavam como pedras da lua.

Ela sorriu apesar da tristeza enquanto o tapete florescente continuava a se espalhar, e, quando Hipólita percebeu, ela se virou para Perséfone.

— Acho que o que você disse é verdade. A morte dá à luz a vida. — Então ela estreitou os olhos. — O que você vai dar à luz, Perséfone?

— Fúria — respondeu ela, sem pensar duas vezes.

6

TESEU

A tensão era grande na câmara do Conselho, e embora mal conseguisse respirar, Teseu não achava a sensação desagradável. Gostava do que ela significava, que os olimpianos estavam em conflito.

Ele os observava das sombras, escondido pela magia do Elmo das Trevas.

— Como vocês ousam se colocar contra mim! — Zeus estava dizendo. — *Eu*, seu rei!

Estava de pé diante de seu grande trono, corpulento e imponente. O ar ao seu redor era elétrico, carregado com a ameaça de sua magia. Atrás dele, sua águia dourada espreitava, os olhos pequenos e brilhantes alertas, mas ignorantes da presença de Teseu.

Por causa da natureza normalmente plácida de Zeus, era difícil lembrar de seu poder. O Deus dos Céus raramente intervinha em assuntos que fugiam de seu interesse, e seus interesses em geral englobavam apenas as mulheres com as quais queria dormir. De vez em quando, ele podia se vingar de alguém que olhava demais para Hera, mas, na maior parte do tempo, ficava satisfeito em observar o mundo e seus deuses fazendo o que queriam, mesmo que significasse entrar em guerra.

Até seu reinado ser ameaçado, e aí, de repente, ele virava um guerreiro.

— Tem alguém por aí matando deuses — disse Hermes. — E você quer ignorar isso pra perseguir uma deusa que não fez mal a ninguém.

O Deus dos Ladrões estava de pé diante do próprio trono, sua alegria exuberante sufocada sob a raiva.

— Se tem deuses morrendo, a culpa é das suas próprias fraquezas — respondeu Zeus. — Me recuso a ser um deles, e é por isso que a amante do meu irmão precisa ser eliminada.

— O *nome dela* é Perséfone — declarou Apolo, que também estava em pé, de braços cruzados. — Ou você tem medo de pronunciar esse nome assim como tem medo do poder dela?

Os olhos de Zeus faiscaram, brilhantes como um raio num horizonte escuro.

— Não tenho medo dela — rosnou ele. — Mas não vou ser destronado.

— Ela não tentou te derrubar — retrucou Apolo. — Ela *reergueu* Tebas, e você começou uma guerra contra ela.

— E quando chegou a hora de escolher um lado, você ficou contra mim. Dá na mesma.

Um silêncio raivoso se seguiu às palavras de Zeus.

— Por que você a defende? — perguntou Ártemis. A deusa era uma das únicas sentadas no trono, as mãos segurando os braços da cadeira como se, a qualquer momento, fosse pular dali e atacar. — O que ela fez por você?

Apolo olhou feio para a irmã ao responder:

— Ela é minha amiga.

Ártemis bufou, debochada.

— Você é um deus. Os mortais são loucos pra ficar perto de você. *Eles* podem ser seus amigos.

— Não é a mesma coisa — respondeu ele. — Mas você não entenderia, porque não tem amigos.

Ártemis lançou um olhar feroz a Apolo, depois se voltou para Zeus.

— Eu caço ela, pai.

— Você não vai fazer nada disso. — Foi Afrodite que falou dessa vez.

— Você também a defenderia, minha filha? — perguntou Zeus.

Diferente da raiva que expressara em relação a Hermes e Apolo, com a deusa ele parecia magoado.

— Afrodite levou um golpe de lança por ela — disse Poseidon. — Ou você já esqueceu como Hefesto gritou por ela? — O Deus dos Mares deu uma risadinha.

Afrodite fulminou o tio com o olhar antes de se voltar para Zeus.

— Não são Perséfone e Hades que são perigosos, pai — disse ela. — É o amor dos dois. Se acabar com o relacionamento deles, eles vão acabar com você.

Ártemis bufou e revirou os olhos.

— A profecia deixou o perigo do amor deles bem claro, Afrodite — declarou Hera. Foi a primeira vez que a Deusa do Casamento falou. — Juntos ou separados, os dois são uma ameaça permanente.

Zeus olhou para a esposa com afeto, como se a defesa dela fosse uma demonstração de seu amor, mas Teseu sabia a verdade, assim como todos os outros presentes. Hera tinha tanto medo quanto o marido de perder sua posição e seu título, e apesar de ser bobo da parte de Zeus pensar que fosse outra coisa, a incapacidade dele de enxergar a verdadeira Hera beneficiava Teseu.

Assim como a atenção que ele dedicava a Hades e Perséfone.

Mas esse era o perigo de tentar decifrar as palavras de um oráculo. Era impossível adivinhar como suas previsões se desenrolariam. De fato, a união de Hades e Perséfone *tinha* produzido um deus mais poderoso do que Zeus.

Mas esse deus era Teseu.

— Quantas vezes precisamos esmiuçar uma profecia, quando todos sabemos que não tem como evitar o Destino? — perguntou Atena.

— Era pra essas palavras serem sábias? — comentou Hera.

Atena estreitou os olhos e ergueu o queixo orgulhoso.

— Você nem deveria ter voz aqui — retrucou Ares. — Você e a Héstia nos abandonaram no campo de batalha. Covardes!

— Não finja que participou da batalha por lealdade — rebateu Atena. — Você só queria satisfazer sua sede de sangue.

Ares se levantou depressa do trono e sacou a lança, mas Afrodite entrou na frente dele, e a raiva que o tomara pareceu desaparecer.

— Ela está errada, Ares? — perguntou Afrodite.

Ares apertou o maxilar, e os nós de seus dedos ficaram brancos ao redor da lança, mas ele não fez menção de atacar ou o que quer que pretendesse fazer quando se levantou. Em vez disso, deu um passo para trás e voltou para o trono.

Zeus olhou para Atena, depois para os deuses que tinham se oposto a ele.

— Já perdi as contas de quantas vezes escapei do Destino — disse ele. — Posso garantir a vocês que não é um casal desafortunado que vai me derrotar.

— Você *adiou* o Destino — observou Atena. — É diferente. Por que você acha que a mesma profecia fica te assombrando?

— Coisas piores já me assombraram, filha — respondeu Zeus. — Mas, neste momento, nada mais do que suas palavras. — Um silêncio pesado se seguiu, enquanto Zeus avaliava os deuses. — Aqueles que se colocaram contra mim no campo de batalha sofrerão com minha ira. Apolo, Hermes, Afrodite: a partir de agora vocês estarão privados de seus poderes.

— Pai... — começou Afrodite, dando um passo à frente.

Zeus ergueu a mão, calando-a.

Hermes abriu a boca antes de voltar a fechá-la com força e fulminar o pai com o olhar. Só Apolo pareceu impassível, já tendo enfrentado uma punição parecida antes.

— Por um ano, vocês conhecerão as dificuldades de ser mortal — continuou Zeus, como se estivesse prevendo o futuro. — Aos que lutaram ao meu lado, eu ofereço meu escudo àquele que me trouxer a Deusa da Primavera acorrentada. Que ele sirva de símbolo a ser conferido ao melhor caçador entre nós.

Apolo olhou furioso para Ártemis, que havia se empertigado no trono, ansiosa pela honraria.

A aura de Hermes ardia de raiva, e um halo de ouro queimava ao redor dele.

— Hefesto sofrerá o mesmo? — questionou Afrodite. — Ele só estava me defendendo.

Teseu sabia por que a Deusa do Amor estava perguntando. Seu marido era o ferreiro dos deuses, responsável por forjar suas poderosas armas, das quais ela precisaria sem seus poderes.

— E, ao fazê-lo, demonstrou de que lado está sua lealdade — respondeu Zeus.

— Ah, dá um tempo, irmão. — Poseidon riu. — Todo mundo sabe que Hefesto tem possibilidades limitadas de agradar a esposa.

O maxilar de Afrodite estalou, mas ela não disse nada, esperando que Zeus fizesse sua declaração.

— Se Hefesto não for punido, você deve pagar um ano a mais por ele.

Afrodite engoliu em seco, mas não hesitou.

— Tudo bem.

Hermes fez uma careta, sacudindo a cabeça.

— Que assim seja — declarou Zeus, com um tom grave. — Você viverá dois anos como mortal. Espero que goste de ver seus colegas olimpianos perseguindo sua querida amiga enquanto você é incapaz de protegê-la.

— E você está preparado pra enfrentar a ira do Hades? — questionou Hermes.

Teseu deu um pequeno sorriso. A pergunta de Hermes parecia ter o intuito de amedrontar. Ele sabia que Hades estava desaparecido e que ninguém poderia proteger Perséfone do que ela estava prestes a enfrentar.

— O que você deveria estar perguntando — disse Zeus — é se ele está preparado para a minha.

Teseu se manifestou diante do pomar de Hera, conhecido como Jardim das Hespérides. Seus muros eram grandes e brancos, ocultados por árvores altas e pontiagudas. Além dos portões de ferro onde estava, ele via um extenso labirinto de sebes baixas e exemplares de topiaria, entre os quais perambulavam pavões coloridos. O pomar crescia em meio a colinas suaves. No topo da mais alta, havia uma árvore mais majestosa do que qualquer outra. Seu tronco parecia se retorcer a partir do chão, e os galhos se abriam como palmas de uma mão, voltados para o céu, os dedos bem afastados. Cada ramo estava carregado de folhas verde-escuras e frutos dourados.

Era aquele fruto que Teseu buscava. Uma mordida o curaria de sua única fraqueza: vulnerabilidade.

Ele trincou os dentes, e uma onda de raiva avassaladora aqueceu seu peito, relembrando-o de como havia sido ferido, tanto por Dionísio quanto por Perséfone. O Deus do Vinho enfiara o tirso em sua barriga, e a Deusa da Primavera lançara cinco espinhos em seu peito. As feridas haviam demorado a sarar, mas o que o deixava mais irritado era que sua vulnerabilidade já não era segredo.

Hades sabia, o que significava que Dionísio havia contado a ele, e, antes que a notícia se espalhasse, Teseu pretendia se tornar invencível.

Deu um passo na direção dos portões do jardim de Hera, mas foi bloqueado quando a deusa apareceu.

— A audácia de um homem — comentou ela, com a expressão severa. — Invadir meu espaço sagrado.

— A audácia vem do meu sangue divino — retrucou Teseu.

— E no entanto nem mesmo meu marido se atreveria a pôr os pés aqui.

— Começando a amolecer com ele, Hera? — perguntou o semideus.

Ela olhou feio para ele, com os lábios retorcidos de desgosto.

— Você não tem direito às minhas coisas só porque estamos do mesmo lado.

— Você quer vencer ou não? — perguntou Teseu.

— Que pergunta ridícula — rebateu Hera.

— Então me permita aquilo que eu vim pegar — disse ele.

— E o que exatamente você veio pegar?

Teseu inclinou a cabeça.

— Uma maçã dourada do seu pomar.

— Você deseja invencibilidade?

Ele não respondeu. O pedido já deixava óbvio, mas dizer aquilo em voz alta seria como admitir a fraqueza.

— Não é uma árvore dos desejos — disse Hera. — Ela vai demandar algo em troca.

— Assim como todas as coisas divinas — respondeu o semideus.

Teseu sabia disso, e estava preparado. Hera só ficou olhando para ele. Depois de um instante, ergueu a mão, e uma maçã dourada apareceu em sua palma.

— Se comer dessa maçã — disse a deusa —, ela vai tirar sua imortalidade.

— É um preço salgado — comentou Teseu.

— Um preço justo — corrigiu Hera.

Ele sabia qual das duas tinha um valor maior no presente, considerando quão perto estavam da batalha. Ele se preocuparia com a deificação depois, quando a guerra estivesse ganha e ele ascendesse ao trono mais alto, exaltado como o único deus verdadeiro do mundo.

— O que vai ser, Teseu? — perguntou Hera, estendendo mais a mão.

Ele pegou a maçã e, quando a levou aos lábios, a deusa falou.

— Você só pode comer dessa árvore uma vez.

Era um aviso de que não poderia voltar e fazer aquela troca de novo.

Teseu deu uma mordida.

A polpa era macia, quase molenga, como se estivesse perto de apodrecer, e, quando engoliu, Teseu não se sentiu diferente de antes, tirando que sua língua estava revestida por uma película estranha e azeda.

Encarou a maçã, examinando a polpa suculenta e branca, depois deu outra mordida, erguendo o olhar para encontrar o de Hera.

— Pronta pra fazer seu sacrifício?

Ela ergueu a sobrancelha, irritada.

— E que sacrifício seria esse?

— O de trepar com seu marido pelo bem maior.

Os olhos dela flamejaram.

— Não finja que nossos sacrifícios são iguais — disse Hera. — O seu só salvou você mesmo.

Teseu deu um sorrisinho.

— Então você está insinuando que o *sexo* vai salvar o mundo, Hera?

Ela fechou a cara e falou entre dentes:

— Faça sua parte, Teseu, para que meu sacrifício não seja em vão. — Depois olhou para a maçã. — É melhor terminar isso. Você não vai querer saber o que acontece se desperdiçar uma gota. Agora vá embora — ordenou ela.

— Agora mesmo, Vossa Majestade — zombou ele, depois desapareceu.

7

PERSÉFONE

Perséfone usava um vestido rosa-claro com uma saia plissada. O decote era quadrado e modesto; *classudo*, Sibila havia dito ao entregar a ela um par de brincos de pérola para combinar com o visual. Leuce concordou.

— A moda é uma linguagem — disse ela. — É tão importante quanto as palavras que você diz.

— E o que exatamente essa roupa está comunicando? — perguntou Perséfone.

Sibila passou uma mecha do cabelo dela por trás da orelha, para que se juntasse ao penteado elegante dos cachos.

— Ela comunica calor, inteligência... *autenticidade* — falou ela. — Pra que, quando você se desculpar, as pessoas acreditem em você.

— Mesmo que eu não esteja falando sério?

Sibila e Leuce se entreolharam, e o oráculo suspirou.

— Sei que não parece justo, Perséfone, mas o artigo da Helena questionou sua integridade, e você precisa consertar isso.

Parecia uma coisa muito idiota com que se preocupar, considerando que Harmonia não estava se curando e Hades continuava desaparecido, mas não se tratava apenas da reputação dela, e sim da reputação de todos os deuses.

Desde que conhecera Teseu, Helena tinha dado início a uma campanha midiática contra os olimpianos, questionando seu governo, e embora Perséfone tivesse muitas restrições em relação à maneira como alguns deuses reinavam, a Tríade era bem mais problemática. Eles se apressavam em exigir justiça quando os deuses não agiam de acordo com seus ideais e alegavam ser capazes de conceder o que as pessoas queriam: bem-estar, riqueza e imortalidade. Eram os mesmos desejos que levavam mortais a tentar negociar com Hades na Nevernight, prontos para sacrificar a própria alma na esperança de conseguir algo melhor.

Mas mesmo que os semideuses da Tríade pudessem responder a preces, tudo o que fariam seria adiar o destino inevitável.

Perséfone tinha aprendido aquilo da maneira mais difícil, e o mesmo aconteceria com os mortais que haviam se beneficiado do poder divino da Tríade. A questão era quanta influência os semideuses teriam quando a verdade enfim fosse descoberta.

— Você consegue, Perséfone — disse Leuce. — Só... seja você mesma.

O problema era que ser ela mesma significava ser raivosa e não ter remorso.

— Leuce e eu vamos ver como Harmonia está antes de sair — declarou Sibila.

— Claro — respondeu Perséfone.

Quando ficou sozinha, deu as costas ao espelho e foi até o bar. Serviu um copo de uísque e bebeu, engolindo com força a queimação na garganta antes de servir outra dose. Ao virar o segundo copo, lágrimas já embaçavam sua vista.

Perséfone deixou que elas a dominassem por um instante, os ombros tremendo antes que conseguisse se recompor. Enxugou as lágrimas, depois serviu outro copo, respirando fundo antes de levá-lo aos lábios.

— Afogando as mágoas?

Perséfone se virou rapidamente.

— Afrodite — sussurrou ela. Depois desviou o olhar para Hefesto, que também estava surpresa de ver. — Estou tão feliz que você está bem.

A última vez que a vira fora no campo de batalha perto de Tebas, quando Ares atirara a lança dourada em sua direção e Afrodite tinha entrado no caminho. Perséfone nunca esqueceria como as costas dela haviam se arqueado em um ângulo tão estranho ao serem perfuradas, ou como Hefesto havia berrado sua raiva e sua dor.

A Deusa do Amor abriu um sorriso discreto.

— Sim. Estou bem.

Perséfone não conseguiu se conter e puxou a deusa para um abraço. Afrodite ficou tensa, mas logo relaxou e a abraçou de volta. Depois de um instante, Perséfone se afastou.

— O que você está fazendo aqui?

— Vim ver minha irmã.

Perséfone sentiu o rosto perder a cor.

— Mil desculpas, Afrodite — disse ela. — Eu...

— Não se desculpe, Perséfone — interrompeu Afrodite. — Se eu soubesse...

A voz dela sumiu, e Perséfone sabia por que ela vacilava. Não havia sentido em sofrer sobre o que poderia ter acontecido ou o que deveriam saber. As coisas eram como eram, e agora precisavam lidar com as consequências.

Afrodite respirou fundo.

— Você está linda — elogiou ela.

Perséfone passou a mão na barriga e deu uma olhada no vestido.

— Não me sinto eu mesma.

— Talvez seja porque Hades não está aqui com você — disse Afrodite.

Perséfone engoliu em seco e o medo tomou conta dela. O que os outros deuses fariam quando descobrissem que Hades havia sido capturado por Teseu?

— Como você sabia?

— Hermes me contou — respondeu Afrodite, então hesitou. — Zeus chamou o Conselho hoje e tirou nossos poderes por ajudar você na batalha.

— O quê? — perguntou Perséfone.

Um frio repentino fez seu corpo todo ficar dormente.

— Consegui garantir que Hefesto mantivesse o poder — continuou Afrodite, olhando de relance para o marido, cujo olhar feroz estava fixo nela. Perséfone não sabia dizer se ele estava grato ou frustrado, mas agora entendia por que ele tinha vindo. Precisara usar sua magia para levar Afrodite ao Submundo. — Pelo menos teremos armas para a guerra que está por vir.

Quando tinham enfrentado Zeus nos arredores de Tebas, Perséfone não havia pensado duas vezes a respeito do que aconteceria depois da batalha. Só tinha ficado grata por ter aliados.

Agora tudo que sentia era culpa.

— Não lamente por nós — disse Afrodite. — Lutar por você foi uma decisão nossa.

Perséfone balançou a cabeça.

— Como ele pôde?

— Zeus só exibe seu poder por completo em poucas ocasiões — explicou Afrodite. — Uma delas é quando sente que seu trono está ameaçado.

— Afrodite — sussurrou Perséfone.

Não sabia o que dizer. Pensar em Afrodite, Apolo e Hermes perdendo os poderes deixava Perséfone doente de medo. Não importava que Hefesto pudesse forjar armas poderosas para a defesa deles. Teseu e seus homens já estavam atacando deuses com o poder intacto. O que aconteceria quando ele descobrisse que os três agora estavam impotentes?

Se Afrodite estava preocupada, não deu sinal disso. Continuou falando:

— O verdadeiro perigo é que Zeus criou uma competição: quem levar você acorrentada até ele vai ganhar sua égide, seu escudo. É bem provável que Ártemis morda a isca. Não posso falar por Poseidon, mas imagino que ele vá fazer o que Teseu quiser. Ares eu consigo... persuadir.

Perséfone se perguntou o que exatamente aquilo queria dizer, embora fosse evidente que os dois deuses tinham algum tipo de laço. Ares, conhecido por seu desejo de batalha e sangue, só despertou do torpor quando feriu Afrodite.

— Será que o Apolo não tem nenhuma influência sobre a irmã? — perguntou Perséfone.

— No momento, parece que eles não estão do mesmo lado — respondeu Afrodite. — Talvez isso mude. Até lá, você precisa tomar cuidado.

Perséfone sabia que sofreria consequências por enfrentar Zeus, mas as ações dele em relação a ela só mostravam o tamanho de seu medo tanto da deusa quanto da profecia que previra sua queda.

— Se ela me mantiver longe de Hades, não terei nenhuma misericórdia.

— E eu não vou te culpar — afirmou Afrodite. — Mas você precisa saber que Apolo ama a irmã.

— Então faço questão de avisá-lo — disse Perséfone. Depois fez uma pausa, engolindo em seco com força, e quando voltou a olhar para Afrodite, seus olhos estavam marejados. — Preciso encontrar ele, Afrodite.

A deusa abriu um sorriso discreto e pôs a mão no ombro de Perséfone.

— Poucas coisas sobrevivem à guerra, Perséfone — disse ela. — Que seu amor seja uma delas.

Perséfone olhou pelas janelas do Alexandria Tower. Na rua lá embaixo, em meio a pilhas de neve derretida, jornalistas, equipes de televisão e mortais estavam reunidos sob o sol quente. Já devia estar preparada para isso, levando em conta as multidões que haviam se formado diante da Acrópole quando seu relacionamento com Hades se tornou público, mas aquilo era diferente, e nem era pelo número de pessoas. Era a energia no ar: um misto caótico de adoração e desprezo. Era inebriante e estranhamente viciante, mas também meio perturbador, em especial considerando a notícia de Afrodite.

Enquanto observava a multidão e os céus, se perguntava se Ártemis atacaria de maneira tão pública assim, embora não parecesse seu estilo. Ela era a Deusa da Caça e provavelmente preferia perseguir a presa.

Perséfone estremeceu com essa ideia, que também a encheu de raiva, e sua magia se acendeu, uma aura ardente ao seu redor. A deusa a deixaria queimar enquanto falava, uma barreira entre ela e as massa.

— Eles estão aí fora há horas — falou Ivy. Perséfone deu uma olhada na dríade parada atrás dela, mordiscando o lábio ansiosamente. — Começaram a chegar antes de amanhecer.

Perséfone não encarava essa ansiedade como demonstração de apoio. A maioria daquelas pessoas estava curiosa e só queria ter a chance de dizer que havia visto a deusa pessoalmente. Também havia os Ímpios, que só foram expressar seu desdém. Era fácil identificá-los na multidão, segurando cartazes que diziam "Liberdade e Livre-Arbítrio" e "Volta pro Olimpo".

Esse último era irônico, considerando que ela nunca havia morado lá, mas mostrava como aqueles que não tinham fé viam os deuses: eram todos a mesma coisa.

Mas a questão ali não era atrair os Ímpios para o seu lado. Era ganhar a admiração e a adoração daqueles que já estavam do lado dos deuses.

Ela precisava daquele poder agora. Seria ele que a abasteceria em sua busca por Hades.

Perséfone deu as costas à janela.

— Já está na hora? — perguntou ela, olhando para Sibila e Leuce.

— Você tem dois minutos — respondeu o oráculo, verificando o relógio.

Perséfone sentiu um frio na barriga e respirou fundo. *É só passar por isso*, pensou ela. *E depois encontrar o Hades.*

— Mekonnen e Ésio vão sair antes de você — informou Sibila.

Perséfone sorriu para os dois ogros que haviam se postado diante das portas. Eles em geral passavam as noites cuidando da segurança na Nevernight, mas hoje fariam o papel de guarda-costas no lugar de Zofie.

Uma dor familiar irradiou pelo peito da deusa.

— Acho que nunca te vi acordado tão cedo, Mekonnen — disse ela.

O ogro deu um sorrisinho.

— Só pela senhora, Lady Perséfone.

— Chegou a hora — disse Sibila, olhando nos olhos de Perséfone. — Pronta?

Ela não tinha certeza de que algum dia estivera pronta. Não só para isso, mas para tudo que havia acontecido em seu caminho. No entanto, havia sobrevivido até ali.

Também sobreviveria a isso.

Mekonnen e Ésio lideraram a procissão, assumindo seus postos na beira dos degraus bem na entrada do Alexandria Tower. Perséfone os seguiu e foi atingida pelo rugido de aplausos e vaias ao se aproximar do palanque para falar. O som se infiltrou em seus ouvidos, um vai e vem de animação e raiva, misturadas com o zumbido e o flash rápidos das câmeras.

Parou um instante para absorver tudo aquilo, para aceitar que essa se tornara sua realidade.

— Boa tarde — disse Perséfone, falando perto demais do microfone, amplificando o estalo e o crepitar da própria voz, mas o retorno resultante calou a multidão com um silvo ensurdecedor. Ela ficou em silêncio por um instante, ajustando a posição antes de continuar. — A essa altura, a maioria de vocês já deve ter visto o texto sobre mim publicado por uma antiga colega no *Jornal de Nova Atenas*.

Perséfone não queria pronunciar o nome de Helena, mesmo sabendo que sua declaração só atrairia mais atenção para a ex-amiga. Ela só esperava que o que tinha a dizer provocasse dúvidas a respeito de sua credibilidade.

— Em primeiro lugar, gostaria de dizer que é verdade que escondi de vocês quem eu era. — A voz de Perséfone tremeu quando ela falou, e a deusa fez uma pausa para respirar, pronunciando a frase seguinte com muito mais compostura e confiança. — Eu sou a Deusa da Primavera.

Houve vivas e alguns aplausos, mas também vaias e gritos raivosos: *Charlatã! Mentirosa!*

Ela os ignorou e seguiu em frente:

— Tenho certeza que muitos de vocês ficaram surpresos por descobrir que Deméter tinha uma filha, mas minha mãe relutava em me dividir com o mundo. Ela me manteve trancada em uma estufa, me privando de amigos e adoradores. Quando fiz dezoito anos, consegui convencê-la a me deixar fazer faculdade. Ainda não sei bem por que ela concordou, mas acho que se consolou com o fato de que eu não tinha poderes; e não tinha mesmo. Não conseguia nem fazer uma flor desabrochar. Como poderia ser uma deusa se não tinha nenhum dos atributos que deviam fazer de mim divina? Então, quando entrei no mundo mortal pela primeira vez, me senti uma de vocês. E eu amava isso. Não queria deixar esse mundo, mas às vezes você recebe o chamado para um propósito, e eu recebi o meu.

Tinha demorado, mas Hades fora paciente. Ele dera vida à magia dela ao mesmo tempo que lhe mostrava que a divindade ia além do poder: também era bondade, compaixão e luta pelas pessoas que se amava.

Pensar nisso fez os olhos de Perséfone se encherem de lágrimas.

Ela parou para pigarrear.

— Não era minha intenção machucar ou prejudicar ninguém, e peço desculpas se vocês se sentiram enganados pelas minhas ações. Sei que agora vocês devem pensar que somos completamente diferentes, mas, por um longuíssimo tempo, eu realmente só me senti mortal. Nesse momento, não estou pedindo sacrifícios nem altares nem templos construídos em meu nome. Só estou pedindo uma chance de ser a deusa de vocês, de provar que sou digna da sua adoração. Obrigada.

Perséfone se afastou do palanque enquanto um coro de vozes gritava.

— Perséfone, quem é seu pai?

— Mostra sua forma divina pra gente!

— Quando a Helena descobriu sua divindade?

— Lady Perséfone não responderá a perguntas — Sibila falou no microfone, ao mesmo tempo que Mekonnen e Ésio escondiam a deusa da multidão e Leuce vinha ficar ao seu lado.

Embora a multidão fosse barulhenta e a maioria das vozes, indistinta, palavras perversas chegaram aos ouvidos de Perséfone; um cântico que fez seu sangue gelar.

— Morte a todos os deuses! Morte a todos os deuses! *Morte a todos os deuses!*

8

HADES

Hades fechou os dedos em torno de outra pedra, as articulações enrijecidas pela lama e pelo uso excessivo. Suas costas doíam enquanto ele carregava o tijolo pesado do solo antigo para a parede alta do labirinto, onde o acrescentou à última fileira de degraus que havia construído. Esperava que a escada sustentasse seu peso por tempo suficiente para chegar ao topo da parede e se localizar para planejar sua fuga.

Não sabia ao certo quanto tempo fazia que estava se dedicando a isso, mas era estimulado pelo gosto de Perséfone na língua. Nem se dava ao trabalho de pensar em como ela tinha aparecido diante dele, mas se a intenção de Teseu fora torturá-lo, a visão dela tivera o efeito oposto.

Eu vou arrancar uma pedra do anel da sua amante cada vez que você parar, o semideus tinha ameaçado.

Na verdade, Hades nunca tinha parado de trabalhar; só tinha escolhido um projeto diferente. Era de se imaginar que Teseu fosse tomar mais cuidado com as palavras. Por outro lado, ele não era exatamente um homem de palavra.

Apesar disso, Hades não alimentava nenhuma ilusão. Conhecia a reputação do labirinto de Dédalo. Mesmo o famoso arquiteto mal conseguiu escapar da própria criação — tamanha era a insensatez dos homens, criar a coisa que os destruía —, e era por isso que Hades não tinha entrado no labirinto.

Era melhor observar o máximo que desse de cima do que se perder tentando percorrer uma armadilha quase impossível.

E ele imaginava que o labirinto de Teseu fosse ser ainda mais desafiador.

Talvez nem fosse possível escapar dele.

Mas Hades precisava tentar.

Se ao menos ele estivesse em perfeito estado...

Se você estivesse em perfeito estado, não estaria aqui, Hades retrucou para si mesmo.

Era melhor nem pensar no que poderia fazer com magia. Com essa rede envolvendo seu corpo, ele era basicamente mortal.

O deus nunca tivera tamanha consciência da dor física nem do peso de nada, tirando Perséfone.

Sempre Perséfone.

Sua esposa e rainha.

Ficou ansioso ao pensar nela. Teseu dissera que, da última vez que a vira, ela estava lutando com Deméter. Qual tinha sido o resultado desse confronto? Hades odiava não saber, odiava não conseguir sentir nada além dessa prisão. Nem faria diferença estar livre da rede. O lugar era feito de adamante e suprimia sua magia.

Teseu tinha pensado em tudo ao montar essa armadilha, e talvez fosse isso que mais preocupava Hades, porque sabia que Perséfone iria atrás dele. Teseu também sabia, e Hades jamais se perdoaria se ela acabasse nesse inferno.

Pensar nisso renovou sua determinação, e ele começou a subida. Tinha feito os degraus íngremes, e eles balançavam sob seus pés. Quanto mais alto chegava, mais se agarrava à pedra seguinte, como se ela pudesse impedir sua queda. Essa era mais uma coisa em que o deus nunca tinha pensado muito, mas que agora lhe dava pavor: o medo de cair, de sentir dor.

Seus músculos se tensionaram, como se antecipassem a falha.

Quando chegou ao degrau mais alto, ficou de pé, trêmulo, deslizando as palmas das mãos sobre as pedras ásperas e se esticando até alcançar o topo da parede. Testou o apoio e se ergueu, com os braços tremendo. Quando conseguiu levar a parte superior do corpo ao topo da parede, o lado ferido acabou raspando na rocha.

— Porra! — vociferou Hades, sentindo uma dor aguda e cortante.

Furioso, respirou por entre os dentes cerrados enquanto arrastava o restante do corpo para cima da parede, depois desabou.

Ficou deitado ali por um momento, suando e respirando com dificuldade, depois se sentou apertando a lateral do tórax, escorregadia por causa do sangue, e olhou para o labirinto.

Hades estava torcendo para que, olhando dali de cima, conseguisse ter uma ideia de como escapar dessa porra de buraco, mas o que se revelou diante dele foi uma vasta rede de túneis que se estendiam por quilômetros, desaparecendo na escuridão. O lugar não parecia ter começo nem fim.

Ainda assim, parecia melhor andar por cima do labirinto do que através dele.

Ele teria que escolher uma rota e rezar para as Moiras.

Pelo amor dos deuses, ele estava mesmo desesperado para cacete.

Hades se levantou e pensou no que faria em seguida. Tentou adivinhar a direção das celas com base no quanto caminhara com Teseu, mas havia algo desnorteante nesse lugar. Sem falar que as paredes eram uma verdadeira aula de estratégia, porque variavam em largura e distância: algumas eram estreitas e próximas, enquanto outras eram amplas e mais afastadas.

Decidiu que tentaria seguir um caminho em linha reta; ou pelo menos o mais reto que conseguisse.

Baixando o olhar para os pés, o deus mediu a distância entre si mesmo e a parede seguinte.

O primeiro pulo não foi tão difícil, porque era mais ou menos do comprimento de sua passada. O segundo, porém, parecia um abismo se abrindo diante dele, e não havia nada além de escuridão embaixo.

Hades sempre se sentira em casa nas sombras, mas não ali. Aquela não era sua escuridão. Era fruto de um outro tipo de mal: um mal que ele não queria que o consumisse, nem que fosse solto no mundo.

O deus pulou, aterrissando bem na beira da parede. Vacilou por um instante antes de cair de joelhos. O impacto foi duro, mas ele estava se acostumando à dor. Voltou a se levantar, com a mão na lateral do corpo, e se preparou para o próximo pulo.

Uma parte dele se preocupava de estar só se enganando. Talvez, ao escalar essas paredes, só tivesse gerado entretenimento para Teseu e seus homens, mas, mesmo se isso fosse verdade, pelo menos tinha tentado lutar contra seu destino.

Em determinado momento, parou para olhar para trás, mas descobriu que o caminho atrás de si parecia igual àquele à sua frente.

Essa porra de lugar era de enlouquecer.

Hades voltou a olhar para a frente e pulou, mas seu pé escorregou quando atingiu a parede. Ele caiu, se segurando com uma das mãos para não despencar nas profundezas do labirinto, grunhindo quando seu peso provocou um choque doloroso no braço. Ficou pendurado ali por um instante, cravando os dedos na pedra antes de tomar impulso e tentar alcançar a beirada com a outra mão, mas seus dedos escorregaram.

— Porra!

Mas o palavrão foi engolido por um rosnado baixo e vibrante. Hades olhou para baixo e se viu encarando os olhos brilhantes de um leão imenso antes de o bicho se atirar nele.

— Porra! — repetiu ele, e caiu no labirinto.

Quando atingiu o chão, suas pernas cederam debaixo dele. O leão pulou da parede e aterrissou atrás do deus.

Hades se levantou depressa, e os dois ficaram andando em círculos.

O leão mostrou os dentes brancos e rugiu, seu bafo era uma brisa doentia que carregava o fedor da morte. O cheiro embrulhou o estômago de Hades e o fez imaginar o que exatamente o bicho andava comendo.

Ele conhecia esse leão.

Era o leão de Nemeia, famoso pelo couro impenetrável e pelas garras prateadas, mais afiadas que espadas.

Mesmo que Hades tivesse armas, elas não o ajudariam ali.

O leão atacou e Hades se mexeu, desviando no último segundo. Ele começou a correr, mas sentiu a garra do leão nas costas. Um grito de dor escapou de sua boca, e ele tropeçou e caiu de quatro.

Levou um instante para perceber que a rede estava no chão. O leão tinha conseguido cortá-la com as garras. Hades ignorou a ardência nas costas e tentou se levantar, mas, antes que conseguisse, o leão afundou os dentes em seu tornozelo. A dor o atravessou com força, consumindo seu corpo como fogo enquanto ele era jogado no chão de novo.

Hades conseguiu rolar para ficar de costas, girando a perna de um jeito desconfortável dentro da boca do leão, e chutou a cara do animal com o outro pé sem parar até que ele soltasse o membro daquela mandíbula que mais parecia um torno.

Quando se libertou, o deus ficou de pé. O leão monstruoso estava diante dele, e os dois ficaram andando em círculos até o bicho atacar de novo. Dessa vez, o animal o atingiu com as patas grandes e as garras compridas e prateadas. Ele conseguiu desviar de todos os golpes mortais, e, quando a criatura ficou frustrada, soltou um rugido violento. O estômago de Hades se revirou com o cheiro rançoso de seu bafo, mas atacou o leão mesmo assim, saltando no ar e pousando nas costas do bicho.

Mais uma vez, o leão rugiu, depois desatou a correr. Hades agarrou seu pelo e moveu o corpo para a frente, envolvendo o pescoço do leão com os braços e apertando com toda a força até ele estremecer. Debaixo dele, o leão desacelerou, seus arquejos parecendo mais um chiado.

Por fim, o animal cambaleou e caiu no chão.

Hades rolou para ficar de costas, coberto de suor, respirando com dificuldade. Por um bom tempo, ficou encarando o teto e examinando seus ferimentos. Seu pé latejava e suas costas ardiam, mas nenhum desses machucados doía tanto quanto a ferida que Teseu provocara na lateral de seu corpo. Aquela o deixava nauseado.

Tinha sorte de ainda ter forças, embora percebesse que não estava cem por cento. Mas aceitaria o que viesse, principalmente porque não conseguia invocar sua magia entre essas paredes.

Um brilho prateado chamou sua atenção, e Hades virou a cabeça e avistou as garras do leão. Ele se sentou e esticou o corpo para alcançá-lo, roçando a ponta de uma das unhas do animal; esse toque suave bastou para fazer seu dedo sangrar.

Garras tão afiadas quanto lâminas.

Hades se aproximou e começou a rasgar a camisa, amarrando as faixas de tecido em torno da garra mais longa várias vezes para criar uma barreira de proteção. Quando teve certeza de que poderia segurar a unha com firmeza suficiente, sem retalhar a própria mão, ele puxou com a maior força que conseguiu até ela se soltar da pata monstruosa. Lembrava mais uma foice, levemente curva e mais larga em uma ponta.

Agora tenho uma arma.

O deus olhou para o cadáver do leão, com seu pelo impenetrável.

E uma armadura, pensou ele, os dedos se fechando sobre o lado cego de sua nova faca.

Hades começou a esfolar o leão, uma tarefa tediosa e sangrenta. Não gostava daquilo, nem achava que era o que o monstro merecia, mas estava prestes a entrar no labirinto e não tinha ideia do que encontraria pela frente. Provavelmente haveria coisas piores do que essa criatura.

Não tinha sal para jogar sobre o couro, então usou areia — não que ela fosse ajudar a preservar a pele. Ele só esperava que os grãos a deixassem menos... molhada. Quando terminou, Hades a vestiu como uma capa e, segurando a lâmina de garra, entrou no labirinto.

Ele não saberia dizer quanto tempo caminhou, mas logo perdeu toda a noção de tempo e espaço. No labirinto havia um silêncio que Hades nunca tinha experimentado. Era uma coisa física, que parecia tão sólida quanto as paredes ao seu redor.

A escuridão era amarga e não lhe permitia enxergar.

Quanto mais Hades perambulava pelos túneis sinuosos, mais sentia que seu corpo inteiro estava girando e se retorcendo. Seu humor oscilava. Às vezes ficava irritado por se sentir separado da escuridão, por não se sentir ele mesmo. Outras vezes, uma estranha paz se abatia sobre o deus, e ele parecia percorrer as passagens com uma indiferença tranquila.

Recitou poesia, depois passou a compor seus próprios versos, tentando retratar a beleza de Perséfone, mesmo que fosse apenas para se agarrar à própria sanidade.

— Seu cabelo dourado se derramou sobre ele como raios de um sol ardente — começou Hades, depois parou. — Que idiotice de merda. Além disso, eu odeio o Hélio.

Tentou de novo.

— Ela emergiu da escuridão, graciosa como uma pantera, com um cabelo que fluía como um rio na primavera.

Pior ainda.

Passou a cantar.

— Isso aí não é... "Laurel", do Apolo? — ele ouviu Hermes perguntar.

Hades olhou feio para o deus que apareceu ao seu lado como um bebezinho gorducho com asas brancas que batiam rápido como as de um beija-flor.

— Se você contar pra alguém o que ouviu aqui, eu te mato.

— Quanta agressividade, Papai Morte — comentou Hermes. — *Todo mundo* escuta Apolo. Não tem motivo pra se envergonhar. Ele é uma vibe.

Hades decidiu nem perguntar o que seria uma vibe.

— Por que você está desse jeito? — perguntou ele.

— Desse jeito como? — Hermes olhou para si mesmo.

— Igual a um querubim, Hermes.

O deus deu de ombros.

— Talvez você devesse perguntar a si mesmo. É você que está alucinando.

— Pode acreditar que eu jamais manifestaria o Hermes como criança. Ele já é irritante o suficiente como adulto.

— Grosso — retrucou Hermes, então ficou mais alto, e seus pés tocaram o chão.

Ele se virou e olhou para Hades enquanto andava para trás no corredor.

— Sabe, Hades, o que você precisa é...

— Eu preciso sair dessa porra de labirinto — interrompeu Hades.

— Eu ia dizer *se divertir* — respondeu o deus.

Eles estavam se aproximando de mais um canto, e, como Hermes estava andando de costas, Hades pensou que ele perderia a curva, mas ficou surpreso quando o deus virou à direita e continuou percorrendo outra passagem escura.

— Você precisa de um hobby.

— Eu tenho hobbies — respondeu Hades, seco.

— Beber e trepar não contam — observou Hermes.

— Olha quem fala — rebateu Hades. — *Você* só bebe e trepa.

— Não é *só* isso que eu faço — reclamou Hermes. — Eu jogo bridge uma vez por semana na biblioteca.

— Que porra é essa de bridge? — perguntou Hades.

— Você tem uma casa de apostas e não sabe o que é bridge? Meus deuses, como você é *velho*.

— Eu tenho hobbies, Hermes. Eu ando a cavalo, jogo cartas e sonho frequentemente que estou torturando você.

O deus ergueu as sobrancelhas.

— Você sonha comigo?

Hades não disse nada.

— E... hum... como exatamente você me tortura? Nesses sonhos.

— Não de um jeito agradável — respondeu Hades.

— Eu quero uma lista, Hades — disse Hermes.

O tom dele mudou, se tornando um pouco mais agressivo, quase como se estivesse dando uma ordem.

Por um instante, Hades resistiu. Não gostava de receber ordens, mas se Hermes queria saber de todos os jeitos como sofria a ira de Hades nos sonhos, então que fosse.

— Já pensei em castração, mas talvez você achasse agradável demais — começou Hades.

O deus apertou os lábios, depois deu de ombros.

— Justo.

— Tive que descartar qualquer opção que também envolvesse te prender.

— Injusto — disse o deus.

— Eu poderia te mandar pra Floresta do Desespero, mas seu maior medo deve ser passar a vida com um único parceiro sexual.

— Uma *tragédia* — concordou Hermes.

— O que significa que eu adotaria uma abordagem diferente.

— Você pensou mesmo nisso — observou Hermes.

— Primeiro, eu te amaldiçoaria a parecer feio para qualquer amante em potencial.

Hermes arfou.

— Depois, garantiria que você nunca mais encontrasse o ritmo certo. Tanto na dança quanto no sexo.

— Você não *ousaria* — disse Hermes.

— A visão do seu pau faria todo mundo ter ânsia de vômito.

— Seu monstro!

— E essas nem são minhas opções favoritas — disse Hades, com um sorrisinho. — Minha favorita é que toda série de tv que você começasse nunca terminaria.

— Não! — berrou Hermes. — O que todo mundo diz é verdade. Você é um deus cruel.

Hades deu de ombros.

— Foi você que perguntou.

— Perguntei mesmo — disse Hermes. — Espero que tenha ajudado.

Hades conseguiu ouvir o sorriso na voz do deus, mas não entendeu.

— Quê? — perguntou ele, olhando na direção de Hermes, mas descobriu que ele já não estava ali.

Mais uma vez, Hades ficou sozinho, e embora odiasse a pontada surda de decepção que surgiu em seu peito, ele se sentia bem mais presente do que antes.

Com a concentração renovada, o deus continuou a percorrer o labirinto. Não tinha como saber exatamente aonde estava indo, se estava mais perto ou mais longe do centro. Nem sabia aonde *devia* estar indo. Só sabia que parar era pior.

Parar era desistir.

A certa altura, dobrou uma esquina e ficou cara a cara com um tipo diferente de escuridão. Parou à margem dela, hesitante. Sabia que não tinha chegado ao fim do labirinto. Suspeitava que ali fosse o meio, ou pelo menos perto dele.

Quão vasta era essa escuridão? Quão infinita?

Hades quase perdera a cabeça rodeado por paredes. O que acontecia quando não havia *nada*?

O deus deslizou um pé para a frente, depois o outro, e, enquanto as sombras o cercavam por todos os lados, lhe ocorreu a ideia de que isso

73

seria o que ele enfrentaria se entrasse na Floresta do Desespero: o nada, um vazio.

Solidão.

Luzes brilhantes inundaram sua visão, fazendo a escuridão derreter tão rápido que seus olhos lacrimejaram.

A risada de Teseu ecoou no espaço que Hades agora podia confirmar ser o centro do labirinto, e ele realmente se estendia por quilômetros em cada direção.

— Você está ridículo — disse o semideus.

Hades piscou, se ajustando à luz, e viu Teseu diante de si. Dos dois, era o semideus que não parecia se encaixar ali. Ele estava limpo demais, arrumado demais para a loucura do labirinto, vestido em seu terno azul feito sob medida e camisa branca passada.

— Acho que eu ficaria decepcionado se você não tentasse fugir.

Hades fulminou o semideus com o olhar e segurou a garra com mais força.

Teseu percebeu e fez um estalo com a língua.

— Hera vai ficar arrasada quando descobrir que você matou o bichinho de estimação dela — comentou ele.

Hades continuou em silêncio.

— Sabe, Hades, falar com você é como falar com uma parede.

— Então talvez você não devesse falar nada.

Teseu abriu um sorrisinho.

— Mas eu tenho *tanto* a dizer — rebateu ele. — E sua esposa também, pelo jeito.

Hades cerrou os dentes. Não sabia do que exatamente Teseu estava falando, mas parecia que Perséfone havia feito alguma coisa para irritá-lo.

— Talvez você possa me dizer como faz pra ela ficar calada — continuou Teseu. — Ou é porque o seu pau tá sempre na boca dela?

Hades agarrou a faca com mais força.

— Talvez eu precise tentar isso — ponderou o semideus.

Hades atacou. Disparando pelo labirinto, ele pulou, saltando no ar e rugindo ao brandir a garra mortal.

Teseu não se mexeu sequer um centímetro enquanto Hades avançava em sua direção. Um arrepio de desconforto tomou conta do deus. Ele sabia que tinha deixado alguma coisa passar, e de repente a ficha caiu — literalmente.

Algo pesado o fez despencar no chão. Ele aterrissou com força, e o corpo amassou o solo. Hades logo percebeu que estava preso debaixo de uma nova rede. Seus dedos se apertaram em torno da garra do leão, na tentativa de cortar a tela para se libertar, mas ele não conseguiu mexer o braço.

Mesmo assim, tentou serrar os filamentos, começando a suar frio à medida que Teseu se aproximava.

O semideus se agachou diante dele, observando o esforço de Hades antes de falar.

— Essa cena seria bem honrada se não fosse tão patética — comentou ele, arrancando a garra dos dedos de Hades.

Inspecionou a lâmina, depois a enfiou na mão do deus, cravando-a no chão.

Hades não pôde nem gritar. Só conseguiu soltar um suspiro dolorido.

Olhou com ódio para Teseu, ofegando por entre os dentes cerrados, e ficou observando enquanto o semideus enfiava a mão no bolso do paletó e tirava de lá um pequeno envelope, para depois despejar o conteúdo na palma da mão.

— Você mereceu isso aqui — disse Teseu, soprando alguma coisa no rosto de Hades.

Era algum tipo de pó que invadiu seu nariz, sua boca e seus olhos. Começou a tossir e não parou mais. Seus olhos lacrimejaram, seu peito ardeu. Ele precisava de água — precisava *respirar* —, mas então sentiu o gosto de sangue no fundo da garganta.

Sua vista ficou embaçada.

Eu vou morrer.

9

PERSÉFONE

O Submundo estava diferente.

O ar tinha cheiro de enxofre, e o céu estava cheio de cinzas. Quando o vento soprava, Perséfone o sentia raspando sua pele, áspero e escaldante.

Também tinha outras coisas. As almas tinham canalizado sua alegria habitual para os preparativos para a guerra. Cérbero continuava com as três cabeças, inquieto, sem vontade de brincar. O tempo todo, as montanhas de obsidiana brilhante do Tártaro provocavam Perséfone, um lembrete constante do que havia acontecido no arsenal.

Por mais que reconhecesse que era rainha desse reino e agora tinha poder sobre ele, a deusa não conseguia se forçar a esconder as mudanças, a lenta decomposição. Parecia adequado, considerando o que havia acontecido, o que *ainda* estava acontecendo, e esconder as transformações com videiras e flores parecia hipócrita. Um cadáver continuava um cadáver, mesmo coberto por uma vegetação colorida.

Uma parte de Perséfone se perguntava se o Submundo estaria morrendo, e, se fosse o caso, será que também queria dizer que Hades estava morrendo? Ela logo afastou esses pensamentos. Não suportaria pensar assim naquele momento. Seria como desistir, e ela *nunca* desistiria. Lutaria por Hades até o mundo acabar, e, quando não sobrasse mais nada, só sua raiva permaneceria.

— Você soube de alguma coisa? — perguntou Yuri.

Perséfone encarou os olhos arregalados da alma. Franziu a testa, percebendo que tinha ficado tão perdida nos pensamentos que não ouvira nada do que a garota estava dizendo.

— Sobre o Hades — esclareceu Yuri.

Perséfone baixou os olhos para o chá frio.

— Não — sussurrou ela.

Hermes e Apolo estavam caçando os homens de Teseu. O desafio era encontrar alguém próximo o bastante do semideus para saber as respostas para as perguntas que tinham, mas estavam descobrindo que pouquíssimas pessoas conheciam os planos dele, ou talvez nenhuma.

Hécate continuava a rastrear o anel de Perséfone, o que estava se provando muito mais desafiador do que as duas deusas esperavam, pois a joia parecia estar acompanhando Teseu e revelava uma rotina bastante mundana para alguém tão sinistro.

Ainda assim, conhecer os movimentos do semideus continuava sendo uma vantagem. Talvez eles encontrassem alguém para interrogar.

— As almas estão...

Perséfone começou a indagar se elas estavam com medo, mas era uma pergunta ridícula. É claro que estavam com medo. Só tinham se passado dois dias desde que Teseu libertara os titãs e as almas precisaram lutar contra os monstros que escaparam do Tártaro. Elas foram corajosas, mas havia consequências, como a deusa sabia que haveria: algumas das almas não conseguiram suportar o gatilho da batalha, e Tânatos precisara levá-las para os Campos Elísios.

Aquilo tinha machucado todo mundo. Continuava machucando.

— Elas se sentem seguras? — Foi o que Perséfone acabou por perguntar.

— Tão seguras quanto possível — respondeu Yuri, olhando pela porta aberta. — Os preparativos para o pior fazem com que elas se sintam melhor.

A rua estava movimentada com almas que consertavam ou fortaleciam suas casas. Ian e Zofie continuavam a forjar armas, batendo os martelos num ritmo irregular.

Era quase como se não confiassem na magia dela, mas como poderiam, se nem ela confiava? Era nova, ainda desconhecida. Vivia nas margens de sua energia, fazendo-a lembrar de como a magia de Hades sempre aguardava à espreita, preparada para protegê-la, a qualquer custo.

Os olhos de Perséfone arderam com lágrimas, e, depois de um instante de silêncio, Yuri sussurrou, com a voz trêmula:

— Eu só queria que tudo ficasse normal de novo.

Perséfone ficou tensa ao ouvir essas palavras.

Era uma coisa natural de se dizer quando tudo parecia incerto, mas quanto mais tempo vivia com a perda, mais a ideia de "normal" a irritava.

Não existia normal. Só existia o passado, e era inútil desejá-lo mesmo no momento mais solitário, porque nada poderia voltar a ser como era; não depois do que tinha acontecido.

— Não existe "normal de novo", Yuri — declarou Perséfone. — Só existe novo e diferente, e nenhum do dois é bom.

A alma franziu a testa.

— Perséfone, eu...

A deusa se levantou antes que Yuri pudesse terminar, sabendo quais seriam suas próximas palavras.

Eu sinto muito.

E ela também não suportaria ouvi-las. Nem sabia explicar por que, mas eram só palavras, palavras vazias que as pessoas diziam quando não tinham mais nada a oferecer.

— Obrigada, Yuri, pelo chá.

Perséfone foi embora antes que suas emoções a dominassem e se teleportou para o Campo de Asfódelos. Quando chegou, já estava chorando. Ficou olhando para o Submundo de onde estava, com os braços cruzados. O vento aumentou, sacudindo seu cabelo, e os asfódelos ao seu redor balançaram, roçando em seu vestido.

Ela se sentia enjoada e perdida, e não sabia aonde ir, porque todo canto desse lugar a fazia lembrar de Hades, e era ele que ela mais queria.

A deusa fechou os olhos, e lágrimas frias lhe escorreram pelo rosto.

— Lady Perséfone.

Ela engoliu em seco e olhou para Tânatos por cima do ombro. Nem se importou em esconder a dor. Ele podia senti-la, de todo jeito.

— Posso ajudar?

Ela sabia o que ele estava perguntando.

Tânatos tinha influência sobre as emoções. Poderia aliviar seu sofrimento. No passado, ela havia recusado. Queria sentir porque achava que merecia, mas dessa vez era diferente.

— *Por favor* — pediu ela.

As palavras saíram como uma súplica, um gemido quebrado.

Tânatos ofereceu a mão, e ela aceitou, sentindo-a quente e macia contra a sua, e de repente a paz se abateu sobre ela. Foi como... piqueniques no prado sob o céu estrelado do Submundo e fazer cookies numa cozinha pequena na companhia de sua melhor amiga. Foi como a diversão de brincar de pedra, papel e tesoura ou de pique-esconde.

Foi como... a primeira vez que ela olhou para Hades e reconheceu sua própria alma.

— No que você está pensando?

Ela estremeceu ao ouvir o som da voz dele, e sua pele ficou toda arrepiada.

Perséfone abriu os olhos.

— Hades — sussurrou ela, depois tocou o rosto do deus, roçando a barba por fazer.

Ele parecia muito real, mas ela já tinha sido enganada por essa ilusão antes e achava que não conseguiria suportar a dor de acordar sozinha de novo.

Os dois estavam deitados na grama sob um carvalho retorcido. Ela conhecia esse lugar. Já tinham estado ali antes: haviam descansado e feito amor debaixo dessa árvore. Ficava bem no limite dos Campos Elísios. Se ela se sentasse, veria as ondas cinza do oceano coroando o horizonte.

— Onde você está? — perguntou ela.

Ele riu enquanto a observava com aqueles olhos escuros, pressionando o corpo ao dela.

— Estou bem aqui — respondeu ele. — Com você.

Perséfone balançou a cabeça, e as lágrimas embaçavam a sua visão. Sabia que não era verdade.

— Meu bem — disse ele, num rumor baixo, com os dedos no cabelo dela.

Hades se inclinou para a frente e encostou os lábios na testa de Perséfone. Ela fechou os olhos com força, concentrando-se na sensação do beijo, quente e pesado.

Real.

Quando se afastou, ele deslizou o nariz pelo dela.

— Foi só um sonho — disse Hades, e Perséfone voltou a abrir os olhos.

— Você está falando como se vivesse dentro da minha cabeça — comentou ela.

Hades a encarou e franziu a testa, baixando os olhos para seus lábios, e a deusa de repente se deu conta de uma fome intensa apertando seu estômago.

— O que eu preciso fazer? Pra te provar que isso é real?

— Nada que você faça vai me convencer — respondeu ela. — A menos que me diga onde você está.

Hades ficou calado, observando-a.

Então se aproximou, e o ar entre os dois pareceu mais pesado do que o corpo dele sobre o dela.

— Perdido — respondeu ele, beijando-a.

O beijo de Hades foi como uma marca queimando a pele da deusa. Ela abriu a boca, e a língua dele deslizou para dentro.

O gosto dele era diferente, sua boca não tinha aquele toque doce e defumado, mas o cheiro era o mesmo, pungente e terroso, como sombras compridas provocadas pela luz do fogo. Perséfone tentou não pensar naquela mudança e no que significava.

Hades se afastou de novo, mas a deusa ainda sentia o roçar dos lábios dele nos seus quando ele falou. Ela manteve os olhos fechados enquanto ele sussurrava:

— Viva nesse instante comigo.

A resistência dela derreteu, desfeita pela mesma súplica que ela fizera antes. Ela o beijou e seus braços o envolveram, as mãos apertando as costas do deus, deixando o corpo dele alinhado ao seu.

Enquanto se beijavam, Hades se esfregava nela, e ela ergueu o quadril, precisando senti-lo onde mais queria. Cada movimento delicioso causava um incêndio sob a pele da deusa e a deixava um pouco mais ofegante. Quando ele se afastou da boca de Perséfone, ela estava pronta para ele, muito consciente de como se sentia vazia.

— Hades.

Perséfone sussurrou o nome quando os lábios dele deslizaram por seu rosto, depois pela garganta, antes que ele enterrasse a cabeça entre seus seios, apertando-os com as mãos. Passou os dedos pelo cabelo dele, agarrando os fios quando o deus raspou os dentes em um mamilo, depois no outro, por cima do tecido do vestido.

Por fim, ele ergueu o rosto.

Os olhos dele estavam escuros, mas tão brilhantes quanto ficavam quando ele assumia sua forma verdadeira. Tinham um fogo próprio, uma vivacidade que só vinha à tona quando Hades olhava para *ela*. Perséfone sentiu que um vácuo tinha se aberto na boca de seu estômago, de algum jeito deixando-a ainda mais vazia.

— Sim? — perguntou ele.

— Me fode que nem um deus — pediu ela.

— Se é o que você quer — respondeu ele.

— É o que eu quero.

Hades não tirou os olhos dela ao se curvar e tomar um de seus mamilos na boca, depois se afastou e se sentou sobre os joelhos. Perséfone não gostou dessa distância, mas gostou de vê-lo se despir. Quando ele ficou nu diante dela, sem a ilusão, ela se sentou e puxou o vestido pela cabeça.

O olhar dele sobre sua pele nua a fez se sentir primitiva e possessiva. A visão a inflamou com um desejo de dominar. Ela ficou de joelhos, e Hades a pegou nos braços, fazendo-a subir por suas coxas até que estivesse sentada em cima do seu pau duro.

— Desfaz sua ilusão — ordenou ele — pra eu poder fazer amor com uma deusa.

Dessa posição, ela ficava levemente acima de Hades, e usou esse fato em vantagem própria, provocando-o ao roçar a boca contra a dele.

— Se é o que você quer — sussurrou ela.

— É o que eu quero — respondeu ele, num tom baixo, quase febril.

Perséfone soltou a magia, que deixou seu corpo como um arrepio descendo por sua espinha.

Hades a segurou com mais força, levantando-a mais alto. Mesmo sem palavras, ela sabia o que ele estava perguntando, e respondeu conduzindo a cabeça do pau dele para sua buceta. Ela apoiou as mãos nos ombros dele ao se sentar, respirando através do prazer que percorria seu corpo, embaralhando sua mente.

Perséfone abraçou Hades com mais força e, enquanto os dois se moviam juntos, só conseguia se concentrar nos sentimentos que ele conjurava. O ato era um tipo de magia por si só, separado de qualquer dom divino, e permitia que ela vivesse em um único instante de puro êxtase, longe do luto e do sofrimento de sua vida.

Exceto por não ser real, e de repente a excitação dela foi atravessada pela dor.

Perséfone enfiou os dedos no cabelo de Hades e puxou a cabeça dele para trás, beijando-o enquanto lágrimas escorriam por seu rosto.

— Deita — disse ela, ao se afastar.

Hades a encarou, mas fez o que ela pediu, deitando-se de costas. Ela ajustou a posição, espalmando as mãos sobre o peito dele.

— Me fala — pediu ele, mas seu corpo enrijeceu sob o dela quando ela começou a se mover.

— Não tem nada pra falar — respondeu ela.

Em seguida, pegou as mãos dele e as conduziu até os próprios seios.

— Você sempre tem algo a dizer — comentou ele, provocando-a com os dedos.

— Um deus me disse uma vez que as palavras não significam nada — retrucou ela, perdendo o fôlego.

— Seu deus era um idiota — respondeu ele, pousando as mãos no quadril dela, que agarrou com força, aumentando o ritmo.

— Ah, é? — disse ela, num gemido.

— Nem todas as palavras são insignificantes — afirmou ele.

Perséfone não conseguiu dizer mais nada, e Hades também não falou enquanto o corpo dela se contorcia de prazer. Foi só quando ela desabou em cima dele que o deus chegou ao clímax, sussurrando as palavras encostado à têmpora dela:

— Eu te amo, Perséfone.

— Perséfone.

A deusa apertou os olhos com mais força, se agarrando mais um pouquinho ao sonho, mas já sentia o peso dos braços de Hades se dissipando.

— Perséfone.

Ela abriu os olhos e viu Hécate parada acima de si. Levou um instante para se localizar, então percebeu que estava em sua cama. Tânatos devia tê-la levado do Campo de Asfódelos para lá.

— Hécate — sussurrou ela ao se sentar, um incômodo se formando entre as sobrancelhas. — Tá tudo bem?

— Acho que encontrei o Hades — respondeu Hécate.

Perséfone passara tanto tempo desesperada para ouvir aquelas palavras que mal podia acreditar que fosse verdade.

— Onde ele está? — perguntou ela, se levantando.

Hécate não respondeu de imediato, e a esperança crescente de Perséfone logo se transformou em temor.

— Hécate?

— Ele está em Cnossos — disse ela.

— Cnossos? — perguntou Perséfone, confusa. Cnossos era uma cidade na ilha de Creta. — Mas não tem nada lá, só ruínas.

— Vem — disse Hécate, estendendo a mão.

Perséfone já sentia a magia de Hécate, antiga e elétrica, se enrolando ao seu redor. Seu coração foi parar na garganta quando ela pegou a mão da deusa e as duas se teleportaram.

Ela meio que estava esperando aparecer diante das ruínas de Cnossos, mas ficou surpresa ao ser levada para o escritório de Hades na Nevernight. Hermes estava deitado na mesa de Hades enquanto Apolo tomava shots de vodca atrás do bar. Um mortal estava sentado com as mãos amarradas atrás das costas. Era um homem mais velho e praticamente careca, com nariz fino e óculos de aro redondo.

— O que está acontecendo? — perguntou Perséfone. — Quem é esse?

— Eu sou o Robert — disse o homem.

— Esse é o Robert — disseram Apolo e Hermes.

Todos falaram em uníssono, e Perséfone se encolheu.

— E quem é Robert? — perguntou ela, com mais paciência do que sentia.

Hécate tinha acabado de encontrar Hades, e esses dois estavam... bem, ela nem sabia ao certo o que estavam fazendo.

— Sou arquiteto — explicou Robert.

— Ele é arquiteto — disseram Apolo e Hermes.

Eles pareciam entediados.

Perséfone e Hécate se entreolharam, e a Deusa da Bruxaria revirou os olhos e lançou uma onda de magia na direção dos dois deuses. Hermes foi jogado para longe da mesa de Hades e aterrissou no chão duro de mármore; no lugar onde ele estivera apareceu um espinho pontiagudo de obsidiana. A vodca no copo de Apolo se transformou em areia assim que ele a colocou na boca. Ele cuspiu depressa, se engasgando com a terra.

— Que porra é essa? — falaram os dois.

Hermes se levantou do chão, enquanto Apolo procurava freneticamente por alguma coisa molhada, escolhendo uma garrafa aberta de vinho para gargarejar.

— Meu marido está desaparecido, e Hécate me disse que ele está em Cnossos, mas, em vez de me levar até ele, me trouxe até vocês — disse Perséfone, com a voz trêmula de raiva. — *Um* de vocês precisa me contar que *porra* está rolando.

Hermes e Apolo se entreolharam.

— Infelizmente acho que é por isso que estou aqui — interveio Robert.

Os olhos de Perséfone pousaram no mortal.

— E o que é que você tem a ver com meu marido e Cnossos?

— Eu sou arquiteto — disse ele.

Perséfone não conseguiu, nem quis, conter sua magia. O poder ganhou vida, pesado e sombrio, na forma de espinhos pretos que irromperam da ponta de seus dedos.

O mortal arregalou os olhos e pareceu se espremer mais contra a cadeira.

Perséfone sentiu uma mão no braço e, ao se virar, viu Hécate.

— O que esses idiotas estão tentando dizer é que as ruínas em Cnossos já não são mais ruínas — explicou ela.

— Teseu está reconstruindo o labirinto — declarou Apolo.

— Então pensamos em procurar o empreiteiro dele — completou Hermes.

— *Arquiteto* — corrigiu Robert.

— Mas acontece que o Robert aqui foi só o *primeiro* empreiteiro — continuou Apolo.

— *Arquiteto* — repetiu Robert.

— O primeiro? — perguntou Perséfone.

— Ele contrata e depois demite — disse Hermes. — Os...

— *Arquitetos* — Robert e Hermes falaram ao mesmo tempo.

— Por quê? — indagou Perséfone.

— Ele acha que isso vai aumentar a complexidade do labirinto — respondeu Apolo.

— Eu expliquei pra ele que não era assim — disse Robert. — Ele só precisava de um grande arquiteto, mas ele queria que fosse *inescapável*.

Perséfone franziu a testa, sustentando o olhar do mortal.

— E... por que mesmo você está aqui?

— A gente *achou* que ia poder torturar ele pra nos contar como percorrer o labirinto — disse Hermes. — Mas acontece que ele é *cooperativo*.

— Acho que você está chateado com a coisa errada, Hermes — observou Hécate.

O Deus das Travessuras cruzou os braços.

— Quer dizer que o Hades está preso num labirinto? — perguntou Perséfone.

— É mais do que provável — respondeu Robert. — Não sei muito sobre os planos de Teseu para além do fato de que ele queria um tipo de prisão. Ele insistiu que fosse construída de adamante.

— Bom, que desagradável — comentou Hécate.

Perséfone olhou para a deusa.

— O que é isso?

— É um metal forjado por Gaia — explicou Hécate. — Significa que entrar no labirinto é como se tornar mortal. Também significa que não podemos nos teleportar nem para dentro nem para fora dele.

Quanto mais informações descobria, mais ansiosa Perséfone ficava, mas tudo fazia sentido. Agora ela sabia por que não conseguia sentir a magia de Hades.

— Então o único jeito de chegar até ele é percorrer o labirinto — disse Perséfone, mais para si mesma do que para qualquer pessoa.

— Você sabe que parte do labirinto você construiu? — perguntou Apolo. — A gente pode encontrar os outros arquitetos e montar um mapa.

Mas Robert balançou a cabeça.

— Seria difícil demais dizer qual é a minha parte, e imagino que seja a mesma coisa para os outros.

Perséfone analisou o mortal.

— Por que você está cooperando tanto? — perguntou ela, meio desconfiada.

— Teseu nunca perguntou a que deuses servíamos — respondeu ele. — Sempre fui devoto, e sempre serei.

As palavras dele pareceram sinceras.

— Obrigada, Robert.

Ele sorriu.

— Claro, milady — respondeu ele, com um aceno de cabeça. — Hum... será que alguém poderia... soltar minhas mãos? Elas estão meio dormentes.

Perséfone se voltou para Apolo e Hermes.

— Levem ele pra casa, e um de vocês... conceda um favor a ele.

Apolo e Hermes se entreolharam, depois falaram em uníssono:

— Não podemos.

Então Perséfone se lembrou do que Afrodite dissera: que Zeus tinha tirado os poderes deles.

— Bom, e como vocês trouxeram ele pra cá?

— Do jeito tradicional — disse Hermes.

— Do jeito mortal, você quer dizer — esclareceu Apolo.

— Sequestramos ele quando saiu do trabalho — explicou Hermes. — O Antoni ajudou.

— Alguém viu vocês? — perguntou Perséfone.

— E importa? — questionou Hermes.

— Importa, se os homens do Teseu estiverem de olho — respondeu Perséfone.

Hermes apertou os lábios, e Apolo franziu a testa.

— Duvido que Teseu desperdice seus recursos comigo — afirmou Robert. — Sou só uma engrenagem na máquina dele.

— E se uma delas quebrar, o negócio inteiro desmonta — disse Perséfone. — Teseu não gosta de pontas soltas. — Ela olhou para Hécate. — O que pode ser feito?

Ela não queria que o homem sofresse por sua lealdade aos deuses.

84

— Posso lançar um feitiço de proteção — sugeriu Hécate. — Mas não são infalíveis.

— Fico grato pelo que for — disse Robert. — Só gostaria de poder ajudar mais.

Perséfone olhou para o mortal.

— Você já ajudou bastante. Obrigada.

Hécate se teleportou com Robert e voltou segundos depois.

— Ele vai ficar seguro? — perguntou Perséfone.

— Não tenho certeza se alguém está seguro — respondeu Hécate.

As palavras dela fizeram Perséfone sentir um frio na barriga.

— Você não pode assumir a responsabilidade por todos os mortais que cruzarem com Teseu — disse Hécate.

— Não, mas prefiro que eles não morram por ajudar a gente.

— Ele fez a escolha dele — afirmou Hécate.

Perséfone não podia discutir com aquilo. Havia coisas mais importantes em jogo.

— Precisamos ir para Cnossos — disse ela.

— Espera aí, Sef — interrompeu Apolo. — Isso claramente é uma armadilha.

— Eu sei — respondeu ela, isso mas não mudava nada.

— Sei que você está ansiosa pra trazer o Hades pra casa — disse Hécate. — Mas precisamos prosseguir com cautela. Apolo está certo. É evidente que Teseu usou seu anel para prender Hades, e ele deve saber que vamos rastrear a energia das pedras. Ele quer você naquele labirinto. Está *contando* com isso.

Perséfone também não duvidava daquilo. Teseu estava brincando com eles.

— Acho que conheço alguém que pode ajudar — disse Hermes. — Ou pelo menos explicar o que estamos enfrentando.

— Quem? — perguntou Perséfone.

— O nome dela é Ariadne — disse ele. — Ariadne Alexiou.

10

DIONÍSIO

Dionísio entrou na Galeria de Arte de Criso e se embrenhou em meio à multidão, indo direto para o bar. O atendente com certeza o vira, porque já tinha deixado uma taça de vinho pronta. Dionísio a pegou com um aceno e continuou a enfrentar o aglomerado de gente, observando as pessoas.

Estava procurando alguém que reconhecesse, mas não porque queria conversar; aquela não era exatamente uma multidão amigável. Era mais uma questão de avaliar a concorrência para o leilão que estava por vir. Embora os presentes fingissem observar as obras de arte, não eram elas que estavam à venda naquela noite, e sim mulheres e jovens rapazes.

Dionísio estava ali em busca de Medusa, uma górgona que tinha o poder de transformar homens em pedra. Ela fora vista pela última vez na costa do Egeu. Como ele temia, Poseidon a havia encontrado e, depois de fazer o que queria com ela, alegava tê-la deixado em paz.

Se eu soubesse o valor daquela cabecinha linda dela, teria cortado fora ali mesmo onde ela deitou, ele dissera, informando a Dionísio que ela só podia transformar homens em pedra se sua cabeça estivesse separada do corpo. Foi uma revelação cruel, que fez Dionísio ponderar se seria bom encontrá-la, afinal. Mas, se não fosse ele, seria outra pessoa, que valorizava mais o uso do que a vida da górgona. Mesmo se não conseguisse encontrá-la, poderia pelo menos resgatar algumas vítimas de tráfico sexual e identificar o resto.

Com o tempo, as mênades resgatariam todas elas; ou pelo menos esse era o objetivo. Ele hesitava em chamar de plano, porque já tinha feito isso vezes suficientes para entender que planos nunca transcorriam sem problemas. Às vezes eles se concretizavam tarde demais.

Ele sentiu um aperto no peito.

Um dia, ele esperava pôr fim a esse ciclo vicioso de abuso.

Dionísio foi até a sala ao lado, que, embora fosse mais espaçosa, estava muito mais lotada, talvez porque exibisse principalmente arte erótica. Inspecionou o lugar, passando os olhos por retratos de Afrodite nas mãos de amantes mortais e clareiras cheias de ninfas nuas, até ter um vislumbre de alguém que reconhecia, apesar de ela ser a última pessoa que ele esperava ver, isso porque ela não deveria sequer estar ali.

A detetive Ariadne Alexiou estava parada do outro lado da sala, e o deus não conseguiu conter a erupção de calor que começou em sua virilha. Seu coração bateu mais rápido e o sangue correu para todos os membros, deixando-o muito, muito consciente do volume entre suas pernas.

Puta que pariu, pensou ele.

Era para Ariadne estar na boate dele, a Bakkheia, treinando com as mênades, mas ali estava ela, usando um vestido azul brilhante que só chamava mais a atenção para sua beleza. Dionísio não conseguiu deixar de pensar em como a mortal tinha enlaçado sua cintura com as pernas enquanto ele a comia encostada na parede da caverna na ilha de Trinácia, ou em como havia enfiado os dedos naquele cabelo grosso e escuro só para ter mais acesso à boca de Ariadne. O gosto dela era muito doce, e era delicioso sentir o pau dentro de sua buceta.

Porra, ele ansiava por ela.

Ariadne ainda não o vira, mas, assim que Dionísio deu um passo em sua direção, um homem entregou a ela uma taça de champanhe.

Mas que porra era aquela?

— Ari — disse Dionísio ao se aproximar.

Ele se sentia quase ofegante, mas sabia que era a frustração.

Ela estava no meio de um gole quando cuspiu a bebida de volta no copo e arregalou os olhos, surpresa. Claramente também não estava esperando vê-lo ali.

— Dionísio — disse ela. — Oi.

— O que você está fazendo aqui? — perguntou ele.

— Você conhece Lorde Dionísio? — perguntou o homem ao lado de Ariadne.

Conhece era um eufemismo.

— Conheço — respondeu ela. — Casualmente.

— Casualmente — repetiu Dionísio. — Claro.

O olhar de Ariadne parecia queimar Dionísio. Ele sabia o que ela estava dizendo sem falar nada.

Não estraga tudo.

Ele apontou para os dois.

— E o que é *isso*?

O homem, um jovem de cabelos loiros, hesitou e estendeu a mão.

— Leandro Onasis — disse ele.

Dionísio olhou para a mão estendida, depois encarou o rapaz.

— Eu não perguntei quem é você — disse o deus.

O mortal corou e baixou o braço. Fez menção de falar, mas Ariadne interrompeu.

— Leandro — disse ela, desculpando-se com um sorriso. — Pode nos dar um minuto?

Ele hesitou, dando uma olhada em Dionísio.

— Claro — respondeu. — Eu, hã, te vejo lá dentro?

— Até antes — disse ela.

Leandro sorriu antes de se afastar, e Dionísio o fulminou com o olhar, sem conseguir afastar o ciúme e a raiva que tomavam conta dele.

— É isso mesmo? Até antes? — questionou o deus.

— Qual é a porra do seu problema? — perguntou ela, entre dentes. — A gente tinha um acordo.

— Você queria voltar a trabalhar — respondeu Dionísio.

— Isso *é* trabalho — rebateu ela.

— Ah é? Porque sei muito bem que seu chefe te colocou na fiscalização do trânsito.

— Você tá me perseguindo?

— Nunca parei — respondeu Dionísio, embora não fosse perseguição, e Ariadne soubesse disso.

Os dois haviam concordado que ela poderia voltar para o emprego como detetive do Departamento de Polícia Helênica, mas precisava aceitar que as mênades vigiariam todos os seus passos. Dionísio precisaria ter uma conversinha com elas a respeito disso, entretanto.

— Você veio com ele?

Os olhos dela faiscavam como fogo, queimando cada centímetro da pele do deus.

— Isso aqui é sobre meu trabalho ou sobre os homens com quem eu transo?

— Achei que isso fosse trabalho — rebateu ele.

— Você é um idiota mesmo — afirmou Ariadne, com ódio.

Ela se virou e saiu pisando firme. Ele a seguiu, alcançando-a depressa.

— Ari...

Ariadne virou em um canto e se voltou para Dionísio de repente.

— Não me chama assim! — exclamou ela, irritada.

— Assim como? Com seu nome?

— Isso é um apelido. Denota intimidade, um privilégio que eu não te dei.

— Eu já comi você. Diria que somos bem íntimos.

— Eu te dei acesso ao meu corpo — respondeu Ariadne. — Isso não quer dizer que somos próximos.

As palavras dela machucaram, e Dionísio trincou o maxilar para conter as coisas terríveis que queria dizer. Não sabia ao certo o que estava esperando, mas torcia para que, quando voltassem da ilha, ela ainda o quisesse.

Mas acabou acontecendo o contrário.

— Você se arrepende? — perguntou ele depois de um instante, sem conseguir esconder a dor.

— A gente não vai falar sobre isso aqui — respondeu ela, desviando os olhos, que brilhavam de raiva.

— Agora é uma hora tão boa quanto qualquer outra — disse Dionísio, porque sabia que depois Ariadne continuaria a evitá-lo.

Foi só quando ela o encarou que ele se deu conta da força de sua fúria.

— A cada vez que você faz isso, eu me arrependo mais.

Ele analisou o rosto dela desesperadamente em busca de algum sinal de mentira, mas não encontrou nada.

Ariadne estava dizendo a verdade.

Dionísio deu um passo para trás, engolindo em seco.

— Se cuida — disse ele. — Você não está entre amigos.

— Obrigada pelo toque — respondeu ela, voltando para Leandro, que a recebeu com um sorriso e um novo drinque.

Depois de alguns instantes, Ariadne pareceu relaxar perto do mortal, e Dionísio odiou o fato de ela aparentemente não conseguir fazer o mesmo com ele.

Precisou de toda a sua força de vontade para tirar os olhos dela, mas por fim a deixou e retornou para o térreo. Voltou ao bar para pegar uma segunda taça de vinho, mas logo foi interrompido por um homem com o rosto muito machucado.

Seu nome era Michail Calimeris e ele era o dono do Maiden House, um bordel no distrito do prazer.

— Ora, ora, se não é Lorde Dionísio — disse ele.

Dionísio fizera uma visita ao mortal no início de sua busca por Medusa, mas Michail reconheceu Ariadne como policial, e as coisas logo tomaram outro rumo. Ela acabou matando dois de seus homens.

Mais uma razão pela qual ela não devia estar ali.

— Michail — falou Dionísio. — Você parece... recuperado.

Era mentira, mas também a coisa mais gentil que conseguia pensar em dizer a um homem que desprezava.

— Vamos indo — respondeu Michail, como se falasse com um velho amigo.

— Se me der licença — disse Dionísio, tentando contornar Michail, mas foi impedido pela mão estendida do mortal.

— Me desculpe — falou Michail. — Mas acho que não dou não.

Dionísio recuou, depois deu uma olhada para os lados. Durante o tempo que passara com Ariadne, os civis evacuaram a galeria, e agora só os homens de Michail permaneciam ali.

Eles o rodearam por todos os lados.

Dionísio encarou Michail.

— A que devo essa honra? — perguntou ele, entre dentes.

Michail abriu um sorriso perverso.

— Eu só queria bater um papo amigável.

— Você não parece particularmente agradável.

— Quem sabe tem alguma coisa a ver com a rinoplastia que você fez em mim quando bateu minha cara no chão.

Dionísio deu de ombros.

— Ficou melhor, na minha opinião.

— Ninguém te perguntou — respondeu Michail, irritado.

Seguiu-se um instante de silêncio, e então Leandro apareceu com Ariadne. Uma de suas mãos cobria a boca da mortal com força, e ele segurava uma arma contra a cabeça dela. Dionísio cerrou os punhos, tentando pensar num jeito de tirá-los dessa enrascada.

Caralho.

Dionísio tirou os olhos de Ariadne e voltou a encarar Michail.

— Você devia ter me deixado ficar com a detetive — disse Michail.

— Ela não é propriedade minha.

— Com certeza não foi o que pareceu — respondeu ele.

Dionísio imaginava que não, considerando que Michail os interrompera enquanto Ariadne se esfregava no pau dele, mas intimidade não equivalia a posse ou domínio.

— Então você decidiu ficar com ela?

— Eu decidi matá-la na sua frente — disse ele.

— E você acha que eu vou deixar?

Michail riu.

— Você pode ser um deus, Dionísio, mas que poderes você tem além de encher taças de vinho e aquela pinha afiada?

Dionísio estava acostumado a ter sua divindade questionada. Ele era o Deus do Vinho e da Folia. Sua influência sobre o mundo era mínima, se comparada à dos outros olimpianos, mas esses mortais não eram nascidos na época da sua loucura. Não sabiam do que ele era capaz, quando levado ao limite.

E ele estava chegando ao limite. Já estava começando a enxergar tudo vermelho.

— Você esqueceu de um — disse Dionísio. — Sou muito habilidoso em quebrar a cara dos outros.

— Mas não habilidoso o suficiente para perceber que foi atraído para uma armadilha.

Dionísio precisava admitir que essa doía um pouquinho. A verdade era que ele nem tinha hesitado quanto a comparecer a esse evento. Já tinha participado de leilões parecidos várias vezes; presumira que aquele seria igual. Ainda assim, enganar um deus nunca era boa ideia.

Enganar Dionísio era pior.

— Estou impressionado — declarou Dionísio.

Havia um tremor em sua voz que poderia ser confundido com nervosismo, mas na verdade era raiva.

Os olhos de Michail brilharam de orgulho.

— Obrigado.

— Não com você — disse Dionísio. — Estou impressionado que você ache que eu caí numa armadilha, quando na verdade quem caiu foi você.

Dionísio invocou o tirso. Os homens presentes riram daquilo que chamavam de bastão com ponta de pinha, mas o funcho era um símbolo do poder do deus sobre a natureza, sobre o hedonismo e o prazer.

Também era uma arma, e o deus já estava vendo sangue.

Atirou o bastão na direção de Michail como uma lança, e o tirso atravessou o peito do homem, atingindo a parede atrás dele com um estalo alto.

Por um instante, houve um silêncio atônito.

Michail continuava de pé, mesmo com um buraco no meio do peito. Ele cambaleou e o sangue jorrou de sua boca, respingando no chão.

Então desabou, morto.

Dionísio olhou para Ariadne, depois para os homens que o rodeavam. Todos pareciam horrorizados.

— Esqueci de avisar — disse ele. — Minha pinha é bem afiada.

Leandro engatilhou a arma, e os homens começaram a cercar Dionísio, mas pararam de repente, quando um estranho gorgolejo escapou da profundeza de suas gargantas.

Os homens se entreolharam, confusos e temerosos, e logo um líquido escuro começou a jorrar de cada orifício em seus corpos em um fluxo tão poderoso que eles foram jogados para trás, atingindo as paredes. Quando acabou, caíram no chão como peixes mortos numa piscina de vinho tinto.

Dionísio havia transformado o sangue deles em vinho e enchido seus corpos com o líquido.

Parado ali, sua visão começou a clarear, mas ele sabia que a loucura não tinha terminado; era só o começo. Estava prestes a perder o controle.

Precisava tirar Ariadne dali.

O deus cruzou a sala e arrancou o tirso da parede. Quando se virou para Ariadne, ficou surpreso ao descobrir que ela não tinha fugido. Os dois estavam cobertos de sangue e vinho, e o cheiro da mistura deixava o ar entre eles pesado.

Estendeu a mão e roçou o rosto dela com o dedo.

— Está com medo? — perguntou ele.

— Estou — respondeu ela, mas não o afastou.

Dionísio prendeu a respiração e levou a mão à nuca dela. Então se aproximou até não haver mais espaço entre os dois e Ariadne ser forçada a inclinar a cabeça para trás para olhá-lo nos olhos.

— Agora você sabe quem eu sou de verdade — disse ele.

Depois desapareceram, deixando o caos para trás.

Dionísio estava esperando que, quando chegassem em casa, Ariadne se afastasse dele, mas não foi o que aconteceu, e o deus não tinha o poder de fazer isso ele mesmo.

— Ari — sussurrou ele. Sua mão ainda estava enfiada no cabelo dela, apoiada em sua nuca. — Preciso que você vá embora.

Pronunciou as palavras, mas a abraçou com mais força, o corpo vibrando com um tesão imensurável. Era o ciclo da loucura com a qual ele fora amaldiçoado, e, quando caía nas garras dela, só havia uma saída.

Aquilo o deixava envergonhado, o fato de que derramar sangue estimulava essa necessidade desesperada de transar, e não queria que Ariadne fosse vítima de seu desejo irrestrito, mesmo que ela achasse que dava conta.

— Dionísio.

Ariadne falou o nome do deus num sussurro ofegante, e Dionísio fechou os olhos, estremecendo. Sua boca pairava sobre a dela, e seu pau latejante pressionava o baixo ventre da mortal. Não havia dúvidas sobre o que ele queria, mas ela provavelmente não sentia a violência fervendo dentro dele.

Se dormissem juntos essa noite, não seria nada suave, e nenhum deles jamais seria o mesmo.

— Você não quer essa versão de mim — afirmou Dionísio.

As sobrancelhas dele estavam franzidas, e cada músculo de seu corpo estava tão tenso quanto uma corda esticada até o limite. Se Ariadne dissesse a coisa certa, ou talvez a coisa errada, ele sucumbiria à insanidade desse desejo.

Ariadne passou algumas das tranças do deus sobre o ombro dele, e quando os dedos da mortal percorreram sua testa, ele abriu os olhos e a encarou.

— Não me fala o que eu quero — disse ela.

— Vai se foder — respondeu ele, e então a beijou.

Dionísio inclinou a cabeça de Ariadne para trás, enfiando a língua em sua boca. Ela não conseguia beijá-lo de volta, mas ele ainda não precisava disso. Não era um dar e receber. Era possessão.

Ariadne não ofereceu resistência, envolvendo o pescoço de Dionísio com os braços e segurando firme até ele diminuir o ataque à sua boca e deixar que ela o beijasse de volta, entrelaçando a língua à dele numa dança desesperada. Então Dionísio se afastou da boca de Ariadne, beijando seu maxilar e seu pescoço, levando as mãos até os seios da mortal, depois às costas, fixando com firmeza o corpo dela em sua ereção.

— Preciso disso agora — disse ele.

Dionísio se afastou só o bastante para olhar nos olhos de Ariadne, embora sua visão estivesse embaçada.

— Sim — sussurrou ela, sem fôlego.

Ele gemeu.

— Eu não vou ser delicado, Ariadne.

— Tudo bem — respondeu ela, e, dessa vez, foi ela que o beijou.

Dionísio levou as mãos à bunda de Ariadne, e, quando a puxou para o colo, alguém pigarreou. Os dois travaram, e quando o deus virou a cabeça, percebeu que não estavam sozinhos; bem longe disso, na verdade. Sua sala de estar estava cheia de gente.

— Parabéns, Hécate — disse Hermes. — Eles estavam chegando na melhor parte.

— Que porra é essa? — vociferou Dionísio.

Seu desejo se transformou em fúria na mesma hora, a atenção concentrada em Hermes.

— Calma aí, Dionísio — disse Hermes. — A gente não teve escolha.

— Não tiveram escolha? — perguntou Dionísio, soltando Ariadne e se virando na direção deles, com os punhos cerrados. — Eu vou fazer *picadinho* de vocês.

Hécate entrou na linha de visão dele, ficando na frente de Hermes. Os olhos dela estavam tomados de escuridão. Sua energia era como as sombras, se infiltrando no corpo de Dionísio. Ele ouviu a voz da deusa dentro da cabeça.

— Acalme-se, filho de Zeus — disse ela. — Hera não tem poder aqui.

Um grito irrompeu de sua garganta quando ele foi libertado das garras da loucura de Hera. O deus arqueou as costas em resposta à dor. Parecia que seu peito estava sendo rasgado ao meio, e quando terminou, ele tremeu de alívio. Olhou para Hécate com ferocidade, arfando.

— Se você acha que isso me deixa menos violento, está enganada.

Dionísio falou entre dentes cerrados. Ainda queria fazer picadinho de Hermes. Não era a primeira vez que o deus empatava sua foda.

Ele era tão ruim quanto aquelas porras de ovelhas na ilha.

— Talvez não — disse Hécate. — Mas agora você não pode culpar Hera por suas ações.

Dionísio a fulminou com o olhar, e a Deusa da Bruxaria saiu do caminho. Agora ele via Hermes, Apolo e uma deusa que não conhecia. Perséfone, presumia. Ela tinha a aparência da primavera, com cabelos dourados como mel e olhos brilhantes, mas também um toque de escuridão, que aparecia nas bordas de sua aura, como nuvens de tempestade assombrando um céu azul.

Dionísio a encarou.

— O que você quer? — perguntou ele.

Perséfone não se intimidou, nem hesitou.

— Hades foi capturado por Teseu — respondeu ela, depois olhou para Ariadne. — Me disseram que você tem informações sobre o labirinto.

Ariadne ficou tensa.

— Quem te disse isso?

— É verdade ou não? — indagou Perséfone, frustrada.

Dionísio deu um passo à frente. Era um instinto estranho, um desejo de proteger Ariadne de algum jeito, mesmo que fosse contra meras palavras.

— Se vieram aqui em busca de ajuda, estão sem sorte — disse Dionísio. Ele sentia o calor do olhar de Ariadne. — Ela não vai enfrentar Teseu. Não quando ele está com sua irmã, Fedra.

Ela já lhes dissera aquilo quando Hades pedira informações a respeito das operações do semideus, e por mais frustrante que fosse, Dionísio sabia que não conseguia sequer conceber o medo que ela sentia pela irmã. Ariadne havia namorado Teseu antes de ele ficar com Fedra e conhecia a crueldade dele melhor do que a maioria das pessoas.

Era tortura ver alguém tão forte se curvar à vontade de seu abusador. Teseu influenciava cada decisão que ela tomava, quer ela se desse conta disso ou não.

— Ele está com a sua irmã? — perguntou Perséfone.

— Ele é casado com ela — respondeu Ariadne. — Vai presumir que qualquer informação a respeito dele foi compartilhada por mim, e aí ela vai sofrer as consequências.

Dionísio esperava que Perséfone ficasse brava, que desafiasse Ariadne de algum jeito, talvez até se oferecesse para salvar Fedra como ele e Hades haviam feito, mas não.

— Não importa mais — afirmou ela, olhando para Hécate, depois para Hermes e Apolo. — Armadilha ou não, eu tenho que ir.

— Não, Perséfone — disse Hécate.

— Tem que ter outro jeito, Sefy — acrescentou Hermes. — A gente só não descobriu ainda todas as opções.

— Não temos tempo pra opções! — rebateu ela, irritada, com os olhos marejados. Foi como vê-la sob uma nova luz. Ela estava ferida, por baixo daquela beleza. — Teseu está com o Elmo das Trevas. Ele libertou Cronos do Tártaro. Nós *não* temos tempo. Ficamos sem tempo assim que ele pegou meu anel.

— Teseu libertou Cronos? — perguntou Dionísio.

Isso era novidade.

— Achamos que Teseu vai usar Hades como sacrifício para cair nas graças do titã para a guerra que está por vir — disse Hécate. — A menos que o encontremos a tempo.

Ninguém disse nada. Dionísio queria olhar para Ariadne, porque queria ver a reação dela a essas revelações, mas também não queria que ela sentisse que ele estava tentando pressioná-la para compartilhar informações a respeito de Teseu.

Em vez disso, encarou Perséfone. Ele estava prestes a sugerir que convocassem as mênades, que talvez pudessem lhes dar outras opções, outras maneiras de chegar ao labirinto, quando Ariadne falou.

— Posso te ajudar a percorrer o labirinto.

Dionísio virou depressa a cabeça para ela e percebeu, pela faísca em seus olhos, que Ariadne tinha uma ideia na cabeça.

Ele já não estava gostando.

— Não — afirmou Dionísio, e Ariadne olhou feio para ele. — Você vai fazer exatamente o que ele quer!

Ele não entendia por completo a razão, mas Teseu era obcecado por Ariadne, ao ponto de até Poseidon saber quem ela era e ter ameaçado entrar em guerra por causa dela.

— Estamos todos fazendo o que ele quer — rebateu Ariadne.

Dionísio estreitou os olhos.

— Quando Hades pediu sua ajuda, você recusou. Por que mudar de ideia agora?

— Hades queria informações sem ter um plano para salvar minha irmã — respondeu ela. — Teseu vai querer ficar de olho no nosso progresso no labirinto. Enquanto ele está ocupado, você pode resgatar minha irmã.

— Ari...

— É minha única chance de pegar ela de volta! — Ela o interrompeu, com a voz cheia de veneno.

Eles fulminaram um ao outro com o olhar. Então, Hécate falou.

— Você diz que vai conduzir Perséfone pelo labirinto. O que exatamente você sabe sobre ele?

— Sei que a parte mais perigosa não é se perder — disse Ariadne. — É que você pode escolher ficar.

— Por que alguém escolheria ficar? — perguntou Apolo.

— Porque — explicou Ariadne — ele vai te oferecer o que você mais quer.

Dionísio não sabia o que exatamente aquilo significava, mas ficou com medo na mesma hora.

Se Ariadne entrasse no labirinto, enfrentaria os mesmos obstáculos, e os dois sabiam o que aquela armadilha lhe ofereceria. Será que conseguiria deixar a irmã?

Agora ele sabia que não tinha escolha a não ser resgatar Fedra. Ariadne precisava entrar no labirinto acreditando nele, acreditando que, quando saísse dali, Fedra estaria segura.

— Eu vou libertar sua irmã — declarou Dionísio, e Ariadne olhou para ele. — Se você prometer não ficar no labirinto.

Ariadne hesitou. Ele não sabia se era por estar surpresa com o pedido ou por estar frustrada pelo que suas palavras deixavam implícito. Por fim ela respondeu:

— Eu prometo.

Sua voz saiu baixa demais, hesitante demais. Dionísio imaginava que ela nem sequer confiava em si mesma para enfrentar o labirinto, mas, bom, logo todos eles veriam o que ia acontecer.

11

TESEU

Teseu saiu do elevador no sexagésimo andar da Acrópole. Uma mulher na recepção se levantou e o cumprimentou com um sorriso.

— Bom dia — disse ela, alegremente. — Como posso ajudar?

Teseu olhou para ela por tempo o suficiente para ver seu sorriso desaparecer antes de passar pela mesa e adentrar o salão do *Jornal de Nova Atenas* em busca de Helena.

Atrás dele, a mulher gritou:

— Senhor!

Ele a ignorou.

Já estava impaciente, irritado. Aquilo o deixava tenso, e aquela mulher não ia querer saber o que acontecia quando ele era contrariado, principalmente agora que havia comido a maçã e garantido a própria invencibilidade. Apesar de que, dependendo dos planos de Helena para rebater a declaração de Perséfone, ela podia estar prestes a descobrir o que o verdadeiro poder dele era capaz de fazer.

Teseu inspecionou o labirinto de mesas dos dois lados do corredor até avistá-la. Helena estava de costas para ele, mas ele a reconheceu pelo cabelo. Gostava de enfiar a mão naquelas mechas longas enquanto a comia por trás.

Era só assim que transava com ela, só assim a desejava; ou a qualquer mulher, aliás. Não gostava nem de encarar a própria esposa, que sofria para olhar nos olhos. Com frequência, enterrava o rosto na curva de seu pescoço úmido sob o disfarce da paixão apenas para evitar fazer isso.

Fazer amor era uma tarefa exaustiva, um trabalho que ele não achava agradável, mas necessário. Graças aos deuses Fedra por fim tinha superado o estágio da gravidez em que queria sexo toda noite. Agora ela parecia satisfeita com algumas palavras bonitas e um beijo, coisas que ele achava bem mais fáceis de simular do que o afeto.

Helena não percebeu sua aproximação. Estava parada com os braços cruzados, o quadril inclinado para um lado, a cabeça erguida na direção da tv, que exibia a cobertura da coletiva de imprensa de Perséfone.

A mortal deu um pulo quando ele a agarrou pelo cotovelo, virando-se para olhá-lo com aqueles olhos azuis astutos.

— O que você tá fazendo aqui? — sussurrou ela.

— Anda — ordenou Teseu, empurrando-a na direção de uma série de salas de reunião.

— Me solta — exigiu Helena, mas ele a ignorou, escolhendo a sala mais próxima, que estava ocupada por quatro pessoas: dois homens e duas mulheres.

— Saiam — vociferou ele.

Todos o encararam em um silêncio atônito até que um dos homens falou:

— Chame a segurança.

O outro homem estendeu a mão para o telefone no centro da mesa, que na mesma hora explodiu, lançando pedaços de plástico pelo ar.

— *Saiam* — repetiu Teseu. — Ou faço vocês saírem eu mesmo.

Eles correram para fora da sala, e Teseu bateu a porta na mesma hora que Helena se aproximou, empurrando-o com força.

— Seu idiota do caralho! — xingou ela, irada.

Teseu agarrou os pulsos da mortal.

— Briga comigo, Helena. Você sabe que eu gosto.

Ela puxou as mãos para se soltar.

— Como você ousa me envergonhar!

Ele estreitou os olhos, que flamejaram.

— Te envergonhar?

Teseu conseguia pensar em jeitos melhores de envergonhá-la, o que ela pareceu reconhecer.

Helena crispou os lábios.

— Não — disse ela.

— Não? — repetiu ele, um pouquinho surpreso pela resistência, embora, para ser sincero, ela também o excitasse.

Seu pau já estava duro antes; agora estava latejando.

O semideus gostava mais de trepar com Helena do que com as outras em seu rodízio. Ela não se apegava, nem era sentimental. Queria o mesmo que ele: uma transação que deixasse os dois satisfeitos. Mas e se ela resistisse? Ah, se ela resistisse, seria o recipiente perfeito; a foda perfeita.

Teseu foi se aproximando, invadindo o espaço de Helena. Ela ergueu a cabeça para encará-lo, completamente destemida, e ele se perguntou quando aquela luz começaria a morrer.

— Esse é meu local de trabalho — disse ela, entre dentes.

Ele não conseguia se decidir entre ficar irritado ou achar graça do comentário. Ela achava mesmo que o decoro o impediria de possuí-la ali? Tinha sorte de ele ter escolhido uma sala. Ele poderia ter transado com ela em meio à equipe do *Jornal de Nova Atenas*. Talvez ainda o fizesse.

— Pode até ser — disse o semideus, erguendo a mão. Deslizou o dedo pelo rosto e pelo maxilar dela, depois enfiou a mão em seu cabelo. Helena ficou tensa ao sentir os dedos dele se cravarem em sua nuca. Teseu se aproximou, e seus lábios roçaram os dela ao sussurrar: — Mas você trabalha pra mim.

Helena não reagiu ao roçar dos lábios dele, não tentou beijá-lo de volta nem cedeu ao seu desejo inflamado pelo ódio. É claro que ele preferia assim. Isso lhe dizia que a mortal não era enganada por uma fantasia, como tantas outras haviam sido.

Teseu recuou um centímetro e a encarou.

— Preciso te lembrar? — ele perguntou.

— Sei muito bem — respondeu ela, as palavras escapando por entre os dentes cerrados.

No breve silêncio que se seguiu a essa interação, uma tensão começou a crescer. Não era tanto sexual, mas tomada de expectativa, um se preparando para o bote do outro.

Ele deu um sorrisinho.

— Vou te lembrar mesmo assim — afirmou ele, apertando-a com mais força.

Teseu girou Helena e a empurrou para a mesa. Ela tentou firmar os calcanhares no chão e cravar as unhas no braço dele, mas não era forte o bastante para resistir. Ele a colocou curvada sobre a mesa, de frente para a televisão que exibia a mesma cobertura da coletiva de imprensa de Perséfone a que ela estava assistindo mais cedo.

O semideus enfiou a mão no cabelo de Helena e puxou sua cabeça para cima, para que ela fosse forçada a assistir.

— Você sabia que ela ia fazer uma declaração?

Falou colado ao ouvido da mortal, o corpo pressionando o dela, o pau encostado em sua bunda.

— Como é que eu ia saber? — retrucou Helena. — Ela está acostumada a expor os segredos de todo mundo, não os dela.

Teseu se endireitou, mas manteve a mão espalmada nas costas da mulher.

— Você devia saber — disse ele, puxando a saia dela por cima da bunda perfeita e redonda. — Já devia estar preparada para o contra-ataque. É *assim* que funciona.

— Então você vai me punir por não ser a porra de um oráculo?

Ele afastou as pernas dela.

— Estou te punindo porque eu posso — respondeu Teseu, desabotoando o cinto e as calças. — Porque eu quero. Porque você *facilita* as coisas.

Helena enfiou o salto do sapato na perna dele, depois empurrou o corpo para cima. A parte de trás de sua cabeça atingiu o nariz e a boca de Teseu, e ele imediatamente sentiu o gosto de sangue. Levou os dedos ao lábio dolorido; ela o partira. Quando passou a língua pela boca, a pele rasgada se curou.

A maçã tinha funcionado.

Olhou para Helena, e foi aí que viu. O brilho de medo nos olhos dela. Ela disparou para a porta, e ele avançou, agarrando-a pela cintura. Helena se virou nos braços do semideus e o acertou no rosto, mas ele mal sentiu o golpe. Estava dominado pela sensação do sangue correndo para o pau e pelo rugido nos ouvidos.

Teseu a puxou para perto de novo, prendeu suas mãos nas laterais do corpo e a arrastou até a mesa. Ela tentou resistir, mas ele era mais forte.

Só permitira que Helena fosse tão longe porque queria sentir a adrenalina da luta. Agora só queria trepar com ela.

Ele a empurrou para baixo, curvada sobre a mesa, e torceu seus braços atrás das costas.

— Me mata logo, seu filho da puta — vociferou ela.

Ele riu.

— Eu não vou te matar se você pedir — disse ele. — Seria um presente, e não sou generoso.

Teseu afastou as pernas da mulher. Lambeu os dedos e a tocou entre as coxas enquanto enrolava seu cabelo no punho. Helena não resistiu quando ele puxou, forçando suas costas a se arquearem de um jeito estranho.

— Olha pra ela — ordenou ele, obrigando-a a assistir à televisão de novo. Saber que era o responsável pelo olhar assombrado no rosto de Perséfone lhe dava prazer. — Lembra quando você prometeu escrever pra mim?

— Eu não parei — disse Helena, entre dentes, e então um som gutural irrompeu de sua garganta quando Teseu enfiou o dedo nela.

Ela estava molhada, e ele estava pronto; já bastava. Ele a soltou e pôs o pau para fora, apoiando a cabeça na abertura da buceta dela.

— Quanto mais a gente demorar pra rebater, mais simpatia ela vai ganhar, mais adoradores vão passar a segui-la.

— Nada que eu escrever vai acabar com isso.

— O objetivo, Helena — disse Teseu, agarrando o quadril dela —, é aprofundar a divisão. Já esqueceu o papel da imprensa?

Ela o fulminou com o olhar por cima do ombro, e ele deu um sorriso perverso.

— Agora seja uma boa menina e toma meu pau — disse ele, metendo nela até o talo.

Helena arfou, a cabeça caindo para trás. O semideus se aproveitou desse ângulo e puxou o cabelo dela com mais força enquanto a penetrava. A mesa rangeu com os movimentos, e Teseu olhou para as próprias mãos, manchadas de sangue das feridas causadas pelas unhas de Helena.

Aquilo enviou uma onda de prazer direto para a cabeça dele.

Porra.

Os suspiros de Helena eram desesperados, e seus gemidos eram altos. Ela empurrou o corpo contra ele, abrindo espaço entre si e a mesa para se tocar. Não havia nenhuma ilusão ali: não se tratava do prazer dela. Se ela quisesse prazer, teria que obtê-lo sozinha. Nesse sentido, a mortal o fazia lembrar de Ariadne, que se deixava levar pelo tesão, expressando-o da maneira como precisava. Às vezes era delicado, às vezes era bruto.

Era isso que fazia Teseu salivar.

O corpo de Helena ficou tenso debaixo dele, e o semideus a agarrou com mais força, cravando os dedos na pele dela. Por um instante, imaginou que era a pele marrom e bronzeada de Ariadne, depois deslizou a mão pelas costas dela, chegou à garganta e a apertou até chegar à beira do êxtase.

Ele a soltou de uma vez e gozou na bunda dela.

Helena desabou na mesa, levando a mão ao pescoço enquanto arfava.

Teseu fechou o zíper da calça e ajeitou o paletó. Foi andando até entrar no campo de visão da mortal.

— Agora é com você — disse ele, ajustando as abotoaduras. Quando a encarou, viu que ela o fitava com ódio, os olhos lacrimejantes. Talvez a tivesse destruído um pouquinho. Ele deu um sorriso frio. — Não decepcione.

Teseu foi da Acrópole para casa, se teleportando para o escritório. Estava passando cada vez menos tempo lá nas últimas semanas, apesar de a data do parto de Fedra estar se aproximando rapidamente; não havia como contornar o fato de seus planos tão aguardados estarem se desenrolando perto do nascimento de seu filho. A realidade era que oportunidades podiam ser perdidas, mas Fedra não ia a lugar nenhum.

Não tinha pensado muito a respeito de se tornar pai, porque engravidar Fedra fora uma necessidade — tão necessário quanto se casar com ela.

Porque Teseu precisava ser um *deles*: apenas um homem com uma bela esposa e um bebê a caminho.

Por um instante, ele se permitiu pensar em tudo de que seria capaz se não precisasse jogar esse jogo, mas muito em breve saberia.

Era parte do plano.

O semideus olhou para a mesa arrumada, para os papéis perfeitamente empilhados — menos o que estava no topo, que estava um milímetro torto. Não fora assim que ele o deixara.

— Onde você estava?

Teseu ergueu os olhos e encontrou os de Fedra, que estava parada à porta, apoiando a mão na barriga inchada.

Não saberia dizer o que o atiçou: o fato de alguém ter entrado em seu escritório, ou que ela tivesse aparecido tão rápido, como se estivesse à espera dele, *à espreita* dele.

Talvez fosse o tom dela, que deixava implícita sua irritação.

De todo modo, a raiva o atravessou como um punhal.

— Isso é sangue? — perguntou Fedra, dando um passo à frente.

— Você estava bisbilhotando as minhas coisas? — devolveu ele.

Fedra arregalou os olhos e parou. Agora as duas mãos estavam na barriga.

— Como assim?

Teseu contornou a mesa.

— Você bisbilhotou as minhas coisas? — repetiu ele, avançando na direção da mulher.

Ela recuou para o corredor.

— Teseu... — suplicou Fedra, tomando um susto quando suas costas atingiram a parede.

Ele a agarrou pelo cabelo, e ela choramingou.

— Me responde!

— Por favor, Teseu — implorou ela, um soluço gutural escapando da boca. — Eu nunca...

Alguém puxou o braço dele: uma menina, uma das empregadas. Teseu bateu nela.

— Deixa ela em paz!

Fedra soltou um grito estridente quando a garota saiu voando, colidindo com a parede do outro lado.

Fedra caiu de joelhos, curvada na direção da garota caída diante deles. Ela estava imóvel, o pescoço dobrado num ângulo estranho.

O corpo de Fedra foi sacudido por soluços enquanto ela repetia, numa voz abafada:

— Teseu. Por favor, por favor, por favor.

Ele agarrou a esposa e a puxou para cima.

— Responde a porra da pergunta, Fedra — vociferou ele.

Lágrimas desceram pelo rosto dela, muco pingava do nariz. Ela estava nojenta, e ele nunca sentira tanta repulsa por dela.

— Eu nunca faria isso — afirmou Fedra. — Eu *nunca* faria isso.

Ele a soltou com um empurrão, e ela recuou.

Teseu começou a andar de um lado para o outro. Estava furioso.

— Se você *nunca* faria isso, então quem foi? — questionou ele.

Fedra o observou com a expressão cheia de terror e choque. Havia também um toque de mágoa, como se não pudesse acreditar que estava olhando nos olhos de um homem que amava.

— Tinha uma empregada nova hoje — sussurrou ela.

— Uma empregada nova? — Teseu parou e caminhou até a mulher. — Que empregada nova?

Fedra deu um passo para trás, se encostando na parede.

— Que. Empregada. Nova?

— Ela chegou hoje de manhã — explicou Fedra. — Imaginei que você soubesse. Você é responsável por todo mundo que trabalha nessa casa.

A alfinetada sutil dela não passou despercebida.

— Porra! — A palavra arranhou a garganta de Teseu quando ele gritou. Voltou a olhar para a esposa e apontou um dedo na cara dela. — *Nunca* deixe ninguém entrar aqui a menos que eu *explicitamente* mande você fazer isso. Entendeu?

Ela assentiu, e ele ouviu o nítido som de algo gotejando. Quando olhou para baixo, viu que havia uma poça aos pés de Fedra.

Teseu abriu um sorriso zombeteiro.

— Vai se limpar — disse ele, enojado.

No entanto, quando começou a se virar, Fedra falou com mais veneno do que nunca.

— Não é urina — disse ela. — O bebê está vindo.

12

PERSÉFONE

Perséfone havia perambulado até o jardim e seguido o caminho sinuoso de pedra até chegar ao pedaço de terra que Hades lhe dera quando a desafiara a criar vida no Submundo. Já não era estéril: estava cheio de brotos verdes, com folhas reais e brilhantes.

A deusa se lembrava do que Hades tinha dito na primeira vez que ela pusera os olhos em seu reino. *Se é um jardim que você deseja criar, realmente será a única vida aqui.*

Nunca imaginara que chegaria a testemunhar a verdade daquelas palavras desse jeito, mas a magia de Hades estava sumindo ao seu redor.

A dor em seu peito aumentou. Parecia errado estar ali, esperando o amanhã quando sabiam onde Hades estava preso hoje. Mas precisavam de tempo para se planejar, principalmente para o resgate de Fedra, o que acrescentava mais uma camada de complicação.

Perséfone não sabia o que pensar de Dionísio e Ariadne. Ela não estava esperando chegar e flagrar os dois numa cena apaixonada enquanto também estavam cobertos de sangue.

O que Perséfone sabia a respeito de Dionísio se limitava à coleção de vinhos dele e à sua boate, famosa pelas festas selvagens, pelas drogas e, claro, pelo álcool. Ela já tinha ouvido falar de sua peregrinação lasciva ao redor do mundo, do terror sangrento dessa experiência, e essa noite ela sentia que tinha visto uma fração daquilo quando chegaram à casa dele de surpresa, embora não pudesse culpá-lo. Hermes nem sempre tinha o melhor *timing*, porém eles não podiam se dar o luxo do tempo.

Agora mesmo, ela se perguntava se amanhã já seria tarde demais.

— Você devia estar descansando — disse Hécate. — O labirinto vai exigir força.

Perséfone se virou para encarar a deusa que se aproximava, carregando um gato preto peludo. Mesmo à luz da lua, os olhos dele exibiam um tom de verde brilhante.

— Isso é um humano, Hécate? — perguntou ela, desconfiada, conhecendo a tendência que a deusa tinha a transformar mortais que a irritavam em qualquer coisa que desejasse.

— Isso é uma gata — respondeu Hécate, olhando para o animal. — O nome dela é Galântis. Quero que você a leve no labirinto com você.

— Por quê?

— Caso tenha ratos — disse ela.

Perséfone ergueu a sobrancelha mas não pediu nenhum esclarecimento, sabendo que aquela era a única explicação que receberia. Então voltou a olhar para o jardim.

— Venho pensando no que eu mais quero — disse Perséfone.

Achava que, se pudesse antecipar o que o labirinto ofereceria, talvez fosse mais fácil dizer não. A realidade era que não tinha pensado além do que queria no presente, que era resgatar Hades, mas tinha a sensação de que o labirinto exigiria mais do que isso.

— Já decidiu? — perguntou Hécate.

— E se não for uma escolha? — Perséfone devolveu a pergunta, olhando para a deusa.

— Explique — pediu Hécate.

— E se eu for confrontada com uma coisa que não sabia que queria?

O maior desejo de alguém parecia algo completamente diferente, não tanto uma escolha quanto uma coisa formada em torno daquilo de que ela sentira falta a vida toda.

Sentiu o olhar de Hécate sobre si.

— O que você teme que ele te mostre? — perguntou a Deusa da Bruxaria.

Perséfone ficou calada por um bom tempo antes de falar, um medo sussurrado que ela soltou na noite.

— Tudo que Hades disse que nunca poderia me dar.

O silêncio foi longo, e a culpa, pesada.

— Você tem medo de que descobrir isso te faça amá-lo menos? — perguntou Hécate.

— Não, claro que não — respondeu Perséfone, olhando nos olhos dela. — Mas tenho medo de machucá-lo. — Ela não suportaria aquilo. Desviou os olhos rapidamente. — Eu não devia ter dito nada. Nem sei o que vou ver.

— Acho que você sabe exatamente o que vai ver. — A deusa fez uma pausa e deu um sorriso discreto. — Os desejos mudam, Perséfone. Pode ser que hoje você queira uma coisa que não vai querer amanhã.

Perséfone franziu a testa. Ela realmente não queria abrir espaço para seus medos, mas precisava dizer, precisava falar as palavras para que sua dúvida existisse fora de seu corpo.

— E se eu não conseguir fazer isso, Hécate?

— Ah, minha querida — disse Hécate, se aproximando. Ela acariciou o rosto de Perséfone, que se permitiu fechar os olhos. — Consegue sim. Você vai. *Você não tem escolha.*

Perséfone não dormiu. De manhã, se levantou bem cedo, antes que o céu se iluminasse com o sol pálido de Hades, e foi até os Campos Elísios, na esperança de que a paz da Ilha dos Abençoados se infiltrasse em seus ossos e acalmasse sua ansiedade. Mas o temor continuou a acompanhá-la mesmo ao se sentar numa colina coberta de grama e olhar para a paisagem tranquila.

Nenhuma parte do Submundo fora poupada do ataque de Teseu, e Perséfone sabia que logo aconteceria o mesmo com o restante do mundo.

Não saberia dizer quanto tempo ficou sentada ali, a mente remoendo tudo que havia acontecido nos últimos dias; não só os atos de Teseu, mas também de Helena.

Perséfone esperava que sua declaração a respeito do artigo de Helena aplacasse um pouco da desconfiança que o texto inspirara. Parecia muito trivial se preocupar com a opinião pública quando tantas coisas no mundo dela estavam sendo destruídas, mas o fato era que a tempestade de Deméter havia causado muita agitação e raiva. Os mortais estavam procurando qualquer desculpa para mudar de lado, e os semideuses — que se apresentavam como honrados defensores dos oprimidos — pareciam cada vez mais simpáticos à medida que os erros dos deuses vinham à tona.

No momento, esse era o maior medo de Perséfone, e isso só deixaria os semideuses mais fortes, só aumentaria seu poder. Levando em conta que já haviam conseguido ferir e matar deuses, eram uma ameaça de verdade ao reinado dos olimpianos.

— *O sistema está falido* — Tique dissera. — *Algo novo deve tomar seu lugar.*

Mas eles não precisavam só de algo novo. Precisavam de algo *certo*. Caso contrário, só trocariam um mal por outro.

Perséfone sabia que Zeus não cairia sem lutar. A pergunta era: será que ele estaria olhando na direção certa quando o ataque acontecesse? Porque, no momento, ele parecia considerar a deusa, e não Teseu, como a maior ameaça a seu trono.

De todo modo, de uma coisa Perséfone tinha certeza: os deuses entrariam em guerra e enfrentariam uma nova Titanomaquia, e, não importava qual fosse o resultado, o mundo iria sofrer.

Perséfone respirou fundo e soltou o ar devagar, mas a tensão em seu peito não diminuiu. Ela fora até ali para fugir do medo, mas só conseguira criar mais receios.

Quando o céu clareou, Perséfone avistou um movimento a distância. Era Lexa.

Endireitou o corpo com a aproximação da alma. Todas as vezes que fora até os Campos Elísios, fora ela que procurara Lexa. Nunca o contrário. O coração de Perséfone batia cada vez mais forte no peito à medida que sua amiga se aproximava, e ela se perguntou se haveria algo errado ou se esse era apenas um sinal de melhora de Lexa.

Lexa ocupou o espaço vazio ao lado de Perséfone, que se virou e viu a amiga puxar os joelhos para perto do peito, imitando sua postura.

— Tá tudo bem? — perguntou Perséfone, depois de alguns instantes de silêncio.

Lexa franziu as sobrancelhas escuras, depois apoiou a cabeça nos joelhos, virando o rosto para Perséfone.

Ainda assim, não olhou em seus olhos.

— Acho que eu deixei o Tânatos bravo — disse Lexa.

Perséfone jogou a cabeça para trás, surpresa, o que provavelmente era uma reação exagerada, mas, honestamente, aquela era a última coisa que imaginara ouvir de Lexa.

— Por que ele estaria bravo?

Perséfone só havia visto Tânatos irritado umas poucas vezes. Nem tinha certeza se a palavra certa era irritado ou frustrado, mas sempre fora por causa de Lexa.

— Porque eu beijei ele.

— Você *beijou* o Tânatos?

Perséfone não conseguiu conter a empolgação. O sentimento tomou conta dela, cálido e contínuo, uma distração bem-vinda da escuridão de seus pensamentos.

Apesar da animação de Perséfone, Lexa estava infeliz. Claramente, o que quer que tivesse acontecido depois do beijo a deixara insegura.

— Eu duvido que ele tenha ficado bravo por isso — disse Perséfone, com delicadeza.

— Ele me disse que não devia ter acontecido — respondeu Lexa. — Isso é bravo o suficiente pra você?

Perséfone hesitou por um instante, pega de surpresa pelo quanto essa última frase parecia algo que a velha Lexa diria, mas também frustrada com Tânatos por ser um *desses* idiotas.

Todo mundo que importava sabia que ele cuidava de Lexa de um jeito diferente das outras almas. Desde o dia que ela chegara ao Submundo, ele a protegera, a ponto de ter tentado impedir que Perséfone a visitasse.

— Espera aí — disse Perséfone, ajeitando o corpo para ficar de frente para Lexa. — Me conta tudo.

— Eu... não sei por onde começar — disse Lexa, com as bochechas vermelhas.

Era estranho ver Lexa corar, porque era algo que jamais aconteceria com a antiga Lexa. Bem quando Perséfone achava que estava reconhecendo sua melhor amiga, as coisas mudavam.

— Começa do começo.

— Eu... não sei como começou — disse Lexa.

— Onde vocês estavam quando se beijaram? — perguntou Perséfone.

— Debaixo de uma árvore — respondeu Lexa.

Bom, isso parecia íntimo.

— Às vezes nos sentamos juntos à noite, e Tânatos me conta do dia dele. Em geral, a conversa flui fácil, mas ontem à noite, não. Nem sei por quê. Não aconteceu nada. Eu só estava frustrada.

— Aí você o beijou? — perguntou Perséfone.

— Beijei — respondeu Lexa.

Perséfone tentou não sorrir, porque Lexa estava levando aquilo muito a sério. A deusa queria explicar à amiga que tanto ela quanto Tânatos deviam estar sofrendo de frustração sexual, e passar tempo um com o outro só exacerbava isso.

— E o que ele fez?

— Ele também me beijou.

Perséfone fez uma pausa, depois se aproximou um pouquinho.

— Como?

— Como?

— Como ele te beijou? Foi de língua?

— Perséfone!

— É uma pergunta válida! — Não conseguia evitar; estava sorrindo. Antes de sua morte, Lexa teria exigido os mesmos detalhes de Perséfone. Aquela Lexa não existia mais. Esta Lexa ainda não conhecia esses sentimentos. — Pode me contar.

— Foi — Lexa disse, abaixando a cabeça para que o cabelo escondesse seu rosto.

— Você gostou?

— Claro que sim — respondeu ela, esticando as pernas, depois se deitando de costas na grama. — Mas acho que ele não gostou.

Perséfone se virou para encarar Lexa.

— Duvido — disse ela. — Ele só está com medo.

— Isso é ridículo. Por que ele estaria com medo?

— Não sei. Conhecendo o Tânatos, ele deve ter inventado alguma regra que diz que ele não pode se apaixonar por uma alma.

Perséfone revirou os olhos só de pensar nisso.

— Se ele acredita nisso, então não vai se apaixonar por mim — disse Lexa.

— Não é verdade — discordou Perséfone. — Eu sei que ele gosta de você. Ele já devia estar apaixonado.

Lexa franziu as sobrancelhas, depois olhou para o céu.

— O que eu faço?

— Você gosta dele?

— Gosto — respondeu ela. — Muito.

— Então conta pra ele — disse Perséfone. — E ele provavelmente vai te dizer que vocês não podem ficar juntos, então quando ele fizer isso, você pergunta por quê.

— E o que eu faço quando ele me disser por quê?

— Acho que você tem duas opções, a depender do que ele disser — respondeu ela. — Ou você pode beijá-lo, ou deixá-lo.

— Deixá-lo?

— Isso, deixá-lo. *Principalmente* se ele disser que vocês não podem ficar juntos.

Lexa franziu a testa.

— E aí o que eu faço?

— Você vive — respondeu Perséfone. — Vive como se ele tivesse dito sim.

Antes de sair dos Campos Elísios, Perséfone deu uma rápida olhada na paisagem em busca da mãe. Logo depois da morte de Lexa, ela a visitava quase todo dia, mesmo quando não tinha permissão de se aproximar dela. Com Deméter, não sentia esse mesmo impulso. Nem sabia ao certo por que estava procurando a deusa agora, a não ser por curiosidade.

Avistou a mãe a distância, reconhecendo o tom dourado do cabelo e sua silhueta alta e graciosa enquanto ela olhava para o horizonte cinzento.

Estava sozinha, o que era típico das almas que residiam na Ilha dos Abençoados. Elas chegavam ali sem lembranças de sua vida passada, para se curar. Um dia, a maioria ia morar no Asfódelos. Algumas reencarnavam.

Perséfone não sabia o que aconteceria com sua mãe. Talvez ela nunca deixasse esse lugar.

Uma parte dela se sentia triste por essa ser a existência de Deméter no Submundo: ela estava tão sozinha ali quanto tinha sido no Mundo Superior. Era algo em que Perséfone nunca parara muito tempo para pensar, mas que enxergava agora.

"Vem comigo agora e a gente pode esquecer que tudo isso aconteceu", Deméter havia implorado quando elas se enfrentaram no arsenal, mas não havia como esquecer, porque, no fim das contas, ela machucara Perséfone vezes demais, e não era possível voltar atrás, fingir que nunca tinha acontecido.

De repente, a deusa sentiu o peito apertado e o coração dolorido. Não tivera tempo para remoer como tudo tinha acabado, e, de verdade, não podia se dar a esse luxo agora.

Ela precisava se concentrar em Hades.

A sensação em seu peito ficou mais intensa.

Hades.

Tentou imaginar como seria vê-lo de novo depois do horror a que Teseu devia tê-lo submetido, cuja extensão mal conseguia mensurar, considerando como os Ímpios e a Tríade haviam tratado Adônis, Harmonia e Tique. Pensar nisso a deixou enjoada.

De jeito nenhum ele voltaria o mesmo, mas ela o amaria mesmo assim, não importava quantos caquinhos tivesse que colar.

Perséfone parou em sua suíte para ver como Harmonia estava. Afrodite continuava lá, encolhida ao lado dela na cama, dormindo. Sibila trabalhava perto da lareira. Ela olhou para Perséfone por cima do computador quando a deusa se aproximou.

— Nada de novo?

— Nada — respondeu Sibila.

Perséfone franziu a testa e observou seu oráculo por um instante. Ela estava com olheiras escuras, profundas.

— Você dormiu? — perguntou a deusa.

Sibila balançou a cabeça.

— Estou trabalhando num texto sobre a sua vida para A Defensora, com base no que você me contou — disse ela. — Sei que não é sua prioridade, mas enquanto você trabalha em resgatar Hades, eu posso trabalhar na percepção que o público tem de você.

Perséfone afundou na cadeira diante dela, de repente sentindo o peso de tudo o que acontecera nos últimos dias e de tudo o que estava para acontecer.

— Parece ridículo, né? Ligar para o que eles pensam... mas eu ligo.

— Você liga porque sabe a verdade — afirmou Sibila.

— Minha verdade não é a de todo mundo — falou Perséfone.

Havia tanto mortais quanto imortais que lidaram com uma Deméter diferente: uma que lhes concedera favores, lhes oferecera prosperidade e abundância na forma que desejassem.

— Isso não torna o que você viveu menos válido — observou Sibila.

Perséfone não disse nada. Apesar de as palavras do oráculo aplacarem sua ansiedade, a conversa delas abriu uma nova ferida inflamada. Ela merecia a mesma gentileza que Deméter estendera aos outros. Ninguém demonstrara aquilo tão bem quanto Hades e seu reino. Estranhos a haviam tratado melhor do que sua própria mãe, a mulher que alegava desejá-la desesperadamente.

A deusa não conseguia entender aquilo no momento, e olhou para a cama onde Harmonia e Afrodite estavam deitadas.

— O que a Hécate disse sobre o ferimento dela? — perguntou Perséfone.

O olhar de Sibila seguiu o dela.

— Disse que talvez a gente precise recorrer ao Velo de Ouro.

Perséfone não ouvia falar do Velo de Ouro desde que estudara Jasão e os Argonautas na faculdade. Jasão, o legítimo rei de Iolcos, recebeu de seu tio, Pélias, a missão de recuperar o velo, uma tarefa que ele acreditava ser impossível. Bem-sucedido, Jasão pôde reivindicar o trono, e o velo passou a representar a dignidade real, mas seu verdadeiro poder era a cura.

— E você tem dúvidas? — perguntou Perséfone.

Sibila hesitou.

— Não é o uso dele que me preocupa. É como pegá-lo — explicou ela, depois fez uma pausa. — Hécate disse que o velo está pendurado numa árvore vigiada por um dragão dentro do bosque sagrado de Ares.

— Ares — repetiu Perséfone. — Mas isso é fácil. Afrodite...

Sibila balançou a cabeça.

— Zeus proibiu todo mundo de ajudar aqueles que o traíram.

Perséfone se perguntava como Zeus ficaria sabendo. Será que seu decreto era imposto por magia?

— Precisamos encontrar outro jeito — afirmou Sibila.

Talvez Hades saiba o que fazer. Perséfone pensou as palavras, mas não disse nada em voz alta. Uma parte sua temia a esperança, porque ela sabia no que se transformaria se Hades fosse tirado dela. Seria como soltar os males da caixa de Pandora no mundo de novo, só que dessa vez era ela que estaria por trás do caos.

Logo chegou a hora de partir. Perséfone encontrou Hécate no vestíbulo do palácio. A deusa lhe entregou Galântis, a gata preta que ela a orientara a levar para o labirinto.

— Não se preocupe com ela. Ela vai tomar conta de si mesma *e* de você — disse Hécate. Então segurou o rosto de Perséfone. Suas mãos estavam frias, e Perséfone estremeceu sob o toque. — Muitos de nós já dependem da magia há tempo demais para tentar resolver problemas sem ela, mas você... você precisou viver a maior parte da sua vida como mortal. Não existe ninguém mais capaz de enfrentar o labirinto do que você.

Perséfone respirou fundo, tentando acalmar a ansiedade que borbulhava no peito. Não funcionou, mas as palavras de Hécate foram reconfortantes.

— Obrigada, Hécate — disse ela, em voz baixa.

A Deusa da Bruxaria sorriu e baixou as mãos. Ela até pareceria uma mãe orgulhosa, se não fosse o toque de medo em seus olhos.

— Você consegue, Perséfone.

Perséfone não disse nada, só abraçou a gata com mais força ao invocar sua magia e sair do Submundo.

13

DIONÍSIO

— Como assim ela está no hospital? — questionou Dionísio.

Naia e Lilaia, duas de suas mênades, tinham acabado de voltar com essa notícia, que não era nada do que Dionísio estava esperando. Fedra dera entrada no Hospital Comunitário Asclépio. Considerando seu marido de merda, ele temia que Teseu fosse o responsável pela situação.

— Ela está em trabalho de parto — explicou Naia.

— *Trabalho de parto* — repetiu Dionísio.

— Ela vai ter um bebê — disse Lilaia. — Caso você não saiba o que isso quer dizer.

— Eu *sei* o que quer dizer. — Dionísio olhou feio para ela. — Mas como isso aconteceu?

— Levando em conta quantas vezes você trepa com a Ariadne, estou surpresa por não saber de onde vêm os bebês, Dionísio.

— Não sei mesmo por que tolero vocês — rebateu Dionísio.

Lilaia sorriu.

— Ariadne nunca falou que a irmã dela estava grávida — disse o deus.

Naia deu de ombros.

— Ela não vê Fedra há meses. É possível que não saiba.

— E o que vou fazer com essa porra de bebê?

— Como assim o que você vai fazer com essa porra de bebê? — perguntou Lilaia. — Você traz ele com você.

— Isso é sequestro.

— Não é sequestro se tiver consentimento.

— O bebê não pode consentir!

Houve um instante de silêncio, então Naia disse:

— Realmente não entendo como você tá vivo até hoje.

— Então somos dois — retrucou Dionísio.

— Três — acrescentou Lilaia.

Dionísio fulminou as duas com o olhar.

Não era culpa dele, que não tivera exatamente a melhor figura parental. Zeus era completamente ausente. E Sileno lhe ensinara a beber e o encorajara a trepar. Era tudo que podia dizer sobre sua suposta infância.

— Aonde quer que Fedra vá, o bebê vai junto — declarou Naia.

Puta que pariu. Aquilo ia ser um pesadelo.

Já sabia que sofreriam retaliação se conseguissem resgatar Fedra, mas um bebê também? Teria sorte de escapar com vida e com as vidas daquelas de quem gostava, suas mênades.

— Por que fui concordar com isso, caralho? — resmungou Dionísio.

— Porque — disse Lilaia — essa mulher está sofrendo abuso, e você sabe que nada vai mudar quando esse bebê nascer.

— É uma vida ameaçando centenas — argumentou Dionísio.

— Duas vidas — corrigiu Naia. — E vale a pena se a gente disser que vale.

Dionísio não ia discutir com isso.

— E o que eu faço?

— Você vai assumir a forma desse homem — disse Naia, virando o tablet. Mostrou a Dionísio a foto de um mortal pálido ficando grisalho. — O nome dele é Dr. Fanes. Ele é o único que tem permissão de entrar no quarto de Fedra, junto com duas outras enfermeiras. Lilaia vai se disfarçar como uma delas. A outra vai ser uma funcionária do hospital — continuou Naia, depois encarou Dionísio. — Achamos que pelo menos uma pessoa devia saber o que está fazendo.

— Não estou vendo você nesse plano — comentou Dionísio.

— Vou garantir que o Dr. Fanes e a enfermeira não cheguem aos seus postos — explicou ela. — E quando terminar, vou atrás desse grosseirão. — Naia mostrou outra foto de um homem corpulento com olhos pequenos e uma carranca permanente. — O nome dele é Tânis. Teseu deixou ele plantado na porta do quarto de Fedra.

Dionísio balançou a cabeça. *Que idiota do caralho.* Ele tratava Fedra como uma prisioneira.

— Vou garantir que ele esteja longe quando estivermos prontos pra ir embora — disse Naia. — Vamos sair assim que Ariadne e Perséfone forem para Cnossos.

Dionísio ficou tenso e de repente sentiu que não conseguia respirar fundo o suficiente. Sabia que isso ia acontecer, mas ainda assim não gostava nada desse plano. Ariadne estava basicamente usando a si mesma como isca para atrair a atenção de Teseu, e Teseu cairia na armadilha porque a queria.

Pensar nisso fez o deus sentir um frio na barriga.

Ficara surpreso com a rápida mudança de ideia de Ariadne. Ela passara de se recusar a ajudar Hades a agarrar a oportunidade de conduzir Perséfone através do labirinto, mas agora Dionísio entendia. Sua participação garantia que Teseu ficasse distraído o suficiente para que eles pudessem resgatar Fedra em segurança.

Não gostava da ideia, mas faria aquilo por ela.

Sua única preocupação era o que ia fazer se ela não conseguisse sair do labirinto.

Dionísio olhou para Naia e Lilaia.

— Melhor não contar pra Ariadne — disse ele. — Ela não precisa de distrações no labirinto.

— Me contar o quê?

Dionísio se virou quando Ariadne entrou na sala. Estava vestida de preto da cabeça aos pés, com o cabelo preso e uma bolsa de viagem pendurada no ombro. Em seguida entrou Perséfone, carregando um gato.

— Nada — Dionísio respondeu depressa, depois seus olhos pousaram sobre o felino peludo. — Por que você está segurando um gato?

— Hécate falou pra levá-la para o labirinto — respondeu Perséfone. Ela e Ariadne se entreolharam. — E quando Hécate te diz pra fazer alguma coisa, você não discute.

Era justo. Hécate era a Deusa da Bruxaria. Qualquer coisa que ela enviasse com Perséfone ia ajudar, o que significava que também beneficiaria Ariadne. Ainda assim... por que uma gata?

Dionísio voltou a olhar para Ariadne, que largou a bolsa pesada no chão. Ela se curvou para abrir o zíper e tirar de lá uma muda de roupas que entregou a Perséfone.

— Se troca — disse ela, pegando a gata. — No final do corredor à esquerda.

Perséfone obedeceu sem hesitar, com uma expressão endurecida no rosto pálido.

— O que tem na bolsa? — perguntou Dionísio. — Além de roupas.

Na verdade não se importava, mas queria impedir que Ariadne o pressionasse para saber o que pretendia esconder dela. Já era ruim o suficiente que ela entrasse no labirinto distraída por Fedra, provavelmente preocupada com a capacidade dele de resgatá-la. Ela também não precisava se preocupar com um bebê.

— Suprimentos — disse Ariadne, coçando a orelha da gata.

Dionísio não gostava que ela estivesse sendo tão seca com ele, embora não fosse incomum. Parecia acontecer toda vez que eles chegavam perto de transar de novo. Era como se, depois do acontecido, ela percebesse que tinha cometido um erro.

Ele engoliu a frustração, encarando Ariadne antes de deixar seus olhos vagarem pelo corpo dela.

— Você está armada? — perguntou ele.

— O que você acha? — rebateu ela.

— Não consigo imaginar onde você guardou a arma — disse ele.

Da última vez que discutira com ela a respeito disso, ela lhe mostrara a bunda num elevador, e ele ficara quase sem palavras. Dionísio tinha a sensação de que ela faria isso de novo.

Ariadne ergueu a sobrancelha.

— Ah, não?

Então abriu a jaqueta para revelar um coldre.

Poxa, isso não era nem de longe tão excitante.

Houve um instante de silêncio, em que ele não conseguia tirar os olhos dela.

— Você está pronta? — perguntou Dionísio.

— Tão pronta quanto possível — respondeu ela. — E você?

Não, ele queria dizer. *E se você não voltar?*

Mas sabia que não era isso que ela estava perguntando.

— Nossa parte é fácil — afirmou ele.

Ariadne não parecia ter tanta certeza, e Dionísio se perguntou se a dúvida dela vinha de uma falta de confiança nele. Mas ele não tinha o melhor histórico com ela. Já prometera ajudar a irmã da mortal antes, se ela o ajudasse a encontrar Medusa primeiro. Ele acreditava que precisariam da górgona para enfrentar Teseu.

Perséfone voltou vestida no mesmo estilo de Ariadne, de preto da cabeça aos pés, incluindo uma jaqueta de couro.

— A jaqueta é necessária? — perguntou Perséfone, com o rosto corado.

— Se o labirinto for como eu lembro, sim — respondeu Ariadne. Ela devolveu a gata para Perséfone, depois pegou a bolsa, voltando a pendurá--la no ombro. — Pronta?

— Só isso? — perguntou Dionísio. — Qual é o seu plano?

— O plano é sair do labirinto com Hades — afirmou Ariadne.

— Esse é o objetivo, não o plano, Ari.

Ela olhou feio para ele.

— Eu sei o que é um plano, Dionísio. Tenho tudo sob controle. — Ela olhou para Naia e Lilaia. — Assim que chegarmos, Teseu vai saber. Ele vai para Cnossos imediatamente. Aí vocês podem fazer sua parte.

As mulheres assentiram.

Dionísio odiava que ela estivesse falando com elas, e não com ele, como se ele não fosse parte do plano.

— Vamos — disse Ariadne. — Quanto mais cedo a gente chegar lá, mais cedo isso vai terminar.

Dionísio cerrou os punhos, lutando contra o impulso de tocá-la, até de falar, mas acabou perdendo a batalha.

— Ari — chamou ele enquanto ela se virava para Perséfone. Ariadne parou e sustentou o olhar do deus. — Não esquece que você precisa sair pra ver sua irmã de novo.

Pra eu ver você de novo, ele pensou.

Ela assentiu uma vez, e então a magia adocicada de Perséfone encheu o ar. Dionísio não tirou os olhos de Ariadne, encarando o lugar onde ela estivera até depois de elas desaparecerem.

* * *

— Está na hora — disse Lilaia, tocando o ponto eletrônico no ouvido enquanto ouvia as atualizações de Naia. Eles estavam esperando na sombra do estacionamento lateral, longe de câmeras e olhares curiosos. — Ela está no quarto 323.

Lilaia olhou para Dionísio, que assentiu, rapidamente se transformando num homem idêntico ao médico que Naia lhe mostrara. Sua capacidade de mudar de forma era mais do que uma ilusão, que só dava a *aparência* de uma transformação. Ele mudava num nível físico, e sempre parecia errado, como se estivesse usando outra pele por cima da sua.

— Isso é *muito* perturbador — disse Naia, estremecendo.

— Pronta? — perguntou Dionísio.

Lilaia colocou uma máscara cirúrgica no rosto.

— Vamos levar a nova mamãe pra um lugar seguro.

Dionísio assentiu, e juntos saíram do estacionamento, caminhando até o hospital por uma passarela coberta, e entrar lá foi como dar de cara com uma parede sólida de som. O barulho vinha de *todo canto*.

Era tudo muito alto. Dionísio tinha a impressão de conseguir *sentir* cada camada de som: do soar estridente de um telefone ao farfalhar de papéis. O barulho arranhava sua pele, deixando-o cada vez mais tenso enquanto percorria o corredor estéril com Lilaia a tiracolo.

O interfone tocou, uma voz feminina que fez os ouvidos de Dionísio zumbirem.

— Dr. Fanes para o quarto 323. Dr. Fanes para o quarto 323.

— É o quarto da Fedra — disse Lilaia.

— Eu sei — respondeu Dionísio, tenso.

Estavam quase nos elevadores quando alguém pousou a mão em seu ombro.

— Dr. Fanes!

Dionísio se virou e deu de cara com um enfermeiro.

Estava tão concentrado na tarefa que quase esquecera quem devia estar fingindo ser.

— S-sim? — perguntou ele.

— Nossa paciente no 124 acabou de perder o tampão de muco. O batimento cardíaco fetal está estável em 143, e as contrações continuam irregulares — respondeu o enfermeiro. — Aumentamos a Pitocin?

Que porra seria um tampão de muco, e por que só de ouvir falar nisso ele sentia vontade de vomitar?

Dionísio hesitou.

— Hã...

Lilaia deu um chute nele por trás, e ele olhou de relance para ela e a viu assentir.

— Sim — afirmou Dionísio, se voltando para o enfermeiro. — Sim, aumente a...

Ele esqueceu o que o homem havia dito. *Pito sim?*

— Pitocin? — sugeriu o enfermeiro.

— Isso mesmo. A Pitocin.

— Beleza.

O enfermeiro saiu apressado pelo corredor, e Dionísio se virou para os elevadores enquanto Lilaia apertava freneticamente o botão de subida.

— Tem certeza que consegue fazer isso? — perguntou ela.

— Claro que consigo — respondeu Dionísio, quando as portas do elevador se abriram. — Não pode ser tão difícil assim.

— Ok — disse ela, quase cantarolando, de um jeito que o fez pensar que não acreditava nem um pouco nele.

Dionísio se virou para olhar feio para ela enquanto entravam no elevador. Acabaram sendo empurrados para um canto quando várias outras pessoas foram se apertando lá dentro.

— Você acha que não sou capaz — afirmou Dionísio.

— Eu não disse...

— Seu rosto disse.

Lilaia suspirou e ergueu o olhar para Dionísio.

— Eu acho que você não está preparado. Tem uma diferença.

— Acho que consigo conduzir um rapto — retrucou ele. — Já fiz isso milhões de vezes.

Várias cabeças no elevador se viraram para ele nessa hora, e Lilaia conseguiu soltar uma risada constrangida, dando-lhe o que parecia um empurrão amigável, mas na verdade foi um cutucão forte nas costelas com o cotovelo ossudo.

— Eu sei que você consegue conduzir um *parto* — disse ela, bem alto, depois abaixou a voz e continuou entre dentes cerrados: — É o que vem *antes* que me preocupa.

Dionísio começou a falar, mas o elevador parou no terceiro andar e esvaziou. Ele seguiu Lilaia. À esquerda deles havia uma área de espera, e à direita uma porta trancada que levava à maternidade.

Lilaia usou o crachá para entrar. Não precisaram olhar os números dos quartos para saber qual era o de Fedra. Souberam de imediato, porque só um tinha um guarda.

Ele ficou de frente para eles enquanto se aproximavam, com os braços grossos cruzados.

— Você está atrasado — disse o homem. — Lorde Teseu não vai ficar feliz.

117

— Azar o dele — retrucou Dionísio. — A esposa de Lorde Teseu não é minha única paciente no hospital.

Dionísio se sentiu orgulhoso da resposta.

O homem — Tânis, pelo que ele se lembrava — espalmou a mão com força no peito de Dionísio, impedindo-o de avançar. O deus olhou nos olhos pequenos e brilhantes do guarda.

— Cuidado com o que diz, doutor.

Dionísio afastou a mão dele.

— O que o seu chefe vai pensar quando ficar sabendo que você me atrasou ainda mais?

Tânis fez uma cara feia, mas deu um passo para trás.

Dionísio lançou um olhar duro a ele enquanto entrava no quarto, mas, assim que entrou, desejou muito ter ficado lá fora.

Fedra estava deitada numa cama no meio do quarto. Uma enfermeira estava enfiada no meio de suas pernas, empurrando-as para trás, e seus joelhos chegavam quase às orelhas. Lilaia passou por ele e correu para ficar ao lado de Fedra, ajudando a outra enfermeira a segurar a perna dela, como se já tivesse feito *aquilo* um milhão de vezes.

Que porra era essa que estava acontecendo?

Ele olhou para Lilaia com olhos arregalados. Era isso o que ela queria dizer com "o que vem antes"? Um parto *de verdade*?

— Dr. Fanes — disse a enfermeira, a que devia saber o que estava fazendo. — O bebê está coroando.

— C-coroando? — repetiu Dionísio.

— O avental e as luvas estão na mesa — informou a enfermeira.

Dionísio hesitou, e Fedra gemeu, a cabeça jogada para trás, o rosto brilhando de suor. Ela se parecia muito com Ariadne, e a semelhança o deixou desconfortável por vários motivos, mas principalmente porque Lilaia e essa enfermeira estavam pedindo a ele que fizesse o parto do bebê dela.

Por que isso parecia uma invasão de privacidade?

— Doutor! Não temos tempo.

O tom severo da enfermeira o trouxe de volta à realidade.

— Coloca as luvas — disse Lilaia, ríspida.

Ele fulminou a mênade com o olhar. Jamais perdoaria Naia e ela quando tudo acabasse. Por que ele não podia ser o enfermeiro? Ele conseguia segurar uma perna.

Puta merda.

Dionísio foi até a mesa e calçou as luvas. Eram compridas e azuis-claras. Então se virou para Fedra e... *ai, puta que me pariu.*

De repente, entendeu o que era "coroando".

Parecia tortura. Tinha que ser alguma coisa que Hades havia inventado naquela mente insana dele, porque de jeito nenhum uma cabeça ia sair *dali*.

Fedra soluçou, e Dionísio encarou seus olhos escuros, tão parecidos com os de Ariadne.

— Não consigo fazer isso — disse ela, arfando. — Não consigo.

O corpo dela tremia.

— Consegue, sim — afirmou Lilaia, apertando a mão dela com mais força.

— Não consigo — repetiu Fedra.

— Você está indo muito bem — disse a enfermeira. — Só mais um pouquinho.

— Diz pra ela que vai ficar tudo bem, doutor — instruiu Lilaia, com um tom ameaçador na voz.

— Não vai — disse Fedra. — Vocês não entendem. Meu marido...

De repente ela estava chorando mais forte e respirando mais rápido, o peito subindo e descendo depressa.

Por um instante, Dionísio ficou em pânico, mas então se lembrou de uma coisa que aprendera a respeito de mulheres em trabalho de parto: que era para elas respirarem.

— Ah! Ah! Fu! — começou ele. — Ah! Ah! Fu!

O deus continuou mesmo quando notou que Lilaia estava olhando feio para ele e a outra enfermeira o encarava horrorizada, mas então Fedra se juntou a ele, seguindo seu ritmo.

Logo estavam todos respirando sincronizados, e quando Fedra se acalmou, Dionísio olhou para o meio das pernas dela e sua respiração se dissolveu em um grito horrorizado.

— Ai, meus deuses! — berrou ele.

— O que foi? O que foi? — gritou Fedra.

— Nada — respondeu Lilaia, depressa. — O bebê está quase saindo. Força!

Fedra fez força, e de repente a cabeça saiu, e as mãos de Dionísio estavam erguidas.

— Acompanhe a cabeça! — instruiu a enfermeira, ríspida.

— Como é que eu acompanho a cabeça, porra? — questionou Dionísio.

O bebê estava com o rosto para baixo. E se ele o agarrasse e o machucasse?

— Você está doido? — perguntou a enfermeira, irritada. — Só acompanhe a cabeça pra fora!

— Se você disser *acompanhe a cabeça* mais uma vez... — rosnou Dionísio.

— Segura a cabeça! — gritou ela.

Dionísio segurou a cabeça.

— Aspira, doutor! Aspira!

— Aspirar o quê? — perguntou ele, no mesmo tom desesperado dela.

A enfermeira o empurrou para o lado com uma espécie de coisa azul bulbosa.

— Vira a cabeça dele — vociferou ela. — *Com cuidado!*

Dionísio fez o que ela instruiu, e a enfermeira aspirou o nariz e a boca do bebê.

— Força! — disse a enfermeira.

Fedra gritou, e de repente o bebê tinha ombros, e então Dionísio estava segurando um bebê inteiro — um menino — nos braços.

Segurou o recém-nascido por alguns segundos antes de Lilaia pegá-lo e colocá-lo no peito de Fedra.

Dionísio só ficou parado, ao mesmo tempo chocado e impressionado com o que acontecera, mas logo foi puxado de volta para a realidade quando percebeu que havia sangue e fluido pingando no chão a seus pés.

Ele deu um passo para trás, se sentindo tonto.

— Doutor, precisamos de um Apgar — disse a enfermeira, enquanto ela e Lilaia secavam o bebê, esfregando suas costas e seus pés.

— Ele não está chorando — alertou Fedra, um pouco alarmada. — Por que ele não está chorando?

— Ele está bem — a enfermeira a tranquilizou. — Às vezes os bebês precisam de um tempinho. Eles ficam em choque.

Como se aproveitando a deixa, um choro agudo encheu o quarto.

— Pronto — disse Lilaia.

Fedra sorriu.

— Apgar, doutor — relembrou a enfermeira, sem esconder a irritação.

Que porra será um Apgar? Dionísio olhou para Lilaia, que virou a cabeça na direção do bebê e fez um movimento com a boca, sem emitir som.

— *Quê?* — ele fez de volta.

Ela se inclinou na direção dele, as palavras escapando por entre os dentes cerrados.

— Usa o estetoscópio.

— E coloca onde? — murmurou ele.

— *Em cima do coração e dos pulmões.*

Dionísio percebeu pelo tom da mênade que ela já estava de saco cheio dele, mas não era culpa sua. Não era médico, e nem ela nem Naia tinham lhe dito que ele faria o parto da porra de um bebê, se é que era assim que elas queriam chamar aquela coisa nos braços de Fedra, porque, no momento, não parecia nem humana. Era definitivamente azul e estava coberta por algo... nojento. Era o único jeito de descrever.

Hesitante, pôs o estetoscópio e o colocou no recém-nascido enquanto a enfermeira se aproximou empurrando uma mesa com algo que parecia uma balança.

— Qual é o Apgar? — ela voltou a perguntar, enquanto aspirava o bebê mais uma vez.

Dionísio olhou para Lilaia, que fez um número com a boca.

— Hã... — *Caralho, ele não sabia fazer leitura labial.* — Noventa?

Lilaia o fulminou com o olhar, depois riu.

— Você quer dizer nove. Com certeza *nove*, né?

— Isso, nove — concordou ele, depois soltou sua própria risada constrangida. — Só pra ver se você estava prestando atenção.

Dionísio se afastou enquanto Lilaia continuava a limpar o bebê e a enfermeira auscultava seu coração e seus pulmões. Ela ficava olhando para ele de soslaio, irritada. Dionísio não podia culpá-la. A mulher tinha certeza de que ele estava agindo de maneira muito estranha para o Dr. Fanes.

O deus desviou o olhar para o rosto de Fedra. Ela parecia muito feliz, exultante até, como se seus sofrimentos e suas tristezas anteriores não importassem. Ele se perguntou se ela sequer ligava que o marido não estivesse ali agora que tudo tinha terminado.

Bom, ele achou que tinha terminado.

Até alguma coisa apavorante escorregar por entre as pernas de Fedra.

— Mas que porra é essa? — quis saber Dionísio.

— A placenta, doutor — respondeu a enfermeira, com um tom cortante.

— A placenta. Claro — disse ele.

Dionísio respirou fundo. Começou a passar a mão pela testa, mas parou quando percebeu que ainda estava de luvas e coberto de sangue.

— Você não vai cortar? — perguntou a enfermeira.

— Não, *você* pode fazer isso — respondeu Dionísio, depois olhou para Lilaia. — Já está terminando?

— Precisamos pesar o bebê, Di... doutor — disse ela. — E ele precisa de outro Apgar. Aí terminamos.

Ele não disse nada enquanto terminavam, e sua mente vagava até Ariadne.

Ai, deuses, ele esperava que ela estivesse segura.

Quando Fedra e o filho estavam limpos, vestidos e quentinhos, Dionísio olhou para ela.

Ela sorriu para ele, de um jeito quase sonhador.

— Obrigada, doutor.

— Eu não mereço seu agradecimento — disse ele, e o rosto de Fedra mudou, a alegria substituída pela confusão quando ele perguntou: — Pronta pra ver sua irmã?

14

PERSÉFONE

Quando Perséfone e Ariadne chegaram ao Palácio de Cnossos, a luz brilhava no horizonte, lançando sombras sobre as ruínas espalhadas do que devia ter sido uma fortaleza magnífica. Parecia se estender por quilômetros, em todas as direções, com apenas algumas paredes de pé. Ainda assim, elas estavam cobertas de afrescos vibrantes e lindos murais, as cores ardendo brilhantes contra a pedra agora toda branca.

Havia uma estranha paz ali que Perséfone achava inquietante, levando em conta que em algum lugar abaixo dessas pedras havia um labirinto no qual Hades era mantido prisioneiro.

Perséfone olhou para Ariadne, que estava vasculhando a bolsa que trouxera.

— Cadê todo mundo? — perguntou a deusa.

Estava esperando algo parecido com uma fortaleza vigiada, mas, em vez disso, encontrou ruínas, árvores e colinas áridas.

Ariadne se levantou e pendurou a bolsa no ombro.

— Não tem ninguém tirando os que entraram no labirinto — respondeu ela. — E eles nunca saem.

Galântis miou bem alto.

Ariadne sorriu levemente.

— Não se preocupe — disse ela, coçando as orelhas da gata. — Acho que, se alguém for a exceção, deve ser você.

Perséfone franziu a testa.

— Você tem tão pouca fé assim?

— Não se trata de fé — disse Ariadne, olhando-a nos olhos. — Eu conheço o Teseu.

Perséfone sentiu um frio na barriga.

Ariadne se virou e começou a andar entre as pedras espalhadas. Ela parecia saber exatamente aonde estava indo, e Perséfone a seguiu a distância, segurando Galântis. A deusa não conseguia deixar de desconfiar um pouco da detetive, uma mulher que ela mal conhecia, uma mulher que provavelmente faria qualquer coisa para proteger a irmã, assim como ela faria qualquer coisa para proteger Hades.

— Há quanto tempo você conhece o Teseu? — perguntou Perséfone.

Não conseguia se lembrar da primeira vez que ouvira falar do filho de Poseidon, mas se lembrava de quando o conhecera. Tinha odiado a maneira como ele olhara para ela e se recusara a apertar a mão do semideus, e ele só achou graça. Apesar desses sentimentos iniciais, ela não o vira como a ameaça que ele se tornaria depois, parado no escritório dela com o dedo cortado de Sibila na mão.

— Tem um tempinho — respondeu Ariadne.

Seu pé escorregou e ela tropeçou, conseguindo se segurar antes de cair.

— Por que ele está fazendo isso? — perguntou Perséfone, seguindo Ariadne e descendo um lance de escadas que as levou ao que agora era um pátio grande e quadrado, mas claramente um dia tinha sido a base de um palácio muito maior. — O que ele quer?

— Ele quer ser importante — disse Ariadne. — Não quer que ninguém procure outra pessoa sem ser ele para qualquer coisa que precisar na vida. Era o que queria de mim, mas, quando não conseguiu me manipular, escolheu minha irmã. Ele trata o mundo do mesmo jeito, só que em geral executa aqueles que não fazem o que ele quer.

Ariadne fez uma curva fechada ao atravessar uma fenda estreita em uma parede em ruínas, depois desceu outro lance de escadas até chegar a uma passagem feita de pedra escura e ladeada por duas colunas quebradas. O ar que vinha de dentro era frio e viciado. Perséfone conseguia senti-lo mesmo do topo das escadas, de onde observou Ariadne largar a bolsa no chão.

— Mas você sobreviveu — disse a deusa.

Não sabia dizer se estava fazendo uma pergunta ou uma declaração, mas não pareceu importar para Ariadne, que, envolta pela escuridão ameaçadora do labirinto, parou e ergueu o rosto para ela.

— Porque eu ainda sou útil pra ele — explicou Ariadne, repuxando o lábio ao falar, o que demonstrava seu nojo.

Voltou a mexer na bolsa e tirou de lá algo que parecia um carretel, mas não foi isso que deixou Perséfone intrigada, e sim a lufada de uma magia conhecida que a atingiu e a encheu de tristeza.

— O que é isso? — perguntou ela, descendo a escada.

— Linha — respondeu Ariadne, amarrando uma ponta ao redor de uma das colunas quebradas.

— Onde você a conseguiu? — perguntou Perséfone, colocando Galântis no chão.

A gata miou e se esfregou nas pernas da deusa.

— Fui eu que fiei — explicou Ariadne, estendendo o carretel para Perséfone.

— Você fiou? — repetiu Perséfone, encarando o cordão prateado, hesitante em pegá-lo.

Sabia que a magia de Deméter permaneceria em objetos do Mundo Superior mesmo depois de sua morte, mas não esperava senti-la tão cedo. Ainda não compreendia bem como se sentia com aquilo, mas sabia que não havia tempo para processar suas emoções complicadas.

Por fim, pegou o carretel, dando um suspiro trêmulo ao sentir o calor de um raio de sol nas mãos.

— Essa é a magia da minha mãe — comentou Perséfone, em voz baixa. Tinha até o cheiro dela: de trigo dourado secando ao sol. Ela olhou para Ariadne e viu que a mulher estava pálida. — Como?

Ariadne hesitou.

— Imaginei que fosse alguma coisa que Teseu tivesse negociado para me amaldiçoar.

— Quer dizer que você não sabia que tinha essa habilidade?

— Um dia, Teseu me trancou num quarto e me disse para fazer um fio de lã — explicou ela. — Demorei dias para tentar, dias sem água ou comida, e quando não aguentava mais, tentei. Foi... *intuitivo*. Como se eu tivesse feito isso a vida toda.

Galântis estava ronronando alto, se esfregando nas pernas de Perséfone.

— É por isso que ele fica com a minha irmã — continuou Ariadne. — Ele espera que eu volte. Sem mim, ele não consegue fazer as redes que está usando para capturar os deuses.

Hades suspeitava que tanto Harmonia quanto Tique haviam sido dominadas por uma rede como a que Hefesto fizera na Antiguidade. Era leve e fina, quase imperceptível, muito parecida com o fio que Ariadne enrolara no carretel, mas só agora tinham a confirmação disso.

— Por que você, e não Fedra? — indagou Perséfone.

— Teseu provavelmente teria preferido que fosse ela, mas, na época, acho que ele pensou que ia me destruir. É por isso que fico feliz por ter sido eu. Consegui ir embora quando percebi o que ele estava fazendo... mas nunca mais vi minha irmã.

— Sinto muito — disse Perséfone.

— Eu também — falou Ariadne, desviando o olhar como se não conseguisse aguentar a simpatia.

Perséfone entendia.

Ariadne amarrou um fio de um segundo carretel ao redor da coluna.

— Segura isso aqui — ordenou ela.

Perséfone ficou segurando o outro carretel enquanto Ariadne calçava luvas de couro tiradas da bolsa. Quando terminou, ela voltou a pegar o fio e olhou para Perséfone.

— Não solte, não importa o quão perdida você fique. Essa é a nossa única saída do labirinto.

Perséfone assentiu. Não precisava questionar a força do fio; ele tinha conseguido subjugar deuses. Era inquebrável.

Galântis foi na frente, desaparecendo na escuridão, e Perséfone e Ariadne a seguiram, andando lado a lado, desenrolando o fio enquanto caminhavam. Um clarão de luz chamou a atenção de Perséfone, e ela olhou na direção de Ariadne, que segurava uma pedra luminosa. A detetive lhe entregou uma.

— Vai durar mais que uma lanterna ou uma tocha — explicou ela.

A pedra parecia uma opala. A luz que ela emitia era mínima, nem chegava ao chão, mas pelos menos elas já não estavam na escuridão total. Surpreendentemente, isso diminuiu a ansiedade de Perséfone.

Em geral, ela não se incomodava com o escuro. Tinha passado a se sentir em casa em meio às sombras, mas aquilo era diferente. Essa escuridão não pertencia a Hades, mas a alguma outra entidade, e a cercava por todos os lados, contida pela luzinha etérea que ela carregava.

Quanto mais andavam, mais Perséfone sentia a pressão das sombras. Era um peso tão tangível que ela tentou invocar sua magia e percebeu que não conseguia. O adamante já estava oprimindo seus poderes.

Galântis miou, e Perséfone deu um passo, mas não havia chão embaixo dela. Deu um pequeno grito, mas então seu pé bateu em um degrau.

— *Porra* — murmurou ela, com o coração acelerado.

Quando segurou a luz um pouco à frente, viu um lance de escadas de pedra que descia rumo a uma escuridão espessa. Os olhos de Galântis faiscaram quando a gata se virou para elas. Era como se ela estivesse dizendo *Eu avisei*.

Perséfone olhou para Ariadne, cujo rosto estava parcialmente iluminado pela pedra que carregava.

— Qual é a profundidade do labirinto? — perguntou a deusa.

— Mais alguns andares — respondeu Ariadne.

Perséfone pensou que era mesmo bobagem achar que estariam no labirinto assim que entrassem pela porta. Engoliu o pânico que sentiu com a ideia de se enfiar ainda mais abaixo do solo. *Esse é o caminho até o Hades*, lembrou a si mesma, desejando desesperadamente sentir a presença dele nessa escuridão horrenda, mas, nessas paredes de adamante, não havia nada além de um frio amargo que conseguia se infiltrar pelas camadas de roupa que Ariadne lhe dera.

Tentou ignorá-lo, se concentrar em qualquer outra coisa — em descer os degraus estreitos naquela penumbra, na sensação da linha em sua mão, quase fina demais, como um fio de seu próprio cabelo —, mas não parava de tremer. Além disso, alguma coisa no fato de estarem tão abaixo da terra parecia exigir silêncio. Nem ela nem Ariadne falavam. O único som no ambiente era a respiração delas e o raspar de seus pés no chão áspero, e os dois os ruídos pareciam altos demais.

Por fim, viraram num canto e, mais à frente, Perséfone viu uma estranha luz alaranjada. Não era melhor do que as pedras que carregavam, mas parecia iluminar um caminho, e foi assim que ela soube que tinham chegado ao início do labirinto.

Perséfone guardou a pedra no bolso e deu um passo à frente.

— Espera! — gritou Ariadne, mas era tarde demais.

Videiras irromperam do chão, os galhos rangiam e gemiam ao se entrelaçar, obstruindo a passagem com um matagal de espinhos.

Quando acabou, tudo ficou em silêncio de novo, e Perséfone suspirou.

— Como se já não fosse difícil o suficiente — disse ela.

— Só é divertido pra ele se tiver desafios — afirmou Ariadne.

Lançou um olhar feroz para a escuridão, como se soubesse que Teseu estava observando.

— Ele consegue ouvir a gente? — perguntou Perséfone.

— Com certeza — respondeu Ariadne. — Ele vai querer ouvir a gente gritar.

O ódio embrulhou o estômago de Perséfone, e ela se pegou pensando em como seria sua vingança quando Hades fosse libertado. Queria que Teseu visse seu império se desfazendo e ia garantir que fosse ela a responsável por sua queda.

— Cuidado com os espinhos — alertou Ariadne. — A jaqueta deve ajudar, mas são venenosos.

— Que tipo de veneno? — perguntou Perséfone.

— Não sei — respondeu Ariadne. — Só sei que machucam, e os cortes demoram a sarar.

Perséfone imaginava que não seria possível escapar imune daquele emaranhado, exceto no caso de Galântis, que passou deslizando por baixo dos galhos como se eles não existissem. Ainda assim, só havia um jeito de chegar até Hades, e era seguindo em frente.

Perséfone escolheu um ponto de entrada, desenrolando um pouco do fio antes de se agachar e deslizar por entre um grupo de videiras serrilhadas. No primeiro espaço livre, ela conseguiu ficar de pé, mas, quando chegou ao próximo, teve que se manter abaixada, consciente da ameaça dos espinhos, que deixavam arrepiados os pelos de seus braços e da nuca.

Ao ouvir um arquejo, ela se virou rápido demais, escapando de ser atingida na lateral da cabeça por pouco. Através da luz fraca, viu Ariadne pressionando a parte superior do braço com a mão.

— Tudo bem? — sussurrou Perséfone.

— Tudo — respondeu Ariadne. — *Meus deuses*, dói mesmo.

Perséfone franziu a testa e voltou a olhar para a frente, tentando avaliar a distância que ainda tinham a percorrer, mas não conseguiu. As videiras eram grossas, e a luz, fraca demais.

— O que vem depois? — perguntou ela.

Ainda não tinha voltado a se mexer. Não confiava em si mesma para atravessar os espinhos e falar ao mesmo tempo.

— Depende de como a gente sair dos espinhos — respondeu Ariadne.

Perséfone não disse nada por um instante, enquanto passava por cima de um galho com cuidado e se abaixava para desviar de outro e desenrolar seu fio.

— Como você aprendeu tanto sobre o labirinto? — perguntou ela quando conseguiu respirar de novo, descansando num espaço sem espinhos.

— A primeira vez que Teseu me mostrou esse lugar, foi porque ele tinha trazido pra cá um homem que eu já queria prender há muito tempo. Acho que ele pensou que eu ficaria grata por ele estar fazendo a justiça que eu buscava, mas, em vez disso, fiquei horrorizada.

Ficaram caladas depois disso, concentradas em continuar a travessia dos espinhos. Um pequeno ponto positivo era que os ossos de Perséfone já não tremiam de frio. Agora ela suava, e suas costas doíam. Estava cansada de se abaixar, cansada de andar nesse ritmo, que só fazia seus músculos queimarem.

Para ela, talvez a pior parte dessa selva fosse o fato de que parecia infinita.

Galântis miou, e quando Perséfone ergueu o rosto, viu os olhos da gata brilhando, o que interpretou como um sinal de que estavam quase no fim.

Tentou não se afobar. Tinha chegado até ali sem nenhum arranhão e não queria estragar tudo agora. Com cautela, a deusa virou a cabeça para olhar para Ariadne, que tinha desacelerado consideravelmente.

Perséfone ficou apavorada.

— Você está bem?

— Estou — respondeu Ariadne, mas Perséfone percebeu que havia algo errado.

A voz da detetive soou fraca e ofegante.

— Só mais um pouquinho, Ari — disse a deusa, tentando encorajá-la, mas então um estranho som ecoou na passagem estreita, fazendo o ar vibrar.

Fazendo o sangue de Perséfone gelar.

— O que foi isso? — sussurrou ela, espiando a escuridão.

Galântis rosnou.

O rugido apareceu de novo, mais grave e próximo dessa vez. Foi seguido por uma sucessão de guinchos e pelo som de cascos batendo no chão, e de repente se ouviu o distinto barulho de madeira se partindo.

Perséfone só conseguiu enxergar uma coisa branca a distância, talvez dentes?

— Ai, porra — disse Ariadne. — É um javali. Corre!

Mas era impossível correr estando presa no meio das videiras. Perséfone só conseguiu andar mais rápido, sem soltar o fio.

Primeiro, tentou continuar com cuidado, mas quanto mais o javali se aproximava, menos se importava com os espinhos venenosos. Preferia um arranhão a ser atacada até a morte por um javali, mas quando os espinhos arranharam seus braços e se cravaram em suas costas, ela se deu conta do quanto estava despreparada para a dor. Era intensa e ardente. Fez a boca da deusa se encher de água e seu estômago azedar.

Perséfone sentiu vontade de vomitar, mas engoliu a náusea e seguiu em frente, as mãos tremendo ao desenrolar o fio, o coração acelerado à medida que os guinchos do javali ficavam mais altos e quase insuportáveis, com uma estridência terrível, enquanto o animal voava através do matagal que ela e Ariadne haviam passado tanto tempo percorrendo.

Ela gritou ao deslizar por baixo de um galho, com um espinho rasgando suas costas, mas nem ligou, porque, quando cambaleou, descobriu que estava livre, rodeada apenas pelo ar frio e pela escuridão.

— Eu saí, Ari! — gritou ela. — Eu saí...

Ela se virou e viu que Ariadne ainda estava com dificuldades, e o javali se aproximava. Perséfone o enxergava melhor agora: uma criatura gigantesca com pelo desgrenhado e presas enormes que usava para rasgar os espinhos.

— Vai! — berrou Ariadne.

Mas Perséfone não podia abandoná-la. Ela olhou para Galântis, que miou, e colocou o carretel a seus pés.

— Vigia isso — instruiu ela, sacando a faca que Ian forjara e entrando no emaranhado de espinhos de novo.

— O que você tá fazendo? — indagou Ariadne. — Eu falei pra ir!

— Só continua andando! — ordenou Perséfone, mergulhando sob alguns galhos farpados e escalando outros o mais rápido que conseguia.

Enquanto isso, Ariadne continuava avançando rumo à liberdade.

Quando Perséfone se aproximou do javali, o bafo quente do animal a envolveu como uma fornalha, com um cheiro podre de decomposição que fez seu estômago se embrulhar. As grandes presas do bicho atravessaram a parede de espinhos com uma força que fez com que parecessem vidro.

Perséfone se preparou quando o golpe da presa chegou a meros centímetros de atingi-la e projetou o braço para a frente com toda a força, enfiando a lâmina na carne macia do nariz do animal. O javali rugiu e sacudiu a cabeça, erguendo Perséfone com as presas e jogando-a para longe.

Ela gritou, sentindo os galhos quebrarem em contato com suas costas ao sair voando, e aterrissou no chão duro ainda agarrada à lâmina encharcada de sangue. A dor a atravessou, fazendo-a perder o fôlego, mas ela sabia que não havia tempo a perder. Logo se sentou, com a cabeça girando.

— Perséfone! — gritou Ariadne, correndo em sua direção.

Atrás dela, o javali rugiu, se libertando da última camada de espinhos. Perséfone se levantou, instável, ainda dolorida pelo impacto da queda.

— Corre! — bradou Ariadne.

Elas dispararam pelo corredor escuro com o javali em seu encalço. Ariadne puxou o braço de Perséfone, arrastando-a por uma abertura na parede de pedra. Perséfone torceu para que o movimento repentino colocasse alguma distância entre elas e o javali, mas então houve uma explosão terrível, e pedras choveram sobre elas quando a criatura atravessou a parede do labirinto.

As duas cobriram a cabeça e continuaram a correr, o caminho agora estava cheio de destroços. Perséfone prendeu o pé numa pedra.

— Perséfone! — Ariadne gritou seu nome quando ela caiu.

O impacto foi forte, e a dor, quase insuportável. Por mais que Perséfone quisesse se levantar depressa, achava que não conseguiria.

Agarrando-se à faca, ela rolou para ficar de costas na mesma hora que algo grande e preto saltou sobre ela e se atirou no javali.

Uma mistura de rugidos e rosnados graves irrompeu, ribombando nos ouvidos de Perséfone. Por um instante, ela não conseguiu tirar os olhos da criatura enorme que lutava com o javali.

— Vamos, Perséfone! — disse Ariadne, ajudando-a a ficar de pé.

Entretanto, quando começaram a se afastar, os rugidos graves do javali se transformaram em algo que soava como um estridente guincho suíno, e de repente tudo ficou em silêncio.

Perséfone diminuiu o ritmo, assim como Ariadne, e quando olharam para trás, viram Galântis sentada na frente do corpo imóvel do javali, lambendo a pata. Depois de um instante, ela olhou para cima, os olhos verdes parecendo faróis suaves a distância.

— Miau — disse ela, como se as cumprimentasse.

Então se levantou e desapareceu na escuridão.

Perséfone deu um passo à frente, chamando a gata... ou *criatura*... o que quer que ela fosse.

— Galântis!

Mas ela logo voltou carregando o carretel de Perséfone na boca, o fio se desenrolando enquanto andava.

— Caso tenha ratos, né? — comentou Ariadne.

Perséfone e a mortal se entreolharam, e a deusa deu de ombros. Então olhou para os braços de Ariadne, que estavam cobertos de rasgos sangrentos. Pontos escuros também manchavam sua blusa.

— Você tá bem? — perguntou Perséfone, franzindo a testa.

Ariadne assentiu, mas seus olhos estavam distantes e logo reviraram. Ela cambaleou, e Perséfone correu para ampará-la. A deusa conseguiu deitar a mortal no chão antes de também começar a se sentir *estranha*.

Porra.

— Ari? — chamou Perséfone, mas sua língua parecia inchada na boca. Era como se toda a umidade em seu corpo tivesse se esgotado.

— Não deixa ele te prender — alertou Ariadne, sua voz soando muito distante.

— Como assim? — perguntou Perséfone, confusa, mas não houve resposta.

Ela se sentiu zonza e logo se viu deitada no chão em meio às pedras quebradas e ao solo arenoso.

Alguma coisa peluda tocou sua perna, seguida por um miado abafado.

Perséfone abriu os olhos cansados e viu um flash de verde brilhante.

— Galântis — disse ela, em voz baixa e arrastada, antes de tudo escurecer.

15

PERSÉFONE

— Lady Perséfone.

Ela acordou ao ouvir seu nome, mas era um eco distante, e ela não queria abrir os olhos.

— Lady Perséfone? — a voz tornou a chamar, mais próxima, mas abafada.

Ela franziu as sobrancelhas.

Vai embora, pensou ela.

Queria ficar nas sombras pelo máximo de tempo possível. Estava segura ali.

— *Lady Perséfone!*

De repente, foi como se ela tivesse sido retirada do rio Estige, emergindo da escuridão. Perséfone respirou fundo ao abrir os olhos e viu que estava sentada à mesa de seu escritório no Alexandria Tower. Suas mãos estavam no teclado, a cabeça virada para a porta, na direção de um homem com feições delicadas e uma cabeleira castanha e cacheada. O rapaz tinha uma aparência jovial e olhos sonhadores, e ela não tinha ideia de quem ele era.

— A comemoração foi até tarde? — perguntou ele, com a sobrancelha erguida.

Comemoração?

Perséfone hesitou, depois franziu a testa.

— Eu... posso ajudar?

— Só quero garantir que você se prepare para a reunião de amanhã — disse ele, entrando por completo no escritório.

Ele usava uma camisa justa de botões e calças apertadas, além de uma gravata borboleta. Perséfone se pegou pensando no que Hermes acharia do visual.

— Reunião? — perguntou ela, confusa.

Não estava sabendo de reunião nenhuma.

O homem abaixou o queixo, olhando diretamente para ela.

— Você tem uma entrevista com o *Jornal de Nova Atenas*. Eles vão fazer duas páginas inteiras falando de como você assumiu a Epik Communications.

— Como é que é?

Tudo aquilo era familiar: o *Jornal de Nova Atenas* era um dos maiores veículos de notícias do país, enquanto a Epik Communications era um conglomerado de mídia pertencente a Kal Stavros, um homem desesperado para conquistar um espaço no mundo dos Divinos. Só que ele tentara fazer isso do jeito errado, e Hades o punira com severidade, o que não havia mudado o controle de Kal sobre a imprensa.

O homem suspirou.

— Não me diga que você esqueceu.

— Ninguém me avisou! — disse Perséfone, na defensiva.

Tentou recordar os últimos dias, mas não se lembrava de nada.

— Como não?! Eu te mandei as perguntas há três semanas!

Ele contornou a mesa e assumiu o controle do mouse, clicando sem parar até encontrar um e-mail que incluía um documento detalhando a estrutura da entrevista e uma lista de perguntas. Estava assinado com o nome Anfião. Embaixo dele estava o cargo: Assistente de Lady Perséfone, CEO da Key Media Company.

Key Media Company?, Perséfone sussurrou para si mesma.

— Viu? — comentou ele, convencido.

Perséfone encarou o e-mail por um instante, depois olhou para o homem que agora suspeitava ser Anfião.

— Você pode... me dar um minuto? — perguntou ela, de repente incapaz de se concentrar.

Não se lembrava de nada do que acontecera antes de se dar conta de que estava no escritório, mas pelo jeito inúmeras coisas haviam ocorrido, e nada parecia exatamente certo.

Anfião franziu a testa.

— Tem certeza que está bem?

— Tudo certo. Só preciso de um instante.

— Ok — respondeu ele, embora não parecesse convencido. — Me avisa se eu puder ajudar.

Ele foi até a porta.

— Anfião — chamou Perséfone. Ele parou para olhar para ela. — Cadê a Ivy?

— Você está falando sério? — perguntou ele.

— *Anfião* — disse ela, frustrada.

— Ela está no Anos Dourados — respondeu ele. — Está lá desde que *você a contratou* como gerente.

— Certo — disse a deusa, apertando as têmporas. — Obrigada.

Quando ficou sozinha, ela se virou para o computador e pesquisou o próprio nome. Uma das principais manchetes dizia:

CEO da Key Media Company celebra inauguração bem-sucedida

A primeira linha continuava:

Perséfone Rosi, dona da maior empresa de mídia da Nova Grécia, celebrou a inauguração do Anos Dourados. O centro de reabilitação oferecerá diversos tratamentos de saúde gratuitos para os mortais.

Muitas coisas nesse texto a deixaram atônita. Para começo de conversa, não mencionava seu relacionamento com Hades. Em vez disso, o foco era sua carreira e suas realizações. Quando Perséfone e Hades tornaram a relação pública, ela ficara desolada com a maneira como a imprensa a identificava, em geral como *amante de Hades*, apesar de ela ter um nome e toda uma identidade fora disso.

Mas parte do que a surpreendeu foi seu próprio cargo. Como tinha passado de A Defensora, um blog tão pequeno, a isso? Porém, quando começou sua busca por respostas, Perséfone logo entendeu: ela havia comprado a Epik Communications. Em meio a artigos que tratavam da fusão, também havia notícias a respeito da reputação manchada de Kal, envolvendo acusações de conduta sexual inapropriada e fraude. Esses textos incluíam uma foto dele, cuja expressão raivosa aprofundava as cicatrizes em seu rosto — cicatrizes deixadas por Hades.

Absorta na pesquisa, Perséfone mal ouviu a batida na porta.

— Entra — disse ela, distraída.

Quando a porta se abriu, ela deu uma olhada rápida para a esquerda, depois voltou ao computador.

— Posso...? — começou ela, mas olhou de novo, encontrando um conhecido par de olhos azuis brilhantes.

— Pronta pra almoçar? — perguntou Lexa.

Perséfone só poderia descrever o que sentiu como algo parecido com choque. A sensação irrompeu por seu corpo inteiro, como se todas as suas terminações nervosas estivessem pegando fogo.

Abriu a boca, devagar.

— Lexa — sussurrou a deusa.

Então se levantou da cadeira e se aproximou da amiga, dando-lhe um abraço apertado.

Ela parecia sólida e real, mas, quando Perséfone se afastou, Lexa estava confusa.

— Tá tudo bem?

Perséfone franziu a testa. Tinha a vaga sensação de ter pensado que nunca mais veria a amiga, mas agora não lembrava por quê.

— Tudo — respondeu ela. — Só achei que você não estava mais aqui.

— Você me viu hoje de manhã — observou Lexa.

— Vi? — perguntou Perséfone. — Foi mal, Lex. Não sei qual é o meu problema.

Lexa riu.

— Tudo bem. Tem coisa demais acontecendo, e duvido que você tenha dormido muito.

Ergueu a sobrancelha, maliciosa, e embora Perséfone soubesse o que ela estava insinuando, também se sentia excluída de alguma piada interna.

A deusa não se lembrava da noite anterior, nem dos últimos dias, mas não ligava, porque Lexa estava ali.

— E aí, almoço? — perguntou Lexa, depois de uma pausa desconfortável.

— Ah, é. Sim — disse Perséfone, depois se virou para a mesa.

Estava prestes a pegar a bolsa quando sentiu a magia familiar de Hermes.

— Vamos comer! — exclamou ele ao aparecer, bloqueando a porta. — Estou morrendo de fome!

— O que é isso que você tá usando? — perguntou Lexa.

Hermes olhou para baixo.

— É couro holográfico.

— Fiquei com calor só de olhar — comentou Perséfone.

Hermes sorriu.

— Obrigado.

Perséfone lhe lançou um olhar apático.

— Não foi isso que eu quis dizer.

Lexa balançou a cabeça.

— Por quê?

— Como assim por quê? Por que não? — perguntou ele, depois estreitou os olhos. — Eu *sou* fashion, Lexa!

Perséfone olhou para Lexa, e as duas reviraram os olhos ao mesmo tempo, depois riram.

Hermes não achou graça e olhou feio para elas. Sua camisa rangeu quando ele cruzou os braços.

— Você tá parecendo um patinho de borracha — disse Lexa, ainda rindo.

Hermes franziu a testa.

— Por que um patinho de borracha? — Ele fez uma pausa, depois seu rosto se iluminou. — É alguma coisa sexual?

— É — respondeu Lexa.

Perséfone levantou a sobrancelha, e Lexa se virou para encará-la.

— O que foi? — perguntou ela, inocente.

— Nada — respondeu Perséfone, curvando-se para pegar a bolsa.

— É bom você não estar mentindo pra mim — disse Hermes, desconfiado.

— Nunca! — afirmou Lexa.

— A gente vai almoçar? — perguntou Anfião, entrando no escritório.

Hermes olhou para o rapaz e pôs a mão no batente da porta acima da cabeça dele.

— Tenho uma coisa que você pode comer no almoço.

Lexa pareceu engasgar. Perséfone gemeu.

— Hermes, você não pode falar esse tipo de coisa para os meus funcionários.

— Ele gosta! — argumentou Hermes, se defendendo, e olhou para Anfião. — Não gosta?

O rosto de Anfião tinha assumido um tom vermelho brilhante.

— Não precisa responder, Anfião — disse Perséfone.

— Precisa sim — discordou Hermes.

— *Hermes*! — cortou Perséfone, ríspida.

— Ai, tá bom — resmungou Hermes.

Perséfone se espremeu entre o deus e Anfião para sair do escritório. Do lado de fora, ela ouviu Anfião responder.

— Já tenho almoço, mas para o jantar, estou livre.

— Ai, meus *deuses* — reclamou Lexa quando eles entraram no elevador.

— Você só está com inveja porque o Tânatos não está dando no couro — rebateu Hermes.

— *Cala a boca* — retrucou Lexa, dando uma cotovelada nas costelas do deus.

— Ai!

Perséfone riu enquanto os observava do canto.

É assim que as coisas deviam ter sido, pensou ela, depois franziu a testa. Essas palavras soaram estranhas, e ela não compreendia por que tinham lhe ocorrido nesse momento, em que tudo parecia real e certo.

É assim que as coisas são, sussurrou ela quando as portas se abriram para o primeiro andar.

Foi a última a sair do elevador, mas, quando se virou para deixar o prédio atrás dos outros, seu coração parou.

— Zofie.

A amazona estava parada perto da recepção, vestida de preto. Sua trança comprida balançou quando ela virou a cabeça na direção de Perséfone, depois o corpo todo.

— Lady Perséfone — cumprimentou ela, abaixando a cabeça. — Pronta pra almoçar?

Perséfone suspirou, trêmula, quando uma lembrança lhe veio à mente: Zofie deitada em uma pira, a pele branca como mármore, morta.

— Você está... viva — disse ela.

— Sef — falou Lexa, quase ofegante. — Por que você diria uma coisa dessas?

Perséfone abriu a boca, depois franziu as sobrancelhas. Então balançou a cabeça.

— Não sei. Eu...

— Talvez você tenha tido um pesadelo — sugeriu Zofie, com um sorriso tão doce que Perséfone teve que concordar.

— É — disse ela. — Talvez.

Eles saíram do Alexandria Tower, escolhendo um restaurante que ficava a algumas quadras de distância, chamado House of Greek. Perséfone reparou que seus amigos a cercavam enquanto andavam: Hermes na frente, Lexa e Anfião nas laterais e Zofie atrás.

Mantiveram essa formação quando chegaram e foram até a mesa, embora não tenha ajudado muito a escondê-la de olhares curiosos, mesmo depois de terem se sentado.

Lexa girou na cadeira.

— Ei! Ninguém ensinou pra vocês que é falta de educação ficar olhando?

— Lexa! — sussurrou Perséfone.

— Bom — disse Lexa, virando-se para Perséfone. — As pessoas são...

— Mal-educadas? — perguntou Zofie.

— É! — disse Lexa, pegando um garfo e segurando-o com o punho cerrado.

— Calma aí — interveio Hermes. — Não é tão sério assim.

Ela o fulminou com o olhar.

— Eles só estão curiosos — disse Perséfone, depois acrescentou, com um toque de desprezo: — *Querem ver a esposa do Hades.*

— Ah, eles não estão interessados no Hades — afirmou Anfião. — Estão interessados em *você.*

— Tanto faz — respondeu Perséfone, com uma risada de desdém.

As pessoas estavam sempre interessadas em Hades porque queriam o que ele tinha a oferecer.

— É verdade — insistiu Anfião. — O que você fez, expondo o Kal Stavros... foi bem importante.

Perséfone não sabia o que dizer, mas as palavras de Anfião fizeram seu peito se apertar. Não sabia ao certo por que era difícil de imaginar, mas tinha a sensação de que o mundo não valorizava muito as mulheres que enfrentavam os homens.

— O que vocês estão planejando fazer no fim de semana? — perguntou ela, querendo mudar de assunto.

— Espero que todo mundo ainda esteja pretendendo encher a cara na festa de aniversário surpresa do Hades — disse Hermes, e de repente Perséfone se lembrou.

Ela queria fazer alguma coisa para celebrar Hades, considerando o terror de seu nascimento. Já que não havia nenhum sistema para organizar os dias na época em que ele nasceu, decidiu escolher uma data de aniversário para ele, primeiro de novembro.

— Você não acha que ele sabe, né? — perguntou Lexa.

— Se soubesse, ele nunca me falaria — respondeu Perséfone.

Ele deixaria que ela se divertisse, mesmo que temesse como isso ia acontecer.

Perséfone se perguntava como ele reagiria quando entrasse na Nevernight e encontrasse todos os amigos deles reunidos para celebrá-lo, ou o que faria depois, quando descessem para o Submundo, onde as almas estariam esperando para outra comemoração.

Achava que ele não pareceria surpreso, mas sabia que ficaria grato, mesmo que ser o centro das atenções o deixasse desconfortável.

— Hades devia desafiar alguém pra um duelo — disse Zofie. — É assim que comemoramos os aniversários em Terme.

Lexa olhou para Perséfone, depois para Zofie.

— Acho que não...

— Foi uma piada. Entendeu? — perguntou Zofie, depois sorriu, esperançosa.

— Aaah — disseram todos, se entreolhando.

Depois caíram numa risada constrangida que logo se tornou genuína, e, quando foram embora, o coração de Perséfone estava mais cheio do que nunca.

Quando o dia chegou ao fim, Perséfone voltou para o Submundo. Uma animação fervilhava debaixo de sua pele. Ela estava feliz de estar em casa e ansiosa para ver Hades, embora ele não fosse chegar tão cedo, então se trocou e foi para o Asfódelos jantar com as almas. Quando apareceu no centro da vila, encarou o Tártaro.

Foi a primeira vez que sentiu medo o dia todo, e foi tão intenso que ela travou. Encarando o horizonte remoto, ela percebeu que estava... deformado. Era o único jeito de descrevê-lo: a cor do céu e as montanhas parecia distorcidas e disformes, como as fronteiras de um sonho.

— Perséfone!

A deusa se virou e viu Yuri, que acenou. Sorriu para a alma, mas voltou a olhar para o horizonte; dessa vez, porém, as montanhas tinham retomado seu contorno irregular, e o horizonte as cortava como aço afiado.

Estranho, ela pensou.

— O que você está olhando? — perguntou Yuri, vindo ficar ao lado de Perséfone.

— Pensei... que tinha visto alguma coisa, mas acho que me enganei — respondeu ela, embora sentisse um frio na barriga, de um jeito desconfortável.

— As almas estão te esperando — disse Yuri, depois pegou a mão da deusa, puxando-a para o campo que ficava além da vila, onde havia cobertores espalhados pelo gramado.

De uma ponta a outra havia mesas abarrotadas de comidas e bebidas de diferentes épocas e culturas.

Todos comiam como se estivessem celebrando, o que era o costume das almas no Asfódelos. Perséfone se sentou com elas, conversou e riu, e quando trouxeram os instrumentos e começaram a tocar, todos dançaram.

Perséfone só parou quando foi se virar e deu de cara com Hades; bom, com o peito dele, na verdade. Ela inclinou a cabeça para trás para encarar os olhos escuros do deus.

— Oi — sussurrou ela, sem fôlego, inundada por uma sensação de alívio.

— Oi — disse ele, sorrindo. Depois tocou o queixo dela com a ponta do dedo e a beijou. — Seu dia foi bom?

— Foi — respondeu ela quando ele se afastou. — E o seu?

Hades respondeu com um murmúrio, um som que ela sentiu vibrando através do peito dele antes que ele respondesse.

— Está melhor agora.

Era uma resposta típica de Hades, ou seja, não respondia nada. Mesmo assim, ela sorriu.

— Interrompi sua dança — disse ele.

— Tudo bem — respondeu Perséfone. — Contanto que você dance comigo.

Ele a abraçou, e ela apoiou a cabeça em seu peito. Os dois ficaram assim até que Perséfone ficou sonolenta nos braços de Hades.

— Pronta pra ir pra cama? — perguntou ele.

Sua voz saiu calorosa, mas fez Perséfone se arrepiar.

A deusa se afastou.

— Acho que minha mente está agitada demais pra dormir.

— Ah, é? — perguntou Hades, erguendo a sobrancelha. Então se aproximou, e Perséfone soltou um suspiro trêmulo quando os lábios dele roçaram sua orelha. — Eu consigo te distrair.

Ela virou a cabeça, e os lábios deles se encontraram.

— É muita ousadia da sua parte, Deus dos Mortos, presumir que eu *quero* ser distraída.

Hades deu um sorriso.

— Perdão, Senhora do meu Destino — disse ele, passando os dedos pelo cabelo dela. — Por favor, me diga em que posso ser útil.

Ela sorriu e começou a se aproximar dele quando captou um movimento com a visão periférica. Perséfone virou a cabeça e viu uma gata sentada a alguns metros de distância. Ela era peluda e preta, e seus olhos eram verdes e brilhantes, com uma luminosidade quase anormal.

— Não — disse a deusa, quando um frio repentino e intenso tomou conta de seu corpo.

— O que foi? — perguntou Hades.

Perséfone se voltou para ele, encarando seus olhos escuros. A preocupação estava estampada em seu rosto bonito. O coração dela doeu quando olhou para ele.

Não me deixe, ela queria implorar.

— Me beija — foi o que disse, em vez disso.

Ele franziu as sobrancelhas, mas a deusa avançou e o beijou, envolvendo seu pescoço com os braços. Precisava que ele a segurasse ali, para que ela nunca mais se perdesse, mas, enquanto a beijava, ele pareceu sentir que havia algo errado. Hades pôs as mãos nos ombros dela e se afastou.

— Perséfone — disse o deus, mas ela não estava olhando para ele.

Estava olhando para a gata, que continuava sentada em silêncio na grama, encarando-os.

Ela se virou para encarar o animal, irritada.

— Não! — exclamou, os olhos se enchendo de lágrimas.

A gata continuou a encará-la.

— Eu não vou embora — disse ela, e apontou para o chão. — É assim que tudo tem que ser!

— Perséfone — repetiu Hades.

Ele tentou tocá-la, mas ela recuou. O choque da ausência dele a fez sentir que seu peito estava partido em dois, mas ela não podia permitir que ele a tocasse de novo, senão realmente ficaria ali.

Os olhos de Hades estavam arregalados, e ela pensou que, naquele instante, teria preferido morrer a ver o coração dele se partir com cada passo que ela dava para longe.

— Me fala o que aconteceu — implorou ele.

Ela balançou a cabeça, com lágrimas escorrendo pelo rosto.

— Não posso — disse ela, com a voz embargada. — Eu só... *preciso* ir.

Ela o encarou por mais um instante, aqueles olhos tão profundos e antigos. Eram os olhos de Hades, com certeza, mas não os olhos do Hades que ela amava, e sua alma sabia disso.

Ela se virou para a gata.

Galântis, pensou ela, recordando o nome do animal enquanto ia até ele, um passo determinado de cada vez. A gata se levantou e se virou para conduzi-la para longe, e Perséfone continuou sentindo os olhos ardentes de Hades em suas costas à medida que uma escuridão fria se abatia sobre ela.

Ela esperava não ter cometido um erro.

16

PERSÉFONE

Perséfone abriu os olhos e se deparou com Galântis sentada em seu peito, olhando para ela.

Quando viu que a deusa estava acordada, a gata saltou para o chão.

Perséfone continuou deitada por um instante, sentindo que havia acordado de algum tipo de pesadelo, apesar de ainda conseguir se lembrar de tudo. A agonia fora acordar e descobrir que ainda estava presa no labirinto, bem longe de Hades ou da vida que haviam lhe mostrado.

Seu rosto estava molhado de lágrimas, e havia um gosto amargo em sua garganta. Quando se sentou, sentiu a cabeça girar e fechou os olhos para combater a náusea que revirava seu estômago, um resquício do veneno dos espinhos.

Quando passou, a deusa se levantou e pegou a faca, que estava jogada no chão. Inspecionando os arredores, encontrou Ariadne deitada de lado. Ela estava acordada, e Galântis estava sentada por perto. De algum jeito, o felino — ou o que quer que ela fosse — as tinha arrancado da armadilha do labirinto.

Perséfone foi até Ariadne.

— Precisamos ir — disse ela, pegando as mãos da mortal e ajudando-a a ficar de pé.

Ariadne não discutiu, e, na pouca luz que tinham, Perséfone percebeu que ela também andara chorando. Seu rosto brilhava, molhado de lágrimas. Embora se perguntasse o que Ariadne teria visto, Perséfone não perguntou nada em voz alta. Já seria difícil o suficiente atravessar o labirinto sem pensar no que tinham vivido no tempo que passaram apagadas; mais difícil ainda não voltar e encontrar aquele lugar de novo.

Se havia algo que pudesse derrotá-las entre aquelas paredes, era aquilo: as garras de um mundo perfeito chamando-as de volta para casa.

Perséfone espiou por uma passagem escura, depois por outra, sem saber de que direção haviam vindo ou em que direção deviam seguir.

Então olhou para Galântis, que estava lambendo a pata. Era como se ela de repente tivesse se lembrado de que era uma gata, e não alguma outra criatura que conseguia derrubar um javali e guiá-las através de outras realidades.

Perséfone pegou o carretel de linha.

— Qual é o caminho para o meu marido? — perguntou ela.

Galântis terminou de limpar a pata antes de encarar Perséfone. Em silêncio, ela ficou de quatro e começou a percorrer o corredor. Perséfone e Ariadne se entreolharam antes de segui-la, sem dizer nada. Mesmo não conseguindo ler mentes, Perséfone tinha a sensação de que as duas estavam remoendo a mesma coisa: seus desejos mais profundos.

Ela se perguntou se conseguiria refazer seus passos e acabar parando de novo naquele mundo.

De repente, sentiu uma dor intensa no braço. Ela reclamou e olhou para a direita. Ariadne a beliscara.

— Eu sei o que você está pensando — disse ela. — Mas não pode voltar.

Perséfone cerrou os dentes. Estava frustrada, tanto por Ariadne saber exatamente o que ela queria quanto porque se sentia fraca.

— O perigo não é o sonho — explicou Ariadne. — É o que vem depois.

Perséfone entendia o que ela queria dizer. Era o anseio, que as levaria a perambular pelo labirinto para sempre em busca de seu maior desejo, sem nunca o encontrar.

Continuaram andando, seguindo Galântis por uma passagem escura atrás da outra, cada curva deixando Perséfone tonta e desorientada.

— Me fala uma verdade — pediu Ariadne, sua voz cortando a escuridão como um chicote.

— O que você quer saber? — perguntou Perséfone.

Ela não conseguia pensar direito; sua mente estava inundada de lembranças daquele mundo perfeito.

— Qualquer coisa — disse Ariadne. — Qual é sua lembrança mais antiga?

A pergunta pegou Perséfone de surpresa, e ela precisou pensar por um instante antes de responder.

— Minha lembrança mais antiga sou eu chorando — respondeu ela. — Eu tentei pegar uma rosa, porque achei bonita, sem saber que o caule era cheio de espinhos.

Ela sempre se lembrava da sensação do espinho perfurando a pele, uma dor aguda que sentiu no corpo todo.

— Minha mãe ficou mais preocupada com a rosa e me deixou chorar enquanto curava as pétalas que eu tinha arrancado.

Quando Perséfone manifestara sua dor, Deméter não oferecera nenhum consolo.

"Que isso te lembre das consequências de tocar minhas flores", ela dissera.

Perséfone nunca tinha pensado nisso antes, mas talvez fosse por causa dessa experiência que, mais tarde, ela começara a matar flores com um toque.

Ariadne encarou Perséfone e em seus olhos havia um brilho de arrependimento por ter perguntado, mas Perséfone entendia a razão. Pensar naquilo afastou de sua mente as lembranças falsas do sonho e a infinitude do labirinto.

— Qual é sua lembrança preferida? — perguntou Perséfone.

Ariadne demorou um pouco para responder, e Perséfone se perguntou quantas ela teria para escolher. Parecia algo estranho de se comparar, mas Perséfone só conseguia pensar em algumas poucas lembranças preferidas, a maioria delas com Lexa ou Hades.

— Provavelmente os períodos que passei com a minha irmã — respondeu Ariadne.

— Todos eles? — perguntou Perséfone, quando ela não deu mais detalhes.

— Sim — disse Ariadne, fazendo uma pausa. — A gente ficava sozinha muitas vezes quando era mais nova, e eu assumia a responsabilidade por ela. Garantia que se vestisse e ficasse pronta pra escola. Fazia o almoço e o jantar dela. Garantia que ela se divertisse pra não perceber o que eu percebia, que nossos pais estavam ocupados demais para ficar com a gente.

De repente, o desespero de Ariadne para resgatar a irmã fez sentido.

— Você não pode continuar assumindo a responsabilidade por ela, Ariadne. Ela tomou as próprias decisões.

A mulher crispou os lábios. Perséfone imaginava que não era a primeira vez que ouvia aquilo.

— Eu teria cuidado dela pra sempre — disse Ariadne. — Ela não precisava escolher ele.

— Talvez esse tenha sido o motivo — sugeriu Perséfone. — Porque ela queria que você fosse livre.

Ariadne empalideceu. Aquelas palavras pareceram afetá-la de um jeito diferente das outras. Depois disso, as duas ficaram caladas, até que Perséfone parou.

— Tá sentindo esse cheiro? — perguntou ela.

Ariadne parou e respirou fundo.

— Ai, meus deuses — sussurrou ela, depois olhou para Perséfone, confirmando suas suspeitas: havia alguma coisa morta em decomposição ali.

Um medo terrível tomou o coração de Perséfone, e, por um breve instante, ela se permitiu imaginar se seria Hades.

Não pode ser, ela disse para si mesma, embora soubesse que era uma possibilidade, levando em conta que aquele era o domínio de Teseu, e ele podia matar deuses.

Seguiram em frente, e o cheiro piorou. Era enjoativamente doce e pungente. Fez os olhos de Perséfone lacrimejarem e seu nariz arder. Ela teve ânsia de vômito quando a saliva inundou sua garganta. Não tinha certeza de que conseguiria continuar sem passar mal.

Então Ariadne começou a regurgitar, e Perséfone não aguentou mais: se curvou e vomitou.

— Isso é horrível pra caralho — disse ela, limpando a boca com o dorso da mão.

Agora sua garganta estava pegando fogo, e de seu nariz pingavam os mesmos conteúdos que ela tinha cuspido. De certa maneira, ela não se importou, porque pelo menos amortecia o cheiro de decomposição.

Quando terminou de vomitar, Ariadne puxou a blusa para cobrir o nariz, e Perséfone a imitou. Não ajudava muito, mas elas não tinham escolha. Galântis continuava a conduzi-las para a frente, para o interior do labirinto, cada vez mais perto da morte.

Por fim, elas viraram num canto e, mesmo sem enxergar bem, Perséfone encontrou a fonte do cheiro. Havia grande amontoado de carne alguns metros à frente.

— Que porra é essa? — perguntou Ariadne.

Galântis não pareceu tão preocupada, trotando adiante na maior tranquilidade.

As duas mulheres a seguiram com cautela, aproximando-se do cadáver.

— O que é isso? — perguntou Ariadne.

O que quer que fosse, era gigante e *sem pele*.

— Não sei — respondeu Perséfone, mas, quando foi chegando perto da cabeça, pensou que dava para adivinhar. — Acho que... era um leão — disse ela.

— Ai, meus deuses — falou Ariadne, logo antes de vomitar de novo.

Perséfone esperou que ela terminasse para falar.

— O que você acha que aconteceu com ele?

— Isso é obra de uma pessoa — disse Ariadne.

— Hades? — perguntou Perséfone.

— Talvez — respondeu Ariadne.

O coração dela se encheu de esperança. Talvez estivessem perto de encontrá-lo.

— Parece que ele...

A voz de Ariadne foi morrendo, e Perséfone foi até ela e viu que ela estava olhando para as patas do leão, uma das quais estava sem a garra do meio.

Perséfone olhou para Ariadne.

— Será que... a gente precisa fazer o mesmo?

Antes que ela pudesse responder, Galântis replicou com um miado.

— Você não pode estar falando sério — disse Ariadne.

Perséfone se ajoelhou, examinando as garras.

Pareciam mais aço do que osso. Ela estendeu a mão e tocou a ponta de uma, surpresa com a facilidade com que a garra a cortou.

— Ai — reclamou ela, afastando o dedo depressa. — São afiadas... tipo... *facas.*

Porém, achava que eram ainda mais afiadas do que isso.

— Aqui — disse Ariadne, e tirou as luvas de couro. — Usa elas como proteção.

Perséfone as pegou e colocou as duas em uma mesma mão, esperando que fosse o suficiente para impedir que a garra cortasse sua pele. Escolheu a do meio e, ao envolver a unha afiada com os dedos enluvados, se perguntou por que Hades teria feito aquilo, mas sabia que devia ter tido um bom motivo.

Ainda assim, a sensação de estar fazendo algo errado causou um frio na barriga de Perséfone. Ela apertou os dentes com força ao apalpar a base da garra, onde a unha se ligava ao osso, depois usou a faca para separá-los. Quando a garra se soltou, ela tirou as luvas e depositou a unha em um dos dedos, depois a guardou no bolso da jaqueta.

— Bom, isso foi horrível — comentou ela ao se levantar, pegando o carretel de linha. — Vamos sair daqui.

Elas saíram de perto do leão e se embrenharam em meio à escuridão infinita.

— A gente está muito longe do centro? — perguntou Perséfone.

— Eu... não sei — respondeu Ariadne. — Perdi a noção de... tudo.

Perséfone também perdera.

— O que vamos fazer se ele não estiver lá? — perguntou ela, embora odiasse até mesmo considerar essa possibilidade.

— Não pensa assim — disse Ariadne. — Ele vai estar lá, no mínimo porque Teseu vai gostar de ver vocês reunidos para separá-los de novo.

Por mais difícil que fosse ouvir aquilo, Perséfone gostava da honestidade de Ariadne.

— O que você acha que vai estar esperando por nós quando a gente chegar lá?

— Não faço ideia — respondeu Ariadne. — Mas vai ser terrível.

Perséfone suspirou, mas enfrentaria qualquer coisa que encontrassem desde que Hades estivesse lá. Ela lutaria por ele. Ia se reunir com ele, e eles iriam para casa naquela noite... ou no próximo dia... ou quando conseguissem sair da porra daquele lugar.

Galântis miou, e Perséfone viu a gata ser engolida pela escuridão.

Era diferente das sombras ao redor delas, mais profunda e mais fria, e havia alguma coisa errada ali que Perséfone não saberia descrever.

— Ariadne — sussurrou ela. — Você acha que...

— Chegamos — disse Ariadne.

Um arrepio atravessou o corpo de Perséfone enquanto as duas permaneciam paradas nas margens da escuridão. Ela imaginara esse momento de um jeito muito diferente.

Principalmente, estava esperando que houvesse luz.

Mas, se elas estavam no centro do labirinto, então Hades devia estar por perto.

Perséfone deu um passo à frente, depois outro, mas a escuridão continuou. Como é que ela ia encontrá-lo ali?

— Perséfone! — Ariadne sussurrou o nome dela num tom abafado na mesma hora que Galântis soltou um rosnado baixo.

Perséfone travou quando dois olhos vermelhos cintilaram na escuridão.

— Ari — disse ela. — O que é isso?

Assim que ela pronunciou as palavras, as luzes foram ligadas. Perséfone recuou com a luminosidade repentina, derrubando o carretel de linha. Quando sua visão se ajustou, um rosnado estranho atraiu sua atenção. Ao erguer o rosto, ela encontrou a fonte dos olhos vermelhos: um touro anormalmente grande, todo branco, com chifres gigantes. Parecia estar coberto numa armadura de bronze e já estava raspando os cascos no chão e bufando. Ele soltou uma fumaça preta e espessa pelas narinas, como se tivesse engolido fogo.

Perséfone vira algo parecido na quimera que enfrentara no Submundo. Ela sentiu um frio na barriga de tanto pavor.

Ela tinha certeza de que essa coisa soltava fogo.

Os olhos do touro estavam fixos em Galântis, parada diante dele, com o pelo das costas todo eriçado.

— Não importa o que fizer, não dê as costas a ele — alertou Ariadne.

— Então como é que a gente vai correr? — perguntou Perséfone.

— Não sei — respondeu Ariadne, irritada. — Essa sua gata não é a porra de um monstro?

— Ela não é minha gata! — afirmou Perséfone.

Olhou para trás, se perguntando se deviam voltar para o labirinto, mas Hades estava no caminho à frente, não atrás.

O touro jogou a cabeça para trás, depois a baixou, encarando-as com os olhos vermelhos brilhantes. Então começou a correr, e Perséfone viu Galântis se transformar. Ela cresceu, criando asas e chifres pretos, e se atirou no touro.

Perséfone e Ariadne não ficaram para assistir. As duas correram, mas Perséfone estremeceu com o som do estranho rugido do touro e do uivo de Galântis.

Ela cometeu o erro de olhar para trás por cima do ombro e viu Galântis ser jogada no ar, depois cair nos chifres afiados do touro.

— Não! — gritou Perséfone, parando de repente.

— Vamos, Perséfone!

Ariadne agarrou o braço da deusa e a puxou para longe.

Os olhos de Perséfone arderam com as lágrimas, e a raiva tomou conta dela. Era uma raiva conhecida, que em geral invocava seu poder, mas, como estavam confinadas nessa prisão de adamante, não serviu para nada além de alimentar sua fuga.

Quando o chão aos pés delas começou a tremer, Perséfone se deu conta de que o foco do touro passara para elas e pegou a faca.

Ariadne se virou para encarar o animal, que corria na direção delas.

— O que você está fazendo? — indagou Perséfone.

— Vai! — ordenou Ariadne, sacando a arma e mirando no touro.

— Que porra é essa? Você tinha isso o tempo todo?

— As balas não iam funcionar com o javali — disse ela, atirando várias na cara do touro, mas os projéteis só quicaram, incapazes de penetrar seu couro. — Cacete!

Aquilo era comum entre as criaturas divinas: quase sempre tinham um ponto fraco, mas, fora isso, eram invencíveis.

— Vamos! — gritou Perséfone, puxando o braço de Ariadne.

Elas se viraram e correram de novo, e nessa hora a criatura berrou e um vento abrasador e violento as atingiu, fazendo Perséfone tropeçar. O vento era tão quente que a deixou sem fôlego na hora, e ela arfou em busca de ar.

Enquanto corriam, ela olhou para Ariadne.

— Precisamos nos separar — gritou Perséfone, acima do rugido do touro.

Havia um touro e duas delas. Ele não conseguiria atacar ambas ao mesmo tempo.

Ariadne fechou a cara, demonstrando que não havia gostado do plano, mas nem ela poderia discutir naquela hora. As duas assentiram uma para a outra e mudaram o caminho, correndo em direções opostas.

O touro nem hesitou.

Foi atrás de Perséfone.

Porra.

A deusa moveu braços e pernas mais rápido, mas eles queimavam à medida que ela fugia. Perséfone pensou no que Hécate lhe dissera a respeito do labirinto, que ela estava mais preparada para lidar com ele porque não era dependente da magia, mas, no momento, ela se sentia totalmente impotente contra essa criatura, com ou sem magia.

Perséfone sabia que o touro estava se aproximando porque sentia o bafo quente dele ao seu redor, e o rugido que ele emitia sufocava qualquer outro som. Então ela sentiu a cabeça dele bater em suas costas e de repente foi lançada no ar. Nem teve tempo de gritar enquanto voava e logo aterrissou na terra a alguns metros de distância. Antes que pudesse se levantar, o touro já estava avançando.

Perséfone pulou para desviar do ataque, depois se levantou depressa. O touro fez um círculo amplo até parar diante dela. Dessa vez, ela percebeu que a armadura de bronze que ele vestia não cobria a barriga.

Quando foi pegar a faca no coldre em sua coxa, descobriu que a arma não estava ali. Em pânico, ela verificou todos os bolsos, mas só encontrou as luvas de Ariadne com a garra.

Porra. Ela devia ter deixado a lâmina cair.

O touro jogou a cabeça para trás e atacou. Perséfone tentou correr, mas já tinha esperado tempo demais. O animal encouraçado investiu contra ela, jogando-a no chão, e o impacto a fez perder o ar na hora. Enquanto ela lutava para respirar, o touro correu em sua direção, apontando os chifres. Perséfone rolou, tentando escapar do ataque brutal... e então, de repente, ele sumiu. Quando ela ergueu os olhos, viu que Ariadne tinha conseguido montar no touro e se agarrava a ele pelos chifres.

A criatura se empinou, tentando se livrar do peso de Ariadne.

Perséfone se levantou, segurando as costelas o máximo que podia. Cada respiração *doía*.

Ela se amaldiçoou por ter perdido a faca. Agora, sua única arma era a garra do leão. O desafio era acessar a barriga do touro sem ser pisoteada até a morte.

Pelo amor dos deuses, ela esperava que funcionasse.

O touro continuava tentando desesperadamente tirar Ariadne das costas, se empinando a esmo, mas, quando ela saiu voando, Perséfone começou a correr, deslizando por baixo do animal e enfiando a garra em sua barriga exposta, depois rolou para o lado, enquanto a criatura rugia e disparava para longe. Ele conseguiu avançar alguns metros, com sangue jorrando da ferida, antes de cambalear e cair.

A cabeça de Perséfone rodava, e ainda doía respirar, mas ela ficou de pé.

Ariadne se aproximou, segurando o braço junto ao peito.

— Está quebrado? — perguntou Perséfone.

Ariadne balançou a cabeça.

— Acho que não. Só doendo. Você tá bem?

— Estou — respondeu ela. — Vamos achar o Hades.

Saiu aos tropeços, e Ariadne a seguiu.

Atravessar o centro do labirinto era como cruzar um vasto oceano. Era impossível medir o progresso, porque não havia nada além do solo arenoso e do teto escuro em qualquer direção. Perséfone não conseguia decidir o que era pior: isso ou os corredores escuros de antes. E se elas chegassem ao outro lado sem nem ver Hades?

Mas então ela avistou alguma coisa — um vulto escuro a distância — e de repente sentiu o coração bater em todas as partes de seu corpo.

— Hades — disse ela, ofegante.

Depois, sem perceber, já estava correndo. Nada nunca parecera tão distante enquanto ela corria para ele. Quanto mais perto chegava, mais detalhes conseguia distinguir. Viu que Hades estava pendurado no teto pelos pulsos, que estava de pé sobre uma plataforma redonda como se fosse um sacrifício. Seu queixo estava apoiado no peito; o cabeço embaraçado escondia o rosto.

Perséfone nem pensou duas vezes antes de escalar a plataforma sobre a qual ele pendia. Atirou os braços ao redor do deus e se sentiu inundada de paz ao se agarrar a ele.

— Hades — sussurrou ela.

Então se afastou e tocou o rosto dele.

Ele se mexeu e abriu os olhos: escuros, quase pretos.

— Hades — repetiu ela.

O deus franziu as sobrancelhas como se estivesse confuso de vê-la ali.

— Perséfone?

— Sou eu — disse ela. — Estou aqui.

Hades engoliu em seco, observando-a.

— É um sonho — disse.

— Não é um sonho — afirmou a deusa, então ficou na ponta dos pés e o beijou.

Quando ela se afastou, ele parecia mais acordado.

— Perséfone — disse ele, e agitou os braços como se seu instinto fosse abraçá-la. As correntes tilintaram, lembrando aos dois que ele ainda era prisioneiro do labirinto. — Como?

— Eu vim te resgatar — explicou ela, acariciando o rosto dele.

No período que passaram separados, a barba dele tinha crescido. A sensação era de aspereza sob as mãos de Perséfone, mas ela não ligava.

Hades fechou os olhos e suspirou, trêmulo.

— Eu sonhei com isso — disse ele, antes de voltar a olhar para ela.

Perséfone sorriu para Hades, baixando os olhos para seus lábios, e embora quisesse beijá-lo, sabia que eles precisavam sair dali. Então se afastou, enganchando os dedos nos buracos da rede que o envolvia. Ela não ia conseguir tirá-la enquanto as mãos dele continuassem presas.

— Precisa ser cortada — explicou ele. — Até agora, só tive sucesso com uma garra de leão.

— Uma garra de leão — repetiu Perséfone, tateando em busca da que havia usado para matar o touro.

Tirou a coisa ensanguentada do bolso, e Hades soltou uma risada ofegante.

— Você é... perfeita — disse ele, enquanto ela cortava a linha impenetrável que Ariadne havia fiado.

Provavelmente acabou cortando mais do que precisava, mas uma parte dela sentia muita raiva dessa coisa que havia machucado tantas pessoas, incluindo seu marido.

Quando terminou, olhou Hades nos olhos.

— Não sei como te ajudar a se soltar das correntes — disse ela, mas ele já estava trabalhando nisso.

Hades cravou os calcanhares no chão e puxou, as algemas cortando os pulsos já feridos. Ele não pareceu perceber, mesmo com os braços tremendo e os músculos inchando.

Por fim, Perséfone ouviu um estalo satisfatório e as mãos dele se soltaram, e ela estava em seus braços e nada mais importava.

Hades abraçou Perséfone com tanta força que as costelas dela doeram, mas a deusa não ligou. Agarrou-se a ele, envolvendo-o com os braços, e, com a cabeça enterrada no pescoço dele, ela chorou.

— Ah, meu bem — disse ele, num murmúrio grave, enfiando os dedos no cabelo dela. — Torci tanto para ver você de novo.

Perséfone encarou Hades. Ela queria dizer algo parecido: que tinha sonhado com ele, que cada dia sem ele fora um sofrimento, mas essas palavras permaneceram na ponta de sua língua, pois Ariadne se juntou a eles na plataforma.

— É bom vocês irem um pouquinho mais rápido — disse ela, sem fôlego. — Temos visita.

Perséfone se afastou de Hades, e, quando se viraram, eles viram cinco Minotauros se aproximando. Eram grandes, com músculos inchados. Alguns eram peludos; outros tinham o peito liso. Alguns tinham cabeça de touro, enquanto outros tinham feições mais humanas, mas o traço em comum entre eles era que seus olhos estavam fixos nas presas.

— Que porra Teseu fez? — perguntou Hades.

— Ele está procriando eles — respondeu Ariadne.

Os dois deuses olharam para ela.

Procriando?

Perséfone se sentiu nauseada. Não precisava de detalhes para entender o que a mortal queria dizer, mas o que queria saber era de onde as mulheres tinham vindo, e onde estavam agora.

Isto é, se é que elas tinham sobrevivido ao parto de criaturas como aquelas.

— Eu pedi sua ajuda — disse Hades. — E você recusou sabendo que era isso que ele estava fazendo?

Ariadne o fulminou com o olhar, a expressão endurecida.

— Estou aqui agora, não estou?

— Isso *só* importa se a gente sobreviver — respondeu Hades.

— Não é hora disso — falou Perséfone, olhando de um para o outro.

Eles tinham problemas maiores, literalmente.

— Quantas balas você ainda tem? — perguntou Perséfone.

Ariadne sacou a arma e verificou.

— Duas — disse ela.

— Você consegue acertar?

Ariadne pareceu quase ofendida.

— Consigo.

— Então nós ficamos responsáveis por três — disse Perséfone.

Ariadne se ajeitou para atirar.

— Não atira até eu mandar — disse Hades. — Quando você disparar, eles vão ficar furiosos.

— Pode deixar — disse ela.

Hades olhou para Perséfone.

— Eles não têm nenhum grande poder, tirando a força — explicou ele. — Isso os torna lentos, então seja rápida.

Ela assentiu, e eles desceram da plataforma.

Era uma experiência diferente estar no chão com os Minotauros, agora que ela conseguia medir seu tamanho verdadeiro e sentir sua aproximação, cada passo fazendo o chão vibrar.

Hades e Perséfone se entreolharam, um prometendo reencontrar o outro ao final disso tudo, e se separaram.

Perséfone manteve os olhos fixos nos Minotauros enquanto eles se espalhavam, dois atrás dela e dois atrás de Hades. Um continuou avançando na direção de Ariadne. Perséfone ficou perturbada pelos movimentos muito humanos deles: a maneira como seus olhos faiscavam com malícia enquanto a seguiam. Um bateu a arma — um machado de duas pontas — na grande palma da mão. O outro mostrou os dentes em um sorriso retorcido e perverso.

Mesmo que Perséfone tentasse manter distância, as criaturas se moviam depressa, e, à medida que se aproximaram, ergueram as armas para atacar.

— Hades — disse Perséfone, a voz tomada de alarme.

— Agora, Ari — ordenou Hades, e dois tiros soaram em rápida sucessão.

O som fez os ouvidos de Perséfone zumbirem, e tudo que ocorreu depois da explosão pareceu acontecer em câmera lenta. A bala atingiu o Minotauro sorridente na cabeça. Seu corpo se agitou de um jeito anormal, a cabeça caiu para trás com o impacto e um jato de sangue se espalhou pelo chão. Quando o outro Minotauro se virou e viu o companheiro morto, rugiu com tanta raiva que Perséfone estremeceu até a alma. Em questão de segundos, a criatura ergueu o machado e o abaixou na direção da deusa.

Ela desviou do primeiro golpe, e a lâmina se cravou tão fundo na terra que o chão se abriu aos seus pés, mas o Minotauro logo a puxou de volta e a brandiu acima de Perséfone de novo. A deusa sentiu o poder por trás da arma, quando ela cortou o ar acima de sua cabeça, e se deu conta de que não tinha a menor chance contra o monstro enquanto ele estivesse armado.

Foi então que ela avistou a arma do Minotauro morto: uma clava com espinhos que um Minotauro empunharia com facilidade com apenas uma das mãos, mas que seria pesada demais para Perséfone levantar. Ainda assim, isso não significava que não seria útil.

Perséfone só tinha que chegar até ela.

Outro berro violento saiu da garganta do Minotauro, e Perséfone disparou, gritando ao sentir o machado aterrissar a um milímetro de seu pé. Seu coração martelava no peito, mas continuou correndo, desviando dos ataques do monstro enquanto lutava para tirar a garra do leão do bolso. Quando alcançou a clava, não teve tempo para pensar.

O monstro tentou atacar Perséfone de novo, mas, dessa vez, o machado se cravou na clava de madeira. Perséfone pulou, usando o apoio do cabo, e se jogou no Minotauro. Brandindo a garra, ela a enfiou no pescoço da criatura.

O sangue cobriu sua mão imediatamente. Era diferente de tudo que ela já tinha visto, um preto avermelhado estranho, e parecia muito *espesso*. O Minotauro soltou um gemido estrangulado e caiu para trás. Perséfone caiu com ele, aterrissando no chão a seu lado, mas ele não voltou a se mexer.

A deusa logo se pôs de pé e encontrou Hades ainda lutando com um dos Minotauros, os braços jogados ao redor do pescoço dele, apertando. A criatura passou de arranhar os braços do deus a pender imóvel, depois desabou no chão. Ariadne estava ocupada chutando a cara de seu Minotauro sem parar. A mortal tinha um corte gigante no peito.

Quando terminou, estava ofegante.

Perséfone levantou a sobrancelha.

— Tudo bem? — perguntou ela.

Ariadne assentiu e afastou o cabelo do rosto.

— Tudo certo.

— Você se machucou? — perguntou Hades.

Perséfone balançou a cabeça quando ele se aproximou e deu um beijo em sua testa. Ela fechou os olhos ao senti-lo, enfiando os dedos nos farrapos das roupas dele. Então respirou fundo, inalando-o. Ele ainda tinha o cheiro de sua magia, sombrio, perigoso e certo. Esse era o seu Hades.

— Ai, meus deuses — disse Ariadne.

— O que foi? — perguntou Perséfone, o pulso acelerando ao girar para ver o que a mortal estava olhando.

Temeu que fosse outro monstro.

— Galântis — disse Hades, com um toque de surpresa na voz.

— Você conhece ela? — perguntou Perséfone.

— Conheço — respondeu ele, depois franziu a testa, indo em direção ao animal. — Ela está machucada.

A criatura de Hécate estava mancando, o sangue manchando o chão à medida que andava. Ainda não retornara à forma de gata e continuava exibindo as grandes asas e os chifres.

— O touro a feriu — disse Perséfone, seguindo o deus.

— O que... ela é? — perguntou Ariadne.

— Ela é um eudaimon — explicou Hades. — Um espírito-guia. Antes eles eram só heróis deificados, mas aí Hécate achou que animais de estimação seriam guardiões melhores. Ela estava certa, é claro.

— Ah, Galântis — disse Perséfone quando a alcançou, passando os dedos por seu pelo macio. A criatura ronronou, apesar da dor óbvia. — Eu nunca tive um protetor melhor.

Hades ergueu a sobrancelha.

Ela revirou os olhos.

— Precisamos ir — lembrou Ariadne.

Galântis emitiu um som entre um miado e um rosnado, então se ajoelhou.

— Galântis? — perguntou Perséfone.

— Ela está se oferecendo para montarmos nela — explicou Hades.

— Mas... ela está machucada! — argumentou Perséfone, depois olhou para Galântis. — *Você* está machucada!

Galântis miou, e Hades colocou a mão nas costas de Perséfone.

— Vem — disse ele, conduzindo-a para a lateral do eudaimon.

Ariadne já estava subindo quando um guincho terrível encheu o ar.

Perséfone se virou e viu o que parecia uma revoada de aves de metal gigantes atravessando o ar bem na direção deles.

— Ai, *caralho* — disse Hades. — De novo não.

— Como assim *de novo não*? — perguntou Perséfone.

— Sobe! — ordenou Hades.

— Estou tentando! — respondeu ela, irritada, agarrando tufos do pelo de Galântis.

A criatura, porém, já estava se movendo, fazendo-os balançar ao saltar pelo centro do labirinto rumo à entrada dos corredores numa velocidade que Perséfone não sabia que ela era capaz.

— Segura minha mão! — gritou Ariadne.

Perséfone subiu um pouco mais e tentou alcançar a detetive, mas seu dedo escorregou, e ela caiu. Começou a gritar, mas Hades, que não estava muito atrás, a segurou.

— Peguei você — disse ele, e sua voz ressoou no fundo do peito da deusa, mesmo que o coração dela estivesse acelerado.

Uma série de gritos estridentes fizeram o sangue de Perséfone gelar. As aves estavam se aproximando, e o som de suas asas batendo, metal contra metal, aumentava cada vez mais. O barulho a incomodava demais, e era tão terrível quanto a perseguição em si.

— O que elas são? — gritou Perséfone, acima do ranger das asas.

— Aves do lago Estínfalo — disse Hades. — Cuidado!

De repente ele a empurrou contra a lateral do corpo de Galântis, na mesma hora que uma estranha lança parecida com uma pena passou zunindo por eles, seguida por outra. Galântis desviou delas, mas cada movimento fazia Perséfone balançar, sem conseguir segurar direito o pelo do animal.

Por fim, ela conseguiu subir de novo e, quando ergueu os olhos, viu que Ariadne estava virada na direção oposta, com a arma em punho, mas segurando-a do jeito errado. E então ela a atirou, mirando na ave mais próxima deles. Quando atingiu o pássaro, ele pareceu atordoado, depois desabou no chão, fazendo subir uma nuvem de poeira.

Quando Perséfone estava a seu alcance, Ariadne ofereceu a mão, e dessa vez a deusa não escorregou ao terminar a subida para as costas de Galântis. Hades subiu logo depois e, uma vez montados, foram consumidos pela escuridão do labirinto.

O fio de Ariadne brilhava, um riacho fino que Galântis seguia enquanto as aves do lago Estínfalo guinchavam lá em cima, fazendo chover um metal mortal sobre eles. Galântis fez tudo que pôde para se esquivar das penas, mas, às vezes, as flechas passavam tão perto que ela mal conseguia reagir, e em vez disso atingia as paredes do labirinto, que pareciam tremer sob sua força.

— Se abaixem! — ordenou Hades, cobrindo o corpo de Perséfone com o seu.

Uma chuva de pedras caiu sobre eles, seguida pelo zunido de várias outras flechas e o estalido de bicos de bronze à medida que as aves se aproximavam.

Galântis cobriu uma distância muito maior do que Ariadne e Perséfone jamais conseguiriam se estivessem sozinhas. Logo eles estavam passando pelos cadáveres do leão e do javali que ela tinha matado, e Perséfone sentiu o coração quase sair pela boca.

Agora só faltava o matagal de espinhos, e logo eles estariam livres. Então Galântis rugiu e tropeçou, e os três foram atirados das costas dela.

Perséfone atingiu o chão e rolou. Quando parou, olhou para trás e viu Galântis tentando se levantar, mas desabando em seguida. Seus olhos se encontraram, e então a criatura arqueou a cabeça de um jeito anormal ao ser atravessada por outra flecha em forma de lança.

— Galântis! — gritou Perséfone.

A deusa se levantou e começou a correr até ela, mas um bico de bronze se fechou sobre o eudaimon.

— Não! — Hades a puxou bem a tempo de ela ver a expressão horrorizada de Ariadne. — Precisamos ir — disse ele, empurrando-a para a frente.

Um soluço escapou da boca de Perséfone. Ela sabia que ele estava certo, mas só conseguia pensar que tinham todos chegado *tão perto*.

Juntos, eles mergulharam no matagal de espinhos em ruínas enquanto lanças choviam sobre eles, cada uma atingindo o solo com uma explosão de pedras e terra. Não pararam de correr nem quando alcançaram as escadas. Perséfone subiu dois degraus de cada vez, o peito doendo. O tempo todo, ela tentava desesperadamente invocar sua magia. Percebeu que estavam saindo da prisão de adamante quando começou a sentir o poder nas margens de sua consciência.

— Leva a gente pra casa! — gritou ela.

Sua garganta arranhou ao falar, mas, em vez de eles se teleportarem, o chão começou a tremer violentamente, enchendo o corredor com um ronco que se transformou num rugido alto. O som fez os ouvidos de Perséfone zumbirem, e ela cambaleou, sem conseguir se manter de pé enquanto o chão se agitava debaixo deles. Hades a pegou pela cintura e a puxou contra o próprio peito.

— O que tá acontecendo? — perguntou ela.

— Teseu — respondeu Hades, e na mesma hora ouviram um estalo ensurdecedor, e os degraus se partiram.

Acima deles começaram a cair pedaços de pedras. O teto estava prestes a desabar.

— Porra. Vai!

Hades empurrou Perséfone e ela tropeçou para a frente quando o teto cedeu. A deusa se virou enquanto as pedras caíam com força e viu que um abismo se abrira entre ela e Hades e Ariadne.

— Hades! — gritou ela, enquanto ele pegava uma grande pedra que caía e a atirava para o lado.

Apesar de seus esforços, Perséfone sabia que os dois logo estariam enterrados sob os escombros.

Os olhos dele encontraram os dela na escuridão quase completa, ardendo como brasas.

— Vai! — ordenou ele.

Ela o encarou, horrorizada e brava, mas sabia que pelo menos um deles precisava sair. Um deles precisava de magia para resgatar o outro.

— Aguenta firme... por mim — pediu ela.

Hades deu um sorrisinho antes de ela se virar e subir correndo as escadas restantes, enquanto os degraus tremiam sob seus pés e o teto continuava a desmoronar ao seu redor. Ela tropeçou e caiu, as canelas batendo na pedra com força. A dor foi intensa, mas ela seguiu em frente, machucando os dedos e quebrando as unhas ao escalar cada vez mais alto, sabendo que não tinha escolha, até que, por fim, quando invocou sua magia, o poder estava *lá*.

Ela quase chorou.

A deusa se teleportou e aterrissou de quatro no topo das escadas do labirinto, onde ela e Ariadne haviam começado a descida, na mesma hora que a entrada desabou.

Perséfone se levantou, trêmula. Sabia que estava sangrando por causa da queda, mas ignorou a dor e invocou sua magia, na intenção de erguer as pedras, mas de repente o ar ficou carregado de uma eletricidade que fez os pelos de seus braços se arrepiarem.

Ela se virou e viu um semideus de olhos brilhantes e um fluxo de raios branco-azulados avançando em sua direção, cujo calor queimou sua pele mesmo enquanto ela se teleportava, aparecendo atrás do agressor. O semideus, no entanto, estava um passo à sua frente e já tinha se virado para ela, lançando outro raio. Este a atingiu com força no peito, atirando-a para trás e fervendo seu sangue.

Perséfone aterrissou em meio às ruínas de Cnossos e só teve tempo de registrar a dor antes de o semideus aparecer no céu acima dela e atacá-la de novo, dessa vez com um jorro contínuo de raios. O corpo da deusa convulsionou sob o calor, e seus sentidos foram tomados pelo cheiro de carne queimada e pelo chiado agudo da eletricidade.

Sob a investida da magia do semideus, Perséfone só conseguia pensar em tudo que tinha enfrentado. Mas não só ela. Seus amigos também. As pessoas que ela mais amava no mundo. Sibila e Harmonia haviam sido torturadas, e Zofie fora assassinada. Os prisioneiros do Submundo arrasaram seu reino e traumatizaram as almas mais uma vez. Zeus tinha tirado os poderes de Hermes, Apolo e Afrodite e colocado um alvo em sua cabeça.

E ela ainda carregava a culpa de ter assassinado a mãe.

Durante tudo isso, tinha esperado ansiosa por uma coisa, e era Hades.

Ele era seu farol, o brilho da esperança a distância, apesar da escuridão profunda a seu redor, mas assim que ela sentira o calor familiar do deus e a segurança de seu abraço, ele fora tirado dela de novo.

A fúria de Perséfone floresceu. Ela a sentia no peito, uma escuridão que se alastrou na forma de espinhos. A deusa gritou quando eles irromperam de seu corpo, atravessando a luz branca-azulada. O raio parou quando o semideus tentou fugir, mas os espinhos de Perséfone se enrolaram em torno e através dele. Enquanto seu sangue escorria, ela o puxou do céu, e ele mergulhou no solo, atingindo-o numa explosão de pedras e terra.

Por um breve instante, a deusa permaneceu deitada, esperando sentir a dor que inevitavelmente se seguia à sua magia explosiva, mas não sentiu nada além do chão duro nas costas. Foi aí que percebeu que os espinhos haviam sumido e que havia se curado.

Perséfone se sentou, depois ficou de pé, se aproximando da cratera e encontrando o semideus deitado no fundo. Quando ela olhou, ele abriu os olhos, que já não estavam mais iluminados com a luz branca. Perséfone estendeu a mão e videiras cresceram ao redor dele. Ele se debateu enquanto elas o apertavam e, quando começou a gritar, outro galho cobriu sua boca.

Perséfone se virou para a entrada destruída do labirinto e invocou as pedras. Foi fácil encontrá-las porque eram feitas de adamante, mas difícil movê-las, porque sua energia era pesada. O corpo inteiro da deusa tremeu, mas ela conseguiu levá-las até a cova, encarando o semideus ao derrubar todas em cima dele de uma só vez.

A deusa captou um movimento com a visão periférica e começou a chorar quando viu Hades sair das ruínas das escadas. Ariadne não estava muito atrás.

— Hades!

Correu para ele e se jogou em seus braços, mais uma vez rodeada pelo calor e pelo cheiro do deus. Depois enterrou o rosto no pescoço dele.

— Vamos — disse ela, e a magia de Hades veio à tona.

Por fim estavam livres, e Hades estava em casa.

PARTE II

[...] digo-te não existir homem algum que à morte tenha fugido, nem o covarde, nem o valente.

— Homero, *Ilíada*

17

HADES

Hades não conseguia descrever a sensação de estar livre da prisão do labirinto.

A única comparação possível era quando fora vomitado pelo pai e libertado do cárcere escuro de sua barriga.

Mas nem aquilo se comparava, porque, na época, ele renascera direto na batalha e, agora, estava reunido com sua rainha, e ela era tudo que ele queria.

Enquanto eles se teleportavam, Hades curou o que era possível, ciente de que a ferida na lateral de seu corpo era impenetrável à sua magia. Ele já imaginava o que Hécate diria, como Perséfone reagiria.

Quando chegaram ao Submundo, ele manteve Perséfone por perto, encarando-a enquanto passava uma mecha do cabelo dela por trás da orelha e inclinava a cabeça da deusa para trás, para ver melhor seu rosto e chegar até a sua boca.

— Você está bem? — perguntou ele.

— Sim — respondeu ela, num sussurro abafado que combinava com a meia-luz do quarto dos dois.

Hades apertou a nuca de Perséfone com mais força, o desejo se acendendo em seu baixo ventre.

— Eu só sonhei com você na escuridão daquele labirinto — disse ele, apoiando a testa na dela.

Ele não queria nada além dessa doce tensão, mas Ariadne pigarreou e Perséfone respondeu, quebrando o encanto.

A frustração tomou conta de Hades. O fato de não estar particularmente feliz com a detetive mortal e sua recusa prévia de ajudá-lo não melhorava a situação, em especial levando em conta o horror do labirinto, embora ele tivesse que admitir que estava curioso para saber o que a convencera.

— Cadê o Dionísio?

— Onde quer que você o tenha deixado — respondeu Hades.

— *Hades* — repreendeu Perséfone.

Ela se afastou, e ele ficou frustrado com a distância.

— Respondi a pergunta o melhor que pude — afirmou ele.

Hades não sabia onde o Deus do Vinho estava e, sinceramente, não se importava. A única coisa que queria saber era quanto tempo teria que esperar até poder ficar a sós com Perséfone.

— Se esse foi o seu melhor, sinto muito por você, Perséfone — retrucou Ariadne, com a voz cheia de sarcasmo.

— Só estou retribuindo a energia que você me ofereceu antes — rebateu Hades.

— Qual é o problema de vocês dois? — questionou Perséfone, olhando do deus para a detetive.

— Ele está puto porque me recusei a passar informações sobre Teseu pra ele — explicou Ariadne, depois olhou para Hades, com os olhos apertados. — Eu pus a segurança de Fedra em risco uma vez pra te contar os planos do Teseu, e você não fez nada para ajudá-la. O que te faz pensar que eu faria isso de novo?

Perséfone encarou Hades. Ele não gostava do jeito como ela estava olhando para ele, como se estivesse pronta para se decepcionar.

— É verdade?

Hades cruzou os braços. Tinha imaginado essa reunião de um jeito bem diferente.

— Eu disse que ia ajudar — argumentou ele. — Nunca especifiquei quando.

Havia hora e lugar para tudo, e resgatar Fedra infelizmente tinha ido parar no final da lista à medida que cada vez mais coisas urgentes surgiam, como o assassinato de Adônis, os ataques a Harmonia e Tique e a caçada ao ofiotauro.

Sem contar que, até onde Hades sabia, a irmã de Ariadne não estava interessada em ser resgatada.

— Talvez você não tenha percebido, já que Fedra é o centro do seu mundo, mas várias pessoas já foram mortas por Teseu enquanto ela fica bonitinha do lado dele, sã e salva, então me perdoe se ela não é minha prioridade.

Hades não gostou do silêncio que se seguiu, nem do jeito como Perséfone olhou para ele, como se estivesse atônita pela dureza de suas palavras, mas não se arrependeu delas nem ao ver os olhos de Ariadne ficarem vermelhos.

Porra.

Talvez ele se arrependesse, sim.

— Tudo bem — disse Ariadne. — Dionísio fez o que você não conseguiu.

E ele também pagaria por isso.

Hades engoliu a resposta, mas não ficou surpreso. O Deus do Vinho estava apaixonado pela detetive e faria qualquer coisa por ela, danem-se as consequências, e embora Hades entendesse o sentimento, não acreditava que Ariadne estivesse tão investida na relação quanto Dionísio.

Hades deu as costas para as duas mulheres. Se ficasse ali, diria alguma coisa de que ia se arrepender depois. Em vez disso, foi até o bar e pegou uma bebida, surpreso pelo cheiro forte do líquido cor de âmbar. Era cálido e doce e fez seu nariz arder. Ele levou o copo aos lábios secos, a boca salivando com a perspectiva de dar um gole, mas então ouviu Perséfone falar.

— Vou pedir para o Hermes... — Ela fez uma pausa. — Esquece. Eu te levo até o Dionísio.

— Não — cortou Hades. Então baixou o copo e se virou para elas. — Hermes é perfeitamente capaz de acompanhá-la até em casa.

O olhar de Perséfone estava duro.

— Zeus tirou os poderes dele. Dele, do Apolo e da Afrodite, por lutarem ao *nosso* lado — explicou ela. — Então não, ele não é.

Hades cerrou o maxilar. Ele já suspeitava que Zeus fosse retaliar de alguma maneira pelo que acontecera na região de Tebas. Seu governo fora desafiado, e os outros deuses tinham visto Perséfone usar sua magia contra ele e derrubá-lo do céu.

Agora Zeus precisava lembrar todos do seu poder e de sua força, mas só conseguia tirar os poderes de seus filhos, não de Hades ou Perséfone.

Ele se perguntava o que o Rei dos Céus teria planejado para eles.

Porra.

Hades olhou para Ariadne, que estava coberta de sangue. A mortal tinha arranhões em todas as partes visíveis do corpo e um grande corte no peito.

— Eu levo ela — declarou ele. — Mas ela precisa ser curada primeiro. Não quero ver Dionísio *preocupado*.

— Igual você se preocupa comigo? — perguntou Perséfone, arqueando a sobrancelha.

Dava para sentir a desaprovação dela. Definitivamente levaria uma bronca quando voltasse. Mas na verdade não ligava, contanto que estivessem a sós.

Perséfone deu as costas a ele e pôs as mãos sobre os ombros de Ariadne. Ela ainda era novata na arte da cura, e Hades não sabia se já tinha curado alguém além de si mesma, então, estava curioso para observá-la.

Quando a magia dela se intensificou, foi como os raios calorosos do sol da primavera, e, sob seu efeito, Hades abriu mão da raiva e da tensão que enrijecia seus músculos e alimentava sua frustração. Ariadne também pareceu relaxar quando o poder de Perséfone fez efeito, curando o corte em seu peito, os arranhões em seus braços e quaisquer ferimentos ocultos que sofrera no labirinto.

Quando Perséfone terminou, abaixou as mãos e encarou a detetive.

— Obrigada por me guiar pelo labirinto — disse ela. — Eu não teria conseguido sozinha.

Ariadne deu um sorriso discreto.

— Teria sim — respondeu ela, olhando feio para Hades de relance ao acrescentar: — Às vezes nosso amor nos força a fazer coisas extraordinárias.

Foi a primeira vez que ele concordou com algo que a mortal disse.

Hades se aproximou de Perséfone e ficou feliz quando ela se virou para ele. Então envolveu seu rosto com as mãos, enfiando os dedos em seus cabelos.

— Não vou demorar — afirmou ele, depois lhe deu um beijo forte, profundo.

Seu coração disparou quando ela correspondeu, cravando os dedos em sua pele. Parecia dramático dizer aquilo, mas ele não queria se separar dela nem por poucos minutos.

Quando a soltou, estava quente e excitado.

Pensou em teleportar Ariadne para casa sem um acompanhante, mas sabia que Perséfone não aprovaria. Além disso, provavelmente não seria a decisão mais segura, ainda mais depois da fuga deles do labirinto.

Ou, pelo jeito, do resgate de Fedra.

— Espere aqui — disse ele.

Não queria ter que sair em busca de Perséfone quando voltasse. Ele se afastou, encarando-a até se virar para Ariadne e envolvê-la com sua magia. Ao mesmo tempo, procurou Dionísio e o encontrou em seus aposentos na Bakkheia.

Hades não sabia ao certo o que esperava encontrar quando chegassem, mas com certeza não era Dionísio desmaiado numa cadeira transformado em um velho branco vestido de médico, mas foi exatamente isso que encontrou.

Ariadne franziu as sobrancelhas.

— Tem certeza de que trouxe a gente pro lugar certo? — perguntou ela, olhando ao redor, mas definitivamente era o lugar certo, e esse definitivamente era o deus certo.

Hades chutou o pé de Dionísio e o deus despertou, levando um susto.

— O que foi? — perguntou ele ao se sentar, olhando feio para Hades.

No entanto, sua raiva logo se transformou numa mistura estranha de expectativa e medo. Ele agarrou os braços da cadeira e se levantou, arrancando a touca que cobria seu cabelo. Não pareceu perceber que não era ele mesmo.

— Cadê a Ariadne?

— Aqui — respondeu Hades, dando um passo para o lado para que o Deus das Vinhas tivesse uma visão clara de sua amada mortal.

— Ari — sussurrou Dionísio, dando um passo na direção dela, mas a mulher arregalou os olhos e deu um passo para trás.

— O que está acontecendo aqui? — perguntou Ariadne, olhando de Dionísio para Hades.

Por um instante, Dionísio pareceu confuso, então olhou para o próprio corpo.

— Ah, porra — disse ele, assumindo sua verdadeira forma de novo.

Ariadne ficou boquiaberta.

— Você não sabia? — perguntou Hades. — Seu namorado é um metamorfo.

— Desculpa — falou Dionísio, esfregando a nuca. Parecia envergonhado. — Foi um dia longo.

— Cadê a minha irmã? — perguntou Ariadne.

Dionísio crispou os lábios. Hades achava que não era assim que ele estava esperando que essa reunião acontecesse.

— Eu levei ela pra minha casa — respondeu Dionísio. — Achei que seria melhor para ela e o bebê.

— *Bebê?* — perguntou Ariadne.

— *Bebê?* — repetiu Hades.

— Que bebê? — questionou Ariadne.

— Sua irmã está grávida — explicou Dionísio. — Estava grávida. Ela deu à luz hoje.

Ariadne só ficou olhando para ele, de boca aberta.

Dionísio deve ter odiado o silêncio, porque continuou:

— Parabéns. Você virou tia hoje.

— Você pegou a mulher *e* o filho do Teseu? — perguntou Hades.

Porra, isso não era nada bom.

— Eu não sabia que tinha uma criança envolvida até ser tarde demais — argumentou Dionísio.

— Ela pariu na sua *casa*? — perguntou Hades.

— Não...

— Então não era tarde demais! — vociferou ele.

— Não grita com ele! — disse Ariadne, enfiando-se entre os dois deuses. — Ele fez isso por mim!

Hades olhou para a mulher, e o que quer que ela tenha visto a fez recuar um passo.

— E você acha que eu não sei? — perguntou Hades, furioso. — Acha que eu não sei que tudo que você já fez na vida foi em benefício próprio, sua egoísta?

— Cuidado, Hades — alertou Dionísio.

— Teseu vai vir atrás da esposa, do filho e de você, e embora você *vá* sofrer, não vai ser nada comparado àqueles que te deram abrigo. — Hades sentia sua escuridão tomando conta da sala enquanto falava, mas não tirou os olhos do rosto abatido de Ariadne nem por um segundo. — Você achava que sabia o que era dor? Achava que sabia o que era culpa? Você está prestes a conhecer a agonia de viver com o sangue de pessoas inocentes nas mãos. — Hades endireitou o corpo e olhou para Dionísio, cujos olhos estavam escuros de raiva. — É bom você torcer pra eu estar errado — disse ele, antes de desaparecer.

163

18

TESEU

Teseu agarrou os cabelos de Helena quando ela se ajoelhou no carpete felpudo do quarto de hotel. Mesmo com essa vista, quase não percebeu a sensação da boca da mortal ao seu redor, de tão furioso que estava por causa do que acontecera no labirinto.

Ele havia observado Ariadne e a Deusa da Primavera desde que chegaram à ilha de Cnossos e desceram para sua prisão escura. Tinha ouvido cada conversa, cada grito e gemido desesperado. Tinha testemunhado seus desejos mais profundos virem à tona enquanto a magia do labirinto se enraizava em suas mentes, mas nenhum deles o surpreendeu.

Perséfone desejava identidade.

Ariadne desejava uma família.

E Teseu desejava tirar tudo aquilo delas, e era isso o que faria. Era só questão de tempo. O que as duas não percebiam era que ele não podia ser derrotado. Ele havia cumprido a profecia do ofiotauro. Estava destinado a derrubar os deuses e, quando conseguisse, eles pagariam por sua insolência, mas nenhum pagaria tanto quanto Ariadne.

Ariadne o traíra e, por isso, iria sofrer.

Ficou mais excitado ao pensar no que faria com ela, em como a torturaria, e começaria por punir aquela boca perversa.

A pressão ao redor de seu pau mudou, aumentando de intensidade, e, quando olhou para baixo, era Ariadne que estava de joelhos a seus pés. Uma onda quente de tesão o atravessou, e ele segurou o cabelo grosso dela com mais força. Ela parou, levantando os olhos escuros para ele. Então endireitou o corpo, apoiando as mãos nas coxas, sabendo o que estava por vir.

O semideus meteu na boca da mulher e a segurou firme, indo mais fundo. Dava para sentir o fundo da garganta dela contra a cabeça de seu pau enquanto ela ameaçava vomitar, enfiando as unhas na pele dele com força. A dor o estimulou, a pressão aumentando até ele explodir dentro dela.

Ele não soube ao certo se ela simplesmente se afastou ou se o empurrou para longe, mas, quando olhou para a mulher a seus pés, viu que já não era Ariadne, e sim Helena. Estava arfando e tossindo, a porra dele pingando de sua boca e caindo no chão. Ela ergueu o rosto para ele com os olhos lacrimejando, cheios de ódio.

Teseu estava se acostumando com essa expressão. Helena tinha olhado para ele de um jeito parecido depois de ele ter trepado com ela na sala de reunião do *Jornal de Nova Atenas*, mas mesmo assim viera quando ele a convocara para o Diadem e se ajoelhara quando ele havia pedido.

A mortal não disse nada ao se levantar e desaparecer no banheiro. Depois de alguns segundos, ele ouviu o chuveiro aberto. Pensou que ela poderia usá-lo para abafar o choro, mas, em vez disso, ouviu o som de alguém vomitando.

O semideus cerrou os dentes, enojado, e saiu do quarto, entrando na suíte ao lado.

Ele havia partido de Cnossos logo depois de Hades, Perséfone e Ariadne, sem nem se dar ao trabalho de desenterrar Sandros, que ainda devia estar debaixo dos destroços, pois eram de adamante e quase impossíveis de ele deslocar sozinho. Aquela seria uma punição adequada por enquanto, por seu fracasso em dominar a Deusa da Primavera.

Outra onda de raiva tomou conta de Teseu quando entrou no chuveiro, mas ele sabia que era inútil se sentir assim. Não importava que os três tivessem escapado, porque ele estava destinado a vencer. Embora tivesse a esperança de atrair Cronos para uma parceria ao oferecer Hades como sacrifício, podia fazer o mesmo com Zeus.

Ele ainda tinha a vantagem.

Que eles se regozijem com essa vitória, ele pensou. *Quanto mais alto escalarem, maior será a queda.*

Teseu terminou o banho e, quando voltou para o quarto, Helena o aguardava, uma imagem da perfeição. Olhando para ela agora, ninguém diria que minutos antes a mulher havia se ajoelhado diante dele e engolido seu pau até o talo.

Enquanto ele se vestia, ela falou:

— Preparei uma declaração anunciando o nascimento do seu filho. Como solicitado, ela diz que você estava presente durante a chegada dele.

Teseu deu um sorrisinho ao ouvir o tom depreciativo dela.

— Estou ouvindo desprezo na sua voz, Helena?

O silêncio dela falou mais alto do que qualquer palavra, mas então ela perguntou:

— Você ao menos sabe o nome dele?

Teseu se virou para encará-la enquanto dava o nó na gravata.

— De repente você desenvolveu uma bússola moral?

— Eu sempre tive certos valores — retrucou ela.

— Ah, é? E quais são eles? Desonestidade? Traição? Desespero?

Helena o fulminou com o olhar.

— Não tem motivo pra você me acusar dessas coisas.

— Claro que tem. Você demonstrou cada uma delas ao abandonar seus amigos por mim.

— Não abandonei ninguém por *você*. Eu escolhi a Tríade.

— *Eu sou a Tríade.*

Ela o fulminou com o olhar mais uma vez, o peito subindo e descendo com a raiva.

Carrancudo, ele ordenou:

— Me ajuda com a porra dessa gravata!

Helena ergueu o queixo, e, por um instante, ele achou que ia se recusar, mas então se levantou para ir até ele.

— Em quem você estava pensando quando estava fodendo minha boca? — perguntou ela.

Teseu não gostou da pergunta. Parecia íntima demais, como se ela fosse uma amante exigindo respostas.

— Tá com ciúme, Helena?

— Você é obcecado por ela — comentou a mortal.

Os músculos dele ficaram tensos. Ela estava insinuando que ele tinha um ponto fraco.

— Até onde você sabe, podia ser minha esposa — respondeu ele.

— A esposa que você deixou sozinha enquanto ela paria seu filho? — perguntou Helena. — Acho que não.

Ele pousou as mãos no quadril dela, enfiando os dedos com força em sua pele.

— Se coloca no seu lugar, Helena — disse ele.

— Se fizer isso comigo de novo, vou arrancar seu pau com os dentes — respondeu ela. — Não estou nem aí para as consequências. Estamos entendidos?

Teseu ergueu o canto da boca. Não disse nada, e ela continuou como se eles nunca tivessem mudado de assunto.

— Os repórteres estão aguardando na entrada do hospital. Quando sair, você vai parar no último degrau com a Fedra, anunciar seu filho, sorrir e acenar, depois vai conduzi-la para o suv que estará à espera.

Então Helena subiu o nó da gravata de Teseu, apertando seu pescoço, o que o fez tossir. Ele empurrou as mãos dela e se virou para o espelho, ajustando a gravata para que não o sufocasse até a morte antes de chegar ao quarto de Fedra.

— Eu sei como encantar a imprensa — afirmou ele.

Era com Fedra que eles precisavam se preocupar. Essa seria a primeira aparição pública dos dois desde o incidente em casa, embora o semideus suspeitasse que ela faria de tudo para agradá-lo, agarrando-se à esperança de que assim ele ainda poderia amá-la.

166

Teseu na verdade não ligava para o que ela dizia a si mesma, contanto que cumprisse seu papel, que era ainda mais importante agora que Ariadne escolhera ficar ao lado de Hades e Perséfone.

Viu Helena caminhar até a mesinha de cabeceira para pegar o tablet e a bolsa.

— Já vai? — perguntou ele.

— Preciso trabalhar — respondeu ela, encarando-o pelo espelho.

Ele se virou para encará-la.

— Você trabalha pra mim.

Ela cerrou os dentes, uma faísca de raiva nos olhos.

Ele deu uma risadinha. Helena não gostou, o que tornou a ação ainda mais satisfatória.

— Foi você que me falou pra ter um contra-ataque pronto para a Perséfone — disse ela. — E tenho uma pista.

— Alguma coisa que você queira compartilhar?

— Prefiro que seja surpresa — respondeu ela.

Teseu inclinou a cabeça para o lado, observando-a. Esperou que ela baixasse o olhar ou mexesse nas próprias coisas — que mostrasse algum sinal de desconforto —, mas ela permaneceu firme sob seu escrutínio.

O semideus se aproximou, roçando o rosto dela com o nó dos dedos. Ela ficou tensa quando a mão dele parou em seu pescoço.

— Você não mentiria pra mim, né, Helena?

— Não — respondeu ela.

— Não? — perguntou ele, aumentando a pressão na garganta dela. Sentiu quando ela engoliu em seco sob seu aperto. — Ou nunca?

Helena não respondeu, e, depois de um instante, Teseu baixou a mão, satisfeito com a maneira como ela pareceu se encolher quando ele a soltou. Achava que quase gostava mais do medo dela do que de sua aquiescência.

— Se tivesse dito nunca, eu não teria acreditado em você — disse ele. — E aí teria te matado.

Ela nem piscou, e ele não conseguiu decidir se ela era corajosa ou tola.

O semideus já jogava esse jogo havia anos e sabia o tipo de pessoa que ela era: uma oportunista, ansiosa para agradar, desde que significasse uma carona para o topo. Teseu estava disposto a fazer o que ela queria até que ela deixasse de ser útil, apesar de não ter dúvidas de que ela devia estar planejando apunhalá-lo pelas costas antes disso.

Que bom que ele era invencível.

Helena se virou, e Teseu ficou observando enquanto ela se retirava; só falou quando ela chegou à porta.

— O nome dele é Acamante — disse ele, e quando Helena se virou para encará-lo, o semideus fez um alerta. — Eu sei que sua lealdade é ligada à ambição, Helena. Só lembre que você não pode ascender se estiver morta.

Teseu se teleportou para o Hospital Comunitário Asclépio.

Ao chegar, esperava que Tânis o recebesse no corredor, diante da porta de Fedra, mas encontrou o posto abandonado. Na verdade, a ala inteira estava em silêncio. Sua primeira reação foi não se preocupar demais: talvez Tânis tivesse esvaziado a ala e entrado no quarto para ajudar Fedra a se preparar para a partida.

Quando entrou, encontrou Tânis, mas o homem não estava com Fedra. Estava de joelhos. Perseu estava de pé atrás dele, apontando uma arma para sua cabeça.

Teseu fechou a porta.

— Diga a Lorde Teseu onde está a esposa dele, Tânis — ordenou Perseu.

Houve uma breve pausa, depois, em voz baixa, Tânis disse:

— Eu não sei.

— Você não sabe — repetiu Teseu. Ele olhou para Perseu, depois ao redor do quarto, mas não havia nem sinal dos pertences deles. — E meu filho?

— Eu... não sei... milorde — respondeu Tânis.

— Mas ele nasceu? — A voz de Teseu tremia.

— Eu ouvi o choro.

Teseu cerrou os dentes. Cada palavra só o deixava mais irritado. Não conseguia descrever esse sentimento, essa raiva; só conseguia pensar que tivera um filho e agora ele tinha sumido. Era só nisso que conseguia pensar, e esse fato... o surpreendeu.

— *Quando* você percebeu que ele tinha sumido?

— O médico nunca saiu do quarto — respondeu Tânis.

Nunca saiu.

Nunca saiu.

Teseu se concentrou nessas palavras.

Nunca saiu.

Alguém certamente tinha saído, e havia levado sua esposa e seu filho. Sua propriedade e seu legado.

Teseu encarou o guarda-costas por um instante, depois encarou Perseu. O semideus puxou o gatilho, executando Tânis com uma única bala na nuca. Teseu não tinha mais uso para o homem que não conseguira proteger sua esposa e seu filho, não precisava lhe fazer mais nenhuma pergunta. Ele sabia quem era a responsável por isso.

Ariadne.

— Você já encontrou o doutor Fanes? — perguntou Teseu.

Ficou olhando enquanto o sangue de Tânis formava uma poça no chão.

— Ele está sendo escoltado para cá agora mesmo, junto com a enfermeira — respondeu Perseu. — Encontramos os dois no estacionamento, desorientados.

Você é obcecado por ela.

Era verdade. Ele era obcecado por Ariadne e a odiava por isso.

Odiava-a porque ela sabia e usara esse fato em benefício próprio, para assumir o controle desse momento. Precisava admitir que estava surpreso por ela ter agido, sabendo que ele buscaria vingança... sabendo que Fedra também sofreria.

A porta se abriu, Teseu ergueu o olhar e viu Damião, um filho de Zeus, entrar com o médico e uma mulher de meia-idade. A princípio, a expressão deles era distante, um sintoma da compulsão, mas então seus olhos pousaram sobre Tânis, sem vida no chão.

A enfermeira gritou e Damião cobriu a boca da mulher, abafando o som.

— Por favor, milorde — implorou o doutor Fanes, cujos olhos já estavam lacrimejando. Sua testa grande e suada brilhava sob as lâmpadas fluorescentes. — Eu... eu não sei o que aconteceu.

— Shh — disse Teseu ao se aproximar e levar um dedo aos lábios do homem. Esperou até ter certeza de que o médico ficaria quieto antes de afastar a mão. — Eu sei que não foi culpa sua. Algumas coisas estão fora do seu controle, como a duração da sua vida.

Teseu deu um passo para trás, e Perseu ergueu a arma.

— Por favor — sussurrou o médico, mas a súplica foi abafada pelo som da arma de Perseu disparando.

A enfermeira gritou, mas foi silenciada logo em seguida por Damião, que manteve a mão sobre a boca da mulher e apertou seu pescoço com o braço até ela deslizar para o chão.

No silêncio que se seguiu, Perseu falou:

— Vou encontrá-la, milorde, e o seu filho.

Mas Teseu não precisava de ajuda para localizá-los. Ele sabia exatamente onde estavam.

— Não — afirmou ele. — Você vai trazer Dionísio até mim.

19

HADES

Hades não esperava sair da Bakkheia tão mal-humorado. Se Perséfone tivesse ouvido como ele falara com Ariadne, provavelmente não falaria com ele a noite toda, mas a decisão de Dionísio de basicamente sequestrar Fedra e o filho dela teria consequências horríveis. Só esperava conseguir parar Teseu antes que ele as levasse a cabo, mas aquelas eram preocupações para o dia seguinte.

Esta noite, ele só queria se preocupar com Perséfone.

Só que, quando voltou para o Submundo, ela não estava sozinha. Hécate havia se juntado a ela em seu escritório.

— Quando eu disse pra me esperar, quis dizer sozinha — resmungou ele, embora, para ser justo, não estivesse infeliz de ver a Deusa da Bruxaria.

— Cala a boca! — exclamou Hécate ao abraçá-lo, e, apesar de essa ação o surpreender, ele a abraçou de volta. — Você é um idiota — disse ela, com o rosto enterrado no peito dele.

Ele deu um sorrisinho.

— Também senti sua falta, Hécate.

Ela se afastou e tocou o rosto dele. Hades nunca vira essa expressão nos olhos dela antes. Era quase *descrença*, como se ela não tivesse certeza de que ele ia voltar de verdade.

Pensar nisso fez o estômago dele embrulhar.

— Você precisa fazer a barba — comentou ela.

— Anotado — respondeu ele.

— Vou deixar vocês a sós — disse ela, dando um passo para trás. — Mas eu precisava te ver, ver vocês dois.

Hécate se virou para Perséfone e lhe deu um abraço apertado; então a deusa saiu, e eles ficaram sozinhos.

Era o momento que Hades estava esperando, mas ele não diminuiu a distância entre os dois. Só conseguiu ficar olhando para a esposa, sua deusa, sua rainha. Ela era tão linda que o coração dele doía quando a olhava. Hades tinha passado a maior parte do tempo no labirinto pensando apenas em Perséfone, conjurando sua imagem a partir das lembranças, e mesmo assim não lhe fizera justiça. Jamais conseguiria capturar a verdadeira natureza dela: a beleza insuportável de sua alma — aquilo chamava a atenção de Hades, que afirmava que eles haviam sido feitos um para o outro.

Ela não tirou os olhos dele nem por um segundo, mas eles pareceram ficar mais brilhantes, estimulados pelo calor que aumentava entre os dois.

— A gente devia tomar um banho — disse ela.

Sua voz saiu baixa, deslizante como seda.

Hades não ia discutir. Os dois estavam cobertos de lama e sangue. Além disso, ele queria vê-la se despir até ficar nua.

— Como quiser, meu bem — disse o deus.

Pensou em carregá-la pelo castelo até a casa de banhos, tanto para anunciar seu retorno quanto para comunicar que eles não deviam ser perturbados, mas decidiu que isso demoraria demais e se teleportou.

Quando chegaram, os sentidos de Hades foram tomados de imediato pelo cheiro de eucalipto e lavanda. O calor úmido se pregou à sua pele e aqueceu seus músculos doloridos. Ele não tinha prestado muita atenção ao que estava sentindo, além do anseio entre as coxas.

Ele e Perséfone continuavam separados pela mesma distância, mas esta parecia bem mais tangível do que antes, densa e carregada de desejo.

Perséfone o encarou ao tirar a blusa e as calças. Ela se ajeitou e ficou parada nua diante dele. Hades já a vira assim muitas vezes, e nunca seria o suficiente.

— O que você está esperando? — perguntou ela, antes de se virar e entrar na piscina.

Ficou olhando a deusa mergulhar, depois tirou o que restava de suas roupas esfarrapadas e entrou na água na mesma hora que ela veio à tona, o cabelo comprido colado à cabeça.

Hades a imitou e nadou até ela. Quando subiu para a superfície, estava a centímetros dela.

Ainda assim, ele não a abraçou, não esvaziou o espaço entre eles, exceto por seu pau, tão duro que pressionava a barriga dela.

— Todo mundo sentiu saudade de você — disse Perséfone.

Hades não esperava sentir uma onda tão forte de emoção ao ouvir as palavras da deusa, mas pensou que talvez estivesse relacionado ao modo como ela estava olhando para ele. Como se alguma coisa dentro dela tivesse se quebrado no tempo que ele passara longe e ela estivesse tentando escondê-la. Então ele viu. A boca da deusa tremeu, seus olhos se encheram de lágrimas e ela sacudiu a cabeça como se as mandasse embora, mas elas caíram mesmo assim.

— Foi horrível sem você — disse ela.

Hades a puxou para os braços e a abraçou firme, torcendo para que, em algum momento, ela parasse de tremer.

— Sinto muito — disse ele.

— Eu que devia pedir desculpas — respondeu ela, se afastando, enxugando as lágrimas do rosto. — Eu nunca devia ter deixado...

Ele estendeu a mão para ela, fechando os dedos ao redor dos pulsos da deusa.

— Não, Perséfone — disse ele, balançando a cabeça. — Você sabia exatamente o que eu faria. Eu nunca teria deixado você sair com o Teseu, nunca teria cumprido esse maldito acordo. Nunca deveria ter feito isso, para começo de conversa.

Perséfone pôs uma mão de cada lado do rosto dele, passando os dedos por sua barba molhada, e, depois de um instante, deu uma risadinha.

Hades gostou daquele som. Ele queria mais.

— Hécate tem razão. Você precisa mesmo fazer a barba.

— Você não gostou? — perguntou ele. — Eu estava pensando em deixar assim.

— Hades.

Ela não achou graça.

— Você acha que me faz parecer mais velho?

Perséfone apertou as bochechas dele com a palma das mãos e falou, bem perto de seu rosto:

— Acho que deixa você piniquento.

— Ah, é? — perguntou Hades, acariciando o pescoço de Perséfone com a barba. — Isso te dá cócegas?

Ela estremeceu.

— *Hades.*

Dessa vez, ela sussurrou o nome dele, e o deus não soube dizer se era uma advertência ou um convite desesperado, mas ela não o empurrou. Em vez disso, enfiou os dedos no cabelo dele enquanto ele beijava seu pescoço e seu maxilar.

— E isso? — perguntou Hades, provocando o lóbulo da orelha dela com os dentes.

Foi então que ela se jogou em cima dele e o beijou.

Finalmente, porra, pensou Hades, e sua mente se esvaziou. Ele a puxou para ainda mais perto e devorou a boca de Perséfone, consumido pela sensação do corpo da deusa e pelo sangue correndo em suas veias, que fez seu coração disparar e seu pau pulsar.

As línguas dos dois deuses se encontraram. Hades gemeu com o gosto de Perséfone, com o modo como ela o deixou assumir o controle. Ele se sentiu imenso ao se curvar sobre ela, a mão enfiada no cabelo na nuca da deusa, mas ela se agarrou a ele e se moveu junto, beijando-o com a mesma paixão que ele demonstrava.

As mãos de Hades desceram pelas costas de Perséfone até chegar à sua bunda, e, quando ele a tirou da água, a deusa envolveu a cintura dele com as pernas. A cabeça dele girava, e ele sentiu o desejo rugindo em seus ouvidos quando a buceta dela pressionou sua ereção dolorida. Beijou o maxilar e o pescoço dela ao carregá-la até a beira da piscina, onde a colocou sentada enquanto tomava seus seios nas mãos e na boca, lambendo e chupando a pele macia e sedosa.

— Isso — sussurrou ela, abrindo mais as pernas num convite a ele.

Porra, como ele amava aquilo.

— Não tá mais sentindo cócegas? — perguntou ele, chupando um mamilo duro.

Perséfone puxou o ar com força por entre os dentes.

— Você é impossível — disse ela.

Hades sorriu, subindo até sua boca estar alinhada à de Perséfone.

— Mas você me ama — disse ele, roçando o nariz dela com o seu, os lábios pairando sobre os da deusa.

— Espero que não tenha sido uma pergunta — respondeu ela.

— Você pode responder mesmo assim — comentou ele.

Perséfone envolveu o pescoço do deus com os braços, puxando-o para perto.

— Sim — afirmou ela. — Sim, eu te amo.

Dessa vez, foi ela que o beijou, enfiando os dedos em seu cabelo. A ferida dele doeu quando ela o apertou com mais força, pressionando os calcanhares em suas costas, mas ele engoliu a dor.

Nada ia arruinar esse momento, nem Teseu nem a porra da foice de seu pai.

Hades se sentiu frustrado só por estar pensando neles, principalmente quando seu pau estava aninhado tão confortavelmente entre as coxas de Perséfone. Era nisso que devia se concentrar, na sensação deliciosa que teria ao entrar nela.

Ele beijou a boca da deusa com mais força antes de descer até a junção de suas coxas.

— Hades, você... está sangrando!

A voz de Perséfone estava alarmada, e ela reagiu imediatamente, fechando as pernas e pulando na piscina ao lado dele. A água, ele agora percebia, estava tingida de vermelho.

Porra.

Era exatamente isso que ele queria evitar.

Perséfone puxou a mão do deus, que ele tentara estrategicamente posicionar em cima da ferida na lateral do corpo. Ao ver o machucado, arregalou os olhos, depois pareceu desolada, tomada por uma expressão meio assombrada.

— Você não está se curando — disse ela, depois recuou, cobrindo a boca como se quisesse conter as emoções.

— Eu estou bem, Perséfone — afirmou ele.

Os olhos dela faiscaram de raiva, e ela abaixou a mão.

— Você tá mentindo!

— Não quero lidar com isso hoje — disse ele, endireitando o corpo. — Acabei de passar tempo demais longe de você. Quero fazer amor com você e quero dormir.

— Não acredito que você não me contou! — exclamou ela, depois fez uma pausa e sacudiu a cabeça. — Mas eu não devia estar surpresa, considerando tudo que me disseram enquanto você estava no labirinto.

Hades franziu as sobrancelhas; embora quisesse saber a que exatamente ela estava se referindo, entrar naquele assunto agora só o deixaria mais longe de seu objetivo.

— Amanhã, Perséfone — disse ele, entre dentes.

— Não, amanhã não — rebateu ela. — *Porra!*

Ela avançou pela água até a escada, saindo da piscina.

Hades se virou para segui-la. Estava disposto a implorar.

— Perséfone...

A deusa parou no topo da escada, o corpo brilhando sob a luz suave da casa de banhos.

— Harmonia também não está se curando — declarou ela, com a voz trêmula. — *Ela não está acordando, Hades.*

De repente ele entendeu. Ela também achava que aquele seria seu destino.

Hades saiu da piscina.

— Como assim Harmonia não está acordando?

Perséfone pegou uma toalha e a enrolou ao redor do próprio corpo antes de se virar para Hades.

— Teseu a esfaqueou, e a ferida não está sarando. Ela está com febre há dias.

Hades franziu a testa com a notícia. Pelo jeito Harmonia também fora vítima da foice de Cronos.

Perséfone o empurrou e passou por ele, e o deus a seguiu pelo corredor rumo ao quarto.

— Não escondi nada de você — afirmou Hades. — Eu esqueci.

Ela parou e se virou para fulminá-lo com o olhar.

Como o idiota que você é, Hades ouviu a voz de Hécate em sua mente.

— É sério?

— Eu estava pensando em outras coisas, Perséfone. Isso tende a aliviar a dor.

— Então você está com dor?

Hades soltou um suspiro frustrado.

— Claro que sim, porra. Eu fui *esfaqueado*.

Perséfone se virou e continuou a caminhar para o quarto.

— Não acredito que você escondeu isso de mim só pra poder transar!

O deus não estava entendendo qual era o problema. Não era seu pau que estava machucado.

— Nós — corrigiu ele. — Para *nós* podermos transar. Não coloca tudo na minha conta. Você estava tão ansiosa quanto eu até descobrir que eu estava ferido.

— Porque você está machucado! — ela gritou de volta.

— Eu estou...

Ela se virou para encará-lo. Ele sentiu a raiva dela como um tapa físico no rosto.

— Se você disser que está bem *mais uma vez*... — ameaçou a deusa, entre dentes cerrados.

Perséfone nem precisava terminar a frase. Ele quase viu sua vida passar diante dos olhos, porque tudo que ela queria fazer com ele estava refletido no olhar dela, e, sem surpresa, nenhuma das coisas era sexual.

Quando eles chegaram ao quarto, ela escancarou a porta e chamou Hécate.

Hades revirou os olhos.

Ótimo. Agora ele ia levar bronca das *duas*.

Ele invocou uma toalha, porque não estava particularmente ansioso para deixar que Hécate visse sua ereção gigante, nem para a diversão que iluminaria os olhos dela quando descobrisse por que eles estavam brigando.

— O que foi, minha querida? — perguntou Hécate, aparecendo bem quando ele terminou de enrolar a toalha na cintura.

Ela usava vestes pretas. Ele imaginava que, se já não estivesse causando sofrimento no mundo lá em cima, devia estar prestes a sair.

Perséfone se virou para Hades.

— Conta pra ela! — ordenou a deusa.

Ele não gostava de receber ordens, mas gostava menos ainda de ter deixado Perséfone chateada.

— Teseu me esfaqueou com a foice de Cronos. A ferida não está sarando. Eu ia te procurar *amanhã* — explicou ele, enfaticamente. — Mas a Perséfone insistiu.

Hécate puxou o capuz da cabeça, com uma expressão bem mais preocupada do que Hades esperava. Então atravessou o quarto até ele e se inclinou para analisar a ferida, depois endireitou o corpo, olhando-o nos olhos. Ela parecia tão irritada com ele quanto Perséfone.

— Deita — disse ela, mais uma ordem.

Apesar de se irritar, ele não protestou.

Hades sabia que Hécate e Perséfone o estavam observando e cerrou os dentes com a pontada intensa de dor que sentiu ao se sentar. Prendeu a respiração enquanto se sentava, a dor se transformando numa pulsação contínua.

Nem tinha parado para pensar em como seria bom relaxar num colchão, mas, depois de ficar pendurado no teto pelo que pareciam dias, era como se deitar numa nuvem.

— Perséfone — chamou Hécate. — Pode me fazer um favor e trazer toalhas? Muitas.

— Claro — respondeu Perséfone, desaparecendo no banheiro ao lado.

Hécate olhou para Hades.

— Você não devia assustá-la desse jeito — censurou ela.

— Não era minha intenção *assustar* ela — respondeu ele. — Eu ia dar um jeito.

— Amanhã — disse Hécate, quase debochada. — Quando talvez fosse tarde demais.

Hades desviou os olhos, frustrado.

Perséfone voltou com uma pilha de toalhas.

— Sua magia não está chegando à ferida — afirmou Hécate. — Não vou conseguir fazer muita coisa além de tentar prevenir uma infecção.

A expressão de Perséfone era dura, os olhos estavam vidrados.

Hades se sentiu frustrado por estar voltando para ela assim: muito mais destruído do que antes.

Hécate posicionou as toalhas ao redor da ferida de Hades, criando uma barreira, depois invocou uma jarra de vidro.

— Você enche isso aqui com água quente, querida? — pediu ela.

— Você sabe que pode usar magia — comentou Hades quando Perséfone desapareceu no banheiro de novo. — Por que fica mandando ela sair?

— Se eu usasse magia agora, a água te escaldaria até a morte — respondeu Hécate, irritada. — Além disso, você prefere que eu te dê bronca na frente da sua esposa?

— Prefiro que você não me dê bronca nenhuma — retrucou ele.

— Então não...

— Seja um idiota — ele falou por cima dela. — Eu sei. Acredite ou não, eu tento não ser.

— Deméter está morta, Hades.

A boca de Hades se abriu, mas o deus não teve palavras.

Ele em geral sabia de todas as almas que vinham para seu reino, tirando o tempo que passara no labirinto, e estivera distraído demais desde que voltara para fazer um inventário.

— Como?

— Perséfone — respondeu Hécate. — Ela precisa de você bem e tão inteiro quanto possível, para se apoiar em você no luto, mas também na culpa.

Hades engoliu em seco com força, cerrando os punhos.

Ele não sabia o que odiava mais nessa história de ter sido prisioneiro de Teseu. Era por ter ficado afastado de Perséfone ou por, separadamente, os dois terem enfrentado coisas inimagináveis sem poder contar com o apoio um do outro?

Quando Perséfone voltou com a jarra de água, Hades não pôde evitar vê-la de um jeito diferente. Pensar naquilo fez seu estômago revirar, enchendo-o de uma culpa que ia além de qualquer coisa que já tivesse sentido. Mas, sabendo agora pelo que ela havia passado, ele tinha a sensação de conseguir enxergar o fardo que ela carregava, endurecendo suas feições.

De certa maneira, a reconhecia em um nível mais profundo.

Hécate começou a trabalhar, limpando a ferida, o que não era necessariamente doloroso, mas com certeza era desconfortável.

— Sibila disse que você mencionou que a gente talvez precise do Velo de Ouro para curar a Harmonia — comentou Perséfone.

— Esse provavelmente é o único jeito de vocês dois se curarem agora — respondeu Hécate.

Maravilha, caralho, pensou Hades, mas Hécate e Perséfone olharam para ele. Ele devia ter falado em voz alta.

— O velo está no território do Ares, e, caso vocês tenham esquecido, estamos lutando em lados opostos. Ele não vai ceder a lã sem luta.

— Então vamos lutar com ele — respondeu Perséfone. — Ele com certeza não vai se opor se achar que pode me capturar. Zeus ofereceu o escudo como recompensa para qualquer um que me levar acorrentada até ele.

Hades foi inundado pela fúria.

— *O quê?*

— Talvez você devesse ter deixado essa informação pra depois — observou Hécate, espalhando uma camada de algo claro e grudento na ferida dele.

— Não precisa ficar tão surpreso — disse Perséfone, como se não ligasse. — Você sabia que ele ia retaliar.

Aquilo nem importava, no entanto, apesar de já esperar que Zeus retaliasse, Hades não estava exatamente esperando uma competição entre os deuses que se opunham a eles.

— Eu vou matar ele — afirmou Hades.

— *Depois* que você sarar — completou Perséfone.

Ele olhou feio para ela. Não tinha certeza de que podia prometer aquilo.

Hécate terminou de enfaixar a ferida, que agora latejava mais do que antes.

— Vamos torcer para você conseguir evitar a infecção até amanhã. — Ela começou a sair, mas parou, e uma expressão severa tomou conta de seu rosto. — *Descanse* — orientou ela. — Caso precise de instruções explícitas, isso quer dizer que talvez seja melhor evitar o sexo por enquanto.

— Eu podia ter passado a existência inteira sem ouvir você dizer essas palavras — falou Hades.

Quando Hécate desapareceu, uma tensão estranha tomou conta do quarto, mas não tinha nada a ver com desejo. Era uma mistura de raiva e medo, intensificada dos dois lados. Perséfone estava parada ao pé da cama. Hades não sabia o que ela estava olhando, ou se ao menos estava enxergando alguma coisa.

— Perséfone.

Ele a chamou, e o som pareceu despertá-la dos pensamentos.

— Vem, deita do meu lado — disse ele.

Se não pudesse ter o consolo de estar dentro dela, ele se contentaria com um abraço apertado.

A deusa não se moveu, e Hades sentiu o temor se infiltrando em seu peito. Será que já tinha estragado tudo?

— Perséfone, por favor — pediu ele.

Por fim, ela se mexeu, e a cama afundou sob seu peso. Hades a observou engatinhar pela cama em sua direção, e quando ela se deitou junto dele, com a cabeça apoiada em seu peito, sua ansiedade desapareceu.

— Me desculpa — disse ele, beijando o cabelo dela.

Ela não disse nada, e ele sentiu as lágrimas em sua pele. Pensou em pedir que ela olhasse para ele, para poder enxugá-las, mas, se o fizesse, teria que lutar contra a emoção que formava um nó em sua garganta, e não tinha certeza de que era capaz de enfrentar essa batalha.

Então não fez nada.

Hades acordou com um beijo de Perséfone.

Ele gemeu e pressionou as costas dela com uma das mãos. A outra procurou seu seio, primeiro por cima do robe, depois deslizando por baixo dele. Ele apertou o mamilo dela entre os dedos, satisfeito com o gemido ofegante que saiu da boca da deusa.

Então a soltou por um instante e desamarrou seu robe. Depois rolou para cima dela e enterrou o rosto entre seus seios, beijando-os antes de provar cada um com a língua, lambendo e chupando enquanto ela se contorcia embaixo dele e deslizava o pé por seu pau duro.

— Caralho — sussurrou Hades, beijando-a.

A deusa o puxou para baixo e ele aproveitou a oportunidade para enfiar os pés na cama, esfregando-se em Perséfone, carne contra carne. Mal conseguia pensar, de tão bom que era.

Hades se deitou de lado e deslizou a mão, passando pela barriga dela até chegar à junção das coxas, onde circulou o clitóris e deixou os dedos deslizarem pela buceta escorregadia.

— *Tão molhada, porra* — murmurou ele contra a pele dela, beijando seu pescoço.

Então retirou os dedos, cobrindo o clitóris da deusa com aquele calor líquido até senti-lo enrijecer sob seu toque, depois voltou a se deitar por cima dela. Ele pretendia beijar o corpo dela até chegar à buceta e fodê-la com a língua, mas ela cravou os dedos em sua pele, fazendo-o parar.

— *Hades* — disse ela.

Ele percebeu pelo tom de sua voz que ela havia despertado do transe do desejo.

Não me pede pra parar, suplicou ele, mas parecia errado dizer essas palavras em voz alta.

— Me deixa provar você — gemeu ele.

Ela se sentou, o que o forçou a se sentar sobre os joelhos.

— Você tá sangrando — observou ela.

Hades olhou para a ferida enfaixada e viu que estava manchada de vermelho.

— Eu já devia estar sangrando antes disso — afirmou ele, embora essas palavras não fossem ajudá-lo.

Perséfone apertou os lábios e fechou o robe.

— Desculpa, Hades. Eu não devia... não queria...

— *Nunca* peça desculpas por isso — interrompeu ele.

Ficaram se olhando, e Hades percebeu que Perséfone estava se sentindo horrível. Ela engatinhou para o outro lado da cama.

Hades suspirou, frustrado, e largou o corpo no colchão.

Seu pau zombava dele, apontando direto para o ar. O deus ficou deitado em silêncio por alguns instantes, depois envolveu a ereção com os dedos. Não dava para acreditar que ia ter que bater uma enquanto sua esposa estava deitada a seu lado, molhada para cacete.

— Que parte de "sem sexo" é tão difícil de entender, hein? — perguntou Perséfone.

— Fala isso pro meu pau, Perséfone — retrucou ele.

Depois desse ataque de raiva, os dois ficaram calados. Hades soltou o pau, colocando as mãos debaixo da cabeça. No silêncio, ele se sentiu ridículo por estar tão frustrado.

— Desculpa — disse ele. — Eu só... tinha imaginado tudo de um jeito bem diferente.

Depois de alguns instantes, Perséfone sussurrou:

— Eu também.

Ele sentiu o movimento dela, depois ela apareceu ao seu lado, tirando o robe.

— O que eu posso fazer? — perguntou ela.

— Qualquer coisa — respondeu ele.

A excitação disparou direto para a cabeça do seu pau.

Perséfone lhe lançou um olhar irônico.

— Que não vá te machucar.

Hades fingiu pensar a respeito, mas tinha uma lista de respostas.

— Senta na minha cara — pediu o deus.

Perséfone olhou para o pau dele, depois voltou para o rosto.

— Acho que isso não vai aliviar sua... *condição*.

— Discordo totalmente — respondeu Hades. Quando viu a incerteza de Perséfone, insistiu, explicando: — Dar prazer a você me dá prazer. Se estiver preocupada em me machucar, essa é a melhor opção. Você tem o controle. É você que se mexe. Eu só vou te segurar.

E te foder com a minha boca, ele pensou.

Hades percebeu que a deusa estava pensando a respeito, depois ficou de joelhos e passou a perna por cima dele, montando-o com a buceta quente e escorregadia. Ele levou as mãos à coxa dela, se sentindo triunfante pela primeira vez.

— Tem certeza que tá tudo bem assim? — perguntou ela.

Suas mãos estavam espalmadas no peito dele, os seios empinados entre os braços.

— Com o que você está preocupada? — perguntou ele, sustentando o olhar brilhante dela na penumbra do quarto.

— Com a chance de te machucar — respondeu ela, depois acrescentou, envergonhada: — Te sufocar.

— Se for pra sufocar assim, vou ficar feliz de me afogar no seu calor.

— *Hades.*

— Coloca o peso nos joelhos, meu bem. Eu faço o resto — disse ele. — Vem.

Perséfone cedeu e foi subindo pelo corpo dele. Os músculos de Hades enrijeceram de excitação quando ela pôs um joelho de cada lado da cabeça dele. Ela encarou-o enquanto ele levava as mãos às pernas dela e a conduzia para baixo, passando a língua pela buceta molhada. O deus foi imediatamente consumido, tomado pelo aroma delicioso dela e pela maneira como podia observá-la por entre suas pernas. Ela arfou audivelmente, agarrando a cabeceira, e ele enterrou a língua em seu calor e ficou encantado quando ela começou a mexer o quadril.

— Senta, meu bem — disse ele. — Como se estivesse sentando no meu pau.

Hades estava ansioso para mostrar a Perséfone como isso podia ser bom para ela.

A deusa ficou hesitante a princípio, mas logo encontrou um ritmo, e, enquanto ela se mexia, Hades agarrou a bunda dela e a forçou a se abrir mais, penetrando-a mais fundo. Quando ela se cansou e parou, ele mudou de abordagem, beijando, lambendo e chupando, esfregando o clitóris dela até seu corpo começar a tremer, e quando sentiu que ela se aproximava do clímax, ele também se aproximou. Seus músculos se tensionaram e seu quadril pulou da cama enquanto ele segurava Perséfone com força contra a boca, enfiando os calcanhares no colchão.

Perséfone gozou com um gemido agudo, apertando a cabeça de Hades entre as coxas. Era tudo de que ele precisava para soltar a pressão que se acumulava em seu interior. O orgasmo o atravessou, fazendo cada parte de seu corpo se contorcer.

Porra, ele ficaria dolorido no dia seguinte, mas nem ligava, porque, quando se recuperou do êxtase, sua mente por fim estava calma.

20

DIONÍSIO

As palavras de Hades despertaram em Dionísio um instinto primitivo de proteger Ariadne.

Infelizmente, esse instinto estava ligado à loucura, e ele precisou lutar com todas as forças para aplacar os tremores que sacudiam seu corpo, para engolir a raiva, para permanecer onde estava e não ir atrás do Deus dos Mortos e arrancar cada um de seus membros.

Você jamais venceria, lembrou a si mesmo. Mesmo com a força do frenesi, não era páreo para um dos três olimpianos mais poderosos de todos.

— Meus deuses, ele é *horrível* — reclamou Ariadne.

Dionísio precisou respirar fundo mais algumas vezes antes de se acalmar, então encarou a mortal.

— Por incrível que pareça, ele não é — disse ele. — Mas o Teseu com certeza é.

— Do que você está falando?

— Estou dizendo que ele não está errado sobre o Teseu — explicou Dionísio. — Se Fedra não voltar pra ele, ele irá atrás dela. Irá atrás de você.

— A gente já sabia disso desde o começo — rebateu Ariadne. — Está querendo dizer que se arrepende?

— Só vou me arrepender se alguém se machucar — afirmou ele.

O deus percebeu que ela não gostou da resposta pela maneira como apertou os lábios.

— Me leva até ela — ordenou Ariadne, depois fez uma pausa. — Por favor.

Ele olhou para suas roupas ensanguentadas.

— Talvez você queira tomar um banho primeiro.

Ariadne olhou para si mesma como se tivesse esquecido que havia acabado de sair do labirinto.

— Não tenho roupa — disse ela.

— Vou arrumar pra você.

Ele pensou que Ariadne sairia rumo ao andar de baixo, mas ela hesitou.

— O bebê — começou ela. — Ele é saudável?

— Sim — respondeu Dionísio.

— E... como ele é?

— Além de parecer um alienígena?

Ariadne revirou os olhos.

— Nem sei por que eu perguntei.

Ela se virou e caminhou até a porta.

— Acho que ele tem seu nariz — falou Dionísio. Ariadne parou e, quando se virou para encará-lo, ele acrescentou: — E seus olhos.

— Não tem como você saber — disse ela. — Ele é só um bebê.

— Eu reconheceria seus olhos em qualquer lugar — afirmou ele.

Ariadne apertou os lábios, como se estivesse tentando não sorrir, e saiu da suíte.

Quando ficou sozinho, ele soltou um suspiro frustrado.

Pelo amor dos deuses.

Que *porra* ele estava pensando?

Nunca devia ter entrado nessa com ela. Nem sabia como havia chegado tão longe ou se envolvido tanto nessa batalha entre os olimpianos e os semideuses, mas ali estava ele, fazendo partos e sequestrando esposas. Ele podia ter desenhado um alvo nas próprias costas, porque tinha aberto as portas de seu território para um sociopata.

E tudo por causa de Ariadne.

Malditos sentimentos, ele pensou ao sair da suíte e se encaminhar para o porão.

Quando saiu do elevador, encontrou as mênades espalhadas pela área comum. Algumas tricotavam, outras limpavam armas, outras liam. Várias delas estavam reunidas diante de uma das diversas televisões, assistindo ao final de *A vida privada dos titãs*... ou qualquer que fosse o nome daquilo.

Enquanto atravessava a sala, Dionísio viu Oceano de relance na tela, o rosto tomado de horror ao olhar para Gaia, que estava aos prantos ao seu lado. Eles observavam o mundo queimar, incendiado pelo raio de Zeus após a morte de Tifão, que, em um episódio anterior, havia sitiado o Monte Olimpo.

Não que o deus estivesse interessado naquilo. Só que a passagem o inquietava. Sentia que estava prestes a ver a mesma cena se desenrolar ao seu redor no mundo mortal.

Dionísio foi em direção a um dos corredores escuros que se ramificavam a partir da sala principal em busca de Naia, que provavelmente teria roupas para Ariadne.

A porta do quarto dela estava entreaberta, mas o deus bateu mesmo assim, sem querer se intrometer. A mênade atendeu rapidamente, com um livro na mão.

— Tudo bem? — perguntou ela, com um brilho de diversão nos olhos.

Lilaia claramente havia lhe contado o que acontecera na sala de parto. Dionísio estreitou os olhos.

— Quanto você sabe? — perguntou ele.

— Ah, *tudo* — respondeu ela.

— E quantas das mênades sabem?

— Ah, *todas* — garantiu ela.

Dionísio suspirou, esfregando a nuca.

— Que ótimo.

— Se ajudar, eu esperava que você desmaiasse — disse ela.

— Não ajuda — respondeu Dionísio, seco.

Naia soltou uma risadinha debochada.

— Vim ver se você tem alguma roupa pra me emprestar — disse ele.

— A gente não usa o mesmo tamanho, Dionísio.

— Pra *Ariadne* — esclareceu ele. — Ela saiu do labirinto.

A diversão de Naia acabou.

— Ela está bem?

— Acho que sim — respondeu ele. — Está gritando comigo como se estivesse.

Naia franziu a testa.

— Você perguntou se ela estava bem?

— Não — disse ele. — Não tive lá muita chance.

Dionísio decidiu não contar a ela que Hades também gritara com eles.

Naia apertou os lábios, mas não disse nada. Desapareceu para dentro do quarto e voltou com um amontoado de roupas.

— Ela não está bem, Dionísio — afirmou Naia.

— Então acho que ela vai falar isso pra irmã — disse ele.

Naia olhou para ele com uma expressão dura.

— Você gosta dela?

— Precisa mesmo perguntar?

— Então garanta que ela fique bem — disse a mênade, empurrando as roupas para o deus.

— Tá bom, vou perguntar — respondeu ele. — Mas sabe o que ela vai dizer? Me leva até minha irmã.

— A questão, Dionísio, é você ter se importado o bastante para perguntar.

O deus continuou pensando nas palavras de Naia enquanto atravessava o corredor até o quarto de Ariadne. Bateu à porta, mas não houve resposta. Tentou a maçaneta, e ela girou, mas ele ficou hesitante em entrar. Será que era uma invasão de privacidade? A mortal já devia saber que ele viria entregar as roupas, certo?

A ansiedade imensa que essa situação lhe trouxe era absurda, mas ele não queria dar a Ariadne mais nenhum motivo para ficar irritada com ele.

Dionísio abriu uma frestinha da porta.

— Ari — chamou.

Mais uma vez não houve resposta, e ele presumiu que ela ainda estivesse no chuveiro e que fosse seguro entrar.

Então se esgueirou para dentro.

O quarto era vazio, com apenas uma cama pequena e uma mesa. Ela não tinha tentado transformá-lo num lar, e Dionísio não estava nem um pouco surpreso. Ariadne não havia chegado ali exatamente por vontade própria e passara os primeiros dias tentando fugir. Ficava agora porque estava em perigo: porque Teseu a queria, embora isso não parecesse assustá-la tanto quanto deveria. A mortal estava disposta a se arriscar pelos outros, mesmo que eles não quisessem ser salvos.

Sua irmã era um exemplo perfeito. Dionísio não tinha certeza de que algum dia contaria a ela a verdade sobre o resgate de Fedra: que ela implorara para ficar.

"Vai ser pior pra todo mundo se eu for embora", dissera ela.

"Vamos manter você segura", prometera Dionísio, mas ele sabia o que a convencera a sair com eles, e era a promessa de ver Ariadne.

Era uma prova do amor que nutriam uma pela outra, mas Dionísio sabia que o medo que Fedra sentia de Teseu era maior. Ela voltaria para o marido. A única dúvida era quanta destruição Teseu precisaria causar antes disso.

E será que o retorno da esposa poria fim ao caos?

Dionísio se aproximou da cama de Ariadne com a intenção de deixar as roupas ali, mas, quando chegou perto, notou uma foto pregada na parede. Estava amassada e manchada, mas isso não diminuía o brilho dos sorrisos das pequenas Ariadne e Fedra, que o olhavam de volta. Ver aquilo o fez ponderar o que as teria levado aonde estavam hoje, mas ele achava que podia adivinhar. Fora um predador chamado Teseu.

O deus olhou para a cama e, quando colocou as roupas ali, percebeu alguma coisa despontando debaixo dela. Ele se abaixou para pegar o objeto e descobriu que era um diário com encadernação de couro.

— O que você está fazendo?

Dionísio se virou e viu Ariadne parada na porta do banheiro. Ela estava de pé, enrolada numa toalha branca, com o cabelo escuro grudado na cabeça. O deus sabia que ela havia feito uma pergunta, mas não conseguia pensar em nada além dela e da água que pingava de seu corpo, o que levou a outros pensamentos, como o fato de que ela estava nua por baixo daquela toalha e a sensação da mortal em cima e ao redor dele na caverna.

Porra. Ele estava excitado, e ela nem estava pelada.

Os olhos de Ariadne pousaram no diário nas mãos dele. A princípio, ela pareceu horrorizada, depois ficou furiosa.

Fala alguma coisa, seu idiota!, ele pensou, mas não conseguiu desgrudar a língua do céu da boca.

Ariadne foi até Dionísio e arrancou o diário de suas mãos, derrubando a toalha ao mesmo tempo.

De repente, ela estava nua, e Dionísio continuou sem palavras, mas conseguiu recuperar a toalha dela — ou pelo menos tentou, mas Ariadne se mexeu na mesma hora. Eles bateram a cabeça com força, e embora Dionísio mal tenha sentido alguma coisa, o impacto fez Ariadne cair no chão. Não ajudou o fato de ela acabar parando na posição mais erótica de todas: de costas, com as pernas abertas.

Puta que me pariu, ele pensou.

Ariadne se apoiou nos cotovelos e esfregou a cabeça.

— Meus deuses, eu te odeio — reclamou ela.

As palavras o despertaram do torpor, e ele percebeu que ainda segurava a toalha.

Dionísio a estendeu para ela, depois ofereceu a mão, ajudando-a a se levantar. Também recolheu o diário que Ariadne derrubara. Ela o pegou e o abraçou junto ao peito com a toalha.

— Eu não li — esclareceu o deus, depressa. — Só vi no chão e peguei. — Embora precisasse admitir que agora estava ainda mais curioso a respeito do que havia ali dentro. — Eu... é... — disse ele, engolindo em seco. — Te trouxe umas roupas. São da Naia.

Pelo amor dos deuses, ele era patético.

— Obrigada — respondeu Ariadne.

Os dois ficaram se encarando, então Dionísio ergueu a mão, invocando a magia para curar a vermelhidão que se espalhava na testa de Ariadne. Ela fechou os olhos sob o toque dele, e ele manteve os dedos onde estavam, depois desceu pela bochecha até o canto da boca da mortal.

Queria beijá-la ali, mas, em vez disso, baixou a mão.

Ariadne abriu os olhos.

— Você está bem? — perguntou Dionísio.

Esperava que ela soubesse que estava perguntando de outras coisas além da cabeça dela.

— Vou ficar — respondeu ela. — Quando vir minha irmã.

Era a resposta que Dionísio estava esperando, mas ele entendia.

— Vou deixar você se vestir — disse ele.

Quando saiu do quarto, passou as mãos pelas tranças, prendendo-as na nuca.

— Você é um puta de um idiota — murmurou para si mesmo, depois começou a andar de um lado para o outro até ela sair, alguns minutos mais tarde. — Pronta?

Dionísio já sabia a resposta, mas sentiu que precisava perguntar antes de se teleportar.

Ariadne assentiu, respirando fundo. Parecia nervosa, e ele se perguntou por quê. Até onde sabia, ela e Fedra tinham um bom relacionamento, mas era possível que Teseu tivesse envenenado a ligação entre elas.

— Estou pronta — afirmou ela.

Dionísio estendeu a mão para Ariadne. Não precisava tocá-la para se teleportar, mas achou que podia ser reconfortante. A mortal não hesitou, e, quando os dedos dele se entrelaçaram aos dela, os dois sumiram, aparecendo na sala de estar da casa dele.

Quando chegaram, Ariadne imediatamente soltou a mão do deus.

— Cadê ela?

— No seu quarto — respondeu Dionísio, depois se corrigiu. — Bom, não exatamente no *seu* quarto. No quarto de hóspedes.

Ele nunca vira os olhos de Ariadne tão brilhantes, ou sua animação tão pronunciada, e, de verdade, aquilo o deixou triste. Foi a primeira vez que ele percebeu como tudo aquilo realmente a impactara.

Ariadne começou a andar até a porta, mas parou.

— Obrigada, Dionísio — disse ela. — Você não sabe o quanto isso é importante pra mim.

Ele esperava que fosse tão importante quanto o mundo, porque era exatamente o que ia custar.

Ariadne não ficou esperando uma reação. Virou-se e correu até a porta, batendo suavemente.

Houve uma pausa, então a porta se abriu, primeiro só uma fresta, depois por completo, e ali estava Fedra, pálida como um fantasma, iluminada por trás por uma cálida luz âmbar.

— Ariadne — sussurrou ela.

Ariadne assentiu, com a boca tremendo, mas foi Fedra que começou a chorar primeiro, depois jogou os braços ao redor do pescoço da irmã e soluçou.

Foi então que Dionísio se afastou delas. Parecia invasivo ficar ali.

Percorreu o corredor até seu quarto e tomou um banho. Depois de terminar, deitou na cama. Por um tempinho, permaneceu de costas, encarando o teto. Sua mente estava tão cheia de palavras e emoções que ele nem conseguia começar a processar tudo que acontecera nas últimas vinte e quatro horas. Só esperava que, quando Teseu viesse, ele fosse poderoso o bastante para proteger seu povo.

Já estava tarde quando Dionísio acordou e se deparou com Ariadne entrando no quarto. O deus não se lembrava de ter pegado no sono e não sabia ao certo quanto tempo ficara adormecido. Ergueu o corpo, apoiando-se no cotovelo.

— Ari? — perguntou ele, sentindo-se grogue e meio desorientado. Falou e bocejou ao mesmo tempo: — Tá tudo bem?

— Sim — sussurrou ela. — Eu não queria te acordar.

Dionísio podia estar meio adormecido, mas achou estranho.

— O que exatamente você queria fazer?

Ariadne o encarou do pé da cama, que depois afundou sob seu peso, e Dionísio ficou olhando, incrédulo, enquanto ela engatinhava até ele.

De repente, ele estava totalmente acordado.

— Ari — disse ele.

— Dionísio — respondeu ela, num sussurro inebriante.

— O que você está fazendo? — perguntou o deus, quando a mortal pôs a mão em seu peito e o fez deitar de costas.

— O que você acha? — perguntou ela, montando em seu pau já duro.

Isso só pode ser um sonho, porra, pensou Dionísio.

Então pôs as mãos nas coxas dela.

— Acho que você devia explicar — disse ele. — Em detalhes.

Os olhos de Ariadne brilharam no escuro, e ela esfregou o quadril nele suavemente, como se testasse a sensação do corpo dele contra o seu.

Dionísio soltou um suspiro audível.

— Eu queria te agradecer de novo — explicou ela. — Por resgatar minha irmã.

Ele ergueu a sobrancelha.

— Transando comigo? — perguntou.

— Vai dizer que você não quer? — perguntou ela, espalmando as mãos no peito dele, rebolando com mais força.

Porra, Ariadne estava dificultando as coisas. Não é que ele não a quisesse. Só não queria os sentimentos que inevitavelmente viriam com o sexo.

Seus dedos se afundaram nas coxas dela.

— Estou dizendo que não quero que você transe comigo porque se sente obrigada — falou ele.

— Eu não me sinto obrigada — respondeu ela.

A mortal se inclinou e deu um beijo, depois outro, no peito dele.

— Ari.

Mas, ao ouvir seu nome, Ariadne passou a língua pelo mamilo de Dionísio, depois os dentes, e ele decidiu que não ligava para o motivo de ela ter ido parar na sua cama, só para o fato de ela estar ali, tocando-o.

Ariadne beijou a barriga de Dionísio, afastando os cobertores até sua boca ficar logo acima do pau do deus.

Isso está mesmo acontecendo, ele pensou, quando ela olhou para ele.

— Não precisa fazer isso — afirmou ele, mas estava torcendo muito para ela fazer.

Ariadne não disse nada, só envolveu o pau de Dionísio com a mão e o lambeu da base à cabeça. O deus pensou que ia morrer, mas não podia, porque aí perderia tudo isso, e *realmente* não queria perder nada.

Ele também estava muito feliz por ela não poder ouvir seus pensamentos, porque seria constrangedor.

— Porra, isso, Ari — exclamou ele quando a boca quente e úmida dela envolveu seu pau, a língua girando em círculos vertiginosos.

Dionísio estendeu a mão para afastar o cabelo de Ariadne e poder vê-la melhor, observando sua cabeça subir e descer e sua boca acariciá-lo. Quando ela o soltou, foi com um estalo audível e um gemido delicioso.

Então ela o encarou e sorriu, lambendo o pré-gozo que se acumulara na cabecinha do pau. O deus não saberia dizer o que era mais excitante: a sensação da boca de Ariadne ou o fato de que ela estava se divertindo com aquilo.

— Você é um tesão, porra — disse ele, inspirando por entre os dentes enquanto Ariadne passava a língua de leve pelas veias de seu pau, chegando até as bolas, que chupou com afinco.

Quando Ariadne começou a voltar para o pau, Dionísio se sentou, e ela fez o mesmo. Eles se beijaram e o deus agarrou a bunda da mortal, puxando-a para a frente até que ela colocasse um joelho de cada lado dele e seu pau se encaixasse entre as coxas dela. Suas mãos deslizaram por baixo da blusa de Ariadne, subindo pelas laterais até os seios. Ele os apertou e os acariciou. O tempo todo, ela rebolava em cima dele.

A cabeça dele estava tão frenética que ele achou que fosse explodir.

Os dois se separaram por tempo o suficiente para Ariadne puxar a blusa pela cabeça, e então Dionísio enterrou o rosto entre seus seios e colocou cada um deles na boca, provando a pele doce. O deus gostava de como a mortal se arqueava contra ele, de como puxava seu cabelo.

— Quero você dentro de mim — disse ela, beijando-o.

Dionísio não disse nada, porque não conseguiu. Não conseguia pensar em nada, completamente cheio de sensação e desejo, nada mais.

Ele também queria estar dentro dela.

Ariadne se afastou e tirou o short antes de se colocar de joelhos e montar no colo do deus. Ele a puxou para perto e passou a cabecinha do pau pela buceta molhada dela, empurrando ao perceber que estava no lugar certo. Então Ariadne desceu deslizando, apertando a cintura dele com as pernas. Cada parte deles estava alinhada, incluindo os olhos. Aquilo era íntimo de um jeito diferente, ia além de simplesmente estar dentro dela.

— Você é linda pra caralho — disse ele.

Ela deu um sorrisinho e se inclinou para a frente, movendo a boca sobre a dele, e provocou:

— E você não me queria.

— Eu sempre quero você — afirmou Dionísio. — Mesmo quando você não me quer.

Então a beijou com avidez, e Ariadne pressionou o corpo contra o dele, abraçando-o mais forte. Dionísio estava tão enfiado dentro da mortal que suas bolas se apoiavam na bunda dela e dava para sentir o clitóris raspar nos pelos em seu baixo ventre.

Ela o usou para o próprio prazer, e o deus ficou mais duro dentro dela. Uma parte primitiva dele não podia deixar de se mexer, no anseio de meter nela.

Por fim, Dionísio se deitou, trazendo Ariadne consigo, e rolou para inverter as posições. Ele achava que não tinha como ela ficar mais bonita, mas a mortal o encarou com olhos semicerrados e os cabelos escuros espalhados no travesseiro, tocando e apertando os seios grandes e intumescidos enquanto ele a penetrava.

Parecia que o corpo de Dionísio estava em chamas enquanto ele a via se contorcer debaixo de si, e o deus soube que Ariadne estava perto do clímax quando enfiou a mão entre eles e esfregou o clitóris. Logo depois, ela cravou os calcanhares na cama e ergueu o quadril, e Dionísio sentiu o corpo da mortal se contrair ao redor do seu.

O deus meteu com mais força ao sentir esse aperto, esfregando-se nela enquanto ela o agarrava firme, e então seu orgasmo veio, provocando um tremor tão violento que seus braços e pernas ficaram dormentes.

Meio desorientado, Dionísio baixou o corpo e, apesar de mal conseguir respirar, beijou Ariadne com ardor.

Essa vez não foi como a anterior, quando Dionísio ficou sem saber como lidar com Ariadne depois do sexo. Naquele dia, ele duvidara que ela fosse querer mais alguma coisa com ele após terminarem, mas dessa vez nem hesitou. Fez o que sentia que devia fazer e ficou contente quando ela o beijou de volta.

— Tudo bem? — perguntou ele.

— Tudo — sussurrou ela. — Obrigada.

Dionísio franziu a testa. Não sabia pelo que ela estava agradecendo, mas, se fosse pelo sexo, preferia que não o fizesse. Ele rolou para ficar de costas, depois se sentou.

— Se quiser se limpar, pode usar meu banheiro — disse o deus.

— Obrigada — repetiu ela.

Essa palavra o fez cerrar os dentes. Ele não sabia ao certo por que o termo o deixava tão tenso, mas, toda vez que ela agradecia, ele sentia que eles eram estranhos.

Ariadne se levantou da cama e foi para o banheiro. A luz o cegou por um breve instante até ela fechar a porta. Enquanto a mulher se limpava, Dionísio recolheu as roupas dela, imaginando que ela fosse querer se vestir e sair depressa, mas, quando retornou, ela ficou parada ao pé da cama.

— Posso ficar aqui? Só... um pouquinho.

A pergunta o deixou animado, embora ele achasse estranho ela ser tão ousada no sexo e parecer tímida quanto a isso.

— Claro — respondeu ele.

Puxou as cobertas e ela engatinhou até ele na cama. Dionísio a abraçou, com um braço debaixo de sua cabeça e o outro envolvendo a cintura. A sensação dos corpos nus juntos era perfeita e quente. Era uma tortura para seu pau, que já estava duro encostado à bunda dela, mas o deus se recusava a ceder ao desejo até que ela estivesse pronta.

Os dois permaneceram em silêncio e logo os olhos de Dionísio ficaram pesados, mas, antes de sucumbir ao sono, ele precisava fazer uma pergunta.

— Você viu o Teseu? — perguntou ele. — No labirinto?

Ariadne demorou um instante para responder, mas, quando o fez, Dionísio percebeu que sua voz estava embargada.

— Não vi, não — disse ela. — Só o horror do que ele é capaz.

21

HADES

Hades se concentrou na maciez da cama debaixo dele, na carícia fria dos lençóis contra sua pele e no calor de Perséfone encostada em seu peito.

Contou as respirações e os suspiros dela, e cada vez que ela se mexia.

O período no labirinto fora a primeira vez em muito tempo que o deus havia sido privado de qualquer luxo, e ele se perguntava se ficar preso naquelas profundezas escuras seria o jeito das Moiras de dizer que ele tinha ficado prepotente demais: que merecia temer o fim de suas bênçãos.

Só que ele nunca havia parado de temer por Perséfone.

Mesmo naquele momento, enquanto estavam deitados na tranquilidade do quarto, protegidos pela paz e pela solidão, Hades sabia que, além dessas paredes, a desordem crescia. Podia sentir sob a própria pele. As almas cujos fios marcavam seu corpo estavam agitadas.

Era um presságio terrível, mas ele sabia de onde vinha: da magia de um deus antigo e cheio de raiva.

Seu pai, Cronos.

Desde que Teseu lhe dissera que o Deus do Tempo havia sido libertado do Tártaro, Hades fora tomado por uma sensação inimaginável de pavor, e, agora que estava em casa, o sentimento só piorara.

Sabia que o pai viria atrás dele, e também de Zeus e Poseidon.

Mas, antes disso, iria atrás da mãe deles.

Hades se levantou, se vestiu e, com uma última olhada para Perséfone, adormecida, invocou sua magia e desapareceu.

Hades se manifestou no Limite do Mundo. Era um templo circular a céu aberto, feito de colunas de mármore branco. Era tão alto que tocava as nuvens, que lembravam ondas azuis e prateadas na escuridão da noite. Dali, era possível avistar os Divinos e observar Atlas carregando o peso da Terra ou Nix lançando seu véu sobre o mundo, envolto no abraço sombrio de Érebo.

Era o templo da direção divina, e era ali que Reia se sentava, olhando para o leste.

De onde Hades estava, ela parecia apenas uma sombra, os contornos de seu corpo iluminados pela luz das estrelas, mas quando os olhos do deus

192

se ajustaram, ele viu que ela usava vestes da cor do pôr do sol, coberta de tons vermelhos e alaranjados. Seu cabelo comprido e preto ondulava pelas costas como as bordas da noite, e uma coroa em forma de torre brilhava como o sol nascente em sua cabeça. Seus dois leais leões a acompanhavam, um de cada lado.

Seria uma cena de tirar o fôlego, se não fosse pelo fato de que os leões estavam mortos e um rio de sangue escorria deles e de Reia, correndo pelo piso de mosaico até os pés de Hades.

Ele chegara tarde demais.

Ao se aproximar, ouviu a respiração entrecortada de Reia. O coração dele batia naquele mesmo ritmo, mais partido a cada passo. Hades a contornou e viu uma grande lança cravada em seu seio. Ela virou a cabeça e olhou para ele, que reconheceu a sombra nos olhos dela.

Era a morte.

— Você veio me buscar, meu filho?

— Parece que eu preciso — respondeu ele. Hades se ajoelhou ao lado da mãe. — Quando ele veio?

Não queria pronunciar o nome de Cronos por medo de que o pai pudesse ouvir.

— Não sei — disse ela. — O tempo fica diferente quando ele está por perto. — Reia virou a cabeça e voltou a olhar para o leste. — Eu soube quando ele entrou no mundo de novo. — Ela falava em sussurros. — Senti no meu coração.

— Por que você não se escondeu?

Reia sorriu um pouquinho. Era um sorriso parecido com o dele.

— Talvez... seja isso que eu mereço — declarou ela.

— Por quê? — questionou Hades.

— Por não ter protegido você — respondeu Reia. — Por ter salvado o filho que não se tornaria nada além de um rei cruel e perverso.

Hades queria dizer alguma coisa para aplacar a culpa dela, mas precisava admitir que havia se perguntado muitas vezes por que Reia escolhera salvar Zeus quando poderia ter enganado Cronos desde o início.

— Estou aqui para ver a aurora — disse ela. — Você acha que Eos vai abrir seus portões dourados para mim?

— Se não abrir, eu baterei neles por você — afirmou ele, seguindo o olhar da mãe até os portões atrás dos quais o sol da manhã estava preso, seus raios carmesins se estendendo além da altura das portas, penetrando a noite. — Está com medo? — perguntou Hades, à medida que a luz ficava mais dourada a cada minuto.

— Sim — respondeu Reia, e ele pegou sua mão. — Eu vou me lembrar de você?

— Um dia — disse ele.

Ela o encarou.

— Promete?

— Prometo — afirmou ele.

Reia emitiu um som baixo, como um suspiro satisfeito, e a luz dourada aqueceu seu rosto. Bem nessa hora, Eos abriu seus grandes portões e se levantou, usando vestes cor de açafrão, envolta nos raios ofuscantes do amanhecer.

E, sob aquela luz brilhante, Hades segurou a mão da mãe até ela esfriar.

Mais tarde, depois de ter levado Reia para o Submundo, Hades estava na sacada na parte da frente do palácio, ignorando a dor aguda na lateral do corpo, que irradiava como uma queimação na direção da barriga. Sabia que não era um bom sinal e que logo teria que contar a Hécate, mas, por um tempo, ficou observando seu reino se iluminar devagar sob o sol pálido.

Normalmente, ele veria seu mundo acordar, mas parecia que seu povo nem havia dormido: não as almas que martelavam aço no Asfódelos, nem Cérbero, que patrulhava as fronteiras do Submundo.

Hades sabia que estavam inquietos porque sentiam medo.

Teseu levara a batalha até eles numa vida em que só deveriam ter paz. Hades se sentia irritado por seu povo ter sofrido, culpado por não ter estado lá para impedir o caos que Teseu causara.

Nada disso teria acontecido se você estivesse aqui, ele pensou, amargo, mas aquelas palavras pareciam erradas. Principalmente porque minimizavam o que Perséfone havia passado para proteger o reino deles, e a última coisa que ele queria era que ela pensasse que não havia feito o suficiente, que não havia *sido* o suficiente.

— O que você está fazendo aqui fora?

Hades ficou tenso, endireitando o corpo ao ouvir a voz de Perséfone. Ele se virou e a viu parada atrás da soleira das portas da sacada. Ela estava linda e sonolenta, iluminada pelo brilho matinal do Submundo, vestindo apenas seda preta.

Ele se sentiu um idiota por não ter voltado para junto dela.

— Só... observando — respondeu ele.

A deusa empalideceu e seu olhar foi de Hades para o horizonte escuro, onde as montanhas do Tártaro cintilavam como vidro preto.

— Aquele é o Jápeto — disse ela, mas ele já sabia.

Ela suspirou e tremeu violentamente, o que só aumentou a raiva e a culpa de Hades. Ele desejou ter estado ali para protegê-la desse horror.

Perséfone atravessou a porta e foi ficar ao lado dele, com os olhos fixos na montanha monstruosa.

— Tentei contê-lo só com a minha magia, mas ela não era tão forte quanto a sua — explicou ela.

— Não existe diferença entre as nossas magias, Perséfone.

Assim que disse aquelas palavras, Hades percebeu o quanto soava frustrado. Não fora sua intenção repreendê-la. Devia ser avassalador para ela de repente ganhar acesso ao poder dele, tendo acabado de se acostumar ao seu próprio, mas um não era maior do que o outro.

Hades tentou de novo, mais delicado dessa vez.

— Algumas coisas funcionam, outras não. É simples assim.

Perséfone olhou de relance para ele, depois voltou a encarar o Tártaro, tamborilando com os dedos na grade de pedra, ansiosa.

— Pensei que talvez você pudesse transformar ele de volta... no que era antes — disse ela, quase como se estivesse sugerindo uma nova adição ao castelo ou um canteiro no jardim.

— Por que eu faria isso? — perguntou Hades.

Aquela ideia nem lhe ocorrera.

— Por causa do que ele representa — explicou Perséfone.

Hades franziu as sobrancelhas.

— O que você acha que ele representa?

— Terror — respondeu ela.

— Porque você ficou com medo de não conseguir conter o Jápeto? — perguntou ele.

Perséfone apertou o maxilar e não disse nada.

Hades se colocou atrás da deusa, cerrando os dentes para suportar a dor que irradiou pela perna ao pressionar o corpo ao dela. Ela estava tensa, e ele desejou que ela relaxasse, mas sem sucesso.

— Você não viu como as almas olham para as montanhas — disse a deusa, cerrando os punhos sob as mãos dele. — Como se não acreditassem que elas não vão ceder.

— Não é raro ter medo de que algo aconteça de novo, Perséfone. Elas não estão duvidando da sua magia.

Ele a sentiu estremecer ao soltar um suspiro.

— Então as montanhas vão ficar de pé?

— Sim — sussurrou Hades, roçando a orelha dela com os lábios. — Mas se for demais pra você, posso alterá-las.

Perséfone ficou calada e, depois de um instante, se virou nos braços de Hades, inclinando a cabeça para trás para encará-lo, e ele baixou os olhos para a boca da deusa. Ela estava belíssima, mas tinha uma expressão assombrada, e tudo que Hades queria fazer era confortá-la. Ele se inclinou para a frente, roçando os lábios nos dela, e apesar do beijo leve, eles se abraçaram com mais força.

— Sinto muito — disse ele ao se afastar, acariciando o maxilar dela com o polegar. — Eu não queria que você acordasse sozinha.

Perséfone o observou, os olhos procurando alguma coisa em sua expressão, e Hades ficou ansioso, achando que ela não estava encontrando o que buscava.

— Eu sei que você saiu do Submundo — afirmou Perséfone. — Aonde você foi?

Hades tentou não parecer surpreso, mas a verdade era que não estava esperando que ela perguntasse, ou que sequer soubesse que ele havia saído. Porém, mesmo sabendo, ela não parecia brava, só curiosa e preocupada.

Baixou o olhar ao procurar as mãos dela, que estavam enfiadas em suas roupas.

— Fui me despedir da minha mãe.

Perséfone franziu as sobrancelhas.

— Como assim se despedir?

Hades percebeu pela maneira como a deusa perguntou que ela sabia o que ele queria dizer, então não falou nada.

— Ah, Hades — disse Perséfone, segurando seu rosto com as mãos antes de envolver seu pescoço com os braços e puxá-lo para um abraço.

— Sinto muito mesmo — sussurrou ela em seu pescoço.

Ele a abraçou de volta e engoliu em seco com força, tentando desfazer o nó apertado em sua garganta, resistindo a cada onda de emoção que se erguia em seu peito. O deus não pôde deixar de notar a ironia de ficar de luto pela mãe. Era mesmo um tipo de vingança divina, considerando o quão frio ele fora com Perséfone quando Lexa morrera.

— *Eu não vejo por que a morte dela importa* — Hades dissera a Perséfone. — *Você vem ao Submundo todos os dias. Teria visto Lexa novamente.*

— *Porque não é a mesma coisa* — ela respondera, e, na época, ele não havia entendido, mas entendia agora.

Não importava que pudesse ver sua mãe ali, *em uma outra vida*. Era o simples fato de ela ter morrido lá em cima. De ter estado sozinha quando Cronos fora atrás dela. De ele ter matado seus preciosos leões antes de enfiar a lança no peito dela. Era o fato de ela só ter desejado ver o nascer do sol uma última vez. O fato de que ele jamais se esqueceria de olhar para o rosto dela enquanto o véu da morte descia e ver uma única lágrima caindo.

Não era a mesma coisa porque nada o impediria de lembrar tudo que precedera a existência dela em seu reino.

— Ele a matou — disse Hades.

Perséfone se afastou.

— Quem?

— Cronos — respondeu ele, depois desviou o olhar e encarou o Tártaro. Enquanto Perséfone temia que suas montanhas não contivessem

Jápeto, ela havia esquecido que as dele não tinham sido capazes de conter seu pai. — Acho que sou o próximo.

— Não fala isso — disse ela.

Hades não queria assustá-la. Mas era verdade.

— Como podemos impedi-lo? — perguntou Perséfone.

— Não sei.

Ele andava pensando naquilo desde que Teseu o provocara com a notícia da libertação de seu pai no labirinto. Os olimpianos tinham vencido antes porque haviam se unido contra os titãs e porque Zeus tinha seu raio, Poseidon, seu tridente, e Hades, o Elmo das Trevas.

Agora, os olimpianos estavam divididos. Alguns nem tinham magia, e o Elmo das Trevas estava com Teseu.

Não que Cronos fosse ser enganado por essas táticas de novo. Eles precisariam pensar em algo diferente, e depressa, mas Hades também sabia que não podia enfrentar o pai com essa ferida. Para falar a verdade, ela doía ainda mais do que no dia anterior, e ele sabia que chegaria ao ponto de não poder mais ignorá-la. A dor estava impactando sua capacidade de fazer planos.

Perséfone lhe deu as costas.

— Perséfone? — chamou Hades.

Ela não parou.

— Perséfone, aonde você vai? — perguntou ele, alcançando-a já no corredor.

A deusa não diminuiu o passo apressado.

— Me arrumar — respondeu ela.

— Pra quê?

— Pra derrotar o Cronos, vamos precisar do Velo de Ouro — explicou ela.

— E você tem um plano pra pegá-lo? — perguntou ele, embora não discordasse dela.

O deus precisaria estar totalmente recuperado para enfrentar seu pai numa batalha.

— Eu já te contei meu plano — respondeu ela.

Hades parou por um instante no topo das escadas enquanto ela continuava a descer, praticamente voando.

Já me contou?

Hades levou um tempinho para relembrar a breve conversa do dia anterior. Pelo amor dos deuses, ele odiava o quanto estava sendo afetado por essa ferida. Fechou os olhos por um instante, depois lembrou: Zeus oferecera seu escudo em troca de Perséfone.

Ele se teleportou para a base da escada, bem na hora em que ela chegou ao chão.

— Sai da frente, Hades — disse Perséfone, tentando passar pelo deus, mas ele a segurou pela cintura. — Não temos tempo pra isso!

— Você não vai trocar a si mesma pelo Velo de Ouro! — declarou Hades, irritado.

— Eu não vou me trocar — retrucou ela, olhando feio para ele. — Vou negociar.

— Não com a porra da sua *vida*.

De repente, os dois foram interrompidos por um barulho alto de mastigação, e quando Hades olhou para trás, viu Hermes parado no meio do corredor, abraçado a uma tigela enorme de pipoca, usando apenas uma cueca floral curta e um robe cor-de-rosa transparente coberto de plumas.

— Esse robe... é meu? — perguntou Perséfone.

Hermes estava enfiando a mão de volta na tigela quando olhou para o próprio traje.

— Ah, é — disse ele. — Peguei emprestado. Achei que você não fosse ligar.

— Quando? — perguntou Perséfone, com um toque de exigência na voz.

— Quando cheguei aqui.

— E *quando* você chegou aqui, Hermes? — perguntou Hades, com a voz carregada de impaciência.

Hermes inclinou a cabeça, esfregando o queixo enquanto pensava, ou fingia pensar, pelo menos.

— Sabe de uma coisa, não estou conseguindo lembrar. Desde que perdi meus poderes, tudo anda meio confuso. É uma... *pena*. — Ele fez uma pausa, então seu rosto se iluminou. — Tipo essas. — Ele ergueu uma manga emplumada.

— Você dormiu aqui? — perguntou Hades.

— Com certeza — respondeu Hermes, coçando a parte de baixo das costas. Depois se espreguiçou, barulhento, erguendo um braço enquanto o outro agarrava o balde de pipoca. — E olha, vocês precisam muito lavar os lençóis nos quartos de hóspedes e investir em Wi-Fi. Não consegui nem assistir o final de A *vida secreta dos titãs*.

— Não estou interessado em deixar sua estadia mais confortável.

Hermes abriu a boca e bufou com deboche.

— Mas eu sou um hóspede!

— Não existem hóspedes no Submundo, Hermes. Só visitantes indesejados.

Hades tentou se virar de volta para Perséfone, mas Hermes continuou.

— Mas que grosseria — disse ele. — Você sabe a dificuldade que foi chegar aqui? Precisei descer uma *montanha*, e eu *odeio* andar. Fiquei *exausto*, e aí quando finalmente cheguei nesse seu palácio feio e achei um quarto, só queria *dormir*, mas não consegui, porque assim que deitei na sua cama empoeirada, ouvi *vocês dois*. — Hermes ergueu o rosto para o teto, arqueou as costas e jogou os braços para cima, gemendo bem alto. Várias pipocas saíram voando. — Isso! Senta como se estivesse sentando no meu pau, meu bem!

Hades ergueu a sobrancelha para a interpretação exagerada do deus, mas achava que isso respondia sua pergunta a respeito de quando Hermes havia chegado.

Hermes se endireitou e enfiou outra pipoca na boca.

— E aí não consegui dormir porque fiquei pensando: onde ela está sentando se não é no pau dele?

— Na minha cara, Hermes — respondeu Hades. — Ela estava sentando na minha cara.

— Ai, meus deuses — sussurrou Perséfone.

Os ombros de Hermes caíram de decepção.

— Bom, isso não é muito criativo.

Talvez não, mas fora a primeira vez com Perséfone em muito tempo, e tinha sido bom para cacete, mesmo com a ferida de Hades sangrando.

— Posso sugerir... — começou Hermes.

— *Não* — Hades e Perséfone falaram em uníssono.

— Vocês nem sabem o que eu ia dizer!

— Essa é a questão, Hermes — comentou Hades.

— Nem sei por que somos amigos — resmungou Hermes.

Às vezes, Hades também não sabia.

Perséfone aproveitou a chance para passar por ele ao pé da escada.

— Perséfone...

Hades tentou tocá-la, mas ela se virou para ele, com os olhos brilhantes e determinados.

— Eu vou pra ilha do Ares hoje — declarou a deusa. — Precisamos do velo. Harmonia está piorando... e você também. — Perséfone olhou diretamente para a lateral do corpo dele.

Hades ficou tenso, surpreso por ela saber. Sua reação pareceu confirmar as suspeitas dela, e, apesar da frustração, ele também viu mágoa na expressão da esposa.

Porra. Não queria preocupá-la, mas já escondera coisas demais dela.

Fez menção de falar, mas Hermes o interrompeu.

— Pena que não dá pra você prender o Ares num vaso de bronze de novo. Ele ficou lá um ano inteiro, aprisionado por gigantes, e só fugiu porque *eu* o resgatei. — O deus parou para tirar uma lasca de pipoca dos dentes. — Ele ainda me deve uma.

Hades e Perséfone ficaram olhando para ele.

— Que foi? — perguntou ele.

— Ares te deve um favor? — indagou Perséfone.

— Sim, tipo, de *mil* anos atrás — respondeu Hermes, ainda sem se dar conta do que Hades e Perséfone estavam pensando.

— Hermes — começou Perséfone, dando um passo à frente. — Preciso que você use seu favor com Ares para pegar o Velo de Ouro.

— Quê? — perguntou ele. — Não.

— Hermes, por favor — pediu Perséfone. — Eu te dou um favor em troca. Vou...

— O problema não é o *favor*. É o Ares. Aquela ilha dele é uma arapuca. — Ele fez uma pausa e deu uma risadinha. — Que palavra engraçada.

— Que bom que você ainda consegue rir diante da possibilidade de Harmonia morrer — disse Hades, mal conseguindo disfarçar a raiva.

— A questão, Hades, é que eu sou basicamente mortal agora, e como o favor é meu, eu tenho que ir. E se *eu* morrer?

— Eu protejo você — declarou Hades.

Hermes ficou boquiaberto.

— Esperei a vida inteira pra ouvir essas palavras — disse ele, tremendo.

— E você pode usar o Cinturão de Hipólita — acrescentou Perséfone.

Hades olhou para ela, surpreso por ela estar com o artefato. Ela percebeu seu olhar.

— Hipólita me deu no funeral da Zofie — explicou a deusa. — Mencionou algum acordo que você fez por ele.

Hades ouviu a acusação na voz de Perséfone, claramente infeliz com o modo como ela descobrira essa informação. Na verdade, nunca imaginara que ela ficaria sabendo do cinturão... ou de Teseu, aliás, mas de repente se deu conta de que talvez a tivesse protegido demais.

Perséfone se voltou para Hermes.

— Pelo menos você vai ter força imortal.

— Que porra é um cinturão, e por que parece tão feio? — perguntou Hermes.

— Imagina um espartilho — disse Perséfone.

— Hummm — disse o deus. — Fiquei intrigado. Me dá.

— Só quando a gente sair — afirmou Perséfone. Ela se virou e saiu andando pelo corredor rumo ao quarto, gritando: — Esteja pronto em uma hora!

— Eu gosto da Rainha Sefy — declarou Hermes. — Ela é tipo... a velha Sefy, mas com mais raiva.

Perséfone estava com raiva: era o resultado de ver aqueles que amava sofrerem. De certo modo, Hades lamentava o fato de ela ter precisado passar por aquilo, mas os dois sabiam que era a raiva dela que alimentava seu poder.

E era a raiva dela que os salvaria.

A mastigação de Hermes voltou a chamar a atenção de Hades, e ele olhou para o Deus das Travessuras.

— Pipoca? — ofereceu Hermes.

Hades pôs a mão na tigela e pegou um pouco. Encarou Hermes enquanto enfiava a pipoca na boca. Estava amanteigada e derreteu em sua língua.

— Humm, nada mau — disse ele, depois lambeu os dedos.

Meio atordoado, Hermes engoliu em seco.

— Isso já é maldade — comentou ele.

Hades riu e saiu andando pelo corredor.

— Uma hora, Hermes.

22

PERSÉFONE

Perséfone estava abotoando o jeans quando Hades entrou no quarto. Ela estava se esforçando para acalmar a frustração por meio da respiração, sabendo que poucas horas antes o marido havia levado a mãe para o Submundo, mas era difícil, porque, se tivesse escolha, o deus nunca teria admitido que sua ferida tinha piorado. Depois de tudo que os dois passaram, ele continuava escondendo a verdade dela.

— Você está chateada — falou Hades.

Por alguma razão, isso a deixou ainda mais brava. Cerrou os dentes e se recusou a olhar para ele.

— Perséfone — disse ele, enquanto ela pegava a blusa que jogara na cama.

— Não quero falar sobre isso — cortou a deusa, passando a peça pela cabeça.

— Não te contei como estava me sentindo porque não queria te preocupar — explicou ele.

Perséfone travou e olhou para Hades, deixando a raiva fluir. Ela já tinha avisado.

— Não queria me preocupar? — perguntou ela. — Você acha que a preocupação para e começa quando você manda?

Hades estava imóvel, sem expressão, mas Perséfone teve a sensação de que ele percebia quão idiota soava.

— Você *nunca* fala a verdade — acusou ela.

A expressão dele ficou sombria. Sua raiva a atingiu, uma coisa rápida e violenta.

— Eu não menti pra você — afirmou ele.

— Não precisa mentir pra não falar a verdade — retrucou a deusa, depois sacudiu a cabeça. Ela quase não conseguia expressar seus sentimentos em relação àquilo tudo, mas precisava falar mesmo assim. — Percebi isso quando fiquei sabendo do favor de Teseu — disse ela, notando que Hades pareceu ficar tenso. — Na hora, foi chocante, mas nada comparado ao que veio depois, então não pensei muito nisso. Mas aí teve a Zofie e o cinto. Zofie, que trabalhou como minha égide. Zofie era minha companheira, e eu não fazia ideia de como ela tinha ido parar sob seus cuidados, mas disse a mim mesma que devia honrar a privacidade dela. Depois vi você discutir com Ariadne, o que me fez perceber que você está envolvido nessa luta com Teseu há muito mais tempo do que eu imaginava. E agora você finge que não está sentindo dor com uma ferida que infeccionou de ontem pra hoje. Se estivesse minimamente preocupado com meus sentimentos, teria me contado. Tudo. Porque isso... descobrir desse jeito, machuca mais do que qualquer uma dessas coisas.

Quando as palavras saíram, Perséfone sentiu o peso em cima de seus ombros diminuir. Não tinha percebido o fardo que estava carregando até aquele momento, crescendo cada vez mais enquanto ela tentava sobreviver. Era para ela ser o par de Hades, sua rainha, mas, em vez disso, ele a paparicava. E não parecia entender que suas escolhas a deixavam vulnerável.

Hades estava com uma expressão... assombrada.

O silêncio entre os dois era profundo, quase insuportável. Perséfone sentia que havia um abismo os separando, cheio de todos os segredos do deus, que honestamente pareciam mentiras, e Hades precisava atravessá-lo, ou eles não iriam sobreviver.

— A ferida está doendo pra caralho — disse ele, afinal. — E eu não olhei pra ela porque não quero saber a verdade.

Perséfone continuou a encará-lo.

— Não sei por que não te contei essas coisas — disse Hades. — Talvez tenha pensado que nenhuma delas teria impacto na sua vida, que eu conseguiria impedir que isso acontecesse antes que se transformasse na *nossa* vida, e aí você nunca precisaria saber o horror que está por vir.

Perséfone deu um passo na direção dele.

— Quando escolhi você, eu escolhi tudo, Hades: seu povo, seu reino, seus inimigos — declarou ela. — Meu único medo é não ter você ao meu lado.

Hades segurou o rosto da deusa entre as mãos e se aproximou.

— Eu estou ao seu lado — afirmou ele. — Nunca mais vou sair.

— É uma promessa? — sussurrou ela.

Perséfone sabia que não podia ser, não de verdade, mas queria que ele prometesse mesmo assim.

— É um juramento — respondeu ele, levando os lábios aos dela.

Antes de saírem rumo à ilha de Ares, Perséfone foi visitar Harmonia. Assim que entrou no quarto, ela percebeu que havia alguma coisa errada. O ar estava sufocante, carregado de doença, e a lembrou das visitas a Lexa no hospital.

Lembrou-a da morte.

O pavor subiu por sua garganta, então ela viu Harmonia e gelou.

A deusa estava pálida, os lábios sem cor, coberta por uma fina camada de suor.

Sibila estava deitada de um lado, e Afrodite estava sentada do outro, com Opala ganindo a seus pés. As duas estavam chorando.

Hécate estava parada por perto, com uma expressão de pesar.

— Não — sussurrou Perséfone.

— Ela ainda não se foi — disse Hécate. — Mas não vai demorar muito. Eu fiz tudo que podia.

— Vamos conseguir o velo a tempo — afirmou Perséfone.

Eu prometo, ela queria acrescentar, mas não conseguiu se forçar a dizer as palavras em voz alta.

Afrodite se virou para encará-la, enxugando vigorosamente as lágrimas do rosto inchado.

— Tome cuidado, Perséfone — alertou ela. — Ares é um deus cruel.

Qualquer esperança que Perséfone pudesse ter de influenciar Ares com o sofrimento de Afrodite de repente sumiu com esse aviso.

— Achei que ele fosse seu amigo — disse ela.

Afrodite olhou para Harmonia e respondeu num sussurro:

— Talvez não seja mais.

Hécate se aproximou.

— É verdade que Ares é cruel, mas ele também é covarde. Se você o machucar, ele vai fugir.

— Achei que ele fosse o Deus da Coragem — observou Perséfone.

Hécate sorriu.

— Ele é, mas também é o deus do oposto.

Perséfone saiu da suíte. Quando pisou no corredor, sentiu que podia respirar de novo. O ar estava fresco e limpo, mas não diminuiu sua ansiedade.

Harmonia havia piorado, e rápido.

Agora ela se preocupava que a mesma coisa acontecesse com Hades.

Perséfone continuou andando pelo corredor e encontrou o marido aguardando no vestíbulo. Embora já estivesse esperando vê-lo, ficou surpresa com as roupas que ele vestia. Estava usando calças táticas escuras e uma camisa cinza que só parecia chamar a atenção para seu peito e seus ombros. O cabelo estava molhado e preso num coque. Parecia algo ridículo de dizer, mas ela achou essa versão de Hades incrivelmente atraente.

Estava esperando que ele aparecesse de terno, não importava que fosse pouco prático.

— O que foi? — perguntou Hades, de repente preocupado.

— O quê? — disse ela, arrancada dos pensamentos.

— Você está me encarando. É a camisa? — questionou ele, puxando o tecido. — Hermes falou que era adequada.

— Não é a camisa, Hades — respondeu Perséfone, rindo.

— Ela acha que você tá gostoso, seu idiota — explicou Hermes, se aproximando. — Pra alguém que transa tanto, você é sem noção pra caralho.

204

Ele usava uma bermuda de ciclismo justíssima e uma blusa verde brilhante. O cinturão de Hipólita estava preso com firmeza em sua cintura.

— Meus deuses, você está parecendo uma porra de um farol — disse Hades. — Ares vai te enxergar lá da costa.

Hermes cruzou os braços.

— Não sabia que íamos fazer um ataque surpresa.

— Por que você está usando uma pochete? — perguntou Perséfone, reparando na bolsinha que pendia da cintura dele.

— Pra carregar lanchinhos — explicou Hermes.

Hades e Perséfone ficaram olhando para ele.

— Podem julgar o quanto quiserem, mas, quando ficarem com fome, não vou dividir.

— Espero que a gente não fique lá tempo o suficiente pra *sentir* fome — comentou Perséfone.

— Como isso seria possível? Eu estou sempre com fome.

Hades suspirou, como se já estivesse irritado.

— Quando chegarmos à ilha, vamos tomar todas as precauções. Nada de matar, nada de teleporte. Não quero irritar o Ares mais do que já vamos só por estar no território dele.

— Será que ele arriscaria a punição divina por recusar um favor? — perguntou Perséfone.

— Estou mais preocupado que ele veja você como um prêmio. Prefiro abordá-lo com gentileza. Talvez ele nos ofereça a mesma cortesia.

— Aham, claro — disse Hermes. — Ares não conhece o conceito de hospitalidade.

— Vamos acabar logo com isso — falou Hades.

Perséfone sentiu a magia de Hades se intensificar e a envolver, familiar e sombria, uma energia elétrica que lhe trazia conforto apesar do pavor que sentiu quando eles desapareceram.

— É aqui? — perguntou Hermes.

Eles estavam no mar, que chegava à altura do tornozelo, encarando a ilha de Ares, bem menor do que Perséfone esperava. Para ela, lembrava uma colina que crescera no meio do oceano. Uma costa cheia de pedras e conchas levava a um bosque e, além dele, a um terreno mais elevado onde ela só conseguia enxergar solo irregular.

— Se ele usa esse lugar pra tentar impressionar as pessoas, não é de surpreender que ainda esteja solteiro, porque é *de-cep-cio-n... ai!*

Hermes deu um pulo ao lado de Perséfone, levando a mão ao ombro.

— Que porra é essa? — perguntou ele, arrancando do braço o que parecia ser um dardo.

205

Um fio de sangue escorreu por sua pele dourada.

— Isso é uma pena? — perguntou Perséfone.

O rosto de Hermes se contorceu numa expressão de desgosto. Ele olhou para Perséfone, depois deu mais um pulo quando um dardo em forma de pena atingiu seu outro ombro.

— É sério isso? — questionou Hermes.

— Porra — disse Hades. — De novo não.

A princípio Perséfone ficou confusa, depois percebeu um movimento vindo das árvores, quando um pássaro disparou das copas frondosas. Ele se movia depressa, voando como uma lança atirada por um deus. Atrás dele veio um segundo pássaro, depois outro, e de repente havia centenas deles, trazendo consigo uma saraivada de dardos finos e emplumados.

— Quer voltar atrás na regra de não matar nada, Hades? — perguntou Hermes.

— Corre — respondeu Hades, agarrando a mão de Perséfone.

Os três correram pela costa na direção de um conjunto de grandes rochas. Hades tentou proteger Perséfone do ataque daquelas farpas que lembravam agulhas, mas elas eram numerosas demais. A deusa cerrava os dentes a cada vez que uma a atingia, arrancando punhados de dardos de penas dos braços e das pernas enquanto corria. Só encontrou alívio quando conseguiram se abrigar atrás das rochas, que os pássaros sobrevoaram em um borrão branco vertiginoso.

Hades a segurou firme, protegendo sua cabeça com as mãos. Por alguns breves instantes, ela só conseguiu ouvir o som dos gritos violentos das aves e o zumbido de suas asas.

Então tudo ficou em silêncio; tirando seu coração, que estava quase saindo pela boca. O de Hades, ela reparou nem um pouco surpresa, estava calmo.

— Você se machucou? — perguntou ele quando Perséfone se afastou, relutante.

— Não — respondeu ela, fazendo uma careta ao arrancar do ombro uma pena que não vira antes. — Obrigada.

— Você falou *de novo não*? — quis saber Hermes. — Quantas vezes você já foi perseguido por pássaros assassinos?

— Três — respondeu Hades. — Se contar essa. Se bem que esses são relativamente inofensivos, em comparação.

— Inofensivos? *Inofensivos*? — O rosto de Hermes estava ficando vermelho. — Olha pra minha bunda, Hades. Parece inofensivo pra você?

Ele se virou para mostrar o traseiro, coberto de dardos emplumados. O deus estava parecendo um pavão, ou talvez um porco-espinho, Perséfone não conseguia decidir, mas precisou usar toda a sua força de vontade para não soltar nenhuma risadinha. Ela apertou os lábios com força e, quando não funcionou, cobriu a boca para esconder a risada.

Hades nem tentou. Ele só riu, um som profundo que provocou um frio na barriga dela, fazendo-a perceber o quanto tinha sentido saudade daquilo.

— Pode rir — falou Hermes. — Mas você vai curar isso.

Perséfone levou um instante para recuperar a compostura e, embora se sentisse mal por Hermes, não podia negar que tinha sido bom rir daquele jeito: profundamente, com entusiasmo.

Já fazia muito tempo.

— Hermes, deixa eu te ajudar — disse ela, dando um passo para perto dele na mesma hora em que uma pena caiu na areia perto de seu pé.

— Ah não — falou ela, e quando olhou para cima viu uma horda de pássaros voando rápido na direção deles.

Perséfone cobriu a cabeça, e Hermes gritou. Foi um grito estridente e agudo, pior do que o som que ele emitira no funeral de Zofie. O barulho percorreu o corpo inteiro dela, reverberando em todos os ossos. Ela estava tão concentrada no som que demorou um instante para perceber que os pássaros não haviam atacado. Quando olhou para cima, viu que eles tinham começado a se dispersar, fugindo em todas as direções, como se o som do grito de Hermes os tivesse enlouquecido.

O berro dele foi diminuindo aos poucos.

— O-o que tá acontecendo? — perguntou ele.

— Pelo jeito os pássaros do Ares te acham tão irritante quanto eu — respondeu Hades.

Hermes o fulminou com o olhar.

— Acho que você quis dizer: "Obrigado, Hermes. Eu não tinha ideia de que você seria tão útil quando te forcei a vir pra essa ilha habitada por pássaros assassinos mortais, *e*, por falar nisso, *eu já fui perseguido por eles duas vezes*".

Hades abriu a boca para responder, mas Perséfone falou por cima dele, sabendo que o que quer que ele estivesse prestes a dizer não ajudaria em nada.

— Foi exatamente isso que ele quis dizer, Hermes — afirmou ela, olhando feio para Hades. — Obrigada.

— Pelo menos alguém valoriza minha ajuda — comentou Hermes.

— Malditas Moiras — resmungou Hades, revirando os olhos. — Vamos sair daqui antes que os pássaros se reúnam de novo.

Eles atravessaram o que restava da costa, rumando para o bosque mais à frente.

— Não, não, de jeito nenhum — disse Hermes, quando se aproximaram. — Não vou entrar aí.

— Tá com medo, Hermes? — perguntou Perséfone.

— Acabei de arruinar minhas cordas vocais pra salvar a gente daqueles pássaros malditos e agora vocês querem fazer uma excursão pela casa deles!

— Os pássaros não vivem nas árvores, Hermes — explicou Hades, que não tinha parado de andar.

A frustração de Hermes sumiu de repente.

— Ah — disse ele, depois fez uma pausa. — Bom, então onde eles vivem?

— Na encosta do penhasco — respondeu Hades.

— Ah.

Hermes recomeçou a andar, e Perséfone acompanhou o ritmo dele enquanto atravessavam a primeira fileira de árvores.

— Desde quando ele é expert em pássaros? — murmurou Hermes.

Perséfone sorriu.

— Achei que você fosse um guerreiro, Hermes — provocou ela.

— A natureza é um campo de batalha diferente, Sefy.

Não fazia muito tempo que estavam andando em meio às árvores quando chegaram a um paredão de pedras. A princípio, Perséfone achou que teriam que escalá-lo, mas então notou um caminho estreito escavado nele, que levava a uma subida suave.

Ver aquilo causou um temor profundo na deusa. Parecia fácil demais, como um convite para algo muito mais terrível, mas ela não disse nada enquanto subiam pela falésia, o que os levou bem acima das árvores, dando-lhes uma visão do oceano infinito. Dali, o mundo parecia lindo, e ela lamentou que fosse governado por alguém tão horrível.

Quando chegaram ao topo do penhasco, qualquer sentimento de admiração que Perséfone tivesse desapareceu e foi substituído por uma inquietação que percorreu seu corpo e fez seus pelos se arrepiarem. Ela tentou não estremecer, mas não conseguiu. O vento também era mais frio ali.

Diante deles havia um campo que se estendia por quilômetros a fio. Era quase todo árido, tirando alguns espigões dourados que brotavam do chão e pareciam trigo. À distância, no lado oposto da ilha, havia um grande carvalho, e lá, cintilando sob a luz acinzentada, estava pendurado o Velo de Ouro.

O coração de Perséfone foi parar na boca. O impulso de se teleportar através do campo tomou conta dela. A deusa cerrou os punhos para se impedir de ceder a ele.

— Sei que você quer fazer esse lance da hospitalidade — disse Hermes. — Mas você podia pelo menos ter chegado *daquele* lado da ilha.

Hades não respondeu. Estava olhando para o chão.

— O que foi? — perguntou Perséfone.

— Guerreiros da terra — respondeu Hades.

— Está falando do trigo? — indagou ela.

— Isso não é trigo — explicou ele. — É a ponta de uma lança.

A ponta de uma lança, e havia *centenas* delas.

— Quer dizer... que eles estão enterrados embaixo desse campo?

— Foram semeados — disse ele. — Com dentes de dragão. São chamados de Espartos, os nascidos da terra.

— Bom, eles não podem ser tão ameaçadores debaixo da terra, né? — perguntou Hermes.

Ele começou a se abaixar para tocar uma das lanças.

— Não — cortou Hades, ríspido, e Hermes puxou a mão de volta, segurando-a junto ao peito como se tivesse levado um tapa. — Se tocar nelas, você vai acordá-los e descobrir o tamanho da ameaça que eles podem ser.

— Você podia ter começado com essa informação capaz de salvar vidas — observou Hermes, se levantando.

— Cuidado com os pés — alertou Hades, dando o primeiro passo no campo.

Perséfone o seguiu. Teria sido bem mais fácil se os guerreiros tivessem sido semeados em linhas retas. Em vez disso, estavam intercalados, o que tornava a tarefa de atravessar o campo bem mais tediosa.

— É tipo amarelinha — disse Hermes.

Perséfone parou para encarar o deus, que estava pulando de espaço em espaço com uma perna, depois a outra.

— Só que, se perder, vai ser espetado até a morte — afirmou Hades.

A diversão que iluminava o rosto de Hermes desapareceu.

— Você estraga tudo — disse ele.

— Só estou te lembrando da sua mortalidade — falou Hades.

Perséfone conseguiu ver seu sorrisinho antes de ele voltar a prestar atenção no campo. Ela também continuou, erguendo o rosto de vez em quando para medir quanto faltava para chegarem até o carvalho e ficando cada vez mais decepcionada ao perceber que não pareciam estar se aproximando.

— Meus deuses, vai demorar mil anos — resmungou ela, então seu estômago roncou.

— Eu falei pra trazer um lanche — disse Hermes.

Perséfone olhou para o deus, que já estava mastigando uma espécie de barrinha de granola. Ele enfiou a mão na pochete e pegou uma segunda.

— Aqui, pega!

Antes que Perséfone pudesse dizer qualquer coisa, a barra já estava voando pelos ares. A comida a atingiu no peito e ela tentou pegar, mas acabou deixando cair no chão, bem ao lado de uma das lanças douradas.

— Ai, porra — disse Hermes. — Encostou nela?

— Eu não sei, Hermes — respondeu Perséfone, irritada. — Por que você não esperou?

— Bom, desculpa por compartilhar! — retrucou ele. — Achei que você estava com fome.

Os três ficaram imóveis e em silêncio por alguns minutos, esperando para ver o que aconteceria. Quando nada aconteceu, Perséfone se permitiu respirar, mas o som da voz de Hades a deixou tensa.

— Perséfone — disse ele. — Vem aqui.

Ela o encarou. A expressão do deus estava sombria, e seu corpo estava totalmente virado para ela, as mãos estendidas como se ele estivesse pronto para puxá-la para si.

Perséfone deu um passo antes de uma mão brotar da terra e agarrar seu tornozelo, puxando-a para o chão. Ela gritou quando o terror tomou conta de seu corpo. Se caísse, seria empalada. Ela se teleportou para fugir da criatura e foi parar ao lado de Hades.

Ao redor deles, guerreiros saltaram do chão, libertando-se do sono e da terra, vestindo armaduras e totalmente e armados.

Perséfone olhou para Hades.

— Acho que cansei da hospitalidade — disse ela.

Assim como os guerreiros, sua magia também saltou do chão. Galhos irromperam como cobras, enroscando-se ao redor dos corpos dos soldados e de suas armas, arrastando-os de volta para a terra. Alguns conseguiram se soltar, mas logo foram presos de novo. Quanto mais lutavam, mais rápido os galhos se moviam, até que a planície inteira ficou coberta por uma vegetação espessa e folhosa. As lanças despontavam do chão em pontos aleatórios.

Hades a encarou, com um brilho de orgulho no olhar que ela amou.

— Mandou bem, Sefy — comentou Hermes ao se aproximar, sacando outra barrinha da pochete. Quando começou a abri-la, Perséfone a arrancou de sua mão. — Ei! Essa é a última.

— Eu acho — começou Hades — que o que você quis dizer foi: "Obrigado por salvar minha vida, Perséfone. Se não fosse pela minha idiotice, nem estaríamos nessa situação, pra começo de conversa. Como símbolo da minha gratidão, pegue essa barrinha".

Hermes apertou os lábios com força e cruzou os braços.

— Você nunca fica do meu lado — reclamou ele.

Perséfone tentou não rir, mas Hades suspirou e voltou a atravessar o campo, se armando com uma lança enquanto caminhava. Perséfone o seguiu. O chão sob seus pés agora era fofo, o que o tornava um pouco mais difícil de percorrer. Quando seu estômago roncou de novo, ela partiu a barrinha e ofereceu metade a Hermes.

— Obrigado, Sefy — disse ele, depois hesitou. — Sou muito grato por você ter salvado a gente da minha idiotice.

— Eu sei, Hermes — respondeu ela, sorrindo para o deus.

— Você é uma ótima amiga, de verdade, Sefy — disse ele. — Às vezes acho que não mereço...

Suas palavras vacilaram, assim como os passos de Perséfone quando o chão começou a tremer debaixo deles. Ouviram-se vários estalos rápidos à medida que os guerreiros foram se libertando das amarras dela, um por um, e, antes que pudessem fugir, ficaram cercados.

— Quem sabe uns galhos mais fortes da próxima vez, Sefy — disse Hermes.

Ela já estava tentando planejar seu próximo passo quando Hades se materializou ao lado deles e estendeu a mão. Sob a magia do deus, os guerreiros viraram pó.

Perséfone inclinou a cabeça para trás e ergueu o rosto para Hades, que também estava olhando para ela.

— Foda-se a hospitalidade — falou ele.

Depois disso eles se teleportaram e apareceram diante do carvalho onde o Velo de Ouro estava pendurado.

De longe, Perséfone já percebera que a árvore seria grande, mas nada poderia tê-la preparado para sua imensidão. O carvalho era enorme, com galhos longos e grossos que se dobravam e se retorciam, alguns tão pesados que haviam se curvado e agora tocavam o chão.

Mas o que deixou Perséfone atônita foi a criatura semelhante a um dragão cujo corpo estava enrolado ao redor da base da árvore como uma serpente. Era coberta de escamas cintilantes que brilhavam como fogo. Seus olhos estavam abertos, sem piscar, sempre alertas.

Perto dali, sob os ramos cobertos de samambaias da árvore, estava Ares.

O deus era grande e imponente, e seus chifres só aumentavam sua aparência assustadora. Eram compridos e afiados, curvados atrás da cabeça. Usava uma armadura dourada e um elmo combinando. Não havia nenhuma bondade em seu rosto, apenas maldade.

— Você matou meus guerreiros — disse Ares.

— Eles vão nascer de novo — respondeu Hades.

Ares fechou a cara.

— Você veio à minha ilha sem ser convidado para roubar de mim — declarou o Deus da Guerra. — E me insulta ferindo o que é meu.

— Não viemos roubar — rebateu Perséfone, irritada pela acusação, mas logo se arrependeu de chamar a atenção furiosa do deus.

— Então vieram pedir um favor? Pior ainda, deusa traidora.

— Não estamos aqui por nossa causa — disse Perséfone. — Estamos aqui por Harmonia. A irmã de Afrodite está morrendo.

Ao ouvir essas palavras, Ares perdeu um pouquinho de compostura, e um brilho de preocupação apareceu em seus olhos antes de ele se recuperar e parecer se agarrar ainda mais à agressividade.

— É mentira — disse ele, olhando para Hades. — Eu sinto o cheiro do sangue.

— Não é mentira — disse Perséfone, entre dentes. — Harmonia está morrendo. O Velo de Ouro é a única coisa que pode salvá-la!

— E seu amante também, pelo jeito — respondeu Ares. — Me diga, por que eu deveria ajudar vocês?

— Porque você não tem escolha, Ares — afirmou Hermes. — Eu vim cobrar meu favor, um de muitos, devo acrescentar, que você me deve por todas as vezes que eu te salvei.

— Por mais útil que fosse, não estou inclinado a retribuir.

— Você correria o risco da retaliação divina? — questionou Perséfone.

— Atualmente, Hermes é mortal, e, pela lei divina, não sou obrigado a manter uma promessa feita para um traidor.

Perséfone olhou para Hades para obter confirmação das palavras do deus, mas ele não estava olhando para ela. Estava encarando Ares com expressão sombria.

— Isso já é babaquice da sua parte — respondeu Hermes.

— Não tenho desejo nenhum de deixar o Rei dos Deuses bravo nem de perder meu poder — declarou Ares.

— Mesmo que signifique machucar Afrodite? — indagou Perséfone.

Ares ficou imóvel, e ela viu a garganta dele se apertar enquanto ele engolia em seco.

— Se acha que eu não vou contar pra ela que você se recusou, está enganado — disse Perséfone. — Ela vai te odiar pra sempre.

Ares ficou em silêncio, depois trocou a lança de mão.

— E quem disse que você vai voltar? — perguntou ele.

Invocando o escudo, ele se teleportou.

Hades se mexeu, jogando Perséfone no chão quando Ares apareceu diante deles, estendendo a lança na direção do rosto do Deus dos Mortos.

— Sefy!

Hermes correu até ela, puxando-a para longe dos deuses engalfinhados enquanto ela corria para se levantar.

Hades invocou o bidente, investindo com a arma contra Ares, que bloqueou o ataque com seu escudo. O som das armas se chocando foi como um raio, o que pareceu despertar a criatura parecida com um dragão de seu estranho sono de olhos abertos. Ela rosnou e se levantou, arrastando-se árvore acima, com fumaça saindo das narinas e da boca.

Nem Hades nem Ares pareceram se dar conta disso enquanto lutavam. Era difícil acompanhá-los, de tão rápido que se moviam, cada golpe mais furioso do que o outro, e embora Perséfone entendesse a fonte da fúria de Hades, não entendia por que Ares escolhera lutar contra eles em vez de ajudar Afrodite e sua irmã, uma vez que a Deusa do Amor era a única de quem ele supostamente era próximo, aquela que demonstrara gentileza para com ele diante do ressentimento dos olimpianos.

Será que ele buscava a aprovação do pai? A estima dos outros olimpianos? Ou será que simplesmente nascera daquele jeito, furioso e sedento por sangue, sempre escolhendo a batalha em vez da paz?

Enquanto os dois lutavam, a atenção de Perséfone se desviou para o Velo de Ouro e o dragão que o guardava. Os olhos da criatura estavam fixos em Hades e Ares, e o brilho de sua garganta aumentava quanto mais eles se atacavam. Ela parecia estar esperando por uma deixa, e Perséfone não queria descobrir para quê.

A deusa invocou sua magia, chamando os galhos retorcidos do carvalho nos quais o dragão estava aninhado. Eles se alongaram e rastejaram, enroscando-se devagar no animal até que, de repente, se fecharam em torno dele, apertando com firmeza sua boca mortal. Ele ainda conseguiu soltar um rugido abafado ao se contorcer violentamente sob as amarras, com o pescoço assumindo um tom de branco brilhante, cheio de fogo.

Perséfone olhou para Hermes.

— Pega o velo! — ordenou a deusa, e na mesma hora Ares apareceu diante dela e a atacou com a parte da frente do escudo.

O golpe a fez voar pelos ares, sentindo que o corpo havia sido partido em dois. Quando atingiu o chão, ela ficou sem ar, aterrissando no campo e colidindo com as lanças douradas que haviam restado enquanto rolava. Quando parou, a deusa inspirou violentamente, curando seu corpo quebrado enquanto se levantava, ainda atravessada pela dor.

Ares tentou atacá-la de novo, mas, dessa vez, o golpe foi impedido por Hades com um escudo que parecia ser feito de sombras, mas era sólido. O impacto do ataque de Ares fez Hades deslizar alguns metros para trás. Suas armas colidiram novamente, e as videiras de Perséfone brotaram do chão, agarrando os braços e a lança de Ares, mas se romperam sob a grande força do deus.

— Peguei, Sefy! Vamos! — gritou Hermes.

Perséfone virou a cabeça para o lado e viu Hermes correndo com o velo, mas então Ares se teleportou. Hades e Perséfone o seguiram, mas Ares chegou mais rápido, atingindo Hermes assim que apareceu e fazendo-o voar pela ilha. Hades atacou de cima com a intenção de acertar Ares com o escudo, mas o deus se teleportou e apareceu atrás dele, enfiando a lança em suas costas. Com mais um movimento, a arma atravessou seu peito.

Perséfone gritou quando Hades caiu de joelhos.

Ares pisou nele, arrancando a lança quando Hades atingiu o chão, e depois chutou a lateral de seu corpo, fazendo-o ficar de costas. Por fim, cravou a lança no corpo dele de novo, bem onde estava a ferida.

Tudo aconteceu tão rápido que Perséfone não teve tempo de agir, de ajudar o marido. Ela estava parada diante deles, observando Ares soltar a lança e deixar Hades pregado no chão. Depois ele se virou e pegou o bidente do Deus dos Mortos.

— Não tem nada mais vitorioso do que tomar a arma do deus que você derrotou — declarou o Deus da Guerra, girando a arma nas mãos.

O coração de Perséfone disparou, mas também sua fúria. Ela olhou para Hades, cuja cabeça estava virada em sua direção. Os olhos dele em geral tinham algum tipo de luz, um indício da vida que queimava dentro dele, mas isso tinha desaparecido.

A deusa voltou a olhar para Ares.

— Você é desprezível — vociferou ela.

O chão a seus pés começou a tremer.

Se Ares percebeu, não pareceu se importar.

— Isso é guerra, pequena deusa — respondeu ele. — Agora vamos ver você lutar.

Pequena deusa.

O apelido só a deixou mais furiosa.

Ares deu alguns passos, depois começou a correr na direção dela e tentou atingi-la com o bidente de Hades, mas deixou cair tanto a arma quanto o escudo quando de repente um galho do olmo o apunhalou pelas costas, saindo pelo peito.

Perséfone recuou ao ser atingida por um jato do sangue de Ares no rosto, mas sustentou o olhar dele, arregalado de choque. Só se ouviam a respiração sufocada do deus e o som contínuo de seu sangue se derramando e formando uma poça no chão.

Ela pensou em dizer alguma coisa, mas achou que a situação falava por si mesma. Ares ficara confiante demais, e fora isso que o deixara imprudente.

A deusa se abaixou e pegou o bidente de Hades. Era pesado, um peso que a trouxe de volta para a realidade. Com um último olhar cheio de ódio para Ares, ela foi até o marido.

— Hades! — Perséfone correu para perto do deus, soltando o bidente e arrancando a lança de Ares antes de cair de joelhos ao lado dele. Seus olhos se encheram de lágrimas e sua garganta secou quando ele não respondeu. — Hades — repetiu ela, segurando o rosto dele entre as mãos.

Os cílios do deus tremeram, e então ele abriu os olhos. Quando a viu, ele sorriu e ela chorou, de repente esgotada. Perséfone se inclinou e plantou um beijo na testa dele, depois em seus lábios, então se afastou para olhá-lo nos olhos, mas eles haviam voltado a se fechar.

— Hades — chamou Perséfone. — Hades!

Ela puxou a camisa dele para cima. A ferida em seu peito não havia sarado, e o machucado na lateral do corpo estava bem pior, soltando sangue e pus.

— Não!

Perséfone pôs as mãos nas duas feridas, tentando curá-las com sua própria magia, mas nada aconteceu.

Tinha alguma coisa errada. Será que a infecção estava impedindo que ele se curasse?

— Porra! — gritou ela.

Precisava encontrar Hermes, mas, assim que se levantou, o avistou a distância. Ele estava correndo o mais rápido que podia, movendo braços e pernas depressa, as bochechas inflando enquanto respirava, com o Velo de Ouro brilhando nas mãos.

— Peguei, Sefy! Tô chegando... ah!

Perséfone viu o deus pisar em falso e tropeçar, caindo de cara no chão. Ela se teleportou até ele.

— Vem, Hermes — disse ela, e quando ele pegou sua mão, ela voltou para perto de Hades.

— Ai, porra — disse Hermes. — O que aconteceu?

— Ele não está se curando de jeito nenhum agora — respondeu Perséfone, cobrindo Hades com o velo. — É assim que funciona?

— Acho que sim — falou Hermes. — Foi assim que consegui me curar quando Ares me jogou do outro lado da ilha. Ainda bem que ele caiu comigo, porra.

Eles esperaram e Perséfone alisou o velo, olhando para Hades. Seus olhos se encheram de lágrimas mais uma vez.

— Hades — sussurrou ela. — Por favor. — Quando ele continuou sem responder, ela escolheu a raiva. — Você disse que não ia sair do meu lado. Você fez um *juramento*. — Depois a deusa implorou, enterrando o rosto no pescoço dele. — Por favor, eu faço qualquer coisa. Só não me deixa.

Ela sentiu que ele se movia, e então ele enfiou os dedos em seu cabelo.

— Cuidado com a oferta, meu bem — disse ele. — Talvez eu peça qualquer coisa mesmo.

Perséfone começou a chorar ainda mais, então ergueu a cabeça e o beijou, deliciando-se com a sensação do hálito dele nos lábios.

Depois ela se sentou e tirou o Velo de Ouro de cima dele, revelando suas feridas perfeitamente curadas.

Hades também se sentou, olhando para a árvore ainda ensanguentada que Perséfone usara como arma contra Ares. O Deus da Guerra havia fugido, exatamente como Hécate previra.

— Vamos lá curar Harmonia — falou Perséfone.

Dessa vez, foi a magia dela que os rodeou e os carregou de volta para casa, para o Submundo.

23

HADES

Hades seguiu Perséfone até a suíte da rainha, onde Harmonia repousava quase morta, agarrando-se à vida por um fio esgarçado. Ele sentira a mudança nela antes de saírem, mas torcera para que as Moiras a deixassem viver o máximo possível. Elas não gostavam quando as atribuições e o destino que escolhiam eram perturbados, e provavelmente era por isso que ela aguentara tanto, mas nem as Moiras impediriam um fio de se romper se a alma decidisse que chegara a hora.

Era a única misericórdia que concediam.

Ele não se aproximou da cama com Perséfone, escolhendo se distanciar dos outros, observando Sibila, Leuce e Afrodite tirarem Opala da cama e afastarem os cobertores para permitir que Perséfone cobrisse Harmonia com o Velo de Ouro. Todos ficaram esperando que seu poder fizesse efeito em silêncio.

Hades conseguiu senti-lo, um calor que penetrou sua pele profundamente. Na verdade, ele se sentia melhor do que nunca, mesmo antes de seu confinamento no labirinto. Esperava que acontecesse o mesmo com Harmonia.

— Ela está respirando mais fundo — comentou Sibila, com a voz cheia de esperança. Ela se inclinou sobre a deusa, alisando seu cabelo. — Harmonia, nós te amamos. Muito mesmo.

A cor voltou ao rosto e aos lábios de Harmonia, e então ela se mexeu, e de repente todo mundo começou a chorar.

Quando abriu os olhos, Harmonia franziu a testa.

— Por que está todo mundo chorando?

A pergunta foi seguida de ainda mais lágrimas e algumas risadas, além de Opala latindo e perseguindo o próprio rabo.

Hades olhou para Hécate quando a deusa se aproximou.

— Não foi fácil pegar o velo, foi? — perguntou ela.

— Eu não esperava que fosse fácil — respondeu ele. — Mas preciso admitir que pensei que Ares fosse ficar mais sensibilizado pela situação difícil da Afrodite.

— Poucos deuses têm amor a Ares e sua violência — declarou Hécate. — Ele provavelmente achou que tinha uma chance de obter o favor do pai.

E, no processo, sacrificara a amizade da única deusa que fora gentil com ele.

— Não sei como ele vai retaliar — disse Hades. — Foi a Perséfone que acabou com a sede de sangue dele.

— Ele deve esperar pelo campo de batalha — respondeu Hécate. — Vai querer que ela esteja distraída, considerando que perdeu para ela no um contra um.

Embora já tivesse tentado atacá-la durante uma batalha antes.

— Afrodite vai ficar arrasada — comentou Hades, em voz baixa.

— Vai mesmo — concordou Hécate. — Mas a tristeza vai dar lugar à raiva, e é desse nível de poder que precisamos agora. — Os dois se entreolharam. — Não vai demorar muito — disse ela. — Quando o primeiro golpe for dado diante da humanidade, a guerra pelo domínio da Terra vai começar.

Era isso que Zeus e seus fiéis não entendiam. Aquilo não era só mais uma tentativa de derrubar o Rei dos Deuses. Tinha se tornado mais do que uma batalha por um único trono. Era uma batalha por todos os tronos do Olimpo, uma batalha pela adoração de uma população que recebera a negligência dos deuses, e Hades temia que, quando se dessem conta disso, já fosse tarde demais.

— Aproveitem a noite — disse Hécate. — Pode ser a última que vocês passarão a sós por um bom tempo.

Quando ela saiu de perto dele, Perséfone se aproximou, com os olhos engolidos pela escuridão. Seu rosto estava corado, e Hades sentiu aquele mesmo calor na boca do estômago.

Eles saíram, se teleportando para o quarto.

Mantiveram os olhos um no outro, assim como a distância entre eles.

Hades sentia a tensão aumentando, fazendo todos os músculos de seu corpo se contraírem e seu pau engrossar.

— Não tenho a menor intenção de descansar, o menor desejo de dormir — declarou ele. — Quero passar cada segundo compensando todos os dias que estive longe de você.

As palavras dele foram recebidas com um arrepio agradável que fez os mamilos de Perséfone endurecerem sob a blusa.

— Então por que você está desperdiçando esse tempo precioso falando?

Hades sorriu.

Ela falava como uma verdadeira rainha.

De repente eles se juntaram, beijando-se, e não havia mais espaço entre os dois. Hades foi levando Perséfone para trás até que ela encostasse as costas no dossel da cama, agarrando-a com força e se esfregando nela, a fricção fazendo um calafrio vertiginoso subir direto para sua cabeça.

Passou as mãos pela bunda dela, depois a puxou para o colo e, quando ela envolveu sua cintura com as pernas, carregou-a para a cama, onde a beijou com mais força e ardor, até quase não conseguir respirar.

Só então mudou de posição, beijando o maxilar e o pescoço dela, puxando sua blusa para cima para ter acesso aos seios, que saboreou com a língua enquanto ela corria os dedos pelo cabelo dele até soltá-lo do elástico.

Quando ele passou para a barriga, Perséfone começou a se contorcer para tirar os jeans, e Hades riu.

— Sempre ansiosa — murmurou ele ao ajudá-la, puxando os jeans por suas pernas.

Parou por um instante para admirá-la: o corpo corado e aberto, o sexo já molhado, que logo estaria cheio de sua porra.

— Hades — Perséfone sussurrou seu nome, com um toque de preocupação na voz.

Ele olhou para ela e achou que ela nunca havia sido mais bonita, mais *dele*. O verde vibrante de seus olhos fora engolido pela escuridão das pupilas, cheias de desejo por ele. Seus lábios estavam inchados do beijo, a pele marcada pela boca dele.

— Quero que você continue me sentindo dentro de você por semanas depois de hoje — disse ele. — Quando estiver no campo de batalha, é por isso que você vai lutar, pelo prazer de estar embaixo de mim de novo.

Os olhos de Perséfone se estreitaram. Hades não soube dizer se ela tinha gostado daquelas palavras, mas então a deusa se sentou e levou a boca à altura do seu pau, que pressionava, grosso e duro, o tecido áspero das calças.

— E pelo que você vai lutar, Rei do Submundo? — perguntou ela.

Apesar da camada entre eles, Hades conseguia sentir o calor da respiração dela, o que o fez se arrepender de ainda estar vestido.

Ele a encarou, tentando imaginar como devia estar sua aparência no momento. Ele se sentia tenso, e sua energia estava irritada e meio violenta, uma tempestade que fazia o ar entre os dois estalar.

Perséfone desabotoou as calças dele e pegou seu pau, manuseando-o como se pertencesse a ela — se bem que pertencia mesmo.

Ela avançou na cama, subindo e descendo a mão pelo pau dele.

— Vai lutar por isso? — perguntou a deusa, lambendo-o da cabecinha ao talo, garantindo que ele a olhasse nos olhos enquanto ela limpava o pré-gozo que se acumulara na ponta.

Hades encheu os pulmões de ar e exalou devagar, agarrando o cabelo de Perséfone quando a boca da deusa envolveu seu pau.

— Porra.

Ele xingou baixinho, jogando a cabeça para trás por um instante enquanto se concentrava no calor da boca de Perséfone, na pressão da língua, na sensação da mão dela em torno de sua carne. De algum jeito, embora segurasse só essa parte dele, ela conseguia invadir seu ser inteiro.

Hades apertou o cabelo de Perséfone com mais força, e ela deixou que ele deslizasse de sua boca em meio ao aperto firme dos lábios, erguendo para ele aqueles olhos encobertos por coisas que ele reconhecia — luto, raiva e violência —, e ele se perguntou se aqueles sentimentos teriam se enraizado na alma da deusa caso eles nunca tivessem se conhecido.

— Eu gosto da sua boca, minha rainha, principalmente quando está em torno do meu pau — disse ele, roçando o lábio inferior dela com o polegar.

— Estou esperando sua resposta, meu rei — lembrou ela.

Pelo que você vai lutar no campo de batalha?

Hades a observou, muito consciente de que seu pau duro continuava entre eles, molhado da boca da deusa e cheio de desejo.

— Você pergunta porque não sabe ou porque quer me ouvir dizer?

— Não importa — respondeu ela. — Eu te dei uma ordem.

— Ah, importa sim, meu bem — afirmou ele. Sua mão deslizou para o pescoço dela, e a deusa inclinou a cabeça mais para trás. — Se for o primeiro caso, devo lembrá-la da minha devoção, mas faço um alerta: não será delicada.

Hades não tinha aquele tipo de controle no momento, mas Perséfone já sabia disso. Podia senti-lo, assim como ele sentia a tempestade violenta das emoções dela.

— Não pedi delicadeza, meu rei — disse ela. — Você prometeu me foder.

Ele teria rido, não dela, mas de incredulidade, sem acreditar que aquilo fosse real, se as palavras dela não tivessem feito seus ouvidos zumbirem e o sangue correr direto para a cabeça do seu pau.

Hades beijou a deusa e a deitou de costas, beijando-a com dentes e língua, tomando seus lábios sem piedade nenhuma. A mão dele ainda envolvia a garganta de Perséfone quando ele esfregou o pau na pele nua dela. A fricção foi deliciosa, mas não ajudou muito a aliviar a dor do desejo que ele sentia por ela, principalmente por conta de como ela se contorcia debaixo dele.

Ele a soltou, depois saiu da cama para tirar as roupas. Gostou de como ela se apoiou nos cotovelos para observá-lo, com os seios empinados, os mamilos eretos e rosados, as pernas abertas.

Hades passou os braços por baixo dos joelhos de Perséfone e a puxou para a lateral da cama. Então se inclinou sobre ela e a beijou, beijando também o espaço entre seus seios e a barriga. Depois se ajoelhou entre as coxas de Perséfone, onde acariciou com os lábios e a língua aquela pele sensível, recuando ao chegar perto demais da buceta, gostando de ver a cor dela se acentuar e o clitóris inchar com a provocação.

— Hades — disse Perséfone, entre dentes, enfiando os calcanhares nos ombros dele.

O deus riu, passando o nariz pela parte interna da coxa dela. A frustração de Perséfone era palpável, seu corpo estava tão tenso que Hades se perguntou se ela ia explodir assim que a boca dele a tocasse.

Perséfone olhou feio para ele, e Hades sustentou seu olhar, a boca pairando sobre sua buceta em chamas.

— Eu não prometi delicadeza — lembrou ele.

O deus notou que a pele dela ficou toda arrepiada sob seu hálito.

— Não — concordou ela. — Mas não vou me lembrar da sensação da sua provocação no campo de batalha.

Ele não reconheceu a risada que saiu de sua boca.

— Ah, meu bem, eu nunca vou deixar você esquecer.

Hades a apertou com mais força quando cobriu sua buceta com a boca. Ao primeiro toque da língua dele, ela suspirou. O som atravessou o corpo do deus e foi direto até a cabeça do seu pau, que roçava a seda fresca que cobria a cama, aumentando o volume do rugido em sua cabeça e fazendo seu desejo arder ainda mais.

Porra.

Apesar da ansiedade de Perséfone, Hades começou devagar. Mesmo que ela não se desse conta disso, ele estava seguindo suas ordens. Cada gemido profundo, cada arquejo o levava a manter a mesma pressão e o mesmo ritmo com a língua.

Quando ele tomou o clitóris da deusa na boca, circulando e chupando, também inseriu os dedos dentro dela.

Porra. Ela estava tão molhada que parecia seda.

Ele mal podia esperar para sentir aquilo tudo em torno de seu pau ávido.

Hades curvou os dedos dentro dela e manteve a boca em seu clitóris, estabelecendo um ritmo impiedoso. Perséfone se contorceu debaixo dele e pareceu dividida entre se esfregar em seu rosto e recuar por completo, tão desesperada quanto dominada pelo prazer. Mas ele a manteve ali, segurando-a com mais força. Sentia que ela estava se aproximando do clímax, se enrijecendo e relaxando até que seus músculos se contraíram e o orgasmo se abateu sobre ela.

Ele manteve a pressão no clitóris dela, cada lambida extraindo um gemido alto da boca de Perséfone. Quando ela relaxou, ele a soltou e ficou de pé, subindo na cama e se enfiando no meio das pernas dela para esfregar a cabeça do pau duro em sua buceta quente e escorregadia.

— Hades, por favor — gemeu ela, tentando se aproximar.

— Você lembra o que eu falei? — perguntou ele.

— Que você não ia ser delicado — respondeu ela, então estendeu a mão e agarrou o pulso dele, o mesmo que segurava o pau na entrada de sua buceta, depois sussurrou: — Eu aguento você.

Essas palavras bastaram, e ele deslizou para dentro dela com uma única estocada forte.

Perséfone arfou e Hades se inclinou para beijá-la, estabelecendo um ritmo que a fez rebolar embaixo dele.

— Isso — gemeu ela, envolvendo a cintura dele com as pernas, cravando os dedos em suas costas para ter um apoio contra as investidas.

Ela o recebeu como uma rainha, como se tivesse sido feita para ele. Hades levou a mão ao pescoço dela e a beijou de novo, as bocas se encontrando em um beijo intenso antes de ele se afastar. Mantendo a mão na garganta de Perséfone, ele passou a outra debaixo do joelho da deusa. Não parou de se mexer dentro dela, metendo em sua buceta quente, mas aumentou a pressão em seu pescoço.

— Ai, caralho — sussurrou Perséfone, agarrando o braço dele. Cada palavra que ela dizia era pontuada com o som do impacto do quadril dele no dela. — É tão bom.

Perséfone enfiou os dedos no braço do deus, e os sons que saíram de sua garganta ficaram mais altos, gemidos agudos que fizeram o baixo ventre de Hades arder.

Porra, ela era perfeita.

— Olha pra mim — ordenou Hades, e ela abriu os olhos, lindos e verdes, tomados de desejo e amor.

Ele soltou o pescoço dela e se inclinou, colocando uma mão de cada lado de seu rosto. A respiração dos dois estava pesada, os corpos quentes e escorregadios, e o pau de Hades latejava dentro dela, mas ele precisava dizer aquilo.

— Você me perguntou pelo que eu lutaria no campo de batalha — disse ele. — Por isso. Para ver você me olhando com esses olhos. Você me venera com esses olhos.

Perséfone sorriu.

— Você é um romântico, meu rei — comentou ela.

— Eu estou apaixonado — corrigiu ele. — É diferente.

O sorriso de Perséfone se alargou e Hades se abaixou para beijá-la, passando um braço por trás de seu pescoço. Dessa vez, quando começou a se mexer, seus movimentos foram lentos e profundos. Ele estava ciente de tudo relacionado a ela: como seus mamilos raspavam no peito dele, como seus joelhos o apertavam, como ela cravava os dedos no bíceps dele.

Perséfone sustentou o olhar de Hades até não conseguir mais, então jogou a cabeça para trás por cima do braço do deus. O corpo dela estava enrijecendo, ficando tenso debaixo dele. Ela estava perto de gozar. Ele sentia a ardência do próprio clímax no baixo ventre, a pressão aumentando na base de seu pau.

Hades se inclinou e beijou o pescoço de Perséfone, lambendo e chupando a pele antes de enterrar o rosto no seu pescoço. Então afundou os joelhos na cama, um de cada lado do corpo dela, enquanto a penetrava um pouco mais rápido, um pouco mais forte, um pouco mais fundo.

Uma das mãos de Perséfone se enfiou no cabelo dele, agarrando o pescoço do deus enquanto seus gritos enchiam o quarto, um para cada nova investida, e então o aperto dela se intensificou de repente, até sua respiração parou, e ela começou a estremecer embaixo dele ao ser atingida pelo orgasmo.

Ele continuou, surfando cada onda até não conseguir mais conter a pressão crescente em seu próprio corpo. Então gozou em um jorro ofuscante, ciente apenas de que seu corpo tremia e seus braços e pernas estavam dormentes. Quando passou, ele percebeu que tinha desabado em cima de Perséfone e que ela corria os dedos por seus cabelos.

Ele se ergueu um pouquinho, aliviando o próprio peso para não sufocá-la, embora ela nem parecesse ligar.

— Você está bem? — perguntou ele.

Hades amava olhar para Perséfone, mas principalmente depois do sexo. Gostava de saber que era a razão para o rubor em suas bochechas e o inchaço em seus lábios.

A deusa sorriu, com os olhos semicerrados.

— Estou — sussurrou ela. — E você?

— Estou mais do que bem — respondeu ele.

Nenhum deles se mexeu, satisfeitos em ficar deitados depois do amor.

— Senti saudade disso — falou Perséfone, e Hades percebeu que os olhos dela estavam se enchendo de lágrimas quando ela ergueu as mãos para esconder o rosto.

Hades franziu a testa e se inclinou para beijar os dedos dela.

— Não precisa se esconder de mim — disse ele. — Eu quero tudo de você, até sua dor.

Ele esperou por ela, e, depois de algumas respirações fundas, Perséfone abaixou as mãos. Seus olhos continuavam marejados, e lágrimas escorriam por seu rosto.

— Não sei por que estou chorando — disse ela, com um suspiro trêmulo.

— Não precisa de um motivo — respondeu Hades, embora pudesse argumentar que tudo que ela havia passado no último mês era motivo suficiente.

Essa devia ser a primeira vez que ela tivera espaço para permitir que seu corpo parasse de lutar, e a realidade do mundo estava se abatendo sobre ela de uma vez.

Hades deitou de costas, trazendo Perséfone consigo, e a abraçou enquanto ela chorava até ela ficar em silêncio, adormecida em seus braços.

Hades acordou pouco tempo depois com Perséfone se esfregando em seu pau.

Ela já estava molhada, com as mãos espalmadas em seu peito enquanto se movia. Ele gemeu, segurando a cintura dela, afundando-se em sua pele quente. Ela se abaixou e o beijou. A boca da deusa estava quente, e seus seios roçavam nele de um jeito tão enlouquecedor quanto sua buceta escorregadia. Ele os apertou, torcendo os mamilos duros antes de chupá-los.

Enquanto a devorava, Hades sentiu a mão de Perséfone escorregar entre as coxas. Ela endireitou o corpo, enfiando os dedos em si mesma montada nele, usando o polegar para esfregar o clitóris. Com a outra mão, tocava os seios. Perséfone manteve os olhos fechados, virando a cabeça de um lado para o outro, sua respiração estabelecendo um ritmo agradável enquanto ela se mexia para a frente e para trás, para cima e para baixo, em busca de alguma sensação que crescia em seu interior.

Hades estava tão cheio de desejo que mal conseguia respirar ao observá-la. Uma parte dele queria se juntar a ela, enquanto outra estava satisfeita de assistir a situação se intensificando, de alimentar o fogo de sua necessidade por ela até chegar ao limite absoluto.

Ele veria as estrelas quando finalmente estivesse dentro dela, mas, por enquanto, caralho, como ela era linda, e seria sua pela *eternidade*.

Perséfone levou a mão do seio ao clitóris, se masturbando mais forte e mais rápido, então seu corpo se tensionou e a deusa caiu para a frente sobre o peito de Hades, arqueando as costas ao ser atravessada pelo orgasmo.

Ficou deitada ali por um instante, com a respiração ofegante, antes de levar a mão do meio das pernas à boca de Hades. Ele chupou seus dedos com força antes de soltar cada um devagar, então os dois trocaram um beijo molhado. Hades dobrou os joelhos, o que deixou seu pau apoiado com firmeza na bunda dela, as mãos já se enfiando na buceta macia para deixá-la bem aberta.

Perséfone pareceu entender o que Hades queria e se sentou, estendendo a mão atrás de si para alisar a cabeça do pau do deus antes de erguer o corpo e descer sobre ele com um gemido.

Hades soltou um suspiro profundo, audível, e Perséfone sorriu com o som, levando o corpo para trás até ele estar totalmente envolto em seu calor. Ela se inclinou para a frente e deu um beijo no peito dele, depois deixou a língua deslizar por cada um de seus mamilos. Fez menção de beijar a boca de Hades, mas não beijou.

Em vez disso, se levantou até ele mal estar dentro dela, depois desceu de uma vez. Então repetiu o ato algumas vezes, e devagar seu ritmo começou a aumentar, até os sons dos corpos se encontrando preencherem o quarto. Hades amava aquilo, queria mais. Apertou a cintura dela com mais força e, quando ela ficou cansada, assumiu o controle, metendo nela. Não saberia dizer o que mais gostava: o modo como os seios dela quicavam enquanto ele a penetrava ou a expressão de êxtase em seu rosto. Os dois o enchiam de um desejo insaciável.

Hades se mexeu, segurando o rosto de Perséfone com as mãos, mantendo-a parada. A instrução era clara: *olhe para mim*.

Ela obedeceu.

Depois agarrou os ombros dele, afundando os joelhos ao redor de seu corpo, e sua boca pairou sobre a dele, o hálito quente nos lábios do deus. Os olhos de Hades pousaram ali, e então ele a beijou e rolou, deixando-a embaixo de si. Ele meteu nela algumas vezes enquanto suas línguas se entrelaçavam antes de se colocar de joelhos. Então agarrou as coxas de Perséfone e a puxou para perto até sentir a bunda dela encostada em suas bolas, depois a penetrou, os músculos se tensionando a cada vez que ela arqueava as costas ou torcia os lençóis entre os dedos.

Então Perséfone começou a se mexer e Hades se perdeu por completo, alheio a tudo que não fosse ela. Seus dedos se espalharam pela pele da deusa quando ele agarrou o quadril dela com mais força. Hades percebeu que Perséfone estava quase gozando quando ela segurou suas coxas, quando se esfregou nele para garantir que ele ficasse na mesma posição, então prendeu o clitóris dela entre os dedos, deslizando para cima e para baixo. Enquanto o clímax dela se intensificava, o clitóris se avolumava, e o impulso de chupá-lo foi intenso demais para resistir.

Hades recuou, para o choque de Perséfone, cujo grito de frustração foi silenciado por um gemido profundo quando a boca do deus envolveu o pontinho inchado, chupando e lambendo até a primeira onda do orgasmo a atingir. Manteve a pressão no clitóris com os dedos enquanto ela se contorcia e meteu nela de novo, deixando que seus músculos se contraíssem em volta dele e o levassem ao clímax.

Ele gemeu quando o primeiro jato de porra saiu. O segundo fez seus braços tremerem e, depois do terceiro, ele desabou sobre a pele escorregadia de Perséfone. Apoiou a cabeça nos seios da deusa enquanto ela passava os dedos em seu cabelo. Estava tão satisfeito, e seus olhos tão pesados, que poderia ter dormido, mas então Perséfone falou.

A voz dela foi quase perturbadora depois de terem passado tanto tempo em silêncio, tirando as respirações entrecortadas, embora às vezes Hades achasse que seus corpos falavam mais do que as palavras seriam capazes de dizer.

— Como eu sei se minha mãe estava destinada a morrer?

É nisso que você está pensando agora?

Era o que ele queria perguntar, porque gostaria muito mais de saber que ela estava pensando nele e em como ele a comera até deixá-la absolutamente esgotada.

Só que, pelo jeito, não foi isso que aconteceu.

Ele teria que tentar de novo.

Mas sabia por que ela estava fazendo essa pergunta. Estava tentando encontrar um jeito de lidar com a culpa, de aplacá-la.

Hades levantou a cabeça e a encarou.

— Você acha que saber vai fazer com que seja mais fácil aceitar seu papel na morte dela?

A respiração de Perséfone ficou mais pesada, e Hades percebeu que ela estava prestes a chorar. Ele foi subindo pelo corpo dela até seus rostos estarem alinhados.

— Não sei como viver com isso — confessou ela, com o corpo trêmulo debaixo dele.

Ele deitou de lado, puxando-a para seu peito, e a abraçou enquanto ela chorava. Era tudo que podia oferecer. Não tinha mais nada.

24

TESEU

Teseu esperava à porta do escritório de Zeus usando o Elmo das Trevas. Hipnos, Deus do Sono, que ele havia tirado do Submundo durante seu ataque, assumira a forma de um pássaro colorido e estava acorrentado a um poleiro perto dele.

Do outro lado da sala, Hera estava parada diante de uma fileira de janelas com vista para a vasta propriedade que compartilhava com o Deus dos Céus no Monte Olimpo. Usava um robe de seda, amarrado com firmeza na cintura. Havia se besuntado de óleos que tinham um cheiro tão pungente quanto doce e, quando se mexia, sua pele brilhava. Certamente pareceria convidativa para Zeus, que não enxergaria que ela era orgulhosa demais para ser bonita e severa demais para a sedução, porque, apesar de ser mulherengo e pensar com o pau, ele a amava.

— Por que essa demora toda? — perguntou Teseu, frustrado.

Verificou o relógio.

Já fazia mais de uma hora que estavam esperando, e ele estava ficando impaciente. Esse era apenas o começo do plano, mas seu sucesso determinaria como o resto do dia, e os seguintes, se desenrolaria.

— E você espera que Zeus se importe com o meu tempo?

— Qualquer homem se importa com o tempo quando o sexo está envolvido — respondeu ele. — A menos, claro, que ele não fique motivado pela promessa do seu corpo.

Teseu notou que a deusa ficou tensa e olhou feio em sua direção, embora não pudesse vê-lo.

— Eu *pedi* uma reunião — disse ela.

— Então você pensou que ia atraí-lo pra cá prometendo o quê? Uma conversa?

Hera o ignorou, e a sala ficou em silêncio.

— Tem certeza que consegue seduzir ele?

— Não confunda meu desgosto com incapacidade de executar esse plano — retrucou a deusa, voltando a olhar pela janela. — Ele deve estar por aí seduzindo uma mortal humilde.

As palavras de Hera estavam carregadas de amargura, e Teseu pensou que não entendia aquele ciúme. Se não amava o marido, por que ligava para quem ele comia? Não era como se ela não se beneficiasse do poder e do título dele. Mas Teseu nem sempre entendia as emoções humanas, e os deuses pareciam ser mais humanos do que os próprios mortais.

Era um atributo que Teseu não possuía. O mais parecido com paixão que o semideus sentia era a violência.

Ele gostava da violência, preferia até, e seu futuro estaria cheio dela.

De repente, o ar na sala ficou carregado de eletricidade, e Zeus apareceu tão rápido quanto um raio, com o mesmo estrondo de uma descarga elétrica. Embora Teseu sentisse um grande desprezo pelo Deus dos Céus, a verdade era que a mera presença dele exigia atenção. Nem Hera poderia negar, virando-se para olhar para ele, embora ela provavelmente fosse alegar que estava desempenhando um papel.

— Meu rei — cumprimentou Hera.

— Hera — respondeu Zeus, com a voz grave. Seus olhos brilharam de um jeito sombrio ao percorrer o corpo coberto dela, cheios de desejo apesar da perda das bolas nas mãos da deusa Hécate. — Você não está arrumada.

— Não estou nem vestida — disse ela, deixando a seda escorregar pelos ombros e cair a seus pés.

O ar no quarto ficou denso e carregado com o desejo de Zeus, mas também com sua desconfiança.

— Por que você me convocou?

— Não é óbvio? — perguntou ela.

Ele estreitou os olhos.

— Não é comum.

Hera baixou os olhos por um instante e deu um passo à frente antes de voltar a encará-lo, quase tímida.

— Eu estava torcendo para conseguirmos deixar as diferenças de lado.

Zeus também se aproximou.

— Temos muitas, Hera — declarou ele, mas sua voz saiu baixa: o tom de um amante, não de um rei.

Talvez essa fosse a maior ruína de Zeus. No fundo, ele queria ser um romântico, não um governante.

— E não conseguimos superá-las sempre? — perguntou Hera.

Agora estava tão perto de Zeus que seus seios roçavam o peito dele.

— Isso é um truque — disse ele.

Os olhos de Hera faiscaram.

— Não posso desejar meu marido? — perguntou ela, em um tom que era um indício da fúria que fervia em seu sangue.

Teseu se perguntou se a raiva dela impactaria o deus ou estragaria o momento.

Zeus a observou por um bom tempo, baixando os olhos para seus lábios.

— Eu sonhei com isso — admitiu ele, baixinho. — Mas mal posso acreditar que é verdade.

— Então me toca — disse ela. — E veja que eu sou real.

Hera pegou a mão dele e a levou ao próprio peito, onde os olhos de Zeus se fixaram enquanto ele a apertava, beliscando o mamilo. Hera prendeu a respiração e fechou os olhos. Sua boca estava apertada e os braços, parados ao lado do corpo, com os punhos cerrados. Eram sinais que poderiam ser interpretados como desejo e pareceram satisfazer Zeus, que inclinou a cabeça para perto de Hera.

— Não posso te dar prazer como gostaria — disse ele, e ela abriu os olhos para encará-la. — Mas posso te dar prazer mesmo assim.

Hera demorou um instante para falar, para controlar a voz ao mentir.

— Só importa que é você.

Zeus a beijou, cravando as mãos na pele dela ao puxar seu corpo escorregadio para perto.

Quando se afastou, ele falou, a boca próxima à dela.

— Você sabe que sempre foi você — afirmou ele, apaixonado. — Sempre amei só você.

— Shh — implorou Hera. — Não fale. Me ame em vez disso.

A boca ansiosa de Zeus cobriu a dela de novo antes de ele beijar seu maxilar e seu pescoço. Ela enfiou os dedos no cabelo grisalho dele enquanto ele ia até seus seios, lambendo o óleo que cobria sua pele.

— Seu gosto é tão bom — disse ele, com um rosnado.

Gosto de sono, Teseu esperava, irritado que estivesse demorando *tanto*. Olhou de relance para Hipnos, que permanecia no poleiro, olhando para longe da dolorosa demonstração de afeto de Hera e Zeus.

Será que Hipnos havia dado uma poção falsa a Hera? Seria uma maneira de se vingar.

Se alguma coisa não acontecesse logo, Teseu aprisionaria Zeus e Hera juntos. Que tortura seria para a Deusa do Casamento ficar presa com o marido, que então se daria conta de que a sedução dela fora apenas uma enganação.

Uma parte dele queria testemunhar essa cena.

Zeus continuou a descer pelo corpo da esposa e, quando se ajoelhou, Hera ergueu a cabeça para o teto.

— Quanto tempo demora? — perguntou ela.

Zeus deu uma risadinha, presumindo que a frustração dela se devia à ignorância.

— Paciência, minha pérola — disse ele. Hera olhou para ele, que ficou muito sério, com os olhos brilhando com uma luz estranha. — Eu não fico de joelhos por ninguém além de você.

Hera deixou as mãos passearem e se enfiarem no cabelo dele enquanto ele beijava cada uma de suas coxas, aproximando a boca de seu sexo.

Ele gemeu, então sua cabeça tombou nas pernas dela.

— Zeus? — chamou ela, depois deu um passo para trás.

Ele cambaleou e caiu no chão com uma pancada forte.

— Pelo amor dos deuses, que demora — comentou Hera, pegando o robe do chão e amarrando-o com firmeza ao redor da cintura. — Vou precisar tomar banho com ácido para arrancar a lembrança do toque dele da minha pele.

Ela estremeceu visivelmente.

Teseu tirou o Elmo das Trevas e Hipnos se transformou de um pássaro acorrentado em um deus acorrentado.

— Se tivesse usado a poção como eu expliquei, não precisaria ter aguentado tamanha... tortura — disse Hipnos, altivo. — Era para ser consumida, não lambida no seu corpo.

— Eu *falei* pra você — retrucou Hera. — Zeus não aceita comida ou bebida de mim.

— Será que é porque da última vez que você lhe ofereceu um drinque ele acordou acorrentado?

— Talvez ele não devesse voltar a acordar — disse Hera, olhando com raiva para o marido que dormia.

— Por mais que eu quisesse cumprir seu desejo — falou Teseu —, nós precisamos dele.

— *Você* precisa dele — rebateu Hera. — Eu não estou tentando obter o favor de Cronos.

— Mas está tentando ganhar uma guerra — respondeu Teseu.

— Sim — rosnou Hera. — E você libertou o titã que teve um tempo infinito para sonhar com todas as maneiras possíveis de se vingar dos olimpianos.

— Talvez você devesse parar de se considerar uma olimpiana.

— E você acha que vai importar? Cronos não esquece nenhuma transgressão.

— Um traço que você parece ter herdado dele — observou Teseu.

— E *você* herdou a arrogância do seu pai — rebateu ela.

— Herdei mesmo — concordou ele. — Mas pelo menos a minha não é infundada.

Ele havia matado o ofiotauro e comido a maçã dourada. Agora estava destinado a derrubar os deuses e era invencível.

— E então? — perguntou Hipnos, irritado. — E agora?

Teseu invocou a rede com sua magia e a colocou em cima de Zeus como um cobertor, cobrindo seu corpo inteiro. Era tão fina e tão leve que era difícil acreditar que pudesse conter um deus.

— Ele vai ficar pendurado no céu como me pendurou — declarou Hera. — Que os olimpianos testemunhem a sua vergonha.

Por um breve instante, Teseu se perguntou por que não havia pensado em prendê-la junto de Zeus. Ele não tinha nenhuma grande ilusão. Sabia

229

que a deusa só se aliara a ele na esperança de derrubar Zeus e tomar o trono ela mesma.

O que Hera não entendia era que o futuro do mundo não incluía os olimpianos.

— Só os olimpianos? — perguntou Teseu.

Hera ficou tensa.

— Os mortais não podem saber. Vão questionar nosso poder.

— Eles já questionam seu poder — respondeu Teseu. — E agora vão saber que vocês podem ser derrotados.

Hera crispou os lábios, mas Teseu sustentou seu olhar.

— O raio, Hera — lembrou ele. — Traga pra cá.

Ela não se mexeu.

Enquanto ele a encarava, quatro de seus homens entraram no escritório, todos semideuses de origens variadas. Dois arrastaram Zeus para fora, e os outros dois arrastaram Hipnos para a frente.

— Me soltem! — gritou Hipnos, contorcendo-se nas mãos deles, mas Damião e Sandros, filhos de Tétis e Zeus, continuaram a segurá-lo.

O deus fulminou Teseu com o olhar.

— O que você vai fazer? — perguntou ele.

— Usar você — respondeu Teseu, e uma lâmina se materializou em sua mão.

Ele a enfiou no pescoço do deus. O sangue jorrou da ferida, banhando Teseu em um jato carmesim. Hipnos arregalou os olhos e inspirou algumas vezes, emitindo um som borbulhante, ao cair de joelhos com as asas brancas bem abertas, depois se inclinou para a frente e deu de cara no chão.

Ele não voltou a se mexer.

Teseu olhou para Hera.

A deusa ainda não testemunhara pessoalmente os efeitos do veneno da Hidra ou o poder das armas dele.

Ele ficou satisfeito com o medo em sua expressão.

— O raio, Hera — repetiu ele.

Dessa vez, ela não hesitou.

25

DIONÍSIO

Dionísio acordou muitas horas depois com Ariadne nos braços e imediatamente seu pau ficou duro.

Infelizmente, não era só seu pau que estava surpreso, mas também seu cérebro.

O deus esperava que a mortal já tivesse ido embora de manhã, mesmo que tivesse pedido para ficar um pouco mais na noite anterior. Dissera a si mesmo para não ficar animado demais com o pedido, assim como decidira que não ligava para os motivos dela para querer transar com ele. Ela havia passado por coisas bem traumáticas nas últimas vinte e quatro horas. Porra, a vida toda dela era uma tragédia.

Ariadne só estava buscando conforto.

E ele era fodido o bastante para fornecê-lo.

Dionísio repetiu isso para si mesmo sem parar, torcendo para que assim seu coração deixasse de acelerar quando olhava para Ariadne e não se partisse quando ela decidisse que ele era seu maior erro.

— Ari?

Ele a sacudiu de leve para acordá-la.

— Humm?

— Acho que você... Quer dizer, não tenho certeza... mas talvez sua irmã esteja preocupada.

Houve uma pausa, e embora não pudesse ver o rosto dela, ele imaginava que a realidade da noite passada estivesse se abatendo sobre a mulher. Até se inclinou um pouco para trás para que ela não desse um tapa em seu rosto quando pulasse da cama completamente envergonhada.

Mas ela não fez nada disso.

Na verdade, ela se virou para encará-lo, parecendo sonolenta e satisfeita. Até sorriu. Isso já fazia parte dos sonhos de Dionísio havia um tempo, e, agora que era real, ele odiava o alarme que soava em sua cabeça e lhe dizia para tomar cuidado.

— Oi — disse Ariadne.

Dionísio levou um instante para superar o impulso de estreitar os olhos e perguntar a ela qual era o problema, o que inevitavelmente levaria a algum tipo de briga. E aí ele só poderia culpar a si mesmo por arruinar a melhor manhã da sua vida.

Ele engoliu a desconfiança.

— Oi — disse ele. — Dormiu bem?

— Dormi — respondeu ela. — E você?

Ele assentiu.

Ariadne franziu a testa.

— Tem certeza?

— Eu *disse* que sim.

— Você não *disse* nada — retrucou ela. — Só balançou a cabeça.

— Sei que não sou muito entendido de costumes mortais, mas acredito que isso significa *sim*.

Ela estreitou os olhos.

— Por que você não admite que tem alguma coisa errada?

— Não tem porra nenhuma errada, Ari — falou Dionísio. — Só deixa quieto, cacete.

Porra, ele devia ter feito a pergunta que queria desde o começo.

— Então *tem* alguma coisa errada...

— Por que você dormiu comigo?

Se Ariadne ia insistir, Dionísio podia fazer o mesmo.

Ela piscou, surpresa, e fechou a boca antes de responder:

— Porque eu quis. Por que você acha que eu dormi com você?

Ele não respondeu.

— *Dionísio.* — Ela falou seu nome como uma ordem.

— Você disse que queria me agradecer.

— Porque sou grata pelo que você fez — afirmou Ariadne.

— Não sei se gosto quando você diz isso — falou o deus.

Ariadne franziu as sobrancelhas.

— Quê?

Dionísio desviou os olhos.

— Não sei se gosto quando você me beija ou transa comigo e me diz que se sente grata.

— Você não gosta... mas transou comigo assim mesmo?

O tom dela o deixou tenso. Estava cheio de raiva, mas tudo bem, porque ele podia responder à altura.

— Eu transei com você porque eu queria você — respondeu ele. — Transei com você porque *gosto* de você. Porque gostaria de me apaixonar por você, mas não confio em você, e não tem nada a ver com o Teseu e tudo a ver com o fato de que você se arrepende de mim toda vez que fica comigo.

Um silêncio tenso se seguiu a essas palavras. Agora que tinham saído, ele não sabia por que tinha falado alguma coisa.

A seu lado, Ariadne estava imóvel. Também não estava olhando para ele. Ela havia virado a cabeça para o outro lado e olhava para a frente. Depois de alguns segundos, afastou os cobertores e pulou da cama.

— Ari... — começou Dionísio, fazendo o mesmo.

Ela estava na porta quando se virou para olhar para ele.

— Você acha que eu me arrependo de você? — perguntou a mulher.

— Você *disse* isso. — Dionísio se aproximou. — E mesmo se não tivesse dito, eu saberia.

— Saberia? Você consegue ler mentes? É outro poder do qual você não me contou?

Dionísio cerrou os dentes.

— Toda vez que a gente transa, você se distancia.

— A gente transou *duas vezes*! — retrucou Ariadne, irritada.

— E quando voltamos da ilha, você fugiu.

— Eu não fugi. Estou aqui, não estou?

O deus engoliu em seco, e, quando não disse nada, Ariadne balançou a cabeça e deu de ombros, frustrada. Depois se virou para a porta.

— Então vai fugir agora?

Ariadne travou. O coração de Dionísio batia forte no peito enquanto ele esperava que ela decidisse, e por fim a mortal se virou para encará-lo com tanto fogo no olhar que inflamou as chamas que ardiam no baixo ventre dele.

— Vai se foder.

Ele achou que ela sairia nessa hora, mas, em vez disso, ela acabou com a distância entre eles, e então o beijou e envolveu seu pescoço com os braços. Dionísio a apoiou na porta e a pegou no colo. Sua excitação pressionou a buceta nua da mortal, e de repente ele estava dentro dela de novo. Ele parou por um instante, sem se mexer, apoiando a testa na dela.

Uma parte de Dionísio questionava o que estavam fazendo e se era certo. Será que não passava de um desafio que Ariadne queria vencer?

Ele sentiu a mão da mortal espalmada em seu peito, e suas palavras ficaram presas em sua garganta quando ela sussurrou:

— Não sei o que você quer de mim.

O deus engoliu em seco com força, depois se afastou para encarar Ariadne ao responder:

— Só quero mais de você.

Uma vez ditas as palavras, ele não podia retirá-las, e a única razão para querer fazer isso era que só então lhe ocorreu que talvez Ariadne não tivesse mais nada a oferecer no momento. Se fosse o caso, Dionísio aceitaria qualquer coisa, receberia qualquer coisa.

O que Ariadne ofereceu foram os lábios e a língua ao beijá-lo de novo. O beijo acendeu algum tipo de frenesi dentro de Dionísio, algo que ele não conseguia controlar. Suas mãos se cravaram na pele dela enquanto a segurava firme contra a porta. Cada estocada parecia deixá-la sem fôlego, mas ele queria ir cada vez mais fundo.

Então tirou Ariadne da porta e caiu na cama, o quadril esfregando e metendo, e ela recebeu tudo, arranhando as costas dele e enfiando as unhas em sua bunda, puxando-o para perto, estimulando-o a penetrar mais forte. Bem quando a pressão começou a aumentar dentro dele, a porta se abriu, e tudo pareceu acontecer na mesma hora.

Fedra ficou parada ali, parecendo horrorizada, e ele travou.

— Ai, meus deuses — disse ela. — Me desculpa!

— Fedra! — chamou Ariane, empurrando o peito de Dionísio. — Porra.

Ela nem olhou para ele ao se afastar e sair correndo atrás da irmã.

Meia hora depois, Dionísio estava vestido, mas relutava em sair do quarto.

Era ridículo, considerando que aquela era sua casa, mas não podia evitar se sentir ansioso quanto ao que encontraria ao sair, e não tinha nada a ver com o fato de Fedra tê-los pegado no flagra. Naquele dia ele teria que encarar a realidade de tudo que acontecera e se planejar para a inevitável retaliação de Teseu.

O semideus não era idiota e não precisava de provas para ligar Ariadne ao desaparecimento de Fedra. Não precisava de provas para saber que Dionísio a ajudara, o que significava que todo mundo que fosse associado a ele estava em perigo. A única coisa que funcionava a seu favor era que o abrigo e os túneis que levavam a ele eram secretos.

Por fim, Dionísio saiu do quarto.

Estava torcendo para Ariadne estar na sala, para poder falar com ela a respeito do plano do dia, mas ela não estava lá. Porém, a televisão estava ligada e o bebê dormia num moisés que as mênades haviam trazido no dia anterior junto com um monte de outros itens.

Dionísio se aproximou devagar do berço e deu uma olhadela na criança, embrulhada com firmeza, com a cabeça coberta por uma touca. Ele parecia diferente do dia anterior. Menos alienígena.

— Pra alguém tão pequeno, você respira muito alto — falou Dionísio, num tom abafado. Depois se aproximou. — Pelo menos você é fofinho.

Ele ouviu um arquejo súbito e virou a cabeça para a esquerda depressa. Fedra havia voltado para a sala. Dionísio se endireitou.

— Milorde — disse ela, abaixando a cabeça.

O título parecia estranho. Ele não o ouvia com frequência, porque costumava ser reservado para os olimpianos.

— Desculpa — disse ele. — Eu não queria te assustar.

— Não assustou — respondeu ela.

Um silêncio desconfortável se seguiu. Dionísio não sabia o que dizer. Fora apresentado a Fedra ao raptá-la, e, mais cedo, ela o pegara transando com sua irmã. Ele tinha a sensação de que ia demorar um pouco para ficarem amigos.

— A Ari... — Ele começou a falar, mas Fedra falou ao mesmo tempo.

— Você paga a minha irmã por sexo? — perguntou ela.

Dionísio abriu a boca, chocado pela pergunta.

— O quê?

— Você paga a minha irmã por sexo? — repetiu ela, sem desviar o olhar.

Ele queria perguntar se todo mundo na família delas tinha aquele olhar penetrante. Pelos deuses, era perturbador.

— Não — afirmou ele e, quando ela continuou a encará-lo, acrescentou: — É tão difícil assim acreditar que ela me escolheu?

Por fim, Fedra baixou o olhar e se aproximou lentamente.

— Foi isso que o Teseu me falou — explicou ela. — Que Ariadne tinha se entregado à prostituição. Ele me mostrou fotos dela com você no distrito do prazer.

— *Não* foi isso que nós fomos fazer no distrito do prazer.

Na maior parte.

Fedra ficou calada, com o olhar fixo no filho.

— Não sei o que me faz sentir pior — falou ela. — Meu marido ter mentido pra mim... ou eu ter acreditado nele.

— Não se sinta culpada pelas coisas em que ele te fez acreditar — disse Dionísio.

Fedra ficou em silêncio, mas, depois de um instante, falou em uma voz tão baixa que Dionísio achou que suas palavras não eram dirigidas a ele.

— É que eu não entendo — disse ela.

Ele a compreendia, de certa maneira. Muitas vezes tinha tentado entender o ódio que Hera sentia dele, mas, mais do que isso, já tinha visto outras mulheres tentarem encontrar sentido nas mesmas coisas que Fedra.

— Você não precisa entender hoje — falou Dionísio.

Era provável que ela nunca entendesse, mas ele também não diria nada naquele dia.

Foi então que captou alguma coisa com a visão periférica, e seu olhar passou para a imagem de Teseu na televisão.

— Que porra é essa?

Dionísio pegou o controle remoto da mesinha de centro e aumentou o volume. Fedra se virou e cobriu a boca com a mão ao ver o marido na tela. Um banner vermelho na parte inferior anunciava a razão para aquela coletiva de imprensa de emergência: MULHER E FILHO RAPTADOS DO HOSPITAL.

— Hoje eu esperava estar aqui ao lado da minha linda e devotada esposa, Fedra, e anunciar o nascimento do meu filho, mas, em vez de celebrar

235

nossas boas-novas, estou aqui para fazer um apelo. Minha esposa e nosso filho foram sequestrados do Hospital Comunitário Asclépio por um deus.

Teseu fez uma pausa, e Dionísio cerrou os dentes. Precisava admitir que o semideus desempenhava muito bem o papel de marido e pai torturado. Ele parecia absolutamente devastado.

— Muitos de vocês sabem da batalha que tenho enfrentado com os olimpianos. Acredito que essa seja uma tentativa cruel de vingança e provavelmente o exemplo mais extremo de por que não podemos mais abaixar a cabeça diante do governo arcaico dos deuses. Hoje estou aqui para suplicar pelo retorno da minha esposa e do meu filho, mas também pelas vidas de todos os mortais nesta terra. Não merecemos esse tratamento. Que possamos lembrar os deuses do nosso poder e cessar nossa adoração... hoje.

Ele parou e suspirou, trêmulo, olhando diretamente para a câmera.

— E para o deus que roubou minha família, eu vou atrás de você.

Dionísio levou um instante para organizar os pensamentos, que aceleravam em várias direções diferentes ao mesmo tempo. Embora já esperasse que Teseu fosse retaliar, não estava esperando que o semideus basicamente declarasse guerra aos deuses, e aquele fato o preocupava de um jeito que ele nem conseguia expressar.

Qual seria o plano de Teseu, que lhe dava tamanha confiança?

A porta do quarto de Ariadne se abriu e ela apareceu, de banho tomado e vestida. Quando os viu, parou, hesitante.

— O que tá acontecendo?

O deus começou a falar, mas alguém bateu à porta, e Ariadne estava a poucos passos dela. Ela olhou para Dionísio.

Ele falou baixinho e depressa.

— Lá embaixo tem uma adega com vinho armazenado em alcovas redondas. Quando entrar, conte até chegar à sétima. Toque na placa na parede. Ela vai revelar a entrada para o túnel. Entre, feche a porra da porta e não olhe pra trás. Ele vai te levar até a Bakkheia. Entendeu?

Ariadne assentiu e então a campainha tocou, e o coração de Dionísio parou quando o bebê começou a chorar.

Porra.

— Vai — ordenou ele.

Fedra pegou o filho e foi em direção às escadas, mas Ariadne hesitou. Dionísio invocou o tirso.

— Eu falei pra ir!

Dionísio não gostou do modo como Ariadne olhou para ele, como se talvez estivessem se vendo pela última vez, mas ela foi, desaparecendo no corredor na mesma hora em que ele sentiu o chão estremecer e percebeu tarde demais que sua atenção não deveria estar voltada para a porta, e sim para as janelas.

Elas explodiram com um poder que jogou Dionísio no chão. Ele se deu conta imediatamente do quanto estava ferido e percebeu que seu corpo estava crivado de cacos de vidro e pedaços de destroços.

Ele gemeu ao se levantar, fazendo uma careta ao colocar pressão no braço esquerdo, empalado em uma grande lasca de madeira.

Puta que pariu.

Dionísio tentou arrancar o fragmento, mas, antes de conseguir, sentiu uma nova dor: uma pontada lancinante nas costas. Ele gritou e se virou para encarar o agressor, erguendo a arma, mas descobriu que não havia ninguém ali.

A pessoa devia ter se teleportado, Dionísio pensou, mas, se fosse o caso, ele teria sentido. A dor da ferida em suas costas pulsava no corpo todo. Ele não estava acostumado a continuar sentindo dor assim. Em geral se curava sem nem pensar, mas, no momento, não parecia estar se curando nem *pensando muito.*

Dionísio respirava com dificuldade devido à dor, com os dentes cerrados, encarando os restos ardentes e enfumaçados de sua sala de estar. Segurou o tirso com mais força, e então sentiu alguma coisa, uma mudança sutil no ar, e ergueu a arma para atacar, surpreso ao sentir o impacto de uma lâmina contra ela.

O deus arregalou os olhos ao perceber que seu oponente estava invisível.

Então veio um segundo golpe, e Dionísio sentiu a lâmina se afundar em sua barriga, depois mais fundo, antes de o agressor o atirar no chão. Anos de cura haviam impedido que sentisse aquele tipo de dor até então.

Ele se sentia quente e mal conseguia respirar quando viu um homem aparecer diante de si, retirando da cabeça o Elmo das Trevas de Hades. Era um semideus, um jovem com cabelo cacheado. Se tivesse que chutar, diria que era filho de Zeus.

Dionísio não conseguiu falar, e o homem deu um sorrisinho.

— Achei que você devia conhecer o rosto do homem que tirou sua vida.

Dionísio respirou fundo duas vezes, na expectativa de conseguir clarear a mente o suficiente para invocar sua magia, mas então o semideus enrijeceu ao ser atingido por algo na lateral da cabeça. Ele desabou, revelando Ariadne atrás de si. A mortal segurava uma estátua de bronze, que usou para bater na cabeça do homem de novo antes de largá-la e se aproximar de Dionísio.

— Você precisa levantar — disse ela, e seus olhos brilhavam com a mesma determinação de sua voz ao proferir a ordem.

Dionísio assentiu e cerrou os dentes com força ao se sentar e depois se erguer. Ariadne passou um braço por sua cintura. Os dois foram cambaleando pelo corredor e pelas escadas, até chegar ao porão, onde o deus caiu no chão apesar das tentativas de Ariadne de mantê-lo de pé.

Ela caiu com ele, mas logo se levantou e começou a puxar seu braço.

— Você precisa levantar! Dionísio! Levanta!

— Ari — disse ele, com a voz bem baixinha.

Os olhos dela começaram a se encher de lágrimas.

— Eu posso conseguir ajuda! Só me fala o que é pra fazer!

Mas eles foram interrompidos pelo som de alguém pisando nos degraus, e quando Dionísio virou a cabeça, viu que o semideus se levantara, com o rosto coberto de sangue, mas curado. Em vez de correr, Ariadne se virou para ele, na intenção de lutar, mas, apesar de suas habilidades, seria impossível vencê-lo.

Pensar naquilo trouxe a Dionísio um toque de histeria, uma agitação na boca do estômago que lembrava a loucura. Ele se agarrou a ela, a alimentou enquanto sua magia vinha à tona e, com isso, pegou Ariadne, Fedra e o bebê e se teleportou. No processo, tudo ficou escuro.

26

PERSÉFONE

Perséfone acordou assustada.

Não sabia o que a despertara, mas foi tomada por uma profunda sensação de desconforto. Ergueu um pouco o corpo, apoiando a mão no peito de Hades, e investigou o quarto, mas não havia nada ali. Ainda assim, a sensação não diminuiu. A deusa se sentou mais ereta e foi seguida por Hades, cujo rosto estava marcado pela preocupação.

— O que é isso? — perguntou ela.

Não conseguia descrever a sensação para além de dizer que parecia que o ar do reino havia se tornado um peso físico, composto apenas de tristeza. Conforme respiravam, ele enchia seus pulmões.

— É o Tânatos — disse Hades.

Afastou os cobertores e saiu da cama.

Perséfone o seguiu, vestindo o robe, e viu que Hades hesitava. Ela sabia exatamente o que ele queria dizer: *fica aqui*. Seus olhos já estavam suplicando a ela, mas ele não falou nada. Em vez disso, invocou sua magia, cobrindo-se de roupas escuras, e estendeu a mão.

A frustração que estava crescendo dentro de Perséfone se transformou num calor vertiginoso. Ela estava pronta para brigar, já tinha pensado nas coisas que diria para explicar por que iria com ele, mas, de repente, não precisava mais de nenhuma dessas palavras, e sentiu que talvez Hades estivesse começando a entender que havia hora e lugar certos para ser superprotetor.

Além disso, nada que ele dissesse poderia mantê-la naquele quarto, não depois do que ela já enfrentara no reino deles.

Os dois se teleportaram e encontraram Tânatos na margem do rio Estige. De joelhos, ele soluçava agarrado à barra das vestes de Hipnos.

Caronte estava a poucos passos de distância, o barco ancorado no cais atrás de si. Segurava o remo como um cajado e olhava quase sem expressão para Tânatos e o irmão, como se não compreendesse bem a cena à sua frente.

Perséfone nem tinha certeza do que estava vendo.

— Ah, ótimo — disse Hipnos quando eles chegaram. — Agora temos plateia. Vocês não têm nenhum respeito pelos mortos e pelos que sofrem por eles?

Os mortos?

— Não pode ser — falou Tânatos.

— Não sofra por mim, irmão — respondeu Hipnos. — Isso não muda quase nada pra mim. Eu já era prisioneiro desse inferno. Agora sou um prisioneiro morto.

Hipnos ajudou Tânatos a se levantar.

Era quase desconcertante ver Tânatos tão aflito, mas Perséfone não podia culpá-lo. A última coisa que o Deus da Morte esperava era um dia receber o próprio irmão imortal em seu reino como uma alma no além.

— Eu mesmo quase não acreditei quando ele chegou na minha doca — afirmou Caronte.

— O que aconteceu? — perguntou Perséfone.

— Eu morri — respondeu Hipnos.

Sua voz estava cheia de sarcasmo. Claramente ele não perdera o senso de humor, ou a falta dele.

— Por que você não tenta responder à pergunta de novo? — sugeriu Hades, num tom sombrio.

Perséfone sentia a frustração dele: ele não estava no clima para joguinhos. Hipnos podia conseguir minimizar a própria morte, mas o restante deles não, não quando tantos o haviam precedido e ainda podiam sucedê-lo.

Hipnos crispou os lábios.

— Quer saber o que aconteceu? Teseu aconteceu — disse ele. — Ele me levou até Hera, que ameaçou matar minha esposa se eu não lhe desse uma poção sonífera para Zeus. Então eu dei.

Não era a primeira vez que Hera exigia o uso dos poderes de Hipnos para fazer Zeus adormecer. Ela já o fizera duas vezes, na intenção de derrubar o marido.

Mas Perséfone estava surpresa de descobrir a que ponto o líder da Tríade havia se aliado à Rainha dos Deuses. Embora ele já tivesse alegado ter uma aliança com Hera, Perséfone ficara cética quanto à profundidade da conexão.

— Teseu te levou até Hera? — perguntou ela.

Que vantagem teria o semideus em trabalhar com Hera?

— Foi o que eu disse.

Perséfone olhou para Hades.

— Você sabia até onde ia essa aliança? — Hades abriu a boca, mas Perséfone já sabia a resposta antes de ele dizer. Ela desviou o olhar rápido, voltando a se concentrar em Hipnos. — Você disse que Hera queria uma poção sonífera para Zeus. Ele está...

— Está bem inconsciente.

Estranhamente, Perséfone não tinha sentimento nenhum em relação a Zeus. Ele merecia ser deposto e muito mais, mas o fim de seu governo seria inútil se alguém ainda mais terrível tomasse seu lugar.

— Mas eles mataram você, e não ele. Por quê?

240

— Pela mesma razão de Teseu ter me mantido vivo — disse Hades. — Ele ainda espera convencer Cronos a escolher seu lado, pelo menos até conquistar o mundo.

— E Teseu acha mesmo que pode ganhar de um titã? — perguntou Perséfone.

— Teseu acredita que é invencível — respondeu Hades.

Perséfone queria perguntar por quê. Era só por arrogância ou tinha alguma coisa a mais? Mas então Hipnos falou.

— Acho que ele se sente bem invencível no momento, considerando que agora tem o raio de Zeus.

— O quê? — perguntou Perséfone, chocada pelas palavras.

Ao seu lado, Hades ficou tenso.

Hipnos parecia irritado.

— *Eu disse...*

— Eu sei o que você disse — cortou Perséfone, mas não queria acreditar. Teseu agora tinha em sua posse o Elmo das Trevas e o raio de Zeus, e provavelmente tinha acesso ao tridente de Poseidon, levando em conta que era filho dele. Aquelas eram as três armas que haviam auxiliado os olimpianos a derrotar os titãs.

— Ele falou mais alguma coisa? — perguntou Hades.

— Nada dos planos — disse Hipnos.

Perséfone olhou para Hades, que a encarou de volta. Ela queria dizer alguma coisa, mas tudo parecia óbvio. Eles precisavam conter Teseu. Precisavam bolar um plano, e rápido.

— Obrigado, Hipnos — falou Hades. — Sinto muito por ter acabado assim.

Perséfone esperava que o deus desse alguma resposta atravessada, mas não foi o caso. Em vez disso, ele olhou de Hades para Tânatos e fez outra pergunta:

— Quem vai contar pra minha esposa?

Foi então que Perséfone entendeu o que Hipnos realmente lamentava a respeito de sua morte.

— Acho que seria melhor ela ouvir do seu irmão — afirmou Hades.

Tânatos concordou.

Eles deixaram o Estige e voltaram para o palácio, não mais sufocando sob o peso do choque e da tristeza de Tânatos.

— Precisamos fazer alguma coisa — disse Perséfone quando apareceram no quarto.

Hades não falou e deu as costas a ela, o que só a deixou mais frustrada.

— Não podemos continuar deixando o Teseu se safar desses assassinatos — insistiu ela.

Hades parou e se virou para encará-la.

— É isso que você acha que eu tenho feito? *Deixado* ele se safar?

Não era isso que ela queria insinuar, mas ainda estava elaborando a frustração que sentia desde que descobrira tudo que ele escondera dela, e pelo jeito esses segredos continuavam sendo revelados.

— Aparentemente eu não sei nada do que você tem feito — retrucou Perséfone. — Hera e Teseu são aliados próximos?

Hades desviou o olhar e encarou a parede, mas, depois de um instante, respirou fundo, e ela sentiu a raiva no ar diminuir.

— Na época em que você perdeu a Lexa, Hera me pediu para ajudá-la a derrubar Zeus — disse ele. — Quando eu recusei, ela encontrou outra pessoa para ajudá-la a executar seu plano. Escolheu Teseu porque acreditava que ele era capaz, mas também achou que seria fácil se livrar dele. Acho que ela deve ter entendido a verdade hoje.

E agora era tarde demais. Ele estava perigosamente armado, tanto com as armas dos olimpianos mais poderosos quanto com armas que eram capazes de matar deuses.

— Tem muito mais coisa nessa história — continuou Hades. — Mas levando em conta o que descobrimos, acho que devemos convocar nossos aliados.

Por mais curiosa que estivesse, Perséfone concordava. O silêncio caiu sobre eles por um instante. Ela não gostou da sensação, como se alguma coisa raivosa permanecesse ali, então falou, precisando ter certeza de que ele sabia como ela se sentia.

— Eu... não quis insinuar que você não tentou parar o Teseu — disse a deusa. — E sei que ainda tem coisas que você está se preparando pra me contar. Acho que só tenho medo do que não sei.

Hades se aproximou e segurou o rosto dela.

— Eu não tenho menos medo, mesmo com tudo que sei — disse ele. — Mas posso te prometer que nunca mais vou te deixar no escuro.

Perséfone inclinou a cabeça mais para trás, encarando o olhar ardente do deus. Ela deu um sorrisinho enquanto afastava uma mecha de cabelo do rosto de Hades.

— Eu quero sua escuridão — afirmou ela. — Mas também quero seus segredos.

— Meu bem — disse ele. — Me dê um tempo, e eu te darei tudo.

— Só quero saber que temos tempo. — Perséfone falou baixinho, incapaz de impedir que o medo invadisse sua voz. — Quero saber que temos a eternidade.

Hades a observou, passando uma das mãos por sua cintura. Manteve a outra no rosto dela, acariciando sua bochecha com o polegar.

— Então talvez a gente deva sonhar com ela — disse ele. — Para podermos pensar nela quando estivermos no campo de batalha.

Perséfone levantou a sobrancelha.

— Você não me disse para pensar no prazer de estar embaixo de você?

— Bom — disse ele, com um sorrisinho. — Essa é uma parte da nossa eternidade pela qual estou ansioso.

Hades se aproximou, roçando os lábios nos dela, mas, em vez de aprofundar o beijo, Perséfone o sentiu travar e soube que havia algo errado. Instantaneamente, seu coração começou a bater mais forte. Então um grito atravessou o silêncio.

— Alguém me ajuda! Por favor!

— É... a Ariadne? — perguntou Perséfone.

Hades e ela se entreolharam antes de sair correndo do quarto, seguindo os gritos desesperados até encontrar Ariadne no vestíbulo, curvada sobre o corpo ensanguentado de Dionísio. Outra mulher, Fedra, Perséfone percebeu, estava parada por perto, com o bebê chorando nos braços, parecendo aterrorizada.

— Ajuda ele, ajuda ele, por favor.

Ariadne soluçou quando eles se aproximaram. Também estava coberta de sangue, mas era difícil dizer se era dela ou de Dionísio.

— Malditas Moiras — murmurou Hades.

— Ele não está se curando — sussurrou Perséfone.

Ela estava prestes a correr até a suíte da rainha para pegar o velo quando Hades falou.

— Hécate, o velo!

A deusa apareceu. Quando viu Dionísio, arregalou os olhos e se apressou para colocar a lã dourada em cima dele. Não houve silêncio enquanto esperavam que o deus se curasse, entre as fungadas de Ariadne e os gritos frustrados do bebê, que só pareciam ficar mais altos quanto mais Fedra tentava consolá-lo.

Perséfone se aproximou de Hades enquanto observavam Dionísio. Ela se perguntou se o velo teria limitações. Será que havia um ponto em que nem ele podia curar?

A respiração de Dionísio se aprofundou, então seus olhos tremeram e se abriram. Por um breve instante, ele pareceu confuso, mas o sentimento logo foi aplacado quando ele viu Ariadne. Ele sussurrou o nome dela e apoiou a palma da mão em seu rosto. A detetive sorriu, embora sua boca continuasse tremendo, e cobriu a mão dele com a sua.

— Me perdoem — disse Fedra, ainda sem conseguir acalmar o recém-nascido, cujos gritos pareceram subir uma oitava.

— Não se desculpe — falou Perséfone. — Ele não consegue evitar, e você está fazendo o possível, principalmente considerando essas... circunstâncias angustiantes.

Não havia como ela ter certeza do que elas haviam testemunhado, mas ver Dionísio nesse estado era o suficiente, ainda mais levando em conta que Fedra acabara de dar à luz.

— Vem — disse Hécate, se aproximando. — Vou te levar até a biblioteca para você poder acalmar o pequeno.

— Eu vou com vocês — disse Ariadne, levantando-se e soltando a mão de Dionísio.

— Acho que é melhor você ficar — respondeu Hécate. Olhou para Hades e Perséfone, atrás da mortal. — Lorde Hades e Lady Perséfone têm perguntas, e acho que você deve ser a única que pode respondê-las.

Perséfone reparou nos punhos cerrados de Ariadne, mas achava que não era frustração. A detetive provavelmente se sentia ansiosa sem ver a irmã. Perséfone conhecia a sensação porque ela habitava em seu coração todos os dias. Era o medo de um dia acordar em um novo mundo, um mundo em que Hades não vivia mais, assim como o dia em que acordara sem Lexa.

— Alguém quer explicar o que aconteceu? — perguntou Hades.

Dionísio se sentou, levando a mão à cabeça.

— Você tá bem? — perguntou Perséfone, franzindo a testa.

— Sim, só estou tonto — respondeu ele. — Eu... nunca senti nada parecido.

— Tá falando da dor? — perguntou Hades.

— Exatamente — afirmou Dionísio, ficando de pé. — Normalmente consigo me curar, mas a coisa que usaram pra me atacar era...

Sua voz foi sumindo, mas eles não precisavam de mais nenhuma explicação.

— Quem te atacou?

— Tenho certeza que foi um dos homens do Teseu — disse Dionísio. Ele ficou olhando para o chão enquanto recordava o que acontecera antes de chegar ao Submundo. — Não o vi até ser tarde demais. Ele estava com seu elmo, Hades.

Dionísio olhou para Hades ao proferir as últimas palavras, e Perséfone sentiu a raiva do deus aumentar, uma onda de energia que aquecia sua própria pele.

— O nome dele é Perseu — declarou Ariadne. — É um guerreiro habilidoso e um rastreador excelente.

— Perseu — repetiu Hades. — Um filho de Zeus?

Ariadne assentiu.

— De todos os semideuses, diria que ele é o mais próximo de Teseu.

Todos ficaram em silêncio, até que Dionísio falou:

— Pensei que você fosse ficar satisfeito, Hades. Você estava certo. Teseu veio mesmo.

— Sua dor não me dá nenhuma alegria, Dionísio — respondeu Hades. — E se é isso que você pensa, então você não entendeu nada do que eu disse até agora.

O silêncio que se seguiu foi tenso, mas algo no comportamento de Dionísio mudou. Por um instante, Perséfone pensou que ele fosse se desculpar pelo comentário, mas Hades logo os dispensou.

— Estávamos prestes a convocar nossos aliados para decidir como devemos proceder quanto a Teseu — disse ele. — Pelo menos agora não preciso ir te procurar. Vai. Tome um banho e esteja pronto em uma hora. — Hades olhou para Perséfone. — Avise Afrodite, Harmonia e Sibila. Eu volto com Elias, Hefesto e Apolo.

— E o Her...

Hades levou o dedo à boca dela.

— Não fala o nome dele — disse ele, baixando a mão.

Perséfone franziu as sobrancelhas.

— Tem... mais alguma coisa que eu deva saber?

— A menos que você queira ouvir outro monólogo sobre as falhas da nossa hospitalidade e o volume dos seus gemidos quando a gente transa, sugiro esperar até o último segundo possível pra convocar o Deus do Glitter.

Perséfone arqueou a sobrancelha.

— Até onde eu me lembro, o monólogo dele incluía uma imitação *sua*, não minha.

— Mas isso foi antes do nosso último interlúdio — respondeu ele.

Ela estreitou os olhos.

— Você sabe que ele não tem magia, né?

— Ele não precisa de magia pra ser convocado. A essa altura, é um sexto sentido. Ele só é seletivo ao escolher quando usá-lo. — Hades inclinou a cabeça um pouquinho mais para trás. — Vejo você em uma hora.

Perséfone sorriu quando Hades a beijou, ignorando o pavor que tomou conta dela quando ele desapareceu, com medo de que ele não fosse mais voltar. Pensar nisso a deixava frustrada, mas sabia que levaria um bom tempo para esse medo se dissipar, considerando o terror do labirinto.

Saiu do vestíbulo em busca de Afrodite, Harmonia e Sibila. Quando não as encontrou na suíte da rainha, foi até o lado de fora do palácio. Ao sair, não viu nenhum sinal da decadência que assolara o reino durante a ausência de Hades. O ar tinha cheiro de primavera, terroso e floral, e tudo parecia mais brilhante e exuberante. Embora tudo devesse parecer normal, Perséfone achou que era quase um exagero, como se Hades pensasse que podia fazer todo mundo esquecer o que havia acontecido em sua ausência.

Ela se perguntava se teria cometido um erro ao permitir que o Submundo murchasse. Naquele momento, parecera a coisa certa a fazer. Ela não sabia se conseguiria invocar algo bonito e vivaz, levando em conta como se sentia, e o que teria feito se ele não tivesse voltado? A deusa se lembrou de como Hades descrevera o início de seu reinado no Submundo, como tinha levado uma vida desolada e sem cor. Será que ela teria submetido seu povo àquela existência de novo?

A ideia a assustava.

Não queria ser aquele tipo de rainha.

— Perséfone!

Ela ergueu o rosto ao ouvir o chamado e viu Sibila, que havia se levantado ao avistá-la. Perséfone estivera tão perdida em pensamentos que quase passara reto por ela, Afrodite e Harmonia. Elas estavam sentadas em um banco de mármore em meio aos jardins do palácio, parecendo etéreas sob o brilho do sol.

A deusa sorriu, sentindo o peito aquecido por uma onda genuína de felicidade, a ansiedade momentaneamente esquecida enquanto atravessava a vegetação para ir até elas, abraçando Sibila, depois Afrodite, e então Harmonia. Foi com essa última que ela se manteve abraçada por mais tempo antes de se afastar, encarando o olhar claro da deusa.

— Estou tão feliz que você tá bem — disse Perséfone.

— Estou bem por sua causa — respondeu Harmonia. — Obrigada, Perséfone.

— Não mereço seu agradecimento — afirmou Perséfone. — Você jamais estaria nessa situação se não fosse por mim.

— Não assuma a culpa pelo que aconteceu com a gente — disse Harmonia. — Não tinha como você saber que Teseu seria tão perverso.

Era verdade que Perséfone não havia entendido a extensão da crueldade dele até ser tarde demais. Talvez não houvesse sido o caso se Hades tivesse sido honesto a respeito de suas próprias negociações com o semideus.

De repente, Perséfone sentiu uma onda incrível de raiva. Parecia um raio correndo em suas veias, queimando seu corpo. Tão rápido quanto disparou através dela, a raiva sumiu, deixando-a gelada e mexida. Era a primeira vez que entendia seus verdadeiros sentimentos quanto a tudo aquilo, e eles a assustaram.

— Por mais que eu quisesse dar mais um tempinho de paz a vocês, infelizmente trago más notícias — disse ela. — Hipnos chegou aos portões do Submundo, assassinado por Teseu.

Afrodite ficou pálida e Harmonia cobriu a boca com a mão. Perséfone decidiu esperar a reunião para contar a elas a respeito de Zeus e do raio.

— Estamos convocando nossos aliados para discutir o que fazer daqui pra frente na guerra contra Teseu. Eu gostaria que vocês três estivessem presentes. Hades já foi chamar Hefesto e Apolo. Vamos nos encontrar no escritório dele em uma hora — informou Perséfone.

246

Todas ficaram em silêncio por um instante. A atenção de Perséfone foi atraída para Afrodite quando a deusa balançou a cabeça.

— Estamos agindo como se não fôssemos deuses — disse ela. — Devíamos ter matado esse homem anos atrás.

— Podemos ser deuses — declarou Perséfone —, mas somos governados por um poder maior do que nós.

— Está falando das Moiras? — zombou Afrodite. — Não existe traição maior do que aqueles fios dourados, tecendo dor e sofrimento enquanto elas permanecem tranquilas em seus aposentos espelhados. Talvez elas é que devessem...

— Afrodite! — interrompeu Harmonia, em tom de alerta. — Você está parecendo *eles*.

Os Ímpios. A Tríade.

Só que, de certo modo, Perséfone concordava. As Moiras não agiam por um senso de justiça. Elas mediam, teciam e cortavam para controlar sob a pretensão de manter o equilíbrio. Quando Hades tirava ou dava uma vida, elas exigiam uma troca. Quando Deméter implorara por uma criança, tinham lhe dado uma filha, mas entrelaçado seu destino ao de um dos maiores rivais da deusa.

Fora um castigo para Deméter e um presente para Hades e Perséfone, mas, ainda hoje, eles sabiam que não deviam presumir que seria sempre assim, conscientes de que, a qualquer momento, as Moiras poderiam desfazer seu destino. Mesmo que Hades tivesse jurado encontrar um jeito de voltar para ela, lá no fundo ela sabia que, enquanto as três vivessem, seria impossível.

Perséfone não conseguia deixar de se perguntar o que elas teriam preparado para o futuro do mundo.

— Você acha que as Moiras vão mesmo permitir que Teseu derrube os olimpianos? — perguntou ela.

— Se quiserem nos punir — respondeu Afrodite.

— Mesmo se Teseu tiver intenção de matá-las?

— As Moiras não conseguem ver o próprio fim — explicou Sibila. — É o preço que elas pagam por tecer o destino do mundo. É provável que elas não estejam esperando morrer tão cedo, principalmente nas mãos de um semideus.

Zeus havia presumido o mesmo, e agora estava enredado pelos laços do sono eterno, desarmado e vulnerável, mas talvez aquele fosse o fim que elas tivessem tecido para o pai. Era impossível saber, e as irmãs certamente não contariam.

Pensar nisso levou Perséfone a se perguntar se, de certa maneira, Teseu não estaria certo. Será que a batalha deles deveria começar com o fim das Moiras?

27

HADES

Hades se manifestou em um quarto escuro dentro do palácio, onde Hermes tinha passado a morar, e foi imediatamente atingido pelo som do ronco gutural do deus. Era tão alto que fazia o ar ao seu redor vibrar, e ele se perguntou se Hermes estava mesmo respirando.

Hades invocou luz na lareira e as arandelas nas paredes, mas Hermes nem se mexeu.

— Hermes! — A voz de Hades trovejou no quarto pequeno, mas o deus não despertou.

Ele nem deve conseguir me ouvir por cima do próprio ronco, pensou Hades.

Ele se aproximou da cama, onde Hermes estava deitado de barriga para baixo, com braços e pernas bem afastados.

— Hermes! — repetiu ele.

Então puxou a colcha.

— Malditas Moiras — resmungou ele.

Hermes estava pelado.

Claro que estava.

Hades invocou um jato de água gelada e, assim que ela atingiu suas costas, Hermes gritou, no mesmo tom estridente que tinha atingido na ilha de Ares. Ele rolou e de algum jeito conseguiu pular da cama. Parecia pronto para lutar.

Hades jogou o cobertor para ele, e Hermes o pegou, segurando-o na frente do corpo.

— Que porra é essa, Hades — disse ele, irritado. — Um empurrão delicado seria suficiente.

— Não tenho interesse em ser delicado com você.

— Ah, fala sério — resmungou ele. — Agora você só tá de sacanagem comigo.

— Eu não estou de sacanagem com você.

— Tá sim — retrucou ele. — Você não tem noção de como isso soa sexual?

— Não — afirmou Hades.

— Mentiroso — retrucou Hermes, caindo na cama. — Imagino que você não está aqui pra me comer, então o que você quer? Eu tava dormindo tão bem.

— Com certeza não era o que parecia.

— Como assim?

— Dava pra ouvir seu ronco lá do meu quarto.

— *Eu não ronco!*

— Ah, ronca sim. Bem alto. Até o chão embaixo de mim estava tremendo.

Hermes o fulminou com o olhar.

— Eu te odeio.

Hades riu.

— Se eu estou roncando, a culpa é sua. Essa cama parece a porra de uma pedra. Sefy vai ficar com problemas nas costas se dormir aqui.

— A cama é perfeitamente confortável — afirmou Hades. — E você está preocupado demais com a minha esposa.

— Claro que estou. Ela precisa lidar com você.

Hades revirou os olhos.

— Preciso que você convoque o Elias e o Apolo para daqui a uma hora.

— Não — disse Hermes.

Hades ergueu a sobrancelha.

— Não?

— Que parte de *eu não tenho poderes* você não entendeu?

— Você não tem poderes, mas é um mensageiro divino e faz parte dessa guerra.

— Por que *você* não convoca eles?

— Tenho outros afazeres — respondeu ele.

— Espero que um deles seja aparar essa barba horrorosa.

Era exatamente isso que ele tinha em mente. Também queria tomar um banho. Havia certas coisas que uma ilusão não podia substituir.

— Mesmo se for o caso, e devia ser o caso, você consegue convocar o Elias e o Apolo e se barbear mais rápido do que eu consigo sair do Submundo.

Houve um breve instante de silêncio, então Hades falou:

— Tá bom. Acho que posso só... *mandar um e-mail.*

Hermes arquejou.

— Você não faria isso.

Hades deu de ombros.

— Você não me deu escolha.

— Depois de tudo que eu fiz — disse Hermes, largando o cobertor.

Pulou da cama e começou a procurar alguma coisa no chão. Hades torceu para serem roupas.

— Se você ainda está se referindo à ilha do Ares...

— Estou falando de ser seu melhor amigo! — disse Hermes. — Mas melhores amigos não usam o arqui-inimigo um do outro, usam? Não. Sabe o que é mais idiota nessa porra de e-mail? Existem jeitos mais rápidos de se comunicar! Celulares! Dá pra mandar uma mensagem! Mas você é tão velho que nem sabe disso!

Hades piscou devagar.

— Já terminou?

Hermes ainda estava vermelho, com a respiração ofegante.

— Não — respondeu ele, irritado, e cruzou os braços, mas não disse mais nada.

— Sei muito bem que telefones celulares existem. Tenho um, mas com quem sempre contei para entregar minhas mensagens? Você.

— Nem vem me fazer sentir culpado. Estou sem poderes!

Hades estreitou os olhos.

— Ser um deus envolve mais do que poder, Hermes.

— Pra você é fácil falar. Qual foi a última vez que você ficou sem poderes?

— No labirinto — respondeu Hades.

Hermes empalideceu.

— Me desculpa, Hades. Eu... — Fez uma pausa, depois esfregou o rosto com as duas mãos. — Tá bom, vou convocar o Elias e o Apolo, mas dá pra você pelo menos me teleportar? Não estou a fim de atravessar o Submundo a pé de novo.

— Claro — disse Hades, e sua magia se intensificou para atender a demanda do deus.

— Espera! Deixa eu me vestir...

Mas, antes de conseguir terminar de falar, Hermes desapareceu.

Hades o enviara para o mundo mortal completamente nu.

Talvez, ele pensou, a cena desse à imprensa algo para comentar em meio ao escândalo que Dionísio havia causado.

Hades suspirou.

De repente, sua cabeça estava *doendo*.

Hermes era exaustivo pra caralho.

Hades voltou para o quarto, onde tomou banho e se barbeou. Depois que se vestiu, foi para o escritório aguardar que os aliados chegassem. Tinha até se servido de uma dose de uísque, mas o copo permanecia intocado na mesa. Embora sua aparência talvez fosse a de sempre, nunca se sentira mais diferente. Era difícil dizer exatamente como havia mudado, mas sabia que só nos dias, semanas e meses seguintes passaria a entender o impacto completo de seu aprisionamento, assim como acontecera quando havia sido libertado de seu pai.

Tinha medo de como esse entendimento ia se manifestar e, principalmente, de como afetaria Perséfone, que já estava lidando com seus próprios traumas das experiências com Teseu e Deméter. Agora ela também precisaria lidar com o que havia acontecido no labirinto.

Hades sabia que Perséfone não estava bem.

Enxergava no rosto dela e sentia em sua energia, mas, principalmente, sabia por causa das coisas que ela dissera quando se debulhara em lágrimas nos braços dele. Enquanto a abraçava, Hades estava ciente de que não conseguira afastar sua dor, de que a deixara vulnerável, de que falhara com ela.

Ele a havia levado para esse mundo e não a tinha preparado, acreditando que podia protegê-la de todas as coisas ruins, mas, no fim das contas, não a tinha salvado de nada.

No fim das contas, fora *ela* que salvara *Hades* de tudo.

Enquanto se preocupava com o que tinha feito, com os erros que tinha cometido, Hades olhou para o copo na mesa e percebeu uma ondulação no líquido cor de âmbar.

Franziu a testa e ergueu o rosto, bem a tempo de ver a porta ser escancarada.

Elias estava parado ali, sem fôlego, de olhos arregalados. Ele tinha corrido. Quando viu Hades, travou por um instante, depois soltou uma risada estranha, ofegante.

— Você voltou.

Hades hesitou. Não sabia como responder. Não estava esperando ver Elias tão... aliviado com seu retorno. A cena fez seu peito se apertar.

O sorriso do deus foi breve e sincero.

— Voltei — confirmou ele, com um leve aceno. — Quais as novidades?

— Nada de bom — respondeu Elias. — Teseu fez um apelo público para que os mortais interrompam a adoração. Alega que um deus é responsável pelo rapto de sua esposa e seu filho.

Elias falava como se não acreditasse no semideus.

— Ele divulgou o nome? — questionou Hades.

— O quê? — indagou Elias, surpreso pela pergunta. — Você não acha que...

Hades só ficou olhando para ele, e Elias arregalou os olhos quando a ficha caiu.

— Não divulgou — afirmou o sátiro. — Hades, você não...

— Eu, não — respondeu ele. — Dionísio.

Elias cerrou os punhos. Hades entendia a frustração. As atitudes de Dionísio não afetavam só ele e seu território. Afetavam todos os deuses.

— Mesmo assim, ele deve estar querendo morrer, para invocar a ira dos deuses.

— Pelo contrário — disse Hades, olhando pelas janelas. De onde estava, só conseguia ver uma faixa de árvores verdes envoltas em névoa.

— Teseu está se sentindo bem invencível no momento. Conseguiu atrair Zeus para o sono eterno e roubar seu raio.

— Por que você não me falou que Zeus estava dormindo? — quis saber Hermes.

Hades se virou e viu que o deus havia chegado com Apolo.

— Acho que ele precisa morrer antes da gente recuperar os poderes — disse Apolo quando Afrodite, Harmonia e Sibila entraram na sala. — Porra!

— Nesse ritmo, seu desejo pode se realizar — disse Hades. — Sabemos que Teseu pretende sacrificar Zeus para Cronos.

— A menos que a gente resgate ele — comentou Harmonia.

— Também não vamos exagerar — disse Hermes, dando uma olhada ao redor da sala. — Quer dizer, alguém aqui quer mesmo ver Zeus *livre*?

— Não falei pra acordarmos ele — argumentou Harmonia. — Mas é certo deixá-lo com nosso inimigo?

— Acho que Harmonia está dizendo que devíamos capturar e prender Zeus nós mesmos — disse Afrodite, com os olhos voltados para o canto da sala onde Hefesto havia se manifestado, encarando-a com um olhar ardente. — Aí pelo menos ele não vai poder ser usado pelo Teseu.

Hades não tinha pensado em resgatar Zeus. Já tinha aceitado que seu irmão mais novo morreria nas mãos do pai e não tinha desejo nenhum de impedir aquilo, mesmo que significasse que Cronos se aliaria a Teseu.

Ainda era possível que um dos dois hecatônquiros restantes libertassem Zeus como seu irmão Briareu havia feito antes — a menos, é claro, que Hera determinasse que também fossem executados.

Depois dessa reunião, Hades teria que mandar Elias alertar os gigantes de cem mãos.

— Bom saber que a reunião começou sem a gente — disse Dionísio, entrando com Ariadne.

Eles claramente haviam vindo direto da casa de banhos. As pontas dos cabelos de Dionísio pingavam no chão, e o cabelo de Ariadne estava grudado na cabeça.

— Talvez vocês tivessem chegado a tempo se não estivessem trepando — comentou Hermes.

— Acho que Dionísio e Ariadne chegaram bem na hora — disse Perséfone ao adentrar o escritório.

Hades endireitou o corpo, olhando-a nos olhos enquanto ela se aproximava.

— Me perdoe — disse ele. Pegando a mão da deusa, tocou os nós de seus dedos de leve com os lábios. — Nossa conversa saiu do controle.

Perséfone sorriu para Hades.

— Está perdoado — afirmou ela, depois se voltou para o grupo. — Eu ouvi direito? Estamos falando de resgatar Zeus?

— Resgatar Zeus não neutraliza a ameaça de Cronos — declarou Hades. — Teseu tem outras moedas de troca, entre elas o raio e meu elmo.

Houve uma pausa pesada enquanto aqueles que ainda não sabiam absorviam a notícia de que duas das maiores armas olimpianas agora estavam nas mãos do inimigo.

Hades continuou:

— Por enquanto, sugiro que a gente se concentre no Teseu. É ele que tem o maior poder, além de armas que podem nos parar. Ele precisa ser contido primeiro.

— Vou só dar uma ideia... — disse Apolo. — E se a gente... assassinar ele?

— Se fosse fácil assim, já teríamos feito isso — retrucou Hades. — Teseu conquistou o público e, a partir de hoje, os mortais o veem como vítima. Se ele cair no auge da popularidade, a Tríade e os Ímpios vão garantir que os deuses levem a culpa.

— Se Teseu fez o mundo acreditar que a esposa foi raptada por um deus, por que ela não pode simplesmente esclarecer o contrário? — perguntou Elias.

— Não — cortou Ariadne, irritada. — A não ser que Teseu esteja subjugado ou morto, você não pode pedir isso dela. É perigoso demais.

— Você confia em nós para protegê-la? — perguntou Afrodite.

— Desculpem, mas vocês todos comentaram como Teseu é uma ameaça tão grande pra vocês quanto pra todo mundo — respondeu Ariadne. — Então, não.

— E mesmo assim você não vê problema nenhum em se aproveitar da nossa gentileza e aceitar nossa proteção.

— Afrodite — alertou Dionísio na mesma hora em que Hefesto apareceu atrás da Deusa do Amor.

— Não me lembro de você ter alguma coisa a ver com isso — retrucou Ariadne.

— Parem — ordenou Perséfone. Sua voz saiu como um chicotada e fez todos ficarem em silêncio. — Se Teseu não nos matar primeiro, as lutas internas vão. Gentileza e proteção não precisam ser retribuídas. Se Fedra quiser fazer uma declaração, ela pode, mas deve ser uma decisão dela e de mais ninguém.

Os olhos de Perséfone foram ficando mais brilhantes enquanto ela falava, e ela lançou um olhar duro a Afrodite, depois a Ariadne. Hades se empertigou, sentindo as calças de repente apertadas demais.

Porra, sua esposa era gostosa.

— Tem outros jeitos de desacreditar o Teseu — afirmou Hades. — Precisamos escolher algo que o force a mostrar sua verdadeira natureza em público.

— Posso investigar os antecedentes dele — sugeriu Sibila. — Talvez tenha alguma coisa no passado que vai...

— Você não vai encontrar nada — interrompeu Ariadne.

— Não existe homem sem segredos — argumentou Afrodite.

— Você acha que eu não tentei achar algum podre desse homem? — perguntou Ariadne, irritada.

— Acredito que você tenha se esforçado, mas você não passa de uma mortal, no fim das contas.

— Posso ser mortal, mas conheço esse homem — insistiu ela. — Se ele tem segredos, eles morrem com as pessoas pra quem ele conta.

— Você continua viva — observou Afrodite.

— Estou viva porque consigo tecer a porra das redes dele.

— *Você* teceu as redes? — perguntou Dionísio, tão surpreso quanto todo mundo.

Menos Perséfone, aparentemente, porque quando Hades olhou para ela para avaliar sua reação, viu que seu rosto ficara vermelho com a culpa.

— Por que você acha que ele me quer tanto assim? — perguntou Ariadne.

Houve um instante de silêncio.

— Posso promover jogos fúnebres — disse Afrodite. — Para Adônis, Tique e Hipnos, e todos aqueles que morreram no ataque do Estádio Talaria. Isso forçaria o mundo a ver e reconhecer o que os Ímpios e a Tríade fizeram, e escolher um lado.

Jogos fúnebres quase sempre eram realizados após uma grande perda e eram uma série de competições atléticas. Embora seu propósito fosse distrair as pessoas do luto, esses jogos provavelmente só estimulariam uma divisão mais profunda entre os Fiéis e os Ímpios.

À menção do estádio, Perséfone levou a mão ao ombro. Ela fora atingida por uma bala durante o tumulto e, embora tivesse se curado, Hades nunca esqueceria a visão de seu sangue.

— Não — disse Hefesto imediatamente.

Seu tom tinha uma determinação que dizia a Hades que provavelmente haveria consequências se alguém ousasse contradizê-lo. Ele estava prestes a sugerir que poderia promover os jogos ele mesmo quando Afrodite se virou para fulminar o marido com o olhar.

— Você só está dizendo isso porque eu mencionei o Adônis.

Hefesto não recuou. Seus braços grandes estavam cruzados.

— Você já foi alvo da Tríade — disse Hefesto. — Se for a anfitriã dos jogos, só vai chamar mais atenção para si mesma, e no momento está sem poderes.

— O ponto é forçá-los a agir publicamente — disse Afrodite. — Eles querem minha atenção, e agora terão.

— Você não vai fazer isso — declarou ele. — Eu não vou deixar.

— *Você não vai deixar?* — repetiu Afrodite. — Desde *quando* eu peço sua permissão pra qualquer coisa?

— Isso não está aberto a discussão — insistiu ele.

— O que é isso? Uma tentativa débil de agir como meu marido? Você me liberou dessas obrigações há muito tempo, lembra?

Hefesto assomou sobre ela, estreitando os olhos.

— Nem vem fingir que não estava ansiosa pra ficar livre de mim.

— Você chama isso de livre?

— Por que vocês dois não trepam e acabam logo com isso? — perguntou Hermes.

Afrodite se virou para encará-lo.

— Eu vou *matar* você!

— Olha aí você provando meu conto — disse o deus.

— É provando o *ponto*, Hermes — corrigiu Sibila.

— Se organizarmos jogos fúnebres para Tique e Hipnos — disse Apolo —, vamos comunicar pro mundo inteiro que Teseu encontrou um jeito de matar todos nós.

— É melhor do que deixar ele fazer isso de fato — observou Sibila. — Pelo menos assim vocês têm o controle da narrativa.

— E que narrativa seria essa? — perguntou Apolo. — Que Teseu é mais poderoso do que os olimpianos?

— Que Teseu assassinou deuses inocentes — respondeu Sibila.

— Se isso é verdade, então ele cumpriu a profecia do ofiotauro? — perguntou Dionísio.

— Vamos saber ao cair da noite — disse Hades.

Se a profecia tivesse se concretizado, o ofiotauro voltaria para o céu como constelação, mas Hades não estava esperançoso.

— Organizar jogos fúnebres talvez melhore nossa imagem entre os mortais, mas não resolve o problema do Teseu — disse Dionísio.

— A menos que ele morra durante os jogos — observou Apolo.

— Isso seria uma violação das regras — lembrou Harmonia.

O que era verdade. Era tradição que quem estivesse em guerra declarasse um cessar-fogo durante a competição. O propósito dos jogos era celebrar a vida, não encorajar mais violência.

— Dadas as circunstâncias, as regras são minha menor preocupação — disse Hades.

— Achei que vocês estivessem preocupados com a opinião pública — comentou Sibila. — Se matarem Teseu durante um cessar-fogo, só vão provar que ele estava certo.

— Não cometa o erro de pensar que Teseu vai jogar limpo — orientou Hades.

255

— Dá pra ter certeza de que ele pelo menos vai comparecer aos jogos? — perguntou Perséfone.

— Ele vai — afirmou Ariadne. — Vai querer se defender das acusações de Afrodite.

Hades sentiu a raiva de Hefesto se intensificar. Aquilo era exatamente o que o deus temia.

Um silêncio tenso se seguiu.

— Então esse é seu plano? — perguntou Dionísio. — Executar Teseu publicamente, depois o quê? Ele tem um exército de semideuses com armas que podem nos matar.

— Então nós vamos armados e presumimos que os jogos vão dar em guerra.

Ninguém falou nada, nem a favor nem contra, mas Hades sabia que precisavam fazer alguma coisa. Os planos de Teseu já estavam em ação, desde o momento em que pedira um favor a Hades em troca de Sísifo. Aquele favor fora seu acesso ao Submundo, ao elmo do Deus dos Mortos e a Hipnos. O sono de Zeus era só mais uma fase, e agora que Teseu possuía o raio, Hades tinha medo de saber o que vinha em seguida.

Ele torcia para não precisar descobrir.

— Faça o anúncio, Afrodite — disse ele.

A Deusa do Amor lançou um olhar irritado para o marido antes de sair. Harmonia a seguiu, assim como Sibila. Aos poucos, os outros também saíram, tirando Hefesto, que permaneceu ali, com os olhos fixos em Hades.

— Vou deixar vocês a sós — falou Perséfone.

Hades odiava se afastar dela, mas não discutiu.

Quando ela saiu e a porta se fechou, Hefesto falou.

— Você não deixaria sua esposa se arriscar desse jeito — disse o deus. — Por que deixou a minha?

— O que eu sei das nossas esposas é que elas vão fazer o que quiserem a despeito dos nossos desejos — respondeu Hades, apesar de ter demorado demais para perceber aquilo. — Prefiro viver à sombra da Perséfone, pronto pra salvá-la ao menor sinal de perigo, a forçá-la a guardar segredos. Sei que você sente a mesma coisa.

A mandíbula de Hefesto estalou, e ele desviou o olhar.

— Se pudesse, Afrodite se transformaria no sol, só pra se livrar da minha sombra — disse ele.

— Não é verdade — afirmou Hades.

Hefesto olhou para ele.

— Temos opiniões diferentes — disse o deus, com um sorrisinho triste. — Vá a Lemnos amanhã. Vou armar os deuses.

Com isso, Hefesto desapareceu.

28

DIONÍSIO

Dionísio voltou para a Bakkheia com Ariadne, Fedra e o bebê.

Escolheu se manifestar no subsolo, nos túneis embaixo da boate, ciente da possibilidade de que ela também pudesse ser um alvo de Teseu.

Quando chegaram, viram que as mênades haviam se reunido na área comum. Estavam usando macacões táticos pretos, armadas até os dentes.

Naia estava falando, e Dionísio reconhecia o tom.

Ela estava se preparando para uma batalha.

— Hoje mais cedo, a casa do Dionísio foi alvo de um ataque. Quando chegamos, encontramos várias de nós mortas, sem sinal de Dionísio, Ariadne, sua irmã ou o bebê. Acreditamos que esse ataque foi orquestrado por Teseu, embora imagens dos arredores mostrem um tipo de força invisível...

Enquanto falava, Naia inspecionava a sala, e quando seu olhar pousou em Dionísio, ela parou de falar. Devagar, as outras mênades se viraram para olhar para eles. Naia atravessou a multidão e jogou os braços em torno do deus.

— Que bom saber que sentiram saudade — disse ele, abraçando-a de volta.

Naia se afastou e bateu no ombro dele; seus olhos estavam marejados.

— Eu... a gente não sabia o que tinha acontecido! Sua casa. Está...

— Destruída. Eu sei — disse ele, depois olhou para as outras mênades.
— O semideus que atacou se chama Perseu. Estava usando o Elmo das Trevas e carregando uma arma molhada com veneno da Hidra, o que se provou uma combinação mortal. Eu... quase não resisti.

As assassinas se entreolharam, inquietas.

— O Elmo das Trevas? — perguntou Lilaia. — Como vamos lutar contra um agressor invisível?

— Não sei — disse Dionísio. — Eu tive sorte. Ariadne voltou por mim. — A mortal o encarou, com os olhos arregalados de surpresa, mas seu rosto logo assumiu uma expressão mais calorosa, que lhe deu vontade de tomá-la nos braços e beijá-la, mas, em vez disso, ele se forçou a se concentrar nas mênades. — Mas acho que todos sabemos que Teseu vai atacar de novo.

— Não, por favor — disse Fedra. Ela abriu espaço até chegar até eles, segurando o bebê com força. — Não sou digna de nada disso...

— Fedra! — Ariadne soava ao mesmo tempo chocada e irritada.

— Eu posso acabar com isso, Ari — disse Fedra, e a parte difícil das palavras dela era que Dionísio sabia que ela estava errada.

— Não pode — afirmou ele. — Mesmo se você voltar pro Teseu, ele virá atrás de nós, e não dá pra adivinhar o que ele pode fazer pra te punir.

Houve um instante de silêncio, então Naia falou:

— Você não é responsável pelas ações do Teseu.

— Eu fui embora. Eu...

— Escapou — disse Ariadne. — Você escapou de um *abusador*, Fedra.

— Ele não era... — Ela começou a protestar, mas olhou para Dionísio e engoliu as palavras. — Como você sabe que o Teseu foi o responsável pelo ataque na sua casa?

— Fedra! — exclamou Ariadne. — O Perseu *trabalha* pro Teseu.

— Você não sabe se foi Teseu que o mandou — argumentou Fedra. — Talvez Perseu tenha agido sozinho. Faria sentido. Teseu jamais ameaçaria a vida do filho.

As palavras dela nem irritaram Dionísio, porque ele já estava esperando por elas.

— Teseu faria qualquer coisa para obter o favor do público. *Ele quer ser um deus!*

— Ele não quer ser um deus — disse ela. — Ele quer liberdade e equidade...

— Se você acredita de verdade nisso, então é uma idiota — retrucou Ariadne.

Fedra empalideceu. Parecia tão abalada quanto Ariadne. Então olhou de um lado para o outro, parecendo se lembrar de que tinham plateia, e saiu correndo.

Por alguns instantes, Ariadne ficou parada, atônita.

Dionísio pensou em pôr a mão no ombro dela, ou talvez puxá-la para perto. Não sabia bem o que seria apropriado, mas, antes que pudesse se decidir, Ariadne saiu, chamando a irmã.

— Só espero que ele esteja morto quando ela conseguir fugir — disse Lilaia.

Era uma declaração dura, mas Dionísio concordava.

— Precisamos estar preparados para qualquer coisa — disse ele. — Reforcem os túneis. Quero todas as entradas monitoradas vinte e quatro horas por dia. Se virem alguma coisa estranha, se por alguma razão sentirem que tem algo errado, avisem. — As mênades assentiram, e ele acrescentou: — Durmam com as armas por perto. Os olimpianos vão começar uma guerra.

Com as ordens dadas, as mênades se dispersaram, tirando Naia, que puxou Dionísio de lado.

258

— Tenho uma novidade pra você — disse ela.

— Fala — disse ele, já tomado de temor.

— Hebe entrou em contato hoje de manhã. Ela sabe o que aconteceu com a Medusa.

Hebe era uma das mênades encarregadas de localizar a górgona, e a maneira como Naia falou fez Dionísio pensar no pior. Ele se endireitou.

— E o que aconteceu?

— Ela foi sequestrada por piratas tirrenos — respondeu Naia. — Eles estão pedindo um resgate por ela.

Embora não fosse o pior cenário possível — o pior sendo a morte —, era quase isso. Dionísio tinha um longo histórico com os piratas tirrenos, que começara na Antiguidade, o que significava que não importava se ele pagasse o resgate exigido. Eles não iam negociar com ele.

— *Porra.* — Ele passou a mão na cabeça. — Quando anunciaram o resgate?

— Hoje de manhã — respondeu Naia.

— Como podemos ter certeza de que é ela mesmo?

Havia poucas descrições da mulher, além do fato de que ela era linda e conseguia transformar homens em pedra com um olhar. Mas, no fim das contas, sua cabeça devia estar separada do corpo para esse poder funcionar.

Agora ele temia o pior de verdade: que ela estivesse mesmo morta.

Naia hesitou.

— Bom, na verdade não temos certeza — admitiu ela. — Mas acho que não podemos ignorar a possibilidade de que eles estejam dizendo a verdade. Ela foi vista pela última vez na costa do Egeu.

Era verdade. Até Poseidon — sendo o desgraçado terrível que era — confirmara.

Eu transei com ela, depois fui embora, ele dissera. *Se eu soubesse o valor daquela cabecinha linda dela, teria cortado fora ali mesmo onde ela deitou.*

Dionísio cerrou os punhos ao pensar nisso.

Para ele, o Deus dos Mares era um inimigo quase tão grande quanto Hera. Eles eram rivais desde a Antiguidade. Tinha começado com Béroe, uma ninfa que os dois haviam amado, e agora havia Ariadne, uma mulher por quem tanto Poseidon quanto o filho Teseu pareciam obcecados.

— Tenho uma ideia — disse Naia.

— Qual? — perguntou Dionísio, virando-se para encará-la.

— Talvez... seja hora de consultar seu oráculo — sugeriu ela.

— Não tenho tempo pra decifrar uma rima idiota — respondeu Dionísio, imediatamente dispensando a sugestão. — E caso tenha esquecido, meu oráculo deve falar por *mim*, não o contrário.

— Ela é seu oráculo. Ela te faz profecias também! — argumentou Naia.

— Profecia. Previsão. *Falta de certeza,* que é o que precisamos agora.

259

— Bom, você não tem nada agora, então qual vai ser?

Dionísio cerrou os dentes.

— Para de ser um bebezão — disse Naia. — Só porque vocês namoravam...

— A gente não namorava — interrompeu Dionísio, irritado.

— Ah, desculpa. *Trepavam.*

Ele olhou de cara feia para ela.

— Dionísio — falou Naia, com um olhar ao mesmo tempo duro e suplicante. — Pensa no que pode acontecer se Teseu puser as mãos em Medusa.

Ele não queria pensar no que aconteceria. Já sabia. Teseu ia decapitá-la, e não apenas mais uma mulher inocente morreria em suas mãos, como o semideus também teria mais uma arma poderosa.

Esfregou o rosto.

— Porra — repetiu baixinho antes de baixar as mãos. — Vocês vão ficar bem?

Naia sabia o que Dionísio estava perguntando de verdade. Será que tudo ia ficar bem?

— Vamos sim — disse ela, dando um sorrisinho. — Você precisa fazer isso. Não tem escolha.

Ele engoliu em seco, assentindo.

— Eu vou... é... contar pra Ariadne — falou o deus.

A mortal ia querer saber aonde ele estava indo: não por se preocupar com ele, mas porque a parceria dos dois havia começado por causa da missão de localizar a górgona.

— Claro — respondeu Naia, mas, quando Dionísio se virou para sair, ela o chamou. — Mas te aconselho a não demorar demais para se despedir.

Dionísio mostrou o dedo do meio a ela, depois desapareceu pelo corredor em busca de Ariadne. Não precisou procurar muito, pois logo a encontrou sentada no chão do lado de fora do quarto, abraçando os joelhos.

Ela estava chorando.

Dionísio se ajoelhou diante dela.

— Ei — disse ele. — Tá tudo bem?

— Não — respondeu Ariadne, com a voz embargada. — Estou me sentindo péssima. Nunca devia ter falado aquelas coisas pra Fedra.

— Você não estava errada.

— Tem hora e lugar pra tudo — disse ela. — E eu escolhi errado.

— Vem — chamou Dionísio, se levantando. Estendeu a mão e a ajudou a ficar de pé, com o peito tomado por uma onda de calor quando ela não se soltou dele. Ele a levou para um quarto modesto no fim do corredor.

— É aqui que eu fico — disse ele. — Se quiser dar um pouco de espaço à sua irmã, pode dormir aqui.

260

Quando olhou para a mulher, viu que ela o encarava de volta.

— Obrigada — sussurrou ela.

Dionísio levou a mão ao rosto de Ariadne.

— Odeio ver essa dor nos seus olhos.

— Eu não me reconheço sem ela.

Dionísio não sabia o que dizer, mas as palavras dela dificultaram sua respiração.

— Se eu pudesse tirá-la de você...

— Você teria que ser a própria morte.

— Não fala dessas coisas.

— Não? Mesmo que eu é que tenha visto você quase morrer?

Ele a encarou por um instante, depois perguntou:

— Por que você voltou?

Dionísio dissera para ela ir, ordenado que levasse a irmã para os túneis e não olhasse para trás.

— Eu precisava — respondeu ela.

— Não precisava. Você podia ter feito o que eu falei. Podia ter fugido pelos túneis.

— Não podia, não — argumentou a mortal. — Você arriscou tudo pra salvar minha irmã. Arriscou tudo por mim. Que tipo de pessoa eu seria se te largasse ali?

— Uma pessoa esperta — respondeu ele. — Esperta pra cacete.

Então a puxou e a beijou, e por mais que quisesse continuar, sabia que não tinha tempo.

Quando se afastou, continuou a segurá-la com firmeza.

— Preciso ir — disse ele. — Recebemos informações do paradeiro de Medusa.

Ariadne arregalou os olhos.

— Me deixa ir com você.

Dionísio sentiu sua expressão se suavizar com o pedido dela. Estava surpreso por ela ter oferecido, considerando que significaria deixar a irmã.

— Eu adoraria — disse ele, afastando o cabelo dela do rosto —, mas Fedra precisa de você.

— Ela pode precisar de mim — falou Ariadne. — Mas não me quer.

— Isso é verdade hoje — disse ele. — Mas não vai ser verdade amanhã.

— Você pretende passar muito tempo longe?

— Não é minha intenção — respondeu ele. — Vou voltar assim que puder.

Ele nem sabia se a missão seria bem-sucedida. Os piratas haviam anunciado o pedido de resgate de Medusa no mercado clandestino, o que significava que todo mundo que a estava procurando antes sairia em busca dela agora, e muitos deles — incluindo o deus — não tinham a menor intenção de pagar o preço exigido.

Ariadne baixou os olhos para o peito dele e agarrou sua camisa.

— Por favor, toma cuidado — pediu a mortal, e Dionísio ouviu o que ela realmente estava dizendo: *Por favor, não me deixe.*

O deus inclinou a cabeça dela para trás.

— Enquanto você estiver aqui me esperando, eu sempre vou voltar.

Depois a beijou de novo, mais forte dessa vez, ignorando a sensação de que era mais um fim do que uma despedida.

Dionísio tinha templos espalhados por toda a Nova Grécia, mas estava diante daquele que ficava localizado nos limites da cidadela de Perperikon, na Trácia. Assim como a cidadezinha abaixo dele, o templo era esculpido na montanha. Vinte e cinco degraus levavam a um pórtico coberto sustentado por um conjunto de colunas idênticas, coroadas com uma decoração de arabescos. O frontão era esculpido com uma imagem dele rodeado pelos seguidores enlouquecidos e imitava a folia que acontecia em tempo real.

O pórtico estava lotado de gente, os corpos banhados na luz do fogo enquanto dançavam, bebiam e trepavam, presos nas dores do êxtase sagrado. O cheiro o deixou tonto. Era uma mistura vibrante de perfumes, ao mesmo tempo almiscarada e poeirenta, e a combinação pútrida de álcool e drogas, particularmente Evangeline, que tinha o odor distinto e pungente da amônia.

Era totalmente diferente de outros lugares de adoração, aonde os devotos iam em silêncio rezar, deixar oferendas e ouvir as palavras do oráculo reinante. Talvez a pior parte para Dionísio fosse o fato de esse tipo de adoração ser resultado da loucura de Hera, e apesar de estar "curado", seu corpo ainda tremia com a vista.

Odiava guardar as lembranças daquele tempo volátil, odiava sentir temor às portas de seu próprio templo, cujas sacerdotisas o adoravam. Na verdade, temia acabar voltando para o caos e perdendo o controle, sem nunca mais conseguir sair, e esse medo o fazia achar que nunca se livraria de verdade do horror da magia de Hera.

Dionísio não saberia dizer quanto tempo ficou esperando na base dos degraus, mas enfim se sentiu estável o bastante para entrar. Infelizmente, não conseguiu fugir do empurra-empurra da multidão, que saía pelas portas do templo. Sua frustração aumentou. Pensou em se transformar em uma onça ou um leão e saltar sobre a cabeça das pessoas, mas provavelmente só causaria uma debandada fatal.

Por fim, chegou ao altar, onde haviam erguido uma estátua sua, e foi ali, sob a sombra dela, que encontrou seu oráculo.

Era uma mulher linda. Alta e esbelta, ela se levantou de onde estivera reclinada aos pés dele, rodeada por subordinados que lhe ofereciam uvas e vinho.

— Erígone — cumprimentou ele.

Ela inclinou a cabeça, com os braços apoiados atrás de si. Era uma posição que empurrava seu peito para a frente, e como ela usava roupas diáfanas e cintilantes, ele conseguia ver cada parte de seu corpo.

O deus se manteve concentrado atentamente em seus olhos escuros, que brilhavam de diversão.

— Dionísio — disse ela. — Quanto tempo.

— Infelizmente não precisei de seus talentos.

— Nem desejou meu conselho — completou a mulher, aceitando um cálice dourado de um dos subordinados. — Até agora, pelo jeito. Você deve estar desesperado.

Ao comentário se seguiu um instante de silêncio, cheio de fúria.

— Estou — concordou ele.

Dionísio sabia que a humildade funcionaria muito bem com seu oráculo, principalmente levando em conta que costumava evitá-la, mesmo que fosse difícil admiti-lo em voz alta.

Ela suspirou.

— O que você quer, Dionísio?

Deu um gole no vinho, que já havia deixado seus lábios em um tom profundo de bordô.

— Preciso de ajuda para localizar uma mulher — respondeu ele.

— Ela quer ser encontrada?

— Provavelmente não queria — disse ele. — Mas foi sequestrada por piratas. Agora eles estão pedindo um resgate por ela.

Erígone o observou por um instante, com um olhar duro e firme. Apesar do histórico dos dois, ela não se recusaria a ajudar uma mulher em perigo.

Entregou o cálice a um dos subordinados, depois segurou as vestes cintilantes.

— Venha — disse ela, e ele a seguiu para a escuridão de uma sala na lateral.

Algumas tochas ardiam com uma luz fraca, iluminando pilhas de ouro reluzente e prata brilhante, oferendas trazidas por adoradores ao longo de várias existências. O oráculo foi ziguezagueando em meio ao tesouro até chegarem ao centro da sala, onde havia uma mesinha de madeira e uma bandeja de incenso.

— Essa mulher — começou Erígone, acendendo um dos bastões finos em uma tocha. — É uma amante?

— Isso importa? — perguntou Dionísio.

— Não — respondeu ela, virando-se para ele. — Mas ela deve ser importante para trazer você até aqui.

Dionísio não disse nada, e Erígone estreitou os olhos ao apagar a chama. Filetes de fumaça dançaram ao redor dela, cheirando a especiarias e resina.

— Você se lembra de como eu profetizava pra você, Dionísio?

Ele trocou o peso do corpo de um pé para o outro, desconfortável.

— Precisamos mesmo revisitar o passado? — perguntou.

— Não estou pedindo para revisitar — respondeu ela. — Estou perguntando se você se lembra.

Ele a encarou, cerrando os dentes com a frustração.

— Lembro — disse ele.

— De joelhos — ordenou ela. — Entre as minhas coxas.

— Isso foi há muito tempo, Erígone — disse ele. — Nós dois já superamos.

— Talvez você tenha superado — respondeu ela. — Mas eu ainda quero te ver de joelhos.

Ele a encarou por alguns segundos, depois falou:

— Você é meu oráculo.

— E como todas as coisas que já pertenceram a você, fui abandonada — disse ela. — Essa mulher sabe disso? Essa que te faz me olhar, tão cavalheiro, e ficar desconfortável na minha presença, sabe que a sua lealdade é tão frágil quanto a teia de uma aranha ao vento?

— Me dê a profecia, Erígone — exigiu Dionísio.

— Você é um deus patético — declarou ela, com os olhos brilhando. — Só continua a ter seguidores porque todo mundo gosta de beber e foder.

Dionísio cerrou os punhos com força; sua raiva circulava pelas veias, e, por alguns breves segundos, ele teve vontade de matá-la. Eram as garras de sua loucura penetrando bem fundo.

Erígone abriu um sorriso malicioso, e, por um instante, ele achou que talvez fosse aquilo que ela queria, mas então ela jogou a cabeça para trás e abriu bem os braços. A fumaça do incenso se transformou numa coluna reta erguida na escuridão. O oráculo disse coisas, mas não eram palavras que ele compreendesse, e lembravam mais uma canção, pronunciadas em uma cadência baixa e lírica.

Era uma cena ao mesmo tempo inquietante e fascinante, e uma parte dele quis se arrastar para dentro dela, para ver o que ela estava vendo por si mesmo, mas aquela era a magia de Erígone. Ela era tanto uma sedutora quanto um oráculo, e fazia profecias da mesma maneira como trepava: com total entrega.

Dionísio cravou as unhas nas palmas das mãos. Foi essa sensação que manteve seus pés no chão, que garantiu que ele não se entregasse à estranha loucura da adivinhação dela, e, quando emergiu do transe, ela olhou para ele numa decepção atordoada.

Ele não se mexeu, com medo demais de quebrar o feitiço.

— Você negligenciou um dever sagrado. Não enterrou os mortos — declarou Erígone.

Antes que o oráculo terminasse a previsão, Dionísio soube o que precisava fazer: enterrar o ofiotauro, que havia deixado para apodrecer na ilha de Trinácia depois de Teseu tê-lo matado.

Porra.

— Corrija essa ofensa — continuou Erígone. — E tudo será revelado.

Ele devia ter dado ouvidos a Ariadne quando ela lhe implorara para voltar à ilha e completar a tarefa, mas, na época, o pedido dela parecera imprudente, considerando o perigo.

— Você sabe o que precisa fazer — disse o oráculo.

— Sei — respondeu ele.

Os dois ficaram em silêncio por alguns instantes, depois Erígone falou de novo:

— A morte marca o seu caminho, Dionísio. Cuidado por onde anda.

Com as palavras dela ecoando na mente, ele saiu da sala.

Podia ter se teleportado ali, mas, em vez disso, voltou para a multidão e atravessou a folia, sabendo que precisaria daquela adoração nos dias que estavam por vir. Mesmo inundado pela energia dos seguidores, não conseguia se desfazer da consciência aguçada de que os dias deles estavam contados. Logo esse calor que o circundava não viria mais de seus corpos, mas de suas cinzas.

Dionísio precisava encontrar um jeito de chegar à ilha de Trinácia. Não podia se teleportar diretamente, pois era território de Poseidon. Só conseguira escapar de lá antes porque Hermes o localizara e o transportara junto de Ariadne para casa — e foi assim que ele se viu no Submundo, batendo à porta de Hermes a contragosto.

— Pode entrar! — cantarolou o deus, numa voz abafada.

O tom alegre só deixou Dionísio tenso, mas sua desconfiança não era infundada. Quando abriu a porta, deu de cara com a bunda de Hermes.

Bom, não literalmente.

Ele não estava nu, embora fosse quase isso. A legging que ele usava era colada à pele e deixava tudo exposto, e sua blusa praticamente só tinha mangas.

— O que você tá fazendo? — perguntou Dionísio.

— O que você acha? — perguntou Hermes, olhando para ele por entre as pernas.

265

Dionísio não conseguiu olhar por muito tempo.

— Tortura? — especulou ele.

— O cachorro olhando pra baixo — respondeu Hermes, endireitando o corpo e depois se curvando para trás.

— Foi o que eu falei — disse Dionísio.

— Você devia tentar.

— Passo — respondeu Dionísio.

— Você só tá com inveja porque eu sou mais flexível — disse Hermes.

— Não sei se inveja é a palavra certa.

— Tesão, talvez? — sugeriu o deus.

Tentou voltar a ficar de pé, mas acabou caindo de bunda no chão.

— Nem um pouco — respondeu Dionísio.

Hermes franziu a testa.

— Cacete — disse ele, se levantando e limpando as mãos. — O que você quer?

— Preciso encontrar uns piratas — explicou Dionísio.

Hermes estreitou os olhos.

— Tem certeza que não é um lance sexual?

— Alguém já te disse que você é muito irritante?

— Você quer minha ajuda ou não?

— Estou repensando seriamente — respondeu Dionísio.

— Bom, tanto faz — disse Hermes, bufando. — Estou sem poderes mesmo. Por que você acha que estou fazendo ioga?

Dionísio olhou feio para o deus. Sabia que Hermes estava sem magia, mas também sabia que todos os deuses tinham pelo menos um item mágico. Hermes não era exceção.

— Você tem sandálias — disse ele.

— Você quer minhas sandálias?

— Não posso me teleportar pro oceano, Hermes.

— Minhas sandálias são relíquias! O lugar delas é no museu, não nos seus pés!

— Se é assim, então cadê elas?

— Até parece que vou te contar!

— Você esqueceu delas, né?

— Não! — retrucou ele, cruzando os braços, depois voltando a baixá--los. — Se quiser elas, vai ter que me levar até minha casa.

Dionísio ergueu a sobrancelha.

— Qual delas?

Hermes hesitou.

— Vamos começar com a de Olímpia.

— *Começar?* — repetiu Dionísio.

— Já faz muito tempo que eu não uso elas! — disse Hermes, na defensiva. — A essa altura, são *simbólicas*!

— Puta que me pariu — resmungou Dionísio.

Antes que Hermes pudesse abrir a boca, ele se teleportou, aparecendo diante da imensa mansão do deus em Olímpia, com seu telhado muito inclinado e exterior de estuque.

Hermes se aproximou da entrada redonda, que era grande e emoldurada por um conjunto de colunas brancas.

Dionísio seguiu o Deus das Travessuras, que começou a tatear o quadril, o peito e até a bunda.

— O que você tá fazendo? — perguntou Dionísio, já irritado.

— Esqueci as chaves — respondeu Hermes.

— Tá de sacanagem?

— Não me julga! Normalmente eu tenho *magia*!

Dionísio suspirou.

— Sai.

O Deus do Vinho deu um passo à frente, depois chutou as portas. Elas emitiram um estalo ao se abrir com tanta força que bateram nas paredes internas, fazendo tudo que era de vidro estremecer.

Quando se virou para Hermes, o deus o fulminou com o olhar.

— Você podia ter usado magia — disse ele, passando por Dionísio para entrar na casa.

Dionísio o seguiu e deu de cara com uma gigantesca escadaria dupla.

— Como você decide de qual lado vai subir? — perguntou Dionísio.

Hermes abriu a boca, depois fechou, antes de responder.

— Nunca pensei muito nisso — admitiu ele, apertando a cabeça com as mãos. — Porra. O que eu escolho?

Dionísio lhe lançou um olhar incrédulo.

— *Como* você sobreviveu esse tempo todo?

— Peraí! — disse Hermes, apontando para si mesmo. — Eu sou ardiloso!

— Claro — respondeu Dionísio, subindo pelo lado direito. — E eu bebo água.

— Você e o Hades têm problemas — disse Hermes, indo atrás dele.

Ao chegar ao topo, ele ultrapassou Dionísio, virando à esquerda. Quando Hermes acendeu as luzes, Dionísio foi cegado pela cor rosa. Estava em todos os cantos: nas paredes, no chão e na cama, até no lustre, em todos os tons possíveis.

— Por que é tudo *rosa*? — perguntou Dionísio, protegendo os olhos.

— Porque — começou Hermes — este é o quarto rosa.

— O quarto rosa?

— É, eu tenho um quarto dourado, um quarto vermelho e um... — Hermes contou nos dedos.

— São todos quartos de dormir?

— É.

— *Por quê?*

Hermes deu de ombros.

— Por que não?

Porque é loucura, Dionísio queria dizer, mas não disse.

— Nunca sei como vai estar meu humor — explicou Hermes, arrastando os pés pelo tapete rosa enquanto ia ao banheiro rosa contíguo. — Em algumas noites, me sinto dourado. Em outras, verde.

Dionísio pensou em perguntar o que aquilo queria dizer, mas achou melhor não. Estava com pressa e precisava das sandálias de Hermes. Quanto menos distrações, melhor.

Dentro do banheiro havia um cofre do tamanho de uma porta, também cor-de-rosa, emoldurado por espelhos que refletiam a luz do teto. Dionísio imaginou que era para ser glamouroso, mas na verdade só fez seus olhos doerem ainda mais.

Hermes se aproximou do cofre e deu uma olhada em Dionísio antes de cobrir o teclado numérico com as mãos.

Dionísio revirou os olhos.

— Não vou roubar seja lá o que for que tiver no seu armário, Hermes.

— Se você pudesse ter roubado minhas sandálias aladas, não teria feito isso?

— Pra evitar você? Sim — respondeu Dionísio.

— Grosso — disse Hermes, girando a roda e abrindo a porta para revelar um armário imenso com inúmeras prateleiras de sapatos.

— Por favor, me diz que você só tem um armário de sapatos — disse Dionísio.

— Tá bom — respondeu Hermes.

— Puta que me pariu — resmungou Dionísio.

— Não me julga — falou Hermes. — Eu tenho uma obsessão.

— Um vício, você quer dizer?

— Isso é trocar seis por meia dezena.

Dionísio franziu a testa.

— Você quis dizer dúzia?

— Não, dezena mesmo — disse Hermes. — São duas coisas totalmente diferentes.

Dionísio revirou os olhos de novo.

— Se você diz.

Hermes sorriu.

— Sabia que você ia me entender.

O Deus das Travessuras adentrou o armário para começar a busca. Dionísio o seguiu, inspecionando com os olhos os muitos e variados sapatos de Hermes. Pegou um par de plataformas cobertas de pedras preciosas.

— Como se usa isso? — perguntou Dionísio.

— Nos pés — respondeu Hermes.

Dionísio balançou a cabeça.

— Engraçadinho — disse ele, colocando os sapatos de volta na prateleira enquanto Hermes dava uma risadinha. — Você entendeu.

— Vou admitir que demanda um certo talento — disse ele.

— Você não voa pra todo lugar quando usa esses sapatos? — perguntou Dionísio.

— Voar ainda demanda talento — respondeu Hermes.

— Não é um talento — observou Dionísio. — Você é um deus.

— Vamos ver então — disse Hermes. Eles continuaram a procurar, mas, depois de um tempinho, Hermes declarou: — Bom, elas não estão aqui. Vamos ter que olhar nos outros armários.

— Nos armários das outras casas ou nos armários daqui? — perguntou Dionísio.

Era uma distinção importante.

— Nos armários daqui — afirmou Hermes. — Se as sandálias não estiverem aqui, aí vamos ter que procurar em outra casa.

Dionísio esfregou o rosto, frustrado.

— Por que eu me coloco nessas situações? — resmungou ele.

— Porque secretamente você ama passar tempo comigo — respondeu Hermes, depois saiu andando.

Eles passaram do quarto cor-de-rosa para um quarto azul, que não estava entre as cores que Hermes mencionara antes e só deixou Dionísio ainda mais preocupado. Quando viram que as sandálias não estavam lá, foram para o próximo, que era roxo e tinha mais do que só sapatos no armário, mas ainda assim, nada de sandálias aladas.

À medida que as horas passavam, Dionísio começou a se perguntar se Hermes ainda as teria e a pensar em outras opções para chegar à ilha de Trinácia. Tinha medo de que, quando conseguisse as sandálias e enterrasse o ofiotauro, já fosse tarde demais para salvar Medusa, mas não tinha muita escolha. Não possuía um monstro voador, e usar um que soubesse nadar seria tão perigoso quanto navegar até lá, considerando o ódio que Poseidon sentia por ele.

Mesmo com as sandálias de Hermes, havia uma chance de ele ser derrubado do céu por piratas, mas pelo menos assim tinha mais possibilidade de aterrissar perto de Medusa.

Sua mente estava tomada por esses pensamentos quando ele afundou na cama do quarto verde e pegou no sono.

Não saberia dizer há quanto tempo estava dormindo quando ouviu Hermes exclamar:

— Isso!

Assustado, Dionísio pulou da cama. Com a visão turva, viu Hermes sair do armário carregando um par de sandálias de couro com asas emplumadas. Eram surpreendentemente simples, considerando a inclinação do deus para coisas extravagantes.

— Achei! — declarou ele, mas Dionísio enxergou um novo problema.

— Por que elas são tão pequenas? — perguntou ele.

— Não são *pequenas* — disse Hermes, segurando as sandálias no alto.

— Quanto você calça?

— Sei lá — respondeu Hermes.

— Como você... — Dionísio se interrompeu. Ele já tinha feito aquela pergunta vezes demais, e ela nunca levava a nada. — Como é que eu vou calçá-las se elas não cabem?

— São basicamente solas com tiras, Dionísio — disse Hermes. — Coloca no pé.

Dionísio pegou uma e tentou inserir o pé nela, mas só conseguiu enfiar três dedos.

— Por que seus pés são tão gigantes? — perguntou Hermes. Então encontrou o olhar de Dionísio e ergueu a sobrancelha. — É verdade o que dizem sobre tamanho do pé e tamanho do pau?

— Não sei o que dizem — respondeu Dionísio. — Mas prefiro não falar do meu pau com você.

— Tá bom — disse Hermes, fungando. — Só fiquei curioso.

— Bom, preciso que essas porras de sandálias sirvam — falou Dionísio.

— Bom, você tem magia, seu idiota. *Faz* elas servirem!

— São suas sandálias, cacete. Não posso mudá-las.

— Você pode aumentar o tamanho delas! Enrola uns galhos nos pés! — exclamou Hermes. — Meus deuses, e você acha que *eu* sou idiota.

Dionísio sentiu o rosto corar, mas não tinha certeza se era de vergonha ou frustração.

Colocou as duas sandálias no chão e pisou nas solas. Galhos brotaram delas e se enrolaram em seus pés e nas panturrilhas.

— Pronto! Agora levanta.

Dionísio se levantou e foi imediatamente lançado para trás quando as sandálias saíram voando debaixo dele. Enquanto caía, bateu a cabeça na cama. Por sorte, era macia, mas agora estava de cabeça para baixo, e as asas das sandálias batiam furiosamente.

— Que porra é essa, Hermes! Fala pra elas me virarem!

— Não posso — disse Hermes.

— Como assim *não pode*? — vociferou Dionísio.

— Não é assim que elas funcionam. Você precisa aprender a se equilibrar, aí você só desliza. É tipo patinar.

— Eu não tenho tempo pra aprender a patinar, porra!

— Acho que não precisa — disse Hermes. — Você pode só voar até lá desse jeito.

Dionísio cerrou os dentes.

— Anda, grandão. Faz de conta que é um abdominal. Quando estiver de pé, seu peso vai te ajudar a aterrissar.

— Faz de conta que é um abdominal — zombou Dionísio, mas tentou mesmo assim, tensionando o abdômen e jogando o corpo para cima.

Da primeira vez, só conseguiu chegar à metade, da segunda, se ergueu mais um pouquinho. Na terceira tentativa, acabou fazendo uma volta completa.

— Porra!

— Você quase conseguiu — comentou Hermes.

— Eu sei que quase consegui, Hermes! Não precisa bancar o comentarista!

Hermes cruzou os braços.

— Só tô tentando ajudar.

— Bom, não ajude.

— Tá bom. Você é *péssimo*.

A frustração de Dionísio aumentou. Por um instante, ele só ficou pendurado ali, cerrando os dentes com tanta força que seu maxilar doía.

Então respirou fundo.

— Desculpa, Hermes.

Houve um longo silêncio.

— Você consegue, Dionísio.

O deus assentiu e tentou de novo. Cerrou os punhos, contraiu o abdômen e se balançou. Quando ficou ereto, estendeu os braços para ter equilíbrio. Suas pernas estavam trêmulas, e o corpo todo parecia vibrar com o movimento das sandálias aladas, mas ele estava de pé.

— Isso! — exclamou ele, antes de perder o equilíbrio e cair de novo. — Porra. Chega!

Dionísio usou sua magia para desamarrar as sandálias, mas então despencou no chão, sem perceber que não estava mais posicionado sobre a cama.

— Malditas sandálias de merda — murmurou ele, quando se levantou e as agarrou no ar, onde continuavam flutuando. — Como faço pra elas pararem... de voar?

Assim que as palavras saíram da boca de Dionísio, as asas pararam de bater.

— Assim mesmo — disse Hermes.

Dionísio olhou feio para ele.

— Quer dizer que você pode mandar elas pararem de voar, mas não pode mandar elas me colocarem de pé?

— É — respondeu Hermes.

— Eu te odeio.

— Não me odeie. Sou só o mensageiro. — Hermes fez uma pausa e riu. — Entendeu? Porque eu sou o Mensageiro dos Deuses.

Dionísio o fulminou com o olhar.

Então desapareceu, mas não antes de ouvir Hermes gritar:

— Espera! Me leva de volta pro Submundo!

Dionísio apareceu na costa do mar Mediterrâneo.

O sol estava nascendo, lançando raios amarelos e alaranjados sobre a superfície calma da água. Sempre belo e quase todo quente, era difícil imaginar os males que aconteciam no mar, mas aquele era um lugar sem lei governado por um deus impiedoso.

Dionísio pôs as sandálias na areia e pisou nelas, fazendo força para baixo enquanto os galhos se enrolavam em seus pés para que elas não saíssem voando debaixo dele de novo. Quando estava pronto, ficou na ponta dos pés e estendeu os braços para se estabilizar ao se erguer no ar, com as asas batendo rápido e forte.

Seu coração batia forte no peito, e gotas de suor apareceram em sua testa. Trêmulo, ergueu a mão para enxugá-las antes que caíssem em seus olhos. Jamais admitiria para Hermes — embora não precisasse, seu sofrimento era óbvio —, mas *porra, aquilo era difícil*.

Hermes sempre fizera parecer tão fácil, planando no ar num clarão ofuscante de luz dourada. Dionísio se movia na velocidade de uma lesma. Nesse ritmo, chegaria a Trinácia em uma semana, e Medusa já teria ido embora, talvez até morrido.

Reunindo coragem, fez o que Hermes havia orientado, inclinando o corpo um pouquinho para a frente. Sentiu o vento aumentar ao seu redor enquanto se movia mais rápido acima do oceano, as cores se fundindo num tom contínuo de azul. Quanto mais se movia a uma velocidade, mais fácil era acelerar, e logo foi como se estivesse velejando.

Começou a rir, tomado de triunfo, mas então perdeu o equilíbrio e despencou no mar, inalando um monte de água salgada que fez sua garganta arder quando voltou à tona. Como é que ele ia ficar de pé de novo? Não havia pedras nem ilhas por perto, e o tempo estava acabando.

— Porra! — gritou ele, limpando os olhos. — Eu odeio essa merda toda!

Então decidiu boiar de costas e jogou as pernas para o ar. As sandálias de Hermes começaram a bater as asas loucamente, e Dionísio se viu carregado de cabeça para baixo, com a cara na água.

Tentou se levantar, mas estava sofrendo para respirar, com a água salgada entrando no nariz e na boca. Quanto mais secas as asas ficavam, mais alto ele voava, até que por fim saiu do mar, mas, a essa altura, já estava cansado demais para tentar se virar, então se resignou a ficar pendurado.

Até que viu uma grande onda avançando em sua direção.

— Puta que pariu, cacete — disse ele, com a força de repente renovada, mas quando viu que não conseguia se endireitar, recorreu aos berros. — Eu sei que vocês me escutam, porra! — gritou para as sandálias. — Voem mais alto, suas idiotas!

Mas elas não ouviram.

A primeira onda o atingiu com tanta força que ele perdeu o fôlego. No breve intervalo antes da onda seguinte, ele gritou de novo.

— Vocês são inúteis! Igual seu dono!

A segunda onda bateu ainda mais forte, e ele não conseguiu prender a respiração, a água queimando sua garganta e os pulmões. Dionísio tossiu com violência, despreparado para a próxima onda, e, cercado pela água, teve certeza absoluta de que ia morrer. Não importava que fosse um deus e conseguisse se curar sozinho. O mar era arrebatador, e ele não conseguia respirar nesse lugar escuro e violento, não conseguia aguentar a dor queimando seu peito e inchando em sua garganta — e então, de repente, uma estranha calma o inundou, e Dionísio não sentiu nada.

Por alguns doces instantes, ficou simplesmente... *entorpecido*.

Mas então emergiu quando as sandálias de Hermes o ergueram acima das ondas ferozes. Dionísio inspirou de maneira dolorosa, se engasgando ao vomitar água. Queria amaldiçoar as sandálias, mas sua garganta doía demais para falar, então só ficou pendurado ali enquanto o oceano se revirava sob sua cabeça, e caiu na inconsciência.

Foi um cheiro horrível que despertou Dionísio. Quando abriu os olhos, ele se viu cara a cara com o olhar vesgo de uma ovelha.

— Béééé! — guinchou o animal, ao mesmo tempo que Dionísio gritava.

Tapou a boca com a mão, tanto para se calar quanto para se impedir de socar o bicho, embora o impulso continuasse ali.

Ariadne ficaria muito decepcionada se você socasse uma ovelha, ele lembrou a si mesmo.

— Meus deuses, por que você faz isso?

— Béééé! — respondeu a ovelha.

— *Cala a boca!* — retrucou ele, depois se sentou, com a cabeça girando por um instante.

Deu uma olhada na ovelha, depois ao redor, percebendo que aquele lugar era familiar. Tinha chegado à costa de Trinácia.

Dionísio olhou para baixo, aliviado ao ver que as sandálias de Hermes continuavam amarradas a seus pés, depois voltou a olhar para a ovelha.

— Que cheiro é esse? — perguntou ele.

A ovelha respondeu com outro berro alto, e embora seu bafo fosse rançoso, nem se comparava ao fedor que permeava o ar da ilha.

Aquilo era muito, muito pior. Era um cheiro que ficava na memória, mesmo muito depois de ter se dissipado.

Era o cheiro da morte.

O temor tomou conta de Dionísio. Era possível que o cheiro viesse do corpo em decomposição do ofiotauro, mas até ele sabia que era pura ilusão. Alguma outra coisa acontecera ali.

Alguma coisa terrível.

Dionísio olhou para a ovelha, que continuava por ali. O animal abriu a boca, balindo alto antes de se virar para conduzi-lo através da floresta. Embora ele achasse que não precisava de um guia para voltar à caverna do ciclope, seguir o bicho lhe deu algum consolo enquanto percorriam o terreno denso e a montanha rochosa. Enquanto isso, o cheiro podre ficava cada vez pior.

Dionísio nunca havia pensado muito no poder de um cheiro, mas aquilo era como bater de frente com uma parede sólida, e não importava quão forte ele empurrasse, ela nem saía do lugar. O fedor só ficava parado no ar, cobrindo suas roupas e fazendo seu nariz arder.

Quando chegaram à entrada da caverna do ciclope, seus olhos estavam lacrimejando, o nariz escorrendo, e ele pensou que ia vomitar a qualquer instante, mas tinha encontrado a origem do cheiro.

Não era só o ofiotauro que estava apodrecendo ali.

Era o ciclope também.

Polifemo.

Sua forma cinzenta se elevava como uma montanha perto da fonte que Dionísio transformara em vinho. Hesitante, ele se aproximou, com um braço por cima do nariz, embora aquilo não pudesse conter o cheiro. Ainda assim, ele se perguntava o que teria acontecido com a criatura. Polifemo parecia estar na mesma posição de antes, quando desmaiara com a bebedeira, mas, quando contornou o ombro do gigante, Dionísio viu que seu olho havia sido apunhalado com uma lança.

O ciclope havia sido assassinado.

Dionísio espiou a escuridão, se perguntando quem teria realizado o ataque, embora pelo jeito o responsável já tivesse sumido havia muito tempo. Talvez o velho que lhe pedira para conduzir a execução tivesse terminado o trabalho. Qualquer que fosse o caso, ele se perguntou que tipo de maldição assombraria a pessoa que não o enterrara.

Dionísio passou pelo ciclope e penetrou mais na caverna, sufocado pelo cheiro da morte, até encontrar os restos de Boi.

Ficou parado ali num silêncio pesaroso, pensando em como a criatura havia protegido Ariadne. Mesmo que fosse um monstro com corpo de serpente e cabeça de touro, ele era uma criatura inofensiva, mais assustada do que violenta. Ainda assim, as Moiras haviam lhe designado um destino terrível, mas aquela era a natureza delas: a crueldade.

Depois de alguns segundos, o deus se ajoelhou e começou a cavar, usando uma pedra afiada para fazer uma vala ao lado do corpo de Boi. Quando ficou funda o suficiente, ele pegou a criatura pelos chifres, na esperança de puxar seu corpo inteiro para o buraco, mas o ofiotauro estava tão decomposto que só metade dele se mexeu, e Dionísio foi forçado a empurrar o que restara com o pé.

Foi terrível, e o cheiro não diminuiu.

Quando terminou, Dionísio cobriu a criatura com uma camada de terra. Foi o máximo que conseguiu fazer antes de sair correndo da caverna e vomitar.

Foi ali, enquanto estava curvado com as mãos apoiadas nos joelhos, que algo o atingiu por trás, e ele achou que sua cabeça fosse explodir logo antes de perder a consciência. De novo.

29

PERSÉFONE

Perséfone estava sentada em sua poltrona preferida na biblioteca. O fogo ardia na lareira, e Cérbero, Tifão e Ortros dormiam perto de onde ela lia — ou tentava ler. Apesar da paz daquele início de noite, ela não conseguia afastar o pensamento de que algo ruim estava acontecendo. A sensação tomou seu peito e invadiu a garganta, piorando a cada segundo silencioso que passava.

Alguma coisa molhada respingou em sua perna.

A princípio, a deusa não ligou muito, pensando que talvez tivesse imaginado, mas então sentiu um segundo pingo.

Baixou o livro, esperando ver Ortros de pé ali perto, babando nela, mas não foi o caso. Todos os cachorros continuavam dormindo diante da lareira.

Perséfone franziu a testa, depois sentiu outro pingo, dessa vez no rosto. Quando limpou o líquido, viu que seus dedos estavam manchados de carmesim.

Estranho, pensou.

Quando mais uma gota caiu, ela olhou para cima e sentiu o corpo gelar ao ver que o teto estava encharcado de algo vermelho, que percebeu ser sangue. O líquido se acumulava em alguns pontos, depois pingava em gotas grossas no chão e escorria pelas paredes.

Seu coração disparou, e o pânico borbulhou dentro dela.

A deusa saltou da poltrona, mas então acordou e se deu conta de que estava na cama ao lado de Hades. Não havia sangue nenhum, só a seda fresca dos lençóis.

Perséfone respirou fundo e afastou os cobertores, escorregando para fora da cama. Apesar do fogo na lareira, o ar estava frio, e ela estremeceu, com a pele arrepiada.

Foi até o bar de Hades e se serviu de uma dose de uísque, mas, assim que o levou aos lábios, a voz dele soou na escuridão.

— O que você está fazendo?

A deusa se virou e viu que ele estava ali perto, com a pele irradiando calor. Ela queria aquela sensação e se aproximou dele, olhando-o nos olhos.

— Tentando afastar a escuridão — respondeu ela.

— Assim você só vai alimentá-la — disse ele, pegando o copo.

Perséfone esperava que ele virasse o conteúdo, mas não foi o que aconteceu. Hades largou o copo, sem tirar os olhos dela.

— É por isso que você bebe? — perguntou ela.

Ele a observou em silêncio por alguns segundos, depois disse:

— Não quero que você seja como eu.

— Você me amaria menos?

— Nunca — respondeu ele, depois franziu a testa. — Essa pergunta foi maldosa.

Perséfone baixou o olhar, e Hades se aproximou devagar, inclinando a cabeça dela para trás com o dedo.

— Me conta — pediu ele, num tom grave que ela sentiu no próprio peito.

— Não tem nada pra contar — respondeu ela, olhando para o deus. — Foi só um pesadelo.

Hades a observou, com os olhos brilhando como obsidiana: um reflexo do desejo que ardia dentro dela.

— Você quer dormir?

— Não — respondeu ela. — Não... Eu não quero dormir.

Hades olhou para seus lábios.

— Então o que você deseja?

A voz dele prometia adoração e fez o sangue dela ferver.

Perséfone se afastou de Hades e do bar e pegou um baralho que estava em cima da lareira.

— Eu desejo um jogo — respondeu ela.

— Um jogo?

— Um jogo com uma aposta.

Hades inclinou a cabeça para o lado.

— Me diga suas condições, Deusa.

— O que você quiser, desde que me dê prazer.

Os olhos de Hades brilharam.

— Posso requisitar o mesmo de você?

Perséfone tentou não sorrir.

— Pode — respondeu ela.

— E que jogo você quer jogar?

— Pôquer — afirmou ela.

Hades ergueu a sobrancelha.

Era o jogo que ele tinha escolhido na primeira noite que passaram juntos, e Perséfone o escolhia agora porque queria uma distração.

— Tudo bem, Deusa — disse ele. — Quer dar as cartas?

— Vou deixar você ter a honra — respondeu ela, depois se sentou, ficando na mesma altura do pau duro de Hades.

Perséfone ergueu o rosto para ele.

— Rápido, milorde — disse ela, num sussurro ofegante.

A deusa viu Hades cerrar os punhos e sombras dançarem em seus olhos.

— Como quiser, meu bem.

Ele se sentou diante dela e embaralhou as cartas antes de distribuir duas para cada um.

Perséfone nem fez menção de olhar, e Hades ergueu a sobrancelha.

— Não quer ver sua mão? — perguntou ele.

Ela sorriu, encarando-o ao responder:

— Meu bem, eu ganho de qualquer jeito.

Hades ficou tenso, e, por um instante, ela achou que ele poderia pular o jogo e comê-la em cima da mesa que os separava, mas, logo depois, ele jogou mais cinco cartas viradas para cima: um valete, um oito, um rei, um nove e um ás.

Perséfone virou suas cartas: um rei e um ás.

Hades tinha uma rainha e um dez.

Ele tinha vencido.

A deusa esfregou as coxas uma na outra, de repente tomada por uma onda quente de desejo.

— Vem — disse Hades.

Perséfone se levantou, depois se ajoelhou diante dele.

— Por que está se ajoelhando?

— Perdão — disse ela. — Pensei que o senhor fosse querer minha boca.

Hades segurou o rosto dela, roçando o polegar em seus lábios.

— Não interprete minha pergunta como rejeição — disse ele. — Eu quero sua boca, mas tinha outra coisa em mente. De pé.

Perséfone fez o que ele pediu, e ele deslizou as mãos por sua bunda e a puxou para perto, permanecendo sentado enquanto enterrava o rosto entre as pernas dela.

Ela suspirou, enfiando as mãos no cabelo dele ao abrir mais as pernas.

— Era pra isso ser uma coisa que te dá prazer — comentou ela.

— Isso me dá prazer — afirmou ele.

Seu hálito estava quente contra a pele dela, e a sensação a deixou tonta.

— O que te dá prazer nisso?

Ele murmurou encostado ao corpo dela.

— Tudo — respondeu Hades, afastando seus lábios e lambendo sua buceta sedosa, enfiando os dedos naquele calor líquido bem devagar.

Era difícil explicar como era delicioso, e apesar de ele estar dando atenção ao espaço entre suas pernas, Perséfone o sentia no corpo inteiro.

— Hades — arfou ela, agarrando o cabelo dele.

A deusa queria puxá-lo para mais perto e se esfregar no rosto dele.

Queria se contrair ao redor dele e gozar.

278

Ele escorregou para o chão e pôs o pé dela em cima da cadeira. Ao enganchar os braços ao redor das coxas da deusa, chupou seu clitóris, olhando para ela antes de soltá-la.

— Reza pra mim, meu bem — disse ele. — E talvez eu deixe você gozar.

— Eu rezo — afirmou ela, arranhando o couro cabeludo dele. — Eu te venero.

Ela esfregou o sexo no rosto dele, e ele a levou ao clímax.

— Porra — gemeu ela, com o corpo tremendo.

Ela se inclinou para a frente, sem conseguir se manter ereta enquanto a tensão dentro dela se desfazia em ondas compridas e lentas. O movimento levou seus seios para perto do rosto de Hades, e ele estimulou seus mamilos com a boca, chupando e lambendo até ela conseguir endireitar o corpo, mas nem aquilo o impediu de dar beijinhos na pele dela.

— Vamos continuar o jogo? — perguntou ele, com a voz grave e rouca, a boca brilhando do orgasmo dela.

Perséfone o encarou, com as mãos em seus ombros.

— Claro — respondeu ela, sem conseguir esconder o fato de ainda estar ofegante.

Começou a voltar para seu assento, mas ele a segurou com força.

— Não — disse ele, voltando para a cadeira. — Senta.

Perséfone ergueu a sobrancelha, mas fez o que ele pediu, deixando que Hades a conduzisse para seu colo, o pau firmemente aninhado na bunda dela. Senti-lo assim dificultou que ela respirasse, dificultou que pensasse em qualquer coisa além do vazio que sentia.

Ela preferia assim: qualquer coisa que a distraísse do horror do pesadelo que viera antes.

— Tem certeza de que seu *desempenho* não será afetado? — perguntou ela.

Hades esticou o corpo para pegar as cartas, e ela se moveu com ele.

— Achei que já tivéssemos estabelecido que eu consigo fazer várias coisas ao mesmo tempo — disse ele, roçando o ouvido dela com os lábios, depois os dentes.

A deusa estremeceu.

— Não sei se gosto quando você faz várias coisas ao mesmo tempo — disse ela.

— Você acha que eu deixo a desejar? — perguntou Hades, embaralhando as cartas na frente dela.

— Não — respondeu ela. — Mas talvez signifique que eu deixo.

— Você subestima demais seu poder sobre mim, meu bem. Estou determinado a fazer o que você pediu.

Perséfone virou o rosto para Hades, passando a mão pela nuca do deus, abrindo a boca para ele, que a beijou entrelaçando a língua à sua, e, quando se afastaram, Perséfone viu que os punhos de Hades estavam cerrados, esmagando as cartas.

— Você estragou elas — observou a deusa.

— Fodam-se as cartas, Perséfone, vem sentar no meu pau.

Ela sorriu e se levantou, enquanto Hades conduzia o pau até a buceta dela. Os dois gemeram quando ela desceu deslizando por ele. Hades passou as mãos pelo corpo até parar nos seios, que apertou enquanto beijava as costas dela. Depois forçou as pernas da deusa a se abrirem mais e agarrou sua cintura, fazendo-a quicar em seu pau.

— Meus deuses — sussurrou ela, jogando a cabeça para trás para apoiá-la no ombro dele.

Hades agarrou o maxilar de Perséfone e a beijou enquanto seu quadril continuava a meter, enfiando a mão entre as coxas dela.

Ela arfou ao senti-lo ali e sussurrou seu nome, arqueando o corpo para trás enquanto o prazer aumentava, pressionando os ombros contra o peito dele, seu corpo se tensionando cada vez mais enquanto subia até a pontinha do pau dele, depois descia com força.

— Isso, meu bem. Assim mesmo. Goza pra mim — pediu Hades, com o rosto enterrado no pescoço dela. — Porra!

Perséfone gozou em ondas, estremecendo com cada uma enquanto os dedos de Hades provocavam seu clitóris intumescido e sensível. Perséfone pensou que ia implodir de tanto êxtase.

Quando o deus terminou, continuou abraçado a ela, e o silêncio se abateu sobre eles, assim como a escuridão.

— Eu sonhei com paredes sangrentas — contou ela, e ele apertou o maxilar. — O que significa isso?

Hades a apertou com mais força ao responder:

— É um alerta.

— Um alerta de quê?

— Não sei — respondeu ele, olhando para ela.

Em seus olhos, ela viu pavor, e sentiu o mesmo no próprio coração.

Quando acordou, Perséfone imaginou ver uma névoa carmesim de relance e virou a cabeça depressa, mas descobriu que era apenas o sol da manhã aquecendo as janelas. Então suspirou, trêmula, e tentou acalmar o coração acelerado.

— Tudo bem? — perguntou Hades.

Ela se virou para encará-lo, se perguntando se ele teria notado seu susto. Depois se aproximou, se desmanchando no calor do deus. Se pudesse, ficaria ali para sempre, mas não era possível para nenhum deles.

Naquele dia, Afrodite anunciaria os jogos fúnebres, e Perséfone voltaria ao trabalho. Ela, Sibila e Leuce estavam trabalhando num artigo para A Defensora que forneceria uma linha do tempo detalhada das atrocidades cometidas pela Tríade e por seus seguidores Ímpios.

Diante das acusações de Teseu, elas esperavam que o texto demonstrasse sua hipocrisia e minasse seu chamado pelo fim da adoração aos deuses.

Por mais que acreditasse nesse trabalho, na importância de expor a injustiça, Perséfone temia a retaliação, não contra si mesma, mas contra todo mundo que amava.

Hades tinha o mesmo medo no início do relacionamento dos dois, e agora, depois da morte de Zofie e do sequestro e da tortura de Sibila e Harmonia, ela entendia sua preocupação de um jeito que preferiria nunca saber.

— Parece errado — disse ela. — Tentar essa... *normalidade* quando tanta gente está sofrendo.

Hades acariciou o braço dela com o polegar. A deusa se concentrou na sensação do toque dele, que a distraía da ansiedade estática em seu peito.

— Se não fizermos nada, vamos parar de viver — argumentou Hades. — E se pararmos de viver, Teseu vence.

Eram palavra duras, mas Perséfone sabia que era verdade.

— Aonde você vai hoje?

Enquanto fazia a pergunta, ela se questionou se ele diria a verdade ou se nem responderia.

— Vou visitar Hefesto — respondeu ele. — Já faz tempo que planejamos armar nossos seguidores para a batalha.

Perséfone ficou tensa com essas palavras.

— O que foi? — perguntou ele.

— Nada — disse ela, quase sussurrando, mas na verdade era a primeira vez que ele falava de equipar seus adoradores para uma guerra. — Eu só... acho que não imaginei que essa luta se estenderia para além de nós, além dos deuses.

— Teseu inflamou as massas — respondeu Hades. — Quando começarmos a lutar, elas também vão começar.

— E os inocentes? — perguntou Perséfone, se afastando para olhar para ele. — As crianças? Para onde elas vão durante essa guerra?

Hades parecia assombrado.

— Eu... não sei.

— Precisamos saber, Hades — afirmou a deusa. — Como vamos nos envolver nesse horror sem um plano para mantê-las seguras?

Hades hesitou, e Perséfone sabia o significado desse silêncio. Em todas as batalhas que já presenciara, ele nunca tinha pensado nisso antes. Depois de um instante, ele afastou uma mecha do cabelo dela do rosto, um movimento suave que contrastava claramente com a conversa sombria.

— Então vamos criar um plano — disse ele. — E esperar que Teseu morra antes de precisarmos usá-lo.

Perséfone esperou Hades sair para se levantar e tomar banho. Não conseguia se livrar da sensação de que algo ruim ia acontecer, o que fazia sentido, considerando tudo que ocorrera nas últimas semanas e o que estavam planejando para os jogos fúnebres.

Ainda assim, aquilo era diferente. *Ela* se sentia diferente.

Desde que Teseu virara seu mundo de cabeça para baixo, ela havia se transformado em alguém diferente, uma pessoa que não reconhecia; uma pessoa de que nem sabia se gostava.

Essa pessoa, a que usava sua pele, era uma assassina. Não importava que ela não tivesse intenção de matar a mãe; tinha acontecido, e ela não conseguia decidir como viver com a vergonha. Ainda mais inquietante, porém, era a raiva que ardia sob o desespero, envenenando seu sangue com uma necessidade de vingança, e ela achava que não ia descansar até testemunhar o sofrimento de Teseu.

Talvez essa seja a verdadeira natureza dos deuses, pensou ela.

Depois de se vestir, ela saiu do quarto e foi até a suíte da rainha para buscar Sibila. Ela e Harmonia continuavam hospedadas no Submundo. Perséfone não queria que voltassem para casa, não até que tudo estivesse resolvido com Teseu e a Tríade.

Bateu à porta e aguardou que Sibila atendesse, mas não esperava vê-la tão abalada.

Perséfone se encheu de preocupação.

— O que foi, Sibila? — perguntou ela, dando um passo à frente. — Harmonia está bem?

— Ah, Perséfone — disse Sibila.

Seus olhos estavam vermelhos e cheios de lágrimas.

— Sibila — repetiu Perséfone. — O que foi?

O oráculo virou o tablet para ela, e os olhos da deusa pousaram na tela. Um zumbido alto tomou seus ouvidos quando ela encarou as palavras que gritavam para ela:

Deusa da Primavera acusada de matricídio: Hélio conta tudo.

30

HADES

Quando Hades chegou à ilha de Lemnos, Afrodite não foi recebê-lo como de costume, mas ele não ficou surpreso. A deusa provavelmente estava se organizando e se preparando para anunciar os jogos fúnebres. Por mais que entendesse o medo que Hefesto sentia por ela, Hades também achava que os jogos eram a melhor maneira de fazer com que Teseu aparecesse em público. Se conseguissem matá-lo ali, isso poderia facilmente ser atribuído a um acidente, apesar das regras. Teseu podia ser um semideus, mas era lento para se curar, e se por acaso fosse atacado com uma arma de sua própria criação... bem, Nêmesis chamaria aquilo de carma.

Hades percorreu a ponte que ligava a casa de Hefesto e Afrodite à forja do artesão, que ficava no interior de um vulcão. Da última vez que estivera ali, ele e o Deus do Fogo haviam falado de armas. Especificamente, Hades queria um arsenal de lâminas embebidas no veneno da Hidra e algo que pudesse cortar as redes que Teseu estava usando para prender e matar deuses, das quais era impossível escapar. Ele não estava esperando encontrar aquela arma no labirinto na forma da garra do leão de Nemeia, mas achava que podia considerar a descoberta a única coisa boa que viera daquele lugar horrendo.

O problema era que só tinha uma garra, e embora houvesse mais no labirinto de Teseu, elas não valiam o terror de buscá-las. Eles todos teriam que se virar com apenas uma.

O rugido contínuo do oceano arrancou Hades dos pensamentos. Da última vez que estivera ali em cima, tudo estava congelado debaixo de camadas de gelo e neve. Agora o sol ardia no céu azul brilhante. Hades sentia a queimação dos raios de Hélio. O Deus do Sol não gostava de ser ofuscado ou ignorado, e o fato de Hades ser a razão para a recente tempestade de neve provavelmente o deixara ainda mais bravo.

Hades se perguntou se Hélio estaria minimamente preocupado com Cronos. Ele tinha certeza de que o deus que tudo via tinha testemunhado o assassinato de sua mãe, e, levando em conta que havia ficado do lado dos olimpianos durante a Titanomaquia, era provável que o Deus do Sol estivesse na lista da morte de seu pai. Com a habilidade de Cronos de manipular e destruir o tempo, Hélio provavelmente seria pego de surpresa por ele.

Hades sentiu uma trégua no calor ao adentrar a oficina cavernosa de Hefesto. O lugar estava no estado usual de caos organizado, abarrotado de invenções e armas, deixando livre apenas um caminho estreito que levava até a forja, na base de uma sinuosa escada de pedra.

À medida que Hades descia, o ar ia ficando mais quente, aquecendo seu corpo inteiro. Quando entrou na forja, encontrou Hefesto de pé diante de uma mesa sobre a qual havia uma pilha alta de espadas. Ele estava polindo a lâmina de uma delas, que tinha um matiz preto em vez do aço brilhante de costume.

Hefesto ergueu o rosto quando Hades entrou.

— Você já me perdoou? — perguntou Hades.

— Te digo depois dos jogos — respondeu Hefesto.

— É justo — disse Hades, aproximando-se da mesa, embora, como já tinha dito, os dois soubessem que Hefesto não deixaria nada acontecer a Afrodite.

— Armas para os seus mortais — explicou o Deus do Fogo, acenando com a cabeça para a mesa e para a sua direita, onde havia pilhas de lanças e flechas, além de baldes cheios de balas cintilantes.

— Todas contendo veneno da Hidra? — perguntou Hades.

— Como você pediu.

— Como eu pedi — repetiu Hades, mas era impossível não se preocupar com a perspectiva de armar milhares de mortais com armas que podiam ferir e matar deuses. — Estou cometendo um erro, Hefesto?

— Se não podemos ter armas melhores, então precisam pelo menos ser iguais — respondeu o deus.

— Depois que as colocarmos no mundo, não vai ter como recuperá-las — disse Hades.

— Isso é verdade pra muitas coisas — afirmou Hefesto.

— Sim, mas poucas têm consequências tão graves — respondeu Hades.

No passado, ele não teria pensado muito nessas implicações, mas isso fora antes de Perséfone. Agora, só conseguia pensar que a existência dessas armas era uma ameaça à segurança dela, uma ameaça que ele queria eliminar, mas sabia que era impossível. Mesmo que tentassem tirar as armas de circulação, elas acabariam vendidas no mercado clandestino. Isso também acontecera depois da Grande Guerra, e não importava quanto Hades se esforçasse, as relíquias continuavam escapando de suas mãos.

— Se não pudermos tirar as armas de circulação, vamos ter que encontrar outro jeito de combater os efeitos delas — comentou Hefesto.

— O que você sugere?

— Por enquanto, posso forjar flechas curativas feitas com o Velo de Ouro — disse Hefesto, o que significava que poderiam ser usadas facilmente durante a batalha se um deles se ferisse. — Mas é um recurso finito. Quando acabar, acabou.

Finito, pensou Hades. Ele queria que fosse infinito, mas sabia que não era possível. O velo pertencera a Crisômalo, um carneiro alado nascido da relação entre uma mulher mortal e Poseidon, e mesmo que eles tentassem recriar essas circunstâncias — o que ele jamais faria —, não significava que elas produziriam um novo carneiro dourado.

— Queria pedir mais uma coisa — disse Hades. Sacando a garra do leão do bolso, ele a entregou ao deus. — Quando estava no labirinto, encontrei o leão de Nemeia. Suas garras foram capazes de cortar a rede do Teseu. Mas só consegui voltar de lá com uma. Você pode fazer uma lâmina?

— Posso — afirmou Hefesto. — Talvez duas, se der pra cortá-la.

— O que você conseguir — disse Hades.

Hefesto largou a garra.

— Quer ver o que eu fiz pra sua esposa?

— Claro — respondeu Hades.

Hefesto cruzou a sala até uma mesa coberta com um pano de linho grosso. Ao puxá-lo, revelou diversas armas: arcos e flechas com pontas de ouro, lanças e um tridente; mas foram a armadura preta e o bidente de ouro que chamaram a atenção de Hades.

A armadura era dividida em pedaços: uma couraça e uma saia blindada, decorada com um floreio de detalhes dourados que o deus devia ter feito à mão. O bidente parecia ter sido achado num jardim, coberto de galhos e flores. Era inteiramente ornamental.

— Hefesto — disse Hades, pegando o bidente. Era leve, apesar das flores, que se agrupavam principalmente na base dos dentes. — Isso é... bonito demais pra ser usado numa batalha.

— Se os jogos fúnebres correrem como o esperado, talvez ele nunca seja.

Só lhes restava torcer.

— Hefesto! — chamou Afrodite.

A voz dela ecoou com alarme na forja cavernosa, fazendo os pelos da nuca de Hades se arrepiarem. O chamado dela foi seguido por um grito agudo. Os dois deuses se teleportaram até ela na mesma hora, temendo o pior, e viram que ela tinha escorregado e caído nos degraus.

— Hades — disse Afrodite, tentando se levantar. — Você precisa ir...

Suas palavras foram interrompidas por um gemido de dor quando ela colocou pressão no pé. A deusa começou a cair de novo, mas Hefesto a segurou e a pegou nos braços.

— Você precisa ir atrás da Perséfone — disse ela, enquanto Hefesto a carregava para o interior da forja. — Está tudo arruinado. Nosso plano para os jogos fúnebres não vai funcionar agora!

— Não estou entendendo — disse Hades quando Hefesto a depositou sobre uma das mesas.

Agora podiam ver que o tornozelo da deusa estava inchado e ferido. Hefesto o envolveu com a mão, e Afrodite gemeu ao ser curada pela magia dele.

Quando ele terminou, ela suspirou.

— Odeio ser mortal.

— O que você estava dizendo, Afrodite? — perguntou Hades, ficando impaciente.

O que tem a Perséfone?

— Hélio está alegando que viu Perséfone assassinar Deméter — explicou Afrodite. — Só se fala nisso, o que significa não apenas que o anúncio dos jogos fúnebres vai ser ofuscado, mas também que nosso objetivo perdeu o sentido. Vai ser difícil declarar que Teseu matou deuses se Perséfone já fez o mesmo.

— Não é a mesma coisa — retrucou Hades.

— E você acha que o mundo mortal vai se importar com os detalhes? Um assassino de deuses é um assassino de deuses.

Hades não ligava para o que o mundo mortal achava. Ele ligava para Perséfone e para como aquilo ia afetá-la.

Olhou de relance para a esquerda, onde as armas que Hefesto fizera para eles reluziam, e pegou o tridente.

— O que você vai fazer, Hades? — perguntou Afrodite, com um toque de advertência na voz.

— Matar um deus — respondeu ele.

— Você acha mesmo que essa é a atitude mais adequada, levando tudo em conta?

— Você vai mesmo me fazer essa pergunta?

— Não facilite que o mundo escolha o lado do Teseu, Hades — disse Afrodite. — Ainda precisamos de seguidores. Ainda precisamos de adoração.

— *Você* precisa de adoração. Eu não preciso de nada além do medo da morte — rebateu ele.

— Não seja egoísta, Hades. Pense. O que você vai conseguir matando o Hélio?

— Vingança — respondeu Hades.

— E o que Perséfone vai conseguir com isso? Além de confirmar a própria culpa?

Hades a fulminou com o olhar.

Ele odiava que ela estivesse certa quase tanto quanto odiava Hélio.

Hades apontou o tridente para ela.

— Anuncie os jogos, Afrodite. Vamos derrubar o Teseu, e aí eu vou fazer o Hélio pagar por cada segundo de sofrimento da minha deusa.

Então saiu em busca de Perséfone.

Hades encontrou Perséfone sentada em meio a brotos de asfódelos no campo que ficava logo depois do jardim do castelo. A deusa estava chorando, e lágrimas silenciosas escorriam pelas bochechas. Ele se sentou atrás dela, apoiando o peito em suas costas, envolvendo seu corpo com as pernas. Passou os braços ao redor dela e a abraçou com força, mas sua presença só pareceu fazê-la chorar ainda mais.

Ele não sabia o que fazer além de esperar, então foi isso que fez.

Por fim, depois de um tempo, Perséfone ficou quieta nos braços dele e falou.

— Nem é justo eu chorar quando tirei uma vida — comentou ela.

— Você não teve intenção de machucar sua mãe, Perséfone — afirmou Hades.

— Eu não *machuquei* ela — disse a deusa. — Eu *matei* ela, e agora o mundo todo sabe o que sou de verdade.

— E o que você é? — perguntou Hades.

— Uma assassina — respondeu ela.

— Somos todos assassinos, Perséfone. Eu, Hécate, Hermes, Apolo.

Ela não disse nada.

— Te acalmaria saber que o fio dela foi cortado? — perguntou ele. — Que as Moiras decidiram que havia chegado a hora dela?

— Como você sabe?

Hades entrelaçou os dedos aos dela e estendeu seus braços.

— Não tem nenhuma linha marcando sua pele — disse ele.

Perséfone ficou olhando por um tempo para a pele imaculada, como se esperasse que algo aparecesse a qualquer instante para provar que ele estava errado. Por fim, abaixou os braços e apoiou a cabeça no peito de Hades.

— Por que elas a escolheram?

— Não posso falar por elas — disse ele. — Mas imagino que tenha algo a ver com as tentativas desesperadas da sua mãe de destruir o destino que elas haviam tecido pra você.

Perséfone ficou calada por um bom tempo, depois se virou para encará-lo, sentada sobre os joelhos.

— Eu estraguei tudo — afirmou ela.

— Você não estragou nada — respondeu Hades. — Hélio não consegue nem comprovar essa alegação.

— Não estou falando do Hélio — disse a deusa. Seus olhos estavam se enchendo de lágrimas de novo. — Nada está igual. Nem mesmo a gente.

Hades franziu as sobrancelhas.

— Como assim?

— Normalmente eu consigo me perder em você — explicou ela. — Mas acho que nem você consegue afastar essa escuridão.

— Não estou tentando afastá-la — disse Hades. — Só quero te ajudar a viver com ela.

— O que aconteceu me transformou. Não sou mais a mesma, Hades.

— Não espero que você seja — respondeu ele. — Mas você não está diferente a ponto de eu não te reconhecer.

— Você diz isso agora — falou a deusa. — Mas tem partes de mim que nem eu conheço. Pensamentos que me ocorrem e nem são meus.

Hades observou Perséfone por alguns instantes, depois afastou uma mecha de cabelo de seu rosto.

— Mas eles são seus... não são? Só são diferentes e mais sombrios?

Ela começou a chorar de novo.

— Não quero sentir raiva — sussurrou Perséfone.

— Você não precisa sentir raiva pra sempre — disse ele. — Mas ela pode ser muito útil agora.

Perséfone se inclinou para a frente, apoiando a testa no ombro de Hades. Ele passou os dedos por seu cabelo e beijou sua têmpora.

— Vou te amar enquanto isso durar — sussurrou ele. — E também vou te amar depois disso.

E ia matar todos os responsáveis pela dor dela.

31

PERSÉFONE

O Estádio de Olímpia era monumental. Esculpido em mármore, fora construído entre duas colinas íngremes, o que dava a impressão de que estava afundando. Os assentos da arena estavam lotados, repletos de mortais ansiosos para verem os deuses e os semideuses se enfrentarem. Entre as acusações de Teseu, de que um deus havia sequestrado sua esposa e seu filho, e as acusações de Afrodite, de que ele e seus seguidores eram os responsáveis pelas mortes de Adônis, Tique e Hipnos, esses jogos já não tinham o objetivo de honrar as vidas perdidas, embora nunca houvessem tido de verdade, e Perséfone lamentava que fosse assim, principalmente por Tique, que merecia ser honrada.

O anúncio dos jogos feito por Afrodite e as alegações de Hélio a respeito de Perséfone tinham atraído uma atenção ininterrupta da imprensa, e dava para sentir a energia da arena. Perséfone estava ansiosa com a perspectiva de se expor a milhares de pessoas que agora a viam como assassina.

Ela se aproximou de Hades. Já estavam apertados um contra o outro, de pé na carruagem dourada dele, aguardando numa fila com outros olimpianos pelo sinal para se mexerem e entrarem na arena. Estavam rodeados de amigos e inimigos. À sua frente estava o elmo incandescente de Ares; atrás deles, o elmo dourado de Apolo.

Perséfone relaxou quando Hades pousou a mão em seu baixo ventre e estremeceu quando os lábios dele roçaram sua orelha.

— Você acha que eu deixaria alguém te machucar? — perguntou ele.

— Não — respondeu ela, cobrindo a mão dele com a sua. — Mas não consigo evitar sentir medo.

Havia uma hostilidade no ar que Perséfone nunca sentira antes, e a deusa sabia que parte do sentimento era direcionada a ela.

— Você não precisava vir — comentou Hades.

Perséfone virou a cabeça para o lado, mas não olhou para ele, mantendo os olhos nos arredores. Sentia a magia de Hades ardendo em torno deles, um inferno invisível que servia de alerta para qualquer ameaça em potencial. Embora aquilo pudesse funcionar para os outros olimpianos, ela duvidava muito que fosse assustar Teseu ou seus semideuses.

Se quisessem demonstrar o poder de suas armas, o fariam ali, durante os jogos, e que exibição poderia ser melhor do que atacá-la? A deusa que havia assassinado a própria mãe?

— Seria pior se eu não viesse — disse ela.

— Pior pra quem, exatamente?

— Se eu me esconder do público, vou parecer culpada — afirmou Perséfone.

Não importava que ela *fosse*.

— Escolher a segurança não é se esconder — respondeu Hades.

— Você disse que eu estava segura — observou ela.

Hades segurou Perséfone com mais força.

— Não é esse o ponto.

— Não vou dar a Teseu a vantagem de me ver fugir — disse a deusa, embora precisasse admitir que não sabia se estava pronta para ver o semideus de novo. Quando pensava naquilo, parecia que seu coração ia sair pela boca. — É isso que ele quer.

— Teseu quer tudo — disse Hades. — Ele não liga se você vai fugir ou não. Ele consegue manipular qualquer escolha que você fizer.

Perséfone sentiu um frio na barriga.

— Essas palavras não são muito reconfortantes, Hades.

— Não sei se consigo oferecer algum conforto no que diz respeito a Teseu.

— Tá tudo bem, Sef?

Perséfone virou a cabeça e viu que Apolo havia se aproximado da carruagem de Hades. Ele usava uma couraça de ouro e *pteruges* de couro. Ela já o vira vestido de maneira semelhante no passado, quando estava treinando na palestra com Ajax e outros heróis.

— Tudo, sim — respondeu ela, olhando além dele. — Cadê o Ajax?

— Ele está mais atrás na fila — disse Apolo. — Vai entrar com os outros heróis depois dos semideuses.

Perséfone estremeceu.

— Odeio que ele precise andar na sombra de Teseu.

— Não sou muito fã desse arranjo — disse o deus. — Mas é a tradição.

Perséfone teve vontade de revirar os olhos, mas não fez isso.

— Você vai participar dos jogos, Hades? — perguntou Apolo.

— Não — respondeu Hades. — Poucos querem lutar com a morte.

— Acho que o Teseu e esse bando de idiotas dele gostariam de tentar.

Perséfone franziu a testa.

— Você vai participar, Apolo?

— Vou — respondeu ele. — No combate individual.

— Como mortal, né?

— Não — disse ele, com a boca apertada, como se a sugestão o ofendesse. — Sou um deus. Vou lutar como um.

— Mas, Apolo...

— Eu vou ficar bem, Perséfone — afirmou o deus. — Apesar de não ter poderes, ainda tenho minha força. Seria injusto lutar contra meros mortais.

Um apito estridente soou, um sinal para os deuses aprontarem as carruagens.

— Me deseja sorte? — pediu Apolo.

— Sempre — afirmou Perséfone, mas também sentia medo por ele, sem saber o que Teseu e seus homens podiam ter planejado.

Apolo sorriu e saiu andando de volta para sua carruagem.

— Não estou gostando disso — comentou Perséfone quando Hades puxou as rédeas, fazendo a carruagem avançar. — Ele não tem poderes.

— Apolo não conta com a magia na batalha — disse Hades. — Ele vai ficar bem.

Perséfone tentou se acalmar com essas palavras, mas, quando entraram no corredor abobadado do estádio, sua ansiedade só piorou. A multidão já soava como uma tempestade, trovejando em torno deles, e ainda nem tinham chegado ao centro da arena.

Ela manteve o olhar em Ares quando o deus saiu da sombra do túnel, com o sol refletindo em sua armadura dourada, o penacho de penas vermelhas saindo do elmo como fogo, derramando-se por suas costas. Ele ergueu a lança no ar, a mesma que usara para prender Hades ao chão.

Enquanto conduzia a carruagem, o Deus da Guerra olhou de relance para ela, com um sorriso cínico no rosto.

E de repente chegou a vez de Hades e Perséfone.

A luminosidade era tanta que Perséfone mal conseguiu manter os olhos abertos quando saíram da sombra. Tinha a impressão de que o sol estava mais brilhante e mais quente depois da tempestade de sua mãe. Agora mesmo sentia os raios queimando sua pele. Ela piscou, com os olhos lacrimejando, ao levantar a mão para proteger o rosto, emergindo diante de um coro barulhento.

A deusa não identificou os sons — se eram vivas ou vaias —, mas na verdade não importava, porque ela sentia a hostilidade no ar. Por fim, quando sua visão se ajustou, passou a ver o sentimento nos mortais irados de rostos vermelhos que gritavam das arquibancadas, balançando os punhos cerrados. Embora alguns declarassem seu amor, o ódio parecia bem mais alto. No entanto, quando Hades seguiu a fila de carruagens até a trilha que cercava o piso empoeirado do estádio, a multidão se calou.

Perséfone olhou de soslaio para o marido.

— O que você está fazendo? — perguntou ela.

— Instilando o medo da morte neles — respondeu ele.

— Não quero que a devoção deles venha do medo — disse Perséfone.

Hades não disse nada, mas ela não precisava das palavras dele. Estava basicamente expressando seu próprio medo: de que nunca mais fosse recuperar a confiança do mundo mortal.

Hades fez a carruagem parar, e Perséfone relaxou as mãos, só então percebendo a força com que agarrava a borda do veículo. Hades deu um passo para trás, dando-lhe espaço suficiente para se virar e olhar para ele. O deus tomou suas mãos e as beijou, espalhando um calor curativo que ajudou a aliviar a dor em seus dedos.

Ela não soube ao certo por que ficou vermelha. Estava acostumada com Hades fazendo coisas bem mais lascivas, mas algo naquele leve roçar dos lábios dele provocou uma sensação profunda em seu âmago.

Ele abriu um sorrisinho, como se pudesse sentir o fogo que acendera dentro dela, e desceu da carruagem.

— Deixa eu te ajudar — disse ele, erguendo o rosto para ela.

As mãos dele já estavam em sua cintura, o rosto na altura de seus seios, que ele fez questão de roçar com o queixo.

— Você sabe que eu não vou dizer não — respondeu ela.

Hades levantou Perséfone e, na hora de colocá-la no chão, deixou que ela deslizasse pelo seu corpo. Ela sentiu cada centímetro rígido dele. Ficou vermelha de novo, encarando o deus.

— Eu sei o que você está fazendo — afirmou ela.

— E o que é? — perguntou ele.

— Você quer que eu fique excitada com seu toque e peça pra ir embora — respondeu ela.

— E você está? — perguntou o deus. — Excitada?

Perséfone estreitou os olhos.

— Eu não vou embora, Hades — disse ela.

— Não precisamos ir embora — respondeu ele. — Posso comer você em qualquer lugar.

— Vocês dois são nojentos — disse Hermes quando passou por eles, usando uma armadura dourada e uma tiara de ouro com asas.

— Qual é o problema, Hermes? — perguntou Hades. — Quer que eu te coma também?

O Deus das Travessuras tropeçou nos degraus que levavam às arquibancadas. Hades riu, mas sua diversão foi embora quando voltou a olhar para Perséfone.

— Isso foi maldoso — disse ela.

— As palavras dele também foram — disse Hades.

— Ele estava brincando.

— Eu também — zombou o deus.

Perséfone revirou os olhos e passou por ele, seguindo os deuses rumo aos assentos. Hades permaneceu por perto, uma sombra física. Os dois passaram pela primeira fileira de deuses, onde Afrodite e Hefesto estavam sentados ao lado de Apolo e Ártemis. Perséfone já estava esperando o desdém da deusa, já que nenhuma das interações prévias das duas correra bem e, de acordo com Afrodite, Ártemis havia aceitado o chamado de Zeus para levá-la acorrentada até ele, tudo por um título e um escudo. Entretanto, a Deusa da Caça não parecia ter tentado cumprir a missão até o momento. Perséfone se perguntou se Apolo teria algo a ver com isso.

Ela sustentou o olhar de Ártemis ao passar, entrando na segunda fileira. Temerosa, Perséfone percebeu que estava sentada à frente de Hera, que ocupava um dos dois assentos no estilo de um trono, obviamente destinados ao Rei e à Rainha dos Deuses, embora o Deus dos Céus estivesse notavelmente ausente.

Perséfone se perguntou se todos os deuses saberiam o que tinha acontecido com Zeus. Será que se sentiam tão divididos em relação a isso como o restante deles? Em conflito?

Hera olhava fixamente para Perséfone, que a encarou de volta e acenou com a cabeça.

— Você sabe que essa área é reservada só para olimpianos — comentou Ares.

— E como se torna um olimpiano, Ares? — perguntou Perséfone. — Derrotando um na batalha?

Hermes levou as mãos à boca e gritou:

— Lacrou!

— Do que você está falando, seu imbecil? — retrucou Ares.

— É uma gíria — respondeu Hermes. — Quem é o imbecil agora?

Hades pôs a mão no ombro de Perséfone e passou por ela para se sentar à sua esquerda, entre ela e Ares. Por sorte, Hermes se sentou à sua direita. Ela se inclinou para ele e sussurrou:

— Como os olimpianos são escolhidos?

Ela não sabia, porque desde que os deuses haviam vencido a Titanomaquia, os olimpianos nunca haviam mudado — nem morrido.

— Bom, primeiramente, um de nós teria que morrer — disse ele. — Depois acho que Zeus escolheria alguém.

Perséfone deu uma olhada em Hera por cima do ombro.

— E se Zeus não puder?

— Então a responsabilidade ficaria com Hera — respondeu ele. — Mas nunca aconteceu.

Do jeito que Hermes falava, quase parecia que ele acreditava que os doze nunca morreriam, nem mesmo Zeus, que aparentemente estava pen-

293

durado no céu, apesar de ela só conseguir ver uma névoa espessa e brilhante quando olhava para cima.

De repente, o rugido da multidão atraiu sua atenção de volta para a entrada, por onde os semideuses estavam chegando ao estádio. Perséfone sentiu o coração bater em todas as partes do corpo. Prendeu o fôlego, esperando avistar Teseu, torcendo para conseguir controlar sua reação ao semideus que havia roubado sua paz, mas não foi possível.

Ele liderava o grupo, flanqueado por um par de semideuses de cada lado. Seus olhos eram brilhantes, familiares mesmo a distância. Mantinha um sorriso largo — que os mortais provavelmente descreveriam como charmoso — e acenava para o público.

Hermes se aproximou dela.

— Ele não parece muito chateado com a coisa da esposa e do bebê.

O estômago de Perséfone se revirou, e ela foi tomada por emoções: um ódio tão visceral que lágrimas arderam em seus olhos, mas também medo. O sentimento tomava conta dela, abalando-a até o âmago. A deusa cerrou os punhos com força para escondê-lo.

Então a mão de Hades cobriu a dela, e, devagar, o pânico começou a diminuir.

Perséfone olhou para os homens que marchavam ao lado de Teseu. Só reconheceu Sandros.

— Quem são os outros? — perguntou ela.

A deusa ficou observando o rosto de Hades enquanto ele falava, e o ódio que sentia por eles era evidente.

— Os dois à esquerda são Kai e Sandros. Os dois à direita são Damião e Macaão. Ele os chama de grão-lordes.

— Grão-lordes. Esse é o título dos líderes dentro da organização da Tríade, né? — perguntou Perséfone.

— Isso — respondeu Hades. — Não significa nada além de nos fornecer uma lista de quem devemos atacar primeiro.

Perséfone observou cada um deles, capaz de identificar sua ascendência de longe. Kai se parecia com Teseu, o que significava que devia ser descendente de Poseidon. Sandros tinha os olhos penetrantes de Zeus.

— Macaão é... filho do Apolo?

Hermes bufou de deboche.

— Filho não, neto.

— E o tal do Damião?

— É filho de Tétis, uma deusa da água.

Perséfone continuou a observá-los, capaz de identificar membros da Tríade por um broche de triângulo que refletia a luz conforme eles se moviam.

— Isso é novidade — comentou Perséfone, preocupada.

294

Antes, os membros da Tríade eram bem mais discretos, o que fazia sentido, considerando que sua pauta era basicamente se opor aos deuses. Usar tal símbolo comunicava um toque de orgulho em sua rebelião.

Hades não disse nada, mas sua testa ficou mais franzida.

Perséfone se empertigou um pouco quando os heróis foram anunciados e Ajax entrou no campo. Era impossível não notá-lo, com o cabelo escuro e a estatura grande. Apolo e ela se levantaram, fazendo o sinal de aplauso com as mãos.

Ajax sorriu e acenou de volta.

Perséfone reconheceu outros heróis dos Jogos Pan-helênicos, incluindo Heitor, Anastasia e Cinisca, todos leais aos deuses porque haviam sido escolhidos por eles.

Aos heróis seguiram-se os competidores mortais, e quando todos estavam postados no campo, Afrodite se levantou e foi até um pódio localizado a alguns metros de onde os deuses estavam reunidos.

Ela estava linda, usando branco e pérolas, embora o sol se derramasse sobre ela, deixando-a incandescente como uma chama. Seu olhar pareceu se demorar em Hefesto. Perséfone olhou de soslaio para ele e viu que ele agarrava os braços da cadeira de pedra, o que fazia as veias e os músculos em seus braços saltarem.

— Há séculos nosso povo honra os mortos através do esporte. Hoje, continuamos essa tradição ao celebrar as vidas de Adônis, meu favorecido; Tique, a Deusa da Fortuna; Hipnos, o Deus do Sono; e as cento e trinta vidas perdidas durante o ataque promovido pela Tríade no Estádio Talaria.

Um silêncio tenso se seguiu.

O comentário de Afrodite acerca do Estádio Talaria foi um lembrete doloroso para muitos, incluindo Perséfone, que não apenas tinha testemunhado a explosão que tirou tantas vidas, como também lutado para proteger outras pessoas inocentes. No processo, ela levara um tiro e, apesar de ter conseguido se curar, jamais esqueceria a dor do impacto ou a reação de Hades.

Era nesses momentos que ela via sua verdadeira escuridão.

Mas a Tríade não podia negar o atentado, porque tinha assumido a responsabilidade por ele, recorrendo ao argumento de sempre: onde estão seus deuses agora? Esse argumento era uma desculpa para a violência e ignorava o fato de que os deuses *estavam* lá e haviam lutado — muito —, sem sucesso.

— Hoje honramos as vidas que foram interrompidas pela Tríade, cujas ações voláteis só provam que eles já têm a liberdade e o livre-arbítrio que tanto exigem.

As palavras dela receberam vaias guturais e gritos raivosos.

— É evidente para mim que a justiça lhes escapa — continuou ela, erguendo a voz acima do barulho. — Porque se tal coisa existisse, nenhum dos responsáveis por essas mortes estaria respirando.

Perséfone estremeceu, e a mão de Hades apertou a sua.

Apesar de as palavras de Afrodite apontarem o dedo para a hipocrisia da Tríade, Perséfone sabia que não eram suficientes para recuperar o apoio dos mortais, porque os deuses não eram muito melhores. Ela não era muito melhor, mesmo tendo começado a carreira denunciando hipocrisias semelhantes; só que, na época, ninguém tinha ligado, não até Teseu se estabelecer como um líder viável.

E ainda que Perséfone admitisse que os olimpianos não eram tão bons assim, eles eram o menor dos dois males.

— Que os jogos comecem — declarou Afrodite.

Uma trompa soou, marcando o início dos jogos.

Afrodite voltou para o assento, e os competidores deixaram o campo.

— Qual é a primeira competição? — perguntou Perséfone.

— Luta livre — disse Hermes, esfregando as mãos.

Ela levantou a sobrancelha.

— Sério?

— Que foi? — perguntou Hermes. — Eu gosto das roupas.

— Eles estão pelados, Hermes.

Ele sorriu.

— Exatamente.

Perséfone estava prestes a revirar os olhos quando alguém gritou das arquibancadas:

— Morte a todos os deuses!

Não era a primeira vez que Perséfone ouvia esse cântico, mas mesmo assim seu sangue gelou.

Quando ninguém se juntou a ele, o provocador tentou de novo.

— Morte a todos os deuses!

Perséfone cerrou os punhos. Hades alisou o polegar dela com o seu para acalmar sua frustração, mas não funcionou. Ela começou a se levantar, mas, para sua surpresa, Hera ficou de pé e encarou o mortal.

— Você acha que é engraçado, mortal? — perguntou ela.

Sua pergunta foi recebida com silêncio.

— Eu sei que você fala — disse ela.

O mortal começou a gritar, assim como aqueles que estavam ao seu redor.

— Ela transformou a língua dele numa cobra!

Os gritos do homem foram ficando mais altos enquanto ele passava correndo pelos deuses, tropeçando e caindo no chão. Depois disso, não se mexeu mais. Um homem usando uma roupa vibrante correu até ele e o arrastou para fora do campo.

— Não foi uma boa ideia, Hera — comentou Hades, sem olhar para a deusa.

— Eu não estou do seu lado, Hades — respondeu ela.

A tensão que se seguiu às palavras de Hera foi insuportável. Perséfone pensou que fosse se dissipar quando a luta começasse e ela poderia se concentrar nos homens nus se enfrentando na lama, mas a inquietação permaneceu no ar.

Ela só percebeu que estava balançando a perna quando Hades estendeu a mão e apertou sua coxa.

A deusa parou e olhou para ele.

— Eu vou te proteger — lembrou ele.

Ao seu lado, o corpo de Hermes pareceu convulsionar.

— O que foi isso? — perguntou Perséfone.

— Foi um arrepio, Perséfone. *Um arrepio* — respondeu ele.

— Por quê?

— Você não fica toda arrepiada quando o Hades diz essas coisas?

Como se quisesse enfatizar o que havia dito, ele estremeceu de novo.

Ela ficava, sim, mas não estava interessada em admitir isso ali.

— Por que você não sai com ninguém, Hermes?

— Eu saio — respondeu ele. — Só que não... exclusivamente. Eu gosto de... de um punhado de sabores.

Perséfone torceu o nariz com a escolha de palavras.

— Sabores?

— É — disse ele. — Às vezes gosto de pau. Às vezes só quero uns tacos.

— Hermes — disse ela, meio confusa. — Você está falando de tacos de verdade ou...

— Claro que são tacos de verdade. Que outros tacos existem?

Perséfone abriu a boca para responder, mas voltou a fechá-la e sacudiu a cabeça.

— Deixa pra lá. Que bom que você gosta de tacos.

Ela voltou a se concentrar na luta. Não ficou surpresa de ver que Ajax e Heitor estavam entre os últimos competidores restantes. Os dois eram rivais, embora Perséfone não soubesse se era por causa da atenção de Apolo ou por outro motivo.

Qualquer que fosse o caso, o Deus da Música havia piorado a situação com sua indecisão, e embora tivesse escolhido Ajax, a rivalidade permanecia, como evidenciado pela maneira como os dois lutavam: brutalmente.

Enquanto assistia, Perséfone sentiu um frio na barriga. Olhou para Apolo, que estava sentado na ponta da cadeira, com os olhos grudados em todos os movimentos dos lutadores.

De repente, Heitor investiu contra Ajax e o jogou no chão de costas com tanta força que um estalo ecoou por todo o estádio.

Quando Heitor ficou de pé, Ajax não se mexeu.

— Não — disse Apolo.

O deus atravessou o campo correndo, mas Macaão chegou a Ajax primeiro.

— O que ele está fazendo? — perguntou Perséfone.

— Um teatro — respondeu Hades quando o semideus colocou as mãos em Ajax.

Depois de alguns segundos, o herói abriu os olhos e conseguiu se sentar. A multidão vibrou.

— Um deus poderia ter feito a mesma coisa — observou Perséfone.

— Poderia — disse Hades. — Essa é a questão.

Perséfone olhou para Hades, compreendendo. Os semideuses queriam mostrar que seus poderes eram os mesmos dos olimpianos.

— Estou começando a achar que dar qualquer tipo de plataforma pro Teseu foi um erro — disse Perséfone.

— Já vamos descobrir.

Quando Ajax se levantou, Heitor foi declarado o vencedor. Eles foram conduzidos para fora do campo, mas Apolo não voltou para seu lugar. Permaneceu ao lado de Ajax, sem esconder sua raiva. Perséfone se perguntou se ele tentaria lutar contra Heitor. Ele estava ansioso pelo combate, agora tinha um alvo.

A próxima competição foi anunciada: a corrida.

Perséfone olhou para Hermes.

— Você não é rápido?

— Posso ser — respondeu ele, ondulando as sobrancelhas. — Mas também posso ir devagar, se é que você me entende.

— Você precisa ser assim? — perguntou Perséfone.

— É o que eu me pergunto o tempo todo — comentou Hades.

— É sério? — disse Hermes. — Ninguém me ama do jeito que eu sou!

— O que eu quero dizer — falou Perséfone, se recusando a entrar nesse assunto — é que achei que você amasse lutar e correr. Por que não está competindo? Tem medo de ser derrotado por um semideus?

Hermes bufou, indignado.

— É o quê?! Ninguém me derrota.

— Obviamente não, porque você nem compete.

Hermes ficou vermelho. Ela queria rir, mas também queria que ele a levasse a sério.

— Sabe de uma coisa, Sefy? Tá bom. Vou mostrar pra você.

Ele se levantou e tirou a roupa, jogando-a para Perséfone. O tecido caiu na cabeça dela, mas foi escorregando, sedoso demais para permanecer ali.

Ela viu o Deus das Travessuras correr para o ponto de partida usando só um shortinho.

Quando olhou para Hades, viu que ele estava olhando para ela, com a sobrancelha erguida.

— Quê? — perguntou ela.

— Nada — respondeu ele. — Só estou me perguntando o que você está fazendo.

— Não podemos deixar os semideuses vencerem pela segunda vez, e Hermes é o único deus que pode derrotá-los na corrida, mesmo sem magia.

Os lábios dele se contraíram.

— Você sabe que não tem nenhum prêmio bom pra quem vence os jogos fúnebres, né?

— Não se trata dos prêmios — disse ela. — E sim de vencer.

Hades riu, e ela estava tão distraída que deu um pulo com o som da trompa tocando, sinalizando o início da corrida.

Perséfone se virou e colocou as mãos ao redor da boca.

— Vai, Hermes! Vai!

Mas o deus estava *indo*.

Ele fazia a corrida parecer tranquila. Era como se estivesse voando pela pista, seus pés mal tocando o chão enquanto permanecia um passo à frente dos outros competidores.

Quando chegaram ao fim da primeira volta, Perséfone olhou para Hades.

— Quantas voltas eles precisam dar?

— Quatro — respondeu ele.

Quatro? Ela ficou cansada só de pensar, mas Hermes fazia o esforço parecer *fácil*.

Foi só na última volta que ele pareceu começar a suar, e à medida que foi se aproximando da linha de chegada, a animação de Perséfone cresceu.

— Isso! Vai, Hermes! — gritou ela, pulando.

Ela nunca vira o deus tão concentrado antes. Suas sobrancelhas estavam franzidas, e a boca, apertada numa linha fina. Seria uma vitória fácil. Só um outro competidor chegava perto do ritmo dele, e era Macaão.

Ainda assim, ele não conseguiria — *não ia* — ultrapassar Hermes.

Mas então o deus tropeçou, e quando caiu no chão os outros corredores passaram por ele, fazendo-o comer poeira.

A animação de Perséfone morreu, e uma dormência estranha se espalhou por seu corpo. Ela olhou para Hermes, depois para Hades, boquiaberta.

Ao lado dele, Ares riu.

— Você tinha que ver a sua cara, deusa das flores. Parecia que alguém tinha matado um carneirinho, mas acho que Hermes é quase a mesma coisa.

Ela cerrou os dentes, e a raiva fez seus olhos lacrimejarem.

— Macaão trapaceou!

— Ninguém liga — disse Ares, apoiando o rosto no punho cerrado, como se estivesse entediado. — São os jogos fúnebres. Não importam pra ninguém além dos mortos.

— Cala a boca — retrucou ela.

Era uma resposta infantil, mas Perséfone não sabia mais o que dizer. Voltou a olhar para Hermes, que agora atravessava a linha de chegada mancando. Fez menção de ir até ele, mas Hades a segurou com firmeza pelo punho.

— Não se afaste de mim — disse ele.

A deusa pensou em se soltar, mas já tinha aprendido que havia um motivo para os alertas de Hades, então esperou que Hermes voltasse para o seu lugar. Ele não olhou para ela enquanto subia os degraus, com o tornozelo e o cotovelo feridos e inchados. Perséfone sentiu a culpa perfurar seu peito.

— Hermes — disse ela, tentando pegar a mão dele, mas o deus se afastou. — Mil desculpas. Eu...

— Não quero falar sobre isso, Perséfone — interrompeu ele, sem olhar para ela.

— Pelo menos... pelo menos deixa eu te curar.

— Não preciso da sua ajuda — declarou ele.

Perséfone suspirou, trêmula. Queria chorar. Sentiu o choro subindo pela garganta e fazendo seu nariz arder.

— Quer ir embora? — perguntou Hades.

Ela não queria olhar para ele, porque sabia que, se olhasse, provavelmente começaria a chorar, mas não precisou, porque a competição seguinte foi anunciada.

Combate individual.

Apolo.

— Por favor — sussurrou Perséfone.

Ártemis bufou, debochada, e deu uma olhada em Perséfone.

— Não precisa se preocupar com o meu irmão. Não tem ninguém melhor que ele, principalmente no combate individual.

Mas não se tratava de ser o melhor, senão Ajax e Hermes teriam ganhado.

Quando os competidores começaram, Perséfone sentiu um frio na barriga, mas, assim como Ártemis previra, Apolo brilhou. Apesar de não ter magia, sua força era evidente. Cada movimento de sua lança acertava o alvo com precisão, e o poder por trás dela fazia seus oponentes deslizarem para trás. Sua habilidade era nítida, construída através de milhares de anos, e o único que chegava aos seus pés era Teseu, que lutava com uma graça que ela nunca vira em ninguém além dos olimpianos.

Ela não ficou surpresa quando os dois ficaram frente a frente para a luta final, mas nunca sentira tanto medo. Seu estômago se revirou com mais força, e a bile subiu pela garganta. Prendeu a respiração até o primeiro golpe ser desferido por Apolo, atingindo o escudo de Teseu. O segundo foi mais baixo, uma investida contra as pernas dele, mas, mais uma vez, resvalou no escudo.

Perséfone olhou de soslaio para Ártemis, sentada rígida em seu assento, com os punhos cerrados. Por mais que acreditasse no irmão, a luta claramente a estava deixando ansiosa.

Embora Apolo lutasse ferozmente, com habilidade e determinação, Teseu lutava com raiva e ódio, sentimentos que alimentavam seus golpes, e cada um parecia mais forte que o anterior, até que Apolo bateu com o escudo na lança de Teseu.

Ela se estilhaçou sob o impacto.

Perséfone se encheu de esperança e se empertigou no assento.

Então Teseu sacou uma espada.

Apolo jogou a lança para longe e sacou a própria arma.

— Por que ele faria isso? — perguntou Perséfone, frustrada.

— A espada é uma escolha melhor pra essa luta — respondeu Hades.

Ela deu uma olhada nele e viu que ele também estava sentado na ponta da cadeira, o que não ajudou em nada a diminuir sua preocupação. Nem a batalha que se seguiu, travada com tanta ferocidade quanto a anterior. Cada colisão de lâmina contra lâmina, lâmina contra escudo e escudo contra escudo deixava Perséfone mais tensa.

— Como eles podem ser tão iguais? — perguntou Perséfone.

— Não são — retrucou Ártemis.

Perséfone não a culpava pela frustração. Ela também estava frustrada.

Ela se entusiasmou quando Apolo acertou um golpe na parte dianteira da armadura de couro de Teseu, mas logo desanimou quando o semideus conseguiu prender o braço de Apolo, fazendo um corte profundo.

— Não — sussurrou Perséfone.

Ela estava quase fora da cadeira, presa a ela só porque achava que não conseguiria ficar de pé, de tanto que tremia vendo o sangue de Apolo se derramar no chão. Ele largou o escudo e tentou erguer a espada, mas Teseu bloqueou o golpe e bateu com a própria lâmina no elmo de Apolo.

A lâmina se estilhaçou.

Mas então Teseu agarrou o elmo de Apolo e puxou sua cabeça para baixo, acertando o rosto do deus com o joelho. Apolo caiu de quatro, e mais sangue pingou de seu nariz e sua boca. Teseu chutou a lateral de seu corpo, deixando-o de costas.

Ártemis se levantou.

— Não deixa ele ganhar, Apolo! — gritou ela, mas suas palavras se perderam em meio ao rugido da multidão.

— Ele não está se mexendo — observou Perséfone. — Por que ele não está se mexendo?

Então houve um clarão de luz quando Teseu estendeu a mão para o céu, chamando o raio de Zeus. Mas alguma coisa estava acontecendo. As nuvens se abriram, e Zeus apareceu pendurado no céu para todos verem.

O silêncio tomou o estádio, e Teseu passou os olhos pela multidão.

— Olhem para seus deuses agora — disse ele. — E vejam que são mortais.

O raio de Zeus faiscou quando Teseu golpeou Apolo com ele. Perséfone gritou, assim como Ártemis. Elas saltaram dos assentos, correndo até o deus — seu amigo e irmão — enquanto o corpo dele convulsionava sob a corrente.

Ao mesmo tempo, ouviram-se vários estrondos altos, como se cem explosões tivessem sido detonadas, e a princípio o chão estremeceu, mas então pareceu rolar debaixo delas, tremendo violentamente.

Perséfone se teleportou, seguida por Ártemis.

Quando chegaram até Apolo, Teseu tinha sumido, e o deus estava largado no chão, irreconhecível, de tão queimado. Ártemis caiu de joelhos, pairando sobre o irmão como se estivesse com medo demais de tocá-lo.

— Se cura! — gritou ela, num berro gutural arrancado da garganta. — Se cura!

Perséfone ficou tonta e, quando pensou que ia desabar, a magia de Hades os consumiu. De repente, estavam no Submundo, e alguém estava gritando pelo Velo de Ouro. Perséfone demorou alguns instantes para perceber que era ela mesma.

— É tarde demais, Perséfone — disse Hades.

— Não é tarde demais! — afirmou ela, dando um empurrão nele. — Pega o velo!

— Perséfone — repetiu Hades, tentando tocá-la.

— Por que ninguém pega o velo? — gritou ela.

Quando se virou, viu todo mundo: Afrodite e Hefesto, Hermes e Hécate, Sibila e Harmonia. Então seus olhos pousaram em Ártemis, que tinha conseguido deitar a cabeça de Apolo no próprio colo, e foi então que entendeu o que Hades estava dizendo.

Ela caiu de joelhos.

Apolo estava morto.

PARTE III

Deus nenhum é capaz de desfazer o que outro fizera.

— Ovídio, *Metamorfoses*

PARTE III

32

TESEU

Teseu estava parado na varanda da casa de sua mãe, a Casa de Etra, que tinha vista para toda Nova Atenas.

Parte da cidade estava em ruínas.

A Acrópole, antes o edifício mais alto de Nova Atenas, um ícone da cidade, não existia mais, derrubado pelo terremoto de seu pai. O desabamento do prédio talvez fosse o maior símbolo do triunfo de Teseu, mas esse triunfo era manchado pela presença da boate abominável de Hades. Ele esperava que o clube desabasse durante o terremoto, assim como o Alexandria Tower, mas não tinha nem rachado.

Ver aquilo deixou o semideus irritado, e, por um instante, ele quase esqueceu que devia estar celebrando o sucesso do dia. A Nevernight podia ser uma mancha em sua cidade, mas logo seria eliminada.

Tudo vai acontecer na hora certa, Teseu garantiu a si mesmo.

O que era mesmo que os mortais diziam? Às vezes é preciso quebrar para reconstruir?

E ele estava só começando.

No dia seguinte, quando a manhã chegasse, ele expurgaria a cidade. Arrastaria todos os sacerdotes e sacerdotisas para fora dos templos e os mataria nas ruas. O que não fosse destruído por terremotos ou enchentes — cada negócio e edifício, cada jardim e bosque sagrados — arderia em chamas.

O semideus destruiria cada ponto divino, até que não sobrasse nem sinal dos olimpianos.

Até então, a cidade dormia, sem saber dos horrores que recairiam sobre ela no dia seguinte; dos horrores que começariam naquela noite.

— Todos os meios de comunicação foram derrubados — disse Helena. — Como você espera que eu divulgue suas conquistas para além de Nova Atenas?

— Você não confia em mim pra te dar tudo de que precisa, Helena?

Teseu olhou para a mortal, que não disse nada.

— Daqui pra frente, você será a responsável por como o mundo verá minha criação. Você vai divulgar a beleza e a prosperidade de Nova Atenas sob meu governo. Suas palavras atrairão pessoas de toda a Nova Grécia para testemunhar o paraíso que criei. Vai ser você que vai garantir que eu seja adorado.

— Você deposita muita fé nas minhas palavras — observou ela.

— Tenho fé nelas porque não serão suas — disse ele. — Serão minhas.

Helena crispou os lábios.

— Então você não precisa de mim — disse ela.

— Todo deus precisa de um porta-voz — respondeu ele.

Teseu sentiu a tensão dela, mas não sabia ao certo se era pelo comentário ou pelo fato de que a poeira tinha começado a se agitar, rodopiando até assumir a forma de um deus. Era alto e largo, maior que Teseu. Não usava nada além de pele de carneiro ao redor da cintura. Havia escolhido não parecer nem jovem nem velho, mas não conseguia esconder a profundidade de seus olhos ancestrais, que carregavam uma loucura presente apenas naqueles que tinham levado uma vida longa e terrível.

— Então você é o filho do meu filho — disse Cronos.

— Seu neto — respondeu Teseu.

O titã inclinou a cabeça, e em seus olhos apareceu uma faísca que Teseu já vira algumas vezes nos olhos do pai, uma diversão ameaçadora.

— Você acha que o sangue do meu sangue significa alguma coisa para mim?

— Foi você que tocou no assunto da minha ascendência — disse Teseu.

Ele não ligava para quem Cronos fosse: avô ou não, deus ou não. Só se importava que o titã concordasse em ajudá-lo em sua missão de conquistar toda a Nova Grécia.

Um sorriso se espalhou pelo rosto do deus.

— Um sábio — disse ele. — Você deve ter puxado seu pai.

— Você não conheceu minha mãe — comentou Teseu.

Um silêncio pesado e sólido se seguiu. Teseu tinha a sensação de que Cronos queria que ele tremesse, que desse algum sinal de que sua presença o inquietava, mas ele não fez nada disso.

O olhar de Cronos não vacilou.

— O que você quer, sangue do meu sangue? — perguntou ele.

— Uma aliança — respondeu Teseu. — Seu poder sobre o tempo.

— E o que você faria com meu poder sobre o tempo?

— Vou destruir esse mundo e começar do zero — declarou o semideus. Reconstruir o que estava quebrado.

Teseu realizaria seu sonho de uma era dourada; começaria em Nova Atenas, e quando se espalhasse a notícia de sua beleza e prosperidade e da justiça de seu governante, as pessoas cairiam de joelhos para adorá-lo.

— Se eu destruir o mundo, você deixará de existir. Só deuses resistirão.

— Eu sou sangue do seu sangue — disse Teseu. — Eu vou resistir.

Cronos deu um pequeno sorriso, mas Teseu não sabia dizer se ele estava impressionado ou se achava graça. O que não o agradou foi a dúvida crescendo em seu peito.

— Eu não preciso de uma aliança com você — declarou Cronos. — Então, o que você tem a oferecer que pode me interessar?

— Eu te darei adoração — respondeu Teseu.

— Os mortais temem a passagem do tempo assim como temem a chegada da morte. Não preciso de adoração.

Teseu já desconfiava que fosse assim. Ele inclinou a cabeça só um pouquinho para trás.

— Um sacrifício, então — disse ele, e dois de seus homens emergiram da porta escura atrás dele, trazendo Hera.

— Me solta agora! — exigiu ela, sem conseguir esconder o alarme na voz.

A deusa talvez tivesse lutado, mas estava envolta no fino véu de uma rede e não era capaz de resistir. Eles a largaram de joelhos diante de Teseu e Cronos.

— Como você ous... — começou ela, mas suas palavras foram interrompidas quando olhou para Cronos. — Pai — sussurrou a deusa, com a voz trêmula.

Teseu nunca a ouvira falar nesse tom antes. Era quase dócil. Ele achou revoltante.

Cronos a encarou, sem demonstrar um pingo de sentimento.

— De pé, filha. Você não é a rainha desse mundo?

Ele a puxou pelos ombros como se ela não passasse de uma boneca.

— Não encosta em mim! — vociferou Hera, com uma careta.

Se conseguisse se mexer, Teseu imaginava que ela se soltaria dele com um safanão. Em vez disso, seus olhos faiscaram com uma fúria conhecida.

Cronos riu, um som áspero e desconcertante.

— Uma verdadeira rainha — disse ele. — Exigente, mesmo sem nenhum poder real.

Teseu ergueu a foice que estivera segurando, apoiando a lâmina na palma da mão.

Cronos deu uma olhada nela, mas não a pegou.

— Como ousa — rosnou Hera, estreitando os olhos para Teseu num ódio visceral. — Você não seria nada sem mim!

— Não interprete isso como um sinal de ingratidão — disse Teseu.

Cronos olhou para ele.

— Você me deu um presente, sangue do meu sangue — declarou o titã. — Vou encará-lo como um favor e lhe conceder um em troca.

Teseu apertou o maxilar. Não era a aliança que ele queria, mas, por enquanto, seria suficiente.

O titã pegou a foice e olhou para Hera.

A deusa, que em geral mantinha uma expressão fria e graciosa, parecia abalada, com os olhos arregalados e assombrados.

— Pai — repetiu ela, com a voz trêmula.

Cronos deu um sorriso.

— Tudo tem um fim, filha — disse ele, mas, em vez de usar a arma, a pegou pela garganta e a ergueu no ar.

Sua mão envolveu toda a circunferência do pescoço dela, e, como ela estava coberta pela rede, nem chegou a resistir. Só ficou pendurada ali, sufocando até se calar. Foi então que ele enfiou a lâmina curva da foice no corpo dela.

Atrás de Teseu, Helena arfou, mas Hera... ela não reagiu.

Já estava morta.

Cronos puxou a lâmina de volta e deixou que a deusa desmoronasse no chão antes de se virar para Teseu.

— Até a próxima, sangue do meu sangue — disse ele, com um aceno, o sangue de Hera pingando da foice.

Então desapareceu.

Teseu ficou olhando para o espaço onde o titã estivera, com o maxilar tenso. A primeira interação deles não havia corrido como o esperado, mas um favor era um favor. Ele só teria que garantir que, quando o cobrasse, Cronos tivesse um motivo para ficar ao seu lado.

Teseu captou um movimento de canto de olho, mas, quando se virou, viu que era apenas o sangue escuro de Hera formando uma poça na pedra.

Então olhou para os dois semideuses que aguardavam. Um era Damião, e o outro era um novo recruta chamado Markos.

— Já recuperaram meu filho? — perguntou Teseu.

— Ele está esperando lá dentro com a mãe — respondeu Damião.

Houve uma pausa.

— E Ariadne?

O nome parecia espesso em sua língua.

— Ela também está esperando.

Teseu tentou controlar sua reação à novidade, mas um calor já se acendera em seu baixo ventre.

Quando o terremoto de seu pai devastara Nova Atenas e o tsunami resultante separara a cidade do continente, os túneis de Dionísio também haviam inundado.

Expulsando os vermes, ele pensou. Uma limpeza do mundo muito necessária.

Embora algumas mênades tivessem conseguido fugir do afogamento nos túneis, acabaram à mercê dos semideuses que haviam recebido ordens de matá-las assim que as vissem. Ele só tinha ordenado que três mortais permanecessem vivos: seu filho, sua esposa e a irmã dela.

Teseu olhou para Hera, cuja pele parecia cinzenta sob a luz da lua.

— Cortem ela em pedaços — ordenou ele. — Amanhã, vamos dar a carne dela para seus seguidores comerem.

Os dois semideuses assentiram com um aceno breve, e Teseu passou por eles para entrar na casa. Assim que cruzou as portas, ouviu seu filho chorando em algum lugar ali dentro. O som era estridente e lhe deu arrepios.

— Alguém faz alguma coisa com essa criança — disse ele, irritado.

— Você podia ir vê-lo — sugeriu Helena. — Ainda não o conheceu.

— Tenho outros afazeres — respondeu ele.

— Ariadne, você quer dizer? — perguntou Helena.

— Não fique com ciúme, Helena. Não te cai bem.

— Não estou com ciúme — retrucou ela. — Estou enojada por você escolher uma mulher em vez do seu filho.

— Mestre — disse uma das subordinadas, vindo pelo corredor na direção deles. — Posso pegar seu casaco?

Teseu não disse nada, mas tirou o paletó e o entregou à velha. Helena fez o mesmo.

— O senhor gostaria de alguma coisa? Jantar? Talvez um chá?

Helena começou a falar, mas Teseu a interrompeu.

— Não.

A mulher sorriu.

— Claro. Boa noite.

Ela se virou e desapareceu no corredor.

Helena se virou para ele. Teseu achava que ela pretendia brigar com ele, mas as palavras não chegaram a sair de sua boca, porque a mão dele se fechou em torno de seu pescoço. O semideus a imprensou contra a parede, erguendo-a no ar. Ela cravou as unhas nas mãos e no peito dele. Até tentou enfiar os dedos em seus olhos, mas ele não sentiu nada.

— Você vive e respira pelas minhas ordens — disse ele. — Lembre-se disso quando quiser ter uma opinião.

Teseu soltou Helena e ela caiu no chão. Enquanto a mulher arfava, ele ajeitou o colarinho e os punhos da camisa e saiu rumo a seu quarto.

Por um brevíssimo instante, enquanto a vida de Helena estava em suas mãos, Teseu não conseguira ouvir o filho, mas agora o som de seu choro havia retornado. Ele achou que estava mais alto, mas talvez só estivesse se aproximando do bebê. De todo modo, quando entrou no quarto, todos os músculos do seu corpo estavam rígidos, tensionados pela raiva, e embora ela não o incomodasse, também não o ajudava a ter uma ereção.

Teseu respirou fundo algumas vezes e conseguiu relaxar o maxilar antes de abrir as portas do quarto e encontrar Ariadne.

Ela estava sentada em uma cadeira, com braços e pernas presos, amordaçada. Tirando as amarras, estava em ótimas condições. Nenhum arranhão ou gota de sangue manchava sua pele.

Quando a mortal ergueu os olhos para ele, o semideus viu que estavam cheios de ódio e medo e sorriu, fechando a porta atrás de si.

— Pensei muito nesse momento — disse ele. — É exatamente como imaginei.

Quando avançou na direção dela, Ariadne firmou os pés no chão, apertando o corpo contra o encosto da cadeira.

Ele riu com a tentativa dela de recuar.

Ao se aproximar, sacou uma faca e cortou a mordaça da boca da mortal, ferindo a bochecha, embora não fosse sua intenção. Ariadne não reagiu. Em vez disso, o fulminou com o olhar e cuspiu em seu rosto.

Mesmo assim, o semideus riu; e tinha todos os motivos para fazê-lo. Ela não tinha para onde ir. Ele podia controlá-la e puni-la como quisesse.

Teseu agarrou o rosto dela, pressionando a ferida ensanguentada. O grito de dor que ela soltou provocou um arrepio em seu pau.

Ele a segurou com mais força.

— Você sabe que eu gosto de uma boa luta.

— Cadê minha irmã, seu filho da puta?

Teseu a observou. Não era o xingamento que o incomodava, mas a preocupação dela com a irmã.

— Você devia estar mais preocupada com o que eu pretendo fazer com você — disse ele.

— Você acha que eu tenho medo de você? — perguntou ela.

— Vai ter — respondeu o semideus. — Até lá, lembre que você tem medo do que eu posso fazer com a sua irmã.

Teseu beijou Ariadne, cravando os dedos com tanta força na pele dela que sentiu que estava segurando seu crânio, mas então a mortal enfiou os dentes no lábio dele, e ele a empurrou, o que fez a cadeira se inclinar para trás até ela cair no chão.

— Você continua resistindo como se pensasse que assim vai me deter — comentou ele, parado acima dela. — Mas na verdade, só me dá vontade de te foder.

O semideus se abaixou e cortou as amarras que prendiam Ariadne à cadeira. Os braços e as pernas dela continuavam presos, mas a mortal conseguiu resistir, esperneando e se contorcendo. Por fim, ele conseguiu jogá-la sobre o ombro e carregá-la até a cama.

— Não, por favor — implorou Ariadne, erguendo a voz com histeria.

O som lhe deu vontade de gemer, e seu pau latejou de prazer.

— E agora ela implora — disse Teseu, montando na mulher, erguendo as mãos dela acima da cabeça à força, prendendo as amarras num gancho na parede.

— Não — sussurrou ela. — Não.

Teseu parou enquanto Ariadne implorava, com o rosto a centímetros do dela.

— Você podia ter tido um dia pra se adaptar — disse ele. — Mas escolheu isso.

As palavras dele a fizeram resistir com mais ímpeto. Ariadne se contorceu debaixo dele, tentando afastá-lo, mas seus esforços foram inúteis. Ele se moveu até chegar às pernas dela, mantendo-as amarradas até conseguir imobilizar uma, então prendeu a outra.

Quando Ariadne estava imobilizada e aberta diante dele, Teseu cortou suas roupas e, enquanto ela chorava, devorou seu corpo.

Quando deixou Ariadne uma hora depois, Teseu descobriu que seu filho continuava chorando. O som teve um efeito visceral em seu corpo, tanto pelo tom estridente quanto porque sua esposa não conseguira reprimi-lo.

Toda a tensão que ele liberara em Ariadne voltou de repente. Cheio de raiva, ele foi até os aposentos de Fedra, que ficavam no final do corredor.

— Fedra! — gritou ele. — Faz ele calar a boca. Tá me ouvindo? Faz ele calar a boca!

Quando chegou à porta, descobriu que estava trancada.

— Destranca a porra dessa porta!

Teseu sentia o rosto queimando enquanto gritava, e seu filho continuava chorando.

— Sua vaca — disse ele, então pegou impulso e chutou a porta... e travou.

Ele esperava encontrar Fedra tentando tranquilizar Acamante. Em vez disso, encontrou-a caída no chão, aos pés da cama de dossel, com um lençol bem amarrado em torno do pescoço.

Estava morta.

33

DIONÍSIO

Dionísio acordou sentindo uma dor no ombro. Ele gemeu, se mexendo para aliviá-la, e quando abriu os olhos viu um céu azul brilhante. Por um instante, não conseguiu se lembrar de onde estava, mas uma voz, embora desconhecida, o fez recordar.

— Sua alteza acordou!

Um rosto curtido apareceu acima dele enquanto era colocado em posição sentada.

Ele estava em um navio, com as mãos presas atrás das costas e os pés amarrados. Vários desconhecidos o encaravam, mas todos tinham uma coisa em comum: uma tatuagem de golfinho no antebraço, que os marcava como piratas tirrenos.

O pirata atrás de Dionísio agarrou um punhado de seu cabelo.

— Essa cabeça vai render uma bela grana! — exclamou ele. — Olha! Ele usa ouro nas tranças!

— Não vejo nada de belo nisso — disse outro pirata.

Dionísio permaneceu em silêncio, avaliando a tripulação. Havia cerca de quinze homens no convés e provavelmente mais lá embaixo. Eles carregavam diversas armas, mas principalmente revólveres. As balas não tinham capacidade de feri-lo, a não ser, claro, que de algum jeito eles tivessem arrumado veneno da Hidra.

Ele estremeceu ao pensar em sentir aquele tipo de dor de novo.

Quando olhou para a esquerda, Dionísio percebeu que não estava sozinho. Outra prisioneira estava sentada ao seu lado, também acorrentada, mas com uma mordaça na boca.

Ele soube quem era na mesma hora, apesar de nunca tê-la visto antes. Sua beleza falava por si mesma.

Medusa.

— Você devia agradecer a gente — disse outro pirata. — Ela morde.

— É por isso que ela está com o olho roxo? — perguntou Dionísio.

— Essa vaca mereceu — respondeu outro.

— Acho que depende de por que ela decidiu te morder — comentou o deus. — E levando em conta que ela foi sequestrada, acho que teve motivo.

O pirata soltou uma risada irônica.

— Parece que você sabe muita coisa, príncipe. Você pretende bancar o herói? Porque, se sim, preciso te alertar que não vai acabar bem pro seu lado.

— Ousado da sua parte achar que consegue lutar comigo.

— Bom, é você que está acorrentado.

Houve um instante de silêncio, e então um dos piratas apontou com o queixo na direção dele.

— Esse homem é um deus.

Alguns dos homens riram.

— Que tipo de deus é assim tão fácil de capturar?

O tipo que dava ouvidos a seu oráculo.

Dionísio ainda não sabia se estava arrependido dessa decisão.

Na verdade, seria fácil para ele se livrar das correntes, mas precisava pensar em Medusa antes de tentar escapar. Um dos desafios era que estavam no meio do oceano. Se fosse para fugir, ele preferiria estar mais perto da terra.

— Quando o encontramos, ele estava usando as sandálias de Hermes — explicou o pirata. — Que tipo de mortal usa as sandálias de Hermes?

— Um mortal favorecido — respondeu outro pirata. Ele se virou para Dionísio. — Você é favorecido, príncipe?

— Se eu fosse, não estaria aqui — disse Dionísio.

— Tá vendo, Leo? Até o príncipe concorda.

Mais uma vez, Dionísio olhou de relance para Medusa. Estava esperando ver uma mulher magra e frágil, tornada mansa e medrosa pelos traumas, mas, em vez disso, ela parecia feroz e determinada. Ficou com a impressão de que, se não tivesse chegado, ela teria fugido sozinha.

Dionísio esperou até os piratas estarem distraídos antes de se virar para sussurrar para Medusa.

— Você sabe nadar? — perguntou ele.

Medusa o encarou, avaliando-o com seus olhos estranhos. Eles pareciam explosões amarelas, ao mesmo tempo belos e inquietantes. Ela não confiava nele, mas ele não a culpava.

Por fim, ela assentiu.

— Bom — respondeu ele.

O deus ficou calado depois disso, esperando. Ao ouvir a conversa dos piratas, descobriu que estavam chegando ao Egeu. Dionísio sentiu um pequeno alívio com essa notícia, mas também se perguntou por que estavam indo para lá, e se estariam se dirigindo a Nova Atenas especificamente para vender Medusa a Teseu. Embora fosse bom que os piratas o levassem direto à costa de sua casa, encontrar o semideus e seus capangas não seria tão agradável.

Enquanto o sol se punha, Dionísio notou um agrupamento de nuvens no horizonte, e não demorou muito para escurecer e o céu se encher de raios.

Ele foi tomado pelo temor. Aquela não era uma tempestade normal.

— Essas nuvens apareceram rápido — comentou um dos piratas, com um toque de medo na voz.

Em geral, os marinheiros tentavam ultrapassar as tempestades, mas algumas, as de natureza divina, eram impossíveis de ultrapassar, e esta tempestade em específico era sobrenatural. Significava que eles tinham chamado a atenção de algum tipo de divindade do mar. Dionísio só esperava que não fosse Poseidon.

Quando o navio começou a balançar e as ondas aumentaram de tamanho, a ponto de a água ultrapassar os guarda-corpos, ele soube que chegara a hora de se mexer.

Uma multidão de marujos tomou conta do convés, correndo para baixar as velas, fechar as escotilhas e guardar objetos soltos.

Então começou a chover torrencialmente, como se alguém estivesse derramando um jato contínuo de água no oceano. A chuva era tão forte que Dionísio mal conseguia enxergar. A única coisa que ajudava eram os raios que riscavam o céu, parecendo gelo no vidro. Era uma cena linda, mas também aterrorizante.

— Eu falei! — exclamou Leo. — Eu falei pra vocês que ele era um deus!

— Você é um idiota, Leo! — gritou outro pirata.

Mas Leo era o único que não era idiota.

— Estamos indo bem rápido — gritou um dos piratas. — Parece até que a tempestade está arrastando a gente pra costa!

Algumas cabeças se viraram na direção de Dionísio, desconfiadas.

— A menos que a água seja vinho, não sou eu — disse ele, mas decidiu que era a hora de executar a fuga.

Por mais que quisesse pisar em terra firme, não queria estar nesse navio quando afundasse.

Normalmente Dionísio não ousaria usar sua magia enquanto estivesse no território de Poseidon, porque não queria chamar a atenção dele, mas se a tempestade era obra do Deus dos Mares, já era tarde demais. Então transformou as correntes em videiras, quebrando-as com facilidade. Fez o mesmo com as amarras que prendiam suas pernas. Quando olhou para Medusa, acenou com a cabeça para os pulsos dela, e as cordas se transformaram em galhos. Ela os partiu sem esforço e arrancou a mordaça da boca.

— Fica abaixada — disse ele. — Espera as minhas ordens.

Os piratas estavam tão ocupados com a tempestade que não o viram se levantar. Não que vê-lo tivesse servido de alguma coisa. Quando enfim perceberam, Dionísio já tinha se transformado em uma onça e atacado sua primeira vítima.

O deus se jogou em um pirata, agarrando-o pela nuca antes de derrubá-lo. O homem só teve tempo de soltar um grito antes de se calar. Foi o

314

suficiente para atrair a atenção do resto da tripulação, e de repente Dionísio se viu debaixo de uma chuva de balas. Ficou aliviado ao descobrir que os piratas não tinham o veneno da Hidra, então as balas mal perfuravam sua pele e já eram jogadas para fora enquanto seu corpo se curava.

Dionísio rugiu e se virou, saltando para cima da próxima vítima, mordendo seu braço e jogando-o para fora do navio. Dois piratas correram na direção dele com facas. Dionísio saltou em cima de um e o outro enfiou a lâmina na lateral de seu corpo. A dor foi aguda, mas mais irritante do que qualquer coisa. Ele se virou e o agarrou com a boca, depois o atirou para o outro lado do navio, onde seu corpo colidiu com o mastro e escorregou para o convés.

Foi então que Dionísio percebeu que Medusa havia sumido.

— Porra — disse ele, assumindo a forma humana.

— Ela pulou no mar.

Dionísio se virou e viu Leo, que se escondera atrás de um conjunto de caixas de madeira.

— Tem certeza? — perguntou ele.

A primeira coisa que pensara era que algum dos piratas devia tê-la levado para baixo do convés.

O mortal assentiu.

Puta merda, cacete. Por que ninguém nunca lhe dava ouvidos?

Dionísio deu um passo na direção do homem, esperando que ele se acovardasse, mas não foi o que aconteceu.

— Você é esperto, Leo — disse o deus, depois correu para a lateral do navio.

Embora a chuva tivesse parado, tudo continuava escuro, e o mar estava bravo. Dionísio só enxergava alguma coisa quando um relâmpago brilhava no céu. Foi então que viu Medusa na água. Ela estava lutando para se manter à tona, mas também estava rodeada de golfinhos: os piratas.

— Filhos da puta — resmungou Dionísio.

Pulou do navio e assumiu a forma de um tubarão enquanto nadava até os golfinhos, mordendo uma de suas barbatanas. Eles logo se dispersaram, mas então o deus sentiu um golpe forte no rosto. Medusa havia lhe dado um soco.

Dionísio assumiu sua forma verdadeira de novo enquanto voltava à tona, cuspindo água.

— Sou eu, porra! Estou tentando te *ajudar*!

Era difícil ouvir acima do barulho da tempestade.

— Como é que eu posso confiar em você?

Era a primeira vez que Medusa falava, e sua voz era tão bela quanto seu rosto etéreo. Tinha um toque sensual e sedoso, como a voz de uma sereia.

— Não espero que confie — disse Dionísio. — Mas se eu te deixar aqui sozinha, você vai acabar de volta nas mãos do Poseidon.

À menção do deus, a expressão dela mudou, e o medo inundou seus olhos estranhos.

— Pra onde você vai me levar?

— Para a terra — respondeu Dionísio. — Depois disso a gente vê.

Medusa ficou calada, analisando-o — como se eles não estivessem boiando no meio do mar Egeu.

— Tá bom — disse ela.

— É? — perguntou Dionísio. — Você não vai me bater de novo se eu me transformar num tubarão?

— Acho que vai de você — respondeu ela. — Não faça nada que me dê vontade de te bater.

— Vamos torcer pra que nadar não te irrite — disse ele, se transformando de novo.

Medusa se agarrou ao deus enquanto ele nadava.

No fim das contas, os piratas não estavam errados a respeito da proximidade da terra. Se Dionísio não tivesse começado o ataque quando começou, provavelmente teriam alcançado a terra dentro de uma hora. Quando ele e Medusa chegaram à praia, o deus só queria saber exatamente onde estavam.

Dionísio torceu a água das tranças.

— Como você sabia do Poseidon? — perguntou Medusa.

— Ele me contou — respondeu Dionísio.

Medusa arregalou os olhos e deu um passo para trás, imediatamente na defensiva. Dionísio percebeu que seu comentário dava a entender que ele e Poseidon eram camaradas.

— Não como amigo! — disse o deus, depressa. — Ele me contou como inimigo!

Medusa franziu as sobrancelhas.

— Mas você fala com Poseidon?

— Porque eu estava procurando você!

— Por que você estava me procurando?

— Estão oferecendo uma recompensa pela sua cabeça.

Ela deu outro passo para trás, cerrando os punhos.

— Mas não era por isso que *eu* estava procurando você — Dionísio se apressou em dizer. — Você não vale nada pra mim.

Os punhos de Medusa vacilaram.

— Quero dizer que não estou interessado no dinheiro — falou ele. — Estou interessado na sua segurança.

— Você é muito ruim nisso — observou Medusa.

316

— Ruim pra caralho — concordou Dionísio. — Estou meio nervoso com medo de você me bater de novo.

— Até parece que dói — disse ela. — Você não é um deus?

— Sou, mas mesmo assim não gosto de levar um soco.

Os dois ficaram em silêncio por um instante.

— Se você é um deus, suas promessas são dívidas, né?

Dionísio estreitou os olhos, desconfiado.

— Sim.

— Então você pode me prometer que só quer me manter segura?

— Sim — afirmou ele, sem hesitar.

Ela pareceu relaxar um pouquinho.

— E se eu quiser ir embora, você promete deixar?

— Não — respondeu Dionísio.

O progresso mínimo que haviam feito se perdeu.

— Que parte de "você não está segura e estão oferecendo uma recompensa pela sua cabeça" você não entendeu?

— Eu entendi tudo perfeitamente bem — disse ela. — Já *vivi* isso tudo. Também fui presa contra a minha vontade. A liberdade de ir e vir como eu quiser é importante pra mim.

Dionísio engoliu em seco com força.

— Tá bom — disse ele. — Mas me promete uma coisa?

Ela ficou olhando para ele.

— Não vou te impedir se você quiser ir embora — afirmou Dionísio. — Eu prometo. Só... me conta quando for.

Medusa ficou calada por um instante, até que por fim concordou. Não disse as palavras em voz alta, mas Dionísio imaginava que, depois de ter sido traída tantas vezes, prometer qualquer coisa implicava mais confiança do que ela podia oferecer, e ele não a culpava.

— Agora que já resolvemos esse assunto — disse o deus, olhando para a escuridão. Era quase impossível enxergar, mas Dionísio teve a impressão de conseguir identificar uma fileira de árvores. — Vamos fazer uma fogueira ou algo assim. Odeio ficar molhado.

— Você não vai se teleportar?

— Não posso — respondeu ele.

Escolhendo um ponto no meio da praia, Dionísio cavou um pequeno buraco e criou ali alguns galhos, deixando que murchassem até se transformarem em restos secos.

— Como assim não pode? — perguntou Medusa.

— Pra alguém que não queria minha ajuda, você parece bem crítica — disse o deus, acendendo o fogo com um choque de energia saído da palma da mão.

— Eu não disse que não queria sua ajuda. Só queria que você me prometesse que estava falando sério — disse ela.

Dionísio suspirou.

— Não posso me teleportar porque já tentei — explicou ele, sentando-se. — O que provavelmente significa que ainda estamos no território de Poseidon. Por mais que eu odeie isso, a única coisa que podemos fazer agora é esperar o amanhecer.

Dionísio se sentou com as pernas cruzadas, encarando a fogueira. Medusa demorou alguns segundos, mas enfim se sentou diante dele.

— Então, quem é você? — perguntou ela.

Ele deu uma olhada nela, mas voltou a encarar a fogueira.

— Meu nome é Dionísio — respondeu o deus.

— Dionísio — repetiu ela.

— Tenho certeza que você preferiria ser resgatada por um olimpiano — disse ele. — Infelizmente eles estão todos ocupados tentando matar um psicopata.

— Eu não disse isso — afirmou Medusa. — Só perguntei seu nome.

— Ah — disse ele, depois ficou em silêncio.

— Quanto você sabe sobre mim? — perguntou ela.

— O suficiente — respondeu ele. — Já faz um tempinho que estou procurando você.

— Por quê?

— A primeira vez que ouvi falar de você, era um boato de que conseguia transformar homens em pedra com um único olhar.

Ele fez uma pausa. Agora que a vira, entendia de onde viera o boato. Pensar naquilo o deixou desconfortável.

— Então você me queria por esse poder que acha que eu tenho?

— A princípio, sim — admitiu ele. — Mas aí todo mundo ficou sabendo de você, e de repente você estava em perigo. Eu não podia só... deixar você ir parar nas mãos erradas.

— Por causa do meu poder, você quer dizer.

Dionísio a observou.

— Sei que você está chateada — disse ele. — Mas sem o boato do seu poder, eu não teria ouvido falar de você e não estaria aqui agora tentando te salvar.

Medusa não disse nada.

— Enfim, eu estava esperando que você se juntasse às mênades.

— Mênades?

— Elas são... principalmente minhas amigas — disse ele. — São mulheres que escaparam de situações ruins e precisam de proteção ou de uma chance pra recomeçar.

— Parece quase bom demais pra ser verdade — comentou ela.

318

— Elas são mesmo — admitiu Dionísio, depois balançou a cabeça. — Não sei o que seria de mim sem elas.

Especialmente Naia e Lilaia, que estavam com ele havia mais tempo. As duas haviam lhe mostrado o que era ser cuidado. Tinham-no alimentado e vestido, mas também o escutado e encorajado. Quando Dionísio achou que seria engolido pela loucura, elas estavam lá para puxá-lo de volta. Eles já haviam visto uns aos outros no fundo do poço, o que só os encorajara a melhorar.

— Não sei bem como cheguei aqui — disse Medusa.

— Nessa ilha, você quer dizer?

— Aqui, nesse ponto da minha vida — explicou ela. — Eu queria ser sacerdotisa.

— De qual deus?

— Atena — respondeu ela. — Estava estudando no templo dela em Nova Atenas quando fui raptada.

— Raptada?

— Eu estava indo pra casa à noite depois de sair do templo quando me enfiaram num carro e me amarraram. Me levaram pra um hotel.

Medusa fez uma pausa, o peito subindo e descendo depressa.

— Não precisa me contar — disse Dionísio.

Ela demorou um pouco para falar de novo.

— Eu achei... por algum motivo achei que, por ser sacerdotisa, alguém poderia me encontrar. Rezei para Atena. Implorei pra ela. Ela nunca veio.

— Eu sinto muito — disse Dionísio.

Medusa deu de ombros.

— Foi uma lição difícil de aprender, a de que a devoção não leva a nada.

Dionísio esperava que, com o tempo, ela mudasse de ideia, mas não disse nada em voz alta porque sabia que aquelas palavras seriam inúteis no momento.

— Dorme — disse ele, em vez disso. — Vou ficar protegendo você.

Dionísio acordou ao inalar areia.

Engasgando, ele se sentou e começou a tossir. Seus olhos estavam lacrimejando, e o peito e a garganta ardiam. Quando estava quase recuperado, olhou para Medusa através da fogueira moribunda.

— Sorte sua que eu não consigo dormir — disse ela.

Dionísio abriu a boca para falar, mas Medusa se levantou, limpando a areia das roupas.

— Estamos em Micenas, aliás. Não no território de Poseidon.

— Quê? — perguntou ele, confuso.

— Estamos em Micenas — repetiu ela.

319

— Não pode ser — disse o deus. — Eu devia conseguir me teleportar.

— Bom, é o que ele diz.

Medusa apontou para um homem que estava a alguns metros de distância, empurrando um carrinho de coisas aleatórias.

Dionísio correu atrás dele.

— Senhor! Senhor!

O homem parou e se virou para Dionísio. Ele estava descabelado e tinha uma barba comprida e desgrenhada.

— Ah, olá, senhor! Posso lhe oferecer um chapéu? Ou talvez um colar de conchas micênico? Feito das melhores conchas!

— Micenas? — repetiu Dionísio, mas até o chapéu trazia bordadas as palavras Grego Micênico.

Dionísio tentou se teleportar para Nova Atenas de novo, mas nada aconteceu. Tinha alguma coisa errada. Se ali era a Nova Grécia, ele devia conseguir se teleportar.

— Vai querer o chapéu ou não? — perguntou o homem, frustrado.

— Tem alguma coisa acontecendo em Nova Atenas? — perguntou Dionísio.

— Depende — respondeu o homem. — Quanto dinheiro você tem?

Dionísio invocou o tirso e o apontou para o pescoço do homem, que deixou cair o chapéu e o colar, erguendo as mãos.

— Olha, não quero confusão. Só estou tentando vender minhas conchas.

— Vamos fazer o seguinte — disse Dionísio. — Você me conta o que está acontecendo em Nova Atenas, e aí pode continuar vendendo suas conchas.

— Não tem muita informação vindo de lá — disse o homem. — Estão falando que teve um terremoto gigante e a cidade inteira foi levada pelo mar. Primeiro, todo mundo pensou que tinha sido o Poseidon, mas agora estão dizendo que o responsável é o filho dele.

— Teseu? — perguntou Dionísio.

— Isso! Esse mesmo. Não sei muita coisa sobre ele, mas se consegue tomar uma cidade inteira... porra... deve ser poderoso.

Porra mesmo.

E se fosse verdade, significava que os deuses não tinham conseguido matá-lo durante os jogos fúnebres.

— Obrigado — disse Dionísio.

Ele puxou o tirso e se abaixou para pegar o chapéu, enfiando um punhado de moedas no peito do homem antes de se virar para Medusa.

— Ei! Tem certeza que não quer nada do carrinho? — chamou o homem.

Dionísio o ignorou.

— Legal essa pinha — comentou Medusa quando ele se aproximou.

— Fecha os olhos — disse ele, antes de liberar sua magia numa explosão poderosa.

Ele os teleportou para a fronteira da Ática.

Quando chegaram, Medusa se curvou e vomitou, mas Dionísio estava distraído demais pela cena diante de seus olhos para perguntar se ela estava bem, porque, flutuando a quilômetros de distância da costa irregular, estava Nova Atenas.

34

HADES

Um estranho e tenso silêncio caiu sobre os deuses, carregado de choque. Era um silêncio que Hades conhecia bem, um pelo qual já fora responsável várias vezes, mas que raramente notara antes de conhecer Perséfone. Era quase como se ela tivesse lhe ensinado o luto — primeiro por sua mãe, agora por Apolo, que passara a ser mais importante para ele por ser tão importante para Perséfone.

— É melhor preparar os ritos fúnebres — disse Hécate.

Hades sabia o motivo daquela sugestão. Quanto antes ela começasse, mais rápido Apolo atravessaria o Estige, e mais rápido todos poderiam vê-lo de novo.

Na mesma hora, Ártemis olhou para Hécate, dizendo entre dentes:

— Se você encostar nele, eu te mato.

— Já houve mortes demais — respondeu Hécate. — Não ameace causar outras.

A deusa caiu no choro. Era estranho e difícil vê-la daquele jeito. Quando não era estoica, Ártemis era vingativa. Não havia meio-termo — tirando naquele momento.

— Por favor — implorou ela. — Não leve ele embora.

Hades deu um passo à frente e se ajoelhou, para ficar com o rosto na altura do dela.

— Sem os ritos, ele não pode descansar — disse ele. — Deixe que Hécate honre seu irmão para você poder encontrá-lo no Estige.

— Você vai me deixar vê-lo? — perguntou ela.

— Eu juro — respondeu ele.

Ártemis respirou fundo mais algumas vezes, olhando para o corpo carbonizado de Apolo. Hades não sabia como ela conseguia; como o abraçava tão apertado quando ele não se parecia em nada com o Apolo que tinha sido em vida.

— Te vejo em breve — disse ela ao irmão, depois se inclinou para beijar sua testa.

Quando Ártemis soltou Apolo, Hécate o levou embora.

— Eu não entendo — disse Hermes. Estava sentado ao pé da escada, encarando o vazio, sem enxergar nada. Era a mesma expressão de todo mundo: totalmente perdida. — Achei que Teseu fosse vulnerável.

— Dionísio disse que ele demorava para se curar — afirmou Hades.

— Mas até deuses podem ser feridos — observou Perséfone. — A pele do Teseu parecia... *aço*.

— Então ele se tornou invencível — disse Hades.

— Mas... *como?* — perguntou Perséfone.

— Hera — disse Afrodite. — Ela tem uma árvore de maçãs douradas que, com uma mordida, podem transformar mortais em imortais e vulneráveis em invulneráveis. É óbvio que ele comeu a maçã.

— Pelo jeito todos nós precisamos comer dessa porra dessa árvore — disse Hermes.

— Acho que depende do que você valoriza mais, sua imortalidade ou a invencibilidade — disse Afrodite. — A árvore tira uma para conceder a outra.

— Talvez Teseu esteja planejando comer outra maçã quando tudo terminar — comentou Ártemis.

— Só nos resta torcer. Dizem que comer da árvore duas vezes leva à morte.

Houve um instante de silêncio.

— Então quer dizer que ele não pode ser ferido de jeito nenhum? — perguntou Perséfone.

— Não — respondeu Hades, e, se não podiam perfurar sua pele, também não poderiam envená-lo com a peçonha da Hidra.

— Até Aquiles tinha um ponto fraco — lembrou Afrodite.

— Teseu tem muitos pontos fracos — disse Hades. — A questão é: qual deles vai matá-lo?

Como prometido, Hades levou Ártemis para o Estige, mas ela não recebeu Apolo no Submundo sozinha. Perséfone e Hermes foram com eles, assim como Afrodite, Hefesto, Harmonia e Sibila. Tânatos chegou logo depois, seguido por Tique e Hipnos, que, de braços cruzados, ficou olhando a multidão de almas que aguardavam com louro e jacinto perfumados, tocando uma música suave com liras.

— Onde estava isso tudo quando eu morri? — quis saber ele.

— Sem querer ser grosso, Hipnos, mas você não é tão popular assim — disse Hermes.

— Pois *foi* grosso, sim... idiota!

— Me chamar de idiota também não é exatamente *legal* — retrucou Hermes.

— Eu não teria te chamado de idiota se você não tivesse dito que eu não era popular. Eu sou popular! Todo mundo gosta de dormir!

— Sem ofensas, mas sabe quanta coisa eu conseguiria fazer se não tivesse que dormir?

— Acho que vamos descobrir — disse Hipnos, com um sorriso malicioso.

Hades revirou os olhos.

— Eles são cansativos pra caralho — resmungou ele.

A risadinha de Perséfone chamou sua atenção.

— Não sei, não. Acho que eles são meio fofos.

— Tenta viver com isso uma eternidade — disse Hades.

— É o que eu espero — respondeu a deusa.

Hades ficou surpreso com as palavras dela e instantaneamente se sentiu culpado pelas suas. Fora algo insensível de dizer, considerando não apenas a morte de Apolo, mas também as de Tique e Hipnos.

— Você vai, sim — afirmou ele. — Não tem escolha.

Perséfone sorriu para ele, mas não havia diversão nenhuma em seus olhos.

— Você sabe que não é assim que o Destino funciona — disse ela.

— Eu sei o que vou fazer caso alguma coisa aconteça com você — respondeu ele. — A mera promessa desse futuro deve manter as Moiras na delas.

Hades sabia que Perséfone não estava convencida e, de certa maneira, não a culpava. No ponto em que estavam, era difícil visualizar um futuro.

De repente houve um brilho no horizonte, e a barca de Caronte apareceu. Dessa distância, ele enxergava Apolo de pé na parte dianteira do barco, a lanterna na proa balançando por causa das águas agitadas do Estige.

Hades se perguntou como o barqueiro estaria lidando com as mortes dos Divinos. Em todos os seus anos transportando almas, ele só levara um deus até ali: Pã, o filho de Hermes.

As almas comemoraram e Perséfone se afastou para chegar mais perto do píer, mas tomou cuidado para não ultrapassar Ártemis, cujos pés estavam quase saindo da doca. Hades teve medo de que ela caísse e fosse levada pelos mortos para o fundo do rio, mas Apolo a empurrou para trás, fazendo o barco de Caronte balançar ao se jogar na irmã e abraçá-la com força.

Caronte atracou a barca e foi até Hades.

— Tem centenas de almas nos portões — disse ele. — O que está acontecendo lá em cima?

— Caos — respondeu Hades.

Não tinha outro jeito de explicar.

Ele já esperava que Teseu tivesse algum plano para os jogos fúnebres, mas nada na magnitude do que fizera naquele dia. Teseu havia empunhado o raio de Zeus.

Aquilo por si só bastava para convencer o povo da Nova Grécia de que suas habilidades superavam as dos deuses, mas depois ele tinha assassinado Apolo.

Naquele instante, Teseu tinha basicamente substituído dois deuses.

E aquele fora só o começo, porque, quando Apolo caiu e Zeus foi revelado, Teseu chamou seu pai, Poseidon, ordenando a ele que fizesse a terra tremer e os mares se agitarem, causando um desastre que só agora Hades começava a compreender.

De repente, não eram só os deuses que estavam sendo ameaçados por Teseu, mas a Nova Grécia inteira.

— Se você não fizer nada logo, o mundo inteiro vai vir morar aqui no seu reino, e aí você vai ter que se preocupar com o que Teseu planejou pra você.

— Já estou preocupado — disse Hades.

Ele olhou para as almas e os deuses reunidos para receber Apolo e se perguntou como tinha passado a se importar com tanta gente, mas um olhar na direção de Perséfone lhe deu a resposta: era ela.

Ela era o fio que os ligava, a pessoa que reunira todo mundo, e agora ele faria qualquer coisa para proteger aquela gente.

Só que já estava fracassando, como estava claro com a morte de Apolo.

— Você está feliz demais por estar morto, Apolo! — comentou Ártemis, mas todo mundo sabia o que ela realmente queria dizer: *você está feliz demais por me deixar.*

A expressão dele suavizou.

— Não lamente por mim, querida irmã. Já faz tempo que eu queria isso.

— Mas por quê? Por que você ia querer isso? — perguntou ela, esticando os braços para indicar os arredores.

Apolo seguiu o movimento dela com os olhos, analisando a paisagem do reino de Hades antes de voltar a olhar para a irmã.

— Porque é o único jeito de ficar em paz.

Hades conseguia sentir a confusão de Ártemis. Ela não entendia os fardos da alma de Apolo. Os arrependimentos dele eram profundos. Os dela, não.

Quando Apolo foi até Perséfone, ela jogou os braços em torno do pescoço dele e o abraçou com força. Hades sentia a dor dela e ansiava por consolá-la. Mas Apolo não a soltava, parecendo transmitir tudo que a amizade deles significava para ele por meio daquele simples abraço. Quando Perséfone se afastou, ele sorriu.

— Não chora, Sef — pediu Apolo. — Nada precisa mudar. Nem nosso acordo.

E, com essa provocação, a energia ao redor deles ficou mais leve.

— Ah, malditas Moiras — resmungou Hades. — Como é que isso não *acabou?*

— Tá com ciúme, Hades? Pensei que eu e Sef podíamos fazer um piquenique quando as coisas se acalmassem.

325

— Boa sorte — disse Hades. — Você não tem magia pra convocá-la.

— Então acho que vou ter que fazer do jeito mortal e bater na sua porta.

— Eu vou te jogar no Tártaro — retrucou Hades com um sorrisinho, grato pela leveza de Apolo e pelo alívio que ela parecia dar a Perséfone.

— É um castigo pesado pra uma batidinha na porta. Você devia é ficar contente de eu ter oferecido. Normalmente prefiro só aparecer onde não sou chamado.

— Um piquenique parece ótimo, Apolo — afirmou Perséfone, enxugando as lágrimas e abrindo um grande sorriso para o deus.

Ele sorriu de volta.

— Ouviu, Hades? É um encontro!

Hades olhou feio para Apolo enquanto ele seguia em frente para cumprimentar Hermes, despenteando seu cabelo dourado.

— Me lembra de mostrar pro Apolo alguns lugares pra esse piquenique — disse Hades quando Perséfone voltou para perto dele.

— Você não vai mandar ele pra Floresta do Desespero — respondeu ela, irritada.

— Que foi? — perguntou ele. — Seria engraçado.

Perséfone se aproximou, deslizando as mãos pelo peito de Hades.

— Sabe o que mais é engraçado? Greve de sexo.

— Não — respondeu ele. — Isso é cruel.

— A floresta também.

Hades suspirou.

— Tá bom.

— Sabia que você ia entender — disse Perséfone.

Ela ficou na ponta dos pés e Hades se inclinou para beijá-la, mas de repente ouviram uma comoção. Quando olharam, viram Apolo e Jacinto rodeados por almas, agarrados um ao outro, com as bocas coladas num beijo apaixonado.

Perséfone suspirou, levando as duas mãos ao coração.

— Achei que nada de bom viria disso — comentou ela.

Hades se mexeu, desconfortável, sem saber se devia contar a verdade a ela ou deixá-la acreditar numa mentira; porém ela não lhe deu a chance de escolher entre os dois. Olhou para ele já desconfiada pelo silêncio.

— Hades?

A maneira como ela disse seu nome, meio pergunta, meio súplica, provocou um nó em sua garganta.

— Me diz que ele não vai precisar beber do Lete.

— Não vai — disse ele. — Mas Jacinto não pode ficar.

Perséfone piscou.

— Como assim não pode ficar?

— Está na hora de a alma dele reencarnar.

Ele percebia que era um péssimo *timing* — não apenas porque Apolo acabara de chegar no Submundo, mas porque o mundo era um lugar horrível —, mas não havia nada que pudesse fazer.

O rosto dela perdeu a cor.

— Hades — sussurrou Perséfone.

— Eu sei o que você vai pedir — disse ele. — Mas a escolha é do Jacinto.

Ela não discutiu nem implorou, mas piscou para afastar as lágrimas enquanto olhava para os dois amantes.

— Talvez ele mude de ideia agora que o Apolo chegou.

Mas Hades sabia que nem ela acreditava naquilo.

— Ainda estamos contando os mortos — informou Elias. — Mas estamos chegando a mil, com muitos desaparecidos.

Depois da conversa com Caronte, Hades enviara o sátiro para obter informações a respeito do estado de Nova Atenas.

Não havia nenhuma boa notícia.

— Não fazemos mais parte do continente — disse ele. — A cidade virou uma ilha, rodeada pelo Egeu, o que tecnicamente a torna território de Poseidon.

Era o que Hades temia, embora achasse o papel do irmão na situação um tanto suspeito. Poseidon sempre quisera governar, então era estranho que fizesse tudo isso para ver outra pessoa no trono, mesmo que fosse seu filho.

— A separação destruiu principalmente os maiores edifícios. A Acrópole, o Partenon e o Alexandria Tower caíram. Também houve danos significativos ao hospital, mas ele continua operando, a menos que o gerador falhe. O resto de Nova Atenas está totalmente no escuro.

Hades ficou calado, pensando.

A informação que Elias estava repassando era boa, mas genérica demais.

— Se formos ajudar os necessitados, vamos precisar ter uma ideia melhor do que está acontecendo por lá — disse Hades.

— Posso convocar alguns contatos para a Iniquity — respondeu Elias.

— Ainda está de pé?

— Por enquanto, mas tenho a sensação de que Teseu está ansioso para destruir qualquer coisa que o faça lembrar dos deuses, principalmente de você.

— Estou lisonjeado — disse Hades. — Mas, nesse caso, não é um lugar seguro para uma reunião. Acho que você devia convocá-los pra cá.

— Como quiser — respondeu Elias.

Hades não queria, mas não tinha escolha, porque sabia aonde aquilo ia levar. Teseu atacaria todas as pessoas que fossem leais aos deuses e, se elas não os abandonassem, executaria cada uma delas.

O semideus queria que não sobrasse nenhum adorador, tirando aqueles que se curvassem a ele, mas Hades o desafiaria a encontrar uma pessoa que não acreditasse na morte — ou que não tivesse medo dela.

— Me chame quando voltar — instruiu Hades, depois saiu do escritório para ir para o quarto.

Ao entrar, encontrou Perséfone deitada de lado, de costas para a porta. Pensou que ela pudesse estar dormindo, mas, quando se aproximou da cama, a deusa rolou para olhar para ele.

Hades não conseguiu se impedir de encará-la. Ela estava linda. Sua pele estava rosada e seu cabelo, desgrenhado. Perséfone parecia quase sonhadora, como se tivesse acabado de despertar.

— Te acordei? — perguntou ele.

— Não sei — respondeu ela. — Não lembro de ter dormido.

Provavelmente porque estava muito exausta.

Hades se sentou na beirada da cama e apoiou a mão no quadril de Perséfone. Ela estava quente sob seu toque, e ele precisou resistir ao impulso de se deitar ao lado dela, porque, se o fizesse, não sairia dali antes de amanhecer.

— Aonde você foi? — perguntou ela.

— A lugar nenhum até agora — respondeu ele. — Estava falando com Elias. Pedi pra ele convocar alguns contatos. Precisamos entender melhor o que está acontecendo no mundo, e o melhor jeito de fazer isso é através da Iniquity.

Perséfone se sentou, deixando os cobertores caírem. A deusa não pareceu ligar para o fato de estar completamente nua, e, embora ele apreciasse a vista, ela dificultava muito que ele se concentrasse em qualquer coisa além de sua ereção crescente.

— Bom, fui pega de surpresa, mas posso ir?

Hades deu um sorrisinho.

— Normalmente, quando eu te pego, você sabe muito bem o que está acontecendo.

Ela ficou de joelhos. A posição a deixava mais alta, colocando seus seios na altura do rosto dele.

— Se você negar, não vai me pegar nunca mais.

A luz de diversão nos olhos de Hades morreu, e ele ergueu a sobrancelha, desafiando a ameaça dela.

— Até parece que você aguenta um dia sem meu prazer.

— Não me subestime, milorde.

— No fim, nenhum de nós vai precisar descobrir — disse ele, puxando-a para o colo. Chupou um dos mamilos da deusa, e ela gemeu, agarrando o rosto dele. Hades riu, sombrio, e a soltou. — Eu não ia dizer não. Mas preferia que você dormisse.

— Você sabe que eu não vou dormir — respondeu Perséfone.

Dessa vez, raspou a orelha dele com os dentes e a língua. Hades estremeceu, apertando a cintura dela com mais força.

— Não — disse ele, depois se afastou para olhá-la nos olhos. — E se eu te deixasse aqui, meu uísque ia ter acabado quando eu voltasse.

— Alguém precisa beber — respondeu ela, tocando o nariz dele de leve.

Hades achava que Perséfone não tinha percebido, mas, claro, ela estava certa. Ele não havia bebido nada desde que voltara do labirinto, e não sabia por quê. Até tinha tentado, mas hesitava toda vez que levava o copo aos lábios.

Ele se sentia ridículo.

Não é que o álcool o afetasse, então, por que se sentia tão assombrado toda vez que pegava o copo?

Perséfone chegou mais perto e o beijou.

— Não estou rindo de você — sussurrou ela.

— Eu sei — respondeu ele, cobrindo a cintura dela com os dedos. — E eu sei que devia comemorar minha abstinência, mas tenho medo do que está por vir.

— O que está por vir? — perguntou Perséfone, com a voz ofegante, mas confusa.

— Não sei — respondeu Hades. — Algo pior. Talvez raiva.

Era sempre assim: quando uma coisa acabava, outra tomava seu lugar.

— Hades — sussurrou ela. — De onde saiu isso?

— Sempre encontrei um jeito de lidar com a dor — disse o deus. — Depois da Titanomaquia, fiquei isolado, e agora fico entorpecido. Lidei com a primeira sendo cruel, e agora eu bebo. Mas e se eu não beber?

Perséfone o encarou e levou a mão ao seu coração.

— Você se sente entorpecido agora?

— Não — respondeu ele. — Não com você tão perto.

Ela agarrou a camisa do deus, o hálito dançando nos lábios dele.

— Então talvez já tenha encontrado outro vício.

Hades se manifestou na sombra da Nevernight com Perséfone, Elias e Hermes. Não tinha a intenção de se anunciar ainda, curioso para ouvir o que seria dito em sua ausência; provavelmente coisas bem mais úteis do que as que diriam se soubessem de sua presença.

Ele olhou para Perséfone e levou o dedo aos lábios antes de voltar a prestar atenção nos membros da Iniquity. Dois estavam sentados no bar, inclinados sobre as bebidas: um homem mais velho chamado Ptolemeos e um mais jovem chamado Jorn. Uma mulher estava à vontade atrás do bar.

Seu nome era Stella. Outros três estavam sentados num sofá ali perto: Madelia Rella, Leonidas Nasso e Damianos Vitalis.

— Estão falando que fomos completamente separados do resto do mundo. Não tem nem portos ou navios pra tirar a gente daqui — Ptolemeos estava dizendo.

— Você espera que a gente acredite que você não sabe um jeito de sair dessa ilha, Ptolemeos? — perguntou Damianos.

— Eu não disse isso, mas vai custar mais — respondeu ele.

Perséfone ficou tensa ao lado de Hades. Ele apertou a mão dela, torcendo para que o gesto comunicasse o que queria: a garantia de que não deixaria aquilo acontecer.

— Os túneis estão alagados. O perigo é maior.

Hades sentiu um frio na barriga com essa notícia. Não tinha pensado na possibilidade de os túneis estarem alagados. Dionísio tinha planos de contingência para situações como essa. Será que algo tinha dado errado? Se sim, onde estariam ele e as mênades?

— Você está querendo cobrar para tirar famílias dessa bagunça? — perguntou Madelia Rella, com o desdém evidente na voz.

— O comércio não para na guerra, Madelia. Você sabe melhor que ninguém. Esses semideuses nunca visitaram seus estabelecimentos?

Ela crispou os lábios.

— Se pudesse, eu os impediria. Eles machucam minhas meninas. Quando os bani, eles atearam fogo a um dos meus bordéis.

Hades se perguntou quando aquilo teria acontecido. Talvez enquanto ele estava no labirinto.

— Eles com certeza são poderosos — comentou Jorn. — Você viu Teseu com o raio e Zeus só pendurado lá no céu? — Ele parou e balançou a cabeça. — Somos tolos por não abaixar a cabeça pra eles?

— Depende de que ira você quer provocar — disse Madelia. — No meu caso, prefiro ter um além-vida agradável.

— Como vamos saber se o Submundo também não foi conquistado?

Um silêncio gritante se seguiu a essa pergunta. Hades sentia a fúria de Perséfone ao seu lado. Hermes também cerrou os punhos. Hades estendeu o braço para impedir que o deus revelasse a presença deles. Por mais que desaprovasse o que estava sendo discutido, ele não estava surpreso. E queria saber quem estava do seu lado.

Por fim, Madelia falou.

— Isso é ridículo.

— Agradeço o voto de confiança, Madelia — disse Hades, saindo das sombras e percorrendo a sala com o olhar. — Já que a maioria de vocês deixou claro que não tem lealdade a nada além daquilo que lhes serve, vou lhes dar alguns segundos para escolher de que lado querem ficar daqui pra frente.

Houve uma pausa, então Ptolemeos se empertigou.

— E quais são as consequências de não escolher você?

— Nenhuma — respondeu Hades. — Tirando o que vai se abater sobre você se fizer a escolha errada.

O velho ficou carrancudo.

— Típico dos deuses, soltar enigmas.

Hades sorriu.

— Pense numa roleta, Ptolemeos. Está disposto a apostar?

— Não quando estou cara a cara com a morte — disse o homem.

— Uma escolha sábia — respondeu Hades. — Como todos vocês bem sabem, Teseu, com ajuda de seu pai, tomou Nova Atenas. É verdade que ele é responsável pelas mortes de vários deuses. A única razão para Zeus continuar vivo é que Teseu espera usá-lo como um peão para obter o favor do nosso pai, Cronos. Não sei quais são seus planos além disso, tirando que ele tem a esperança delirante de governar a Nova Grécia inteira como seu único deus, um feito que não vai conseguir realizar enquanto eu viver.

Apesar de Nova Atenas estar sob controle de Poseidon, já que era um pedaço de terra tão pequeno, isso só impedia que outros deuses se teleportassem pela cidade. Hades, porém, também tinha poder sobre a terra, não importava o tamanho.

— O que você vai fazer, então? — perguntou Leonidas. — Libertar Zeus e torcer para ele promover a paz?

— Por que todo mundo fica sugerindo isso? — resmungou Hermes.

— Faz muito tempo que Zeus não promove a paz — respondeu Hades.

— Então você não pretende libertá-lo? — perguntou Jorn.

— Nesse momento, meu irmão não é minha prioridade — declarou Hades.

— Então qual é a sua prioridade? — perguntou Damianos. — Pra esclarecer as coisas.

— Primeiro, precisamos encontrar um jeito de abrigar os inocentes — disse ele. — Mas não podemos transportar as pessoas por mar. Poseidon vai afundar seus navios se você conseguir colocá-las em um.

— Muitos fugiram para os templos em busca de proteção — disse Ptolemeos. — Mas estão dizendo que Teseu pretende invadi-los de manhã.

Hades e Perséfone se entreolharam, e a deusa perguntou:

— Podemos abrigá-los aqui?

— Poderíamos — disse Elias. — O desafio é trazer todo mundo pra cá em segurança, principalmente sem o auxílio dos túneis de Dionísio.

— Temos certeza de que eles foram inutilizados? — perguntou Hades.

Uma parte sua se recusava a acreditar.

— Existe a chance de alguns deles terem secado, mas haverá corpos — respondeu Ptolemeos.

— E não há sobreviventes? — perguntou Perséfone.

O velho sacudiu a cabeça.

— Não apareceu nenhum, mas imagino que nem saibam aonde ir, considerando o estado da cidade.

— Alguém teve notícias do Dionísio? — perguntou Hades.

O deus era tão envolvido com o mundo clandestino quanto ele, e bastante conhecido entre os presentes, mas todos sacudiram a cabeça, exceto Hermes.

— Ele veio me procurar umas noites atrás, pedindo minhas sandálias — disse Hermes, hesitando por um instante antes de acrescentar: — Tinha alguma coisa pra resolver numa ilha que pertencia a Poseidon. Não o vi nem tive notícias dele desde então.

Hades suspeitava que havia mais elementos na história que Hermes não queria dividir com o grupo. Por mais que odiasse aquilo, eles teriam que usar os túneis. Talvez encontrassem alguns sobreviventes no caminho.

— Acho que é um risco que precisamos correr — disse Hades, severo.

— Não podemos... teleportar eles? — perguntou Perséfone.

— Se fizer isso, vou correr o risco de chamar a atenção do meu irmão — respondeu Hades. — E não quero provocar mais fatalidades, se puder evitar.

Alguém riu, e Hades encarou Ptolemeos.

— Que foi? — perguntou o mortal. — Ninguém mais achou irônico? O Deus dos Mortos preocupado com a vida?

— Se você o conhecesse, não acharia nada irônico — retrucou Perséfone.

Os lábios de Madelia tremeram, e Hades apertou a cintura de Perséfone.

— Então vamos esvaziar os templos e Teseu não vai ter ninguém pra sacrificar amanhã. E depois? — perguntou Jorn.

— Acho que a gente devia explodir eles assim que os semideuses entrarem — sugeriu Leonidas.

— Uma explosão provavelmente não vai feri-los — disse Hermes. — Até onde sabemos, eles são invencíveis, como a gente.

— Vocês não estão parecendo mais tão invencíveis — comentou Damianos.

Hermes olhou feio para ele.

— Vou te mostrar o que é invencível — resmungou o deus, cruzando os braços.

— O objetivo não é feri-los — continuou Damianos. — É pegá-los de surpresa. Aí vocês atacam.

Hades não gostava da ideia de causar ainda mais destruição, mas sabia que era inevitável. Era o preço de uma batalha entre os Divinos.

Então Leonidas se levantou.

— Vocês podem decidir, entre os deuses, quem vai atacar quem, mas, da nossa parte, é isso que podemos oferecer.

Era mais ou menos o que Hades esperava, mas seria o suficiente. Agindo juntos, eles conseguiriam esvaziar os templos e levar os mortais para um lugar seguro.

— Certo — disse Hades. — Vamos começar agora.

No dia seguinte dariam início à batalha.

35

PERSÉFONE

Hades partiu para os túneis de Dionísio com Elias, Hermes e Ártemis, enquanto Perséfone convocava ajuda para se preparar para a chegada dos mortais à Nevernight. Enquanto Mekonnen vigiava as portas, Adriano e Ésio empurravam os sofás até a parede para que Sibila montasse paletes no chão. Leuce estava arrumando estações de água e lanches, e Harmonia reunia suprimentos para bebês e jogos para as crianças. Hécate estava organizando uma estação médica, e Perséfone tentava não pensar muito no motivo de ela ser necessária, embora a deusa se esforçasse para acalmá-la.

— Quando os mortais estão envolvidos, precisamos tomar muito cuidado — disse ela. — Eles sofrem de todo tipo de doença.

— Não podemos só curar eles? — perguntou Perséfone.

— Se for só uma dor ou um incômodo normais, devemos deixar que se curem sozinhos — respondeu Hécate. — Não fazemos milagre. Você sabe que nossa escolha de curar pode ter consequências sérias. Isso não muda nem em tempos de guerra.

Lá em cima, Hefesto e Afrodite chegaram com armaduras e armas, que haviam dividido nas suítes de acordo com o tipo: lanças, machados, arcos. O último quarto continha espadas, e foi lá que Perséfone decidiu entrar, embora a situação toda parecesse meio surreal.

Ela se aproximou da mesa e pegou uma das lâminas. O design era simples, mas belo, como todas as criações de Hefesto.

O cabo era envolto em couro, e o punho e a cruzeta eram de um aço liso. Ela nunca havia empunhado uma arma antes e ficou surpresa com a leveza, mas achava que fazia sentido, já que as espadas em geral eram carregadas em uma só mão.

— O que acha?

Perséfone levou um susto ao ouvir a voz de Afrodite e, ao se virar, viu a deusa entrando no quarto.

— Nem acredito que ele conseguiu fazer tantas — disse Perséfone.

Ela devolveu a espada para a pilha.

— É só isso que ele faz — afirmou Afrodite.

Em sua voz havia um toque de desdém que Perséfone decidiu ignorar. Ninguém queria que Hefesto precisasse forjar armas assim.

— Odeio que tenha sido necessário — comentou ela.

— Eu também — concordou Afrodite, em voz baixa.

— Estão do seu agrado? — perguntou Hefesto.

Perséfone ficou um pouquinho surpresa com a voz do deus. Não a ouvia com frequência, mas a achou calma e agradável, como as brasas quentes de uma fogueira crepitante.

Ela e Afrodite se viraram para olhar para ele.

— Tenho a sensação de que você está me fazendo uma pergunta capciosa, Hefesto — respondeu Perséfone. — Não sei se tem algo que me agrada na guerra.

Ele assentiu, educadamente.

— Justo, Lady Perséfone.

— Estou correta ao achar que essas são para... soldados mortais?

— Sim, Lady Perséfone.

— E estão... envenenadas com peçonha da Hidra?

Hefesto assentiu uma única vez.

— Sim, milady.

A ficha foi caindo aos poucos: a ideia de que milhares de mortais estariam munidos de armas capazes de ferir os deuses.

— Isso é... uma boa ideia? — perguntou Perséfone, embora imaginasse que ele e Hades já deviam ter tido essa conversa, pesado todos os prós e contras.

Ainda assim, parecia terrivelmente assustador e horrivelmente errado.

— Os seguidores de Teseu estarão armados da mesma maneira. O veneno da Hidra provoca uma morte rápida nos mortais. Seria uma luta muito mais devastadora para nós sem essas armas.

Perséfone absorveu a informação antes de perguntar:

— Cadê as nossas armas?

Hefesto olhou de soslaio para Afrodite ao responder:

— Confiei suas armas a Hades para que ele as guardasse em um lugar seguro.

— Claro — disse Afrodite. — Porque obviamente ela não é capaz e poderia se empalar sozinha.

Por mais que entendesse a frustração de Afrodite, Perséfone achava que o sentimento não cabia ali. Ela olhou para Hefesto e deu um sorrisinho, e, por um instante, viu a exaustão no rosto dele.

Seu coração doeu pelo deus.

— As armas contêm veneno da Hidra — disse Hefesto. — Só quero mantê-la segura.

— Eu entendo — afirmou Perséfone, depressa, antes que eles começassem uma briga. — Já vimos os danos que o veneno da Hidra pode causar. Não quero machucar os outros, nem a mim mesma. Na verdade, espero que nunca precisemos utilizá-las.

Quando Perséfone saiu do aposento, sentiu que carregava o peso das milhares de armas empilhadas nos quartos atrás de si. Cada arma era uma pessoa, uma alma, e ela se sentia responsável por todas.

Ao sair do lounge, ouviu um burburinho vindo do andar de baixo. As pessoas já tinham começado a chegar.

— Há cheiro de medo no ar — comentou Euríale, que estava de guarda na porta que levava ao lounge.

Perséfone olhou para a górgona, que estava sempre vendada e vestida de branco.

— Nova Atenas está sitiada — disse Perséfone. — Estamos todos com medo.

— Até a senhora, Lady Perséfone? — perguntou Euríale.

— Não dá pra sentir?

— O luto tem um cheiro muito parecido com o medo — respondeu ela.

— Talvez eu esteja de luto também — disse Perséfone.

Ela subiu até o topo das escadas para observar a pista. Era estranho ver a boate de Hades transformada de algo secreto e pecaminoso num santuário para a sobrevivência. Em geral, ela ficava lotada de jovens ou de gente desesperada, não de famílias. Homens, mulheres e crianças se amontoavam, enquanto outros andavam de um lado para o outro, incapazes de ficar parados. Algumas crianças corriam em meio à multidão com alegria, felizmente ignorantes de onde estavam ou por que estavam lá, mas a maioria parecia ter medo.

Era a primeira vez que Perséfone testemunhava o impacto de Teseu no mundo mortal, e essas pessoas estavam assombradas. Só então lhe ocorreu como aquilo tudo devia afetar os Fiéis, os adoradores devotos que faziam suas orações e seus sacrifícios, que decoravam altares e amavam seus deuses. Ela havia perdido amigos, mas eles tinham perdido seus deuses, e os próprios fios que teciam seu mundo pareciam estar sendo desfeitos.

No momento, eles não tinham futuro.

Um grito estridente levou a atenção de Perséfone de volta ao andar de baixo. Mais crianças tinham se juntado à brincadeira de pega-pega, e outro grupo havia chegado dos túneis, liderado por Hermes.

Perséfone desceu as escadas, atravessando a multidão até o deus. Enquanto andava, uma das crianças que corriam trombou nela. A deusa pôs uma das mãos no ombro do menino para equilibrá-lo.

— Ah — disse ela, depois se ajoelhou diante da criança. Achava que ele devia ter uns quatro anos, com olhos grandes e castanhos e cabelo cacheado. — Tudo bem?

336

— Não encosta nele, Deusa da Morte! — berrou uma mulher, arrancando a criança de perto dela.

Perséfone empalideceu, chocada pela reação e pelas palavras da mulher.

— Seria bom respeitar a Rainha dos Mortos dentro da casa dela — disse Hermes, ajudando Perséfone a se levantar.

— Para, Cora! — disse um homem, juntando-se à confusão.

— Não finja que não sabe — retrucou a mulher. — Como se vocês *todos* não soubessem que essa deusa matou a Grande Mãe!

A mulher olhou ao redor freneticamente, como se fosse encontrar apoio ali, dentro do território de Perséfone.

Mas ninguém disse nada. Todos se limitaram a encará-la.

— Cora — chamou o marido, pousando uma mão autoritária em seu ombro, mas agora era a vez de Perséfone falar.

A deusa deu um passo à frente. O homem e a mulher recuaram, mas a criança continuou olhando para ela.

— Mulher mortal, eu concederei a você mais misericórdia do que tive com minha mãe — disse Perséfone. — Mas se me insultar de novo, com um simples pensamento ou uma palavra dita em voz alta, um dia você vai implorar pela morte, e ela nunca vai encontrá-la.

— Ela nunca mais falará mal da senhora — afirmou o marido. — Eu juro.

Perséfone olhou para o homem e viu dentro dele uma virtude que a esposa não tinha. Por mais que ele fosse tentar honrá-la, a mulher não faria o mesmo. Ficou surpresa com o pensamento, mas sentiu nas profundezas de seu ser que era verdade e se perguntou se era assim que Hades se sentia quando olhava uma alma.

— Não vou cobrar que você cumpra uma promessa que ela deveria fazer — respondeu Perséfone, então olhou para o menininho. — Fique à vontade pra brincar. Eu só queria saber se você estava bem.

— Ficamos gratos, milady — disse o homem, puxando a mulher e o filho para longe.

Perséfone ficou olhando para eles. Não tinha a intenção, mas não conseguia desviar o olhar.

Ela não diria que conseguia ver a alma deles, mas as entendia: o homem era trabalhador e honesto, mas a mulher carregava ódio no coração, o que a deixava raivosa e amargurada. No fundo, ela não era ruim, mas buscava culpar alguém pela própria dor.

No fim, viria a amaldiçoar o nome de Perséfone.

— Tá tudo bem, Sefy? — perguntou Hermes ao se aproximar.

— Tudo — mentiu ela, mas era mais fácil do que dizer a verdade, que parecia complicada e confusa, rodopiando dentro dela como uma tempestade terrível. — Você veio pelos túneis?

— Vim — respondeu ele, e Perséfone percebeu pela sua expressão que a situação era como temiam. — Não é nada bom, Sefy.

O estômago dela se revirou violentamente.

— Você não acha que... estão todas mortas?

— Não sei. Hades ainda está investigando — disse Hermes, depois fez uma pausa. — Dionísio vai ficar arrasado.

Perséfone não conhecia o deus muito bem, mas tinha descoberto mais a respeito dele desde que conhecera Ariadne. Sabia que ele passara boa parte dos anos ajudando mulheres a fugir de situações horríveis, e agora elas estavam sofrendo uma morte terrível nas mãos de Teseu.

— Eu odeio ele, Hermes — disse Perséfone.

— Eu também, Sefy — concordou ele. — Eu também.

Elias foi o último a chegar, com algumas poucas pessoas.

— Vieram todos? — perguntou Perséfone, confusa porque todos os outros grupos eram bem maiores.

— Não — respondeu ele. — Alguns se recusaram a vir.

— Se recusaram? — repetiu Perséfone.

— Eu falei pra eles o que ia acontecer amanhã, o que Teseu estava planejando — disse Elias — Mas eles não quiseram abandonar Atena.

— É o *templo* dela, não a própria deusa — disse Perséfone, imediatamente frustrada.

— Não vou fingir que entendo — disse o sátiro. — Mas isso complica as coisas pra amanhã.

— Merda.

A *batalha deve servir a algum propósito além do derramamento de sangue*, Atena dissera da última vez que Perséfone a vira, nos arredores de Tebas. Aquilo fora antes de os olimpianos travarem uma batalha, e nem ela nem Héstia haviam participado. Agora Perséfone se perguntava se a deusa mudaria de ideia, principalmente caso significasse que seus seguidores enfrentariam mortes violentas e desnecessárias.

— O que a gente faz? — perguntou Perséfone.

— Vamos falar com Hades quando ele voltar — respondeu Elias. — Talvez a destruição dos outros templos sirva de distração suficiente para poupar o de Atena.

Perséfone franziu a testa, mas concordou, de novo ansiosa ao ser lembrada de quanto tempo fazia que Hades tinha saído.

Ela se distraiu com tarefas, distribuindo água e reabastecendo os lanches. Em determinado momento se viu sentada na base da escada, criando flores do campo para fazer coroas para as crianças que a rodeavam, entretidas pela magia. Harmonia se juntou a ela, e Perséfone percebeu, ao sentir a magia quente e radiante da deusa, que ela estava usando seu poder para manter a paz no espaço lotado.

Depois de um tempo, tudo se acalmou à medida que os mortais foram se ajeitando. Uma por uma, as crianças foram dormir, e Perséfone se levantou com Harmonia.

— Você está bem, Perséfone? — perguntou a deusa.

— Não — respondeu ela, encontrando o olhar suave da amiga. — Se eu não me distrair, acho que vou desabar.

— Tudo bem desabar — disse Harmonia. — Faça isso agora, antes que o amanhã chegue.

Perséfone quase desabou mesmo. As lágrimas já estavam fazendo seus olhos arderem, mas então sentiu uma onda da magia de Hades, e seu coração deu uma cambalhota no peito, porém quase parou quando ele se manifestou no meio da sala carregando uma mulher inconsciente.

Perséfone correu até ele.

— Hécate! — gritou ele, colocando a mulher no chão.

— O que aconteceu? — perguntou a deusa, aparecendo ao lado dele num instante.

— Não sei. Encontrei ela nos túneis — disse Hades. — O nome dela é Naia.

Naia.

Perséfone a reconheceu de sua breve visita aos túneis de Dionísio, embora agora ela mal parecesse uma pessoa, com o rosto pálido e os lábios azulados. Sua vida estava quase no fim.

Hécate pôs a mão na testa de Naia, depois no peito. Passados alguns segundos, um fio de água saiu de sua boca, mas nada substancial.

— Traga ela — disse Hécate, se levantando.

Hades deu uma olhada em Perséfone ao seguir a deusa, desaparecendo por trás da área delimitada por cortinas que Hécate designara como enfermaria. Ele deitou Naia em um dos paletes enquanto Hécate trabalhava para criar algum tipo de remédio amargo.

— Foi só ela que sobreviveu? — perguntou Perséfone.

— Tem mais partes do túnel que eu não verifiquei — respondeu Hades. — Vou voltar com ajuda. Tomara que assim possamos cobrir mais áreas e encontrar mais sobreviventes.

— Não tem chance de outras terem escapado?

Perséfone pensou em Ariadne, em Fedra e no bebê. *Por favor diga que é possível*, implorou ela.

— É possível — afirmou Hades. — Podemos tentar fazer uma transmissão nos túneis e ver se alguém responde, mas, com os meios de comunicação derrubados, vai ser bem mais difícil.

Perséfone baixou os olhos para a mulher. Quando olhava para ela, parecia que sua alma estava quase submersa, como seu corpo estivera nos túneis. Ela entendia o significado daquilo: a mortal estava num limbo.

Naia não tinha decidido se ia ou ficava.

— Vou tratar o que puder — disse Hécate. — O resto é com ela.

Perséfone saiu da área reservada, e Hades foi atrás.

— Você está bem? — perguntou ele.

Passando uma das mãos pela cintura da deusa, puxou-a para perto.

— A resposta é complicada — disse ela.

— Desculpa por ter te deixado de novo — disse ele.

— Eu podia ajudar — ofereceu ela.

Hades balançou a cabeça.

— Não é que eu não queira ou precise da sua ajuda — afirmou ele. — Mas não quero que você veja o que eu vi.

Perséfone entendia, confiando no terror nos olhos dele.

— Eu te amo — disse ela, fechando os olhos ao sentir os lábios dele em sua testa.

— Eu te amo — respondeu ele. — Descansa, meu bem. Não vai dar pra descansar depois dessa noite.

Quando Hades soltou Perséfone, ela sentiu que estava prestes a cair, mas conseguiu permanecer de pé enquanto o observava atravessar a sala até Elias, Hermes e Ártemis. Quando eles partiram, ela subiu para o escritório de Hades, largou o corpo contra as portas e desabou.

Perséfone foi acordada por uma sacudida suave. Ao abrir os olhos, viu Hades sentado ao seu lado. Ela havia pegado no sono no sofá do escritório dele.

— Hades — disse a deusa, com a voz carregada de sono.

— Vem — chamou ele. — Vamos passar o resto da noite na nossa cama.

Perséfone demorou alguns instantes para se levantar, mas então se sentiu mais desperta.

— Vocês acharam mais sobreviventes? — perguntou ela.

— Só duas — respondeu ele. — Mas não tenho muita fé que elas vão sobreviver.

Os olhos de Perséfone se encheram de lágrimas na mesma hora, e os dedos de Hades dançaram no alto de sua maçã do rosto. Seu rosto estava sensível.

— Você andou chorando.

— Eu tentei não chorar — disse a deusa. — Mas não consegui evitar.

— Não precisa — respondeu ele.

Hades se levantou e a pegou no colo, depois se teleportou para o Submundo.

O cheiro e o calor familiares do quarto deles acalmou a tensão no peito de Perséfone.

340

Hades a colocou no chão e pôs a mão em seu cabelo.

— Sei que não consegui fazer você esquecer — disse ele. — Mas ainda assim faria amor com você hoje.

Os olhos de Perséfone ficaram marejados mesmo enquanto ele a beijava, enfiando as mãos por baixo da gola de seu vestido. Quando o tecido deslizou pelos ombros da deusa até cair a seus pés, ela envolveu o pescoço de Hades com os braços, e ele puxou suas pernas para colocá-las ao redor da própria cintura, carregando-a para a cama.

Ao deitá-la, ele a beijou devagar por um bom tempo, e, à medida que os dedos dele dançavam por sua pele, Perséfone foi ficando quente, e um anseio diferente do que a incomodara o dia todo tomou conta de seu corpo, tão profundo e desesperado que ela não quis mais esperar por Hades. Pegou seu pau e o conduziu para o próprio calor, e quando foi preenchida por ele, perdeu o ar. Foi glorioso: uma morte diferente de todas as outras.

Hades a beijou, com uma das mãos aninhando sua cabeça e a outra enganchada atrás de seu joelho, e por algum motivo — talvez a maneira como ele a olhava ou o calor —, ela se lembrou de quando tinha sonhado com ele. Por um instante, teve medo de que aquilo não fosse real, de acordar e descobrir que tudo havia sido um sonho.

Perséfone cravou os dedos na pele de Hades, desesperada para mantê--lo ali.

— Onde você está? — perguntou ele, afastando mechas úmidas de cabelo do seu rosto. Ela o encarou e ele se abaixou para beijá-la, sussurrando colado aos seus lábios: — Viva nesse instante comigo.

— Não fala isso — disse ela. Seu peito *doía*. — Foi o que você disse quando não era real.

— Eu sou real agora — afirmou o deus. — Estou aqui agora.

Perséfone chorou.

— Não estou preocupada com o agora — sussurrou ela. — Estou preocupada com o depois.

Hades segurou o rosto da deusa, enxugando as lágrimas.

— Eu vou estar aqui — prometeu ele. — Então não me abandone agora.

Ele a beijou, o que despertou algo frenético nos dois. Hades pegou os pulsos da deusa e os segurou acima da cabeça dela, pressionando-os à cama. Suas estocadas ficaram mais fortes e profundas. Perséfone o envolveu com as pernas, enfiando os calcanhares na bunda dele. Ela queria se mover com ele, mas só conseguia se segurar enquanto ele metia. Os movimentos dele estabeleceram um ritmo vertiginoso que fez o corpo dela se contorcer e se retesar. Um gemido se formou em sua garganta.

— Isso — sussurrou ela, sem parar.

O tempo todo, Hades nunca desviou os olhos de seu rosto.

Quando Perséfone gozou, Hades a beijou com ardor, esfregando o quadril no dela com força ao segui-la até o clímax.

Então se deitou sobre ela, apoiando a cabeça em seu peito, e ela o abraçou com força.

Ele não desapareceu, e ela se recusou a chorar.

36

PERSÉFONE

Uma batida despertou Perséfone.

Hades já estava de pé antes mesmo de ela abrir os olhos, atravessando o quarto, sua magia cobrindo-o de roupas enquanto ele andava.

— Hades!

Era Elias. O som de sua voz desesperada fez o coração de Perséfone disparar.

As portas se abriram e o sátiro entrou depressa, com os olhos arregalados de pânico.

— Teseu atacou. Ártemis mandou avisar. Ele está invadindo o templo de Atena neste instante!

Perséfone se levantou da cama.

— Era pra ele agir só de manhã — disse ela, usando uma ilusão para se vestir.

— Ele deve ter ficado sabendo que esvaziamos os templos — afirmou Elias.

Ou alguém os traíra. De todo modo, a batalha aconteceria mais cedo do que qualquer um deles havia imaginado.

Hades se virou para Perséfone. Seu rosto tinha uma expressão assombrada, e ela percebeu que ele não queria que ela o acompanhasse, não queria que ela fizesse parte dessa batalha.

— Eu tenho tanta necessidade de vê-lo morrer quanto você, Hades — declarou ela.

Ele estendeu a mão, e ela achou que fosse para pegá-la, mas, em vez disso, uma fita de sombra saiu da palma dele e se enrolou em torno do corpo dela, transformando-se em uma armadura que lembrava couro.

— Vem — disse ele, e, dessa vez, ela pegou sua mão.

Eles se teleportaram juntos.

Perséfone não sabia o que esperar quando eles chegassem, mas com certeza não achou que seria tão *iluminado*. Era para ser *noite*.

— Hélio — vociferou Hades.

Perséfone piscou, com os olhos lacrimejando, e, quando seu olhar se acostumou, o verdadeiro horror do que estava para acontecer ficou claro.

Hades aparecera ao lado de Ártemis, Hefesto e Hécate. Diante deles havia quatro semideuses conhecidos. Cada um segurava uma faca contra a gargan-

343

ta de uma sacerdotisa. As mulheres estavam de olhos fechados, com as bocas se movendo em preces silenciosas. A distância, Perséfone ouvia gritos vindos do interior do templo, onde os outros mortais estavam trancados.

— Que bom que puderam se juntar a nós — disse Teseu.

— Por que você está fazendo isso? — questionou Perséfone. — Nenhuma dessas pessoas te fez mal.

— Para construir um novo mundo, não posso poupar ninguém que acredite nos velhos deuses.

— Ainda não somos velhos deuses — disse Hades.

— Mas têm velhos pontos fracos — respondeu Teseu. Ele ergueu o rosto para o céu. — Que tal o sol, Hécate?

Perséfone olhou para a deusa, que abriu um sorrisinho.

— Gentileza sua perguntar, Teseu, mas estou bem.

Ela não entendeu o diálogo. Será que o sol enfraquecia a magia de Hécate?

— Só estou preocupado com seu bem-estar — afirmou o semideus.

Foi então que Perséfone avistou algo a distância: o brilho do aço. Era um exército de soldados de infantaria, com centenas de mortais.

Era também uma distração. Todos ouviram uma série de arquejos baixos, e as magias de Perséfone e Hécate se intensificaram, paralisando as mãos dos semideuses, mas era tarde demais. As lâminas já haviam perfurado, e o sangue já estava derramado.

Um som estranho se seguiu, como se o ar estivesse sendo sugado do mundo, e os semideuses romperam o efeito que a magia de Perséfone e Hécate tinha sobre eles, largando as sacerdotisas, que caíram no chão.

O ar se encheu de magia, espessa e pesada, uma mistura vertiginosa de todos os deuses. Destroços começaram a voar. Perséfone não sabia dizer quem era o responsável. Talvez todos eles, seus poderes reagindo coletivamente ao horror diante de seus olhos.

Os semideuses sacaram as armas, Hades invocou o bidente, Hefesto, o chicote de fogo e Ártemis, o arco. Perséfone e Hécate permaneceram desarmadas. Enquanto olhava as pontas afiadas das lâminas dos semideuses, Perséfone sentia a ansiedade rodopiando no peito.

A magia não importava se aquela lâmina envenenada penetrasse sua pele.

Perséfone começou a pensar no que faria primeiro, olhando para a esquerda e a direita. De um lado estava Hécate, do outro, Hades — Hades, que estava magnífico, imponente na armadura preta. De certo modo, ela desejava ser tão experiente na batalha quanto ele, mas se recusava a ser um estorvo.

Então Hécate sumiu.

O coração de Perséfone acelerou, e os semideuses ergueram as armas.

Teseu riu.

— Pelo jeito sua titânide abandonou vocês. Talvez seja bom irem se acostumando.

Mas Perséfone sabia que não era verdade. Continuava sentindo o gosto metálico da magia de Hécate no fundo da língua.

Então Teseu olhou para baixo, raspando o sapato no chão.

— Ah, não, que pena! — disse ele. — Tem sangue no meu sapato.

Perséfone cerrou os dentes, enfiando as unhas nas palmas das mãos. Sua magia se agitou dentro dela, furiosa. Ela sabia que Teseu dissera aquilo para provocar, que gostava de cutucar feridas abertas, e, por mais que quisesse atacar, ela não queria dar o primeiro golpe. Foi Ártemis que deu.

A Deusa da Caça soltou um grito raivoso ao avançar na direção de Teseu, sua ira estimulada pelo luto, e quando suas lâminas colidiram, os semideuses que haviam assassinado as sacerdotisas atacaram.

Perséfone esperava que Sandros investisse contra ela primeiro, levando em conta que ela o enterrara sob uma pilha de adamante na saída do labirinto, mas ficou surpresa quando Kai apareceu à sua frente. Olhar para ele era como olhar Poseidon e Teseu; seus olhos eram do mesmo azul cintilante.

Ela passara a desprezar aqueles olhos.

O semideus tinha uma lança e tentou atacar a garganta de Perséfone, que invocou um muro de espinhos grossos que se estilhaçaram sob a intensidade da investida dele. Ela conseguiu desviar do golpe, mas foi atingida por uma explosão de poder bem no peito. Sentiu o impacto do chão ao ser jogada para trás e a terra explodir ao seu redor.

Apesar da força do golpe, Perséfone se levantou depressa, erguendo-se do buraco que sua aterrissagem criara. Assim que ficou de pé, a deusa se deu conta de que tinha parado a poucos metros do exército mortal. Seus gritos de ódio foram acompanhados pelo som de suas espadas atingindo os escudos, pelo zumbido das flechas e pela explosão de balas, uma das quais atingiu o ombro de Perséfone de raspão. A ardência a chocou e a deixou nauseada na hora.

A deusa invocou um muro de espinhos para bloquear a aproximação deles, embora soubesse que era apenas questão de tempo até os mortais conseguirem escalá-los ou atravessá-los, mas eles explodiram em chamas etéreas. A magia pertencia a Hefesto, e apesar de o fogo não queimar os espinhos dela, incinerava qualquer mortal que os tocasse, impedindo o avanço do exército.

Antes que Perséfone pudesse se mexer, foi atacada por outra rajada de energia. Foi como ser atingida por uma onda poderosa, que a deixou sem fôlego, como se estivesse se afogando. Ela caiu de joelhos e, enquanto lutava para encher os pulmões de ar, ergueu o rosto e viu Kai se aproximando, com um sorriso horrível.

Ele ergueu a lança, deixando-a paralela ao chão, e mirou, mas foi atirado para trás e pregado no solo pelo impacto do bidente de Hades no peito. Então, de repente, Hades apareceu diante de Perséfone, ajudando-a a levantar, segurando seu rosto com as mãos enquanto a inspecionava com os olhos, meio desesperados.

— Estou bem — afirmou ela.

Hades não disse nada, mas a beijou com força, e a deusa pensou que ia começar a chorar, mas os pelos de seus braços se arrepiaram, e ela soube que mais alguma coisa estava para acontecer. Os dois se separaram bem na hora em que um raio atingiu o templo de Atena. O ataque vinha de Teseu, direcionado à única parte inflamável: as portas de madeira.

— Não — sussurrou Perséfone.

— Vai — ordenou Hades.

Ele passou por ela, começando a correr ao puxar o bidente do peito de Kai e avançar na direção de Teseu.

Perséfone se teleportou para o alpendre do templo, onde ardia o fogo divino de Teseu. As chamas emitiam calor e fumaça, mas não estava destruindo a madeira; era como o fogo de Hefesto. Do outro lado, ela ouvia gritos desesperados. A deusa foi invadida pelo pânico ao pensar em quantas pessoas deviam estar presas ali dentro.

Antes que pudesse decidir como lidar com o fogo, Perséfone sentiu uma onda de eletricidade atrás de si e se virou, ficando cara a cara com Sandros, cujos olhos brilhavam. Ele abriu um sorriso ameaçador.

— Lembra de mim?

— Como poderia esquecer? — respondeu ela. — Você é tão feio quanto seu pai.

Ele deu um sorriso, os olhos faiscando de fúria. Sua mão estalou com um raio quando ele mandou uma rajada na direção da deusa. Perséfone pulou para desviar, pensando que o impacto talvez fizesse as portas se abrirem, mas o fogo só piorou.

Porra!

Perséfone atirou espinhos pretos na direção do semideus. Eles o atravessaram, forçando-o a recuar um passo de cada vez, contorcendo o corpo violentamente. Apesar disso, ele conseguiu atingi-la com outro raio, e ela saiu voando, até quebrar uma coluna de mármore e cair de costas no chão com força.

Sandros a seguiu e se jogou sobre ela, mas foi empalado num emaranhado de ferrões pretos que Perséfone invocara ao seu redor. O sangue dele começou a pingar nela. Perséfone estava desesperada demais para sentir nojo, mesmo quando desfez os espinhos e o corpo do semideus caiu em cima do seu.

Ela o atirou para longe, e ele acabou caindo do alpendre.

Quando se levantou, Perséfone viu um clarão de luz no céu. Chocada e impressionada, ficou observando o sol cair do céu. Quando o astro atingiu o solo, houve mais um clarão, e a terra tremeu como no momento em que Nova Atenas havia sido separada do restante da Nova Grécia.

A escuridão tomou conta do mundo, e a única luz passou a vir da lua de Selene, que banhava tudo de prata.

Foi então que Perséfone entendeu aonde Hécate tinha ido. Ela arrancara Hélio do céu.

Perséfone não tinha muito tempo para pensar no que isso significava. Por enquanto, precisava salvar os mortais no templo.

Recompondo-se, a deusa correu para a porta. A princípio, não soube o que fazer, mas então percebeu que as chamas tinham uma energia que lembrava muito a *vida*, e, se algo estava vivo, também podia *morrer*. Perséfone se concentrou na sensação do fogo. Seu calor selvagem era quase um pulso, que ela sentia na palma da mão, e, uma vez capturada a batida, Perséfone fechou os dedos, esmagando-a, sufocando-a até não restar mais nada.

Sem pensar, Perséfone tocou a maçaneta da porta e instantaneamente sentiu o calor do metal derreter sua pele. Então gritou, a dor alimentando sua magia, o que fez com que videiras brotassem do chão. Elas se embrenharam nas fendas da porta, aos poucos fazendo a madeira apodrecer até que a deusa pudesse abri-la com um chute.

Mas ninguém saiu correndo do templo, e quando a fumaça se dissipou ela entendeu por quê. Além da soleira, só havia corpos.

Todo mundo estava morto. Ela tinha chegado tarde demais.

Algo a atingiu por trás. O golpe foi forte e a deixou enjoada imediatamente. Ela cambaleou, mas não caiu, e quando se virou viu que Sandros havia voltado, curado, mas ensanguentado pelas feridas causadas pela magia dela. Ele carregava um pedaço de mármore, e algo dentro de Perséfone explodiu.

Ela gritou e sua magia se transformou em sombras, deixando seu corpo e avançando na direção do semideus. Elas o atravessaram depressa, e Sandros derrubou o mármore ensanguentado enquanto cambaleava para trás, até chegar à beira da escada e cair.

Perséfone o seguiu, pegando o mármore do chão. Ela atacou, batendo na cabeça dele sem parar até perceber sombras pretas e finas se enrolando em torno de seus pulsos e subindo pelos braços. A deusa largou a rocha ensanguentada e se levantou, observando os tentáculos da alma do semideus penetrando sua pele. Então se deu conta do que acabara de fazer.

Havia tirado uma vida cujo fio não fora cortado.

Seu coração martelou nos ouvidos enquanto ela inspecionava o campo de batalha freneticamente. Será que as Moiras levariam alguém em retaliação? Ou dariam vida a algo muito pior? Ela sabia o preço de tirar uma vida: *uma alma por uma alma.*

Então seus olhos encontraram Hades, e tudo ao seu redor pareceu desacelerar. Ele estava caído de costas, imóvel.

— Não — murmurou ela, cambaleando até ele. Então gritou: — Não!

Perséfone caiu de joelhos ao lado de Hades e afastou seu cabelo do rosto.

— Hades — sussurrou ela.

Os olhos dele estavam entreabertos, e havia sangue em seus lábios. Por um estranho momento, ela teve a sensação de já ter estado ali antes, de já ter visto aquilo.

Hades levantou a mão, roçando o rosto dela com o dedo.

— Eu pensei... Pensei que nunca mais fosse ver você. — ele falou baixinho, e mais sangue escorreu dos cantos de sua boca.

— Precisamos levar você pro Submundo — disse ela, agarrando os ombros dele, como se, por algum milagre, fosse conseguir levantá-lo. — O Velo de Ouro...

— Não posso, Perséfone — respondeu ele.

— Como assim não pode? — disse ela, sentindo a histeria aumentar. — Hades, *por favor.*

Hades pegou a mão de Perséfone e a apertou. Quando baixou o olhar, a deusa viu as linhas pretas da alma de Sandros marcando sua pele.

— Uma alma por uma alma, Perséfone.

— Não — disse ela.

Perséfone se recusava a acreditar, não somente porque não queria que fosse verdade, mas porque sabia que *não era.* As Moiras só trocariam a vida de Hades pela vida de outro deus.

Ela *sabia* disso.

— Acabou, Perséfone.

— Não — repetiu ela, com as mãos trêmulas. Não sabia o que estava acontecendo, mas sabia que não era real. — Não! Hécate! Hécate!

Ela procurou a deusa, mas só conseguiu ver ruínas e fogo. Não havia mais nada.

— Perséfone — chamou Hades.

Ela não conseguia olhar para ele, porque sabia que, se o fizesse, ele a arrastaria de volta para aquilo. Ele a convenceria de que era real. *Diria adeus.*

— Perséfone, olha pra mim — implorou Hades.

— Não posso — respondeu ela.

Um soluço gutural irrompeu de sua garganta.

— Eu te amo — sussurrou Hades, então se calou.

Mesmo sabendo que não devia olhar, ela não conseguiu evitar.

Precisava saber.

Baixou os olhos para o rosto dele. Ele estava imóvel.

— Hades? — sussurrou ela, desesperada para ouvir a voz dele de novo. Depois o sacudiu, mas ele não se mexeu. — Hades, por favor!

Ela colocou as mãos no rosto dele. Sua pele estava ficando fria.

— Hades!

Perséfone gritou, e uma dor mais aguda do que qualquer coisa que já sentira antes atravessou seu corpo. Ela sentiu que estava sendo despedaçada, e então uma onda de magia a envolveu, e o corpo de Hades começou a se desfazer, e a paisagem ao redor dela pareceu queimar e derreter, revelando um mundo diferente.

O mundo real.

O que ela tinha pressentido era verdade: a visão que tivera do corpo morto de Hades não era real. Em vez de ajoelhada diante dele, ela estava de joelhos no chão diante do templo de Atenas. Sandros estava deitado ao seu lado, o sangue formando uma poça ao redor dele.

Confusa, ela olhou para o céu e viu dois deuses lutando.

Um reconheceu como Cronos, e o outro era Prometeu, o titã Deus do Fogo, e de repente entendeu que a realidade que o Deus do Tempo criara para torturá-la havia sido destruída por Prometeu, e agora eles duelavam no céu.

Hades se manifestou diante dela, e ela se levantou, jogando os braços em torno dele, um soluço escapando da boca.

— Estou aqui — disse ele, e então eles desapareceram.

37

TESEU

Teseu ficou assistindo Cronos e Prometeu lutarem no céu. A aparição do titã Deus do Fogo fora uma surpresa, o bastante para Cronos perder o controle da ilusão que estava usando para aprisionar os deuses.

Uma onda de raiva percorreu o corpo de Teseu, e ele invocou o raio. Seu calor poderoso pairava sobre ele. Se não fosse invencível, o raio derreteria sua pele. O semideus se virou na direção de Hades, que acabara de se manifestar diante de Perséfone, mas, enquanto mirava, eles desapareceram.

Teseu foi tomado por outra onda de fúria. Ele se virou e viu Damião em uma batalha violenta com Hefesto. Teseu ergueu o raio e mirou no deus, mas Hefesto deve ter pressentido o ataque, porque levantou a mão e o raio foi engolido por um jato de fogo que partiu de sua palma. Por sorte, sua magia logo foi apagada quando Damião o empalou com a lança.

Hefesto não soltou nenhum grito de dor. Só grunhiu e caiu, levando o joelho dourado ao chão. Damião arrancou a arma e tomou impulso, preparando-se para acertá-lo de novo, quando Hécate apareceu, fazendo o semideus explodir com um raio de fogo preto.

Teseu invocou seu raio mais uma vez, mas a Deusa da Bruxaria, cujos olhos brilhavam com uma luz etérea, o encarou. A magia ardente na mão dele piscou e sumiu, e um frio estranho o envolveu. Ele tentou invocar o raio de novo, mas só conseguiu gerar umas poucas faíscas.

Teseu soltou um gemido frustrado e sacou a espada.

— O que você fez, sua bruxa? — indagou ele.

— Você não sabia? — perguntou ela. — Se Zeus morre, a magia dele também morre.

Teseu franziu as sobrancelhas, a princípio confuso com as palavras da deusa, mas então entendeu o que ela estava dizendo. Cerrou os dentes com tanta força que pensou que iam quebrar.

— Eu vou te matar, bruxa.

Hécate deu um sorrisinho.

— Então me mata — disse ela. — Mas saiba que não vai se livrar de mim, mesmo na morte. Você nunca vai ter paz, nem acordado nem dormindo.

Enquanto Hécate falava, o semideus sentia alguma coisa tomar conta de seu corpo, uma loucura profunda e terrível. Teseu enterrou o rosto nas mãos, cravando as unhas na pele.

— Não me faça uma profecia, bruxa. Eu já estou destinado a vencer.

— Não estou profetizando, seu idiota — respondeu ela. — Estou te amaldiçoando.

Então Hécate desapareceu, levando Hefesto consigo.

Os únicos que continuavam lutando eram Cronos e Prometeu, cuja magia sacudia a terra com golpes ensurdecedores, mas até isso parou abruptamente quando o titã Deus do Fogo desapareceu.

Por alguns segundos, Teseu e Cronos ficaram olhando para o lugar onde Prometeu estivera, deixando o ar pesado com a raiva deles. Prometeu era um traidor, tanto de Cronos quanto de Zeus. Não era leal a ninguém, exceto aos mortais. Teseu não sabia que o titã havia fugido do Submundo. Ele estivera preso em outra parte do Tártaro, acorrentado a uma rocha enquanto uma águia consumia seu fígado.

Do céu, Cronos olhou para Teseu.

— Vou me vingar dos outros titãs assim como vou me vingar dos meus filhos — declarou ele. — Considere nossa aliança formada.

Teseu até gostaria de celebrar, mas estava irritado demais. Ergueu os olhos para o céu, avistando Zeus. Ele o deixara suspenso ali como um lembrete do seu poder para o mundo mortal. Teleportou-se até o deus e viu que havia um grande buraco no lugar onde antes batia o coração.

Teseu ficou enraivecido e ergueu a espada, retalhando o Deus dos Céus, cortando pedaços de sua carne e deixando que caíssem na terra.

Foi só quando terminou que viu quantas pessoas haviam se reunido para assisti-lo lá embaixo, não apenas Ímpios, mas também mortais Fiéis que ainda não haviam se refugiado na torre de obsidiana de Hades.

Ao descer para o chão, com respingos do sangue de Zeus, declarou:

— O Rei dos Deuses está morto.

Suas palavras foram seguidas por uma comemoração ensurdecedora e um cântico que dissipou suas dúvidas.

— Salve Teseu, Rei dos Deuses.

A ameaça de Hécate provocava arrepios em Teseu, que estava ansioso para se livrar daquele peso. Ela podia ter assassinado Zeus, mas aquilo não diminuía a profecia do ofiotauro, e agora ele assegurara a aliança com Cronos. Venceria essa guerra e reinaria supremo sobre um mundo criado por ele mesmo. Tudo o que planejara até então havia se concretizado.

Quando voltou para a Casa de Etra, passando pela muralha que rodeava a residência de sua mãe, os servos estavam aguardando na varanda e fizeram uma reverência assim que ele apareceu. Eles não o olhavam nos olhos, e o semideus sabia que era porque o haviam visto despedaçando Zeus.

Se Ariadne estivesse aqui, ela me olharia nos olhos, pensou. *E se recusaria a fazer uma reverência.*

Não era aquela ideia que lhe dava prazer, e sim pensar no que faria para puni-la pela desobediência. Ele a forçaria a ficar de joelhos e enfiaria o pau tão fundo em sua garganta que ela se engasgaria com ele.

Pensar na sensação de Ariadne em seu pau fez um arrepio de excitação percorrer o corpo de Teseu.

De repente, o semideus estava ansioso para ir até Ariadne de novo, para ver como ela mudara naquelas horas que ele passara longe. Será que resistiria mais uma vez?

Teseu entrou na casa e foi até o quarto, parando ao ver a porta entreaberta. Imediatamente desconfiado, ele se aproximou com cautela e espiou pela abertura, vendo Helena inclinada sobre Ariadne. Uma lâmina brilhou na mão da mortal ao cortar as amarras nos pulsos da outra.

— Por que você está me ajudando? — perguntou Ariadne, num sussurro.

— Eu preciso — respondeu Helena. — Não posso... viver sabendo o que ele está fazendo com você.

Teseu duvidava que Helena percebesse a ironia em suas palavras; se bem que talvez ela fosse se dar conta em breve.

Continuou a observar, curioso para saber o que mais seria dito.

Quando Ariadne ficou livre, Helena pegou uma mochila e uma trouxa de roupas. Ela viera preparada.

— Se veste depressa — instruiu ela. — Não temos muito tempo.

— Cadê ele? — perguntou Ariadne.

Teseu achou divertido o medo na voz dela.

— Os deuses estão lutando no centro da cidade — respondeu Helena. — Mas não sei quanto tempo ele vai ficar fora. Teseu não luta suas próprias batalhas.

Teseu cerrou os dentes ao ouvir essas palavras.

Ariadne não disse nada ao vestir as roupas. Helena sacou uma faca embainhada da bolsa e a jogou na cama.

Ariadne a pegou.

— Pra onde a gente vai?

— Estão dizendo que Hades transformou a Nevernight num refúgio. Vou te levar pra lá.

— E você?

— Eu traí a esposa e rainha dele — disse Helena. — Não serei bem-vinda lá.

Teseu esperou até Ariadne terminar de se vestir e olhar nos olhos de Helena.

352

Então apareceu atrás de Helena, agarrando seu queixo e a parte de trás da cabeça.

— Você vai se arrepender por eu ter escolhido lutar essa batalha — disse ele, torcendo a cabeça dela para o lado.

Os ossos no pescoço de Helena estalaram.

Ele estava quase arrancando a cabeça dela do corpo, mas Ariadne correu para a porta.

Teseu soltou Helena e avançou na direção de Ariadne, agarrando a blusa dela.

— Não! — gritou ela.

A mulher se virou para esfaqueá-lo, mas a pele dele era impenetrável. A mão de Ariadne escorregou e ela deu um grito quando a lâmina cortou sua própria palma. Então largou a faca, que caiu no chão acompanhada de gotas grossas de seu sangue.

Teseu a agarrou pelos pulsos e a puxou para a cama, mas Ariadne cravou os pés no chão. O sangue a deixou escorregadia, e a mortal escapou das mãos dele. Ela pareceu tão surpresa quanto ele ao cambalear para trás e cair de bunda no chão. O semideus avançou para Ariadne, que se levantou depressa. Depois alcançou a porta e a escancarou, correndo pelo corredor.

Ele deixou que ela corresse, deixou que gritasse. Estava contando suas transgressões e, mais tarde, decidiria como Ariadne seria punida. No momento, ela estava prestes a descobrir as consequências de sair do quarto dele, porque no final do corredor ficava o quarto de Fedra, e a porta estava aberta, quebrada e estilhaçada.

Teseu soube quando Ariadne avistou a irmã, ainda pendurada aos pés da cama, porque ela travou, e um tipo diferente de lamento saiu de sua boca aberta.

Devagar, ela foi caindo no chão, sem conseguir se manter de pé.

— O que você fez? — gemeu a mortal. — O que você fez?

— Eu não fiz nada — respondeu ele. — Sua irmã escolheu isso. Ela te abandonou. Abandonou o próprio filho.

— Ela nunca faria isso! — vociferou Ariadne, com uma raiva profunda.

A mulher o fulminou com o olhar, e ele sentiu a força total de seu ódio. Sem conseguir evitar, ele riu e disse:

— Então você não conhecia mesmo ela.

Ariadne se jogou sobre Teseu com um guincho estridente. Ele sentiu as unhas dela arranharem seu rosto, mas sem dor. Por alguns segundos, deixou que ela extravasasse a fúria, mas logo ficou entediado e a agarrou pelos pulsos, arrastando-a para o quarto de Fedra.

Ele a jogou na cama, com a mão em torno de sua garganta.

— Resista, e eu mato meu filho na sua frente.

— Você não faria isso — disse ela, com um chiado, os olhos lacrimejando. — Ele é o seu sangue.

— Experimenta — respondeu ele. — Posso ter muitos filhos. — Baixou os olhos para a barriga dela antes de voltar a encará-la. — Talvez já tenha uma substituição a caminho.

Teseu sorriu ao ver a expressão nos olhos de Ariadne, um misto de devastação e raiva, mas ela não resistiu quando ele abriu seus joelhos e a possuiu na cama onde sua irmã continuava pendurada.

38

HADES

Hades apareceu em seu escritório na Nevernight.

Só uma coisa tinha acontecido como o planejado durante toda a batalha, e não fora a saída deles.

— O que foi aquilo? — sussurrou Perséfone.

Hades sabia o que ela estava perguntando com base no tom áspero de sua voz. A deusa ainda tremia por causa dos horrores causados pela magia de Cronos, e ele não a culpava. Ele também estava tremendo.

— Cronos consegue transformar nossos maiores medos em realidade — explicou Hades. — De onde você acha que eu herdei essa habilidade?

Ele odiava compartilhar qualquer coisa com o pai, mas odiava mais ainda um dia ter usado esse poder em Perséfone.

Os dois não passaram muito tempo sozinhos antes de as portas do escritório se abrirem e Harmonia, Sibila e Afrodite entrarem correndo na sala.

— Tive a sensação de que vocês tinham voltado — disse Harmonia. — Graças às Moiras!

Elas não merecem sua gratidão, pensou Hades quando Harmonia cruzou a sala para abraçar Perséfone, seguida por Sibila.

Afrodite ficou para trás, com os olhos arregalados. Ele percebeu pela expressão dela que algo estava errado.

— Meus poderes voltaram — disse ela.

Era algo que devia deixá-la animada, ou pelo menos aliviada, mas Hades achava que entendia o choque, porque, nesse contexto, significava que Zeus estava morto.

A magia de Hécate encheu a sala, sinalizando o retorno da deusa. Ela apareceu com Ártemis e Hefesto, mas o Deus do Fogo claramente estava ferido. Ele estava de joelhos, com uma das mãos espalmada no chão e a outra agarrando o peito, coberta de sangue.

Afrodite empalideceu e correu até ele. Ajoelhada ao lado do marido, ela cobriu a mão dele com a sua como se de algum jeito pudesse estancar o sangramento.

— Eu estou bem — disse o deus, se levantando.

Ele invocou uma flecha dourada e, sem hesitar, enfiou-a no próprio peito.

— O que você está fazendo? — questionou Afrodite, mas então a flecha sumiu, assim como a ferida.

Afrodite continuou olhando para ele, impressionada, roçando sua pele com os dedos.

— Pedi pro Hefesto transformar o Velo de Ouro em algo que pudesse ser usado no campo de batalha — explicou Hades. — Flechas pareciam a melhor opção. Se formos feridos pelas armas do Teseu, podemos ser curados de longe.

— Uhuuu — disse Hermes, aparecendo de repente. — Meus poderes voltaram!

Seu entusiasmo pareceu morrer quando ele percebeu o que exatamente aquilo significava. Então olhou para Afrodite.

— Nossos poderes voltaram — disse ele, mais calmo dessa vez. Depois olhou para Hades. — Então... Zeus está morto?

Hades hesitou. Ele estava tão perdido quanto os outros, mas então Hécate falou.

— Eu matei Zeus — afirmou ela.

Todos olharam para a deusa. Até Hades estava meio atônito.

— Vocês só falaram de salvá-lo — disse ela, meio dando de ombros. — Mas a morte do Zeus é a morte da magia dele. Teseu não tem mais raio. Afrodite e Hermes recuperam os poderes... e eu tenho um novo coração.

Hades achava que era justo, mas genuinamente não estava esperando que Hécate tomasse essa decisão.

— Você acabou de dizer que tem um novo coração? — perguntou ele.

— Isso — disse Hécate, com um sorriso discreto, acrescentando: — Todo mundo sabe que não se deve matar um deus antes de coletar seus órgãos.

Houve um instante de silêncio, então Hermes falou:

— Pessoal, deixem a Hécate longe do meu cadáver.

— Não se preocupe, Hermes. Eu jamais pensaria nisso — garantiu ela.

— Ufa, que alívio...

— Só coleto órgãos de qualidade.

— Ei! — Hermes pôs as mãos na cintura. — Eu sou de qualidade!

A Deusa da Bruxaria o olhou de cima a baixo, avaliando, depois deu de ombros.

— Ééé...

— Nem vem com essa pra cima de mim! Você acabou de falar que o coração do Zeus é de qualidade!

Hades estava prestes a se teleportar para o Submundo para fugir dos dois quando sentiu a magia de Atena fazendo pressão contra a sua: um pedido para se teleportar para seu território, que ele aceitou.

Quando a Deusa da Sabedoria apareceu, estava usando vestes douradas. Não a via desde que ela se recusara a lutar na região de Tebas. *A batalha*, dissera ela, *deve servir a algum propósito além do derramamento de sangue*. Teria aceitado de bom grado a ajuda dela, mas não a culpava por se recusar a lutar. Ele sabia o custo da guerra, e era um preço alto a pagar se a luta não significasse nada para você.

— Hades.

— Atena.

Ela ergueu o queixo, orgulhosa.

— Minhas sacerdotisas foram assassinadas hoje de manhã. Elas imploraram pela minha ajuda, e não pude salvá-las. Gostaria de me juntar ao seu lado e lutar contra o mal que me impediu de proteger as minhas.

— Seria tolice da minha parte recusar — respondeu Hades.

Atena pareceu relaxar, abaixando a cabeça e os ombros. Então deu um passo à frente.

— Você precisa me contar tudo sobre esse inimigo — disse ela.

Hades olhou de relance para Hécate, Ártemis e Hefesto. Embora existisse um toque de urgência, eles também estavam exaustos.

— Vamos descansar — disse ele, baixando o olhar para Perséfone. — Depois voltamos a nos reunir.

— Vocês vão descansar mesmo? — perguntou Hermes, desconfiado. — Ou você só tá dizendo isso pra dar uma escapada e trepar?

— Alguma vez você... *não* diz exatamente o que está pensando? — perguntou Perséfone.

— Mentes curiosas querem saber — argumentou o deus.

— Acho que você quis dizer depravadas — disse Ártemis.

— Você fala como se fosse uma coisa ruim.

Hades não esperou para se despedir. Puxou Perséfone e se teleportou para a casa de banhos. Queria ficar a sós com ela, se limpar do horror que haviam testemunhado no campo de batalha.

Perséfone estava de costas para Hades, que tocou seu ombro. As sombras da armadura dela abandonaram seu corpo, deixando-a nua, e o deus se abaixou e a beijou no pescoço. Ela estremeceu e se virou para ele. Então passou os braços pela cintura dele e o abraçou com força, apoiando a cabeça em seu peito.

— Eu ouvi seu coração parar de bater.

Hades a abraçou com mais força.

— Enquanto você viver, ele nunca vai parar.

— Você não tem como saber — disse a deusa. — Não faça essa promessa.

— Eu gostaria de acreditar assim mesmo.

Hades estava feliz de abraçá-la, considerando o horror que havia testemunhado em sua própria visão. Nela, Perséfone fora despedaçada diante dele. Assim como ela pensara que nunca mais ouviria o coração dele bater, ele achara que nunca mais voltaria a abraçá-la.

— Foi estranho. O tempo todo, eu tinha a sensação de que já tinha visto aquilo antes... quando você me treinou... mas ainda assim era diferente — disse ela.

A culpa tomou conta de Hades ao lembrar daquele dia. Ele havia manifestado o maior medo dela, que acabara se revelando ser sua morte, mas não a preparara.

Isso foi cruel, ela dissera, e estava certa. Por mais que quisesse prepará-la para a crueldade dos deuses, não era justo com ela.

— Mas foi assim que eu soube que não era real.

Perséfone se afastou e encarou Hades. Levou a mão ao peito dele, e sua armadura se transformou em sombras e fugiu da luz, deixando-o nu.

Então ela baixou os olhos para o pau do deus. Hades queria que ela o tocasse, mas não tocou.

— É egoísmo? — perguntou ela.

— Parece egoísmo?

— Sim.

Hades a observou e tocou o rosto dela.

— Então você não está excitada o suficiente — disse ele, e, quando suas bocas se juntaram, a mesma coisa aconteceu com seus corpos.

Quando acordou, Hades estava sozinho.

Ele se levantou e saiu em busca de Perséfone. Encontrou-a parada diante do palácio, acompanhada por Cérbero, que mantinha a forma de três cabeças e fazia Perséfone parecer uma anã com seu tamanho. Hades se aproximou e passou os braços pela cintura da deusa. Ela relaxou contra ele, cobrindo as mãos dele com as suas.

— Seus monstros podem ressuscitar depois de mortos? — perguntou Perséfone.

— Cérbero não está morto, mas sim — disse Hades. — Agora que o sol não está mais no céu.

Ele a sentiu travar por um instante.

— Isso não foi sonho? Hélio caiu mesmo?

— Sim.

Perséfone se virou para Hades.

— Então... eu matei mesmo aquele semideus?

Hades a observou por um instante, depois pegou a mão dela. Quando o fez, uma única linha preta apareceu.

— O que as Moiras vão fazer?

— É difícil dizer, em tempos de guerra — disse Hades. — Depende de quem elas vão favorecer.

— Como vamos saber se estão favorecendo a gente?

— Vamos saber se vencermos.

Não eram palavras reconfortantes, mas eram a verdade.

— Vem — chamou ele. — Vamos encontrar os deuses.

Voltaram para o escritório na Nevernight, e Hades ficou surpreso ao ver Ares esperando com os outros deuses. Ao seu lado, sentiu Perséfone deixar a magia a postos.

Não podia culpá-la. A presença do Deus da Guerra era imediatamente suspeita.

Hades olhou para Afrodite, que estava ao lado de Ares.

— Afrodite — disse Hades. — Me dê uma boa razão para a presença de Ares nos meus domínios.

— Eu vim me juntar à sua luta, Rico.

Hermes riu.

— É porque ele quer ficar do lado vencedor.

Ares fulminou o Deus das Travessuras com o olhar, porém, se não fosse por Afrodite, provavelmente teria esperado até ter certeza de que o lado de sua escolha iria vencer.

— Parece que você está me pedindo um favor, Ares — falou Hades. — E, se for o caso, vou exigir outro em troca.

O deus se empertigou.

— Um favor em troca da minha proeza bélica?

— Ou seria sua sede de sangue? — perguntou Atena.

— Preciso te lembrar que ninguém solicitou sua presença? — disse Hades.

Hermes debochou.

— Ai, essa deve ter doído.

— Eu vou te mostrar o que é dor, Hermes — ameaçou Ares.

— É uma promessa, general gostosão?

Hades suspirou.

— Estou cercado por idiotas.

— Os semelhantes se atraem — comentou Hécate.

— Ou você aceita a oferta, Ares, ou não luta do lado dos deuses — disse Hades. — Esse é o acordo.

Houve um instante de silêncio, então Ares cruzou os braços.

— Certo.

Com o acordo feito, Hades olhou para o restante dos deuses.

— Não podemos nos permitir ser pegos de surpresa de novo — declarou ele.

— Então devíamos atacar primeiro — disse Afrodite. — Pegar Teseu de surpresa.

— A surpresa não é tão importante quanto o território — argumentou Atena. — E Teseu tem a vantagem. Está numa posição melhor, cercado por um muro.

— Então vamos derrubar o muro — disse Hermes.

— E como você propõe que a gente faça isso? — perguntou Afrodite.

— Sei lá, explosivos? — disse ele.

— Claro — respondeu Atena. — Se você conseguir vencer o exército que Teseu colocou na frente dele, fique à vontade pra usar explosivos.

— Bom, já que você é tão esperta — disse Hermes —, o que a gente faz então?

Atena deu de ombros.

— Eu ofereceria a eles algo que não podem recusar: uma arma tão mortal que vão ter que abrir o portão.

— E o que seria isso? — perguntou Afrodite. — Teseu já tem armas que podem matar deuses.

— Parece que você tá falando do Cavalo de Troia — disse Hermes. — Você sabe que já foi feito, né? Eles vão ver a falcatrua de longe. Literalmente!

— Não o Cavalo de Troia. *Um* cavalo de Troia — disse Atena.

— Não entendi — falou Hermes. — Você disse a mesma coisa.

— Ela está dizendo que precisamos de uma distração, Hermes — explicou Hades.

— Eu tenho as bolas do Zeus guardadas num pote — ofereceu Hécate.

Todo mundo olhou para a deusa.

— Ok, isso definitivamente conta como distração — disse Hermes, acrescentando baixinho: — e como loucura.

— Elas podem ser uma arma poderosa — falou Hécate. — Só depende do que nascer delas.

— Acho que todos nós sabemos bem — afirmou Hermes. — Será que a gente quer mesmo arriscar a sorte com as bolas do Zeus? Tipo, e se a gente acabar com outro Ares? — Ele torceu a boca, com nojo.

— Vai se foder, Hermes — disse Ares.

— É uma preocupação válida!

— Acho que, se formos oferecer algo que leve Teseu a abrir os portões, precisamos saber o que é — declarou Atena.

Hades tinha uma ideia, mas ninguém ia gostar.

— E se a gente se render?

— Você só pode estar brincando — disse Afrodite.

— A morte não brinca em serviço — respondeu ele.

— Você fica fazendo essa piada, e nem é engraçada — falou Hermes.

Hades o ignorou.

— Teseu abriria os portões se achasse que eu estava me rendendo.

— Não — disse Perséfone. — Ele te mataria assim que você cruzasse a soleira.

— Ele vai querer se gabar antes disso — afirmou Hades. — É um plano válido. Vou hoje à noite e ofereço uma aliança. Quando vocês chegarem nos portões, já vou ter feito eles se abrirem.

— E se não abrirem? — perguntou Perséfone. Ele sentia o medo e a fúria dela. — O que a gente vai fazer?

— Vocês lutam até eles abrirem — respondeu ele.

— Tudo muito bom — disse Hefesto. — Mas e Cronos? O titã consegue manipular nosso mundo, fazer a gente ver coisas que não existem.

— Ele vai precisar ser distraído para que não possa usar seu poder de novo — afirmou Hécate.

— Eu posso fazer isso — disse Ares.

— Não pode, não — discordou Hefesto.

Hermes deu uma risadinha.

— Está tentando me desafiar, perna de metal? — perguntou Ares.

— Cala a boca, Ares — retrucou Afrodite.

— Estou te alertando — disse Hefesto. — Você não sabe do que Cronos é capaz, porque não estava lá hoje.

Houve um instante de silêncio, então Perséfone falou.

— E Prometeu?

— Com certeza ele distrairia Cronos — disse Hades. — Os dois não se gostam.

— Ele ficaria do nosso lado?

— Não exatamente do nosso lado — disse Hécate. — Mas vai ajudar se os mortais estiverem ameaçados. Não precisamos pedir. Ele vai simplesmente aparecer, como hoje.

Prometeu era o criador da humanidade, e já sacrificara muita coisa para vê-la triunfar — em especial sua qualidade de vida.

— Espero que você não esteja errada — disse Ares.

— Eu nunca estou errada, Ares — respondeu Hécate.

— Humm, há controvérsias — comentou Hermes.

Hécate lhe deu uma cotovelada nas costelas.

— Ai! — gritou ele. — Filha da puta!

Com os planos feitos, os deuses se dispersaram. Hefesto, Afrodite e Ares foram armar os mortais que haviam concordado em lutar no dia seguinte. Hades esperava que Perséfone permanecesse ali para poderem falar de sua decisão de se render a Teseu, mas ela saiu do escritório com Hermes a tiracolo.

Hades sabia que Perséfone estava chateada, mas também assustada. Com a realidade de Cronos ainda fresca na mente, ela só conseguia pensar na possibilidade da morte dele, e o deus não podia culpá-la, pois também passava por isso.

— Você está bem, Hades? — perguntou Hécate.

Ela ainda não voltara a seus afazeres, quaisquer que fossem. Coletar órgãos, aparentemente.

Hades suspirou e se levantou.

— Acho que preciso de ar fresco — declarou ele.

— Vou com você — disse ela.

Juntos, foram até a pista da Nevernight, depois saíram da boate, mas sem se afastar muito.

Hades olhou para o céu.

— Nunca te vi observando as estrelas — disse Hécate.

— Não estou — disse ele. — Estou observando o que não está lá. O ofiotauro não voltou para o céu.

Hécate olhou.

— Humm. Tem razão. Que pena.

Hades olhou para ela.

— Conheço essa voz.

— Claro que conhece — falou ela. — É a minha.

— Quero dizer que sei que você está decepcionada — disse ele. — O que eu fiz? O que deixei passar?

— Não estou decepcionada — disse a deusa. — Mas você está sem criatividade.

— Admito que sou criativo em uma única área da vida — respondeu Hades.

Hécate bufou.

— É porque nada mais te interessa.

— Você não está errada.

— Me fala a profecia, Hades.

Ele pensara nela tantas vezes no último mês que a aprendera de cor.

— Se alguém matar o ofiotauro e queimar as entranhas, a vitória contra os deuses estará garantida.

— Vitória — repetiu Hécate. — O que é vitória, Hades?

— Vitória é vencer — respondeu ele.

— Muito bem — disse a deusa, depois continuou, mesmo com Hades olhando feio para ela. — E o que você pode vencer?

— Uma batalha — disse Hades. — Uma guerra.

Era a escolha mais óbvia.

— Você está quase lá — afirmou ela.

Ele a encarou por mais um instante, depois respondeu:

— Um jogo.

— Pronto — disse ela.

— Você está dizendo que posso cumprir a profecia perdendo um jogo para o Teseu?

— Estou dizendo que ele já venceu muitas batalhas contra os deuses, e o ofiotauro continua ausente. Será que não vale a tentativa?

Hades achava que era válido tentar qualquer coisa.

— Não quero só sabotar o futuro dele — declarou Hades. — Quero ele morto.

— Ah, sim. Pena que ele é invencível.

— Você sabe que não está ajudando.

Hécate deu de ombros.

— Afrodite tem razão. Até Aquiles tinha um ponto fraco. Você já conhece o do Teseu.

Conhecia mesmo, embora fosse óbvio para qualquer um. O semideus era arrogante.

Não é soberba se é verdade, ele dissera a Hades, mas esse comentário era só mais um exemplo de seu orgulho excessivo.

Hades estava determinado a garantir que a arrogância fosse a queda de Teseu.

Eles ficaram em silêncio por um instante, e, na calmaria, Hades teve a impressão de ouvir um arrastar de pés. Ele se virou para olhar para a rua, e seu coração parou ao ver Dionísio. O Deus das Vinhas havia voltado. Parecia exausto, bravo e devastado. Ao seu lado havia uma mulher que Hades não reconhecia, mas chutava que devia ser Medusa.

— Dionísio — disse Hades, virando-se para encarar o deus.

— Minhas mênades — disse Dionísio, depois parou.

— Eu sei — falou Hades. — Vem.

Conduziu Dionísio e Medusa para a enfermaria de Hécate. Quando puxou a cortina, ficou surpreso ao ver Naia acordada, apoiada em travesseiros. Ela parecia pálida, e havia uma névoa em seu olhar que Hades atribuiu ao luto.

Quando viu Dionísio, a mênade começou a chorar. Ele foi até ela e se ajoelhou, pegando-a nos braços.

— Ele está com a Ariadne, Dionísio — lamentou ela. — Pegou ela, a irmã e o bebê. Não tinha nada que a gente pudesse fazer.

— Shhh — Dionísio a acalmou — Você fez tudo que podia, Naia. Tudo.

Hécate levou Medusa para outro canto, e Hades deixou os dois a sós para se reunirem e chorarem juntos.

Hades ficou surpreso ao encontrar Perséfone com Ártemis, mas, assim que se aproximou, a Deusa da Caça saiu. Ele a observou se afastar antes de se voltar para a esposa.

— O que foi isso? — perguntou.

— Uma trégua — respondeu Perséfone. — Eu ouvi certo? Dionísio voltou?

O deus assentiu.

— Naia também acordou. Ela está dizendo que Ariadne, a irmã e o bebê foram levados por Teseu e os outros semideuses, o que significa que provavelmente estão atrás dos muros da fortaleza de Teseu.

Perséfone empalideceu. Era evidente que passar pela muralha seria importante para vencer essa guerra, mas agora era necessário resgatar os três.

— Sei que você está brava comigo — disse Hades.

— Não estou brava — afirmou ela. — Mas é complicado imaginar você entrando no território do Teseu. É como passar pelo labirinto de novo.

— Se enxergasse outra saída, eu a escolheria.

— Eu sei — falou ela.

Houve uma pausa silenciosa, depois Hades falou:

— Quero te mostrar uma coisa, mas não sei se você está pronta para voltar ao arsenal.

Perséfone estremeceu, respirando fundo.

— Acho que depende do que você quer me mostrar — respondeu ela. — É uma lembrança que vai ofuscar o que aconteceu lá?

— Não sei se alguma coisa é capaz de fazer isso — disse Hades. Ele encostou a testa à dela. — Não tem resposta errada aqui, Perséfone.

— Eu vou — declarou ela. — Se não conseguir encarar o que fiz, será que mereço me curar?

Hades inclinou a cabeça dela para trás.

— Todo mundo merece se curar, se não na vida, então na morte. É o único jeito de o mundo evoluir quando as almas renascem. — Ele fez uma pausa. — Se for demais, você vai me falar?

Ela assentiu, então ele a envolveu com sua magia e a levou para o Submundo.

Hades não apareceu dentro do arsenal, na expectativa de que entrar nele da maneira tradicional fosse menos intenso. Encostou a mão ao painel ao lado da porta, que se abriu.

— Você consertou — disse Perséfone, parada à porta.

— Sim — disse ele.

Ele restaurara o painel ao trazer as armas de Hefesto para o Submundo.

Hades ficou observando os olhos de Perséfone percorrerem a sala, detendo-se na armadura no centro. Sem nenhuma palavra, a deusa se afastou e foi até lá. Ele tinha posicionado a armadura dela ao lado da sua, uma versão menor do que usava no campo de batalha: camadas de metal preto, enfeitadas de ouro. Detalhes elaborados decoravam a couraça. Perséfone percorreu o desenho com a ponta dos dedos.

— É linda — disse ela, depois olhou para Hades. — Obrigada.

— Tenho mais uma coisa pra você — disse ele, pegando o bidente que Hefesto construíra para ela.

Aquela era a arma dele havia séculos, um símbolo de seu governo sobre o Submundo, e agora ela também teria uma.

— Hades — sussurrou Perséfone, envolvendo o cabo com os dedos. — Eu... mas eu não sei como usar isso.

— Eu te ensino — afirmou ele. — Não é pra essa batalha.

Ela o encarou.

— Não pra essa, mas para outras?

— Se temos vidas inteiras pela frente — disse Hades —, com certeza haverá outras.

— Quando penso no nosso futuro, não quero pensar em guerra.

— No que você quer pensar, então? — perguntou ele, inclinando a cabeça dela para trás.

— Gostaria de pensar em tudo que vamos celebrar com nosso povo e nossos amigos — respondeu ela. — Ascensões infinitas, a abertura do Anos Dourados, seu primeiro aniversário.

— Meu primeiro aniversário?

— É. Você nunca comemorou, né?

— Não sei quando exatamente nasci. Mesmo se soubesse, não é um dia que eu gostaria de celebrar.

— É por isso que eu escolhi uma nova data de nascimento pra você — afirmou Perséfone.

— Ah, é? E que data seria essa?

— Primeiro de novembro.

Hades a encarou, curioso.

— O que te fez pensar nisso?

— Além de você, foi a única coisa boa que saiu do labirinto.

39

HADES

Hades escolheu vestir seu habitual terno preto, feito sob medida.

Não queria estar usando uma armadura ao aparecer diante do portão da Casa de Etra. Ele não ia lutar; ia fazer um acordo — talvez o negócio mais importante de sua vida.

— Pronto? — perguntou Perséfone.

Ele se virou para olhar para ela, que vestia a armadura elegante de Hefesto. Ela estava linda, uma verdadeira guerreira.

— Você está? — perguntou Hades.

Então tocou o queixo dela, roçando seu lábio inferior com o polegar.

— Estou pronta pra isso tudo acabar — respondeu ela. — Pra gente começar nossa vida.

Hades deu um sorriso discreto e a beijou, enfiando a mão em seu cabelo. Abraçou-a com força, provando-a até ela ser a única coisa preenchendo seus sentidos.

Quando se separaram, Perséfone tocou o bolso do paletó dele, e uma prímula vermelha floresceu ali.

Ela olhou para ele.

— Vou te esperar nos portões — disse ela.

O deus interpretou a frase como uma promessa e, com um último beijo, saiu.

Hades não ficou surpreso ao ouvir o rangido de várias cordas sendo puxadas nos arcos quando apareceu diante do portão da casa de Teseu. Ergueu o rosto para os mortais que miravam nele, as pontas de suas flechas brilhando sob a lua de Selene.

O deus não disse nada enquanto esperava. Não se sentia ansioso com frequência, mas naquele instante o sentimento ardia em seu peito e dava um frio na barriga. Apesar de acreditar que aquilo era o certo a fazer, sabia que seria difícil. Não gostava da ideia de se render a um homem que odiava, mesmo que fosse apenas para obter acesso ao alvo.

Esperava conseguir desempenhar bem o papel.

Como imaginava, Teseu o fez esperar sob a ameaça dos arqueiros. Quando por fim apareceu, foi no muro bem no meio dos portões.

Ele encarou Hades com os olhos brilhando de diversão.

— Que surpresa — disse Teseu. — A que devemos a honra de sua presença, Lorde Hades?

O semideus já estava testando sua paciência. Hades se esforçou para não demonstrar sua frustração — ou seu ódio.

— Refleti bastante e consultei muitas pessoas — respondeu Hades. — Esperava que pudéssemos conversar.

Hades queria que o semideus ficasse intrigado com a imprecisão de suas palavras, imaginando o que o teria levado até os portões de sua casa no meio da noite, mas, se esse foi o caso, Teseu não deixou transparecer nada. Em vez disso, inclinou a cabeça para o lado e disse uma única palavra:

— Fale.

— Eu me reuni com as Moiras e testemunhei seu futuro — disse Hades, embora fosse mentira. — A promessa é grandiosa.

— Você não me disse nada que eu já não saiba — respondeu Teseu.

— Não — concordou Hades. — Você sempre esteve certo do seu destino.

— É difícil discutir com as profecias — afirmou Teseu.

Não era verdade, mas Hades não ia discordar.

— Então você veio por quê? — perguntou Teseu. — Não enrola, Hades. Nenhum de nós tem tempo pra isso.

— Eu vim me render — respondeu Hades. — Oferecer minha lealdade ao seu lado.

Ele não estava preparado para o gosto horrível que essas palavras teriam. Teve vontade de cuspir assim que elas saíram de sua boca.

Houve uma pausa, e então Teseu riu. Os mortais ao seu redor o acompanharam, até que a noite foi tomada por gargalhadas. Quando o riso foi morrendo, Teseu falou.

— Deve ter sido muito difícil pra você dizer isso.

— Definitivamente precisei praticar — respondeu Hades.

— Um desperdício, com certeza — disse Teseu. — Veja bem, não posso aceitar sua lealdade quando já aceitei a do seu pai. Seria... inapropriado, já que vocês são inimigos.

Hades encarou Teseu por longos segundos antes de responder:

— Se vai recusar minha aliança, então devíamos pelo menos nos divertir.

— Ah, eu estou me divertindo muito — garantiu Teseu. — Mas continue.

— Um jogo da sua escolha — disse Hades. — Se eu ganhar, você aceita minha oferta.

— Ansioso para se juntar ao lado vencedor, hein — falou Teseu. Olhou para a esquerda, depois para a direita. — O que achamos? Vamos aceitar a oferta desse deus?

Seu exército gritou, mas Hades não soube dizer se a ideia era encorajá-lo ou dissuadi-lo. Entretanto, se precisasse chutar, diria que Teseu já tinha tomado sua decisão. Ele gostava de um espetáculo. Sua intenção ali era humilhar, e estava funcionando.

— Bom, Hades — disse ele. — Parece que temos um acordo.

Apesar do aceite, Hades não sentiu nenhum alívio. Na verdade, ficou ainda mais ansioso quando os portões se abriram, rangendo. Não atravessou a soleira de imediato.

— O que foi, Hades? — perguntou Teseu. — Está com medo?

— Você não me falou suas condições — respondeu Hades.

— Minhas condições não importam — disse Teseu. — Porque, se eu ganhar, você não vai sobreviver pra contar história.

— Você acha que vou morrer sem lutar?

— Espero que não — disse o semideus. — Seria muito decepcionante.

— Bastante — concordou Hades, então avançou pelos portões, adentrando o território de Teseu.

Do lado de dentro, havia mais soldados mortais.

— Imagino que seus camaradas ainda estejam a caminho? — disse Teseu.

— Eles vão lutar até o fim — confirmou Hades.

— E será o fim mesmo — disse Teseu. — Vem. Vamos jogar.

O semideus se virou, e Hades o seguiu pelo pátio de pedra e pela escada, mas, quando chegou ao topo, vacilou.

— Hera? — sussurrou ele.

Não era ela, claro, mas sua alma. Estava parada ali, trêmula, com os olhos arregalados de medo. Murmurou alguma coisa, mas Hades não conseguiu ouvir as palavras.

Teseu também parou.

— Ela continua aqui? — perguntou ele.

Hades olhou para o semideus.

— Ela vai ficar até ser adequadamente enterrada.

Nem todas as almas precisavam de ritos fúnebres, mas algumas não conseguiam seguir em frente até que eles fossem realizados.

— Ah, bom, não vai acontecer nunca — disse Teseu. — Infelizmente os seguidores de Hera estão se alimentando do corpo dela nesse instante. Cronos é bem vingativo quando se trata dos olimpianos.

Hades não conseguiu esconder o nojo.

— Pensei que você consideraria esse um fim adequado pra ela, levando em conta o histórico de vocês — observou Teseu.

— Eu não desejaria um fim desses pra ninguém — respondeu Hades. — Nem pra você.

— Que nobre da sua parte — disse Teseu, entrando em casa.

Hades ainda olhou para Hera por um instante, depois seguiu o semideus para dentro da residência. Ele meio que esperava ouvir Ariadne gritando de algum lugar, mas o único som era o choro de uma criança, que não parecia incomodar Teseu enquanto conduzia o deus para um escritório.

Era uma sala escura, aberta para o exterior. A única luz vinha da lareira e de dois grandes braseiros que ardiam na varanda, onde havia uma mesa e duas cadeiras. Era quase como se Teseu já estivesse pronto para recebê-lo, mas então Hades percebeu que a área tinha vista para o campo de batalha além do muro.

— Esperando alguém? — perguntou ele.

Teseu riu.

— Só me preparando pra aproveitar a vista. Já te disse que não sou muito de baralho? — perguntou Teseu, caminhando até a lareira, embora já soubesse a resposta.

Eles nunca haviam conversado de verdade, só desafiado um ao outro.

— O que você prefere? — perguntou Hades, olhando para Teseu.

— Dominó — respondeu o semideus, pegando uma caixa preta. Ele se virou, erguendo-a. — Espero que não se importe.

— Eu disse que era um jogo da sua escolha — lembrou Hades.

— Disse mesmo — falou Teseu, e Hades ficou incomodado com a diversão brilhando em seus olhos. O semideus indicou a varanda. — Por favor.

Hades saiu da sala e se sentou na cadeira à direita. Teve a sensação de ter subido num palco. Sabia que os homens de Teseu os observavam da muralha e do pátio lá embaixo.

Teseu o seguiu.

— Você sabe jogar?

— Conheço as regras — respondeu Hades.

— Que bom — disse Teseu. — Então sabe que o jogo é rápido e vence quem fica sem peças. O que acha de quatro partidas? Melhor de quatro?

— Como quiser — respondeu Hades.

Teseu virou a caixa, espalhando as peças de mármore na mesa. Enquanto virava cada uma, apareceu uma empregada carregando uma bandeja de prata e colocou dois copos diante deles.

— Bebida? — perguntou Teseu.

— Eu trouxe a minha — disse Hades. — Se não se importa.

— Fique à vontade — falou Teseu.

Hades tirou um cantil preto do bolso do paletó e serviu uma pequena dose de uísque no copo. Não estava ansioso para beber, mas achou que talvez o cheiro lhe trouxesse algum conforto.

Enquanto o deus enchia o copo, Teseu misturava as peças na mesa. Quando terminou, cada um escolheu sete. Hades olhou para a mão que pegara, lembrando-se de que o jogador com o duplo mais alto jogava a primeira peça, e pelo visto era Teseu, que baixou um duplo seis.

— Ouvi dizer que devia te parabenizar por algo além de suas vitórias recentes — comentou Hades, jogando um seis-dois.

— Está falando do nascimento do meu filho — disse Teseu, jogando a próxima peça. O jogo era rápido mesmo. — Sim, acho que é uma conquista. A descendência é muito importante. Essencial para a continuação de um legado. Ah, me perdoe. Se não me engano, você não pode ter filhos, certo?

Enquanto falava, Teseu baixou sua última peça, ganhando a primeira partida.

Hades ficou imóvel. Ergueu os olhos para o rosto de Teseu, vendo seu sorriso divertido. Pensou em perguntar como o semideus sabia de uma coisa tão íntima, mas então se lembrou de que Poseidon estivera presente quando o oráculo de Zeus fizera sua profecia a respeito do casamento dele com Perséfone. Ele fora forçado a revelar que as Moiras haviam tirado sua capacidade de ter filhos.

Passaram a um novo jogo, misturando as peças mais uma vez e escolhendo a mão enquanto conversavam.

— É uma pena que aqueles que não gostam de crianças sejam capazes de tê-las, enquanto aqueles que as desejam, não — comentou Hades.

A alfinetada não afetou Teseu.

— Mas você nem sempre desejou filhos. Trocou a capacidade de tê-los para dar a divindade a uma mulher mortal. Por quê?

Teseu não estava errado. Hades tinha mesmo dado a divindade a uma mulher mortal. Na verdade, a mulher era a mãe de Dionísio, Sêmele, que morrera depois de exigir ver Zeus em sua verdadeira glória: uma forma para a qual nenhum mortal poderia olhar sem perecer. Mas só fizera aquilo porque fora enganada por Hera.

Depois da morte dela, Zeus pegou Dionísio, ainda um feto, e o costurou na própria coxa, para que ele pudesse nascer de novo. Foi assim que o Deus das Vinhas passou a ser conhecido como o deus duas vezes nascido.

Mais tarde, Dionísio procurou Hades e, quando não conseguiu resgatar a mãe do Submundo sozinho, implorou para que ela fosse libertada.

— Eu queria obter um favor — disse Hades.

Ele enxergara o potencial de usar a capacidade de Dionísio de provocar loucura quando quisesse.

Teseu riu e encaixou a última peça, vencendo a segunda partida.

— Nós dois não somos tão diferentes, Hades.

— Somos quase opostos, Teseu — respondeu Hades, enquanto eles seguiam para o terceiro jogo.

— Talvez agora — disse o semideus. — Eu gosto de pensar que sou o que você poderia ter sido se não tivesse amolecido.

Hades deslizou uma peça para o lugar, produzindo um rangido contra a mesa de madeira.

— Você está dizendo que meu amor por Perséfone me torna fraco?

— Não é ela a razão de você ter acabado preso no labirinto?

— Se Perséfone é uma fraqueza, então o que é Ariadne pra você?

Foi a primeira vez que Hades viu Teseu hesitar.

— Absolutamente nada — respondeu ele.

— Absolutamente nada — repetiu Hades. — E no entanto você inundou a cidade de Nova Atenas inteira só para expulsá-la dos túneis do Dionísio.

— Se acha que eu inundei Nova Atenas por uma mulher, você é um idiota.

— Você não se casou com a irmã dela para controlá-la?

— Eu me casei com a irmã dela porque ela *podia ser* controlada. Ariadne é indomável.

— Mesmo assim você continua tentando — observou Hades.

Teseu bateu uma peça com força na mesa, fazendo os dominós se agitarem. Hades o encarou e colocou uma última peça no lugar. Ele havia ganhado essa partida, e Teseu estava morrendo de raiva. Foi a primeira vez que Hades notou a loucura brilhando nos olhos do semideus.

— Não preciso mais *tentar* domar Ariadne — vociferou ele.

Hades sentiu um frio na barriga ao pensar no que aquilo poderia significar para a mortal. Eles passaram para a última partida. Mesmo que Hades não estivesse tentando ganhar, a possibilidade de ser derrotado o preocupava. Teseu em geral não perdia tempo para fazer justiça com as próprias mãos. Aconteceria a mesma coisa dessa vez?

— O que a Fedra acha da sua obsessão pela irmã dela?

— Não importa. Mesmo que ela ainda estivesse viva, eu não permitiria que ela tivesse uma opinião.

A notícia da morte de Fedra pegou Hades de surpresa.

— Como você não sabe que ela está morta se é o Deus do Submundo?

— Ando meio distraído com a sua invasão à minha cidade — respondeu Hades.

— Sua cidade? — perguntou Teseu, rindo sem alegria nenhuma. — Desde quando Nova Atenas é sua cidade?

— Ela sempre foi minha, Teseu. Por que você acha que é contra mim que está lutando nessa guerra?

Uma sirene soou, e quando olhou na direção do som Hades viu aço brilhando como estrelas no horizonte.

— Ah, olha lá — disse Teseu. — Seu exército chegou.

Ordens foram dadas aos gritos. Os portões se abriram, e os soldados marcharam para fora, mas seus movimentos tinham um ar relaxado.

Era quase como se nada daquilo fosse sério, como se eles pensassem que tudo acabaria antes mesmo de começar.

Ao olhar naquela direção, Hades procurou Perséfone. Era difícil não ficar assistindo à aproximação de sua rainha, vestida de sombras e pronta para a batalha, e, apesar de saber que ela era capaz e que seus amigos a protegeriam, ele continuava sentindo que devia estar lá.

— Hefesto é um grande artesão — comentou Teseu. — Impressionante ele ter conseguido armar os deuses e seu exército mortal com uma cópia da minha criação.

— Se não me engano, uma vez você chamou de oportunidade, não foi?

— Não se distraia, Hades — disse Teseu. — Ou vai perder o momento da sua derrota.

Hades voltou a olhar para as peças enquanto Teseu encaixava a última. Ele não sabia ao certo o que estava esperando quando Teseu vencesse, mas ficou surpreso com o que de fato aconteceu. O semideus tirou as mãos da mesa e se recostou na cadeira, encarando Hades com uma escuridão no olhar que ele nunca vira antes.

Depois do que pareceu uma eternidade, Teseu falou.

— Eu sei que você me deixou ganhar, Hades. Não tinha como se esforçar mais pra perder. Você não estava nem contando as peças.

Hades não disse nada.

Teseu continuou a encará-lo como se estivesse pensando no que fazer. Seu maxilar estalou, e ele bateu os nós dos dedos na mesa, soltando um risinho.

— Eu soube que você tinha vindo com um plano quando se recusou a escolher um jogo. Ninguém que deseja controle tanto quanto você abriria mão dele. A pergunta é: por quê?

Hades deu de ombros.

— Agora você derrotou um deus — disse ele.

Houve um instante de silêncio, então Teseu começou a rir. A princípio, uma risada suave, que depois se aprofundou. Ele riu tanto, e tão alto, que começou a tossir. Pegou o copo de Hades e virou o conteúdo. Quando terminou, bateu o copo na mesa.

Antes de falar, ele deu mais uma risadinha.

— Tenho que te dar os créditos pela criatividade, Hades — falou ele. — Mas foi um plano estúpido. Eu já cumpri a profecia, e agora você perdeu pra mim.

Teseu invocou uma lâmina. A ponta estava escura do veneno da Hidra.

— Você entende, né? — perguntou ele. — Um acordo é um acordo.

Hades encarou Teseu e ficou observando os olhos dele se encherem de dor. Seu rosto ficou quase amarrotado: uma expressão de sua agonia.

372

Ele derrubou a faca e levou as mãos à barriga ao se dobrar e vomitar sangue nos pés de Hades.

Quando olhou para o deus, seus olhos estavam vermelhos e lacrimejantes.

— O que você fez? — gritou ele.

Hades só ficou olhando enquanto Teseu caía de joelhos, com a respiração entrecortada.

— Eu descobri uma coisa engraçada — disse Hades. — Você sabia que os boatos sobre a macieira de Hera são verdadeiros? Não se pode comer uma maçã dourada duas vezes. — Ele se abaixou e pegou a faca de Teseu, que estava coberta de sangue. — A segunda vai te matar.

Mais sangue saiu da boca de Teseu, e seu rosto assumiu um tom roxo-avermelhado. Hades se levantou, com a faca em mãos.

— Todo mundo tem um ponto fraco, Teseu — disse ele, posicionando a lâmina sobre o coração do semideus. — O meu pode ser a Perséfone, mas o seu... o seu é a soberba.

Hades encarou Teseu e enfiou a faca bem fundo. Enquanto a vida sumia de seus olhos, agarrou a cabeça dele para mantê-lo ereto ao falar.

— Te encontro nos portões — disse ele, depois deixou que o semideus caísse no chão, morto.

40

PERSÉFONE

Perséfone estava parada com Hécate à esquerda e Hermes à direita. Mais atrás estavam Afrodite e Hefesto, acompanhados de Atena e Ares, os dois empunhando as lanças e os escudos. Depois havia Ártemis, incumbida de usar as flechas douradas durante a batalha e curar os feridos.

Diretamente atrás deles estavam os soldados mais experientes de seu exército de Fiéis, carregando grandes escudos apoiados uns nos outros para criar uma barreira, possibilitando que avançassem rumo ao exército de Ímpios à frente.

Kai, Damião e Macaão lideravam os Ímpios, além de um semideus que Perséfone nunca havia visto.

— Esse da direita é novo — disse Ártemis, estreitando os olhos.

— O nome dele é Perseu — falou Dionísio. — E ele é meu.

— Droga — disse Hermes. — Você escolheu o gostoso.

Tanto Perséfone quanto Hécate olharam para o deus.

— Quê? — perguntou ele. — Só estou sendo sincero.

— Ele não é seu meio-irmão? — perguntou Perséfone.

— E daí?

— Sei lá. É meio estranho você achar seu irmão gostoso.

— *Meio* — corrigiu Hermes. — E estranho por quê? Não é que eu queira trepar com ele.

Um silêncio tenso se seguiu às palavras de Hermes.

— Por que eu tenho a sensação de que nenhum de vocês acredita em mim?

— Porque não acreditamos mesmo — respondeu Hécate.

— Aposto que você já transou com seu irmão — disse Ares.

— Bem que você queria, Ares!

Se Hades estivesse aqui, já teria começado a batalha só pra fazer eles calarem a boca, pensou Perséfone.

Ela observou a muralha que rodeava a fortaleza de Teseu. Era alta e tinha diferentes níveis, e centenas de arqueiros estavam postados ali, com os arcos prontos, as armaduras brilhando sob a luz do fogo.

— Os portões ainda estão fechados — disse Perséfone.

— Dê um tempo a ele — respondeu Hécate.

Era o que Perséfone faria, porque não tinha escolha, mas estava preocupada. Tinha odiado o plano de Hades desde que ele o sugerira. Era como permitir que ele voltasse ao labirinto, e, ainda atormentada pelo horror da realidade de Cronos, o que ela mais temia era que ele não retornasse dessa vez.

— Tantos mortais — comentou Perséfone, em voz baixa.

Tantas almas, ela pensou.

— Todos dispostos a morrer por um semideus que não tem nenhum controle sobre o além-vida deles — disse Hécate.

— Já está pensando em como vai puni-los? — perguntou Perséfone, olhando para a deusa.

— Você não? — Hécate devolveu a pergunta.

— Não vejo razão para esperarmos até eles morrerem — respondeu ela.

No instante seguinte, o chão entre elas se abriu, e Cérbero subiu das profundezas do Submundo. Era uma visão assustadora, com os olhos vermelhos e brilhantes de raiva, os dentes à mostra e o rosnado baixo e gutural ecoando no silêncio.

Foi a primeira vez que Perséfone viu algum movimento da parte dos Ímpios, a primeira vez que pressentiu o medo deles.

— Eu sabia que tinha te treinado bem — disse Hécate, abrindo um sorriso convencido que Perséfone retribuiu.

Ela pôs a mão sobre Cérbero e, assim que o fez, ouviu o distinto som da corda de um arco relaxando. Então avistou uma flecha zunindo na direção do cão, interrompida por Ártemis, que a despedaçou com sua própria flecha branca. Perséfone olhou brevemente para a deusa, acenando com a cabeça para lhe agradecer antes de dar um passo à frente.

— Como ousam tentar machucar meu cachorro — disse ela, reunindo o poder nas mãos.

O chão tremeu debaixo dela, depois se abriu, separando as fileiras dos Ímpios. Alguns foram engolidos pela terra, enquanto outros conseguiram escapar. Quando desfizeram a formação, os mortais começaram a gritar e a correr na direção dos deuses, com as armas em mãos, e uma saraivada de flechas choveu sobre eles.

Perséfone invocou sua magia, e videiras subiram pelos muros, derrubando os soldados.

Os semideuses desapareceram, e Perséfone gritou uma ordem:

— Cérbero, ataca!

Seu monstro de três cabeças soltou um rosnado baixo, raspando as patas gigantescas no chão e fazendo a terra sair voando para todos os cantos ao avançar rumo ao exército inimigo.

Os semideuses apareceram diante deles e, por todos os lados, trovejou o som de armas colidindo. O barulho fez Perséfone estremecer até a alma, mas ela logo se voltou para a semideusa à sua frente: uma mulher que não reconhecia, mas que tinha os olhos de Poseidon.

Ela atirou a lâmina na direção de Perséfone com um grito raivoso, mas a deusa bloqueou o golpe com um emaranhado de espinhos, depois a atingiu com magia das sombras. A mulher cambaleou para trás e atacou a deusa de novo.

Então Perséfone sentiu um choque de dor nas costas e se arqueou contra a sensação, ofegante. Quando passou, ela se virou, mas não viu ninguém.

A deusa esperou, criando uma barreira com magia, sabendo que outro ataque viria. Depois de alguns instantes, sentiu uma perturbação e girou, e uma série de espinhos pretos disparou da palma de sua mão. Eles atingiram o alvo, que, como ela suspeitava, estava invisível usando o elmo de Hades.

Ela invocou sua magia e transformou em lama a terra abaixo do agressor. Quando tentou atacar, ele escorregou e caiu, e, antes que pudesse reagir, Hermes apareceu e enfiou a ponta afiada do caduceu nas costas dele. Perséfone tirou o elmo da cabeça do semideus.

Era Damião, o filho de Tétis, e estava morto.

— Um já foi — disse Hermes.

Perséfone lhe entregou o elmo.

— Leva isso pro Dionísio — instruiu ela.

— Pode deixar, Vossa Majestade — respondeu ele, pegando o elmo e desaparecendo em um borrão de luz dourada.

Quando a adrenalina baixou, Perséfone se lembrou de que estava machucada. Sentiu que estava se afogando, como se seus pulmões estivessem cheios de sangue. Levou a mão ao peito e ao afastá-la viu que estava ensanguentada.

Ergueu o rosto para o céu, em busca de Ártemis, mas só conseguiu avistar o ataque brutal de Ares contra Macaão antes de sentir a aproximação de alguém. Quando se virou, viu Kai correndo em sua direção. A terra cedeu sob os pés dele, mas o semideus não vacilou, navegando o solo com facilidade, a arma erguida. Perséfone recuou, mas não rápido o bastante, e a ponta da espada dele perfurou seu peito, embora ela mal tenha sentido a dor, distraída demais pela respiração molhada.

Mesmo com a vista embaçada, conseguiu enxergar Kai erguendo a lâmina, preparando-se para desferir o golpe fatal, quando foi interrompido por dois dentes afiados que explodiram através de seu peito: as pontas do bidente de Hades.

O semideus caiu de joelhos, depois de cara no chão.

— Hades — disse Perséfone, mas a palavra saiu arrastada.

Ela sabia que o veneno da Hidra estava correndo em suas veias.

— Ártemis! — A ordem de Hades soou distante, mas ela sentiu a vibração em seu peito. — Agora!

Algo afiado perfurou seu peito, e então um calor delicioso se espalhou, e de repente ela conseguiu respirar de novo. Quando sua visão clareou e ela enxergou o rosto de Hades, jogou os braços ao redor do pescoço dele.

— Hades!

— Tudo certo, meu bem? — perguntou ele, abraçando-a com força.

— Agora sim — respondeu ela.

Ele a ajudou a se levantar, e na mesma hora o chão começou a tremer.

— O que é isso? — perguntou Perséfone.

Ela olhou para Hades, depois para Hécate, que apareceu ao seu lado. A agitação era diferente de antes, quando Nova Atenas tremera durante os jogos. Não era uma vibração contínua, mas um estremecimento intermitente que lembrava... passos.

Então Perséfone a viu: uma criatura que só conhecia da história, um filho de Gaia, um monstro que parecia uma serpente. Ele andava de quatro, o corpo semelhante ao de um réptil, coberto de escamas, com um rabo comprido e letal, mas foi a cabeça que a deixou mais aterrorizada. Era composta de centenas de cobras. Ele era imenso, e ela sabia que, se ficasse de pé, sua cabeça chegaria às estrelas.

— Tifão — sussurrou Hécate.

Um grito terrível irrompeu da criatura, mas o som foi diferente de tudo o que Perséfone já ouvira, um rugido estridente acompanhado de um estranho silvo. Enquanto o monstro berrava, chovia veneno sobre a terra e o exército deles, fazendo os soldados derreterem onde estavam.

Os que não eram atingidos pelo veneno eram esmagados sob os pés de Tifão e atirados para longe com um movimento do rabo gigantesco.

— Cérbero! — disse Hades, como uma ordem, e o cão se jogou no gigante, cravando os dentes das três cabeças em diferentes partes da criatura: na perna traseira, nas costas e no pescoço.

Tifão berrou, e as cobras que compunham sua cabeça sibilaram violentamente, vomitando mais veneno. Cérbero ganiu ao ser atingido pela substância, que o queimou até o osso.

— Cérbero! — gritou Perséfone.

O cão recuou e foi até ela, para que a deusa pusesse suas mãos curativas sobre ele. As feridas do veneno sararam, mas Tifão agora estava concentrado neles, e suas muitas cabeças de serpente emitiam um guincho agudo.

Mas então houve um clarão de luz quando Hermes passou correndo, balançando o caduceu e decapitando várias das cabeças de cobra. Hefesto fez o mesmo com o chicote, depois Afrodite com a espada. Atena cravou a lança na criatura, atingindo as costas de Tifão repetidamente.

Perséfone invocou videiras do chão, e Hades, suas sombras. Elas se enrolaram em torno das pernas e da cintura do monstro. Tifão rugiu, dobrando-se com a força do puxão. Presa, a criatura de repente se viu rodeada, tanto por deuses como por mortais, que a esfaqueavam em todas as partes do corpo.

— Bom, isso — disse Hermes, enfiando a lâmina na barriga do monstro — foi bem mais fácil do que na vez do Zeus!

Tifão rugiu. As sombras de Hades tremeram, e os galhos de Perséfone se partiram quando o monstro conseguiu se levantar.

— Por que você tinha que abrir a boca, porra? — Afrodite gritou para Hermes, mais alto que o berro de raiva de Tifão.

Ele deu um grande passo, e o chão tremeu e se abriu. Centenas de mortais foram esmagados ou se afogaram quando imensas gotas de seu sangue caíram na terra.

— Me escuta — falou Hermes. — A gente faz ele tropeçar e tenta de novo.

— Não funcionou da primeira vez, Hermes. Por que funcionaria da segunda? — comentou Perséfone.

— Não dá pra dizer que ele não está mais fraco agora — disse Ártemis.

Era verdade e evidente pela quantidade de sangue que cobria o corpo escamoso do gigante. Se não conseguissem matá-lo, era provável que o veneno da Hidra o fizesse, mas era impossível dizer quanto tempo demoraria num corpo tão grande. Até lá, ele podia destruir o mundo inteiro.

— Agora seria uma boa hora pra usar aquelas bolas das quais você não para de falar, Hécate — disse Hermes.

Mas todos sabiam que era uma opção perigosa. Não sabiam o que o órgão de Zeus criaria; pior, quanta destruição adicional ele poderia causar.

Antes que Hécate pudesse refletir sobre essa opção, Hefesto apareceu no céu e atirou lanças derretidas em Tifão a partir da palma de sua mão. O gigante cambaleou, mas não caiu. Ele gritou de novo, mas, dessa vez, algo envolto em chamas surgiu da escuridão.

Prometeu, Perséfone se deu conta quando ele atingiu Tifão com tanta força que acabou atravessando o monstro.

O gigante grunhiu e balançou antes de voltar a cair. O impacto foi tão grande que a terra se deformou debaixo dele, ondulando sob os pés dos deuses. Enquanto os Divinos conseguiram se erguer no ar e evitar a queda, os dois exércitos foram parar no chão.

Prometeu pairou no ar, com o sangue do gigante pingando do corpo.

— Isso, porra! — gritou Hermes.

Mas a vitória foi breve, porque logo Cronos apareceu atrás do titã Deus do Fogo, pegando sua cabeça e torcendo-a até arrancá-la. O corpo de Prometeu caiu do céu, aterrissando como um meteoro incandescente.

— Malditas Moiras — disse Hades.

Tudo tinha acontecido muito depressa. Perséfone tremeu de fúria e horror ao ver Cronos atirar a cabeça do titã para longe como se não fosse nada.

Ao lado dela, Hécate sumiu e apareceu para cercar Cronos em sua forma tripla, com um fogo preto nas mãos que direcionou para o deus em um jato flamejante. Cronos desapareceu, mas Hécate também. Quando voltaram a aparecer, avançaram um contra o outro, e o choque emitiu um barulho de trovão. Por mais que Perséfone quisesse desviar o olhar — se concentrar na guerra que fervia ao seu redor —, não conseguia tirar os olhos do céu.

Horrorizada, ela viu Cronos agarrar Hécate e bater o corpo dela no próprio joelho. Ela pareceu se partir ao meio.

Perséfone não reconheceu o som que saiu de sua boca. Ela uivou. Pensou que ia vomitar, e então se curvou e vomitou mesmo.

— Não, não, não!

A palavra foi proferida cada vez mais alto, até que ela estava gritando a plenos pulmões.

A deusa caiu de joelhos, com os braços abertos.

Em vez de o poder fluir a partir dela, ele fluiu para ela.

Correu pelo seu sangue, dando a sensação de que havia um raio em suas veias, e se reuniu em suas mãos. Enquanto o poder vinha até ela, o mundo ao seu redor mudou. O horror que Cronos pintara se desintegrou, e de repente o deus estava parado diante dela, o rosto horrível contorcido em uma careta.

Ele pegou impulso, com a foice na mão, e mirou na cabeça de Perséfone.

Ela gritou, unindo as mãos, segurando o poder de Cronos. Seu corpo vibrou com ele, um poder que ela nunca sentira antes, e assim ela teceu para o titã um mundo cheio dos seus maiores medos.

Enquanto isso, usou seu próprio poder para invocar a terra. Raízes brotaram dela e se enrolaram em torno do Deus do Tempo até ele ser completamente consumido pelo tronco de uma árvore, cujos galhos chegaram ao céu antes de desabrocharem numa cachoeira de flores cor-de-rosa.

Foi magnífico.

Quando acabou, Perséfone teve a sensação de que a vida havia sido sugada de seu corpo.

Ela cambaleou e se sentiu envolvida pelos braços de Hades. Então soube que era seguro descansar.

— Você conseguiu, meu bem — disse ele. — Acabou.

41

DIONÍSIO

Dionísio estava lutando para chegar aos portões.

Ele tinha um único objetivo, que era resgatar Ariadne. Até matar Perseu estava em segundo plano.

Então sentiu algo bater em sua cabeça, mas não era uma arma: era um elmo. O deus levou a mão ao metal frio quando Hermes apareceu à sua frente.

— É o Elmo das Trevas — disse ele. — Vai pegar sua garota.

Hermes lhe deu um empurrãozinho, mas Dionísio não precisava daquilo. Ele correu através das fileiras dos Ímpios, desejando ser incorpóreo para poder atravessar os portões, mas estava ansioso para encontrar Ariadne, preocupado em chegar tarde demais.

Pensar nisso o deixou irritado, e ele foi abrindo caminho à força em meio aos ataques de corpos cobertos de metal, enfiando o tirso em qualquer um que estivesse no seu caminho. Já que não podia ser um fantasma, o elmo providenciava a segunda melhor coisa: surpresa.

Quando conseguiu passar pelos portões e avistou a fortaleza de Teseu, sentiu um alívio imenso. Estava quase lá.

Estou chegando, Ari.

Foi subindo dois degraus de cada vez, mas parou abruptamente no topo quando Perseu se aproximou.

Dionísio se perguntou aonde o semideus teria ido, mas, como o covarde que era, ele se escondera atrás do muro.

— Eu sei que você está aí, Dionísio — disse Perseu. — Desce pro play e vem brincar.

Dionísio cerrou os dentes e agarrou o elmo.

— Como você fez quando atacou minha casa?

— Foi justo — respondeu o semideus. — Você roubou o que pertencia a Teseu. — Perseu riu. — Isso te irrita? Ou é a ideia de Ariadne pertencer a Teseu que te deixa puto?

— Por que vocês, idiotas, falam das pessoas como se fossem donos delas? Como se elas fossem mercadoria, porra?

— Pessoas são mercadoria — respondeu Perseu. — Você já devia saber, considerando o preço que pagou por Fedra.

Era difícil para Dionísio pensar em suas mênades sem sentir o tormento da loucura. Quando chegara aos túneis, tinha descoberto centenas de corpos enfileirados, cobertos com lençóis. Ele ficaria sabendo depois que Hades, Hermes, Elias e Ártemis haviam reunido seus mortos. Hécate começara os ritos fúnebres, mas eles não quiseram enterrar ninguém até que ele tivesse a chance de se despedir.

— Espero que tenha valido a pena — continuou Perseu. — Foi por Ariadne que você fez isso, não foi? Pra ela deixar você trepar com ela.

Dionísio só o encarou, seu ódio pelo semideus queimando profundamente. Ele sabia que Perseu estava tentando irritá-lo o bastante para ele atacar primeiro, e foi essa noção que o impediu de avançar — isso e o fato de que Ariadne tinha acabado de sair do interior da casa de Teseu. A mortal estava coberta de sangue, mas ele achava que não era dela, considerando que a lâmina em sua mão estava pingando. Seus olhos estavam escuros e raivosos, cheios de uma angústia que ele vira muitas vezes nos olhos de suas mênades.

Ver aquilo o deixou enojado, além de furioso.

Dionísio encarou Perseu enquanto Ariadne se aproximava pelas costas do semideus e respondeu:

— Não. Eu comi ela antes disso.

Então a lâmina de Ariadne atravessou o peito de Perseu, e, quando seu corpo se arqueou, Dionísio enfiou o tirso no pescoço do semideus. Os dois puxaram as armas ao mesmo tempo, e, quando Perseu caiu, eles ficaram frente a frente.

— Ari — ele sussurrou o nome dela.

Foi então que notou que a mulher tinha uma espécie de pano enrolado no corpo. Dionísio percebeu que Acamante estava aninhado ali dentro.

Ele olhou para o bebê, depois para Ariadne.

— Cadê a Fedra?

A boca de Ariadne tremeu.

— Ela não sobreviveu — disse a mortal, se desmanchando em lágrimas.

Ariadne caiu em cima de Dionísio e ele a pegou, abraçando-a. Porra, ele queria não estar usando uma armadura para que ela pudesse apoiar o rosto em algo macio.

— Estou aqui — disse ele, passando os dedos pelo cabelo dela. — Com vocês dois.

42

PERSÉFONE

Quando despertou, Perséfone sentiu que poderia ter dormido uma eternidade. Era difícil abrir os olhos, então ela permaneceu com eles fechados. Ficou deitada imóvel e em silêncio, mas se sentia quente e não sabia por quê. Foi o que a acordou, a sensação da pele queimando.

Ela se esforçou para se lembrar de como tinha ido para ali — onde quer que fosse — e só conseguiu se lembrar da sensação de um poder quente como o fogo correndo por suas veias. Seu corpo zumbiu com a lembrança. Ela estremeceu, odiando senti-lo.

Aquele poder não era dela. Pertencia a Cronos.

Cronos. Ela se lembrou. Havia prendido o titã numa árvore com seus maiores medos, e Hades tinha matado Teseu.

Hades.

A última coisa de que Perséfone se lembrava era da sensação dos braços dele ao seu redor e da voz do deus.

Você conseguiu, meu bem. Acabou.

Dessa vez não teve problema nenhum em abrir os olhos e, quando o fez, descobriu que estava grudada em Hades. Debaixo dela, o corpo dele parecia um inferno de tão quente. Ela se afastou, esperando que ele estivesse acordado, mas viu que o deus ainda dormia.

Perséfone relaxou um pouquinho, observando-o. Era muito raro vê-lo assim: inconsciente e sereno. Sua testa estava lisa, sem nenhuma ruga entre as sobrancelhas.

Uma parte dela nem acreditava que aquilo era real, temia ainda estar presa no labirinto.

Tocou os lábios de Hades, carnudos e entreabertos, depois se abaixou para beijá-lo. Era real. *Ele* era real.

E eles *tinham* vencido.

Hades inspirou e levou as mãos ao corpo dela, enfiando a língua em sua boca e aprofundando o beijo, a ereção dele ficando mais dura entre os dois.

— Eu não queria te acordar — disse Perséfone quando eles se separaram.

— Não me importo — respondeu ele. — Principalmente quando você me acorda assim.

Ele agarrou a bunda da deusa e esfregou o quadril no dela. Perséfone respirou fundo, e Hades enfiou a língua em sua boca de novo. Os dois ficaram satisfeitos em só beijar por um tempinho, mas depois Perséfone se afastou e sussurrou contra os lábios dele:

— Quero provar você.

Hades sorriu.

— Meu bem, você pode me possuir quando quiser.

Perséfone adorou o sorriso dele e a promessa em suas palavras, e o beijou de novo antes de descer pelo seu corpo, roçando os lábios no peito e na barriga do deus. Deixou que seus mamilos, salientes e duros, tocassem a pele e o pau dele, que repousava pesado sobre seu baixo ventre.

Quando a deusa se sentou sobre os joelhos e pegou o pau dele, Hades ajustou o travesseiro e passou uma das mãos por trás da cabeça. Parecia lânguido e satisfeito, mas ela queria fazê-lo se contorcer. Era a primeira vez em meses que se sentia tão viva, sem o fardo do medo e do temor que vinham com a possibilidade de não voltar a vê-lo nunca mais.

Ela tinha fome dele e queria vê-lo voraz por ela.

Perséfone subiu e desceu a mão pelo pau de Hades, curvando-se para lamber a gota de pré-gozo que aparecera na cabecinha. Ao fazer isso, seu cabelo caiu, cobrindo seu rosto. Hades o agarrou e puxou para o lado.

— Não quero perder nenhuma parte disso — falou ele.

A deusa o encarou, depois o lambeu, provocando uma das veias que saltara para a superfície de sua pele macia. Deixou a língua girar pela cabeça do pau de Hades e o tomou na boca.

Hades gemeu e o som vibrou no peito da deusa, chegando até seu âmago. Ela enrijeceu, apertando as coxas.

— Adoro quando você me engole até o fundo — disse o deus.

Seus dedos estavam no cabelo de Perséfone de novo, e ela deixou que ele chegasse ao fundo de sua garganta, mantendo-o ali só por um instante antes de soltá-lo para respirar. De repente, Hades sumiu, e ela sentiu os dedos dele deslizarem entre suas pernas e provocarem sua buceta quente. Percebeu que ele tinha se teleportado para ficar atrás dela.

— Não é justo — gemeu Perséfone.

— Nada é justo, meu bem — disse Hades, enfiando um dedo. — Porra — falou ele, dando um beijo na bunda dela antes de tirar o dedo e levar a boca à sua pele escorregadia.

— Isso — gemeu a deusa. — Isso.

Perséfone se afastou de Hades e se virou, puxando a boca do deus para a sua, beijando-o com força antes de se deitar de costas e abrir as pernas de novo. Os olhos de Hades faiscaram, dançando sobre todas as partes do corpo dela.

— Porra, eu amo cada partezinha sua — disse ele.

Então levou a boca ao corpo dela de novo, mergulhando os dedos em sua buceta. Tudo dentro dela começou a parecer apertado, tensionado pela mão de Hades, e então, como se um fio tivesse se rompido, ela se soltou, contorcendo-se ao sentir uma onda de prazer após a outra percorrer seu corpo. Nunca sentira nada tão intenso, mas foi como se tudo que havia guardado dentro de si por semanas — toda a dor, a culpa e o medo — de repente fosse liberado. Agora ela tinha espaço para a esperança.

Tinha espaço para sonhos.

Como se ele soubesse, Hades esticou o corpo sobre o dela, apoiando a cabeça do pau entre suas pernas. Perséfone dobrou os joelhos, emoldurando o corpo dele, pronta e desesperada para que ele entrasse.

— Você está bem? — perguntou Hades, passando os dedos pela testa dela.

— Estou — respondeu a deusa. — Mais do que bem.

Então Hades a beijou, e Perséfone abriu a boca contra a dele, respirando fundo enquanto ele a preenchia.

— Eu te amo — declarou ela.

Hades sorriu de novo, deixando escapar uma risada ofegante.

Perséfone ergueu as pernas, envolvendo a cintura dele.

— Por que você tá rindo?

— É só descrença — respondeu ele, pontuando as palavras com um arquejo enquanto se movia dentro dela. — Você se tornou meu passado, meu presente e meu futuro.

Os olhos de Perséfone se encheram de lágrimas, mas não porque estivesse com medo, para variar. Era porque estava feliz, ridiculamente feliz.

E muito, muito apaixonada.

Hades baixou a testa para se apoiar na dela, e então eles se beijaram mais uma vez antes que não houvesse mais nada que pudessem dizer com palavras.

Mais tarde, Perséfone estava enroscada em Hades. Os dois estavam nus, corpos exaustos do sexo, mas foi nesse silêncio que a escuridão se embrenhou. Perséfone a sentiu como um cobertor se acomodando sobre ela e estremeceu.

Hades percebeu, e suas mãos quentes acalmaram a pele arrepiada dela.

— No que você está pensando? — sussurrou ele.

A voz dele soou sonolenta, o que Perséfone adorava. Era muito significativo que ele se sentisse confortável o bastante para descansar.

Ela ficou calada. A princípio, teve dificuldade de organizar os pensamentos. Era como se eles estivessem correndo por sua mente, pulando de uma preocupação para a outra. Pensou em todo o trabalho que teriam para reconstruir Nova Atenas, e, embora aquela fosse uma empreitada enorme, nada era mais assustador do que tentar recuperar a confiança dos mortais.

Eles precisavam provar que eram dignos de adoração, e aquilo exigiria construir um novo tipo de panteão, no qual os mortais não fossem punidos pelas falhas dos deuses.

Mas o que provocou arrepios foram os pensamentos que ela teve a respeito de si mesma.

— Só estou tentando decidir quem eu sou agora que a guerra acabou — disse a deusa.

— Você é Perséfone — falou Hades. — Você é minha esposa e minha rainha. Você é tudo pra mim.

Ela traçou um círculo no peito dele, mas não olhou para o deus.

— Mas até você sabe que eu não sou a mesma de antes.

— Se não fosse, não poderia viver nesse mundo — afirmou ele. — Eu não estou com medo. Por que você deveria estar?

— Não sei — respondeu Perséfone. — Acho que tenho medo de parar de me importar com o mundo se viver tempo o suficiente. Já estou sentindo o impulso de ser egoísta, de não ir além das nossas fronteiras.

— Não é egoísmo ter o desejo de estar onde é amada, Perséfone — disse Hades. Enquanto falava, sua mão quente continuava a acariciar as costas dela. — Dúvida e desconfiança não são o mesmo que perder sua humanidade. Na verdade, elas vão te proteger até melhor do que sua magia.

Os dois ficaram em silêncio, então Perséfone falou:

— No que você está pensando?

— Não tenho certeza de que você quer saber — respondeu Hades.

Ela ergueu a cabeça e olhou para ele.

— Eu sempre quero saber seus pensamentos.

Hades sorriu, com os olhos brilhando.

— Não são tão complicados — disse o deus, mas depois fez uma pausa antes de acrescentar: — Estou pensando em quantas vezes chegamos perto de nunca mais ter um momento como esse.

Perséfone ficou calada depois dessa confissão. De certo modo, era reconfortante saber que os pensamentos de Hades eram parecidos com os dela.

— Você acha que esses pensamentos vão sumir? — perguntou ela.

— Um dia.

— O que a gente faz? Até lá?

— O que for preciso — afirmou ele. — Mas devíamos prometer que, se um de nós pensar essas coisas, vai contar pro outro.

Perséfone ergueu a sobrancelha com a sugestão. Era irônica, considerando que ele não quisera compartilhar seus pensamentos com ela pouco antes.

— Você sabe que promessa é dívida, né?

Hades sorriu.

— Sei — disse ele, passando o cabelo dela por trás da orelha. — Mas faço qualquer coisa pra impedir que você fique sofrendo sozinha com seus pensamentos.

Perséfone o encarou por alguns instantes e passou o dedo por seu lábio inferior.

— Eu te amo — disse a deusa, querendo que Hades se sentisse amado.

Ela o beijou, de leve a princípio, depois mais forte, ajeitando-se para deixar um joelho de cada lado do seu corpo, muito ciente da ereção dele e do calor que provocava dentro dela.

Perséfone se sentou, deslizando pelo pau dele.

— Que tal compartilhar seus pensamentos agora? — perguntou ela, quando as mãos dele envolveram seus seios.

Hades os apertou enquanto Perséfone se esfregava nele.

E sorriu.

— Tem pensamentos demais pra contar.

— Não pedi pra você contar — argumentou ela.

— Humm. Estou pensando no quanto você é bonita e em como eu amo seus peitos pra caralho e que quero chupá-los até você gritar. Estou pensando em quanto tempo vou deixar você cavalgar meu pau antes de te foder até cansar.

— Essas palavras todas parecem promessas — observou ela.

— E são — respondeu ele.

Perséfone sorriu, quase delirando, e deslizou pelo pau de Hades. Os dois gemeram, e então as portas foram escancaradas.

— Bom dia, flores do... — Hermes fez uma pausa quando os viu na cama, depois sorriu. — Que sexy!

Perséfone gemeu de novo e desabou sobre o peito de Hades. A onda que estava sentindo se desfez de repente.

— Hermes, o que você tá fazendo aqui?

— Estou aqui pra pegar seu brinquedinho — disse ele. — Desculpa se ele está sendo usado, mas é inegociável.

— *Tudo* é negociável — retrucou Perséfone.

— Infelizmente isso não — disse Hécate, adentrando o quarto.

— Hécate! — disse Perséfone, empurrando o peito de Hades.

Ela queria correr até a deusa e abraçá-la com força, mas o movimento súbito a lembrou de que estava nua e empalada pelo pau de Hades. Até lhe ocorreu que devia estar mais envergonhada, mas com amigos como Hermes e Hécate e um amante como Hades, era inútil.

Eles não tinham limites, e Hades estava disposto a trepar com ela em qualquer lugar. Mas ela pelo menos se cobriu com um cobertor.

Hécate sorriu.

— Olá, minha querida — disse ela.

— Eu sou o único que acha isso irritante pra cacete? — perguntou Hades.

— Do jeito que a Sefy está se mexendo, imagino que seja mesmo bem insuportável pra você — respondeu Hermes.

— Considerando que você está ciente da programação de hoje, só pode culpar a si mesmo — disse Hécate.

— Que programação? — perguntou Perséfone, depois olhou para Hades. — O que está acontecendo?

— É uma surpresa — respondeu ele.

— Uma surpresa com hora marcada — lembrou Hécate, batendo palmas. — Então vamos lá! Levanta, Perséfone!

— Não tenho certeza se é essa ordem que você quer dar — comentou Hades.

Hécate levantou a sobrancelha, depois estreitou os olhos.

— Vou sair por essas portas e contar até dez — disse ela. — E se vocês dois não estiverem fora da cama e *razoavelmente* vestidos, vou amaldiçoar sua vida sexual pela próxima semana. — Hécate se virou. — Hermes!

— Quê? Estou aqui pra garantir que eles obedeçam! — disse ele.

— Também vou te amaldiçoar, Hermes. Não me testa!

— Tá bom — reclamou ele, depois saiu pisando duro em direção à porta. — Ninguém nunca deixa eu me divertir *nem um pouquinho.*

Quando a porta se fechou, Perséfone olhou para Hades.

Lá fora, ela ouviu Hécate gritar:

— Um!

— Estou tentando decidir quanto tempo demoraria pra fazer você gozar — disse Perséfone.

Hades riu.

— Acho que depende se a Hécate vai decidir contar até dez mesmo ou não — disse ele.

— Nove!

— Agora você tem sua resposta — disse Hades.

Perséfone correu para sair de cima dele e invocou um robe, enquanto Hades se sentava na cama, puxando um lençol para cobrir a ereção; quando isso não funcionou, ele pegou um travesseiro.

— Dez!

Hécate escancarou as portas.

— Você pulou, tipo, sete números! — reclamou Hermes.

Hécate entrou no quarto como uma tempestade, com uma expressão determinada. Perséfone, porém, estava acostumada com essa versão da Deusa da Bruxaria, principalmente quando estava envolvida na organização de alguma coisa. Ela se orgulhava do trabalho e queria que tudo corresse bem.

Agora que estava vestida, Perséfone foi até ela.

— Estou tão feliz de ver você, Hécate — sussurrou ela, envolvendo a cintura da deusa com os braços.

Hécate a abraçou forte e falou em seus cabelos:

— Eu também, minha querida.

Perséfone se afastou, mas Hécate segurou sua mão.

— Vem. Precisamos preparar você pra hoje à noite!

Perséfone olhou para Hades por cima do ombro.

— Lembre-se de que fez uma promessa — disse ela enquanto Hécate a arrastava para fora do quarto e pelo corredor, até a suíte da rainha.

Lá dentro, as lâmpades aguardavam perto da penteadeira espelhada. Perséfone sorriu para as ninfas prateadas que haviam passado a fazer parte de sua rotina glamourosa.

— Estou tão feliz de ver vocês — disse ela. — Já faz tanto tempo.

— Pra sua sorte — disse Hécate —, você vai precisar delas para várias coisas esse mês.

Perséfone se perguntou que coisas seriam essas, mas principalmente ficou curiosa com os eventos da noite. Achava que ainda não era a hora do baile de ascensão, embora ele estivesse se aproximando depressa.

Ela se sentou, mas demorou um tempo para se olhar no espelho. Quando ergueu a cabeça e encarou a si mesma, não viu o que estava esperando.

Achou que veria uma estranha, uma sombra da pessoa que fora na vida passada.

Em vez disso, viu força.

Viu orgulho.

Viu uma mulher que era *rainha*.

Perséfone deixou os olhos vagarem até Hécate, que a observava pelo reflexo.

— Agora você se vê claramente — disse a deusa.

As lâmpades trabalharam, ajeitando seu cabelo em ondas perfeitas, que ornavam a maquiagem simples, mas glamourosa, que tinham escolhido: um delineado gatinho e um batom vermelho brilhante. O visual fez ainda mais sentido quando Hécate a vestiu. A deusa escolhera um vestido preto bem acinturado, com uma saia rodada e uma fenda alta.

Hades vai gostar disso, pensou Perséfone.

O corpete era quase um espartilho, e enquanto o tecido que cobria as costelas era transparente, o que cobria os seios era veludo, adornado com contas pretas cintilantes.

Era simples na medida certa, e Perséfone adorou.

— É lindo, Hécate — disse ela, olhando para a deusa pelo espelho. — Mas qual é a ocasião?

A deusa sorriu.

— Você vai descobrir logo, logo.

— Bom, pelo menos eu tentei — comentou Perséfone.

Houve uma pausa, e mais uma vez a escuridão se embrenhou em meio à calmaria, e Perséfone falou.

— Eu vi você morrer — disse ela. — Nunca vou esquecer. Cronos *quebrou* você. — Ela não conseguia encarar Hécate, mas podia sentir o olhar dela. — Eu amo Hades. Não vivo sem ele — afirmou ela. — Mas também não consigo viver sem você, Hécate.

— Ah, minha querida — disse a deusa, com a voz embargada. — Você nunca vai precisar.

Quando ergueu o rosto, Perséfone viu que os olhos de Hécate estavam cheios de lágrimas, mas elas não caíram. Em vez disso, ela puxou Perséfone para um abraço e, quando se afastou, tocou seu queixo.

— Não tenho filhos — disse Hécate. — Mas você, eu considero uma filha.

Dessa vez, Perséfone começou a chorar, e de repente as lâmpades estavam flutuando ao seu redor, abanando seu rosto e retocando a maquiagem. Antes que elas pudessem fazer mais confissões emotivas, alguém bateu à porta.

— Parece que chegou a hora — disse Hécate.

Assim que Perséfone saiu do quarto, foi recebida por vivas. Ela parou na hora, levando um susto com o barulho repentino, mas também com a presença de tantas almas. Elas estavam enfileiradas dos dois lados do corredor, criando um caminho para a deusa seguir.

— Ai, Hécate — sussurrou Perséfone, levando a mão ao coração disparado.

— É só o começo — disse a deusa, oferecendo-lhe o braço.

Perséfone aceitou, e juntas elas trilharam o caminho criado pelas almas, fazendo uma curva até o vestíbulo e seguindo pela biblioteca e pela sala de jantar. A jornada levou um tempo porque ela parava para segurar as mãos de algumas almas e para abraçar outras. Estava todo mundo ali, amontoado no palácio, até as crianças, que corriam até a deusa e envolviam suas pernas com os braços.

Foi só quando viu Yuri que ela começou a chorar de verdade, e se perguntou por que tinha se incomodado em se maquiar. A jovem alma se aproximou e jogou os braços ao redor do pescoço de Perséfone, e, enquanto elas se abraçavam, a deusa avistou Lexa, depois Apolo. Com cada amigo, cada abraço, ela sentia que seu coração ia explodir de felicidade.

— Apolo — sussurrou ela, abraçando-o com força, apoiando a cabeça em seu peito firme.

Ele não tinha batimentos cardíacos, mas estava quente.

— Você está linda, Sef — disse ele.

— Sinto saudade de você — respondeu ela.

Apolo riu.

— Não vai durar muito.

Perséfone se afastou.

— Não fala assim.

Ele deu de ombros.

— Eu diria que me conheço — disse ele. — Sou um filho da puta bem carente.

Ela riu, e Apolo sorriu, depois virou a cabeça, apontando com o queixo na direção da sala do trono.

Perséfone olhou e sentiu que seu coração tinha parado e todo o ar tinha sumido de seus pulmões.

Pelas portas abertas, ela viu Hades no estrado diante do trono, os olhos ardendo brilhantes, no tom profundo de azul-safira de sua forma Divina. Seu cabelo estava solto, caindo pesado abaixo dos ombros, e os chifres estavam à mostra, fazendo-o parecer ainda maior. Ao lado dele estava Hermes, vestindo uma himação dourada, cujo tecido se movia quase como água. Ele também estava na forma Divina, com as asas brancas bem abertas.

Cérbero, Tifão e Ortros também aguardavam, não mais na forma monstruosa. Estavam sentados estoicamente à direita de Hades, mas Perséfone viu o corpo de Ortros se balançando. Ele precisava usar toda a sua força de vontade para ficar parado.

— Hécate — chamou Perséfone. — O que é isso?

— Sua coroação — respondeu a deusa. — Você é a Rainha do Submundo, mas ainda não foi coroada.

Os lábios de Perséfone se abriram de surpresa, e ela voltou a olhar para Hades.

Hécate a puxou pelo braço, conduzindo-a para a frente. Yuri, Lexa e Apolo a seguiram. Perséfone olhou para Hécate, confusa.

— Eles são suas aias — disse a deusa. — É a tradição.

Perséfone teve a sensação de estar num sonho ao atravessar a sala do trono lotada, sem nunca tirar os olhos do marido. Ela jamais se sentira tão nervosa. Era como se casar com Hades de novo, mas, dessa vez, estava basicamente se casando com o reino dele inteiro.

Hécate a conduziu direto para o pé da escada.

— Vossa Majestade — disse ela, com um aceno para Hades. Então se virou para Perséfone. — Eu te amo, minha querida.

A boca de Perséfone tremeu.

— Eu também te amo — sussurrou ela.

A deusa sorriu antes de se afastar, subindo os degraus para ficar do outro lado de seu trono de mármore.

Perséfone olhou para Hades.

— Meu bem — disse ele, com a voz baixa, mas calorosa.

— Meu amor — respondeu ela.

— Sefy — disse Hermes.

Hades olhou feio para o deus, mas Perséfone riu.

— Meu melhor amigo — disse ela.

Hermes sorriu.

— Viu, Hades, somos melhores amigos.

— Maldição, Hermes! — exclamou Hécate.

— Tá bom — disse ele, cruzando os braços, emburrado.

Houve um instante de silêncio enquanto a atenção de Perséfone voltava para Hades, embora nunca o tivesse deixado de verdade. Ela estava sempre consciente da presença do marido, mesmo quando não estava olhando para ele. Podia senti-lo, uma âncora para esse mundo.

— Meu bem — ele tentou de novo. — Escolhi você como minha esposa e rainha. Você aceita...

— Sim — interrompeu ela.

Todos riram, incluindo Hades, com os olhos brilhando.

— Sempre ansiosa.

Perséfone sentiu a voz rouca dele na sua barriga. Houve uma pausa, e dessa vez, quando ele falou, ela não interrompeu.

— Você aceita a responsabilidade pelo povo desse reino e por todos que atravessarão seus portões?

— Aceito — declarou a deusa.

Ela já tinha aceitado, mas todo mundo já sabia disso. Todos a haviam visto lutar por eles, e ela faria aquilo quantas vezes fosse preciso.

— E promete respeitar as leis da minha corte?

Perséfone levantou a cabeça, e sua resposta foi um pouco mais hesitante.

— Sim?

Hades riu.

— Justo.

Hermes se aproximou de Hades e lhe entregou uma coroa. Era feita de espinhos pretos, idêntica à que Hades usava agora. Com a coroa em mãos, ele se aproximou de Perséfone. O deus já era alto, mas, em cima dos degraus, fez com que ela fosse obrigada a inclinar a cabeça para trás para olhá-lo.

— Então é um grande prazer, minha maior honra, oferecer a você esta coroa como símbolo da sua dedicação e amor pelo meu povo e por este reino.

Perséfone abaixou a cabeça, encarando o peito de Hades enquanto ele a coroava. Ficou surpresa com o peso da coroa, mas ao mesmo tempo era tão familiar quanto o peso de seus chifres.

Hades lhe ofereceu a mão e a ajudou a subir a escada, beijando-a ardentemente antes de se sentarem nos tronos.

Só então os cachorros se mexeram. Os três dispararam, cercando Perséfone, desesperados por carinho e carícias na cabeça. Ela ficou feliz de acariciá-los, mas então Hades soltou um assobio e os três se sentaram imediatamente.

— Ah, Hades — disse ela. — Deixa eles.

— Do jeito que eles agem, parece até que nunca recebem atenção.

Ela arqueou a sobrancelha.

— Se eu não te conhecesse tão bem, ia achar que está falando de si mesmo.

Hermes bufou.

Então Hécate falou, sua voz ressoando na sala lotada.

— Salve nosso Rei e nossa Rainha. Que eles reinem para sempre.

A multidão gritou, e Perséfone olhou para Hades.

— Para sempre — disse ela.

— Para sempre nunca vai ser o bastante — respondeu ele. — Não quando passei metade da minha vida sem você.

Perséfone pensou em dizer que ele poderia mudar de ideia depois de passar metade da vida com ela, mas sabia que ele ia discordar.

— Talvez eu possa te fazer esquecer que já esteve sozinho — comentou ela.

— Eu aceito — respondeu Hades.

— Você interpretou como um desafio?

— Não — disse ele, depois sorriu. — Como uma promessa.

Nota da autora

Quando comecei *Um toque de caos*, acho que não tinha a menor ideia de como esse livro ficaria complicado. Sabia que seria difícil. Estava finalizando uma série que acabou se tornando bem maior do que imaginei, contendo sete livros. Desde 2019, esse conjunto de personagens só foi crescendo, e senti a pressão de levá-los à conclusão perfeita.

Por um bom tempo, eu dizia às pessoas que sabia duas coisas sobre este livro: que precisava tirar Hades do labirinto e que deveria haver uma nova Titanomaquia. Mas não sabia nada além disso. Ficava pensando que ia precisar de mais *coisas* para tornar esta história uma grande conclusão, quando, na verdade, o livro é literalmente essas duas coisas, e é o suficiente — mais do que o suficiente.

É a conclusão perfeita para essa série, e estou muito orgulhosa deste livro, muito grata por como tudo se desenrolou, e nada disso teria acontecido sem minhas leitoras.

Muitíssimo obrigada a todas vocês por sua dedicação a Hades e Perséfone. Vocês me desafiaram de maneiras que nunca saberão e me tornaram uma autora melhor. Essa série — este *livro* — não seria nada sem o encorajamento de vocês, sem sua exigência de ver o lado de Hades desse mundo todo. Não seria nada sem o amor de vocês, e vou amar *vocês* infinitamente por causa disso.

Agora, como já devem estar acostumadas, vou falar de muitas das histórias que inspiraram *Caos*. Sempre fico feliz com as leitoras que seguem até o final para ler esta parte toda, porque o aspecto de pesquisa dos meus livros é uma das minhas coisas favoritas, e este aqui teve muita.

Como já mencionado, sempre soube que precisaria ter uma segunda Titanomaquia. Falei disso no final de *Um toque de malícia* e do jeito como os deuses tendem a repetir ciclos: os primordiais foram derrubados pelos titãs (tecnicamente, foi Cronos derrubando seu pai, Urano), depois os titãs foram derrubados pelos olimpianos, cada movimento começando com uma castração, o que vimos em *Um toque de malícia* quando Hécate decide punir Zeus.

Gosto desse começo para a queda de Zeus porque ele também marca uma mudança no modo como o ciclo se repete. Em vez de um deus que está competindo pelo trono realizar o procedimento, é Hécate quem o faz.

Essa provavelmente é uma das razões para Zeus nem pensar na possibilidade de sua castração marcar o fim de seu reinado, e também porque ele conseguiu evitar todas as profecias que previam sua queda, o que é outro ciclo que se repete ao longo dos mitos.

Quando Zeus ficou sabendo que sua primeira esposa, Métis, teria dois filhos e que um deles o derrubaria, o deus a enganou para que ela se transformasse em uma mosca e a engoliu. Quando foi previsto que se Tétis, uma ninfa e deusa da água, tivesse um bebê com Zeus ou Poseidon, o filho seria mais poderoso que o pai, o Deus dos Céus fez com que ela se casasse com Peleu.

Comecei a achar que essa profecia estava mirando no Rei dos Deuses e que chegaria um momento em que ele não conseguiria evitá-la, o que significava que o destino de seu pai e de seu avô também seria o dele, inevitavelmente levando a outra Titanomaquia.

A maior parte do que sabemos a respeito da batalha entre os titãs e os olimpianos vem da *Teogonia*, uma obra de Hesíodo que é essencialmente um mito de criação e inclui basicamente o começo e o fim da Titanomaquia. Como a batalha de dez anos entre os titãs e os olimpianos em si não é descrita em detalhes, me inspirei em outra batalha de dez anos, a Guerra de Troia.

A Guerra de Troia

Durante a Guerra de Troia, Zeus ficou praticamente neutro, acreditando que a batalha ajudaria a despovoar a terra. Ele assume uma postura parecida ao longo dessa série, preferindo não intervir mesmo quando os outros deuses o incitam a fazê-lo. Hera se envolveu, principalmente porque se sentia desprezada pelos troianos, mas Zeus proibiu os deuses de interferir, então Hera decidiu seduzi-lo com a ajuda de Hipnos, o que permitiu aos deuses desobedecerem às suas ordens.

Hera segue o mesmo plano em *Um toque de caos*, e a única exceção é que, quando Zeus finalmente adormece, ela ordena que ele seja pendurado no céu, o que enxerga como uma vingança pela vez que ele fizera o mesmo com ela depois de ela ter tentado derrubá-lo anteriormente.

Outro elemento que acrescentei a este livro foram os jogos fúnebres para Adônis, que eram comuns em muitas culturas. Estes foram uma referência específica aos jogos realizados em honra de Pátroclo durante a Guerra de Troia. No início, em geral há uma corrida de carruagens, mas como eu já tinha uma cena dessas em *Um toque de malícia*, decidi fazer referência a essa tradição descrevendo os deuses chegando ao evento em carruagens.

O ataque aos templos e o assassinato de sacerdotes e sacerdotisas é uma referência a quando Aquiles atacou uma cidade e capturou uma sacerdotisa de Apolo, que implorou ao deus que a libertasse. Apolo retaliou contra

Aquiles e seu exército atirando uma flecha contendo uma peste em animais, homens, mulheres e crianças. Aqui neste livro, escrevi uma cena com Ártemis atirando a primeira flecha para dar início à primeira batalha depois de as sacerdotisas serem mortas.

Os trabalhos de Héracles

Há algumas referências aos trabalhos de Héracles no labirinto, que incluem os assassinatos do leão de Nemeia, do javali de Erimanto e do touro de Creta. Dos três, o touro de Creta na verdade foi assassinado por Teseu no mito. Achei que incluir esses desafios no labirinto era uma boa ligação com *Um jogo de retaliação*, e a aparição deles aumentava ainda mais o envolvimento de Hera com Teseu. Hera odiava Héracles e o deixou louco, fazendo-o assassinar a mulher e os filhos, o que por fim levou aos trabalhos.

Incluí detalhes sobre o leão de Nemeia que vêm dos mitos, como suas garras-espadas e seu bafo fétido. A forma como Hades mata o leão também é como ele foi morto por Héracles. O semideus também esfola o leão usando suas próprias garras afiadas.

Hermes aparecendo como um bebê no labirinto é só uma referência a alguns mitos que retratam o bebê Hermes (como aquele em que ele rouba o gado de Apolo).

Jasão e os argonautas

A saga inteira do Velo de Ouro foi uma referência aos desafios que Jasão enfrentou ao recuperar o velo.

Quando os argonautas chegaram à ilha de Ares, foram perseguidos por aves cujas penas eram como flechas. Elas são descritas como parecidas com as aves do lago Estínfalo, mas preferi retratá-las como uma versão menor delas, já que também as utilizei mais no início do livro, durante a cena do labirinto. Além disso, os argonautas as afastaram com barulho, batendo as armas nos escudos, então pensei que fazer Hermes gritar seria ao mesmo tempo relevante e hilário.

O único elemento de Jasão e os argonautas que não usei foram os touros que sopram fogo de Hefesto. Estou mencionando isso porque o touro de Creta no labirinto está usando uma armadura de bronze, numa referência aos touros de bronze de Hefesto, mas não são a mesma coisa.

Referências menores

Quando Hades estava no labirinto, Teseu o desafiou a reconstruir as paredes. Isso é uma referência à *Eneida*. Quando Eneias foge de Troia para fundar Roma, ele para em Cartago e ajuda a construir os muros ao redor da cidade que Roma destruirá mais tarde.

Galântis era uma serva ou amiga (depende do mito) de Alcmena, mãe de Héracles. Ela é basicamente a razão de Héracles ter podido nascer, apesar dos desejos de Hera, e, por causa disso, foi punida sendo transformada em gata ou doninha. Em *Um toque de caos*, eu a transformei num eudaimon, que é só um espírito guia, parecido com Caronte. Eudaimons são bons espíritos, descritos algumas vezes como heróis deificados. Não existe nenhuma explicação específica sobre a aparência deles, mas alguns foram retratados como serpentes, então achei válido que um pudesse assumir a forma de um gato.

Hermes conta a Hades e Perséfone que Ares lhe deve um favor desde a Antiguidade. Hermes está fazendo referência a quando salvou Ares de ser aprisionado em um pote de bronze por dois gigantes.

Há muitas outras referências, mas acho que vou parar por aqui.

Para quem está triste porque essa saga terminou, acredito que tudo que é bom acaba, mas não se preocupe. Eu voltarei com Afrodite e Hefesto.

Com muito amor,

Scarlett.

ESTA OBRA FOI COMPOSTA EM ADRIANE TEXT POR BR75 E IMPRESSA EM OFSETE PELA GRÁFICA BARTIRA SOBRE PAPEL CHAMBRIL AVENA PARA A EDITORA SCHWARCZ EM JUNHO DE 2025.

A marca FSC® é a garantia de que a madeira utilizada na fabricação do papel deste livro provém de florestas que foram gerenciadas de maneira ambientalmente correta, socialmente justa e economicamente viável, além de outras fontes de origem controlada.